suhrkamp taschenbuch 886

Marcel Proust, geboren am 10. 7. 1871 in Auteuil, starb am 18. 11. 1922 in Paris.

»Die Gefangene ist Albertine, die begehrteste aus der kleinen Schar der bewunderten und gefürchteten Mädchen am Strande des mondänen Seebades der ersten Bände. Sie hat sich in die Gewalt des Eifersüchtigen, sie hat sich in die Gefangenschaft begeben ... Der eigentliche Gefangene ist der Erzähler, er ist der Gefangene Albertines, nicht ihrer Schönheit, nicht ihrer Gegenwart, sondern er ist der Gefangene der Summe ihrer Möglichkeiten, Verbindungen mit jedermann eingehen, Geheimnisse mit jedermann haben zu können.«

Wolfgang Koeppen

Auf der Suche nach der verlorenen Zeit erscheint in halbjährlichem Abstand in der Reihe *suhrkamp taschenbücher*. Bisher liegen vor: *In Swanns Welt* (st 644), *Im Schatten junger Mädchenblüte* (st 702), *Die Welt der Guermantes* (st 754), *Sodom und Gomorra* (st 822).

Marcel Proust
Die Gefangene

Auf der Suche nach der
verlorenen Zeit

Fünfter Teil

Suhrkamp

Titel der französischen Originalausgabe:
A la recherche du temps perdu: La Prisonnière.
Paris, Gallimard
Deutsch von Eva Rechel-Mertens

suhrkamp taschenbuch 886
Erste Auflage 1983
Deutschsprachige Übersetzung: Die Gefangene

Der Text folgt Band 9 und 10 der Werkausgabe in 13 Bänden,
Suhrkamp Verlag Frankfurt am Main 1964
Suhrkamp Taschenbuch Verlag

Druck: Nomos Verlagsgesellschaft, Baden-Baden
Printed in Germany
Umschlag nach Entwürfen von
Willy Fleckhaus und Rolf Staudt

4 5 6 7 – 92

Die Gefangene

Schon am frühen Morgen, wenn ich, den Kopf noch der Wand zugekehrt, nicht einmal die Tönung des Lichtstreifens über den großen Fenstervorhängen wahrgenommen hatte, wußte ich bereits, wie das Wetter war. Die ersten Geräusche der Straße hatten es mir gesagt, je nachdem ob Feuchtigkeit sie dämpfte und aus ihrer Richtung verschob, ehe sie zu mir drangen, oder ob sie federnd wie Pfeile aus dem hallenden leeren Raum eines weit offenen, eisigen, klaren Morgens kamen; beim Rollen der ersten Straßenbahn hatte ich schon gehört, ob sie regennaß fröstelte oder ihren Weg in azurne Bläue nahm. Vielleicht aber war vor diesen Geräuschen schon eine noch schnellere, wirksamere Ausstrahlung von Tönen durch meinen Schlaf geglitten und hatte ihn mit der Trauer getränkt, die den Schnee ankündigt oder einem nur hin und wieder in meinem Innern auftauchenden Dämon zahllose Hymnen zum Ruhme der Sonne entlockt, die schließlich für mich, der ich, noch schlafend, bereits zu lächeln begann, da meine geschlossenen Lider auf blendendes Licht gefaßt waren, zu einer betäubenden Weckmusik wurden. In jener ganzen Zeit nahm ich das äußere Leben übrigens vor allem von meinem Zimmer aus wahr. Ich weiß noch, daß Bloch erzählte, er habe, wenn er mich abends besuchen wollte, etwas wie eine Unterhaltung gehört; da meine Mutter in Combray war und er nie einen Menschen in meinem Zimmer antraf, schloß er auf Selbstgespräche. Als er viel später erfuhr, daß Albertine damals bei mir wohnte und ich sie nur vor aller Welt verborgen gehalten hatte, erklärte er, jetzt endlich begreife er, weshalb ich zu jener Zeit meines Lebens nie habe ausgehen wollen. Hierin täuschte er sich. Übrigens ist er durchaus zu entschuldigen, denn die Wirklichkeit ist, selbst wenn sie sich folgerichtig ergibt, nicht völlig vorauszusehen. Erfährt man aus dem Leben der anderen eine an sich stimmende Einzelheit, so zieht man auf der Stelle Folgerungen daraus, die eigentlich keine sind, und sieht in der neuentdeckten Tatsache die Erklärung für Dinge, die ausgerechnet zu ihr in keiner Beziehung stehen.

Wenn ich mir jetzt vorstelle, daß meine Freundin seit unserer Rückkehr von Balbec nach Paris unter dem gleichen Dach mit mir lebte, daß sie den Gedanken an eine Seereise aufgegeben hatte und nur zwanzig Schritte von mir entfernt am Ende des Korridors das Arbeitszimmer meines Vaters mit den Wandbespannungen als das ihre bewohnte, jeden Abend sehr spät, bevor sie mich verließ, noch ihre Zunge in meinen Mund schob wie das tägliche Brot, eine stärkende Nahrung mit dem fast geweihten Charakter alles Leiblichen, dem durch Leiden, die wir um seinetwillen erdulden, letztlich eine Art von seelischer Süße zugesetzt wird, so fällt mir zum Vergleich nicht jene Nacht ein, die Hauptmann Borodino mir in der Kaserne zu verbringen gestattet hatte – eine Vergünstigung, die einem alles in allem nur vorübergehenden Unbehagen abhalf – sondern die, in der mein Vater Mama geheißen hatte, in dem schmalen Bett neben dem meinen zu schlafen. Denn wenn das Leben uns noch einmal gegen alle Voraussicht von Leiden befreit, die unvermeidbar schienen, tut es das unter so verschiedenen, ja oft entgegengesetzten Bedingungen, daß allein schon in der Identifizierung der jeweils uns gewährten Gnade offenbar schon etwas wie Frevel liegt.

Wenn Albertine durch Françoise erfahren hatte, daß ich im Dunkel meines Zimmers mit den fest zugezogenen Vorhängen gleichwohl nicht schliefe, genierte sie sich nicht, beim Baden und in ihrem Ankleidezimmer sich etwas geräuschvoll zu betragen. Oft wartete ich dann nicht erst eine spätere Stunde ab, sondern begab mich in mein Badekabinett, das an das ihre stieß und ein angenehmer Aufenthalt war. Früher gab ein Theaterdirektor Hunderttausende von Francs aus, um den Thron einer Diva, die eine Kaiserin spielte, mit echten Smaragden zu bestirnen. Vom russischen Ballett haben wir gelernt, daß einfache, aber zweckmäßig gelenkte Beleuchtungseffekte prächtigere und mannigfaltigere Kleinodien vortäuschen. Doch ist eine solche bereits immateriellere Ausstattung noch immer nicht so anmutig wie die, mit der um acht

Uhr morgens die Sonne jene andere ersetzte, die wir gewöhnlich in diesen Räumen erblickten, wenn wir uns erst um die Mittagstunde erhoben. Die Fenster unserer beiden Badezimmer waren, damit uns von draußen niemand sehen könne, nicht glatt, sondern auf altmodische Weise wie von künstlichem Rauhreif gekörnt. Mit einem Male ließ die Sonne dann dieses Glasgekräusel in gelbem Licht erstrahlen, sie vergoldete es, und da sie dann ganz leise in mir einen jungen Mann aus früheren Tagen wieder freilegte, den die Gewohnheit lange überwuchert hatte, versetzte sie mich in einen leichten Erinnerungsrausch, als befände ich mich mitten in der Natur vor golddurchleuchtetem Laubgewoge, in dem nicht einmal ein Vogellaut fehlte, hörte ich doch Albertine ohne Unterlaß pfeifen:

Les douleurs sont des folles,
Et qui les écoute est encor plus fou.

Ich liebte sie zu sehr, um nicht über ihren schlechten musikalischen Geschmack unbeschwert zu lächeln. Dies Chanson hatte übrigens Madame Bontemps im vorigen Sommer in helles Entzücken versetzt; da sie aber bald darauf hörte, daß es ganz minderwertig sei, bat sie Albertine nicht mehr, es zum Vortrag zu bringen, wenn sie Gäste hatte, sondern verlangte statt dessen von ihr:

Une chanson d'adieu sort des sources troublées,

das seinerseits zu einem ›alten Gassenhauer von Massenet, mit dem die Kleine uns unaufhörlich die Ohren volldudelt‹, herabsank.
Eine Wolke zog vorüber, sie verdunkelte die Sonne, ich sah den keuschen, blätterwebenden Glasvorhang erlöschen und wieder nur grau in grau getönt verschwimmen. Die Wand, die unsere beiden Ankleideräume trennte (der von Albertine,

der ganz dem meinen glich, war ein Badezimmer, das Mama, da sie noch ein anderes im entgegengesetzten Teil der Wohnung hatte, nie benutzte, um mich nicht durch Geräusche zu stören), war so dünn, daß wir schon, während wir uns noch jedes in dem seinen wuschen, miteinander sprechen und unsere Unterhaltung, die nur vom Geräusch des Wassers unterbrochen wurde, in jener Intimität fortsetzen konnten, die im Hotel durch die Winzigkeit der Zimmer und die Nähe der Räume häufig ermöglicht wird, jedoch in Paris ungemein selten ist.

Zu andern Malen blieb ich auch liegen und träumte, solange ich wollte, denn ich hatte angeordnet, daß niemand in mein Zimmer kommen dürfe, bevor ich geläutet hätte; das aber dauerte, weil die elektrische Klingel über meinem Bett recht unbequem angebracht war oft so lange, daß ich, müde, nach ihr zu tasten, und ganz zufrieden, allein zu sein, fast wieder eingeschlummert noch ein paar weitere Minuten liegenblieb. Dabei war ich nicht etwa gleichgültig gegen Albertines Aufenthalt bei uns. Durch ihre Trennung von ihren Freundinnen blieben meinem Herzen neue Leiden erspart. Dank ihr verharrte es in einem Zustand der Stille, der scheinbaren Unbewegtheit, mit deren Hilfe es sicher heilen würde. Aber schließlich war die Ruhe, die meine Freundin mir gab, Beschwichtigung eines Leidens eher als eigentlich Freude zu nennen. Freilich erlaubte sie mir, auch davon wieder manche Formen zu kosten, die der allzu lebhafte Schmerz mir verschlossen hatte, aber weit entfernt, sie Albertine zu verdanken – die ich übrigens kaum noch hübsch fand, bei der ich mich langweilte und die ich im Grunde nicht mehr liebte, wie ich deutlich empfand – genoß ich diese Freuden im Gegenteil, gerade wenn Albertine gar nicht bei mir war. Daher ließ ich sie auch, wenn ich meinen Morgen begann, nicht auf der Stelle rufen, zumal wenn das Wetter schön zu werden versprach. Ein Weilchen blieb ich erst – in dem Bewußtsein, daß es mich mehr beglückte als Albertine – mit jenem Männlein im Innern allein, das singend die Sonne begrüßte und von dem ich eben schon sprach. Von den verschiedenen Personen, die unser Ich ausmachen, sind nicht die die wesentlichsten, die man zunächst gewahrt. Wenn in mir zum Beispiel die Krankheit eine nach der anderen überwältigt haben wird, werden zwei oder drei noch bleiben, die zäher sind als die übrigen, darunter ein kleiner Philosoph, der erst glücklich ist, wenn er zwischen zwei Werken, zwischen zwei Eindrücken etwas Gemeinsames festgestellt hat. Aber ich frage mich öfter, ob nicht der letzte von allen der kleine Mann sein wird, der einem anderen im Schaufenster des Optikers von Combray sehr ähnlich sieht, welcher das Wetter anzeigte, indem er seine Kapuze abzog, sobald die Sonne schien, sie aber wieder aufsetzte, wenn es Regen gab. Ich weiß nur zu gut, wie egoistisch dieser Kleine ist; ich kann an einem Erstickungsanfall leiden, den nur das Einsetzen von Regen beruhigen würde, ihm ist das völlig gleich: bei den ersten ungeduldig erwarteten Tropfen verliert er seine Heiterkeit und zieht übellaunig die Kapuze über den Kopf. Andererseits glaube ich, daß der kleine Barometermann in meiner Todesstunde, wenn alle anderen ›Ichs‹ nicht mehr am Leben sind, beim ersten Sonnenstrahl, während ich meine letzten Seufzer aushauche, sich äußerst munter fühlen, die Kapuze ablegen und ausrufen wird: ›Ah! Endlich wird es schön!‹

Ich schellte nach Françoise. Ich schlug den ›Figaro‹ auf. Ich suchte darin vergeblich einen Artikel – wenigstens sollte es einer sein – den ich an diese Zeitung geschickt hatte und der, nur in etwas zurechtgestutzter Form, der vor kurzem wiedergefundenen Niederschrift entsprach, die ich einst im Wagen des Doktors Percepied beim Anblick der Kirchtürme von Martinville verfaßt hatte. Dann las ich Mamas Brief. Sie fand bizarr und ungehörig, daß ein junges Mädchen allein mit mir zusammen wohne. Am ersten Tage, in dem Augenblick, als wir Balbec verließen, als sie mich so unglücklich sah und sich Sorgen machte, mich allein zu lassen, war sie vielleicht ganz froh gewesen, als sie erfuhr, daß Albertine mit uns abreisen würde, und sah, daß neben unseren eigenen Koffern (jenen, bei denen ich die Nacht im Hotel von Balbec weinend verbracht hatte) diejenigen Albertines, schmale schwarze Behältnisse, die mir die Form von Särgen zu haben schienen, von denen ich nicht wußte, ob sie dem Hause Leben oder Tod bringen würden, auf die ›Bummelbahn‹ geladen wurden. Ich hatte mich allerdings nicht einmal danach gefragt, da ich ganz der Freude hingegeben war, nach dem Grauen, das ich bei dem Gedanken empfunden hatte, in Balbec bleiben zu müssen, an diesem strahlenden Morgen Albertine mit mir hinwegzuführen. Doch wenn Mama diesem Vorhaben zunächst nicht feindselig gegenübergestanden hatte (sie sprach in so sanftem Ton mit meiner Freundin wie eine Mutter, deren Sohn gerade schwer verwundet worden ist, und die der jungen Geliebten Dank weiß, daß sie ihn mit Aufopferung pflegt), tat sie es dann doch, seitdem es nur allzu wirklich geworden war und der Aufenthalt des jungen Mädchens bei uns sich in die Länge zog, ein Aufenthalt noch dazu in Abwesenheit meiner Eltern. Ich kann nicht sagen, daß Mama mich diese Feindseligkeit jemals merken ließ. Wie früher, wenn sie mir nicht länger meine Nervosität, meine Trägheit vorzuwerfen wagte, hegte sie jetzt Bedenken – die ich vielleicht im Augenblick nicht ganz als solche erkannte oder erkennen wollte – durch einige Vorbehalte, die sie in bezug auf die junge Person machte, mit der ich mich, wie ich ihr gesagt hatte, verloben wollte, mein Leben zu verdüstern, meine künftige Ergebenheit meiner Frau gegenüber zu mindern und vielleicht für die Zeit, da sie selbst nicht mehr sein würde, Reuegefühle darüber in mir zu erzeugen, daß ich sie durch meine Heirat mit Albertine betrübt hätte. Mama zog vor, scheinbar eine Wahl zu billigen, bei der sie das Empfinden hatte, sie werde mich doch nicht bestimmen können, davon abzugehen. Aber alle, die sie zu jener Zeit sahen, haben mir gesagt, daß zu ihrem Schmerz über den Verlust ihrer Mutter noch eine unaufhörliche Sorge hinzugetreten sei. Diese Anspannung des Geistes, dieses Hin- und Hererwägen in ihrem Inneren versetzten Mamas Schläfen in ein ständiges Glühen; sie öffnete unaufhörlich die Fenster, um sich abzukühlen. Einen Entschluß jedoch wagte sie nicht zu fassen, aus Furcht, mich in einem ungünstigen Sinne zu ›beeinflussen‹ oder das zu beeinträchtigen, was sie für mein Glück hielt. Sie fand sogar nicht den Entschluß, mich daran zu hindern, daß ich Albertine einstweilen schon einmal im Hause behielt. Sie wollte sich nicht strenger zeigen als Madame Bontemps, die die Sache ja in erster Linie anging und die offenbar nichts dagegen hatte, was meine Mutter höchlich verwunderte. Auf alle Fälle bedauerte sie, daß sie uns beide hatte allein lassen müssen, daß sie gerade in jenem Augenblick nach Combray gereist war, wo sie möglicherweise viele Monate würde verbringen müssen (tatsächlich blieb sie lange fort), in denen meine Großtante Tag und Nacht ihre Anwesenheit nötig haben würde. Alles wurde ihr dort übrigens leicht gemacht dank der Güte, der Ergebenheit von Legrandin, der keine Mühe scheute und von Woche zu Woche seine Rückkehr nach Paris aufschob, ohne meine Tante eigentlich näher zu kennen, zunächst einfach weil sie eine Freundin seiner Mutter gewesen war, dann aber auch, weil er fühlte, daß die bereits aufgegebene Kranke an seiner Fürsorge hing und es nicht ohne ihn würde aushalten können. Der Snobismus ist zwar eine ernste Krankheit der Seele, aber örtlich begrenzt und nicht dazu angetan, sie ganz und gar zu zerstören. Ich hingegen war – ganz im Gegensatz zu meiner Mutter – um so glücklicher über ihre Verpflanzung nach Combray, als ich sonst gefürchtet hätte, sie könne (da ich Albertine nicht wohl sagen konnte, sie möge darüber schweigen) deren enge Verbindung mit Mademoiselle Vinteuil entdecken. In den Augen meiner Mutter wäre das ein absolutes Hindernis nicht nur für eine Heirat gewesen, von der sie mich übrigens gebeten hatte, noch nicht endgültig zu meiner Freundin zu sprechen, und an welche zu denken mir immer unerträglicher war, sondern sogar dafür, daß diese einige Zeit in unserm Haus verbrächte. Abgesehen von einem so schwerwiegenden Grund, von dem sie jedoch nichts wußte, war meine Mutter durch die Doppelwirkung der gleichzeitig erhebenden und befreienden Nachahmung meiner Großmutter, die eine Bewunderin von George Sand gewesen war und Tugend einzig im Adel des Herzens gesehen hatte, andererseits aber auch meines eigenen verderblichen Einflusses jetzt nachsichtig Frauen gegenüber, deren Verhalten sie früher streng getadelt hätte – oder sogar auch heute noch tadelte, sofern sie zu dem Kreise ihrer bürgerlichen Freundinnen aus Paris oder Combray gehörten – deren große Seele ich ihr aber rühmte und denen sie viel verzieh, weil sie mich so sehr liebten.

Trotz allem und ganz abgesehen von der Frage, was sich gehört, glaube ich, daß Albertine Mama unerträglich gewesen wäre, da diese von Combray, von meiner Tante Léonie her Gewohnheiten der Ordnung bewahrt hatte, von denen meiner Freundin die elementarsten Grundbegriffe fehlten. Albertine hätte nie eine Tür geschlossen, umgekehrt aber sich ebensowenig gescheut, durch eine offenstehende einzutreten wie ein Hund oder eine Katze. Ihr etwas unbequemer Charme bestand darin, im Hause nicht eigentlich wie ein junges Mädchen, sondern eher wie ein Haustier anwesend zu sein, das in ein Zimmer eintritt und es wieder verläßt, sich überall befindet, wo es nicht erwartet wird, und daß sie sich – für mich bedeutete das einen Zustand tiefer Ruhe – neben mich auf mein Bett warf und sich dort einen Platz aussuchte, von dem sie sich nicht mehr rührte, ohne mich jedoch in der Weise zu genieren, wie ein menschliches Wesen es gemeinhin tut. Dennoch paßte sie sich schließlich den Stunden an, in denen ich schlief, nicht nur, insofern sie nicht mehr in mein Zimmer einzudringen versuchte, sondern auch, indem sie keinen Lärm verursachte, bevor ich geläutet hatte. Françoise war diejenige, die ihr diese Regeln einimpfte. Sie gehörte noch zu jenen Bedienten der Combrayer Schule, die den Rang ihres Herrn kennen und sich bewußt sind, daß sie ihm ungeschmälert zukommen lassen müssen, was ihm ihrer Meinung nach gebührt. Wenn ein fremder Besucher Françoise ein Trinkgeld gab, das sie mit dem Küchenmädchen teilen sollte, so hatte der Spender noch kaum seine Börse wieder eingesteckt, als auch schon Françoise ebenso geschwind wie diskret und energisch dem Küchenmädchen Bescheid gesagt hatte, die denn auch nicht mit undeutlich stammelnden Worten, sondern freimütig und mit lauter Stimme sich bedankte, wie Françoise es sie gelehrt. Der Pfarrer von Combray war kein Genie, aber auch er wußte, was sich schickt. Unter seiner geistlichen Leitung war die Tochter von protestantischen Verwandten Madame Sazerats zum Katholizismus übergetreten, und die Familie hatte sich ihr gegenüber mustergültig betragen. Es war die Rede von einer Heirat mit einem Adligen aus Méséglise. Die Eltern des jungen Mannes schrieben, um Erkundigungen einzuziehen, einen ziemlich hochmütigen Brief, in dem die protestantische Herkunft vor allem herabgesetzt wurde. Der Pfarrer von Combray antwortete in einem solchen Ton, daß der Adlige aus Méséglise demütig und wehmütig einen zweiten, sehr anderslautenden Brief verfaßte, in dem er als eine besonders hohe Gunst erbat, sich mit dem jungen Mädchen verbinden zu dürfen.

Für Françoise lag kein Verdienst darin, daß sie bei Albertine für meinen Schlaf soviel Rücksicht erzwang. Sie war durchdrungen von der Tradition. Dank einem Schweigen, das sie bewahrte, oder der ein für alle Mal ausgesprochenen Weisung, die sie erteilte, als Albertine einmal ganz harmlos vorhatte, zu mir hineinzugehen oder mich nach etwas fragen zu lassen, begriff diese mit dumpfer Verwunderung, daß sie sich in einer seltsamen Welt mit unbekannten Bräuchen befand, die, was die Lebensform betraf, von Gesetzen gelenkt wurde, an deren Überschreitung man nicht einmal denken durfte. Sie hatte schon einen ersten Vorgeschmack davon in Balbec

bekommen, aber in Paris gab sie jeden Widerstand auf und wartete Morgen für Morgen geduldig mein Schellen ab, bis sie irgendein Geräusch zu verursachen wagte.
Die Erziehung, welche Françoise ihr zuteil werden ließ, war im übrigen heilsam auch für unsere alte Dienerin selbst, denn sie gebot allmählich dem Stöhnen und Wehklagen Einhalt, das diese seit unserer Rückkehr aus Balbec ständig von sich gab. In dem Augenblick nämlich, als wir in den Zug stiegen, hatte sie bemerkt, daß sie vergessen hatte, sich im Hotel von der ›Hausdame‹ zu verabschieden, einer mit Schnurrbärtchen versehenen Person, welche den Etagendienst überwachte und Françoise kaum kannte, aber vergleichsweise höflich zu ihr gewesen war. Françoise wollte absolut wieder umkehren, aus dem Zug steigen, ins Hotel zurückeilen, sich von der Hausdame verabschieden und erst am folgenden Tage nachkommen. Weise Einsicht und vor allem mein plötzliches Grauen vor Balbec hinderten mich daran, ihr diese Gunst zu gewähren, aber sie litt daraufhin an krankhafter, fiebriger schlechter Laune, für deren Verschwinden der Luftwechsel nicht genügt hatte, sondern die auch in Paris noch eine Weile anhielt. Denn nach dem Sittenkodex von Françoise, wie er auf den Bas-Reliefs von Saint-André-des-Champs bildhaft dargestellt wird, ist es zwar nicht verboten, einem Feind den Tod zu wünschen, ja ihn ihm selbst zu geben, aber furchtbar ist, nicht zu tun, ›was sich gehört‹, eine Höflichkeit nicht zu erwidern, sich, bevor man abreist, wie eine wahrhaft ungehobelte Person nicht von einer Hausdame zu verabschieden, der eine Etage untersteht. Während der ganzen Fahrt hatte die immer wieder neu in ihr aufsteigende Erinnerung, daß sie dieser Frau nicht Lebewohl gesagt hatte, in Françoises Gesicht eine Röte heraufbeschworen, die beängstigend schien. Und wenn sie bis Paris Essen und Trinken ablehnte, so vielleicht deswegen, weil diese Erinnerung ihr ein wirkliches ›Gewicht auf den Magen legte‹ (jede gesellschaftliche Klasse hat ihre eigene Pathologie), mehr noch als um uns zu strafen.

Zu den Ursachen dafür, daß Mama mir alle Tage einen Brief schickte, und zwar einen Brief, in dem niemals ein Ausspruch von Madame de Sévigné fehlte, gehörte die Erinnerung an meine Großmutter. Mama schrieb mir zum Beispiel: ›Madame Sazerat hat uns zu einem jener kleinen Essen eingeladen, deren Geheimnis sie allein besitzt und die, wie die arme liebe Großmama mit den Worten der Madame de Sévigné gesagt hätte, uns der Einsamkeit entreißen, ohne uns durch Gesellschaft dafür zu entschädigen.‹ In meinen ersten Antworten besaß ich die große Torheit, an Mama zu schreiben: ›An diesen Zitaten würde deine Mutter dich auf der Stelle erkennen.‹ Das trug mir drei Tage später die folgende Bemerkung ein: ›Mein liebes Kind, wenn du mir gegenüber die Worte »deine Mutter« gebrauchst, so widerspricht das allerdings ganz dem Geiste von Madame de Sévigné. Diese hätte dir ebenso geantwortet, wie sie es Madame de Grignan gegenüber tat: ‹Sie bedeutet dir also nichts? Ich hatte geglaubt, ihr wäret verwandt›.‹

Indessen hörte ich die Schritte meiner Freundin, die aus ihrem Zimmer trat oder sich dorthin begab. Ich schellte, denn es war die Stunde, zu der Andrée mit dem uns von Madame Verdurin zur Verfügung gestellten und mit Morel befreundeten Chauffeur Albertine abholen kam. Zu dieser hatte ich von der entfernten Möglichkeit einer Heirat zwischen uns gesprochen; aber ich hatte es niemals in aller Form getan; sie selbst hatte, als ich sagte: ›Ich weiß nicht, aber es wäre vielleicht möglich‹, voller Zurückhaltung mit einem schwermütigen Lächeln den Kopf geschüttelt und gemeint: ›Aber nein, das wäre es nicht‹, was soviel heißen sollte wie: ›Ich bin zu arm.‹ Dann aber, obwohl ich auch weiterhin bemerkte: ›Es ist alles noch ganz unbestimmt‹, sowie es sich um Zukunftspläne handelte, tat ich im Augenblick alles, um sie zu zerstreuen und ihr das Leben angenehm zu machen, wobei ich unbewußt vielleicht auch suchte, den Wunsch nach einer Vermählung mit mir in ihr wachzurufen. Sie mußte selbst

über soviel Luxus lachen. »Was für ein Gesicht würde Andrées Mutter machen, wenn sie mich als reiche Dame sähe, wie sie selbst eine ist, das, was sie eine Dame nennt, die ›Pferde, Wagen und Gemälde‹ besitzt. Wie? Ich habe dir niemals erzählt, daß sie das immer sagt? Oh! Sie ist ein Original! Es wundert mich nur, daß sie Gemälde auf die gleiche Stufe wie Wagen und Pferde stellt.«
Später wird man sehen, daß Albertine ungeachtet törichter Sprachgewohnheiten, die sie noch beibehielt, sich doch erstaunlich entwickelt hatte. Es war mir an sich völlig gleichgültig, denn überlegene geistige Qualitäten haben mich bei einer Frau immer sehr wenig interessiert. Einzig das kuriose Genie von Céleste hätte mir vielleicht gefallen können. Unwillkürlich mußte ich doch einen Augenblick lächeln, wenn sie zum Beispiel die Gelegenheit benutzte, wo, wie sie wußte, Albertine nicht anwesend war, um mich mit folgenden Worten anzureden: »Gottheit vom Himmel, die du auf dein Lager herniedergestiegen bist!« Ich sagte dann: »Aber gehen Sie, Céleste, warum ›Gottheit vom Himmel‹?« – »Oh, wenn Sie meinen, Sie hätten irgend etwas mit denen gemein, die über unsere arme Erde pilgern, so täuschen Sie sich sehr!« – »Aber warum ›herniedergestiegen‹ auf mein Lager? Sie sehen doch, ich liege einfach auf meinem Bett.« – »Sie liegen niemals. Hat man je einen Menschen so liegen sehen? Sie sind herniedergestiegen. In Ihrem weißen Pyjama und mit den Bewegungen, die Sie mit dem Halse machen, sehen Sie im Augenblick wie eine Taube aus.«
Selbst im Bereich ganz läppischer Dinge drückte Albertine sich vollkommen anders aus als das kleine Mädchen, das sie vor ein paar Jahren in Balbec noch gewesen war. Jetzt erklärte sie aus Anlaß einer politischen Begebenheit, die sie tadelte: »Ich finde das unqualifizierbar«; und ich weiß nicht mehr, zu welcher Zeit sie anfing zu sagen, um festzustellen, daß ihr ein Buch schlecht geschrieben schien: »Es ist interessant, aber weißt du, der Verfasser schreibt wie ein Schwein.«

Über das Verbot, in mein Zimmer zu kommen, bevor ich geschellt hatte, amüsierte sie sich sehr. Da sie unsere Familiengewohnheit des Zitierens angenommen hatte und sich zu diesem Zweck die Stücke zunutze machte, die sie im Kloster mit aufgeführt und von denen ich gesagt hatte, ich liebte sie besonders, verglich sie mich immer mit Ahasver:

Und jeden trifft der Tod, wer dreist und ungefragt
Sich vor dem Angesicht des Herrn zu zeigen wagt.
Ohn Unterschied die Schuld, ohn Gnade das Verbot:
Nicht Rang und nicht Geschlecht beschirmt dich vor dem Tod.
Ich selber ...
Ich weiß mich dem Gesetz gleich anderen verfallen,
Mit meinem eignen Wort komm ich ihm nie zuvor,
Nur wenn er wünscht und winkt, hab ich des Königs Ohr.

Auch in physischer Hinsicht hatte sie sich gewandelt. Ihre schmalen blauen Augen – die nach den Seiten zu noch länger ausgezogen schienen – hatten nicht die gleiche Form bewahrt; sie hatten zwar noch dieselbe Farbe, aber diese erschien wie verflüssigt darin. Wenn sie sie schloß, so war es, als hinderten einen Vorhänge daran, auf das Meer zu blicken. Zweifellos war dies der Teil ihres Selbst, an den ich mich abends, wenn sie gegangen war, vor allem erinnerte. Denn ganz im Gegensatz dazu überraschte mich jeden Morgen die Kräuselung ihrer Haare wie etwas Neues, das ich noch nie gesehen hatte. Und doch, gibt es über dem lächelnden Blick eines jungen Mädchens etwas Schöneres als diesen gelockten Kranz, der aus schwarzen Veilchen zu bestehen scheint? Das Lächeln verheißt mehr Freundlichkeit, aber das glänzende Geringel des gleichsam blühenden Haares, in dem der Körper, dem es so nahe verwandt ist, nur in kleine Wellen umgesetzt scheint, weckt stärker das Verlangen.
Kaum war sie in mein Zimmer getreten, so sprang sie auf mein Bett und beschäftigte sich manchmal mit Definitionen

meiner Art von Klugheit, schwur aber auch in aufrichtigem Überschwang, sie wolle lieber sterben als sich von mir trennen; das war an den Tagen, an denen ich mich rasiert hatte, bevor ich sie zu mir kommen ließ. Sie gehörte zu den Frauen, die den Grund für ihre Gefühle nicht klar zu erkennen vermögen. Das Vergnügen, das ihnen der Anblick eines frischen Gesichts bereitet, erklären sie sich aus den seelischen Vorzügen desjenigen, der ihnen für die Zukunft offenbar ein Glück garantiert, das im übrigen imstande ist, in dem gleichen Maße abzunehmen und weniger unerläßlich zu scheinen, wie er seinen Bart von neuem sprießen läßt.

Ich fragte sie, wohin sie zu gehen vorhabe. »Ich glaube, Andrée will mich zu den Buttes-Chaumont mitnehmen, die ich noch nicht kenne.« Gewiß war es mir unmöglich zu erraten, ob unter so vielen anderen Worten gerade diese eine Lüge verbargen. Im übrigen vertraute ich auf Andrée, daß sie mir immer sagen würde, wohin sie mit Albertine ging. Als ich in Balbec Albertines allzu überdrüssig gewesen war, hatte ich vorgehabt, lügnerischerweise zu Andrée zu sagen: ›Liebe Andrée, hätte ich Sie doch nur etwas eher wiedergesehen! Dann hätte ich nämlich Sie geliebt! Jetzt aber ist mein Herz anderweitig vergeben. Dennoch wollen wir uns viel sehen, denn meine Liebe zu jener anderen bereitet mir großen Kummer. Sie aber können mir behilflich sein, mich ein wenig zu trösten.‹ – Nun aber waren diese gleichen verlogenen Reden bereits drei Wochen darauf Wahrheit geworden. Vielleicht hatte Andrée in Paris geglaubt, daß es tatsächlich eine Lüge sei und daß ich sie liebte, wie sie es zweifellos in Balbec geglaubt hätte. Denn die Wahrheit wandelt sich für uns so stark, daß die anderen Mühe haben, sich darin auszukennen. Da ich aber wußte, sie würde mir alles erzählen, was Albertine und sie unternähmen, hatte ich sie gebeten – und sie es übernommen – diese fast jeden Tag abzuholen. So würde ich ohne Sorge zu Hause bleiben können. Das Ansehen, das Andrée als eines der Mädchen der ›kleinen Schar‹ bei mir genoß, schuf das Vertrauen in mir, sie werde alles, was ich wünschte, bei Albertine erreichen. Ich hätte ihr jetzt wirklich in aller Ehrlichkeit sagen können, daß sie imstande sei, mir volle Ruhe zu schenken.

Andererseits war meine Wahl Andrées (die sich in Paris befand, da sie auf ihren Plan, nach Balbec zurückzukehren, verzichtet hatte) zur Begleiterin meiner Freundin auch darauf zurückzuführen, daß Albertine mir von der Zuneigung erzählt hatte, die jene für mich in Balbec zu einem Zeitpunkt hegte, als umgekehrt ich ihr lästig zu fallen befürchtete: hätte ich es damals gewußt, wäre vielleicht Andrée diejenige gewesen, die ich liebte. »Wie, du weißt das nicht? sagte Albertine zu mir, wir haben untereinander oft darüber gelacht. Hast du denn übrigens nicht bemerkt, wie sehr sie angefangen hatte, zu reden und zu denken wie du? Besonders, wenn sie eben erst von dir kam, war es geradezu frappant. Sie brauchte uns nicht erst zu sagen, ob sie dich gesehen hatte. Wenn sie ankam und bei dir gewesen war, merkte man es bereits in der ersten Sekunde. Wir sahen uns nur gegenseitig an und mußten auch schon lachen. Sie war wie ein Köhler, der einem einreden will, er sei gar kein Köhler, obwohl er doch ganz schwarz ist. Ein Müller braucht auch nicht zu sagen, daß er Müller ist, man sieht es am Mehl, das er an sich hat, und außerdem an der Stelle, wo er die Säcke trägt. Mit Andrée war es ebenso, sie zog die Augenbrauen hoch wie du, und dann ihr kräftiger Hals, ach, ich kann es nicht so genau erklären. Wenn ich ein Buch nehme, das in deinem Zimmer gewesen ist, kann ich es draußen lesen, man weiß dennoch ganz genau, daß es eines von dir ist, weil noch irgend etwas von deiner abscheulichen Raucherei daran hängt. Es ist nur ein Hauch, ich kann es kaum beschreiben, aber eigentlich auch wieder nett. Jedesmal, wenn jemand freundlich von dir gesprochen hatte oder in einer Weise, als halte er viel von dir, war Andrée vor Entzücken vollkommen aus dem Häuschen.«

Trotz allem riet ich, um zu verhindern, daß irgend etwas

ohne mein Wissen vorgesehen wäre, für diesen Tag die Buttes-Chaumont aufzugeben und lieber nach Saint-Cloud oder sonstwohin zu gehen.
Sicherlich war es nicht so – und ich wußte es genau – daß ich Albertine auch nur im geringsten liebte. Die Liebe besteht vielleicht nur in der Auswirkung der Brandungswellen, die nach einer tiefen Bewegung unsere Seele durchfurchen. Solche Wellen hatten die meine gründlich aufgewühlt, als Albertine in Balbec zu mir von Mademoiselle Vinteuil gesprochen hatte, doch hatten sie sich inzwischen wiederum gelegt. Ich liebte Albertine nicht mehr, denn es bestand in mir kein Rest von jenem Leiden, das ich in Balbec im Zuge verspürt hatte, als ich erfuhr, wie die Jugend Albertines verlaufen sei – vielleicht sogar mit Besuchen in Montjouvain. An alles das hatte ich nun zu lange schon gedacht, jetzt war es überwunden. Aber augenblicksweise brachten mich gewisse Redewendungen Albertines auf die Vermutung – ich weiß nicht weshalb – daß sie in ihrem kurzen Leben bereits viele Komplimente und Liebeserklärungen entgegengenommen, und zwar mit Vergnügen entgegengenommen hatte, um nicht zu sagen mit einem in den Sinnen wurzelnden Vergnügen. So pflegte sie bei jeder Gelegenheit zu fragen: ›Ist das wahr, ist das wirklich wahr?‹ Gewiß, wenn sie wie eine Odette gefragt hätte: ›Soll das wirklich wahr sein, diese dicke Lüge?‹ so würde ich mich nicht beunruhigt haben, denn gerade die Lächerlichkeit dieser Formel hätte sich einzig aus einer dummen Banalität weiblichen Esprits erklärt. Doch ihre fragende Miene bei diesem ›Ist das wahr?‹ erweckte einerseits den seltsamen Eindruck von einem Geschöpf, das sich nicht selbst über die Dinge Rechenschaft zu geben vermag, das an das Zeugnis eines anderen appelliert, als ob es nicht die gleichen Fähigkeiten besäße (man konnte ihr zum Beispiel sagen: ›Jetzt sind wir eine Stunde unterwegs‹ oder: ›es regnet‹, so fragte sie auch: ›Ist das wahr?‹). Leider war offenbar andererseits diese mangelnde Fähigkeit, sich selbst ein Urteil über äußere Phä-

nomene zu bilden, nicht der wahre Grund dieses ›Ist das wahr, ist es wirklich wahr?‹. Es schien vielmehr, daß solche Worte seit ihrer verfrühten Reife Antworten auf Wendungen gewesen waren wie: ›Sie wissen, ich habe niemals jemanden so reizend gefunden wie Sie‹, ›Sie müssen wissen, ich liebe Sie wirklich sehr und bin dadurch ein ganz anderer Mensch geworden‹. Auf solche Behauptungen hatte sie dann gewiß mit kokett darauf eingehender Bescheidenheit geantwortet: ›Ist das wahr, ist es wirklich wahr?‹, das heißt jene Sätze gebraucht, deren Albertine sich mir gegenüber immer nur bediente, um durch eine Frage eine Feststellung zu quittieren wie: ›Du hast mehr als eine Stunde geschlafen.‹ – ›Ist das wahr?‹

Ohne mich im geringsten in Albertine verliebt zu fühlen, ohne die Augenblicke, die wir zusammen verlebten, unter die Zahl meiner Freuden einzureihen, beschäftigte ich mich doch unaufhörlich damit, wie sie ihre Zeit verbrachte; gewiß war ich aus Balbec geflüchtet, um sicher zu sein, daß sie diese oder jene Person nicht mehr sehen könne, von der ich so sehr fürchtete, sie werde lachend, vielleicht sogar lachend über mich, mit ihr etwas Schlechtes tun, daß ich geschickt versucht hatte, mit einem einzigen Schlag durch meine Abreise solche üblen Beziehungen samt und sonders zu lösen. Albertine aber besaß in sich eine derartige Kraft der Passivität, eine so große Fähigkeit, zu vergessen und sich zu fügen, daß die betreffende Beziehung wirklich zerschlagen und die Phobie, die mich heimgesucht hatte, damit hinfällig war. Doch kann gerade diese so viele Formen annehmen wie das unbestimmte Übel, das ihr Gegenstand ist. Solange meine Eifersucht sich nicht in neuen Wesen verkörperte, hatte ich nach meinen vergangenen Leiden eine Spanne der Ruhe genossen. Aber eine chronische Krankheit nutzt den geringsten Vorwand, um wieder aufzuleben, und ebenso das Laster des Wesens, das die Ursache dieser Eifersucht ist, die kleinste Gelegenheit, um sich nach einer Keuschheitspause von neuem zu betätigen, nur eben mit anderen Wesen. Ich hatte Albertine von ihren Mitschuldigen trennen und dadurch meine Halluzinationen gleichsam entgiften können; wenn man jedoch auch bewirken konnte, daß sie die Personen vergaß und die Beziehungen zu ihnen nicht von Dauer waren, so war ihre Neigung zu diesen Vergnügungen doch auch ihrerseits chronisch und wartete nur auf eine Gelegenheit, sich von neuem ungehemmt zu ergehen. Deren aber bot Paris ebenso viele wie Balbec. In welcher Stadt es auch immer war, sie brauchte nicht zu suchen, denn die Verderbtheit wohnte ja nicht in Albertine allein, sondern auch in anderen, denen jede Gelegenheit zum Vergnügen recht war. Ein Blick der einen, der sofort von der anderen verstanden wird, nähert die beiden, die sich in Wünschen verzehren, rasch einander an. Es ist leicht für eine geschickte Frau, so zu tun, als sehe sie nicht, dann aber fünf Minuten darauf auf die Person zuzutreten, die wohl verstanden und in einer Seitenstraße auf sie gewartet hat, um ihr in zwei Worten ein Rendezvous anzubieten. Wer kann das jemals wissen? Es war ja auch für Albertine einfach, mir zu sagen, damit alles weitergehen konnte, sie wünsche eine bestimmte Stelle von Paris wiederzusehen, die ihr gefallen habe. Daher genügte es denn auch, daß sie verspätet nach Hause kam, daß ihr Spaziergang unerklärlich lange gedauert hatte – obwohl vielleicht alles ganz leicht zu erklären war (ohne daß man irgendeinen sinnlichen Grund hätte hinzuziehen müssen) – damit mein Leiden wieder auflebte, diesmal mit Vorstellungen verknüpft, die nichts mit Balbec zu tun hatten, die ich aber wie früher zu zerstören bemüht sein würde, als ob die Aufhebung einer momentanen Ursache die eines eingewurzelten Übels mit sich ziehen könne. Ich machte mir nicht klar, daß ich bei diesen Vernichtungsversuchen, bei denen ich Albertines Wandlungsfähigkeit, ihre Gabe, das vor kurzem noch bestehende Objekt ihrer Liebe zu vergessen, ja beinahe zu hassen, zu Helfershelfern hatte, manchmal diesem oder jenem der unbekannten Wesen tiefen Schmerz zufügte, mit denen sie sich nacheinander vergnügt hatte, und daß ich diesen Schmerz ganz unnötigerweise bereitete, denn die Betreffenden würden zwar verlassen sein, doch ersetzt werden, und parallel zu dem Wege, der durch so viele von ihr leichthin begangene Treulosigkeiten markiert war, für mich ein anderer verlaufen, der ebenso erbarmungslos und kaum von kurzen Etappen der Ruhe unterbrochen war, so daß, wenn ich richtig nachgedacht hätte, meine Leiden nur mit Albertine oder mit mir selbst einmal ein Ende finden konnten. In der ersten Zeit nach unserer Ankunft in Paris hatte ich sogar, unbefriedigt durch die Auskünfte, welche Andrée und der Chauffeur mir über ihre Spazierfahrten mit meiner Freundin gaben, die Umgebung von Paris als ebenso grausam wie die von Balbec empfunden und war mit Albertine ein paar Tage verreist. Doch überall war die Ungewißheit darüber, was sie tat, die gleiche, die Möglichkeit, daß es etwas Unrechtes sei, überall gleich groß, die Überwachung noch schwieriger, so daß ich schließlich mit ihr nach Paris zurückgekehrt war. In Wirklichkeit hatte ich geglaubt, mit Balbec auch Gomorra hinter mir zu lassen und Albertine völlig daraus zu lösen; aber ach! Gomorra war bis in alle Winkel der Erde zerstreut. Halb aus Eifersucht, halb aus Unkenntnis dieser Freuden (ein sehr seltener Fall) hatte ich unbewußt das Versteckspiel selbst arrangiert, bei dem Albertine mir immer wieder entschlüpfte. Ich stellte aus heiterem Himmel die Frage an sie: »Übrigens, Albertine, träume ich, oder hast du mir gesagt, du kenntest Gilberte Swann?« – »Ja, das heißt, sie hat mit mir im Unterricht gesprochen, sie hatte die Hefte über französische Geschichte. Sie war sogar sehr nett und hat sie mir geborgt, ich habe sie ihr aber im Kursus selbst zurückgegeben und sie nur dort gesehen.« – »Gehört sie auch zu der gewissen Sorte von Frauen, die ich nicht leiden kann?« – »O nein, ganz im Gegenteil.«

Aber mehr noch, als daß ich mich solchen der Nachforschung dienenden Gesprächen überließ, wendete ich an das bloße

Vorstellen der Spazierfahrt Albertines die Kräfte, die ich nicht für die Teilnahme daran gebrauchte, und sprach zu meiner Freundin davon mit einem Feuereifer, der sich bei unausgeführten Plänen so ungebrochen erhält. Ich bekundete eine derartige Lust, eine bestimmte Glasmalerei der Sainte-Chapelle zu besichtigen, und ein so schmerzliches Bedauern, daß ich es nicht mit ihr allein tun könne, daß sie liebevoll zu mir sagte: »Aber mein lieber Junge, wenn du so große Lust dazu hast, wie es scheint, dann gib dir doch einen Ruck und komm mit. Wir warten gern, solange du willst, bis du fertig bist. Wenn du im übrigen mehr Lust hast, mit mir allein zu sein, brauche ich ja Andrée nur wieder nach Hause zu schicken, sie kommt dann ein andermal.« Aber dies Zureden, ich solle doch ebenfalls eine Ausfahrt unternehmen, bestärkte mich gerade in meiner inneren Ruhe und erlaubte mir dadurch, meinem Wunsch zu folgen und zu Hause zu bleiben.

Ich bedachte nicht, daß die Apathie, die sich darin äußerte, daß ich in dieser Weise auf Andrée und den Chauffeur die Sorge abwälzte, durch Überwachung Albertines meine Aufregung zu beschwichtigen, in mir alle phantasiegelenkten Bewegungen des Verstandes, alle aus dem Willen geborenen Inspirationen, die einem dazu verhelfen, das, was ein Wesen tut, zu erraten und zu verhindern, zum Erstarren brachte und lähmte; das war um so gefährlicher, als meiner Natur nach mir immer die Welt des Möglichen zugänglicher gewesen ist als die bloße Bedingtheit alles Wirklichen. Es verhilft dazu, die Seelen kennenzulernen, doch durch die Individuen läßt man sich irreführen. Meine Eifersucht entstand aus Bildern, aus Selbstquälerei, nicht aber nach Maßgabe einer Wahrscheinlichkeit. Nun aber kann im Leben der Menschen wie in dem der Völker (auch in dem meinen sollte es so sein) ein Tag kommen, an dem man im Innern einen Polizeipräfekten, einen klarblickenden Diplomaten, einen Chef der Sicherheitspolizei braucht, der, anstatt allen Möglichkeiten

nachzuhängen, welche die gesamte, in alle Windrichtungen sich erstreckende Weite verbirgt, richtige Schlüsse zieht und sich sagt: ›Wenn Deutschland dies erklärt, so heißt das, daß es etwas anderes vorhat, nicht etwas beliebiges anderes, das ganz im Unbestimmten liegt, sondern genau dies oder das, was sogar bereits in die Wege geleitet ist.‹ – ›Wenn irgendeine Person flüchtig geworden ist, so hat sie sich nicht nach den Zielen A, B oder D gewendet, sondern nach dem Ziel C, und der Ort, nach dem man alle Nachforschungen ausrichten muß, ist eben C!‹ Bedauerlicherweise war diese Fähigkeit bei mir nicht sehr gut entwickelt, und ich ließ sie dadurch einschlafen, kraftlos werden, schwinden, daß ich mich daran gewöhnte, in dem Augenblick beruhigt zu sein, wo andere sich damit beschäftigten, an meiner Stelle zu wachen.
Den Grund nun für meinen Wunsch, zu Hause zu bleiben, hätte ich Albertine nur sehr ungern erklärt. Ich sagte ihr gewöhnlich, der Arzt habe mir befohlen, liegenzubleiben. Aber das war nicht wahr. Und hätte es auch gestimmt, so würden dennoch seine Vorschriften mich nicht haben hindern können, meine Freundin zu begleiten. Ich bat sie also um ihren Dispens davon, mit ihr und Andrée auszufahren. Ich möchte nur einen der Gründe nennen, der aus weiser Erfahrung entsprang. Wenn ich mit Albertine ausging, so verspürte ich, wenn sie auch nur einen Augenblick ohne mich war, bereits lebhafte Unruhe: ich stellte mir vor, sie habe vielleicht mit irgend jemandem gesprochen oder auch nur jemanden angeschaut. War sie nicht besonders guter Laune, so dachte ich, sie versäume vielleicht um meinetwillen irgend etwas, was sie plante, oder schiebe es auf. Die Wirklichkeit ist immer nur der Köder, der uns zu irgend etwas Unbekanntem lockt, dessen Weg wir nur wenig verfolgen können. Besser ist, nicht zu wissen, so wenig wie möglich zu denken und der Eifersucht auch nicht das allerkleinste Detail zur Verfügung zu stellen. Leider kommen, wenn das äußere Leben sie nicht liefert, Zwischenfälle auch durch das Erleben im eigenen Innern zu-

stande; in Ermangelung gemeinsamer Ausfahrten mit Albertine bekam ich durch Zufälle, wie sie im Lauf von Überlegungen auftauchten, die ich für mich allein anstellte, jene gewissen kleinen Fragmente des Wirklichen an die Hand, die nach Art eines Magneten etwas von dem Unbekannten an sich ziehen, das von da an schmerzhaft wird. Man kann nicht wie in einem luftleeren Raum leben, die Ideenverbindungen und Erinnerungen setzen ja ihr Treiben fort. Doch ergaben sich diese inneren schmerzlichen Zusammenstöße nicht sogleich; kaum war Albertine zu ihrer Spazierfahrt aufgebrochen, als ich auch schon – wenn auch vielleicht nur für wenige Augenblicke – mich durch die beflügelnden Kräfte der Einsamkeit belebt fühlte. Ich genoß zu meinem Teil die Freuden des beginnenden Tages; das willkürliche Verlangen – die launenhafte und ganz und gar nur mir selbst zugehörige Geneigtheit – sie auszukosten, hätte nicht genügt, um sie in meine Reichweite zu bringen, hätte nicht das ganz besondere Wetter des betreffenden Tages noch mehr getan, als nur die Bilder der Vergangenheit wieder heraufzurufen, das heißt auch ihre gegenwärtige, für alle Menschen, die nicht ein zufälliger und infolgedessen unbeachtlicher Umstand dazu zwang, bei sich zu Hause zu bleiben, zugängliche Wirklichkeit bestätigt. An gewissen schönen Tagen war es derart kalt, man befand sich in so ausgedehntem Kontakt mit der Straße, daß es schien, als hätten die Mauern des Hauses sich zerteilt, und das Klingeln der Straßenbahn, wenn sie vorüberfuhr, jedesmal wie ein silbernes Messer klirrte, mit dem man an ein Haus mit gläsernen Wänden schlägt. Aber zumal in mir selbst vernahm ich mit Entzücken einen neuen Ton, den eine Geige in meinem Innern erklingen ließ. Ihre Saiten werden durch einfache, von außen her erzeugte Unterschiede der Temperatur oder der Beleuchtung gespannt oder auch entspannt. In unserem Wesen, einem Instrument, das die Einförmigkeit der Gewohnheit zum Schweigen verurteilt hat, entsteht ein Sang aus solchen Abweichungen, aus solchen

Variationen, aus denen alle Musik hervorgegangen ist: das Wetter an gewissen Tagen führt uns ohne weiteres von dem einen zum anderen Ton. Wir finden die vergessene Melodie wieder, die sich – wie wir hätten erraten können – mit mathematischer Notwendigkeit einstellt, und die wir, ohne sie zu kennen, vom ersten Moment an singen. Nur diese inneren Modifikationen – innere, obwohl sie von draußen kamen – erneuerten für mich die äußere Welt. Verbindungstüren, die seit langem wie zugemauert waren, öffneten sich in meinem Hirn, das Leben gewisser Städte, die Heiterkeit gewisser Ausblicke erhielten in mir wieder ihren Platz. Ganz und gar erbebend unter einer inneren Resonanz, hätte ich mein Leben von ehemals und mein künftiges Leben, die von der Gewohnheit ausradiert waren, für diesen so einzigartigen Zustand bereitwillig hingegeben.

Wenn ich mich auch nicht aufgemacht hatte, um Albertine auf ihrer langen Ausfahrt zu begleiten, so schweifte deshalb nicht weniger mein Geist umher, und dafür, daß ich es abgelehnt hatte, mit meinen Sinnen diesen Vormittag in mich aufzunehmen, genoß ich in der Einbildung alle gleichen vergangenen oder auch nur möglichen Vormittage, genauer gesagt einen gewissen Typus von Vormittagen, von welchen alle diese der gleichen Art angehörigen nur eine zeitweise wieder auftauchende Erscheinungsform waren, und den ich rasch erkannte; denn die frische Luft wendete ganz von sich aus die nötigen Seiten um, und schon fand ich, wohlbezeichnet für mich, damit ich ihm von meinem Bett aus folgen könne, das Evangelium des betreffenden Tages aufgeschlagen vor. Dieser Morgen als bloße Idee erfüllte meinen Geist mit ständiger Gegenwart, da er identisch mit allen ähnlichen Morgenstunden war, und teilte mir eine Beschwingtheit mit, der mein geschwächter Zustand gar nichts anhaben konnte: da unser Wohlbefinden sehr viel weniger aus unserem guten Gesundheitszustand als aus dem ungenutzten Überschuß unserer Kräfte resultiert, können wir ebensogut wie durch Vermehrung der letzteren durch Beschränkung unserer Aktivität dazu gelangen. Diejenige, von der ich überströmte und deren Potential ich in meinem Bett liegend intakt erhielt, machte mich springlebendig im Innern, so wie eine Maschine, die sich nicht vom Platz rühren kann, in sich selber schnurrt.

Françoise kam das Feuer anzünden und warf, damit es anbrannte, ein paar Reiser darauf, deren Duft, den ich den ganzen Sommer lang vergessen hatte, rings um den Kamin einen magischen Zirkel wob, in welchem ich mich selbst wiederfand, entweder lesend in Combray, oder auch in Doncières, und ich war daraufhin, ganz auf mein Zimmer in Paris beschränkt, so vergnügt, als hätte ich gerade vor, mich auf einen Spaziergang nach der Seite von Méséglise zu begeben oder mich mit Saint-Loup und seinen Freunden zu treffen, die zur Felddienstübung ausgerückt waren. Es kommt häufig vor, daß das Vergnügen, das alle Menschen bei der Wiederbegegnung mit Erinnerungen überkommt, die ihr Gedächtnis aufgesammelt hat, lebhafter zum Beispiel bei denen ist, denen die Tyrannei eines körperlichen Leidens und die tägliche Hoffnung auf Heilung einerseits die Möglichkeit rauben, in der Natur die Bilder zu suchen, die ihren Erinnerungen ähnlich sind, andererseits aber genügend Vertrauen belassen, es bald wieder zu können, damit ein Zustand des Wünschens, der Begehrlichkeit in ihnen erhalten bleibt und sie jene nicht nur als Erinnerungen, als bloße Bilder betrachten. Aber hätten sie auch niemals etwas anderes als das für mich sein und mir eben nur durch Erinnern wieder sichtbar werden können, so würden sie doch plötzlich aus mir, aus meinem ganzen Ich – infolge der Kraft einer mit der damaligen identischen Empfindung – den Knaben, den Jüngling gemacht haben, dem sie erschienen waren. So hatte nicht nur draußen ein Wetterwechsel oder in meinem Zimmer eine Veränderung der Düfte stattgefunden, sondern auch in mir selbst eine Verschiebung des Alters, die Ersetzung der einen durch eine andere Person. Der Duft der Reiser in der eisigen Luft war wie ein Stück Vergangenheit, eine unsichtbare Eisscholle, die sich aus einem Winter von ehemals losgelöst und bis in mein Zimmer vorgeschoben hatte, oft im übrigen von einem Duft und einem Lichtschein aller der verschiedenen Jahre durchwebt, in die ich mich nun zurückgetaucht, von denen ich mich überflutet fühlte, bevor ich sie noch genau identifizieren konnte, dank der Beschwingtheit durch seit langer Zeit aufgegebene Hoffnungen. Die Sonne kam bis zu meinem Bett und durchdrang die durchscheinende Wandung meines überzart gewordenen Körpers, wärmte mich und machte mich glühend wie Kristall. Denn wie ein ausgehungerter Rekonvaleszent, der schon im voraus alle Speisen genießt, die man ihm einstweilen noch vorenthält, fragte ich mich, ob eine Heirat mit Albertine nicht mein Leben ruinieren würde, einerseits, weil ich damit die für mich zu schwere Aufgabe übernehmen müßte, mich einem anderen Wesen zu widmen, andererseits aber auch dadurch, daß sie mich zwang, infolge der unaufhörlichen Gegenwart einer Frau abwesend von mir selbst zu leben und mich für immer der Freuden der Einsamkeit beraubte.

Und nicht dieser nur. Selbst wenn ich vom Tage nur Wünsche verlangte, so gibt es doch gewisse – diejenigen, die nicht von Dingen, sondern von Wesen wachgerufen werden – in deren Charakter es liegt, rein individuell zu sein. Wenn ich aus dem Bett stieg und für einen Augenblick den Fenstervorhang beiseite schob, so war es denn auch nicht nur – wie ein Musiker einen Augenblick den Klavierdeckel hebt – etwa um auf dem Balkon oder auf der Straße festzustellen, ob das Sonnenlicht sich genau in gleicher Stärke ergoß wie in meiner Erinnerung, sondern auch um irgendeine Wäscherin zu sehen, die ihren Wäschekorb trug, eine Bäckersfrau in ihrer blauen Schürze, ein Milchmädchen mit Latz und Ärmeln aus weißem Leinen und dem Tragreff über den Schultern, an dem die Milchkannen hingen, irgendein hochgemutes blondes junges Mädchen in Begleitung der Erzieherin, ein Bild endlich, das quantitativ vielleicht ganz unbedeutende Verschiebungen der Linien jedem anderen gegenüber so sehr zu verändern vermochten wie die Verschiedenheit zweier Noten ein musikalisches Thema, und ohne deren Anblick ich den gesamten Tageslauf gerade um die Ziele vermindert hätte, die er meinem Glücksverlangen anzubieten hatte. Aber wenn der Zuwachs an Freude, der mir durch den Anblick von Frauen zuteil wurde, die ich mir unmöglich a priori hätte vorstellen können, die Straße, die Stadt, die Welt ersehnenswerter und der Erforschung würdiger machte, gab er mir doch gerade dadurch auch ein Verlangen ein, gesund zu werden, das Haus zu verlassen und frei – ohne Albertine – zu sein. Wie viele Male litt ich, wenn eine unbekannte Frau, die künftig mein Traumbild sein würde, sei es zu Fuß, sei es im raschfahrenden Automobil an unserem Haus vorüberkam, darunter, daß mein Körper meinem Blick, der sie einzuholen vermochte, nicht folgen und aus meiner Fensteröffnung wie aus einer Arkebuse herabgeschleudert, das Weiterhuschen eines Antlitzes aufhalten konnte, in dem mich das Angebot eines Glücks erwartete, das ich, gefangen wie ich war, niemals zu kosten instande sein würde!

Von Albertine hingegen hatte ich nichts mehr zu erwarten. Täglich erschien sie mir weniger hübsch, einzig das Begehren, das sie bei anderen weckte, hob sie, wenn ich davon erfuhr, wieder zu leiden begann und sie jenen streitig machen wollte, in meinen Augen noch einmal zu neuem Ansehen empor. Sie konnte mir Leiden bereiten, aber durchaus keine Freude. Durch das Leiden allein wurde meine quälende Anhänglichkeit an sie genährt. Sobald dies Leiden verschwand und mit ihm das Bedürfnis, ihm entgegenzutreten, das meine ganze Aufmerksamkeit wie eine qualvolle Zerstreuung in Anspruch nahm, spürte ich, welches Nichts sie für mich und welches ich selbst gewiß auch in ihren Augen war. Ich war unglücklich, daß dieser Zustand so lange anhielt, und wünschte mir manchmal, irgend etwas Furchtbares zu erfahren, was sie getan und was bis zu meiner Heilung ausgereicht hätte, uns auseinanderzubringen, worauf wir uns dann wieder versöhnen und in einer anderen, elastischeren Form die Bande, die uns aneinander festhielten, neu hätten knüpfen können. Inzwischen betraute ich tausend Umstände, tausend Vergnügungen mit der Aufgabe, Albertine in meiner Nähe die Illusion jenes Glücks zu verschaffen, welches ihr zu schenken ich mich nicht imstande fühlte. Ich wäre gern gleich nach meiner Heilung nach Venedig gereist, aber wie sollte ich das tun, wenn ich Albertine heiratete, ich, der ich doch so eifersüchtig auf sie war, daß selbst in Paris, sobald ich mich zum Ausgehen entschloß, es doch immer nur tat, um mit ihr etwas zu unternehmen. Selbst wenn ich den ganzen Nachmittag zu Hause blieb, folgte ihr mein Denken auf ihrer Ausfahrt nach, beschrieb einen Bogen gleich einem fernen, blauenden Horizont und erzeugte um das Zentrum her, das ich selber war, eine bewegliche Zone der Ungewißheit und des ziellosen Schweifens. ›Wie sollte Albertine, fragte ich mich, mir die qualvollen Ängste einer Trennung ersparen, wenn sie sich auf einer dieser Ausfahrten im Gedanken daran, daß ich zu ihr ja niemals von Heirat spreche, entschlösse, nicht wiederzukommen, sondern zu ihrer Tante zu fahren, ohne daß ich ihr auch nur hätte adieu sagen können?‹ Seitdem seine Wunde vernarbt war, begann mein Herz, nicht mehr so sehr an dem meiner Freundin zu hängen; ich konnte sie in der Phantasie an eine andere Stelle versetzen, sie von mir entfernen, ohne darunter zu leiden. Zweifellos würde, wenn ich es nicht wäre, ein anderer ihr Gatte sein, oder wenn sie frei wäre, würde sie vielleicht die Art von Abenteuern haben, die mir Grauen einflößten. Aber das Wetter war so schön, ich war so gewiß, sie werde am Nachmittag wiederkommen, daß selbst wenn der Gedanke an mögliche Verfehlungen mir in den Sinn kam, ich diese durch freie Entscheidung in einem Teil meines Hirns einzukapseln vermochte, in dem sie nicht mehr Wichtigkeit besaßen als in einem wirklichen Leben die Laster einer nur erdachten Person; dadurch, daß ich die geschmeidigen Angeln meines Denkens spielen ließ, hatte ich mit einer Energie, die ich in meinem Kopf als etwas gleichzeitig Körperliches und Seelisches verspürte – in Gestalt einer Muskelbewegung und einer geistigen Initiative – den Zustand gewohnheitsmäßiger Beschäftigung mit ihr überschritten, in dem ich mich bis jetzt gefangen gefühlt, und fing an, mich in freier Luft zu bewegen, von wo aus dann der Gedanke, alles aufzugeben, um die Heirat Albertines mit einem anderen zu verhindern und ihrer Neigung für Frauen Hemmnisse in den Weg zu legen, mir ebenso wahnwitzig schien wie jemandem, der sie gar nicht gekannt hätte.

Im übrigen ist die Eifersucht eine jener nur periodisch auftretenden Krankheiten, deren Ursache, launisch, zwingend, und bei dem gleichen Kranken stets und immer identisch, bei einem anderen zuweilen vollkommen anders geartet ist. Es gibt Asthmatiker, die ihren Anfall nur dadurch beschwichtigen, daß sie die Fenster öffnen, frischen Wind und Höhenluft einatmen, während andere sich in das Zentrum der Stadt, in ein verräuchertes Zimmer flüchten. Es gibt kaum Eifersüchtige, deren Eifersucht nicht gewisse Abweichungen aufwiese. Der eine ist damit einverstanden, daß er betrogen wird, vorausgesetzt, daß man es ihm sagt, ein anderer, wofern man es ihm verbirgt, worin der eine sich kaum weniger absurd als der andere zeigt, da, wenn der zweite wahrhaft betrogen ist, insofern man ihm die Wahrheit vorenthält, der erste in Gestalt dieser Wahrheit nach der Nahrung, der Ausweitung, der Erneuerung seiner Leiden verlangt.

Viel mehr noch, diese beiden entgegengesetzten Zustände der Eifersucht gehen oft über alle Worte hinaus, ob sie nach vertraulichen Geständnissen verlangen oder sie ablehnen. Man findet Eifersüchtige, die nur auf Männer eifersüchtig sind, zu denen ihre Geliebten fern von ihnen Beziehungen unterhält, jedoch gestatten, daß sie sich einem anderen Manne als ihnen selbst hingibt, wenn es mit ihrer Einwilligung, in ihrer Nähe, und wenn nicht gerade unter ihren Augen, so doch unter ihrem Dach geschieht. Dieser Fall kommt ziemlich häufig bei älteren Männern vor, die in eine junge Frau verliebt sind. Sie empfinden die Schwierigkeit, ihr zu gefallen, zuweilen die Ohnmacht auch, sie zufriedenzustellen, und wenn sie sich betrügen lassen, ziehen sie es vor, in ihr Haus, in ein benachbartes Zimmer, jemanden kommen zu lassen, den sie für fähig halten, ihr keine schlechten Ratschläge, wohl aber Vergnügen zu geben. Bei anderen trifft genau das Gegenteil zu: während sie ihre Geliebte nicht eine Minute in einer Stadt, die sie kennen, aus dem Haus lassen und sie in wahrer Sklaverei halten, gestehen sie ihr zu, auf vier Wochen in ein Land zu reisen, das ihnen unbekannt ist, so daß sie sich nicht vorstellen können, was sie dort unternehmen wird. Ich erfuhr an mir im Hinblick auf Albertine diese beiden Arten einer Beschwichtigung suchenden Manie. Ich wäre nicht eifersüchtig gewesen, wenn sie in meiner Nähe Liebesfreuden gehabt hätte, zu denen ich selbst sie ermutigte, die ich ganz unter meiner Aufsicht behielte, da ich mir dadurch die Furcht vor Lügen erspart hätte; ich wäre es vielleicht ebensowenig gewesen, wäre sie in ein mir unbekanntes Land gereist, das genügend weit entfernt war, damit ich mir weder ihre Lebensführung dort hätte vorstellen, noch in die Lage oder Versuchung hätte geraten können, sie genauer kennenzulernen. In beiden Fällen war der Zweifel durch gleichermaßen vollkommene Kenntnis oder Unwissenheit unterbunden worden.

Da das Abnehmen des Tages mich durch die Erinnerung in eine erfrischende Atmosphäre von früher hüllte, atmete ich diese mit dem gleichen Entzücken ein wie Orpheus die leichtere, auf dieser Erde unbekannte Luft des Elysiums. Aber schon ging der Tag zu Ende, und ich fühlte mich von der Trauer des Abends heimgesucht. Während ich mechanisch auf die Wanduhr blickte, wie viele Stunden noch bis zu Albertines Heimkehr vergehen würden, sah ich, daß ich noch Zeit hätte, mich anzukleiden und die Hausbesitzerin, Madame de Guermantes, um ein paar Hinweise für hübsche Toilettengegenstände zu bitten, die ich meiner Freundin zum Geschenk machen wollte. Manchmal traf ich die Herzogin im Hof, wenn sie sich gerade, sogar bei schlechtem Wetter, mit flachem Hut und Pelz zu Fuß auf einen Ausgang begab. Ich wußte sehr wohl, daß sie für eine Anzahl von klugen Leuten nichts anderes war als eine beliebige Dame, deren Titel einer Herzogin von Guermantes heute nichts mehr bedeutet, da es ja keine Herzog- oder Fürstentümer mehr gibt; ich selbst aber hatte einen anderen Gesichtspunkt bei meiner Art, Menschen und Orte auf mich wirken zu lassen. Alle Schlösser oder Besitzungen, deren Herzogin, Prinzessin, Vicomtesse sie gewesen war, schien mir diese Dame im Pelz, die dem schlechten Wetter trotzte, mit sich herumzutragen, wie die in Stein abgebildeten Personen an der Stirnseite eines Portals die Kathedrale, die sie gebaut, die Stadt, die sie verteidigt haben, in ihrer Hand halten. Aber diese Schlösser, diese Wälder konnten einzig die Augen meines Geistes in der behandschuhten Hand der Dame im Pelz erkennen, die die Kusine des Königs war, die meines Leibes stellten nur an Tagen, an denen das Wetter bedrohlich war, einen Regenschirm darin fest, mit welchem die Herzogin nicht sich zu bewaffnen scheute. »Man kann nie wissen, es ist klüger, falls ich sehr weit fort bin und ein Wagen Preise verlangt, die zu hoch für mich sind.« Ausdrücke wie ›zu teuer‹, ›das übersteigt meine Mittel‹ kehrten dauernd in der Unterhaltung der Herzogin wieder, ebenso wie: ›Ich bin zu arm‹, ohne daß man genau feststellen konnte, ob sie so sprach, weil sie es amüsant fand zu behaupten, sie sei arm, wo sie doch so reich war, oder weil ihr elegant schien, als Aristokratin, das heißt als Dame, die gern vorgab, eine Bäuerin zu sein, dem Reichtum nicht die Wichtigkeit zuzuerkennen wie Leute, die nur reich sind und die Armen verachten. Vielleicht war es auch eher eine Gewohnheit aus einer Epoche ihres Lebens, wo sie, zwar schon reich, aber doch nicht ganz reich genug im Vergleich zu den

Unterhaltungskosten für so viele Besitzungen, unter einer gewissen Geldknappheit litt, die nicht verbergen zu wollen sie gern den Anschein weckte. Die Dinge, von denen man am häufigsten scherzend spricht, sind im allgemeinen ganz im Gegenteil gerade diejenigen, die einen bedrücken, durch die man aber nicht bedrückt scheinen will, vielleicht in der uneingestandenen Hoffnung auf den zusätzlichen Vorteil, daß gerade die Person, mit der man spricht, wenn sie einen darüber scherzen hört, glaubt, man sei es wirklich nicht.

Am häufigsten aber wußte ich zu dieser Stunde die Herzogin zu Hause zu finden, und ich war glücklich darüber, denn es war bequemer so, um sie eingehend wegen der von Albertine gewünschten Auskünfte zu befragen. Ich ging dann zu ihr hinunter, fast ohne daran zu denken, wie ungewöhnlich es sei, daß ich jetzt mich zu jener geheimnisvollen Herzogin von Guermantes meiner Kindheit einzig begab, um mich ihrer wie einer praktischen Einrichtung zu bedienen, wie man das Telephon benutzt, ein übernatürliches Instrument, dessen Wunderwirkung man ehemals bestaunte und das man heute ganz gedankenlos gebraucht, um seinen Schneider zu beordern oder Eis zum Nachtisch zu bestellen.

Das Drum und Dran der weiblichen Toilette brachte für Albertine große Freuden mit sich. Ich konnte mir das Vergnügen nicht versagen, ihr jeden Tag eine neue zu bereiten: jedesmal, wenn sie mir voller Entzücken von einem Schal, einer Stola, einem Sonnenschirm erzählt hatte, den sie vom Fenster aus oder während sie den Hof überquerte, mit ihren Augen, die so schnell alles, was sich auf Eleganz bezog, zu erkennen vermochten, am Hals, auf den Schultern, in der Hand von Madame de Guermantes bemerkt hatte, ging ich – wohl wissend, daß der von Natur bereits heikle Geschmack des jungen Mädchens (den die Lektionen der Eleganz, welche für sie die Gespräche mit Elstir gewesen waren, noch verfeinert hatten) sich keineswegs bei etwas annähernd Ähnlichem, selbst einer hübschen Sache, welche jene in den Augen der Massen ersetzt, aber doch völlig davon verschieden ist, beruhigt hätte – mir heimlich von der Herzogin Auskunft darüber holen, wo, wie, nach welchem Modell geschaffen worden war, was Albertine gefallen hatte, wie ich vorgehen müsse, um genau das gleiche zu erhalten, worin das Geheimnis des Schöpfers, der Charme (das, was Albertine den ›Chic‹, das ›Genre‹ nannte) seiner speziellen Art beruhe, welches der genaue Name sei – wobei die Schönheit des Materials eine große Rolle spielte – und die Qualität der Stoffe, deren Verwendung ich zur Bedingung machen solle.

Als ich Albertine bei unserer Ankunft in Balbec gesagt hatte, die Herzogin von Guermantes wohne uns gegenüber in dem gleichen Hause, hatte sie, als sie den hohen Titel und den großen Namen hörte, jene mehr als gleichgültige, feindliche, verächtliche Miene angenommen, die das Zeichen ohnmächtigen Wünschens bei stolzen, leidenschaftlichen Naturen ist. Albertine mochte an sich noch so hochgemut sein, die Vorzüge, welche sie in sich barg, konnten sich nur inmitten der Beschränkungen entwickeln, die unsere Neigungen ihnen auferlegen, oder der Trauer über diejenigen von unseren Neigungen, auf die wir haben verzichten müssen – wie es für Albertine der Snobismus war – eine neidvolle Trauer, die man gewöhnlich Haß nennt. Bei Albertine nahm der Haß auf die Menschen der großen Welt im übrigen sehr wenig Raum ein und gefiel mir durch den gewissen revolutionären Geist – das heißt die unglückliche Liebe zum Adel – der sich darin zeigte, wie er auf der Seite des französischen Charakters eingeschrieben steht, welche jener anderen entgegengesetzt ist, auf der die aristokratische Art von Madame de Guermantes ihren Platz hat. Um dies aristokratische ›Genre‹ hätte Albertine wegen der Unmöglichkeit, es zu erreichen, sich vielleicht nicht besonders gekümmert, aber da sie sich daran erinnerte, daß Elstir ihr von der Herzogin als von derjenigen Frau in Paris, die sich am besten kleide, gesprochen hatte, trat die republikanische Mißachtung einer Herzogin bei meiner Freundin hinter dem lebhaften Interesse für eine elegante Frau zurück. Sie wollte oft durch mich von Madame de Guermantes hören und sah gern, wenn ich bei der Herzogin Toilettenratschläge für sie einholen ging. Zweifellos hätte ich diese auch von Madame Swann erbitten können, und einmal schrieb ich ihr sogar zu diesem Zweck. Aber Madame de Guermantes schien mir die Kunst, sich zu kleiden, doch noch weiterentwickelt zu haben. Wenn ich, nachdem ich mich versichert, daß sie nicht ausgegangen war, und gebeten hatte, man solle mich benachrichtigen, sobald Albertine nach Hause gekommen sei, einen Augenblick zu der Herzogin hinunterstieg und sie in der Nebelwolke eines grauen Crêpe-de-Chine-Kleides antraf, so nahm ich diesen Anblick hin, doch spürte ich, daß er auf komplexen Ursachen beruhte und nicht verändert werden konnte. Ich ließ mich von der Atmosphäre, die davon ausging, umwallen wie von gewissen mit einem dunstigen Nebel perlgrau wattierten Spätnachmittagen; wenn dagegen dies Hausgewand ein chinesisches Muster mit gelben und roten Flammen zeigte, betrachtete ich es wie einen lodernden Sonnenuntergang; diese Toilette war nicht eine beliebige, willkürlich ersetzbare Dekoration, sondern eine gegebene und dabei poetische Wirklichkeit wie diejenige des jeweiligen Wetters und der besonderen Beleuchtung zu einer bestimmten Stunde.

Von allen Kleidern oder Hausgewändern, die Madame de Guermantes trug, waren diejenigen, die am meisten einer bestimmten Absicht zu entsprechen, mit einer besonderen Bedeutung begabt zu sein schienen, die Kleider, die Fortuny nach alten venezianischen Zeichnungen angefertigt hat. Liegt es an dem historischen Charakter, oder vielmehr an der Einmaligkeit und ganz speziellen Besonderheit jedes einzelnen, daß die Haltung der Frau, die es trägt, während sie uns erwartet, während sie mit uns plaudert, eine außergewöhnliche Wichtigkeit bekommt, ganz als sei dies Kostüm die

Frucht einer langen Überlegung und als hebe sich dies Gespräch aus dem alltäglichen Leben heraus wie eine Szene aus einem Roman? Bei Balzac sieht man die Heldinnen mit Absicht an dem Tage, an dem sie einen bestimmten Besucher empfangen, diese oder jene Toilette anlegen. Die Toiletten von heute haben nicht soviel Charakter, mit Ausnahme eben der Kleider, die Fortuny macht. Nichts Ungenaues kann es in der Beschreibung des Romanschriftstellers geben, da dieses Kleid wirklich existiert und die geringste Linienführung dabei derart natürlich gegeben ist wie bei einem Kunstwerk. Bevor eine Frau das eine oder das andere anzieht, hat sie eine Wahl treffen müssen zwischen zwei nicht einander ähnlichen Kleidern, sondern solchen, von denen jedes durch und durch individuell ist, so daß man sie benennen kann.

Das Kleid aber hinderte mich nicht daran, an die Frau zu denken. Madame de Guermantes selbst schien mir in dieser Epoche angenehmer als zu der Zeit, da ich sie noch liebte. Da ich weniger von ihr (die ich jetzt nicht mehr um ihrer selbst willen besuchte) erwartete, hörte ich ihr fast mit der ruhigen Unbefangenheit zu, die man hat, wenn man gemütlich allein, mit den Füßen auf dem Kaminvorsatz dasitzt, so wie ich etwa ein Buch gelesen hätte, das in altertümlicher Sprache abgefaßt ist. Ich hatte genügend Freiheit des Geistes, um in dem, was sie sagte, jene so reine französische Anmut zu genießen, die man in der Redeweise oder den Schriften der heutigen Zeit nicht mehr finden kann. Ich lauschte ihrer Unterhaltung wie einem auf eine ganz köstliche Weise vorgetragenen französischen Volkslied. Ich war mir klar, daß ich angehört hätte, wie sie sich über Maeterlinck lustig machte (den sie im übrigen jetzt bewunderte auf Grund der Schwäche des Frauengeistes, der empfänglich für literarische Moden ist, deren Strahlen erst spät bei ihm ankommen) so wie ich verstand, daß Mérimée sich über Baudelaire, Stendhal über Balzac, Paul-Louis Courier über Victor Hugo, Meilhac über Mallarmé lustig gemacht hat. Ich sah wohl ein, daß derjenige, der sich mokierte, den begrenzteren Verstand im Vergleich zu demjenigen, über den er sich lustig machte, aber auch den reineren Wortschatz besaß. Der von Madame de Guermantes war, fast ebenso wie der der Mutter Saint-Loups, rein in bezauberndem Maße. Nicht in den gleichgültigen Klischees der Schriftsteller von heute, welche ›faktisch‹ (anstatt ›in Wirklichkeit‹), ›speziell‹ (anstatt ›im besonderen‹), ›frappiert‹ (anstatt ›von Staunen betroffen‹) sagen, findet man die alte Sprache und die richtige Aussprache der Wörter, sondern wenn man mit einer Madame de Guermantes oder einer Françoise spricht. Von letzterer hatte ich bereits im Alter von fünf Jahren gelernt, daß man nicht ›le Tarn‹, sondern ›le Tar‹, nicht ›le Béarn‹, sondern ›le Béar‹ sagt, woraufhin ich mit zwanzig Jahren, als ich in Gesellschaft ging, nicht erst belehrt zu werden brauchte, daß man nicht wie Madame Bontemps sagen dürfe: Madame de Béar-n.

Ich würde lügen, wenn ich behauptete, die Herzogin sei sich dieser schollenhaften und gewissermaßen bäuerlichen Seite, die in ihr fortbestand, nicht bewußt gewesen und habe sie nicht mit einer gewissen Affektiertheit zur Schau getragen. Doch war das bei ihr weniger die falsche Einfachheit der großen Dame, die ihren ländlichen Ursprung herauskehrt, oder der Hochmut der Herzogin, die sich über die reichen Damen lustig macht, die die Bauern verachten, ohne sie zu kennen, als vielmehr der gewissermaßen künstlerische Geschmack einer Frau, die sich des Reizes bewußt ist, den sie besitzt und ihn nicht durch einen modernen Anstrich zu verderben gedenkt. So kennt jeder in Dives einen normannischen Restaurateur, Besitzer von ›Guillaume le Conquérant‹, der sich wohl gehütet hat – was sehr selten ist – seiner ›Hostellerie‹ den modernen Luxus eines Hotels zu geben, und der, obwohl selbst Millionär, die Redeweise und die Bluse eines normannischen Bauern beibehielt und einen in die Küche kommen ließ, damit man wie auf dem Lande ihm zusehen könne, wenn er ein Diner bereitete, das dessenungeachtet unendlich viel besser und auch noch sehr viel teurer als eines in den großen Palasthotels war.

Die ganze Kraft des Bodens, die noch in den alten aristokratischen Familien wohnt, genügt allein jedoch nicht. Es muß auch noch ein Wesen erstehen, das klug genug ist, sie nicht zu verachten und nicht unter dem gesellschaftlichen Firnis verschwinden zu lassen. Madame de Guermantes, die unglücklicherweise geistreich und Pariserin war und die, als ich sie kennenlernte, von ihrem Heimatboden nur noch den Akzent beibehielt, fand doch wenigstens, wenn sie ihr Leben als junges Mädchen schildern wollte, in ihrer Ausdrucksweise (zwischen dem, was zu unwillkürlich provinziell oder was im Gegenteil künstlich literarisch erschienen wäre) einen jener Kompromisse, die den Reiz der ›Petite Fadette‹ von George Sand oder gewisser Legenden ausmachen, die Chateaubriand in seinen ›Mémoires d'Outre-tombe‹ aufgezeichnet hat. Besonderes Vergnügen fand ich daran, sie irgendeine Geschichte erzählen zu hören, in welcher Bauern neben ihr auftraten. Die alten Namen, die alten Bräuche gaben diesen Annäherungen zwischen Schloß und Dorf etwas wirklich Köstliches.

Wenn keine Affektation, keine Absicht bei ihr bestand, sich eine Sondersprache zuzulegen, dann schuf diese Art der Aussprache ein wahres Geschichtsmuseum Frankreichs nur in der Konversation. ›Mein Onkel Fittjam‹ ist nichts Erstaunliches, denn bekanntlich nehmen die Fitz-James gern für sich in Anspruch, daß sie französische große Herren sind, und wollen nicht, daß man ihren Namen auf englische Art ausspricht. Man muß im übrigen die rührende Gefügigkeit der Leute bewundern, die bis dahin geglaubt hatten, einen Namen genau nach den Lehren der Grammatik aussprechen zu sollen, und dann mit einem Male, nachdem sie die Herzogin ihn anders hatten artikulieren hören, sich ganz einer Art der Wiedergabe anpaßten, von der sie zuvor nichts hatten ahnen können. So stellte die Herzogin, die einen Urgroßvater in nächster Nähe des Grafen von Chambord gehabt hatte, um ihren Gatten zu necken, der Orleanist geworden war, gern fest: ›Wir, die alten Froschdorfs.‹ Der Besucher, der es bisher geglaubt hatte richtig zu machen, wenn er ›Frohsdorf‹ sagte, änderte blitzschnell seine Meinung und ging nun von der Aussprache ›Froschdorf‹ nicht mehr ab.

Einmal, als ich Madame de Guermantes fragte, wer der bezaubernde junge Mann sei, den sie mir als ihren Neffen vorgestellt und dessen Namen ich ungenau verstanden hatte, hörte ich von diesem Namen auch weiterhin nichts deutlich heraus, als die Herzogin aus tiefer Kehle sehr laut, aber ohne genau zu artikulieren, nur eine Reihe von Vokalen hervorbrachte, die in den Satz übergingen: ›Er ist Roberts Schwager. Er behauptet, er habe die Schädelform der alten Gallier.‹ Da wurde mir klar, daß sie gesagt hatte, er sei der kleine Léon (der Prinz von Léon, der tatsächlich der Schwager Saint-Loups war). »Ich weiß nicht, ob er einen solchen Schädel hat, setzte sie hinzu, aber seine Art sich zu kleiden, die im übrigen viel Schick besitzt, hat er bestimmt nicht mehr von daher. Eines Tages, als wir uns von Josselin aus, wo wir bei den Rohans waren, zu einer Bittwallfahrt begaben, waren Bauern aus ungefähr allen Teilen der Bretagne herbeigeströmt. Ein großer Bursche aus dem Dorf Léon bestaunte mit offenem Mund die beigefarbenen Hosen des Schwagers von Robert. ›Was siehst du mich denn so an? Ich wette, du weißt nicht, wer ich bin‹, sagte Léon zu ihm. Und als der Bauer verneinte, setzte er hinzu: ›Nun, ich bin dein Prinz hier von Léon.‹ – ›Ah! antwortete der Bauer, indem er die Mütze abnahm und sich entschuldigte, und ich hatte Sie für einen ‹English› gehalten.‹« Wenn ich aber, diesen Ausgangspunkt benutzend, Madame de Guermantes veranlaßte, sich noch weiter über die Rohans zu äußern (mit denen ihre Familie mehrfach alliiert war), so war ihre Unterhaltung mit dem melancholischen Reiz der ›Pardons‹, der Bittprozessionen jener Gegend, erfüllt und zudem, wie Pampille, dieser wahre

Dichter, gesagt hätte: ›mit dem herben Duft der Pfannkuchen aus schwarzem Mehl, die auf einem Binsenfeuer gebacken sind‹.

Über den Marquis du Lau (dessen trauriges Ende, als er sich, selbst ertaubt, zu der erblindeten Madame H... bringen ließ, bekannt ist) erzählte sie aus seinen weniger tragischen Jahren, wie er zum Beispiel nach der Jagd in Guermantes in Filzpantoffeln erschienen war, um seinen Tee mit dem König von England zu trinken, dem er sich ranggleich fühlte und vor dem er sich, wie man sieht, keinen Zwang antat. Sie ließ diese Züge so anschaulich hervortreten, daß sie ihm noch etwas von dem Draufgängertum der ein wenig ruhmredigen Edelleute aus dem Périgord hinzusetzte.

Im übrigen nahm Madame de Guermantes selbst bei der einfachen Schilderung von Leuten – so erdnah war sie geblieben, worin ihre große Stärke lag – auf deren Herkunftsprovinzen Rücksicht und stellte sie in diese hinein, wie es niemals eine Pariserin von Geburt hätte machen können, und die bloßen Namen Anjou, Poitou, Périgord ließen in ihrer Unterhaltung Landschaften um ein Porträt à la Saint-Simon erstehen.

Um auf die Aussprache und den Wortschatz von Madame de Guermantes zurückzukommen, so zeigt sich von dieser Seite her der Adel wirklich konservativ mit allem, was dies Wort an gleichzeitig Kindischem, Gefährlichem, Entwicklungsfeindlichem, aber auch für Künstler Amüsantem enthält. Ich wollte wissen, wie man früher den Namen Jean geschrieben habe. Ich erfuhr es, als ich einen Brief des Neffen von Madame de Villeparisis erhielt, der – wie er getauft worden war und auch im Gotha steht – Jehan de Villeparisis unterschrieb, mit dem gleichen schönen, zwecklosen heraldischen H, wie man es mit Zinnober und Ultramarin illuminiert in einem Stundenbuch oder einer Glasmalerei bewundert.

Leider hatte ich nicht die Zeit, diese Besuche beliebig lange auszudehnen, denn ich wollte möglichst nicht später als meine

Freundin zu Hause sein. So aber konnte ich immer nur tropfenweise von Madame de Guermantes Modeauskünfte erhalten, die mir dazu dienten, Toiletten der gleichen Art, soweit ein junges Mädchen sie tragen konnte, für Albertine machen zu lassen.

– Zum Beispiel an dem Tage, als Sie bei Madame de Saint-Euverte speisten, bevor Sie zu der Prinzessin von Guermantes gingen, hatten Sie ein ganz rotes Kleid und dazu rote Schuhe an. Sie sahen unerhört aus, wie eine große blutende Blüte, ein Rubin in Flammen, was war das denn? Kann ein junges Mädchen wohl so etwas tragen?

Während die Herzogin ihrem ermüdeten Gesicht noch einmal den strahlenden Ausdruck zu geben versuchte, mit dem die Prinzessin des Laumes früher von Swann Komplimente entgegengenommen hatte, warf sie tränenlachend einen spöttisch-fragenden und entzückten Blick auf Monsieur de Bréauté, der zu dieser Stunde immer da war und der jetzt unter seinem Monokel ein nachsichtiges Lächeln für dies intellektuelle Geschwätz – eine Folge der rein physisch bedingten Erregbarkeit des jungen Mannes, die sich seiner Meinung nach dahinter verbarg – langsam einfrieren ließ. Die Herzogin sah aus, als wolle sie sagen: ›Was hat er nur? Er ist ja verrückt.‹ Zu mir gewendet erklärte sie dann mit schmeichelnder Miene: »Ich wußte zwar nicht, daß ich wie ein Rubin in Flammen oder eine in Blut getauchte Blüte aussah, aber ich erinnere mich tatsächlich, daß ich ein rotes Kleid trug: es war aus rotem Atlas, wie er damals hergestellt wurde. Ja, ein junges Mädchen kann das allenfalls tragen, doch Sie haben mir ja gesagt, daß die Ihre niemals abends ausgeht. Das aber war ein großes Abendkleid. Man kann so etwas nicht anziehen, um Besuche zu machen.«

Außerordentlich ist dabei, daß von diesem an sich noch nicht so sehr weit zurückliegenden Abend Madame de Guermantes sich nur ihrer Toilette erinnerte und eine gewisse andere Sache vergessen hatte, die ihr gleichwohl, wie man sehen wird, hätte am Herzen liegen sollen. Es scheint, daß bei Tatmenschen (Weltleute aber sind – wenn auch nur in minimalem, mikroskopischem Maßstab – eben doch Tatmenschen) der Geist, überbeansprucht durch die Aufmerksamkeit auf das, was in der nächsten Stunde geschehen wird, nur sehr wenig Dinge dem Gedächtnis übergibt. Oft zum Beispiel geschah es keineswegs, um von der Sache abzulenken und den Anschein zu vermeiden, als habe er sich getäuscht, daß Monsieur de Norpois, wenn man ihm gegenüber Prognosen erwähnte, die er für ein Bündnis mit Deutschland gestellt hatte, das gar nicht zustande gekommen war, erklärte: ›Sie müssen sich täuschen, ich erinnere mich absolut nicht, das hört sich auch gar nicht nach mir an, denn bei solchen Gesprächen pflege ich immer sehr lakonisch zu sein und hätte niemals einem dieser Staatsstreiche, die zunächst nur unbedachte Jungenstreiche sind und gewöhnlich zu Schwertstreichen führen, Erfolg vorausgesagt. Es ist unleugbar, daß in ferner Zukunft eine deutsch-französische Annäherung zustande kommen könnte, die für beide Länder sehr von Nutzen wäre und bei der Frankreich keineswegs schlecht davonkommen würde; ich meine es, habe jedoch niemals davon gesprochen, weil die Frucht noch nicht reif ist, und wenn Sie meine Meinung hören wollen, so geht sie dahin, daß wir bei dem Unterfangen, mit unseren ehemaligen Feinden den Bund fürs Leben zu schließen, eine gewaltige Schlappe und häßliche Rückschläge zu gewärtigen hätten.‹ Als Monsieur de Norpois das sagte, log er nicht, er hatte einfach vergessen. Man vergißt im übrigen schnell, was man nicht in den Tiefen seines Innern gedacht, sondern was einem nur der Nachahmungstrieb und ihm nahestehende Leidenschaften diktieren. Sie wandeln sich schnell, und mit ihnen wandelt sich auch die Erinnerung. Mehr noch als Diplomaten neigen Politiker dazu, sich überhaupt nicht mehr an den Standpunkt zu erinnern, den sie zu einem gewissen Zeitpunkt eingenommen haben; doch ist ihre jeweilige Meinungsänderung weniger auf übermäßig gesteigerten Ehrgeiz als auf Gedächtnisschwund zurückzuführen. Was die Weltleute angeht, so erinnern sie sich nur an sehr wenige Dinge. Madame de Guermantes blieb mir gegenüber dabei, sie erinnere sich nicht, daß auf jener Soiree, die sie in dem roten Abendkleid besucht hatte, auch Madame de Chaussepierre gewesen sei, ich müsse mich unbedingt täuschen. Dabei hatten, weiß Gott, die Chaussepierre seither im Bewußtsein des Herzogs und sogar der Herzogin eine bedeutende Rolle gespielt! Das hing so zusammen: Monsieur de Guermantes war bereits am längsten Vizepräsident des ›Jockey‹, als der Präsident verstarb. Gewisse Mitglieder des Clubs, solche, die keine Beziehungen hatten und deren einziges Vergnügen darin bestand, Leute niederzustimmen, bei denen sie nicht eingeladen waren, zogen gegen den Herzog zu Felde, der, seiner Wahl ganz sicher und im übrigen einer Präsidentschaft gegenüber ziemlich gleichgültig, die mit seiner tatsächlichen Stellung in der Welt verglichen nur sehr wenig bedeutete, sich um nichts kümmerte. Man führte an, daß die Herzogin dreyfusfreundlich sei (obwohl die Dreyfus-Affäre schon seit langem beendet war; doch noch zwanzig Jahre lang sprach man immer wieder davon, jetzt aber lag sie erst zwei Jahre zurück), daß sie die Rothschilds bei sich empfange, daß man überhaupt seit einiger Zeit diese großen internationalen Potentaten bevorzuge, wie der zur Hälfte deutsche Herzog von Guermantes einer sei. Die Kampagne fiel auf einen Boden, der wohlvorbereitet war, denn die Clubs zeigen sich immer eifersüchtig gegen Leute, die im Brennpunkt der Aufmerksamkeit stehen, und hassen die großen Vermögen. Das von Chaussepierre war nicht eben klein, aber niemand hatte Gelegenheit, daran Anstoß zu nehmen: er gab keinen Heller aus, die Wohnung des Paares war bescheiden, die Frau kam in schwarze Wolle gekleidet daher. Ganz versessen auf Musik, gab sie viele kleine Matineen, zu denen noch mehr Sängerinnen eingeladen wurden als bei den Guermantes. Niemand aber sprach davon, die Sache nahm ganz ohne Bewirtung, ja sogar in Abwesenheit des Hausherrn im Dunkel der Rue de la Chaise ihren Verlauf. In der Oper wurde Madame de Chaussepierre nicht besonders beachtet, immer aber trat sie mit Leuten zusammen auf, deren Namen an die heftigsten ›Ultras‹ aus der Umgebung Karls X. erinnerten, die aber zurückgezogen lebten und wenig in der ›Welt‹ verkehrten. Am Wahltage jedoch siegte zum allgemeinen Erstaunen das Dunkel über den Glanz, und Chaussepierre, zweiter Vizepräsident, wurde zum Präsidenten des ›Jockey‹ gewählt, der Herzog von Guermantes jedoch blieb auf dem Platze, das heißt erster Vizepräsident. Gewiß bedeutete die Tatsache, Präsident des ›Jockey‹ zu sein, für Fürstlichkeiten vom Range der Guermantes nicht eben viel. Aber es nicht sein, wenn eigentlich die Reihe an einem war, sich einen Chaussepierre vorziehen sehen, wo doch Oriane zwei Jahre zuvor nicht nur dessen Frau keines Grußes gewürdigt hatte, sondern sogar so weit gegangen war, sich beleidigt zu zeigen, wenn diese unscheinbare Motte ihrerseits sie zu grüßen wagte, das war für den Herzog hart. Er behauptete, die Niederlage mache ihm gar nichts aus, und versicherte zudem, daß er sie seiner alten Freundschaftsgesinnung Swann gegenüber verdanke. Tatsächlich ließ er von seinem Groll niemals ab. Eines war ziemlich merkwürdig: nie hatte man gehört, daß der Herzog von Guermantes sich des eher banalen Ausdrucks ›schließlich und endlich‹ bediente; aber seit der Wahl für den Jockey-Club tauchte, sobald von der Dreyfus-Affäre die Rede war, stets diese Wendung ›schließlich und endlich‹ bei ihm auf. ›Dreyfus-Affäre, Dreyfus-Affäre, das ist leicht gesagt, die Bezeichnung ist dabei äußerst ungenau; es handelt sich nicht um eine Religionsangelegenheit, sondern schließlich und endlich ist daraus eine Staatsaffäre geworden.‹ Fünf Jahre konnten so vergehen, ohne daß man dies ›schließlich und endlich‹ hörte, wenn während dieser Zeit nicht von der Dreyfus-Affäre die Rede war; tauchte jedoch nach Verlauf von fünf Jahren der Name Dreyfus von neuem auf, so war auch automatisch dies ›schließlich und endlich‹ wieder da. Der Herzog konnte im übrigen nicht leiden, daß man von der Affäre sprach, die, sagte er, ›so viel Unglück heraufgeführt‹ habe, obwohl er in Wirklichkeit nur für ein einziges Mißgeschick Sinn hatte, nämlich seine Niederlage bei der Präsidentenwahl für den Jockey-Club. Daher kam auch an jenem Nachmittag, als ich Madame de Guermantes an das rote Abendkleid erinnerte, das sie bei der Soiree ihrer Kusine getragen hatte, Monsieur de Bréauté ziemlich übel an, als er, um etwas zu sagen, in einer unklaren Ideenassoziation, die er auch nicht präzisierte, mit zuvor in seinen zugespitzten Mund hineinmanövrierter Zunge die Bemerkung machte: »A propos Dreyfus-Affäre...« (wieso Dreyfus-Affäre? Es handelt sich doch nur um ein rotes Abendkleid, aber gewiß lag dem armen Bréauté, der niemals an etwas anderes dachte, als allen gefällig zu sein, jede Bosheit dabei fern; doch allein der Name Dreyfus bewirkte, daß der Herzog von Guermantes seine jupiterhaften Brauen runzelte). »... man hat mir da einen recht netten Ausspruch erzählt, wirklich sehr, sehr hübsch, von unserem Freund Cartier (wobei dem Leser mitgeteilt sei, daß dieser Cartier, ein Bruder von Madame de Villefranche, nicht den Schatten einer Beziehung mit dem Juwelier des gleichen Namens hatte!), was mich im übrigen nicht wundert, denn er hat so viel Geist, daß er damit handeln kann.« – »Ah! fiel ihm Oriane ins Wort, aber ich kaufe ihm nichts davon ab. Ich kann Ihnen gar nicht sagen, wie mich Ihr Cartier immer gelangweilt hat; ich habe nie begreifen können, was für einen enormen Charme Charles de La Trémoïlle und seine Frau an diesem Schwätzer finden, den ich bei ihnen treffe, wann immer ich zu ihnen gehe.« – »Aber meine liebe Herzogin, antwortete Bréauté, wobei er das ›chère‹ wie ›ière‹ aussprach, denn er hatte mit dem ch immer Schwierigkeiten, ich finde, Sie sind gegen Cartier sehr streng. Es ist wahr, daß er sich etwas übertrieben bei den La Trémoïlle eingenistet hat, aber schließlich ist er für ›Jarles‹ so etwas, ich möchte sagen wie ... so etwas wie ein

›fidus Achates‹, was ja heute eine nahezu ausgestorbene Gattung bezeichnet. Auf alle Fälle möchte ich Ihnen seine Bemerkung wiedergeben. Cartier hat demnach gesagt, daß, wenn Monsieur Zola um einen Prozeß und seine Verurteilung geradezu nachgesucht habe, so deshalb, weil er einmal die ihm noch unbekannte Sensation haben wollte, im Gefängnis zu sein.« – »Daher hat er auch die Flucht ergriffen, bevor er verhaftet wurde, unterbrach ihn Oriane. Aber das hat ja gar keinen Sinn. Im übrigen, selbst wenn es wahrscheinlich wäre, finde ich die Bemerkung ausgesprochen dumm. Ich verstehe nicht, wie Sie so etwas geistreich nennen können.« – »Mein Gott, ›ière‹ Oriane, antwortete Bréauté, der, als er sah, daß man nicht seiner Meinung war, sofort seinen Standpunkt aufgab, der Ausspruch ist schließlich nicht von mir, ich wiederhole ihn so, wie man ihn mir berichtet hat, Sie müssen ihn hinnehmen, wie er ist. Auf alle Fälle ist er der Anlaß gewesen, daß unser Cartier von dem guten La Trémoïlle einen kräftigen Anpfiff bekommen hat, der mit gutem Grund nicht wünscht, daß in seinem Salon von dem gesprochen wird, was ich – hm! – als schwebendes Verfahren bezeichnen möchte, und sich um so peinlicher berührt gefühlt hat, als Madame Alphonse Rothschild gerade anwesend war. Cartier mußte von seiten La Trémoïlles eine richtige Strafpredigt über sich ergehen lassen.« – »Natürlich, gab der Herzog ziemlich übellaunig zurück, denn die Alphonse Rothschild sind, obwohl sie den Takt besitzen, niemals von dieser gräßlichen Affäre zu sprechen, in ihrer Seele dreyfusfreundlich wie alle Juden. Es ist das sogar ein Argument ›ad hominem‹ (der Herzog brauchte etwas planlos diesen Ausdruck ›ad hominem‹), das man gar nicht genügend herausstellt, um die Hinterhältigkeit der Juden zu beweisen. Wenn ein Franzose stiehlt oder mordet, so fühle ich mich nicht gehalten, weil er Franzose ist wie ich, zu behaupten, daß er unschuldig ist. Die Juden aber werden nie zugeben, daß einer von ihren Leuten ein Verräter ist, auch wenn sie es sehr wohl wissen und sich wenig Ge-

danken über die furchtbaren Rückwirkungen machen (der Herzog dachte natürlich an diese vermaledeite Präsidentenwahl Chaussepierres), die ein solches von einem der ihrigen begangenes Verbrechen haben kann ... Schau, Oriane, du willst doch nicht behaupten, daß es nicht belastend für die Juden ist, wenn sie alle einem Verräter derart das Rückgrat stärken: du wirst mir nicht sagen wollen, daß das nichts damit zu tun hat, daß sie Juden sind.« – »Mein Gott, doch, antwortete Oriane (die, etwas gereizt, ein gewisses Bedürfnis verspürte, dem Jupiter tonans zu widersprechen und zugleich ›den Geist‹ über die Dreyfus-Affäre zu stellen). Aber vielleicht wissen sie, gerade weil sie Juden sind und sich selber kennen, daß man Jude sein kann, ohne notgedrungen ein Verräter und antifranzösisch zu sein, wie es offenbar dieser Monsieur Drumont wahrhaben will. Gewiß, wenn die Krise nicht wäre, würden sich die Juden nicht für Dreyfus eingesetzt haben, aber sie taten es, weil sie deutlich fühlten, daß man ihn, wenn er nicht Jude wäre, nicht so leicht für einen Verräter ›a priori‹ gehalten hätte, wie mein Neffe Robert sagen würde.« – »Die Frauen verstehen nichts von Politik, rief der Herzog mit starr auf die Herzogin gerichtetem Blick. Dieses abscheuliche Verbrechen ist eben keineswegs nur einfach eine jüdische Angelegenheit, sondern schließlich und endlich zu einer nationalen Affäre geworden, welche die furchtbarsten Folgen für unser Frankreich heraufführen kann, aus dem man alle Juden ausweisen sollte, wohingegen ich feststellen muß, daß die bisher (in einer unerhörten Weise, die eine Revision verlangt) durchgeführten Sanktionen nicht gegen jene, sondern gegen ihre hervorragendsten Gegner gerichtet waren, gegen Männer allererster Ordnung, die man zum Unglück unseres armen Landes einfach zur Seite geschoben hat.«
Ich fühlte, daß das Gespräch eine unangenehme Wendung nahm und bemühte mich schnellstens, es wieder auf die Kleiderfrage zu bringen.

– Sie erinnern sich noch, Herzogin, sagte ich, an das erste Mal, als Sie liebenswürdig zu mir waren ... »Das erste Mal, als ich liebenswürdig zu ihm war?«, wiederholte sie, indem sie lachend Monsieur de Bréauté anblickte, dessen Nase sich noch mehr zuspitzte und dessen Lächeln aus Höflichkeit gegen Madame de Guermantes etwas Gerührtes bekam, während seine Stimme, die gewöhnlich wie ein Messer auf einem Schleifstein kratzte, ein paar unbestimmte verrostete Töne hergab. »... Sie trugen ein gelbes Kleid mit großen schwarzen Blumen.« – »Aber mein lieber Junge, da kann ich nur wieder dasselbe sagen, das alles sind große Abendkleider.« – »Und Ihr Hut mit den Kornblumen, den ich so sehr geliebt habe! Aber schließlich sind das alles nur Rückblicke in die Vergangenheit. Ich möchte für das in Frage kommende junge Mädchen einen Pelzmantel machen lassen wie der, den Sie heute früh anhatten. Wäre es wohl möglich, daß ich ihn einmal sehe?« – »O ja, denn Hannibal muß sowieso gleich gehen. Sie können dann mit mir kommen, meine Jungfer wird Ihnen alles zeigen. Nur, mein lieber Junge, ich will Ihnen zwar gern alles leihen, was Sie nur irgend wollen, aber wenn Sie Toiletten von Callot, Doucet oder Paquin durch kleine Schneiderinnen kopieren lassen, so wird es niemals dasselbe.« – »Aber ich will durchaus nicht zu kleinen Schneiderinnen gehen, ich weiß sehr wohl, daß es dann etwas anderes wird, es würde mich nur interessieren, weshalb es eigentlich etwas anderes wird.« – »Sie wissen ja, daß ich selbst nichts erklären kann, ich bin zu dumm dazu, ich spreche wie eine Bäuerin. Man muß das eben im Griff haben, es kommt alles auf die Art und Weise an. Wegen eines Pelzes kann ich Ihnen ein Wort an meinen Kürschner mitgeben, der Sie in diesem Fall wenigstens nicht übervorteilen wird. Aber Sie wissen ja wohl, daß es Sie dann immer noch acht- bis neuntausend Francs kosten dürfte.« – »Und dieses Hauskleid, das so merkwürdig riecht, das Sie neulich abend anhatten, ein dunkles, flaumiges mit goldenen Tupfen und Streifen wie der Flügel eines Nachtschmetterlings?« – »Ah! Das ist ein Kleid von Fortuny. Ihr junges Mädchen kann so etwas sehr gut bei sich zu Hause anziehen. Ich habe viele davon, ich werde sie Ihnen zeigen, ich kann Ihnen sogar welche schenken, wenn es Ihnen Vergnügen macht. Aber ich möchte vor allem, daß Sie das von meiner Kusine Talleyrand sehen. Ich muß ihr schreiben, daß sie es mir leiht.« – »Aber Sie hatten auch so hübsche Schuhe, waren die ebenfalls von Fortuny?« – »Nein, ich weiß, welche Sie meinen, das ist Goldchevreau, das wir in London gefunden haben, als ich Besorgungen mit Consuelo Manchester machte. Das ist etwas ganz Ungewöhnliches. Ich habe niemals verstanden, wie die Vergoldung gemacht ist, es sieht aus wie Leder, das durch und durch aus Gold besteht. Die Schuhe haben keinen weiteren Schmuck als einen kleinen Diamanten in der Mitte. Die arme Herzogin von Manchester ist tot, aber wenn es Ihnen Vergnügen macht, werde ich an Lady Warwick oder die Herzogin von Marlborough schreiben und versuchen, ob ich noch einmal ebensolche für Sie bekommen kann. Ich frage mich sogar, ob ich nicht von dem Leder noch etwas habe, man könnte sie dann vielleicht hier anfertigen lassen. Ich werde heute abend nachsehen und Ihnen Nachricht geben.«

Da ich die Herzogin immer möglichst zu verlassen trachtete, ehe Albertine wieder zu Hause war, brachte die Stunde es häufig mit sich, daß ich auf dem Hofe, wenn ich von Madame de Guermantes kam, Monsieur de Charlus und Morel begegnete, die sich zum Tee bei ... Jupien begaben, was dem Baron als höchste Gunst erschien! Ich kreuzte nicht täglich ihren Weg, aber sie selber freilich begaben sich alle Tage dorthin. Man kann im übrigen feststellen, daß die Beständigkeit einer Gewohnheit im allgemeinen im direkten Verhältnis zu ihrer Sinnlosigkeit steht. Die offen zutage liegenden Dinge tut man im allgemeinen nur gelegentlich. Doch ausgefallene Lebensformen, bei denen der davon Besessene sich selbst aller Vergnügungen beraubt und sich die größten

Leiden auferlegt, sind gerade die, bei denen es am wenigsten eine Veränderung gibt. Wenn man genügend Neugierde aufbrächte, so würde man nach zehn Jahren noch den gleichen Unglücklichen dabei betreffen, wie er in den Stunden schläft, in denen man leben sollte, und zu den Stunden ausgeht, in denen man kaum etwas anderes tun kann, als sich auf der Straße ermorden zu lassen, eiskalte Getränke trinkt, wenn ihm warm ist, und immer gerade eine Erkältung kurieren muß. Es würde eines geringen Energieaufwandes nur an einem einzigen Tage bedürfen, um alles das ein für allemal abzustellen, doch diese Lebensformen sind eben gewöhnlich gerade das Los derer, die über gar keine Energie verfügen. Die Laster sind ein anderer Aspekt solcher einförmigen Existenzen, bei denen der Wille genügen würde, sie weniger qualvoll zu gestalten. Die beiden Aspekte konnten in gleicher Weise bei Monsieur de Charlus beobachtet werden, wenn er sich alle Tage zum Tee bei Jupien begab. Nur einmal hatte ein Unwetter in diesen täglichen Usus störend eingegriffen. Eines Tages hatte die Nichte des Westenmachers zu Morel gesagt: »Gut, also morgen kommen Sie, und ich ›spendiere‹ Ihnen einen Tee«, worauf der Baron mit Recht diesen Ausdruck für eine Person sehr gewöhnlich fand, aus der er fast so etwas wie seine Schwiegertochter zu machen gedachte; aber da er gern andere kränkte und sich an seinem eigenen Zorn berauschte, hatte sich, statt daß er einfach Morel bat, in dieser Hinsicht seiner Verlobten eine Anstandslektion zu erteilen, der ganze Rückweg in heftigen Szenen abgespielt. In denkbar unverschämtem, arrogantem Ton hatte Charlus zu Morel gesagt: »Die nähere Berührung, die, wie ich sehe, nicht unbedingt mit ›Takt‹ Hand in Hand gehen muß, hat also bei Ihnen die normale Entwicklung des Geruchsinns verhindert; denn wie hätten Sie sonst dulden können, daß diese unflätige Bemerkung über das ›Teespendieren‹ – wahrscheinlich für fünfzehn Centimes – ihren Gossengeruch bis zu meinen königlichen Nasenflügeln hat entsenden können? Haben

Sie jemals nach der Beendigung eines Violinsolos bei mir bemerkt, daß ich Sie mit einem Furz anstelle frenetischen Beifalls oder eines Schweigens belohnt habe, das um so beredter war, als es der Furcht entsprang, nicht etwa mir das entschlüpfen zu lassen, womit Ihre Verlobte Sie so reichlich bedenkt, sondern das Schluchzen, das dank Ihrer Kunst mir schon hoch in der Kehle saß?«

Wenn ein Beamter sich solche Vorwürfe von seiten seines Chefs zugezogen hat, wird er unweigerlich am nächsten Tage entlassen. Nichts hingegen wäre für Monsieur de Charlus grausamer gewesen, als Morel zu verabschieden, und da er sogar fürchtete, etwas zu weit gegangen zu sein, begann er über das junge Mädchen ins einzelne gehende lobende Bemerkungen zu machen, bei denen er Geschmack bewies, die aber unwillkürlich von Unverschämtheiten strotzten. »Sie ist reizend. Da Sie Musiker sind, nehme ich an, daß sie Sie vor allem mit ihrer Stimme betört hat, die sehr schön in den hohen Lagen ist und geradezu auf die Begleitung Ihres His zu warten scheint. Ihr tieferes Register sagt mir weniger zu, aber das kommt vielleicht daher, daß dieser merkwürdig dünne Hals, den sie hat, dreimal wieder ansetzt, und wenn er zu Ende zu gehen scheint, immer noch weiterreicht; bei ihr gefällt mir weit mehr als solche mittelmäßigen Details der Umriß ihrer Gestalt. Da sie Schneiderin ist, muß sie sich ja darauf verstehen, mit der Schere umzugehen. Sie sollte mir eine hübsche Silhouette von sich selber schenken.«

Charlie hatte diesen Lobsprüchen um so weniger gelauscht, als sie bei seiner Verlobten Dinge priesen, auf die er selbst nie achtgegeben hatte. Aber er antwortete Monsieur de Charlus: »Abgemacht, mein Junge, ich werde ihr den Kopf waschen, damit sie nie mehr so etwas sagt.« Wenn Morel ›mein Junge‹ zu Monsieur de Charlus sagte, so nicht, weil sich der schöne Violinist etwa darüber in Unklarheit befunden hätte, daß er nur ein Drittel so alt war wie der Baron. Er sagte es auch nicht, wie Jupien es getan hätte, sondern mit jener schlichten Nichtbeachtung des Alters, die bei gewissen Beziehungen stillschweigend der Zärtlichkeit vorausgegangen ist (einer nur vorgeblichen bei Morel, bei anderen einer aufrichtigen). So erhielt zu jener Zeit Monsieur de Charlus einmal einen Brief, der in den folgenden Wendungen abgefaßt war: ›Mein lieber Palamède, wann sehe ich dich wieder? Ich sehne mich sehr nach dir und denke oft an dich etc. Ganz der Deinige! Pierre.‹ Monsieur de Charlus zerbrach sich den Kopf, wer derjenige seiner Verwandten sein möchte, der ihm in so vertraulicher Form zu schreiben wagte, ihn also demgemäß gut zu kennen schien, den er aber gleichwohl nicht an der Schrift erkannte. Alle Fürstlichkeiten, denen der Gothaische Hofkalender ein paar Zeilen widmet, zogen während einiger Tage an seinem geistigen Auge vorbei. Endlich klärte ihn ganz plötzlich eine Adresse auf der Rückseite auf: der Verfasser war der Diener eines Spielclubs, den Monsieur de Charlus von Zeit zu Zeit besuchte. Dieser Diener hatte nicht für unhöflich gehalten, in diesem Ton an Monsieur de Charlus zu schreiben, der in seinen Augen ja gerade ein großes Prestige besaß. Aber er dachte, es sei nicht nett, jemanden nicht zu duzen, der einen mehrmals geküßt und einem dadurch – wenigstens bildete er sich das in seiner Einfalt ein – ein Zeichen seiner Zuneigung gegeben hat. Monsieur de Charlus war im Grunde von dieser Vertraulichkeit entzückt. Er begleitete sogar einmal Monsieur de Vaugoubert auf dem Heimweg von einer Matinee, um ihm den Brief vor Augen führen zu können. Und dennoch schwärmte, weiß Gott, Monsieur de Charlus nicht dafür, sich mit Monsieur de Vaugoubert auf der Straße zu zeigen. Denn mit dem Monokel im Auge sah dieser rechts und links den vorübergehenden jungen Leuten nach. Ja mehr noch, da er sich etwas freier gab, wenn er mit Monsieur de Charlus zusammen war, gebrauchte er eine Sprache, welche dem Baron besonders widerwärtig war. Er setzte alle Männernamen in die weibliche Form, und da er sehr dumm war, hielt er diesen Scherz für außerordentlich geistreich und wußte sich vor Lachen darüber kaum zu halten. Da er andererseits auf seinen diplomatischen Posten den größten Wert legte, wurde diese unerfreuliche Manie lauten Lachens auf der Straße ständig durch das Bangen kupiert, das ihn im gleichen Augenblick beim Vorübergehen von Leuten aus der Gesellschaft, besonders aber Beamten befiel. »Diese kleine Telegraphistin, sagte er, während er den Ellbogen des tödlich verlegenen Barons berührte, habe ich gekannt, aber sie ist wieder tugendhaft geworden, dieses böse Ding! Oh! aber der Austräger von den Galeries La Fayette, das ist wirklich ein Traum! Mein Gott, da geht gerade der Abteilungsdirektor aus dem Handelsministerium. Hoffentlich hat er meine Bewegung nicht gesehen! Er wäre imstande, etwas darüber dem Minister zu sagen, der mich sofort zur Disposition stellen würde, um so mehr, als mir scheint, daß er selber auch so eine ist.« Monsieur de Charlus hielt kaum noch an sich vor Wut. Endlich, um diesen Spaziergang, der ihn zur Verzweiflung trieb, abzukürzen, entschloß er sich, den Brief hervorzuholen und ihn dem Botschafter zur Lektüre zu übergeben, doch empfahl er ihm Verschwiegenheit an, denn er behauptete, Charlie sei eifersüchtig, um dadurch glauben zu machen, daß dieser ihn wirklich liebe. »Man muß ja aber, setzte er mit einer unbezahlbaren Miene der Güte hinzu, immer versuchen, so wenig wie möglich anderen Kummer zu bereiten.«

Bevor wir zu Jupiens Laden zurückkehren, legt der Verfasser Wert darauf zu sagen, wie schmerzlich es ihm wäre, wenn der Leser an so seltsamen Schilderungen Anstoß nähme. Einerseits (und dies ist der geringfügigere Aspekt der Sache) mag man finden, daß die Aristokratie in diesem Buche proportional noch mehr als andere Gesellschaftsklassen der Degeneriertheit beschuldigt wird. Selbst wenn das der Fall wäre, darf man sich nicht wundern. Die ältesten Familien bilden schließlich in Gestalt einer roten und höckrigen Nase oder eines deformierten Kinns besondere Merkmale heraus, in denen die ›Rasse‹ bewundert wird. Aber unter diesen beständigen und immer stärker hervortretenden Zügen gibt es auch gewisse, die nicht sichtbar sind, nämlich die geheimen Tendenzen und Neigungen. Ein ernsterer Einwand, wenn er begründet wäre, würde darin bestehen, daß das alles uns fremd ist und daß man die Poesie aus näherliegenden Wahrheiten ziehen sollte. Die aus der uns vertrauten Wirklichkeit heraus entwickelte Kunst existiert tatsächlich, und ihr Bereich ist vielleicht der umfassendere. Aber es ist deswegen nicht weniger wahr, daß eine tiefe innere Beteiligung und zuweilen auch Schönheit aus Handlungen hervorgehen kann, welche auf einer Sinnesart beruhen, die allem, was wir selbst empfinden und glauben, derart fernliegt, daß wir sie nicht einmal begreifen können, ja daß sie wie ein Schauspiel ohne verständliche Ursache uns vor Augen tritt. Was gibt es Poetischeres als Xerxes, den Sohn des Darius, wenn er mit Ruten das Meer peitschen läßt, dem seine Schiffe zum Opfer gefallen sind?

Fest steht, daß Morel unter Wahrnehmung der Macht, die ihm seine Reize über das junge Mädchen verliehen, dieser, als stammten sie von ihm selbst, die Bemerkungen des Barons weitergab, denn der Ausdruck ›einen Tee spendieren‹ verschwand so vollkommen aus dem Laden des Westenmachers, wie aus einem Salon etwa eine bislang dort ständig anwesende Person verschwindet, mit der man sich aus irgendeinem Grunde entzweit hat oder die man zu verstecken bemüht ist und nur am dritten Orte trifft. Monsieur de Charlus war befriedigt darüber, er sah darin einen Beweis seines Einflusses auf Morel und gleichzeitig die Behebung des einzigen kleinen Makels, der die Vollkommenheit des jungen Mädchens trübte. Schließlich ging er wie alle Menschen seiner Art, wenn er auch ganz aufrichtig ein Freund Morels und seiner künftigen Verlobten, ein glühender Parteigänger ihrer Verbindung war, dennoch darauf aus, ganz nach seinem Belieben zwischen ihnen mehr oder weniger harmlose Reibereien zu inszenieren, während er selbst sich ebenso olympierhaft aus ihnen heraushielt und darüber schwebte, wie sein Bruder es getan hätte. Morel hatte Monsieur de Charlus gesagt, daß er die Nichte Jupiens liebe und sie heiraten wolle, und es war dem Baron daraufhin sehr angenehm, seinen jungen Freund auf dessen Besuchsgängen zu begleiten, bei denen er selbst die Rolle eines nachsichtigen, diskreten zukünftigen Schwiegervaters übernahm. Nichts konnte ihm besser gefallen. Meine persönliche Meinung ist, daß ›spendieren‹ von Morel selber stammte und daß in ihrer Liebesverblendung die kleine Schneiderin eine Wendung ihres Angebeteten aufgegriffen hatte, die durch ihren unschönen Klang mit der hübschen Ausdrucksweise des jungen Mädchens deutlich disharmonierte. Ihre Art zu sprechen und die reizenden Manieren, die dazu vollkommen paßten, dazu noch die Protektion, die sie von seiten des Baron de Charlus genoß, hatten dazu geführt, daß viele Kundinnen, für die sie gearbeitet hatte, sie bei sich wie eine Freundin empfingen, zum Abendessen einluden, unter ihre Bekannten mischten, wobei die Kleine im übrigen nur mit Erlaubnis des Barons und für die Abende ihre Zusage gab, an denen es ihm angenehm war. ›Eine junge Schneiderin in der Gesellschaft, wird man sagen, wie unwahrscheinlich!‹ Wenn man es recht bedenkt, war nicht weniger unwahrscheinlich, daß früher Albertine mich um Mitternacht besuchen kam und jetzt mit mir unter einem Dache wohnte. Oder vielleicht wäre es unwahrscheinlich für jede andere gewesen, aber keineswegs für Albertine, die weder Vater noch Mutter hatte und ein so freies Leben führte, daß ich sie anfangs in Balbec für die Geliebte eines Radrennfahrers hatte halten können, und deren nächste Verwandte Madame Bontemps war, die schon damals bei Madame Swann an ihrer Nichte nur deren schlechte Manieren bewunderte und jetzt ein Auge zudrückte, besonders wenn sie sie möglicherweise durch eine reiche Heirat loswerden könnte und etwas Geld dabei auch der Tante zuflösse (in den höchsten Gesellschaftsschichten lassen sich sehr

vornehme, aber sehr arme Mütter, nachdem es ihnen gelungen ist, für ihren Sohn eine reiche Heirat zu arrangieren, von dem jungen Paar unterstützen und nehmen Pelze, ein Automobil, auch Geld von einer Schwiegertochter an, die sie nicht lieben und die erst durch sie in die Gesellschaft eindringt).
Vielleicht wird ein Tag kommen, an dem die Schneiderinnen, was ich keineswegs empörend fände, in der Gesellschaft verkehren. Da Jupiens Nichte eine Ausnahme bildete, ließ sich noch nichts dergleichen für die Zukunft erwarten; eine Schwalbe macht noch keinen Sommer. Auf alle Fälle, wenn jemand an der sehr bescheidenen Situation der Nichte Jupiens Anstoß nahm, so war es bestimmt nicht Morel, denn in gewissen Dingen war seine Torheit so groß, daß er nicht nur dieses junge Mädchen – vielleicht nur darum, weil sie ihn liebte – ›eher dumm‹ fand, obwohl sie tausendmal klüger war als er, sondern auch Abenteurerinnen und als Damen verkleidete Nähmädchen in den sehr wohlsituierten Kundinnen sah, die seine Verlobte zu sich einluden, worauf diese selbst sich nicht einmal etwas zugute tat. Natürlich waren dies keine Guermantes noch Leute, die jene auch nur kannten, sondern reiche, elegante, bürgerliche Damen mit einem Geist, der frei genug war, sie finden zu lassen, daß man sich nicht entehrt, wenn man eine Schneiderin bei sich empfängt, doch auch servil genug, um mit einer gewissen Genugtuung ein junges Mädchen zu protegieren, das der erlauchte Baron de Charlus in allen Ehren täglich besuchen kam.
Nichts gefiel dem Baron besser als die Idee dieser Heirat, denn er meinte, daß Morel auf diese Weise ihm nicht entführt werden würde. Es scheint, daß die Nichte Jupiens, fast noch ein Kind, einen ›Fehltritt‹ begangen hatte. Monsieur de Charlus hätte, selbst während er sie auf der anderen Seite Morel gegenüber lobte, gar nicht ungern ihrem Freund, der daraufhin wütend geworden wäre, einen vertraulirhen Wink in dieser Richtung gegeben und in dieser Gestalt etwas Unfrieden gesät. Obwohl außerordentlich boshaft, glich Monsieur

de Charlus einer großen Zahl von wohlmeinenden Personen, die einen Mann oder ein Mädchen loben, um ihre eigene Güte zu beweisen, aber es scheuen wie die Pest, jene so selten ausgesprochenen Worte zu gebrauchen, die imstande wären, wirklich Frieden zu stiften. Dennoch hütete sich der Baron vor jeder Insinuation, und zwar aus den folgenden zwei Gründen. ›Wenn ich ihm erzähle, sagte er sich, daß seine Verlobte nicht ohne Makel ist, wird er sich in seiner Eigenliebe verletzt fühlen und auf mich böse sein. Und außerdem, wer sagt mir, daß er nicht verliebt in sie ist? Wenn ich aber keine Bemerkung darüber mache, wird dieses Strohfeuer rasch wieder niederbrennen, ich werde die Beziehungen der beiden auf meine Weise regeln, und er wird sie nur soweit lieben, wie es mir wünschenswert erscheint. Wer garantiert mir, wenn ich ihm etwas von der damaligen Verfehlung seiner Trauten sage, daß mein Charlie nicht noch verliebt genug ist, um eifersüchtig zu werden? Dann aber mache ich durch eigene Schuld aus einem bedeutungslosen Flirt, den man lenken kann, wie man will, eine große Liebe, das heißt eine Sache, die man nur schwer in der Hand behält.‹ Aus diesen beiden Gründen bewahrte Monsieur de Charlus ein Schweigen, das mit Diskretion nur den äußeren Anschein gemein hatte, aber in anderer Hinsicht durchaus verdienstlich war, denn Verschwiegenheit ist für Leute seines Schlages nahezu eine Unmöglichkeit.

Im übrigen war die junge Person entzückend, und Monsieur de Charlus, bei dem sie allen ästhetischen Neigungen, die er für Frauen aufbringen konnte, entsprach, hätte gern von ihr Hunderte von Photographien gehabt. Weniger einfältig als Morel, ließ er sich mit Vergnügen von den angesehenen Damen berichten, die sie zu sich einluden und die er mit seinem Instinkt für das Gesellschaftliche sehr wohl zu situieren verstand. Aber er hütete sich (da er das Heft in der Hand behalten wollte), zu Charlie etwas davon zu sagen, der, in diesem Punkte tölpelhaft unbelehrbar, auch weiterhin glaubte, daß außerhalb der ›Violinklasse‹ und der Verdurins nur die Guermantes und die paar fast königlichen Familien existierten, die der Baron aufgezählt hatte, alles übrige aber nichts als ›Hefe‹ und ›Pöbel‹ sei. Charlie faßte diese Auslassungen des Barons vollkommen wörtlich auf.

Wie nur kam Monsieur de Charlus, der alle Tage des Jahres vergeblich von so vielen Botschaftern und Herzoginnen erwartet wurde, der bei dem Prinzen von Croy nicht dinierte, weil man solchen Leuten nicht zu sehr entgegenkommen darf, dazu, die gesamte Zeit, die er jenen großen Damen und Herren vorenthielt, bei der Nichte eines Westenmachers zu verbringen? Zunächst, und dies war der vornehmste Grund, war eben Morel da. Doch wäre er nicht gewesen, sähe ich in seinem Verhalten dennoch nichts Unwahrscheinliches, es sei denn, man beurteile die Lage vielleicht zu sehr in der Weise, wie es einer von Aimés Kellnern getan hätte. Nur Restaurantbediente können glauben, daß ein hervorragender, reicher Mann immer nur neue und auffallende Kleidungsstücke trägt, und daß ein Herr, der das Schickste vom Schicken ist, Abendessen mit sechzig Gedecken gibt und einzig im Auto spazierenfährt. Aber sie täuschen sich. Sehr oft trägt ein enorm reicher Mann stets den gleichen abgenutzten Rock und ein Herr, der das ›Schickste vom Schicken‹ ist, verkehrt in einem Restaurant vielleicht nur mit den Angestellten und spielt, wenn er wieder zu Hause ist, Karten mit seinen Dienern. Das hindert ihn aber nicht, dem Prinzen Murat den Vortritt zu verweigern.

Unter den Gründen, weshalb Monsieur de Charlus glücklich über die geplante Heirat der jungen Leute war, spielte auch der eine Rolle, daß die Nichte Jupiens in gewisser Weise eine Ausweitung der Persönlichkeit Morels und dadurch auch gleichzeitig der Macht bedeuten würde, die der Baron über ihn besäße, sowie der Kenntnis, die er von ihm hätte. Nicht eine Sekunde hätte Monsieur de Charlus daran gedacht, Bedenken zu tragen, im ehelichen Sinne die künftige Gattin des

Geigers mit diesem zu ›betrügen‹. Aber ein ›junges Paar‹ zu beraten, sich als der gefürchtete und allmächtige Beschützer der Gattin Morels zu fühlen, die, da sie den Baron wie einen Gott verehrte, dadurch beweisen würde, daß ihr diese Idee von dem guten Morel eingeimpft worden sei, so daß sie dergestalt selbst etwas von Morel enthielte, würde der Art von Herrschaft, die Monsieur de Charlus über ihn ausübte, neue Formen geben, und in jener Sache, die ihm gehörte, Morel, ein weiteres Wesen, den Gatten entstehen lassen, das heißt seiner Liebe etwas anderes, Neues und Merkwürdiges als Objekt zur Verfügung stellen. Vielleicht würde sogar jene Herrschaft selbst jetzt größer sein, als sie jemals war. Denn da, wo Morel allein, gewissermaßen von allem entblößt, oft dem Baron entgegentrat, da er sich sicher fühlte, ihn jeweils zurückzuerobern, würde er, einmal verheiratet, für seinen Haushalt, seine Wohnung, seine Zukunft schneller fürchten, und dem Willen des Barons eine breitere Angriffsfläche und mehr verwundbare Stellen bieten. Das alles und notfalls sogar die Möglichkeit, an Abenden, an denen er sich langweilen würde, zwischen den Ehegatten ein bißchen Zwietracht zu säen (der Baron hatte immer etwas für Schlachtenbilder übrig gehabt), gefiel Monsieur de Charlus, mehr noch jedoch der Gedanke, in welcher Abhängigkeit von ihm das junge Paar leben würde. Seine Liebe zu Morel bekam einen vollkommen neuen, köstlichen Aspekt, sooft er sich sagte: auch seine Frau wird mir gehören, so sehr gehört er selber mir; sie werden sich immer nur auf eine Weise betragen, die mich nicht verdrießen kann, sie werden meinen Launen gehorchen, und so wird sie ein – mir bislang unbekanntes – Symbol sein für das, was ich fast vergessen hatte und was mir doch so besonders am Herzen liegt, daß nämlich in den Augen aller anderen, die mit ansehen, wie ich ihn protegiere und ihm ein Heim bereite, ganz wie in den meinen Morel mein Eigentum ist. Über diese Evidenz in der Meinung der anderen und auch in seiner eigenen war Monsieur de Charlus glücklicher als im

Gedanken an alles übrige, denn der Besitz von dem, was man liebt, ist eine noch größere Freude als die Liebe selbst. Die, welche vor aller Augen ihren Besitz verbergen, tun es sehr oft nur aus Furcht, der geliebte Gegenstand könne ihnen fortgenommen werden. Ihr Glück aber wird vermindert durch eine Vorsicht, die ihnen Schweigen auferlegt.

Man erinnert sich vielleicht noch, daß Morel früher dem Baron gestanden hatte, es sei sein größter Wunsch, eine junge Person zu verführen – im besonderen gerade diese hier – daß er, um zum Ziel zu kommen, ihr die Ehe versprechen, doch, nachdem er sie entehrt, ›das Weite suchen‹ würde. Angesichts der Beteuerungen Morels aber, wie sehr er Jupiens Nichte liebe, hatte der Baron diese Worte vergessen, ja mehr noch, es ging vielleicht Morel ebenso. Am Ende bestand ein wirkliches Intervall zwischen der Natur Morels – so wie er sie zynisch und vielleicht sogar mit geschickter Übertreibung offen dargelegt hatte – und dem Augenblick, in dem sie wieder die Oberhand bekäme. Als er sich enger mit dem jungen Mädchen verband, hatte sie ihm gefallen, er liebte sie und kannte sich selbst so wenig, daß er vielleicht sogar glaubte, er werde sie ewig lieben. Gewiß bestanden seine Eingangswünsche, sein verbrecherisches Vorhaben auch noch weiter in ihm, aber überdeckt von so vielen Gefühlen, die sie ihm verhüllten, daß nichts dafür spricht, der Violinist sei nicht ganz ehrlich gewesen, wenn er behauptete, dieser lasterhafte Wunsch habe nicht das wahre Motiv seines Handelns gebildet. Es gab im übrigen eine Periode von kurzer Dauer, in der ihm, ohne daß er es sich ganz deutlich eingestand, eine Ehe notwendig schien. Morel litt zu jener Zeit häufig an heftigem Krampf in der Hand und mußte daraufhin die Möglichkeit ins Auge fassen, die Geige ganz aufzugeben. Da er aber außerhalb seiner Kunst von unfaßbarer Trägheit war, sah er sich der Notwendigkeit gegenüber, sich von jemand anderem erhalten zu lassen; es war ihm aber lieber, wenn dies Jupiens Nichte war als Monsieur de Charlus, da eine solche Kombination ihm mehr Freiheit ließ, zugleich aber auch eine große Auswahl an verschiedenartigen Frauen zu seiner Verfügung hielt, sowohl in Gestalt der immer neuen Lehrmädchen, welche ihm willig zu machen er der Nichte Jupiens überlassen würde, wie auch der schönen reichen Damen, denen er diese wiederum würde verkuppeln können. Daß es seine künftige Frau vielleicht ablehnen würde, sich zu solchen Gefälligkeiten herzugeben, und am Ende dafür doch nicht verderbt genug war, spielte bei Morels Berechnungen überhaupt keine Rolle. Im übrigen traten diese wieder in den Hintergrund und überließen ihren Platz von neuem der reinen Liebe, als der Krampf wieder nachließ. Die Geige würde also zusammen mit den Zuwendungen des Barons genügen, dessen Anforderungen an ihn gewiß weniger stürmisch sein würden, sobald er selbst, Morel, das junge Mädchen erst einmal geehelicht hätte. Diese Heirat war wegen seiner Liebe und im Interesse seiner Freiheit demnach das Dringlichste. Er ließ Jupien um die Hand seiner Nichte bitten, und dieser befragte sie daraufhin. Doch das war gar nicht nötig. Die Leidenschaft des jungen Mädchens für den Violinisten flutete rings um sie her wie ihr Haar, wenn es aufgelöst war, wie die Freude ihrer überallhin sich verströmenden Blicke. Morel wurde angesichts von allem, was ihm angenehm oder nützlich war, moralisch und gerührt, er fand auch die passenden Worte dafür, manchmal sogar Tränen. Ganz aufrichtig also, wenn ein solcher Ausdruck auf ihn Anwendung finden kann, hielt er an die Nichte Jupiens Reden, die ebenso gefühlvoll waren (gefühlvoll sind auch die, welche so viele junge Adlige, die keine Lust haben, irgend etwas im Leben zu tun, der bezaubernden Tochter von steinreichen bürgerlichen Leuten halten), wie die Theorien, die er vor Monsieur de Charlus über das Thema der Verführung und der Defloration aufgestellt hatte, von ungeschminkter Niedrigkeit der Gesinnung zeugten. Nur wurden der tugendhafte Enthusiasmus angesichts einer Person, die ihm Vergnügen schenkte, und die feierlichen Verpflichtungen, die er ihr gegenüber einging, in Morel durch eine ganz andere Seite ergänzt. Sobald eine Person ihm keine Freude mehr bereitete, oder wenn die Notwendigkeit, den selbsteingegangenen Verpflichtungen nachzukommen, ihn verstimmte, wurde jene sofort von seiten Morels zum Gegenstand einer Antipathie, die er vor sich selbst rechtfertigte und die ihm, nachdem er einige seelische Störungen überwunden und das Wohlbefinden seines Nervensystems wieder hergestellt hatte, die Autosuggestion gestattete, er sei, sogar wenn er die Dinge von einem völlig ethischen Standpunkt aus betrachte, von jeglicher Verpflichtung frei.

So hatte er zu Ende seines Aufenthalts in Balbec, ich weiß nicht bei welcher Gelegenheit, sein ganzes Geld verloren und suchte, da er nicht gewagt hatte, sich Monsieur de Charlus anzuvertrauen, nach jemandem, den er um Hilfe bitten könne. Er hatte von seinem Vater gelernt (der ihm trotz allem untersagt hatte, jemals systematisch die Leute ›anzupumpen‹), daß es in solchem Falle angemessen ist, der Person, an die man sich wenden will, zu schreiben, man habe mit ihr ›etwas Geschäftliches‹ zu besprechen, man bitte sie um eine ›geschäftliche Unterredung‹. Diese magische Formel entzückte Morel dergestalt, daß er, glaube ich, beinahe einzig deshalb Geld zu verlieren wünschte, um das Vergnügen zu haben, jemanden um eine ›geschäftliche Unterredung‹ zu bitten. Im weiteren Lauf seines Lebens hatte er dann festgestellt, daß die Formel nicht ganz die Zauberkraft besaß, die er ihr zugetraut hatte. Er hatte die Beobachtung machen müssen, daß Leute, denen er sonst niemals geschrieben hätte, ihm nicht gleich fünf Minuten nach Eingang seines Briefes, in dem er um eine ›geschäftliche Unterredung‹ bat, eine Antwort erteilten. Wenn der Nachmittag verging, ohne daß Morel eine solche erhielt, kam ihm nicht einmal die Idee, daß, selbst wenn man alles so günstig wie möglich auslegte, der von ihm um Hilfe angegangene Herr vielleicht noch gar nicht nach Hause zurückgekehrt war oder andere Briefe zu schreiben hatte, ja ob er nicht sogar verreist oder krank oder was sonst immer sei. Wenn Morel durch einen ungewöhnlichen Glücksfall eine Begegnung für den nächsten Vormittag erlangte, so richtete er gleich als erstes an den Herbeizitierten die Worte: ›Ich wunderte mich schon, daß ich noch keine Antwort von Ihnen hatte, und fragte mich, ob etwa irgend etwas vorgefallen wäre; also gesundheitlich geht es Ihnen gut?‹ In Balbec nun hatte, er ohne mir zu sagen, daß es sich um ›Geschäfte‹ handle, mich gebeten, ihn jenem gleichen Bloch vorzustellen, dem gegenüber er sich eine Woche zuvor im Zug so schlecht benommen hatte. Bloch hatte nicht gezögert, ihm fünftausend Francs zu leihen oder sie ihm vielmehr durch Monsieur Nissim Bernard vorstrecken zu lassen. Von diesem Tage an hatte Morel Bloch schwärmerisch verehrt. Er fragte sich mit Tränen in den Augen, wie er jemandem einen Dienst erweisen könne, der ihm das Leben gerettet habe. Schließlich übernahm ich es, Monsieur de Charlus für Morel um tausend Francs monatlich zu bitten, welche Summe dieser dann sogleich an Bloch weitergeben sollte, der so den bewußten Betrag ziemlich rasch zurückerhalten hätte. Im ersten Moment schickte Morel, der noch ganz unter dem Eindruck der Güte Blochs stand, diesem auf der Stelle seine tausend Francs; darauf aber fand er zweifellos, daß eine anderweitige Verwendung der restlichen viertausend Francs angenehmer sein könne, denn er fing jetzt an, von Bloch allerlei Schlechtes zu sagen. Blochs Anblick genügte, um ihm die Stimmung zu verderben, und da Bloch selbst nicht mehr wußte, welchen Betrag genau er Morel geliehen hatte, und von ihm dreitausendfünfhundert anstelle von viertausend Francs zurückforderte, wodurch der Violinist fünfhundert Francs hätte verdienen können, gedachte dieser ihm zu antworten, daß er angesichts einer solchen Fälschung nicht nur keinen weiteren Centime mehr zahlen werde, sondern daß sein Geldgeber sich sogar noch glücklich schätzen müsse, wofern er ihn nicht verklagte. Er sagte das alles mit flammendem Blick. Er begnügte sich im übrigen nicht mit der

Behauptung, Bloch und Monsieur Nissim Bernard hätten keinerlei Grund, auf ihn böse zu sein, sondern erklärte bald sogar, sie müßten froh sein, daß er ihnen nichts nachzutragen gedenke. Als schließlich Monsieur Nissim Bernard, scheint es, erklärt hatte, Thibaud spiele ebensogut wie Morel, war letzterer der Meinung, er solle jenen vor Gericht zur Verantwortung ziehen, da eine solche Behauptung ihm beruflich Schaden zufüge; dann aber, da es keine Gerechtigkeit mehr in Frankreich gebe, besonders gegen Juden (der Antisemitismus war bei Morel die natürliche Antwort darauf, daß ein Israelit ihm fünftausend Francs geborgt hatte), ging er nie mehr anders als mit geladenem Revolver aus. Ein solcher Nervenzustand nach einer Phase lebhafter Zuneigung sollte sich bald bei Morel auch in seinem Verhältnis zu der Nichte des Westenmachers herausstellen. Wahr ist, daß Monsieur de Charlus vielleicht, ohne es zu ahnen, bei dieser Veränderung eine Rolle gespielt, denn oft erklärte er, ohne davon auch nur ein Wort ernst zu meinen, nur um Morel zu necken, daß er die beiden, wenn sie einmal verheiratet wären, nicht mehr wiedersehen wolle, sie müßten dann vielmehr auf eigenen Füßen stehen. Diese Idee war an sich selbst durchaus unzureichend, um Morel von dem jungen Mädchen zu lösen, aber da sie in seinem Geiste haften blieb, lag sie dort zu gegebener Stunde bereit, um sich mit anderen, verwandten Ideen zu verbinden, die, nachdem die Mischung einmal hergestellt war, ein mächtiges Agens für den Bruch abzugeben vollauf geeignet waren.

Es kam übrigens nicht sehr häufig vor, daß ich Monsieur de Charlus und Morel begegnete. Oft waren sie schon in Jupiens Laden verschwunden, wenn ich die Herzogin verließ, denn ich fand an ihrer Gesellschaft ein so großes Vergnügen, daß ich darüber nicht nur die angstvolle Erwartung vergaß, welche der Rückkehr Albertines vorausging, sondern sogar deren Stunde.

Ich möchte unter diesen Tagen, an denen ich mich bei Madame de Guermantes verspätete, einen herausheben, der durch einen kleinen Zwischenfall gekennzeichnet war, dessen grausame Bedeutung mir damals vollkommen entging, da ich sie erst viel später begriff. An jenem Spätnachmittag hatte Madame de Guermantes mir, weil sie wußte, daß ich ihn liebte, Jasmin aus dem Süden Frankreichs geschenkt. Als ich, nachdem ich die Herzogin verlassen hatte, wieder zu mir hinaufging, war Albertine schon heimgekehrt; ich begegnete auf der Treppe Andrée, welche der überstarke Duft der Blumen, die ich bei mir trug, unangenehm zu berühren schien.

– Wie, Sie sind schon zurück? sagte ich zu ihr. – »Erst einen Augenblick, aber Albertine hatte noch zu schreiben, sie hat mich fortgeschickt.« – »Sie meinen nicht, daß sie irgend etwas Bedenkliches vorhat?« – »Aber ausgeschlossen, sie schreibt an ihre Tante, glaube ich. Sie mag übrigens starke Gerüche nicht gern, sie wird nicht gerade entzückt sein über Ihren Jasmin.« – »Ach, dann war das allerdings kein guter Gedanke von mir! Ich werde Françoise sagen, daß sie ihn draußen auf die Hintertreppe legt.« – »Glauben Sie nur nicht, daß Albertine nicht an Ihnen selbst noch den Jasmingeruch spüren wird. Neben dem Duft der Tuberose ist dieser vielleicht der allernachhaltigste. Im übrigen glaube ich, daß Françoise gerade eine Besorgung macht.« – »Aber ich habe meinen Schlüssel nicht bei mir, wie komme ich dann hinein?« – »Oh! Sie brauchen nur zu schellen, Albertine macht schon auf. Außerdem mag Françoise inzwischen auch wieder zurückgekehrt sein.«

Ich verabschiedete mich von Andrée. Gleich beim ersten Schellen wollte Albertine mir öffnen, doch erwies sich das als ziemlich kompliziert, denn Françoise war noch fort und Albertine wußte nicht, wo sie Licht machen mußte. Endlich konnte sie mich einlassen, aber der Jasmin schlug sie in die Flucht. Ich stellte ihn in die Küche, so daß meine Freundin, die sich im Briefeschreiben unterbrochen hatte (ich verstand nicht, weshalb), Zeit fand, in mein Zimmer zu gehen, von dem aus sie mich rief, und sich auf meinem Bett auszustrecken.

Ich wiederhole, in diesem Augenblick selbst fand ich in alledem nichts, was nicht ganz natürlich, höchstens ein wenig verworren, aber auf alle Fälle belanglos gewesen wäre.[1]
Abgesehen von diesem einzigen Zwischenfall vollzog sich alles in normaler Weise, wenn ich nach Albertines Heimkehr von der Herzogin wieder heraufkam; da sie nicht wußte, ob ich mit ihr vor dem Abendessen nicht vielleicht noch ausgehen wollte, fand ich gewöhnlich im Vorzimmer ihren Hut, ihren Mantel, ihren Sonnenschirm, die sie dort für alle Fälle hatte liegenlassen. Gleich beim Eintreten sah ich sie, und die Atmosphäre des Hauses wurde wieder erträglich für mich. Ich spürte, wie es anstatt von einer Luft, in der man mühsam atmet, vielmehr von Glück durchflutet war. Ich war gerettet aus meiner Traurigkeit. Der Anblick dieser Nichtigkeiten gab mir das Gefühl, Albertine zu besitzen, und ich eilte zu ihr.
An den Tagen, an denen ich nicht zu Madame de Guermantes hinunterging, blätterte ich, damit die Zeit während der Stunde, die der Heimkehr meiner Freundin vorausging, mir weniger lang erscheine, in einem Album mit Bildern Elstirs, einem Buch von Bergotte, der Sonate von Vinteuil. Dann – wie sogar die Werke, die sich nur an das Gesicht oder das Gehör zu wenden scheinen, die enge Zusammenarbeit unserer wachen Intelligenz mit jenen beiden Sinnen erfordern, wenn man sie genießen will – ließ ich, ohne es zu ahnen, die Träume wieder in mir erstehen, die Albertine vormals in mir erweckt, als ich sie noch nicht kannte, und die das Alltagsleben hinterher ausgelöscht hatte. Ich warf sie in das Thema des Komponisten oder das Bild des Malers wie in einen Tiegel, ich nährte damit das Werk, das ich las. Und zweifellos erschien mir

1 Sie wäre um ein Haar von mir mit Andrée überrascht worden und hatte etwas Zeit dadurch zu gewinnen versucht, daß sie überall dunkel machte und in mein Zimmer ging, damit ich ihr zerwühltes Bett nicht sähe, im übrigen aber so getan, als sei sie gerade am Schreiben. Aber man wird alles das später sehen, alles, wovon ich niemals erfahren habe, ob es der Wahrheit entsprach.

dieses dadurch um so lebendiger. Albertine aber gewann nicht weniger dabei, wenn sie in dieser Weise von der einen der beiden Welten, zu denen wir Zugang haben und in denen wir abwechselnd einem gleichen Gegenstand seinen Platz zuweisen können, in die andere versetzt wurde und dem überwältigenden Druck der Materie entrann, um in die fließenden Räume des Denkens einzugehen. Ganz plötzlich, für einen Augenblick, fand ich mich imstande, für das schon lästig gewordene junge Mädchen glühend zu empfinden. Sie hatte in diesem Moment die Gestalt eines Werkes von Elstir oder Bergotte angenommen, ich verspürte einen jähen Überschwang des Gefühls für sie, wenn ich sie in dieser Weise durch Einbildungskraft oder Kunst distanziert von mir sah.

Bald wurde mir gemeldet, daß sie zurückgekehrt sei; ich hatte dabei Befehl gegeben, nicht ihren Namen zu nennen, wenn ich nicht allein war, zum Beispiel gerade Besuch von Bloch hatte, den ich zwang, einen Augenblick länger zu bleiben, um der Gefahr zu begegnen, daß er auf meine Freundin stieße. Ich machte nämlich ein Geheimnis daraus, daß sie im Hause wohnte, ja sogar, daß ich sie bei mir sah, so groß war meine Furcht, einer meiner Freunde könne sich in sie verlieben, draußen auf sie warten, oder sie selbst ihm in der Sekunde einer Begegnung auf dem Flur oder im Vorraum ein Zeichen geben oder ein Rendezvous mit ihm vereinbaren wollen. Dann wartete ich ab, bis das Kleiderrauschen Albertines nach ihrem Zimmer zu entschwand, denn aus Verschwiegenheit und zweifellos auch aus jener Rücksicht heraus, in der sie früher bei unseren gemeinsamen Abendessen in La Raspelière so viel Erfindungsgabe an den Tag gelegt hatte, damit ich nicht eifersüchtig würde, kam sie nicht an meine Tür, wenn sie wußte, daß ich nicht allein in meinem Zimmer war. Aber nicht nur deswegen, auf einmal wurde mir das klar. Ich erinnerte mich; ich hatte eine erste Albertine gekannt, dann hatte sie sich plötzlich in eine zweite verwandelt, die gegenwärtige. Für die Verwandlung aber konnte ich einzig mich selbst verantwortlich machen. Alles, was sie mir bedenkenlos, dann immerhin noch gern gestanden hätte, solange wir gute Kameraden waren, hatte aufgehört, ihr über die Lippen zu kommen, seitdem sie glaubte, ich liebte sie, oder nachdem sie – ohne daß sie dabei das Wort Liebe gebrauchte – ein inquisitorisches Verlangen bei mir erriet, das wissen will, dennoch aber darunter leidet, daß es weiß, und gleichwohl mehr in Erfahrung zu bringen versucht. Von jenem Tage an hatte sie mir alles verborgen. Sie bog vor meiner Zimmertür ab, häufig sogar, wenn sie meinte, ich sei nicht einmal mit einer Freundin, sondern einem Freund dort zusammen, sie, deren Augen einst so großes Interesse verrieten, wenn ich von einem jungen Mädchen sprach: ›Man sollte versuchen, sie kommen zu lassen, ich würde so gern ihre Bekanntschaft machen.‹ – ›Aber sie hat das, was du ein schlechtes Benehmen nennst.‹ – ›Dann erst recht, um so komischer wird es sein.‹ In diesem Augenblick hätte ich vielleicht alles in Erfahrung bringen können. Und selbst als sie in dem kleinen Kasino ihre Brüste von denen Andrées gelöst hatte, geschah es, glaube ich, nicht, weil ich anwesend war, sondern Cottards wegen, der ihr, wie sie zweifellos meinte, einen schlechten Ruf hätte bereiten können. Und dennoch hatte sie schon damals angefangen, irgendwie zu erstarren, vertrauensvolle Reden waren nicht mehr über ihre Lippen gekommen, ihre Gebärden hatten seitdem etwas Zurückhaltendes. Dann hatte sie alles aus dem Wege geräumt, was mich hätte aufregen können. Die Seiten ihres Lebens, die ich nicht kannte, stellte sie in einem Lichte dar, dem ich in meiner Unwissenheit nur allzu bereitwillig alles zugute hielt, was ihre Harmlosigkeit unterstreichen konnte. Jetzt aber war die Umwandlung abgeschlossen; Albertine ging, wenn ich nicht allein war, unmittelbar in ihr Zimmer, nicht nur, damit ich nicht gestört wurde, sondern auch um mir zu zeigen, daß sie sich um andere gar nicht kümmere. Nur eine einzige Sache würde sie nie mehr für mich tun – sie hätte sie nur zu einer Zeit getan, als es mir noch gleichgültig gewesen wäre, und

gerade aus diesem Grunde hätte sie es leichthin getan – das war: etwas gestehen. Für immer würde ich nun wie ein Untersuchungsrichter darauf angewiesen sein, ungewisse Schlüsse aus unvorsichtigen Äußerungen von ihrer Seite zu ziehen, die vielleicht nur unerklärbar waren, ohne deswegen einen Hinweis auf eine Schuld zu enthalten. Stets aber würde ich mich eifersüchtig und als Richter fühlen.
Unsere Verlobung nahm den Verlauf eines Prozesses an und teilte ihr die Schüchternheit einer Schuldigen mit. Jetzt wechselte sie das Thema, wenn das Gespräch auf Personen, ob Männer oder Frauen, kam, die noch nicht alte Leute waren. Damals, als ihr der Verdacht noch fernlag, ich könne um ihretwillen eifersüchtig sein, hätte ich sie fragen sollen, was ich zu wissen wünschte. Man muß diese Zeit benutzen, dann teilt uns unsere Freundin ihre Vergnügungen mit und sogar die Mittel, durch die sie sie vor den Augen der anderen verbirgt. Jetzt hätte Albertine mir nicht mehr, wie sie es in Balbec getan hätte, teils weil es stimmte, teils um sich zu entschuldigen, gestanden, daß sie ihre Zärtlichkeit für mich nicht mehr zeigte – denn ich ermüdete sie damals schon, und sie hatte an meiner Freundlichkeit ihr gegenüber feststellen können, daß sie nicht nötig habe, mir ebensoviel davon zu erweisen wie anderen, um dennoch bei mir mehr als bei jenen zu erreichen – sie hätte mir jetzt nicht mehr wie damals gesagt: ›Ich finde es dumm, wenn man sich anmerken läßt, daß man jemanden liebt; bei mir ist es umgekehrt: sobald mir einer gefällt, tue ich, als ob ich ihn überhaupt nicht bemerke, auf diese Weise kann niemand Argwohn schöpfen.‹ Wie! Das war dieselbe Albertine von heute mit ihrem Anspruch auf Freimut und Unabhängigkeit, die mir das gesagt hatte! Sie hätte mir diese Regel jetzt nicht mehr bekanntgegeben! Statt dessen begnügte sie sich damit, sie im Gespräch mit mir anzuwenden, indem sie über diese oder jene Person, um die ich mich hätte beunruhigen können, bemerkte: ›Ach! Ich weiß nicht, ich habe sie nicht angeschaut, sie ist zu unbedeutend.‹ Von Zeit zu Zeit

aber machte sie mir, um den Dingen zuvorzukommen, die ich erfahren könnte, Geständnisse von der Art, die man schon am Tonfall – bevor man noch die Wahrheit durchschaut, die mit ihrer Hilfe entstellt und harmlos gemacht werden soll – deutlich als Lügen erkennt.

Während ich Albertines Schritte hörte und mich mit Behagen in dem Gedanken wiegte, sie werde an dem betreffenden Abend nicht wieder ausgehen, stellte ich mit Verwunderung fest, daß für dies junge Mädchen, dessen Bekanntschaft zu machen ich früher nicht einmal erhofft hätte, das tägliche Nachhausekommen jetzt eine Heimkehr zu mir geworden war. Das aus Geheimnis und Sinnenreiz gewobene, flüchtige, bruchstückhafte Vergnügen, das ich in Balbec an jenem Abend kennengelernt hatte, an dem sie zum Übernachten ins Hotel gekommen war, hatte sich vervollständigt, befestigt und erfüllte mein vordem leeres Heim mit einem steten Vorrat an häuslicher, ja an Familienleben gemahnender Süße, die bis in die Korridore ausstrahlte, einer Süße, an der alle meine Sinne, teils wirklich, teils – in den Augenblicken, in denen ich allein war – in meiner Phantasie und in der Erwartung ihrer Heimkehr sich in Ruhe sättigten. Wenn ich gehört hatte, daß Albertines Zimmertür sich hinter ihr schloß, und noch ein Freund bei mir war, so beeilte ich mich, ihn zum Aufbruch zu bewegen, ließ ihn jedoch nicht eher allein, als bis ich ihn ganz sicher zur Treppe geleitet hatte, die ich sogar notfalls noch ein paar Stufen mit ihm hinunterging.

Im Eingangsflur kam mir Albertine entgegen. »Warte, während ich meine Sachen ablege, schicke ich dir Andrée, sie ist eine Sekunde mit heraufgekommen, um dir guten Abend zu sagen.« Und noch mit dem großen grauen Schleier über der Chinchillatoque, die ich ihr in Balbec geschenkt hatte, zog sie sich wieder in ihr Zimmer zurück, als habe sie erraten, daß Andrée, von mir beauftragt, über sie zu wachen, an Hand so mancher Einzelheiten, zum Beispiel, indem sie ihrer beider Begegnung mit einer Bekannten erwähnte, mir eine etwas

nähere Bestimmung der unbekannten Regionen ermöglichen würde, in denen die Spazierfahrt stattgefunden hatte, mit der sie den ganzen Tag verbracht und die ich mir nicht hatte vorstellen können.
Andrées Fehler hatten sich stärker akzentuiert, sie war nicht mehr so angenehm wie zu der Zeit, als ich ihre Bekanntschaft machte. Es lag jetzt in ihrem Wesen ganz obenauf eine Art von bitterer Unrast, die immer bereit war, wie über dem Meer sich in einem Unwetter zu entladen, wofern ich nur auf irgend etwas zu sprechen kam, was für Albertine und mich etwa angenehm war. Das hinderte nicht, daß Andrée zu mir besser war, mich mehr lieben konnte – oft erhielt ich den Beweis dafür – als freundlichere Leute. Aber der geringste Anschein von Glück, den man an sich trug, brachte bei ihr, wenn er nicht durch sie selbst zustande gekommen war, einen nervösen, unangenehmen Eindruck hervor wie das Geräusch einer Tür, die man zu heftig schließt. Sie ließ Leiden gelten, mit denen sie nichts zu tun hatte, aber nicht Vergnügungen; wenn sie mich krank sah, war sie tief betrübt, sie bedauerte mich, hätte mich gepflegt. Genoß ich aber eine so bedeutungslose Befriedigung wie die, mich mit behaglicher Miene zu strecken, ein Buch zu schließen und dabei zu sagen: ›Ah! ich habe eben zwei bezaubernde Stunden mit Lesen zugebracht, was für ein amüsantes Buch!‹, so riefen diese Worte, die meiner Mutter, Albertine oder Saint-Loup Vergnügen bereitet hätten, bei Andrée eine Art von Mißbilligung, vielleicht auch einfach von nervösem Unbehagen hervor. Jede Genugtuung auf meiner Seite weckte eine Gereiztheit in ihr, die sie nicht zu verhehlen vermochte. Zu diesen Fehlern gesellten sich noch andere, schwerere. Eines Tages, als ich von jenem jungen Mann sprach, der sich so gut in allem ausgekannt hatte, was Pferderennen, Tennis und Golf betraf, aber so völlig unkultiviert in allem übrigen war und den ich in Gesellschaft der ›kleinen Schar‹ in Balbec getroffen hatte, fing Andrée höhnisch zu lachen an. »Sie wissen doch, sagte sie, daß sein Vater

gestohlen hat, um ein Haar wäre ein Verfahren gegen ihn eingeleitet worden. Sie wollen sich jetzt aus Trotz um so mehr aufspielen, aber mir macht es Spaß, es überall zu erzählen. Ich möchte, daß sie mich wegen verleumderischer Nachrede verklagen. Da würde ich aber eine schöne Aussage machen!« Ihre Augen funkelten. Nun aber erfuhr ich, daß jener Vater keinerlei Unregelmäßigkeiten begangen hatte und daß Andrée es ebensogut wie jeder andere wußte. Sie aber hatte sich von dem Sohn verschmäht geglaubt und hatte nach etwas gesucht, womit sie ihm Schwierigkeiten, ja Unehre bereiten könnte, hatte einen ganzen Roman von Aussagen erfunden, die sie in ihrer Phantasie zu machen aufgefordert worden war, und wußte vielleicht, nachdem sie sich unaufhörlich alle Einzelheiten wiederholt hatte, selbst nicht mehr, wie weit sie der Wahrheit entsprachen. So wie sie jetzt geworden war (und selbst ohne ihre kurzen wahnwitzigen Haßanfälle), hätte ich sie nicht zu sehen gewünscht, und wäre es auch nur wegen der übelwollenden Empfindlichkeit, die mit einer scharfen, eisigen Schicht ihre wahre, wärmere und bessere Natur umhüllte. Aber die Auskünfte, die nur sie mir über meine Freundin geben konnte, interessierten mich doch zu sehr, als daß ich eine so seltene Gelegenheit, etwas zu erfahren, hätte versäumen mögen. Andrée trat ein und schloß die Tür hinter sich; sie hatten eine Freundin getroffen; Albertine aber hatte mir nichts von ihr erzählt. »Was haben sie gesagt?« – »Ich weiß nicht, denn ich habe die Gelegenheit benutzt, um Wolle für sie zu kaufen.« – »Wolle?« – »Ja, Albertine hatte mich darum gebeten.« – »Das war doch erst recht ein Grund, nicht wegzugehen, sie hat das vielleicht nur gesagt, um Sie zu entfernen.« – »Aber sie hatte mich darum gebeten, noch bevor wir ihre Freundin trafen.« – »Ah!« antwortete ich und atmete wieder etwas auf. Sogleich jedoch setzte mein Argwohn von neuem ein. Aber wer weiß, ob sie nicht mit ihrer Freundin ein Rendezvous verabredet und sich nur einen Vorwand zurechtgelegt hatte, um allein zu sein, wann es ihr gerade paßte? War ich im übrigen ganz sicher, daß nicht die alte Hypothese (die, nach welcher mir Andrée nicht immer nur die Wahrheit sagte) doch die richtige war? Andrée steckte vielleicht mit Albertine unter einer Decke.

Liebe, sagte ich mir in Balbec, empfinden wir für eine Person, mit deren Handlungen allein unsere Eifersucht sich zu beschäftigen scheint; man hat das Gefühl, man würde, wenn jene sie einem alle mitteilte, am Ende leicht von seiner Liebe geheilt sein. Die Eifersucht mag noch so geschickt von dem verborgen werden, der an ihr krankt, sie wird rasch von der entdeckt, die sie eingeflößt hat und die nun ihrerseits Geschicklichkeit walten läßt. Sie versucht uns von allem abzulenken, was uns unglücklich machen könnte, und es gelingt ihr leicht, denn warum sollte dem Ungewarnten ein belangloser Satz die Lüge enthüllen, die sich dahinter verbirgt? Wir unterscheiden ihn nicht von anderen; ängstlich vorgebracht, wird er gedankenlos angehört. Später, wenn wir allein sind, besinnen wir uns auf diesen Satz, und er wird uns vermutlich dann nicht mehr ganz der Wirklichkeit zu entsprechen scheinen. Aber erinnern wir uns denn auch nur richtig an ihn? Es ist, als entstehe spontan in uns an diesem Satz und an der Genauigkeit unserer Erinnerung ein Zweifel von der Art derjenigen, durch die man bei gewissen nervösen Zuständen sich niemals zu erinnern vermag, ob man den Riegel vorgeschoben hat, und zwar beim fünfzigsten ebensowenig wie beim ersten Mal. Man könnte sagen, daß man dieselbe Handlung unendlich oft vollziehen kann, ohne daß sie jemals von einer genauen und befreienden Erinnerung begleitet wird, wenigstens aber können wir zum einundfünfzigsten Mal die Tür noch einmal wieder schließen, während der beunruhigende Satz in der Vergangenheit liegt und nur durch einen vagen Hörvorgang aufgenommen wurde, den wir aus uns selbst nicht wieder erneuern können. Dann üben wir unsere Aufmerksamkeit an anderen Äußerungen, hinter denen sich nichts verbirgt, und das einzige Heilmittel – das wir aber ablehnen – würde darin bestehen, gar nicht daran zu denken, damit in uns nicht der Wunsch aufkommen kann, es besser wissen zu wollen.

Sobald die Eifersucht erkannt ist, wird sie von der, auf die sie sich bezieht, als ein Mißtrauen ausgelegt, welches zur Täuschung berechtigt. Im übrigen haben wir bei dem Versuch, etwas zu erfahren, mit dem Lügen und Täuschen selbst den Anfang gemacht. Diese Andrées und Aimés versprechen uns zwar, nichts zu sagen, doch halten sie sich auch daran? Bloch seinerseits hatte nichts versprechen können, weil er gar nichts wußte, und vorausgesetzt, daß sie mit jedem von den dreien spricht, wird Albertine mit Hilfe von dem, was Saint-Loup als ›Recoupements‹ bezeichnet hätte, das heißt durch Rückschlüsse, in Erfahrung bringen, daß wir sie belügen, wenn wir behaupten, wir ständen ihren Handlungen gleichgültig gegenüber und seien psychisch außerstande, sie überwachen zu lassen. Da es so bei allem, was Albertine tat, an die Stelle meines zur Gewohnheit gewordenen, nie endenden Zweifels trat – eines Zweifels, der zu vage, um nicht schmerzlos zu bleiben und für die Eifersucht das war, was für den Kummer das beginnende Vergessen ist, bei dem ein Abklingen aus der zunehmenden Undeutlichkeit entsteht – warf das kleine Bruchstück einer Antwort, welches Andrée mir brachte, sofort neue Fragen in mir auf: dadurch, daß ich einen winzigen Teil der großen Zone erforscht hatte, die sich rings um mich ausbreitete, hatte ich nur erreicht, jenes Unkennbare, das für uns, wenn wir tatsächlich versuchen, es uns vorzustellen, das wirkliche Leben einer anderen Person ist, etwas mehr einzudämmen. Aber ich fragte Andrée weiter aus, während Albertine aus Diskretion und um mir (erriet sie es wohl?) genügend Muße für dies Verhör zu lassen, sich in aller Ruhe in ihrem Zimmer umkleidete.

– Ich glaube, Albertines Onkel und Tante mögen mich recht gern, sagte ich unbedacht zu Andrée, ohne mir ihren Charakter dabei vor Augen zu halten. Sofort stellte ich fest, daß ihr aus einer wabernden Masse bestehendes Gesicht sich veränderte wie Fruchtsaft, der zu gären beginnt; es sah aus, als ob es sich definitiv zersetze. Ihr Mund bekam etwas Herbes. Nichts mehr war an Andrée von jener jugendlichen Heiterkeit zu finden, die sie, wie die gesamte übrige ›kleine Schar‹, trotz ihrer Kränklichkeit in jenem Jahr meines ersten Aufenthalts in Balbec entfaltet hatte und die jetzt (allerdings war Andrée seitdem um einige Jahre älter geworden) so schnell bei ihr entschwand. Aber unwillkürlich sollte ich sie zum Wiedererblühen bringen, bevor Andrée mich noch verließ, um zum Abendessen nach Hause zurückzukehren. »Jemand hat heute von Ihnen in den höchsten Tönen gesprochen«, sagte ich zu ihr. Sofort zuckte ein Strahl von Freude in ihrem Blick auf, sie sah so aus, als ob sie mich wirklich liebe. Sie vermied mich anzusehen, aber lachte ins Unbestimmte mit ihren plötzlich ganz rund gewordenen Augen. »Wer war das denn?« fragte sie mit naivem, begehrlichem Interesse im Ton. Ich sagte es ihr, und ganz gleich, wer es war, sie war dadurch beglückt.

Dann wurde es Zeit für den Aufbruch, sie ging. Albertine kehrte zu mir zurück; sie hatte ihr Straßenkleid ausgezogen und trug jetzt einen ihrer hübschen Morgenröcke aus Crêpe de Chine oder eines von den japanischen Gewändern, um deren Beschreibung ich Madame de Guermantes gebeten hatte und für die mir Madame Swann einige zusätzliche Details in einem Brief geliefert hatte, der mit den folgenden Worten begann: ›Nach Ihrer langen Unsichtbarkeit habe ich geglaubt, als ich Ihren Brief mit der Frage nach meinen ‹tea gowns› las, eine Nachricht aus der Geisterwelt zu erhalten.‹ Albertine hatte an den Füßen schwarze, mit Brillanten geschmückte Schuhe (welche Françoise in ihrer Wut als ›Schlappen‹ bezeichnete), ganz ähnlich denen, die sie vom Salonfenster aus Madame de Guermantes abends im Hause hatte tragen sehen, ebenso wie etwas später meine Freundin Pantöffelchen bekam, manche aus vergoldetem Chevreau, andere aus Chinchilla, deren Anblick mich mit süßen Gefühlen durchflutete, weil sie alle durch ihr Vorhandensein bewiesen (was andere Schuhe nicht getan hätten), daß sie bei mir zu Hause war. Sie hatte auch Dinge, die nicht von mir kamen, zum Beispiel einen schönen goldenen Ring. Ich bewunderte daran die entfalteten Schwingen eines Adlers. »Meine Tante hat ihn mir geschenkt, sagte sie zu mir. Trotz allem ist sie manchmal ganz nett. Er macht mich im Grunde älter, weil sie ihn mir zu meinem zwanzigsten Geburtstag gegeben hat.«

Albertine hegte für alle diese Dinge eine viel lebhaftere Neigung als die Herzogin von Guermantes, weil – wie jedes Hindernis, das sich dem Besitz entgegenstellt (so machte für mich die Krankheit Reisen ebenso schwierig wie erstrebenswert) – die Armut, großherziger als der Überfluß, den Frauen viel mehr schenkt als nur die Toiletten, die sie sich nicht kaufen können: nämlich das Verlangen danach, das erst eine wirkliche, ins einzelne gehende und in die Tiefe reichende Kenntnis davon verleiht. Wir beide – sie, weil sie sich diese Dinge nicht hatte leisten können, ich, weil ich mit deren Beschaffung ihr Vergnügen zu machen bemüht war – waren wie jene Kunstbeflissenen, die schon im voraus die Bilder kennen, auf deren Anblick in Dresden oder Wien sie so begierig sind. Die reichen Frauen hingegen gleichen inmitten der Unzahl ihrer Hüte und Kleider jenen Besuchern, denen der Gang durch ein Museum, da kein Verlangen ihm vorausgegangen ist, nur ein Gefühl der Überfüllung, der Ermüdung, der Langeweile schafft. Irgendeine Toque, ein Mantel aus Zibeline, ein Morgenrock von Doucet mit rosa gefütterten Ärmeln, bekamen für Albertine, die sie bemerkt, begehrt und dank der – das Verlangen kennzeichnenden – Ausschließlichkeit und Präzision sie gleichzeitig abseits von allem übrigen in einer Leere (von der sich wundervoll das Futter oder der Schal abhob) ausgesondert und in allen Teilen genau erforscht hatte – und ebenso für mich, der ich zu Madame de Guermantes gegangen war, um mir nach Möglichkeit erklären zu lassen, worin die Eigenart, die Überlegenheit, der Schick der

Sache und das unnachahmbare Könnertum des großen Schöpfers bestand – eine Wichtigkeit, einen Zauber, die sie sicherlich nicht für die Herzogin haben würden, da diese schon gesättigt war, bevor sie auch nur Appetit hatte verspüren können, geschweige denn für mich selbst, hätte ich sie ein paar Jahre früher gesehen, als ich diese oder jene elegante Dame auf einem ihrer gelangweilten Rundgänge durch die Schneiderateliers begleitete.

Gewiß, eine elegante Dame wurde Albertine nach und nach. Denn wenn jede Sache, die ich für sie machen ließ, in ihrer Art die hübscheste, mit einem Raffinement ausgestattete war, das Madame de Guermantes oder Madame Swann noch dazu beigesteuert hatten, so begann sie jetzt von diesen Dingen eine ganze Menge zu haben. Aber das spielte keine Rolle, da sie sie eben doch zuerst – und zwar jedes für sich – geliebt hatte. Wenn man von einem Maler, dann von einem anderen entzückt gewesen ist, kann man schließlich für das ganze Museum ein Gefühl hegen, das keine kalte Bewunderung mehr ist, denn es ist durch einander ablösende Liebeserlebnisse entstanden, die jedesmal zu ihrer Zeit ausschließlich gewesen sind, sich dann aber mit den anderen lückenlos zusammengeschlossen und harmonisch damit verschmolzen haben.

Sie war im übrigen nicht oberflächlich, las viel, wenn sie allein, und las mir vor, wenn sie mit mir zusammen war. Sie war äußerst gescheit geworden. Sie sagte mir, worin sie sich allerdings täuschte: ›Ich bin ganz entsetzt bei dem Gedanken, wie dumm ich ohne dich geblieben wäre. Leugne es nicht, du hast mir eine Welt von Ideen erschlossen, von denen ich gar nichts ahnte, und das wenige, was ich geworden bin, verdanke ich nur dir.‹

Man weiß, daß sie ganz ähnlich von meinem Einfluß auf Andrée gesprochen hatte. Hegte die eine oder die andere wirklich Gefühle für mich? Und was waren an sich Albertine und Andrée? Um es zu wissen, müßte man euch unbeweglich wie ein Bild vor sich haben können, nicht mehr in jener unaufhörlichen Erwartung eures Erscheinens leben, bei dem ihr jedesmal wieder ein anderes Wesen seid; man dürfte, um euch fixieren zu können, euch nicht länger lieben, nicht mehr die Erfahrung eurer Ankunft machen, die unendlich sich wiederholt und immer wieder etwas Bestürzendes hat, o ihr jungen Mädchen, o immer neu im Wirbel aufblitzender Strahl, aus dem wir euch mit Beben erscheinen sehen und gleichwohl kaum erkennen in der schwindelnden Schnelligkeit des Lichts! Von dieser Schnelligkeit würden wir vielleicht nichts wissen, und alles würde uns unbeweglich scheinen, wenn nicht die Anziehung der Geschlechter uns auf euch zueilen ließe, stets sich wandelnde Goldtropfen ihr, die ihr immer mehr seid, als wir erwartet hatten! Immer wieder gleicht ein junges Mädchen so wenig dem, was sie das letzte Mal war (zerstört sie, sobald wir sie sehen, die Erinnerung, die wir von ihr aufbewahrt, und das Verlangen, das uns in der Phantasie belebte), daß die Stetigkeit der Natur, die wir ihr verleihen, nur in unserer Einbildungskraft besteht und zur größeren Bequemlichkeit der Sprache geschaffen ist. Man hat uns gesagt, ein schönes junges Mädchen sei zärtlich, liebend und von erlesensten Gefühlen beseelt. Unsere Einbildungskraft nimmt das aufs Wort für wahr, und wenn uns zum ersten Male unter dem krausen Band ihrer blonden Haare die gerundete Scheibe ihres rosigen Gesichts erscheint, fürchten wir beinahe, diese allzu tugendhafte Schwester könne gerade durch ihre Tugend auf uns abkühlend wirken und werde nie die Geliebte sein, die wir uns ersehnen. Wie viele Bekenntnisse jedenfalls legen wir ihr in der ersten Stunde schon ab im Vertrauen auf jenen Adel des Herzens, wie viele gemeinsame Pläne machen wir mit ihr! Einige Tage später aber bedauern wir, daß wir uns ihr so freimütig anvertraut haben, denn das rosige junge Mädchen führt beim zweiten Wiedersehen Reden, die zu einer sinnlichen Furie passen. Bei den Gesichtern, die hintereinander nach einem einige Tage währenden Durcheinanderwirbeln in dem flüchtig wahrgenommenen rosigen Schimmer erscheinen, ist es gar nicht gewiß, ob nicht ein Anstoß, der von außen her an die jungen Mädchen herangekommen ist, ihren Aspekt verändert hat, und so war es bei meinen jungen Mädchen aus Balbec möglicherweise gewesen. Man rühmt uns die sanfte Sinnesart, die Reinheit einer Jungfrau. Danach aber haben wir das Gefühl, daß etwas Pikanteres uns besser zusagen würde, und wir raten ihr, sich verwegen zu zeigen. Ist sie nun die eine oder andere wirklich und an sich? Vielleicht nicht, aber fähig jedenfalls, zu so vielen verschiedenen Möglichkeiten im schwindelnden Lauf des Lebens einen Zugang zu finden. Wie groß aber ist bei einer anderen, deren ganze Anziehungskraft in strenger Mitleidlosigkeit lag (die wir nach unserer Weise zu erweichen gedachten), wie zum Beispiel bei der schreckenerregenden Springerin aus Balbec, die in ihrem Schwung die Schädel entsetzter alter Herren streifte, unsere Enttäuschung, wenn wir in dem neuen Aspekt, den dies Gesicht uns bietet, in dem Augenblick nämlich, da wir diesem Mädchen mit einer Zärtlichkeit nahen, die aus der Erinnerung an so viel Härte gegen andere ihre leidenschaftliche Beschwingtheit nahm, sie einleitend äußern hören, daß sie schüchtern sei, daß sie beim ersten Mal nie etwas Vernünftiges zu sagen wisse, so groß sei ihre Furcht, und daß man erst nach vierzehn Tagen mit ihr in Ruhe reden könne! Der Stahl ist zu Watte geworden, wir haben nichts mehr vor uns, was wir zu brechen versuchen könnten, da sie von sich aus alle Konsistenz verloren hat. Von sich aus, aber durch unsere Schuld vielleicht, denn die gefühlvollen Worte, die wir an die Härte gerichtet haben, hatten ihr am Ende – wobei nicht einmal unbedingt eine selbstsüchtige Rechnung im Spiel gewesen sein muß – nahegelegt, nun gerade liebevoll zu sein (eine Wandlungsfähigkeit, die uns betrübte, aber nur zur Hälfte ungewollt war, denn die Dankbarkeit für so viel Sanftmut würde uns vielleicht zu mehr verpflichten als das Entzücken angesichts einer erst zur Sanftmut umgebogenen Grausamkeit).

Ich sage nicht, daß nicht ein Tag kommen wird, an dem wir sogar diesen strahlenden jungen Mädchen ganz deutlich abgegrenzte Charaktere zuerkennen werden, aber das bedeutet dann, daß sie aufgehört haben, uns zu interessieren, daß ihr Auftreten für unser Herz nicht mehr jenes plötzliche ›Aufgehen‹ sein wird, das wir jedesmal anders erwartet haben und das uns jedesmal in Entzücken über derart neue Inkarnationen versetzt. Ein unverrückbares Bild von ihr wird aus unserer Gleichgültigkeit geboren, die sie der Beurteilung durch den Verstand anheimgibt. Dieser wird im übrigen nicht auf eine sehr viel kategorischere Weise seine Schlüsse ziehen, denn nachdem er das Urteil gefällt hat, daß dieser oder jener Fehler, der bei der einen vorherrscht, glücklicherweise jener anderen fehlt, wird er erkennen müssen, daß dieser Fehler durch eine wertvolle Eigenschaft kompensiert wurde, so daß aus dem falschen Urteil des Verstandes, der erst in Aktion tritt, wenn man aufgehört hat sich zu interessieren, festumrissene, stetige Jungmädchencharaktere hervorgehen, die uns jedoch nicht mehr lehren können als die überraschendsten, jeden Tag neu erscheinenden Gesichter, solange in dem sinnenbetäubenden, raschen Gleiten unserer ersten Erwartung unsere Freundinnen sich täglich, wöchentlich zu verschieden darstellten, als daß wir, da der Wettlauf nie ein Ende nahm, sie hätten klassifizieren und ihnen ihren Rang zuerteilen können. Was unsere Gefühle anbelangt – wir haben nun schon zu oft davon gesprochen, um uns noch einmal wiederholen zu dürfen – so ist sehr häufig Liebe nur die Verbindung des Bildes eines jungen Mädchens (das uns sonst rasch unerträglich geworden wäre) mit dem Herzklopfen, das untrennbar ist von einem endlosen, vergeblichen Warten oder einem Streich, den die gleiche junge Dame uns spielt. Alles dies trifft nicht nur für phantasiebegabte junge Männer angesichts sich wandelnder junger Mädchen zu. Zu dem Zeitpunkt, an dem unsere Erzählung angelangt ist, schien, wie ich seither erfahren habe, die Nichte Jupiens ihre Meinung über Morel und über Monsieur de Charlus gerade geändert zu haben. Mein Chauffeur hatte ihr, wodurch er sie in ihrer Liebe zu Morel bestärkte, gerühmt, daß der Violinist unendliche Schätze des Zartgefühls in sich trage, an welche sie nur allzu bereitwillig glaubte. Auf der andern Seite fand Morel kein Ende, ihr die Tyrannenrolle zu schildern, die Monsieur de Charlus bei ihm spiele, und die sie der Bosheit zuschrieb, da sie die Neigung des Barons nicht erriet. Sie war im übrigen allerdings gezwungen festzustellen, daß Monsieur de Charlus despotisch über alle ihre Begegnungen wachte. Dazu kam noch, daß sie Damen ihrer Kundschaft von der grausamen Bosheit des Barons hatte sprechen hören. Seit kurzem aber war ihr Urteil nun vollkommen durcheinandergeraten. Sie hatte bei Morel (ohne daß sie deswegen aufgehört hätte, ihn zu lieben) Abgründe von Bosheit und Treulosigkeit entdeckt, denen übrigens eine häufig auftretende Sanftmut und wirkliche Empfindsamkeit gegenüberstanden, bei Monsieur de Charlus aber niegeahnte ungemessene Güte, die mit einer Härte untermischt war, wie sie ihr bislang unbekannt war. So hatte sie sich darüber, was der Violinist und sein Beschützer jeder für sich waren, ebensowenig ein endgültiges Urteil bilden können wie ich mir über Andrée, die ich gleichwohl alle Tage sah, und über Albertine, die mit mir zusammenlebte.

An den Abenden, an denen Albertine mir nicht vorlas, musizierte sie oder fing mit mir eine Partie Dame oder ein Gespräch an, die ich alle beide unterbrach, um sie zu herzen und zu küssen. Unsere Beziehungen waren so einfach, daß sie dadurch etwas Ausruhendes bekamen. Gerade die Leere ihres Daseins bewirkte in Albertine eine Art von Eifer und Gehorsamsbereitschaft einzig für die Dinge, die ich von ihr verlangte. Hinter diesem jungen Mädchen spielten wie hinter dem purpurfarbenen Licht, das aus meinen Fenstervorhängen in Balbec niederfiel, während draußen das Konzert der Musikanten aufklang, in perlmutterfarbenen Tönen die bläulichen Wellenlinien des Meeres. War sie nicht tatsächlich (sie, in deren Innerem ganz gewohnheitsmäßig eine so vertraute Vorstellung von mir ruhte, daß nach ihrer Tante ich vielleicht die Person war, die sie am wenigsten von sich selbst wegdenken konnte) das junge Mädchen, das ich zum ersten Mal in Balbec mit der flachen Polomütze auf dem Kopf, mit den durchdringenden und lachenden Augen, noch unbekannt, schmal wie eine im Profil sich abzeichnende Silhouette, vor der Flut des Meeres gesehen hatte? Wenn man solche im Gedächtnis intakt aufbewahrten Bilder wiederfindet, staunt man über ihre Unähnlichkeit mit dem Wesen, das man kennt; man begreift dann, welche Modellierarbeit täglich die Gewohnheit vollzieht. In dem Zauber, den Albertine in Paris am Kaminfeuer für mich hatte, lebte noch das Verlangen, welches in mir bei dem hochmütig unbekümmerten, blumenhaften Vorbeizug der ›kleinen Schar‹ am Strande aufgestiegen war, und wie an Rahel für Saint-Loup das Prestige des Theaters – obwohl er sie gezwungen hatte, die Bühne aufzugeben – blieben für mich in dieser Ferne von Balbec, von wo ich sie überstürzt entführt hatte, an der in meinem Hause eingeschlossenen Albertine die Stärke des Gefühls, die Auflösung der gesellschaftlichen Bindungen, die ruhelose Eitelkeit, die schweifenden Wünsche haften, wie sie das Leben in Seebädern mit sich bringt. Sie war so gut eingesperrt, daß ich an gewissen Abenden sie nicht einmal auffordern ließ, sie möge aus ihrem Zimmer in das meine kommen, sie, der früher alles nachgelaufen war, die ich mit solcher Mühe eingeholt hatte, wenn sie auf ihrem Fahrrad vorüberglitt, und die sogar der Liftboy mir nicht hatte zurückbringen können, damals, als er mir kaum Hoffnung ließ, daß sie noch kommen werde und ich gleichwohl die ganze Nacht hindurch auf sie wartete. War nicht Albertine vor dem Hotel wie eine große Schauspielerin des flammenden Strandes gewesen, die Eifersucht erweckte, wenn sie auf diesem Naturtheater einhergeschritten kam, mit niemandem sprach, die alten Gäste rücksichtslos zur Seite stieß, ihre Freundinnen beherrschte, und war nicht diese heiß-

begehrte Schauspielerin sie, die jetzt, auf meine Veranlassung von der Bühne abgetreten, bei mir eingeschlossen, dem Verlangen der anderen, die sie nun vergebens suchen mochten, entzogen, bald in meinem Zimmer, bald in dem ihrigen weilte, wo sie sich mit Zeichnen oder dem Ausschneiden eines Musters beschäftigte?
Zweifellos schien Albertine in den ersten Tagen von Balbec auf einer Ebene zu wohnen, die zu jener, auf der ich lebte, parallel gelegen war, sich dann aber (nach meinem Besuch bei Elstir) an sie annäherte und schließlich mit ihr verband im Verlaufe meiner engerwerdenden Beziehungen zu ihr in Balbec, in Paris, dann wieder in Balbec. Welch Unterschied übrigens bestand zwischen den beiden Bildern von Balbec beim ersten und beim zweiten Aufenthalt, Bildern, die aus denselben Villen bestanden, aus denen dieselben jungen Mädchen hinausschritten und sich vor dem gleichen Meer bewegten? Konnte ich beim zweiten Aufenthalt in den Freundinnen Albertines, die ich nun schon so gut kannte, in den auf ihrem Gesicht so deutlich eingetragenen Vorzügen und Fehlern jene ganz neuen, geheimnisvollen Unbekannten wiederfinden, die früher niemals, ohne daß das Herz mir schlug, den Sand unter der Tür ihrer Sommerhäuser knirschen lassen und die erbebenden Tamarisken davor im Vorbeigehen streifen konnten? Ihre großen Augen waren seitdem von den Gesichtern aufgesogen worden, zweifellos einfach, weil sie keine Kinder mehr waren, aber auch, weil diese bezaubernden Unbekannten, Schauspielerinnen jenes romantischen ersten Jahres, über die ich damals nicht abließ Nachforschungen anzustellen, für mich kein Geheimnis mehr hatten. Sie waren, hörig meinen Launen, für mich einfach nunmehr erblühte junge Mädchen geworden, aus deren Schar ich zu meiner nicht geringen Genugtuung die schönste Rose gepflückt und allen anderen fortgenommen hatte.
Zwischen den beiden Szenerien von Balbec, die so verschieden voneinander waren, lag ein Zwischenraum von mehreren Jah-

ren in Paris, deren langer Ablauf mit vielen Besuchen Albertines deutlich bezeichnet war. Ich sah sie in den verschiedenen Jahren meines Lebens, wie sie mir gegenüber wechselnde Positionen einnahmen, welche mich die Schönheit der dazugehörenden, in der Erinnerung miteinander verschwimmenden Räume ganz ermessen ließen, sowie die lange Zeit, die verflossen war, seitdem ich sie nicht gesehen hatte, eine Zeit, von deren durchsichtiger Tiefe die rosige Gestalt, die ich vor mir hatte, sich mit geheimnisvollen Schatten in deutlicher Modellierung abhob. Diese Gestalt verdankte ihren Ursprung übrigens nicht nur den vielen sich überdeckenden Bildern Albertines, so wie sie in aufeinanderfolgenden Zeiten für mich gewesen war, sondern auch den großen Vorzügen des Verstandes und Herzens, den Charakterfehlern – die einen wie die anderen ungeahnt von mir – welche sie in einer Art von Ausstreuung und Vervielfältigung ihrer selbst, in fast körperlichen, starkgetönten Neubildungen ihrer damals eher nichtssagenden, jetzt aber schwer erforschbaren Natur hinzugefügt hatte. Denn während die Wesen – selbst diejenigen, von denen wir so viel geträumt haben, daß sie uns nur mehr wie ein Bild erscheinen, eine Gestalt von Benozzo Gozzoli vor einem grünlichen Hintergrund, bei der wir ganz geneigt sind zu glauben, daß ihre verschiedenen Aspekte nur eine Folge der Blickpunkte seien, von denen aus wir selbst sie betrachten, oder der Entfernung, die zwischen uns und ihnen liegt, oder der Beleuchtung – sich im Hinblick auf uns wandeln, wandeln sie sich gleichfalls in sich selbst; eine Bereicherung, eine Festigung und ein Zuwachs hatte sich daraus für jene Gestalt ergeben, die einst schlicht und klar vor dem Meer sich abgehoben hatte.

Im übrigen lebte nicht nur das Meer, wie es am Tagesende war, für mich in Albertine, sondern zuweilen auch das schläfrige Anschlagen der Brandung an den Strand in Vollmondnächten. Manchmal, wenn ich aufstand, um ein Buch aus dem Arbeitszimmer meines Vaters zu holen, war meine Freundin, die mich um die Erlaubnis gebeten hatte, sich inzwischen schon auszustrecken, so müde von den langen Irrfahrten an der frischen Luft am Morgen und am Nachmittag, daß ich, selbst wenn ich nur einen Augenblick aus meinem Schlafzimmer fortgeblieben war, beim Wiedereintreten Albertine schlafend vorfand und sie nicht wieder weckte. Der Länge nach auf meinem Bett ausgestreckt, in einer Haltung von einer Natürlichkeit, die man nicht hätte erfinden können, fand ich sie einer langgestielten Blüte ähnlich, die man dorthin gelegt hätte; und so war es in der Tat: die Macht zu träumen, die ich nur in ihrer Abwesenheit besaß, fand ich in jenen Augenblicken auch in ihrer Nähe wieder, als sei sie eben im Schlaf zu einer Pflanze geworden. Dadurch verwirklichte ihr Schlummer in gewissem Maße, was die Liebe als Möglichkeit enthielt. Wenn ich allein war, konnte ich an sie denken, aber sie fehlte mir, ich besaß sie nicht; wenn sie da war, sprach ich zu ihr, aber war zu fern von mir selbst, um zugleich denken zu können. Wenn sie schlief, brauchte ich nicht mehr zu sprechen, ich wußte, daß ihr Blick nicht länger auf mir ruhte, ich hatte nicht mehr nötig, an meiner eigenen Oberfläche zu leben.

Sobald Albertine die Augen schloß und das Bewußtsein verlor, hatte sie nacheinander die verschiedenen menschlichen Charaktere abgelegt, die mich enttäuscht hatten seit dem Tage, an dem ich ihre Bekanntschaft gemacht. Sie war dann nur noch von dem unbewußten Leben der Pflanzenwelt, der Bäume beseelt, einem Leben, das von dem meinen verschiedener und ihm fremder war und mir doch mehr gehörte. Ihr Ich entschlüpfte mir nicht mehr unaufhörlich, wie bei jedem Geplauder mit ihr, durch die Ausgänge uneingestandener Gedanken oder ihres Blicks. Sie hatte dann alles, was von ihr draußen gewesen war, wieder in sich versammelt, sie hatte sich selbst in ihren Körper geflüchtet, sich darin eingeschlossen, sie ging ganz darin auf. Indem ich ihn unter meinem Blick, in meinen Händen hielt, erlebte ich jenes Gefühl, sie ganz und gar zu besitzen, das ich niemals hatte, wenn sie aufgewacht war. Ihr Leben war mir untertan, zu mir entsandte es seinen leichten Hauch.

Ich horchte auf dies geheimnisvoll murmelnde Strömen, das weich war wie Westwind auf dem Meer, feenhaft wie der Mondschein, dem ihr Schlummer glich. Solange er anhielt, konnte ich von ihr träumen und sie gleichwohl betrachten, und wenn ihr Schlaf sich vertiefte, berührte und küßte ich sie. Was ich dann empfand, war eine so reine, immaterielle, geheimnisvolle Liebe, als befände ich mich im Angesicht der unbeseelten Schöpfung vor den Schönheiten der Natur. Tatsächlich aber hörte sie, sobald sie tiefer schlief, sogar auf, auch nur noch die Pflanze zu sein, die sie gewesen war; ihr Schlaf, an dessen Gestade ich mit immer neuer Lust träumte, so daß ich nicht müde wurde, sie immer wieder zu kosten, war eine ganze Landschaft für mich. Ihr Schlaf rückte etwas so Ruhevolles, so sinnlich Köstliches dicht an meine Seite wie etwa die Vollmondnächte in der Bucht von Balbec, die friedlich geworden war wie ein See, über dem sich die Zweige kaum regen, und wo man, im Sande ausgestreckt, ewig die Brandung sich brechen hört.

Wenn ich ins Zimmer trat, blieb ich auf der Schwelle stehen, ich wagte kein Geräusch zu machen und hörte kein anderes als das ihrer Atemzüge, die in kurzen Abständen über ihre Lippen kamen, regelmäßig wie Brandungswellen, aber sanfter und leiser. In dem Augenblick jedoch, da mein Ohr diesen göttlichen Laut in sich aufnahm, schien mir in ihm die gesamte Persönlichkeit, das ganze Leben der reizvollen Gefangenen, die dort vor meinen Augen ausgestreckt lag, verdichtet enthalten zu sein. Wagen fuhren lärmend auf der Straße vorüber, die Stirn der Schlafenden blieb gleichmäßig unbewegt und rein, ihr Odem ebenso leicht, nur auf den bloßen Austausch der unbedingt notwendigen Menge an Luft beschränkt. Wenn ich dann sah, daß ihr Schlaf nicht gestört werden würde, trat ich vorsichtig näher, setzte mich auf den Stuhl am Bett und endlich auf das Bett selbst.

Ich habe bezaubernde Abende im Geplauder, im Spiel mit Albertine verbracht, aber niemals so süße, wie wenn ich sie schlafen sah. Wenn sie auch im Gespräch oder beim Kartenspielen eine Natürlichkeit entfaltete, die keine Schauspielerin hätte kopieren können, so bot mir doch ihr Schlaf eine viel weiterreichende, eine Natürlichkeit gleichsam von höheren Graden dar. Ihr Haar, das an ihrem rosigen Gesicht herniederhing, lag neben ihr auf dem Bett, und manchmal rief eine einsame und geradegestreckt daliegende Strähne die gleiche perspektivische Wirkung hervor wie die schmächtig und bleich im Mondlicht dastehenden Bäume, die man auf den raffaelesken Landschaftshintergründen Elstirscher Bilder sieht. Wenn Albertines Lippen geschlossen waren, so schienen andererseits von der Richtung her, in der ich sie sah, ihre Lippen so wenig sich zu berühren, daß ich mich fast hätte fragen können, ob sie wirklich schlafe. Gleichwohl breiteten die gesenkten Lider über ihr Gesicht jene vollkommene Einheitlichkeit, welche von den Augen nicht mehr unterbrochen wird. Es gibt Wesen, deren Gesicht eine ungewohnte Schönheit und Majestät bekommt, wenn sie uns blicklos erscheinen.

Ich maß mit den Augen Albertine, wie sie zu meinen Füßen ruhig ausgestreckt lag. Sekundenlang durchlief sie eine unerklärliche, leichte Bewegung, so wie ein unerwarteter Lufthauch einen Augenblick das Laubwerk kraust. Sie rührte an ihr Haar, dann, da sie es nicht so angeordnet hatte, wie sie gern wollte, führte sie noch einmal die Hand mit so folgerichtigen und bewußten Bewegungen zu ihm hin, daß ich überzeugt war, sie werde gleich erwachen. Aber nichts dergleichen geschah; sie wurde wieder ruhig im Schlaf, den sie nicht verlassen hatte: von da an lag sie unbeweglich da. Sie hatte ihre Hand auf die Brust gelegt mit einer zwanglosen Haltung des Armes, die so naiv kindlich war, daß ich bei ihrem Anblick jenes Lächeln unterdrücken mußte, wie es durch den Ernst, die Unschuld, die Anmut kleiner Kinder bei uns hervorgerufen wird.

Mir, der ich mehrere Albertinen in einer einzigen kannte, kam es vor, als sähe ich noch viele andere ebenfalls neben mir ruhen. Ihre Brauen, die so geschwungen waren, wie ich es niemals gesehen hatte, umgaben die Wölbung der Augenlider wie ein weiches Seevogelnest. Rassen, Atavismen, Laster lagerten ruhevoll über ihrem Gesicht! Jedesmal, wenn sie den Kopf bewegte, schuf sie eine neue, für mich oft ganz ungeahnte Frau. Es schien mir, als besäße ich nicht nur eines, sondern zahllose junge Mädchen. Ihre nach und nach immer tiefere Atmung hob regelmäßig ihre Brust und darüber auch noch ihre gekreuzten Hände, ihre Perlen, die auf so verschiedene Art bei der gleichen Bewegung ihren Platz verschoben wie Fischerboote und Ankerketten, die eine Bewegung der Wellen zu leisem Schaukeln bringt. Dann, wenn ich spürte, daß ihr Schlaf seinen Höhepunkt erreicht hatte, daß ich mich nicht mehr an Klippen des Bewußtseins stoßen würde, die jetzt von der hohen Flut des Tiefschlafes überdeckt waren, sprang ich entschlossen lautlos auf das Bett, ich streckte mich neben ihr aus, umfaßte sie mit meinen Armen, drückte die Lippen auf ihre Wangen und ihr Herz und legte dann auf alle Teile ihres Körpers meine freigebliebene Hand, die nun auch wie die Perlen vom Atem meiner Freundin leicht emporgehoben wurde; ja ich selbst wurde von ihrer rhythmischen Bewegung leise auf und nieder gewiegt: ich hatte mich auf dem Schlummer Albertines eingeschifft.

Manchmal kam ich durch ihn zu einem weniger reinen Vergnügen. Ich brauchte dazu keine Bewegung zu machen, ich ließ nur mein Bein an dem ihren entlanggleiten wie ein Ruder, das man schleppen läßt und dem man von Zeit zu Zeit eine leise Schwingung mitteilt, dem nur in Abständen wiederkehrenden Flügelschlag der Vögel gleich, die im Fliegen schlafen. Ich wählte, um sie anzuschauen, den Aspekt ihres Gesichts, den man sonst nie hatte, der aber besonders schön war. Man begreift allenfalls, daß die Briefe, die einem jemand schreibt, und die untereinander einigermaßen ähnlich sind, ein Bild entwerfen, das ganz verschieden von der Person ist, die man kennt, und dadurch eine zweite Persönlichkeit vor uns erstehen lassen. Wie seltsam aber ist es, wenn eine Frau, ähnlich den siamesischen Schwestern Rosita und Doodica, mit einer zweiten zusammengefügt ist, deren andersartige Schönheit einen anderen Charakter erschließt, und man die eine im Profil, die andere von vorn betrachten muß. Das stärker werdende Geräusch ihres Atems konnte die Illusion erzeugen, sie keuche vor Lust, doch als die meine auf dem Höhepunkt war, konnte ich sie umarmen, ohne ihren Schlaf unterbrochen zu haben. Mir schien in diesem Augenblick, so – als ein unbewußtes und widerstandsloses Element der stummen Natur – hätte ich sie vollkommener besessen. Keine Unruhe bereiteten mir die Worte, die manchmal im Schlaf aus ihrem Munde kamen, ihre Bedeutung entging mir, und im übrigen, welche unbekannte Person sie auch bezeichnen mochten, auf meiner Hand, meiner Wange verkrampften sich ihre zuweilen von einem leisen Schauer durchzuckten Finger einen Augenblick lang. Ich genoß ihren Schlummer in selbstloser und beschwichtigender Liebe, so wie ich Stunden hindurch dem leisen Wellenschlag der Brandung lauschen konnte.

Vielleicht müssen menschliche Wesen imstande sein, uns viele Leiden zu bereiten, damit sie uns in den Stunden, da diese nachlassen, einmal die gleiche befriedende Ruhe schenken wie die Natur. Ich brauchte Albertine nicht zu antworten wie in den Stunden, in denen wir plauderten, denn hätte ich selbst schweigen können, wie ich es ja auch tat, wenn sie sprach, so drang ich doch, während ich ihren Reden lauschte, nicht ganz ebensoweit in sie vor. Während ich weiter von Augenblick zu Augenblick das einer unmerklichen Brise gleich einlullende Raunen ihres reinen Atems hörte und in mich aufnahm, hatte ich ein ganzes physiologisches Sein vor mir und noch dazu für mich. Ebensolange wie ich einst im Mondschein am Strand liegen blieb, würde ich jetzt dabei verharren, ihr zuzuschauen und auf sie zu horchen. Manchmal hätte man meinen können, es rolle eine schwere See heran, und der Sturm werde spürbar bis in die Tiefe der Bucht, und ich machte mich bereit, das nahende Grollen der Atemzüge zu hören.

Zuweilen, wenn es ihr zu warm war, zog sie, fast schon schlafend, ihren Kimono aus und warf ihn über einen Fauteuil. Während sie weiterschlief, sagte ich mir, daß alle ihre Briefe in der inneren Tasche dieses Kimonos waren, in die sie sie immer steckte. Eine Unterschrift, eine Verabredung hätten genügt, eine Lüge zu beweisen oder einen Verdacht zu zerstören. Wenn ich spürte, daß Albertines Schlummer tief genug war, verließ ich das Bett, in dem ich sie seit langem reglos angeschaut hatte, ich tat, von glühender Neugier getrieben, einen Schritt nach draußen hin, wo ich das Geheimnis dieses Lebens offen, greifbar, schutzlos in jenem Sessel vor mir liegen sah. Vielleicht tat ich es auch, weil schließlich das bloße, bewegungslose Zuschauen ermüdend für mich wurde. Mit leisen Schritten, während ich mich unaufhörlich umdrehte, um zu sehen, ob Albertine auch nicht aufwache, ging ich auf den Sessel zu. Dort machte ich halt und stand ebensolange in den Anblick des Kimonos versunken, wie ich zuvor meine Augen auf Albertine hatte ruhen lassen. Aber (vielleicht hatte ich unrecht damit) niemals habe ich den Kimono berührt, meine Hand in die Tasche gesteckt, die Briefe angeschaut. Schließlich, wenn ich einsah, daß ich mich nicht dazu entschließen würde, schlich ich mich leise zurück, trat wieder zu Albertines Lager und begann von neuem, ihrem Schlaf zuzusehen, obwohl sie mir nichts sagte, während über einer Armlehne des Sessels der Kimono hing, der mir vielleicht viele Dinge offenbart haben würde.

Ebenso wie es Leute gibt, die für hundert Francs ein Zimmer im Hotel von Balbec mieten, um Seeluft zu genießen, fand ich es ganz natürlich, mehr als das für sie auszugeben, da ich ja ihren Atem so nahe an meiner Wange fühlte, in meinem Mund sogar, den ich über dem ihren halb öffnete, so daß ihr Lebenshauch an meine Zunge drang.

Diesem Vergnügen aber, ihrem Schlaf zuzuschauen, das ebenso süß war, wie ihr Leben so nahe bei mir zu spüren, bereitete ein anderes ein Ende, nämlich das, sie erwachen zu sehen. Es kam in einem tieferen und geheimnisvolleren Maße dem Vergnügen gleich, sie bei mir in unserer Wohnung zu wissen. Zweifellos war es ein trauliches Gefühl für mich, wenn sie am Nachmittag aus dem Wagen stieg und zu mir nach Hause kam. Doch erst recht war dies Gefühl da, wenn sie aus den Tiefen des Schlafes die letzten Stufen auf der Treppe der Träume erklomm, dann in meinem Zimmer wieder zum Bewußtsein und zum Leben erstehend sich einen Augenblick fragte: ›Wo bin ich?‹ und beim Anblick der sie umgebenden Gegenstände, der Lampe, bei deren Lichtschein sie kaum mit den Augen blinzelte, sich die Antwort gab, daß sie zu Hause sei, wenn sie feststellen mußte, daß sie ja bei mir erwachte. In diesem ersten köstlichen Moment der Ungewißheit glaubte ich von neuem um so vollkommener von ihr Besitz zu ergreifen, als ja – anstatt daß sie nach einem Ausgang wieder in ihr Zimmer trat – mein Zimmer, sobald es von Albertine wiedererkannt wurde, sie umfing, sie einschloß, während die Augen meiner Freundin keine Verwirrung bekundeten, vielmehr ebenso ruhig blieben, als wenn sie gar nicht geschlafen hätte. Das Zögern des Erwachens offenbarte sich zwar in ihrem Schweigen, doch nicht in ihrem Blick.

Sie fand die Sprache wieder, sie sagte: ›Mein‹ oder ›mein lieber‹, jeweils gefolgt von meinem Taufnamen, was, wenn man dem Erzähler den selben Vornamen verliehe, den der Verfasser dieses Buches trägt, ergeben hätte: ›Mein Marcel‹ oder ›Marcel, Liebling‹. Von da an erlaubte ich nicht mehr, daß in der Familie irgendeine Verwandte, dadurch daß sie mich auch ›Liebling‹ nannte, den Vorzug der Einzigartigkeit den köstlichen Worten raubte, die Albertine an mich richtete. Während sie sie zu mir sagte, schob sie die Unterlippe etwas vor und formte sie gleich darauf für einen Kuß. So schnell wie sie vorher eingeschlafen war, war sie auch erwacht.

Nicht in höherem Maße als meine veränderte Situation in der Zeit und als die Tatsache, daß ich ein junges Mädchen betrachtete, das neben mir unter der Lampe saß, welche anders leuchtete als die Sonne zu der Zeit, da Albertine aufrecht am Meer einhergeschritten war, erwies diese wirkliche Bereicherung, dieser autonome Fortschritt ihrer Person sich als die ausschlaggebende Ursache des Unterschieds, der zwischen meiner jetzigen Art sie zu sehen und der damals zu Anfang in Balbec bestand. Mehr Jahre noch hätten die beiden Bilder voneinander trennen können, ohne daß eine so vollständige Wandlung dadurch zustande gekommen wäre. Sie hatte sich so tiefgreifend und so plötzlich damals vollzogen, als ich erfahren hatte, daß meine Freundin von der Freundin Mademoiselle Vinteuils beinahe erzogen worden war. Wenn es mich früher entzückt hatte, in den Augen Albertines ein Geheimnis zu ahnen, war ich jetzt nur glücklich, solange es mir gelang, aus diesen Augen, diesen Wangen sogar, die bald sanft wie Augen schimmerten, doch auch schnell von Unmut überschattet waren, jedes Geheimnis zu verbannen. Das Bild, das ich suchte, in dem ich Ruhe fand, an welches hingeschmiegt ich hätte sterben mögen, war weniger die von einem unbekannten Leben erfüllte, sondern weit mehr eine Albertine, die mir so bekannt wie nur irgend möglich war (und deswegen konnte diese Liebe nur von Dauer sein, wenn sie unglücklich blieb, denn wesensmäßig befriedigte sie das Bedürfnis nach etwas Geheimnisvollem nicht), eine Albertine, die nicht eine ferne Welt widerspiegelte, sondern nach nichts anderem verlangte – es gab Augenblicke, in denen dies tatsächlich einzutreten schien – als mit mir zusammen, mir völlig gleich zu sein, eine Albertine, die ein Abbild dessen, was ganz mein, nicht aber des Unbekannten war.

Wenn eine Liebe in dieser Weise aus einer angstvoll auf ein Wesen bezogenen Stunde, aus der Ungewißheit, ob man es auch wird festhalten können oder ob es uns entgleiten wird, geboren wurde, so trägt sie den Stempel der Revolution, aus

der sie hervorgegangen ist; sie erinnert sehr wenig nur an das, was wir gesehen haben, als wir noch an dasselbe Wesen nur dachten. Meine ersten Eindrücke aber, die ich von Albertine bei ihrem Anblick damals am Meeresufer gehabt hatte, konnten zu einem kleinen Teil in meiner Liebe zu ihr auch noch weiterbestehen; in Wirklichkeit nahmen diese weiter zurückliegenden Eindrücke nur einen geringen Platz in einer Liebe dieser Art ein, in ihrer Kraft, ihrem Leiden, ihrem Verlangen nach süßer Beschwichtigung und ihrem Hinüberfliehen in eine friedliche, beruhigende Erinnerung, in der man Fuß fassen und nichts mehr über die erfahren möchte, die man liebt, selbst wenn es etwas Grauenhaftes zu ermitteln gäbe – selbst wenn sie die früheren Eindrücke in sich bewahrt, besteht eine solche Liebe doch aus etwas ganz anderem.
Manchmal löschte ich das Licht aus, bevor Albertine ins Zimmer trat. Im Dunkel dann, kaum geleitet durch den Schimmer einer verglimmenden Kohlenglut, ließ sie sich an meiner Seite nieder. Meine Hände, meine Wangen nur erkannten sie, ohne daß meine Augen sie eigentlich erblickten – meine Augen, die oft Angst hatten, sie verwandelt zu sehen – so daß sie von Gnaden dieser blinden Liebe vielleicht von größerer Zärtlichkeit als sonst sich getragen fühlte.

Ich kleidete mich aus, ich legte mich nieder, und mit Albertine, die auf einer Ecke des Bettes saß, nahm ich unsere Damepartie oder unsere von Küssen unterbrochene Unterhaltung wieder auf; in dem Verlangen aber, das allein uns an dem Sein und dem Charakter einer anderen Person Anteil nehmen läßt, bleiben wir unserer Natur treu, selbst wenn wir die verschiedenen Wesen, die wir lieben, eines nach dem anderen wieder aufgeben, so daß, als ich mich einmal im Spiegel sah, wie ich Albertine küßte und ›mein kleines Mädchen‹ nannte, der traurige, leidenschaftliche Ausdruck meines Gesichts vollkommen demjenigen glich, den ich früher in Gegenwart von Gilberte gehabt hatte, an die ich doch gar nicht mehr dachte.

Zugleich aber entsprach er ganz dem, den eines Tages, falls ich Albertine je vergessen sollte, beim Zusammensein mit einer anderen meine Züge aufweisen würden. Diese Einsicht gab mir den Gedanken ein, daß ich ohne Rücksicht auf eine bestimmte Person (da der Instinkt nun einmal will, daß wir die gegenwärtige für die einzig Wirkliche halten) die Pflichten eines blühenden und schmerzlichen Kultes erfüllte, der der Jugend und Schönheit der Frau wie eine Opfergabe dargebracht wurde. Und doch mischte sich unter dies Verlangen, das wie ein Votivgeschenk an die Jugend war, wie auch unter die Erinnerungen an Balbec bei dem Bedürfnis, das mich erfüllte, alle Abende Albertine in meiner Nähe zu haben, etwas, was bislang meinem Leben, wenigstens meinem Liebesleben, fremd gewesen war, wofern es nicht überhaupt etwas vollkommen Neues in meinem Leben bedeutete: eine Macht der Befriedung, wie ich keine gleiche jemals empfunden hatte seit den fernen Abenden in Combray, in denen meine Mutter, über mein Bett geneigt, mich alle Ruhe in einem Kuß finden ließ. Gewiß wäre ich in jenen Zeiten sehr erstaunt gewesen, hätte man mir gesagt, ich sei nicht vollkommen gut und vor allem, ich würde je versuchen, einem anderen ein Vergnügen zu rauben. Ich kannte mich sicher damals sehr schlecht, denn das Vergnügen, Albertine mit mir in meiner Wohnung zu haben, war viel weniger für mich ein positives Vergnügen, als daß es vielmehr darin bestand, der Welt, in der jeder seine Freude an ihr hätte haben können, diese junge Blüte entzogen zu haben – ein Vergnügen, das, wenn es mir selbst schon keine großen Freuden schenkte, so mindestens die andern doch darum betrog. Ehrgeiz und Ruhm hätten mich kaltgelassen. Noch weniger war ich für den Haß gemacht, und dennoch bedeutete fleischliche Liebe für mich das Auskosten eines Triumphes über viele, viele Nebenbuhler. Ich kann es nicht oft genug wiederholen: sie war mehr als alles andere für mich eine Befriedung.

Ich mochte vor Albertines Rückkehr noch so sehr an ihr gezweifelt und sie mir in dem Zimmer von Montjouvain vorgestellt haben: wenn sie erst einmal in ihrem Morgenrock meinem Sessel gegenübersaß, oder ich, wie es häufig geschah, am Fußende meines Bettes gelagert blieb, so gab ich ihr alle meine Zweifel anheim, ich überantwortete sie ihr, damit sie die Last von mir nehme, mit dem vollkommenen Verzicht eines Gläubigen, der sein Gebet verrichtet. Den ganzen Abend hatte sie schelmisch auf meinem Bett zusammengerollt mit mir spielen können wie eine große Katze; ihre kleine rosige Nase, deren Spitze sie noch etwas zurückzog mit einem koketten Blick, der ihr jene feine Schlauheit gab, die das Privileg gewisser ein wenig zur Fülle neigender Personen ist, gab ihr etwas von Eigensinn und von heimlicher Glut. Eine Strähne ihres langen schwarzen Haares fiel über ihre Wange, die aus rosigem Wachs gebildet schien, und mit geschlossenen Augen und geöffneten Armen sah meine Freundin aus, als wolle sie zu mir sagen: ›Mach mit mir, was du willst‹; wenn sie in dem Augenblick, da sie mich verließ, dicht an mich herankam, um mir gute Nacht zu sagen, so war es ihre mir ganz vertraut gewordene Süße, die ich auf den beiden Seiten ihres kräftigen Halses küßte, den ich damals nie braun und nie fest genug im Gewebe fand, als ständen diese soliden Eigenschaften in irgendeiner Beziehung zu einer gewissen Güte und Ergebenheit im Wesen Albertines.

– Kommst du morgen mit uns, Großer, Böser du? fragte sie mich, bevor sie von mir ging. – »Wohin fahrt ihr denn?« – »Das hängt von der Zeit ab und von dir. Hast du denn auch nur irgend etwas geschrieben, kleiner Schatz? Nein? Dann hat es sich auch gerade gelohnt, daß du nicht mit uns spazierengefahren bist. Sage, da fällt mir eben ein, hast du, als ich nach Hause kam, meinen Schritt erkannt, hast du erraten, daß ich es war? – »Natürlich. Meinst du, ich könnte mich da täuschen? Meinst du, ich würde nicht unter Tausenden den Schritt meiner kleinen Katze herauskennen? Jetzt muß sie mir aber erlauben, daß ich ihr die Schuhe ausziehe, bevor sie sich schlafen legt, das wird mir Vergnügen machen. Du siehst so reizend und so rosig aus in allen diesen weißen Spitzen.«

Das war meine Antwort; unter solchen von sinnlicher Liebe bestimmten Ausdrücken aber wird man andere erkennen, die meiner Mutter und meiner Großmutter eigentümlich waren. Denn nach und nach wurde ich allen meinen Verwandten ähnlich, meinem Vater, der – auf eine ganz andere Art als ich zweifellos, denn wenn die Dinge sich wiederholen, so immer mit großen Variationen – sich so sehr für das Wetter interessierte; doch nicht nur meinem Vater, sondern mehr und mehr auch meiner Tante Léonie, denn sonst hätte nicht einzig Albertine – weil ich sie nicht allein und ohne Aufsicht lassen wollte – für mich einen Grund zum Ausgehen liefern können. Meine Tante Léonie, die ganz in Frömmigkeit aufging, mit der, wie ich geschworen hätte, kein gemeinsamer Zug mich verband, mich, der ich so leidenschaftlich auf Vergnügungen aus war, äußerlich ganz verschieden von dieser Besessenen, die so etwas nie gekannt hatte, sondern den ganzen Tag ihren Rosenkranz betete, mich, der ich darunter litt, es nicht zu einer literarischen Laufbahn zu bringen, während sie die einzige Person in der Familie war, die kein Verständnis dafür gehabt hätte, daß Lesen etwas anderes als nur ein Zeitvertreib und ›Amüsement‹ sei, so daß sogar in der österlichen Zeit die Lektüre an Sonntagen erlaubt war, wo jede ernstliche Beschäftigung verboten ist, damit sie einzig durch Gebet geheiligt seien. Nun aber war – obwohl ich die Ursache dafür jeweils in einem besonderen körperlichen Unbehagen suchte – was mich in Wirklichkeit bewog, so oft liegenzubleiben, ein Wesen, nicht Albertine noch sonst ein Wesen, das ich liebte, sondern eines, das über mich mehr Macht als eine Geliebte besaß, es war, hinübergewandert in mich, despotisch in einem Maße, daß sie häufig sogar meinen eifersüchtigen Argwohn zum Schweigen brachte oder doch wenigstens eine Überprüfung verhinderte, ob er begründet sei oder nicht, meine Tante Léonie. War es nicht genug, daß ich in so übertriebener Weise meinem Vater glich, daß ich nicht nur wie er das Barometer befragte, sondern selbst zu einem lebenden Barometer geworden war? Daß ich mich von meiner Tante Léonie so sehr kommandieren ließ, daß ich zwar das Wetter beobachtete, doch von meinem Zimmer oder sogar vom Bett aus? Jetzt drückte ich mich auch noch Albertine gegenüber bald aus wie das Kind, das ich in Combray gewesen war, als ich mit meiner Mutter sprach, bald wie meine Großmutter, wenn sie mit mir redete. Wenn wir ein gewisses Alter überschritten haben, werfen die Seele des Kindes, das wir gewesen, und die Seelen der Toten, aus denen wir hervorgegangen sind, mit vollen Händen ihre Schätze und ihren bösen Zauber auf uns. Sie verlangen, daß sie zu ihrem Teil an den neuen Gefühlen mitwirken können, die wir in uns erleben und in denen wir sie, nachdem wir ihr altes Bild ausgelöscht haben, in einer neuen Schöpfung wieder zusammenschmelzen. So mischte meine ganze Vergangenheit von meinen frühesten Jahren her und darüber hinaus noch die Vergangenheit meiner Eltern unter meine profane Liebe zu Albertine die Süße einer gleichzeitig kindlichen und mütterlichen Zärtlichkeit. Von einer gewissen Stunde an bleibt uns nichts anderes übrig, als alle unsere Verwandten bei uns zu empfangen, die, von weither gekommen, sich um uns versammeln.

Bevor Albertine gehorchte und ich ihr die Schuhe hatte ausziehen dürfen, öffnete ich ihr Hemd. Ihre beiden kleinen hochsitzenden Brüste waren so rund, daß sie weniger einen integrierenden Teil ihres Körpers zu bilden als vielmehr wie zwei Früchte daran gereift zu sein schienen; und ihr Leib, bei dem die Stelle verborgen war, an der er beim Manne häßlich wird, als sei ein Haken steckengeblieben in einer Statue, von der man den Mantel abgeschlagen hat, fügte sich da, wo die Schenkel zusammentreffen, mit zwei muschelartigen Wölbungen zu einer sanften, ruhevollen, abschließenden Linie gleich der des Horizonts, wenn die Sonne untergegangen ist. Sie zog ihre Schuhe aus und legte sich neben mich.

O große Gebärden des Mannes und der Frau, in denen sich in der Unschuld der ersten Tage und mit der Demut des Lehms, aus dem sie hervorgegangen sind, zu verbinden sucht, was die Schöpfung getrennt hat, bei denen Eva staunend und ergeben den Mann anblickt, an dessen Seite sie erwacht, wie er selbst, da er noch allein war, den Gott, der ihn erschaffen hat. Albertine verschränkte die Arme hinter ihrem schwarzen Haar, ihre Hüfte bog sich heraus, ihr Bein glitt in der weichen Biegung eines Schwanenhalses herab, der sich streckt und beugt, um sich vollends zu runden. Es gab, wenn sie ganz auf der Seite lag, einen gewissen Aspekt ihres Gesichts (das von vorn gesehen so gut und schön war), den ich nicht leiden mochte, mit jähen Vorsprüngen, wie man sie auf gewissen Karikaturen Leonardos sieht, die Bosheit, Habgier, den Betrügersinn einer Spionin zu enthüllen schienen, deren Anwesenheit an meiner Seite mir Schrecken eingeflößt hätte; gerade die aber meinte ich in dieser Profilansicht zu erkennen. Sogleich faßte ich Albertines Gesicht mit meinen Händen und rückte es wieder so, daß ich es von vorne sah.
– Sei nett, versprich, daß du, wenn du morgen nicht mitkommst, wenigstens arbeiten wirst, sagte meine Freundin, während sie in ihr Hemd schlüpfte. »Ja, aber zieh den Morgenrock noch nicht an.« Manchmal schlief ich endlich an ihrer Seite ein. Es war kühl geworden im Zimmer, wir brauchten neues Holz. Ich suchte in meinem Rücken nach der Schelle, fand sie aber nicht, als ich die Messingstäbe abtastete, denn es waren nicht die, zwischen denen sie hing, und sagte darauf zu Albertine, die aus dem Bett gesprungen war, damit Françoise uns nicht beieinander fände: »Nein, komm noch eine Sekunde zurück, ich kann die Schelle nicht finden.«
Süße, heitere Augenblicke, die scheinbar so unschuldig sind, unter denen sich aber doch eine ungeahnte Möglichkeit des Unheils drohend erhebt; dadurch weist das Leben der Liebe die größten Kontraste auf, es ist dasjenige, bei dem ein unvorhersehbarer Pech- und Schwefelregen nach den strahlend-

sten Augenblicken niedergeht, und bei dem wir, ohne Mut und Kraft, aus dem Unglück eine Lehre zu ziehen, unmittelbar an den Wänden des Kraters, aus dem die Katastrophe kommen kann, von neuem zu bauen beginnen. Ich verfügte über die Sorglosigkeit aller derer, die das Glück für dauerhaft halten. Gerade weil Süße notwendig war, um den Schmerz zu erzeugen – und im übrigen mit Unterbrechungen auch zu seiner Linderung stets wiederkehren wird – können die Menschen aufrichtig zu anderen und sogar zu sich selber sein, wenn sie die Güte verherrlichen, die ihnen eine Frau erwiesen hat, obwohl, wenn man alles recht nimmt, auf dem Grunde ihrer Verbindung beständig in geheimer Form, den andern uneingestanden oder unwillkürlich durch Fragen, durch Nachforschungen enthüllt, eine schmerzhafte Unruhe webt. Doch hätte diese ohne die vorausgegangene Güte nicht entstehen können; selbst späterhin ist solche immer wieder auftretende Güte notwendig, um das Leiden erträglich zu machen und den Bruch zu verhindern, und das Verhehlen der heimlichen Hölle, die das gemeinsame Leben mit einer Frau bedeutet, das bis zum ostentativen Zurschaustellen einer Intimität geht, die man für beglückend ausgeben will, bezeichnet einen wahren Gesichtspunkt, stellt eine allgemeingültige Beziehung zwischen Ursache und Wirkung, einen der Modi dar, nach denen die Erzeugung von Schmerz ermöglicht wird.
Ich staunte nicht mehr darüber, daß Albertine da war und am folgenden Tage nur mit mir oder unter dem Schutz Andrées würde ausgehen können. Diese Gewohnheiten eines gemeinsamen Lebens, diese großen Linien, die meine Existenz umrissen und in deren Inneres niemand eindringen konnte außer Albertine, doch auch (in dem künftigen, mir noch unbekannten Entwurf meiner späteren Lebenszeit, der gleich dem vorgezeichnet war, den ein Architekt für Bauwerke anlegt, die erst sehr viel später errichtet werden sollen) die fernen, jenen anderen – jedoch in viel größerem Maßstab – parallellaufenden Linien, mit denen in mir selbst wie eine noch entlegene

Einsiedelei die etwas starre, monotone Formel meiner künftigen Liebeserlebnisse skizziert war, hatten sich in Wirklichkeit in jener Nacht fixiert, in der Albertine mir in der Kleinbahn offenbart hatte, von wem sie erzogen worden war; denn damals hatte ich sie um jeden Preis gewissen Einflüssen entziehen und sie daran hindern wollen, etwa ein paar Tage nicht in meiner Gesellschaft zu verleben. Ein Tag war dem andern gefolgt, diese Gewohnheiten waren rein mechanisch geworden, doch wie bei alten Riten, deren Bedeutung die Geschichte wiederzuentdecken versucht, hätte ich auf die Frage, was dies Leben bedeute, in dem ich mich so sehr abschloß, daß ich nicht einmal mehr ins Theater ging, sagen können (wenn auch nicht sagen wollen), daß es aus der Beängstigung eines Abends und dem Bedürfnis hervorgegangen war, mir selbst an allen darauffolgenden Tagen zu beweisen, diejenige, deren fatale Kindheitsgeschichte ich erfahren hatte, werde nicht, wofern sie es wolle, die Möglichkeit haben, sich den gleichen Versuchungen von neuem auszusetzen. Ich dachte nur noch ziemlich selten an diese Möglichkeit, aber sie sollte doch in meinem Bewußtsein auf unbestimmte Weise gegenwärtig bleiben. Die Tatsache, daß ich sie Tag für Tag hinfällig machte – oder doch wenigstens versuchte es zu tun – war zweifellos die Ursache, weshalb es mir so süß war, diese Wangen zu küssen, die nicht schöner waren als viele andere; unter jeder etwas in die Tiefe reichenden sinnlichen Süße lauert die stete Gegenwart einer Gefahr.

Ich hatte Albertine versprochen, ich würde mich, wenn ich nicht mit ihr ausführe, an die Arbeit begeben. Doch am folgenden Tage – ganz als habe, unseren Schlummer nutzend, das Haus in wunderbarer Weise eine Reise zurückgelegt – wachte ich in einem veränderten Wetter, unter einem fremden Himmelsstrich auf. Man arbeitet nicht in dem Augenblick, da man sich in einem neuen Lande ausschifft, dessen nur ihm eigenen Lebensumständen man sich anpassen muß. Jeder Tag aber war für mich wieder ein anderes Land. Wie hätte ich sogar meine Trägheit unter den neuen Formen, in die sie sich kleidete, wiedererkennen sollen? Manchmal an – wie es allgemein hieß – hoffnungslos schlechten Tagen hatte der bloße Aufenthalt in dem Hause, das inmitten eines gleichmäßig und unaufhörlich strömenden Regens dalag, die gleitende Weichheit, die beruhigende Stille, das ganze Interesse einer Fahrt auf einem Schiff; ein anderes Mal war es, wenn ich an einem klaren Tag unbeweglich in meinem Bett liegenblieb, als ließe ich die Schatten rings um mich wie um einen Baumstamm kreisen. Wieder andere Male hatte ich an den ersten Glockenschlägen eines benachbarten Klosters, die so vereinzelt daherkamen wie die wenigen frommen Frauen, die sich so früh schon auf den Weg gemacht hatten, und kaum dem düsteren Himmel ein wenig Helligkeit schenkten mit ihren ungewissen kühlen Schauern, welche der laue Wind zum Schmelzen brachte und verwehte, einen jener stürmischen, zerfahrenen, weichen Tage erkannt, an denen die Dächer, immer wieder aufs neue mit einer Nässe überspült, die von einem Luftzug oder einem Sonnenstrahl aufgetrocknet wird, gurrend einen Regentropfen niederrinnen lassen und, während sie darauf warten, daß der Wind sich von neuem wendet, im flüchtigen Sonnenschein, von dem sie in allen Tönungen irisieren, ihre taubengrauen Schindeln glätten; einen jener Tage, die von so viel Wetterwechsel, Zufällen der Luftbildung und Gewittern angefüllt sind, daß der Träge sie nicht verloren zu haben glaubt, weil er sich für die Tätigkeit interessiert, die, wenn schon nicht er selbst, so doch die Atmosphäre entfaltet, die gleichsam an seiner Stelle sich geschäftig erweist, Tage, die den Zeiten von Aufständen oder Kriegen gleichen, die dem Schüler nicht unausgefüllt erscheinen, wenn er die Schule schwänzt, weil er in der Umgebung des Justizpalastes oder bei der Lektüre der Zeitungen die Illusion hat, aus den Ereignissen, die sich zugetragen haben, anstatt aus einem versäumten Schulgang Nutzen für seinen Geist und eine

Entschuldigung für seine Muße zu finden; Tage endlich, mit denen man die vergleichen kann, an denen sich in unserem Leben eine außergewöhnliche Krise vollzieht, aus der derjenige, der niemals etwas getan hat, für den Fall, daß sie sich glücklich löst, mit arbeitsamen Gewohnheiten hervorzugehen gedenkt: der Morgen zum Beispiel, an dem er sich zu einem Duell begibt, das unter besonders gefahrvollen Bedingungen stattfinden soll; dann sieht er auf einmal, in dem Augenblick, da es ihm vielleicht für immer entrissen wird, den Preis eines Lebens vor sich, das er hätte nutzen können, um ein Werk zu beginnen oder auch nur Freuden zu genießen, das er aber in keiner Weise auszukosten verstanden hat. ›Wenn ich zufällig nicht getötet werden sollte, sagt er sich dann, wie werde ich mich da in der gleichen Minute noch an die Arbeit machen, und wie sehr will ich genießen!‹ Sein Dasein hat tatsächlich plötzlich in seinen Augen großen Wert bekommen, weil er jetzt in dies Leben alles das hineinlegt, was es ihm seiner Meinung nach geben könnte, nicht aber das wenige, das er ihm gemeinhin abgewinnt. Er sieht es nach Maßgabe seiner Wünsche, nicht wie – soweit die Erfahrung es ihn gelehrt hat – er selbst es zu gestalten verstand, das heißt mittelmäßig. Es hat sich im selben Augenblick mit allen Bestrebungen, allen Reisen, allen Bergwanderungen, allen schönen Dingen angefüllt, die, wie er sich sagen muß, ein fataler Ausgang dieses Duells unmöglich machen würde, ohne daß er daran denkt, daß sie es vorher schon waren, noch ehe von diesem Duell die Rede war, und zwar wegen der schlechten Lebensweise, die, auch ohne Duell, weiter bestanden hätte. Er kehrt nach Hause zurück, ohne auch nur verwundet zu sein. Aber er findet wieder die gleichen Hindernisse, die sich den Vergnügungen, den Ausflügen, den Reisen, allem entgegenstellen, um dessen Genuß er einen Augenblick lang gefürchtet hatte durch den Tod für immer geprellt zu werden; doch das bringt auch schon das Leben zuweg. Was die Arbeit betrifft – da außergewöhnliche Umstände die Wirkung haben, alles zu über-

steigern, was vorher im Menschen vorhanden war, beim Arbeitsamen die Arbeit, beim Müßiggänger die Trägheit – so erteilt er sich Urlaub.
Ich machte es wie er, und wie ich es immer schon gemacht hatte seit meinem alten Entschluß, mich ans Schreiben zu begeben, der so weit zurücklag, mir aber von gestern zu stammen schien, weil ich ihn immer von einem Tag zum andern als noch nicht gefaßt betrachtet hatte. Ich machte es ebenso auch an diesem Tag und ließ wieder, ohne irgend etwas zu tun, seine Regenschauer und hellen Durchblicke zwischen Wolken vorüberziehen, während ich den festen Vorsatz faßte, mit der Arbeit am nächsten Tag zu beginnen. Doch unter einem wolkenlosen Himmel war ich dann der gleiche nicht mehr; der goldene Ton der Glocken enthielt wie der Honig nicht nur Licht, sondern vermittelte auch die Empfindung von Licht (und, weil er sich in Combray oft wie eine Wespe auf unserem bereits abgedeckten Frühstückstisch noch verweilt hatte, auch die von fadem Konfitürengeruch). An diesem strahlenden Sonnentag von morgens bis abends mit geschlossenen Augen liegenzubleiben, war eine ebenso erlaubte, gebräuchliche, heilsame, angenehme, der Jahreszeit entsprechende Sache, wie die Fensterläden gegen die Hitze geschlossen zu halten. An solchen Tagen war es, daß ich zu Anfang meines zweiten Aufenthalts in Balbec die Geigen des Orchesters zwischen den blauen Wellenbändern der steigenden Flut hatte aufklingen hören. Wieviel mehr besaß ich heute Albertine! Es gab Tage, an denen der Klang einer Glocke, die die Stunde verkündete, auf seinem tönenden Rund eine so frische, so ausdrucksvoll von Nässe überfließende oder lichtdurchwobene Beschilderung trug, daß sie wie eine für Blinde hergestellte oder, wenn man will, musikalische Umsetzung des Zaubers war, den für uns Regen oder Sonnenschein haben. Das ging so weit, daß ich mir in solchen Augenblicken mit geschlossenen Augen in meinem Bett liegend sagte, daß alles transponiert werden kann, und daß ein nur hörbares Universum

ebenso variationenreich wie ein anderes sein mag. Indem ich träge von Tag zu Tag weiterschiffte wie auf einem Kahn und vor mir immer neue verzauberte Erinnerungen auftauchen sah, die ich nicht selbst auswählte, sondern die, im Augenblick zuvor noch unsichtbar, mir von meinem Gedächtnis nacheinander angeboten wurden, ohne daß ich sie mir etwa aussuchen konnte, setzte ich träge in diesen immer gleichen Räumen meine Spazierfahrt in der Sonne fort.

Die Morgenkonzerte in Balbec lagen nicht weit zurück. Und doch hatte ich mich zu jenem verhältnismäßig nahen Zeitpunkt wenig um Albertine gekümmert. An den ersten Tagen nach meiner Ankunft hatte ich sogar von ihrer Anwesenheit in Balbec nichts gewußt. Durch wen hatte ich sie erfahren? Ach ja, es kam durch Aimé! Es war ebenso schönes Sommerwetter wie heute. Dieser gute Aimé! Er freute sich so, mich wiederzusehen. Albertine freilich mag er nicht. Nicht alle können sie lieben. Ja, er hat mir mitgeteilt, daß sie in Balbec sei. Woher wußte er es denn? Richtig! Er war ihr begegnet und hatte gefunden, sie habe sich etwas ungehörig benommen. In diesem Augenblick betrachtete ich Aimés Bericht unter einem anderen Aspekt, als unter dem er ihn mir damals erstattet hatte; mein Denken aber, das bisher lächelnd auf seligen Wassern dahingeglitten war, flammte mit einem Male auf, als sei es gegen eine gefährliche unsichtbare Mine geprallt, die hinterhältig an diesem Punkte meiner Erinnerung verankert worden war. Er hatte zu mir gesagt, er habe sie getroffen, aber sie habe sich seiner Meinung nach ungehörig benommen. Was hatte er wohl mit ›ungehörig‹ gemeint? Ich hatte darunter ein ›gewöhnliches‹ Benehmen verstanden, denn um ihm von vornherein entgegenzutreten, hatte ich erklärt, ich fände sie vielmehr sehr distinguiert. Aber nein, vielleicht hatte er sagen wollen: ungehörig in einer an Gomorra gemahnenden Art. Sie war mit einer Freundin zusammengewesen, vielleicht hatten sie sich umschlungen gehalten, sahen anderen Frauen nach, fielen vielleicht wirklich durch etwas

›Ungehöriges‹ auf, was ich an Albertine in meiner Gegenwart nie hatte feststellen können. Wer war die Freundin? Wo war Aimé einer so unerfreulichen Albertine begegnet? Ich versuchte mich genau zu erinnern, was er zu mir gesagt hatte, um zu sehen, ob es sich möglicherweise auf das beziehen könne, was ich jetzt im Sinne hatte, oder ob er nur von einem unfeinen Betragen hatte sprechen wollen. Aber ich mochte mich noch so sehr danach fragen, die Person, die sich die Frage stellte, und die andere, welche über die Erinnerung verfügte, waren leider ein und dieselbe Person, waren ich, der ich mich vorübergehend in zwei Personen spaltete, ohne dadurch etwas zu gewinnen. Ich mochte noch so sehr forschen, ich selbst gab mir die Antwort und erfuhr nichts darüber hinaus. Ich dachte nicht mehr an Mademoiselle Vinteuil. Aus einem neuen Verdacht geboren, war auch der Anfall von Eifersucht, an dem ich krankte, neu oder vielmehr nur die Fortsetzung, die Ausweitung eben jenes Verdachts; er hatte den gleichen Schauplatz, jetzt nicht mehr Montjouvain, sondern die Straße, auf der Aimé Albertine getroffen hatte; sein Gegenstand aber waren die Freundinnen, deren eine oder andere vermutlich an jenem Tage mit Albertine zusammengewesen war, vielleicht eine gewisse Elisabeth, oder auch die beiden jungen Mädchen, welche Albertine im Spiegel des Kasinos betrachtet hatte, als sie so tat, als sähe sie sie nicht. Zweifellos hatte sie Beziehungen zu ihnen, und vielleicht auch zu Esther, der Kusine Blochs. Wären mir solche Beziehungen durch einen Dritten enthüllt worden, so hätten sie genügt, mir fast den Tod zu geben, aber wenn ich sie mir selbst in der Phantasie vorstellte, trug ich Sorge, ihnen genügend Unsicherheit hinzuzusetzen, um den Schmerz zu dämpfen. In der Form von Verdachtsmomenten nimmt man schließlich täglich enorme Mengen des Argwohns zu sich, man sei betrogen worden, von dem eine sehr schwache Dosis bereits tödlich wäre, wenn sie durch den Stich eines herzzerreißenden Wortes einem zugeführt würde. Deswegen zweifellos und aus einem Rest von

Selbsterhaltungstrieb zögert der gleiche Eifersüchtige zwar nicht, sich auf Grund von unschuldigen Tatsachen grausame Argwohnsideen zu bilden, unter der Bedingung jedoch, daß er sich beim ersten Beweis, den man ihm bringt, dem Augenschein verschließt. Im übrigen ist die Liebe ein unheilbares Leiden wie jene Krankheitsveranlagungen, bei denen rheumatische Anfälle nur kurze Zeit Ruhe geben, um Migränen Platz zu machen, die schließlich einen geradezu epileptoiden Charakter erhalten. Wenn der Argwohn der Eifersucht zur Ruhe gekommen war, so war ich böse auf Albertine, weil sie sich mir nicht zärtlich genug gezeigt, vielleicht auch in dem Gedanken, sie habe sich mit Andrée über mich lustig gemacht. Mit Grauen dachte ich an die Vorstellung, die sie sich von mir machen müßte, falls Andrée ihr alle unsere Unterhaltungen wiederholt hatte; die Zukunft schien mir fürchterlich. Diese traurigen Stimmungen ließen von mir nur ab, wenn ein neuer eifersüchtiger Verdacht mich in neue Nachforschungen stürzte oder wenn im Gegenteil Albertines Zärtlichkeitsbeweise mein Glück für mich bedeutungslos machten. Wer mochte jenes junge Mädchen sein? Ich müßte an Aimé schreiben, versuchen, ihn zu sehen; dann würde ich seine Aussagen im Gespräch mit Albertine überprüfen und sie dazu bringen, mir eine Beichte abzulegen. Inzwischen bat ich in dem Glauben, es müsse sich um seine Kusine handeln, Bloch, der durchaus nicht verstand, zu welchem Zweck es sein sollte, er möge mir nur eine Photographie von ihr zeigen oder lieber noch mir die Möglichkeit einer Begegnung mit ihr verschaffen.

Wie viele Personen, Städte, Wege sind wir aus Eifersucht begierig kennenzulernen! Sie ist ein Wissensdurst, durch den wir schließlich über weit voneinander getrennte Punkte nacheinander alle nur möglichen Kenntnisse erwerben außer jener einen, die wir gern haben möchten. Man weiß nie, ob nicht ein Argwohn aufbrechen wird, denn plötzlich erinnert man sich an einen Satz, der nicht klar, ein Alibi, das nicht ohne

Absicht gegeben war. Man hat zwar die betreffende Person selbst nicht wiedergesehen, aber es gibt auch eine Eifersucht, die erst hinterher entsteht, nachdem man jene verlassen hat, sozusagen eine Treppeneifersucht (wie es einen Treppenwitz gibt). Vielleicht lag es an der Gewohnheit, die ich angenommen hatte, in meinem Innern gewisse Wünsche aufzubewahren, den Wunsch nach einem wohlerzogenen jungen Mädchen gleich denen, die ich, von ihrer Erzieherin gefolgt, an meinem Fenster vorbeigehen sah, besonders aber auch nach der, von der mir Saint-Loup gesagt hatte, daß sie Stundenhotels besuchte, der Wunsch nach schönen Kammerjungfern und besonders nach der der Baronin Putbus, der Wunsch, zu Frühlingsanfang aufs Land zu gehen und Weißdorn, blühende Apfelbäume und Stürme zu erleben, Verlangen nach Venedig, der Wunsch, mich an die Arbeit zu setzen, der Wunsch, ein Leben wie alle anderen zu führen; diese Gewohnheit, sie alle in mir zu bewahren ohne Erfüllung, mit einem Genügen einzig in dem Versprechen, das ich mir selber gab, ich wolle nicht vergessen, sie eines Tages dennoch zu befriedigen; diese nun schon so viele Jahre alte Gewohnheit war vielleicht an dem ewigen Wiederaufschieben schuld, das Monsieur de Charlus geringschätzig mit dem Namen ›Prokrastination‹ belegte; vielleicht war sie bei mir so allumfassend geworden, daß sie sich auch meines eifersüchtigen Verdachts bemächtigte und mich dazu bewog, während ich mir vormerkte, ich würde es eines Tages unbedingt zu einer Aussprache mit Albertine über das junge Mädchen (oder die jungen Mädchen, denn dieser Teil des Berichtes war verworren, ausgelöscht, sozusagen nicht mehr lesbar in meiner Erinnerung) kommen lassen, mit der (oder mit denen) Aimé sie getroffen hatte, diese Erklärung immer wieder aufzuschieben. Auf alle Fälle würde ich heute abend nichts darüber zu meiner Freundin sagen, um nicht Gefahr zu laufen, sie von meiner Eifersucht etwas merken zu lassen und sie zu verstimmen.

Immerhin, als mir Bloch am folgenden Tage die Photographie

seiner Kusine Esther geschickt hatte, beeilte ich mich doch, sie an Aimé gelangen zu lassen. Im gleichen Augenblick erinnerte ich mich, daß Albertine mir am Morgen ein Vergnügen versagt hatte, das sie in der Tat hätte ermüden können. Hatte sie es getan, um es einem andern aufzusparen, für heute nachmittag vielleicht? Aber für wen denn wohl? So findet die Eifersucht kein Ende, denn selbst wofern das geliebte Wesen, zum Beispiel wenn es gestorben ist, sie nicht mehr durch seine Handlungen hervorrufen kann, ergibt es sich doch zuweilen, daß Erinnerungen, die hinter jeder Begebenheit zurückliegen, sich gleichwohl plötzlich in unserm Gedächtnis ihrerseits wie Begebenheiten betragen, Erinnerungen nämlich, die wir bis dahin nicht genügend aufgehellt hatten, die uns belanglos erschienen waren, denen aber allein unser eigenes Nachdenken, ohne daß irgendeine äußere Tatsache hinzutritt, einen neuen, schrecklichen Sinn unterlegt. Man braucht dazu nicht zu zweien zu sein, man braucht nur allein in seinem Zimmer sich Überlegungen hinzugeben, damit ein neuer Verrat von seiten der Geliebten stattfindet, und wäre sie schon tot. Daher hat man auch in der Liebe nicht wie im gewöhnlichen Leben nur die Zukunft zu fürchten, sondern sogar die Vergangenheit, die oft erst nach der Zukunft Gestalt annimmt, und wir denken dabei nicht nur an eine Vergangenheit, von der wir erst nachträglich etwas erfahren, sondern an diejenige, die wir schon lange in uns getragen haben, in der wir aber mit einem Male erst zu lesen lernen.

Doch das machte nichts, ich war sehr glücklich, daß der Nachmittag zu Ende ging und die Stunde nicht mehr fern war, da ich von Albertines Gegenwart die Befriedung würde erwarten können, die ich so nötig brauchte. Leider wurde der Abend einer von denen, an dem diese Befriedung mir nicht zuteil wurde und der Kuß, den Albertine mir beim Abschied geben sollte, ganz im Gegensatz zu ihrem gewöhnlichen Kuß, mich nicht wirksamer beruhigte als einst der meiner Mutter an Tagen, an denen sie böse mit mir war und ich sie nicht zurückzurufen wagte, aber deutlich fühlte, daß ich daraufhin nicht würde einschlafen können. Solche Abende waren jetzt die, an denen Albertine für den nächsten Tag irgend etwas plante, wovon ich nichts wissen sollte. Hätte sie mir ihren Plan anvertraut, so hätte ich für seine Verwirklichung einen Eifer aufgebracht, den niemand außer Albertine bei mir hätte wecken können. Aber sie sagte mir nichts und brauchte mir im übrigen auch nichts zu sagen; sobald sie zur Tür hereintrat, noch mit ihrem Hut oder ihrer Toque auf dem Kopf, hatte ich dies unbekannte, eigensinnige, heftige, unzähmbare Verlangen schon erkannt. Nun aber trat es häufig an Abenden auf, an denen ich mit den zärtlichsten Gefühlen auf sie gewartet hatte und ihr besonders liebevoll um den Hals fallen wollte. Ach, die Mißverständnisse, die so oft auch zwischen mir und meinen Eltern bestanden hatten, wenn ich sie kühl oder gereizt in dem Augenblick betraf, an dem ich ihnen überströmend von Zärtlichkeit entgegeneilte, sind nichts gegen die, die zwischen Liebenden entstehen. Das Leiden liegt hier viel weniger an der Oberfläche, ist schwerer zu ertragen und in einer viel tieferen Schicht unseres Herzens verankert.

An jenem Abend mußte mir Albertine gleichwohl von ihrem Plan etwas sagen. Ich brachte sehr schnell heraus, daß sie am folgenden Tage Madame Verdurin einen Besuch machen wollte, was mich an sich gar nicht geschreckt haben würde. Aber gewiß war es, um dort irgend jemand zu treffen oder ein Vergnügen zu arrangieren. Sonst hätte sie auf diesen Besuch nicht solchen Wert gelegt. Ich meine, sie hätte andernfalls nicht wieder und wieder behauptet, sie lege keinen Wert darauf. Ich hatte in meinem Leben den umgekehrten Weg eingeschlagen wie die Völker, die sich der phonetischen Schrift erst bedienen, nachdem sie die Schriftzeichen zuvor als eine Reihe von Symbolen angesehen haben; ich, der ich so viele Jahre hindurch das wirkliche Leben und Denken der anderen Personen nur in der unmittelbaren Aussage gesucht hatte, die sie mir von sich aus gewährten, war durch ihre Schuld dazu gelangt, Bedeutung gerade nur solchen Zeugnissen beizulegen, die kein rationaler oder analytischer Ausdruck der Wahrheit sind; die Worte selbst gaben mir Auskunft nur unter der Bedingung, daß sie etwa durch das Einströmen des Blutes in das Gesicht einer Person, die in Verwirrung geriet, oder ein plötzliches Schweigen eine Deutung erfuhren. Irgendein Adverb (zum Beispiel im Munde von Monsieur de Cambremer, als er glaubte, daß ich ›Schriftsteller‹ sei, und noch ehe er mit mir gesprochen hatte, mitten in dem Bericht über einen Besuch bei den Verdurins sich zu mir wendete und sagte: ›Es war ausgerechnet Borelli da‹), das plötzlich durch das unwillkürliche, manchmal sogar gefährliche Zusammenstoßen zweier Ideen hell aufflammt, die der Gesprächspartner gar nicht ausgedrückt hat, die ich aber durch geeignete Methoden der Analyse oder Elektrolyse aus jenem herauslocken konnte, sagte mir mehr als ein ausführlicher Bericht. Albertine ließ manchmal in ihren Reden ein oder das andere wertvolle Amalgam von dieser Art aus Nachlässigkeit fortbestehen, und ich ›behandelte‹ es dann auf der Stelle, um es in deutliche Ideen umzuwandeln.

Übrigens ist eines der furchtbarsten Dinge für den Liebenden, daß, während die speziellen Tatsachen – welche allein Erfahrung und Spionage unter zahllosen möglichen Verwirklichungen kenntlich machen würden – so schwer aufzufinden sind, andererseits die Wahrheit so leicht zu durchschauen oder doch wenigstens zu ahnen ist. Oft hatte ich gesehen, wie Albertine in Balbec vorübergehende junge Mädchen jäh und lange anstarrte mit einem Blick, der wie eine Berührung war; hinterher fragte sie dann, wofern ich die Betreffenden kannte: ›Sollen wir sie nicht zu uns holen? Ich möchte ihnen gern ein paar Ungezogenheiten sagen.‹ Seit einiger Zeit aber, vermutlich, seitdem sie mich durchschaute, gab es keine Bitte mehr, jemanden herbeizuholen, kein Wort, nicht einmal mehr zurückgewandte Blicke, die jetzt gegenstandslos und stumm geworden waren und zusammen mit der geistesabwesenden und völlig leeren Miene, die sie begleitete, ebenso aufschlußreich waren wie früher ihre magnetische Kraft. Nun aber war es ja unmöglich, daß ich ihr Vorwürfe machte oder Fragen stellte wegen Dingen, von denen sie erklärt hätte, sie seien so lächerlich klein, derart unbedeutend, daß ich sie überhaupt nur beachte, um eben ›bei allem etwas zu finden‹. Es ist schon schwierig zu sagen: ›Warum hast du diese oder jene Vorübergehende angeschaut?‹, aber viel schwieriger noch: ›Warum hast du sie nicht angeschaut?‹ Und dennoch wußte ich gut oder hätte wenigstens wissen können, wenn ich nicht lieber den Beteuerungen Albertines geglaubt hätte, was alles das einschloß, was es bewies, genau wie dieser oder jener Widerspruch in einem Gespräch, den ich oft erst feststellte, nachdem ich sie schon lange verlassen hatte, an dem ich aber die ganze Nacht krankte, von dem ich nicht wieder anzufangen wagte, der jedoch darum nicht weniger mein Gedächtnis von Zeit zu Zeit mit seinen periodischen Besuchen beehrte. Selbst was einfach nur die heimlichen oder abgewandten Blicke am Strande von Balbec oder in den Straßen von Paris betraf, konnte ich mich manchmal fragen, ob die Person, die sie auf sich lenkte, wirklich nur der Gegenstand von im Augenblick ihres Vorübergehens auftauchenden Wünschen war oder nicht vielmehr eine alte Bekanntschaft oder auch ein junges Mädchen, von der man ihr nur gesprochen hatte – allerdings zu meiner großen Verwunderung, wenn ich es erfuhr, so wenig gehörte die Betreffende zu dem Genre der nach Albertines Urteil möglichen Bekanntschaften. Aber das moderne Gomorra ist ein Puzzle, das aus Stücken besteht, die von überall da herkommen, von wo man sie am wenigsten erwartet. So sah ich einmal in Rivebelle ein großes Diner mit an, bei dem ich zufällig wenigstens dem Namen nach alle zehn Teilnehmerinnen kannte, die, untereinander so verschieden wie möglich, sich doch zu einer Einheit zusammenfügten, so daß ich niemals eine Tischgesellschaft gesehen habe, die gleichzeitig so homogen und so zusammengewürfelt war.

Um auf die vorübergehenden jungen Mädchen zurückzukommen, so hatte Albertine niemals eine ältere Dame oder einen Greis mit so starr fixierendem oder im Gegenteil reserviertem Blick, als sähe sie kaum, angeschaut. Jene betrogenen Ehemänner, die die wirklichen Vorgänge nicht kennen, wissen gleichwohl alles. Aber man braucht ein auf bessere Beweise gegründetes Material, um eine Eifersuchtsszene vom Zaun zu brechen. Wenn uns im übrigen die Eifersucht dazu verhilft, eine gewisse Neigung zur Lüge bei der geliebten Frau festzustellen, so verhundertfacht sich diese Neigung noch, sobald die Frau entdeckt hat, daß wir eifersüchtig sind. Sie lügt (in einem Umfang, in dem sie zuvor niemals gelogen hat), sei es aus Mitleid, sei es aus Furcht, oder sie entzieht sich instinktiv durch Flucht in dem Maße, in dem wir unsere Nachforschungen betreiben. Gewiß gibt es Liebesbeziehungen, bei denen eine leichtsinnige Frau gleich am Anfang die Rolle der Tugendhaften in den Augen des Mannes ihrer Liebe zu spielen versucht. Aber wie viele andere umfassen zwei einander völlig entgegengesetzte Perioden! In der ersten spricht die Frau fast mit Leichtigkeit, nur mit gewissen abschwächenden Bemerkungen, von ihrer Neigung zum Vergnügen und von den mancherlei Abenteuern, die sie daraufhin bestanden hat, alles Dinge, die sie später mit äußerster Energie demselben Manne gegenüber abstreiten wird, nachdem sie ihn als eifersüchtig und zu Nachforschungen geneigt erkannt hat. Es geht ihm dann manchmal so, daß er die Zeit jener ersten vertrauensseligen Bekenntnisse zurücksehnt, obwohl die Erinnerung daran für ihn eine Tortur bedeutet. Wenn die Frau ihm auch jetzt noch weiter solche Eröffnungen machte, so würde sie ihm ja fast selbst das Geheimnis der Verfehlungen ausliefern, denen er erfolglos alle Tage nachspürt. Und außerdem, welche Hingabe, welch Vertrauen, welche Freundschaft würde darin liegen! Wenn sie nicht leben kann, ohne ihn zu betrügen, so würde sie ihn wenigstens als Freundin betrügen, ihm von ihren Vergnügungen erzählen oder selbst ihn irgendwie daran teilnehmen lassen. Er aber denkt mit Bedauern an ein solches Leben zurück, wie es sich zu Beginn ihrer Liebe abzuzeichnen schien, jedoch durch den weiteren Verlauf unmöglich gemacht worden ist, in dem diese Liebe zu etwas so grausam Schmerzlichem wurde, daß eine Trennung je nach Lage der Dinge entweder unvermeidlich oder unmöglich wird.

Manchmal mußte man die Schrift, aus der ich die Lügen Albertines entzifferte, obwohl sie keine Bilderschrift war, einfach rückläufig lesen; so hatte sie mir an diesem Abend mit gleichgültiger Miene die Mitteilung gemacht, die eigentlich ganz unbemerkt passieren sollte: »Es wäre möglich, daß ich morgen zu den Verdurins fahre, ich weiß allerdings noch nicht, ob ich es tue, große Lust habe ich eigentlich nicht.« Das war ein kindisches Anagramm für das folgende Geständnis: ›Morgen gehe ich zu den Verdurins, es steht absolut fest, denn ich lege den größten Wert darauf.‹ Das scheinbare Zögern stand für einen unverrückbaren Vorsatz und hatte den Zweck, die Wichtigkeit des Besuches in dem Augenblick, in dem er mir angekündigt wurde, gleichzeitig zu verringern. Albertine verwendete immer einen zweifelnden Ton für unwiderrufliche Entschlüsse. Mein Entschluß stand nicht weniger fest: ich gedachte es so einzurichten, daß der Besuch bei Madame Verdurin nicht stattfinden würde. Die Eifersucht ist oft nur ein ruheloses Bedürfnis der Tyrannei im Bereich der Liebesdinge. Ich hatte zweifellos von meinem Vater das jäh auftretende willkürliche Verlangen geerbt, die Wesen, die ich am meisten liebte, in den Hoffnungen zu bedrohen, in denen sie sich mit einer Sicherheit wiegten, deren trügerischen Charakter ich ihnen dann zu beweisen wünschte; als ich sah, daß Albertine ohne mein Wissen, ja hinter meinem Rücken, den Plan einer Unternehmung gefaßt hatte, die ich ihr mit allen Mitteln der Welt leicht und angenehm gemacht hätte, wäre ich dabei ihr Vertrauter gewesen, warf ich nachlässig hin, um sie zu erschrecken, an diesem Tage gedächte ich selbst eine Ausfahrt zu machen.

Ich begann, Albertine andere Ausflugsziele nahezulegen, welche den Besuch bei den Verdurins unmöglich gemacht hätten, und zwar in Bemerkungen, die von angeblicher Gleichgültigkeit geprägt waren, unter der ich meine nervöse Gereiztheit zu verbergen suchte. Sie aber spürte sie dennoch auf. Diese Gereiztheit traf bei ihr auf die elektrische Kraft eines ihr entgegengesetzten Willens, woraus eine heftige Abstoßung folgte; in den Augen Albertines glaubte ich die Funken sprühen zu sehen. Wozu im übrigen sollte ich darauf achten, was in diesem Augenblick die Augen sagten? Wie kam es, daß ich nicht schon seit langem bemerkt hatte, daß die Augen Albertines zur Gattung derer gehörten, die (selbst bei einem mittelmäßigen Geschöpf) aus mehreren Stücken gemacht zu sein scheinen wegen der verschiedenen Stätten, an denen das betreffende Wesen eigentlich an jenem Tage hätte sein mögen, wobei es doch diesen Wunsch zu verbergen bemüht war? Augen, die, durch ihre Unbewegtheit und Passivität täuschend, in Wirklichkeit mit einer Dynamik geladen sind, die meßbar geradezu ist nach den Metern oder Kilometern, welche zwischen jenen Wesen und der gewollten, unabdingbar gewollten Begegnung liegen, Augen, die weniger dem Vergnügen entgegenlächeln als sich mit Trauer und Mutlosigkeit umwölken, weil vielleicht eine Schwierigkeit für das Einhalten einer Verabredung sich ergeben könnte. Noch wenn sie in unseren Händen sind, scheinen solche Wesen Ewigfliehende zu sein. Um die tiefen Seelenbewegungen zu verstehen, die sie in uns erregen, während andere, die unter Umständen sogar schöner sind, sie nicht zu wecken vermögen, muß man in Rechnung stellen, daß jene Wesen eben nicht unbeweglich, sondern in ständigem Aufbruch begriffen sind und ihrer Persönlichkeit damit ein Zeichen hinzufügen, wie es etwa in der Physik für den Begriff der Schnelligkeit üblich ist.

Wenn wir in ihren Tageslauf eingreifen, so gestehen sie das Vergnügen ein, das sie uns so lange verborgen hatten: ›Ich wollte gern um fünf Uhr mit der oder jener Person, die ich so gern mag, Tee trinken!‹ Nun gut, ein halbes Jahr später machen wir die Bekanntschaft der eben angeführten Person, wir erfahren, daß niemals die Freundin, deren Pläne wir gestört haben und die, in die Enge getrieben, um ihre Freiheit wiederzuerlangen, wie ein Geständnis den Nachmittagstee erwähnt hatte, den sie täglich zu der Stunde, in der wir sie nicht sähen, bei einer befreundeten Person einnähme, von jener anderen Person empfangen worden ist, daß sie nie zum Tee bei ihr war, sondern daß unsere junge Freundin immer gesagt hat, sie sei ausgerechnet durch uns sehr in Anspruch genommen. Also war die Person, mit der sie die Teestunde regelmäßig zusammen zu verleben behauptete, mit der sie – sie flehte uns förmlich um die Erlaubnis an – so gern auch weiterhin Tee trinken wollte, jene Person, das heißt der unter Zwang angegebene Grund, gar nicht diese, sondern eine andere, und auch die Sache selbst etwas anderes. Etwas anderes, aber was? Eine andere Person, aber welche denn?

Ach, aus der Fächerung dieser Augen, die so traurig in die Weite blicken, könnte man vielleicht die Entfernungen von ihrem Ziel ablesen, doch sagen sie auch dann über die Richtung, in der es liegen könnte, nichts aus. Ein unendliches Feld von Möglichkeiten breitet sich vor uns aus, und wenn zufällig der wirkliche Sachverhalt uns sichtbar würde, läge er derart außerhalb dieser Möglichkeiten, daß wir, wenn wir mit einem dumpfen Schlag gegen die plötzlich vor uns aufsteigende Mauer anrennen würden, auf den Rücken fielen. Die Feststellung von Bewegung und Flucht ist nicht einmal unerläßlich. Es würde schon genügen, daß wir nur darauf schließen. Sie hatte uns einen Brief versprochen, wir waren ruhig, wir liebten nicht mehr. Der Brief ist nicht gekommen, mit keiner Post trifft einer für uns ein. ›Was geht vor?‹ Die Angst ist von neuem da, und ebenso die Liebe. Gerade Wesen dieser Art flößen uns Liebe ein, was unser Unglück noch vermehrt. Denn jede neue Angst, die wir um ihretwillen erleiden, nimmt ihnen in unseren Augen etwas von ihrer Persönlichkeit. Wir waren auf Leiden gefaßt, wobei wir jedoch etwas außerhalb von uns zu lieben glaubten; nun aber merken wir, daß unsere Liebe eine Funktion unserer Traurigkeit, daß unsere Liebe vielleicht unsere Traurigkeit selber und daß ihr Gegenstand nur zu einem schwachen Teil das schwarzgelockte junge Mädchen ist. Aber es ist so, gerade diese Wesen flößen uns Liebe ein.

In den meisten Fällen wird ein Körper nur dann Gegenstand der Liebe sein, wenn tiefe innere Erregung, die Furcht, ihn zu verlieren, die Ungewißheit, ihn wiederzufinden, sich in ihm begegnen. Diese Art von Angst hat freilich zum Körper der Geliebten eine sehr enge Beziehung, sie fügt ihm einen Vorzug hinzu, der mehr als Schönheit ist, weshalb man Männer sieht, die den schönsten Frauen gegenüber gleichgültig bleiben, doch andere leidenschaftlich lieben, die uns fast häßlich scheinen. Solchen ›Ewigfliehenden‹ heftet ihre Natur und unsere eigene Unruhe Flügel an. Sogar wenn sie bei uns sind, scheint ihr Blick uns zu sagen, daß sie gleich wieder entschwinden werden. Der Beweis für diese Schönheit, die von den Flügeln hinzugefügt wird und sonstige Schönheit noch übertrifft, liegt darin, daß sehr häufig ein gleiches Wesen nacheinander für uns flügellos und geflügelt ist. Wenn wir es zu verlieren fürchten, vergessen wir alle anderen. Doch wenn wir sicher sind, daß wir es behalten werden, vergleichen wir es mit jenen, an denen wir auf der Stelle größere Reize entdecken. Da aber solche unruhigen Gemütszustände von einer Woche zur anderen mit ruhiger Sicherheit abwechseln können, kann eine Frau erleben, daß wir ihr eine Woche lang alles opfern, was uns angenehm war, daß aber in der folgenden Woche sie selbst geopfert wird, und so kann es noch sehr lange weitergehen. Das wäre unbegreiflich, wenn wir nicht (aus der Erfahrung heraus, die jeder Mann in seinem Leben einmal macht, nämlich daß er zu lieben aufgehört und eine Frau vergessen hat) wüßten, wie wenig in sich selbst ein Wesen vorstellt, wenn es nicht mehr oder noch nicht für unsere eigene innere Bewegung durchlässig geworden ist. Wenn wir aber von solchen Ewigfliehenden sprechen, so gilt das gleiche auch von Wesen, die in Gewahrsam gehalten werden, von gefangenen Frauen, die man niemals haben zu können meint. So verabscheuen Männer ja Kupplerinnen, weil diese den Frauen die Flucht erleichtern und dazu »Lockungen spielen lassen«, doch wenn wiederum solche Männer eine Frau lieben, die gefangengehalten wird, suchen sie gern Kupplerinnen auf, um jene durch sie aus ihrem Gefängnis zu erlösen und sich zuführen zu lassen. Wenn die Verbindungen mit entführten Frauen weniger dauerhaft sind, so deswegen, weil unsere ganze Liebe in der Furcht, sie niemals zu erringen, oder in der Unruhe lag, sie könnten uns entkommen, und weil, wenn sie einmal ihrem Gatten geraubt, vom Theater fortgeholt, von der Versuchung, uns zu verlassen, geheilt sind, mit einem Worte nicht mehr mit irgendeiner tieferen Erregung in uns verknüpft bleiben, diese Frauen nur noch sie selber, das heißt fast nichts mehr sind, und, wie lange Zeit hindurch auch begehrt, bald gerade von dem verlassen werden, der so sehr fürchtete, sie könnten ihn verlassen.

Ich habe die Frage gestellt: ›Wieso habe ich es nicht erraten?‹ Aber hatte ich es nicht schon am ersten Tag in Balbec erraten? Hatte ich nicht in Albertine eines jener Mädchen erraten, unter deren fleischlicher Hülle mehr verborgene Wesen sich regen als sozusagen in einem Kartenspiel, das in seinem Kästchen ruht, in einer geschlossenen Kathedrale, oder in einem Theater, bevor man es besucht, ja, mehr sogar noch als in der unermeßlichen, sich immer erneuernden Masse? Es sind nicht einmal so viele Wesen, sondern das Verlangen nach ihnen, die lustvolle Erinnerung an sie, das unruhige Suchen nach so vielen Wesen. In Balbec hatte es mich nicht beunruhigt, weil ich dort noch nicht vermuten konnte, ich werde eines Tages mich auf noch dazu falschen Spuren bewegen. Immerhin aber hatte es Albertine in meinen Augen die ganze Fülle eines Wesens gegeben, in dem bis oben hin unzählige andere Wesen, unzählige Wünsche und lustvolle Erinnerungen an andere Wesen sich aufeinanderschichten. Jetzt aber, da sie eines Tages vor mir den Namen ›Mademoiselle Vinteuil‹ ausgesprochen hatte, hätte ich ihr nicht ihr Kleid abreißen mögen, um ihren Körper zu betrachten, sondern viel lieber durch ihren Körper hindurch einen Blick auf jenes Merkbuch voller Erinnerungen und noch vor ihr liegender Begegnungen der Leidenschaft geworfen.

Welch außerordentliches Gewicht bekommen wahrscheinlich ganz belanglose Dinge plötzlich, wenn wir ein Wesen, das wir lieben (oder dem nur diese Unaufrichtigkeit noch fehlte, damit wir es liebten), sie vor uns verbirgt! An sich flößt uns das Leiden nicht unbedingt Gefühle von Liebe oder Haß der Person gegenüber ein, welche die Ursache davon ist. Ein Chirurg, der uns Schmerz zufügt, läßt uns dennoch ganz kalt. Eine Frau aber, die uns während einer gewissen Zeit gesagt hat, wir seien alles für sie, ohne daß sie dabei auch alles für uns gewesen wäre, eine Frau, die wir mit Vergnügen sehen, küssen, auf unseren Knien halten, versetzt uns in größtes Erstaunen, wenn wir auch nur an einem plötzlichen Widerstand spüren, daß wir nicht ganz und gar über sie verfügen. Die Enttäuschung weckt dann manchmal in uns die vergessene Erinnerung an eine frühere Angst, von der wir gleichwohl wissen, daß sie nicht durch diese, sondern durch andere Frauen hervorgerufen worden war, deren treulose Handlungen sich in unserer Vergangenheit aneinanderreihen. Woher im übrigen nimmt man den Mut zum Leben, wie kann man eine Geste machen, um sich vor dem Tod zu bewahren in einer Welt, in der die Liebe nur durch Lüge hervorgerufen wird und einzig in dem Bedürfnis besteht, unsere Leiden durch eben das Wesen gelindert zu sehen, das sie verschuldet hat? Um aus der Niedergeschlagenheit, die man empfindet, wenn man diese Lüge und diesen Widerstand entdeckt, sich zu befreien, gibt es freilich das traurige Mittel, daß man mit Hilfe von anderen Menschen, die, wie man spürt, in dessen Leben eine größere Rolle spielen als man selbst, auf das Wesen gegen seinen Willen einzuwirken versucht, das uns Widerstand leistet und uns belügt, das heißt, daß wir selber List anwenden und uns hassenswert machen. Aber das Leiden einer solchen Liebe gehört zu denen, die unweigerlich bewirken, daß der Leidende in einer Veränderung seiner Lage ein illusorisches Wohlbefinden sucht. An solchen Mitteln der Einwirkung fehlt es uns leider nicht! Das Schreckliche aber an solchen Liebesgefühlen, die nur durch Unruhe erzeugt worden sind, ist, daß wir unaufhörlich in unserem Käfig belanglose Äußerungen nach allen Seiten hin und her wenden; ganz zu schweigen davon, daß selten die Wesen, für die wir sie hegen, in körperlicher Hinsicht vollkommen unseren Wünschen entsprechen, da nicht eine freie Entscheidung unseres Geschmacks, sondern der Zufall einer Minute der Angst (einer Minute, die endlos ausgedehnt wird durch unsere Charakterschwäche, welche jeden Abend neue Experimente macht und sich nicht scheut, zu Beruhigungsmitteln zu greifen) sie für uns ausgewählt hat.

Gewiß war meine Liebe zu Albertine nicht die unergiebigste von allen, bis zu denen man aus Mangel an Willensstärke herabsinken kann, denn völlig platonisch war sie nicht; sie verschaffte mir Befriedigung meiner Sinne, und außerdem war Albertine ja klug. Aber alles das war eigentlich überflüssig. Was meinen Geist beschäftigte, war nicht, was sie etwa Gescheites äußerte, sondern irgendein Wort, das bei mir einen Zweifel an ihren Handlungen weckte; ich versuchte mich zu erinnern, ob sie dies oder jenes gesagt hatte, mit welcher Miene, in welchem Augenblick, in Beantwortung welcher Worte, die ganze Szene ihres Dialogs mit mir wieder zu rekonstruieren, mich zu fragen, in welchem Augenblick sie zu den Verdurins hatte gehen wollen, und welches meiner Worte den bösen Ausdruck auf ihrem Gesicht hervorgerufen hatte. Selbst bei einem äußerst wichtigen Ereignis würde ich mir nicht so viel Mühe gegeben haben, die Wahrheit herauszufinden, die richtige Atmosphäre und Farbe wiederherzustellen.

Gewiß gelingt es einem manchmal, diese Art von Unruhe, nachdem sie einen Grad erreicht hat, in dem sie uns unerträglich geworden ist, einen Abend lang vollkommen zu beschwichtigen. Zu dem Fest, zu dem die Freundin, die wir lieben, sich begeben soll und über dessen wahre Natur unser Geist seit so vielen Tagen schon gebrütet hat, werden auch wir eingeladen. Unsere Freundin hat dort Blicke und Worte nur für uns, wir bringen sie nach Hause und lernen dann, nachdem unsere Unruhe zerstreut ist, eine so vollkommene und erholende Ruhe kennen wie die, welche uns manchmal der tiefe Schlaf nach langen Wanderungen schenkt. Gewiß ist solche Ruhe wert, daß wir sie teuer bezahlen. Aber es wäre doch wohl einfacher gewesen, nicht selbst – und noch dazu freiwillig und zu einem höheren Preise – die Angst einzuhandeln. Außerdem wissen wir sehr wohl, daß, mag diese augenblickliche Entspannung auch noch so fühlbar sein, die Unruhe dennoch sich als stärker erweisen wird. Oft wird sie sogar gerade durch die Bemerkung erneuert, deren Zweck es war, uns die Ruhe zu bringen. Die Anforderungen unserer Eifersucht und die Verblendung unserer Gutgläubigkeit sind größer, als die geliebte Frau hätte vermuten können. Wenn sie uns unaufgefordert schwört, dieser oder jener Mann sei für sie nur ein Freund, so rührt sie uns aufs tiefste durch die Mitteilung auf, daß – was wir gar nicht ahnten – er ein Freund für sie ist. Während sie uns erzählt, um uns ihre Aufrichtigkeit zu beweisen, wie sie zusammen am gleichen Nachmittag Tee getrunken haben, nimmt bei jedem Wort, das sie sagt, das Unsichtbare, das Ungeahnte Gestalt vor unseren Augen an. Sie gesteht, er habe sie gebeten, seine Geliebte zu werden, und wir leiden Qualen dabei, daß sie seine Reden auch nur hat anhören mögen. Sie habe abgelehnt, erklärt sie uns. Aber jetzt, während wir ihrer Erzählung lauschen, fragen wir uns, ob diese Weigerung wohl auf Wahrheit beruht, denn den Einzelheiten, die sie uns erzählt, fehlt jene logische, zwingende Verbindung, die mehr noch als Tatsachen, die man uns berichtet, das Zeichen der Wahrheit ist. Zudem hat sie in jenem schrecklichen, hochmütigen Tonfall erklärt: ›Ich habe kategorisch nein gesagt‹, der in allen Gesellschaftsklassen bei einer Frau auftritt, wenn sie lügt. Und dabei muß man ihr noch danken, daß sie sich geweigert hat, sie durch gütiges Verhalten ermutigen, uns auch weiter solche grausamen Geständnisse zu machen. Höchstens fragen wir noch: ›Aber wenn er dir schon solche Anträge gemacht hatte, weshalb hast du dich dann überhaupt darauf eingelassen, mit ihm Tee zu trinken?‹ – ›Damit er nicht böse werden und behaupten könnte, ich sei nicht nett zu ihm.‹ Wir wagen dann nicht mehr, ihr zur Antwort zu geben, daß sie sich, wenn sie abgelehnt hätte, jedenfalls uns gegenüber netter betragen hätte.

Im übrigen erschreckte mich Albertine durch die Bemerkung, ich hätte ganz recht, wenn ich sagte – um ihr nicht zu schaden – daß ich nicht ihr Liebhaber sei. »Noch dazu, fuhr sie fort, stimmt es ja, daß du es nicht bist.« Ich war es vielleicht tatsächlich nicht ganz und gar; aber sollte ich daraufhin annehmen, sie tue die gleichen Dinge, die sie mit mir trieb, auch mit allen Männern, deren Geliebte, wie sie mir immer versicherte, sie nicht war? Wissen um jeden Preis, was Albertine dachte, wen sie sah, wen sie liebte: wie seltsam war es doch, daß ich diesem Bedürfnis alles opferte, da ich doch genauso danach verlangt hatte, Gilberte betreffende Eigennamen und Tatsachen zu wissen, welche mir jetzt alle doch so gleichgültig waren! Ich war mir wohl darüber ganz klar, daß in sich selbst die Handlungen Albertines auch kein größeres Interesse besaßen. Es ist merkwürdig, daß, wenn eine erste Liebe durch die empfindliche Spur, die sie in unserem Herzen zurückläßt, den darauffolgenden Liebeserlebnissen ihren Weg vorzeichnet, sie uns nicht wenigstens durch die Gleichheit der Symptome und Leiden das Mittel zu ihrer Heilung schenkt. Ist es im übrigen nötig, daß man eine Tatsache weiß? Kennt man nicht von vornherein schon auf eine ganz allgemeine Art die Lüge und die Verschwiegenheit der Frauen, die etwas zu verbergen haben? Kann ein Irrtum noch möglich sein? Sie machen sich aus ihrer Diskretion eine Tugend, wo man sie doch so gern zum Sprechen bringen würde. Wir spüren deutlich, daß sie dem Mitschuldigen fest versichert haben: ›Ich spreche nie darüber. Durch mich wird keiner etwas erfahren, ich verrate nichts.‹

Man gibt sein Vermögen, sein Leben für ein Wesen her, und dennoch weiß man, daß man zehn Jahre früher oder später ihm dies Vermögen verweigern und sein Leben lieber für sich behalten würde. Dann bestünde dies Wesen losgelöst von uns, allein, und wäre im Grunde nicht da. Was uns an andere Menschenwesen heftet, sind die tausend Wurzeln und unzähligen Fäden, die die Erinnerungen vom Abend vorher und die Hoffnungen auf den folgenden Morgen knüpfen, ist das lückenlose Gewebe von Gewohnheiten, aus dem wir uns nicht zu befreien vermögen. Ebenso wie es Geizige gibt, die aus Edelmut Schätze aufhäufen, sind wir selbst Verschwender, die aus Geiz etwas hergeben, und weniger einem bestimmten Wesen opfern wir unser Leben als vielmehr allem, was es von unseren Stunden, unsern Tagen sich angeeignet hat, von alledem, wogegen das noch nicht gelebte, das im Verhältnis dazu noch in der Zukunft liegende Leben uns ferner, losgelöster, weniger intim, weniger uns zugehörig scheint. Es täte uns dringend not, daß wir uns aus diesen Banden befreien, die so viel mehr Wichtigkeit bekommen haben als jenes Wesen selbst, doch haben sie die Wirkung, daß sie für den Augenblick uns Pflichten ihm gegenüber schaffen, Pflichten, um derentwillen wir nicht wagen, dies Wesen zu verlassen, aus Furcht, bei ihm eine schlechte Beurteilung zu erfahren; später freilich fänden wir den Mut, denn von uns losgelöst wäre es nicht mehr wir. Jetzt aber schaffen wir uns auf Grund jener Bande in Wirklichkeit Pflichten (sollten diese sogar in offenbarem Widersinn zum Selbstmord führen), Pflichten einzig gegen uns selbst.

Wenn ich Albertine nicht liebte – sicher war ich dessen nicht – so war der Platz, den sie bei mir einnahm, gar nicht außergewöhnlich. Wir leben nur mit dem, was wir nicht lieben, was wir einzig in unserer Nähe lassen, um die unerträgliche Liebe zu töten, ob es sich nun um eine Frau handelt, oder ein Land, oder eine Frau, die für uns ein ganzes Land in ihrer Person enthält. Aber wir hätten große Angst, noch einmal von neuem zu beginnen, wenn wir dabei wieder eine neue Abwesenheit befürchten müßten. So weit war ich mit Albertine noch nicht. Ihre Lügen, ihre Geständnisse beließen mir die Aufgabe, die Wahrheit aufzuhellen: ihre Lügen, die so zahlreich waren, weil sie sich nicht damit begnügte, zu lügen wie ein Wesen, das sich geliebt glaubt, sondern weil sie, abgesehen davon, eine Lügnerin von Natur war (und so veränderlich im übrigen, daß sie, selbst wenn sie mir jedesmal die Wahrheit über das gesagt hätte, was sie zum Beispiel von den Leuten dachte, jedesmal etwas anderes geäußert haben würde); ihre Geständnisse, weil sie selten erfolgten, meist gleich wieder abgebrochen wurden und untereinander, soweit sie die Vergangenheit betrafen, große leere Zwischenräume ließen, in denen ich selbst die Linien nachziehen, für deren Ausfüllung ich aber ihr Leben kennenlernen mußte.
Was die Gegenwart betraf, so log Albertine – wenn ich den sibyllinischen Reden von Françoise Glauben schenken wollte – nicht nur in bezug auf einzelne Punkte, sondern auf einen ganzen Tatsachenkomplex, und ich ›würde schon eines schönen Tages sehen‹, was Françoise zu wissen den Anschein erweckte, mir aber nicht verraten wollte, und wonach ich sie nicht zu fragen wagte. Im übrigen sprach Françoise wahrscheinlich aus derselben Eifersucht heraus, die sie früher Eulalie gegenüber verspürt hatte, von den unwahrscheinlichsten Dingen, die derart unbestimmt waren, daß man höchstens dahinter die ebenfalls ganz unwahrscheinliche Unterstellung vermuten konnte, die arme Gefangene (die Frauen liebte) würde eine Heirat mit jemandem vorziehen, der jedenfalls nicht ich war.

Selbst wenn das gestimmt hätte, wie hätte Françoise trotz ihrer geradezu telepathischen Fähigkeiten es so genau wissen können? Die Erzählungen Albertines freilich konnten mir keineswegs ein eindeutiges Bild davon verschaffen, denn die der einzelnen Tage unterschieden sich so deutlich voneinander wie die Farben eines Kreisels, der fast zum Stillstand gekommen ist. Im übrigen schien aus Françoise vor allem der Haß zu sprechen. Es verging kein Tag, an dem sie nicht Worte äußerte – und ich in Abwesenheit meiner Mutter solche über mich ergehen lassen mußte – wie etwa die folgenden: ›Gewiß, Sie sind ein liebenswürdiger Herr, und ich werde nie die Dankbarkeit vergessen, die ich Ihnen schulde (dies wahrscheinlich, damit ich neue Ansprüche an ihre Dankbarkeit stellte), aber das Haus ist verpestet, seitdem die Liebenswürdigkeit dem Trug hier Einlaß verschafft, seitdem die Klugheit das Dümmste beschützt, was es je gegeben hat, seitdem der Scharfsinn, die guten Manieren, der Geist, die Würde in allen Dingen, das Aussehen und das wirkliche Verhalten eines Prinzen sich vom Laster, vom Gewöhnlichsten und Niedrigsten, was es gibt, herumkommandieren und an der Nase herumführen und mich selbst demütigen läßt, die ich doch schon vierzig Jahre in der Familie bin.‹

Françoise war Albertine vor allem deswegen böse, weil sie jetzt Befehle von jemand anderem als von uns erhielt, und auch wegen eines Zuwachses an Hausarbeit, das heißt einer Ermüdung, die als Beeinträchtigung der Gesundheit unserer alten Dienerin (welche dennoch bei ihrer Arbeit keine Hilfe haben wollte, da sie ja noch ›zu etwas nütze‹ sei) genügt hätte, um diese Gereiztheit, diesen haßgesättigten Zorn zu erklären. Gewiß hätte Françoise gern gesehen, wenn Albertine – für sie eine Esther! – verbannt worden wäre. Das war ihr wahrer Wunsch. Durch seine tröstende Wirkung hätte ein solcher Entschluß unserer alten Dienerin bereits Ruhe verschafft. Aber nicht nur darum handelte es sich meiner Meinung nach. Ein solcher Haß hatte nur einem überanstrengten

Körper entspringen können. Mehr noch als freundliche Aufmerksamkeit brauchte Françoise Schlaf.

Während Albertine sich umziehen ging, ergriff ich, um möglichst schnell zum Ziel zu kommen, den Hörer des Telephons, ich rief die unerbittlichen Gottheiten an, erregte aber nur ihren Zorn, der sich in den Worten entlud: ›Die Leitung ist besetzt.‹ Andrée war tatsächlich gerade dabei, mit jemandem zu plaudern. Während ich darauf wartete, daß sie ihr Gespräch beendet habe, fragte ich mich, wie es kommt, daß so viele Maler zwar heute an die Kunst des weiblichen Porträts im achtzehnten Jahrhundert anknüpfen, in welcher die erfindungsreich ausgedachte Szenerie einen Vorwand für den Ausdruck der Erwartung, des Schmollens, des Interesses, der Träumerei abgibt, aber doch keiner unserer modernen Bouchers oder Fragonards und derer, die Saniette als ›Watteau à vapeur‹ bezeichnet hätte, anstelle von Darstellungen wie ›Der Brief‹ oder ›Am Spinett‹ eine Szene malt, die heißen müßte: ›Am Telephon‹; spontan könnte hier auf den Lippen der Hörerin ein Lächeln entstehen, das um so freimütiger wäre, als sie sich ungesehen weiß. Endlich konnte Andrée mich hören. »Sie kommen Albertine morgen abholen?« fragte ich. Als ich aber den Namen Albertine aussprach, mußte ich daran denken, welche Neidgefühle Swann in mir geweckt hatte, als er am Tage des Festes bei der Prinzessin von Guermantes zu mir sagte: ›Besuchen Sie doch Odette‹, und wie ich daran gedacht hatte, welche Macht doch trotz allem in einem Vornamen liegt, der – in den Augen aller anderen und auch Odettes selbst – nur im Munde Swanns diesen absolut possessiven Sinn bekam. Eine solche Beschlagnahme – in einer einzigen Vokabel erschöpfend dargestellt – einer ganzen Existenz hatte mir jedesmal, wenn ich verliebt war, als etwas Bezauberndes vorgeschwebt! Wenn man aber in Wirklichkeit den Vornamen in dieser Weise aussprechen kann, ist er einem entweder gleichgültig geworden, oder die Gewohnheit hat

zwar nicht die zärtlichen Gefühle abgeschwächt, aber doch die Süße, die darin liegt, in eitel Schmerz verwandelt. Ich wußte, daß nur ich mit diesem Tonfall zu Andrée von ›Albertine‹ sprechen konnte. Und doch war ich mir bewußt, daß für Albertine, für Andrée, für mich selbst, das eigentlich nichts bedeutete. Die Unmöglichkeit wurde mir klar, die immer der Liebe entgegensteht. Wir bilden uns ein, ihr Gegenstand sei ein Wesen, das vor uns ruhend daliegen kann und in einem Körper eingeschlossen ist. Aber ach! Ihr Gegenstand ist vielmehr die Erstreckung dieses Wesens bis zu allen Punkten des Raumes und der Zeit, welche es je berührt hat und berühren wird. Wenn wir nicht seinen Kontakt mit diesem oder jenem Ort, dieser oder jener Stunde besitzen, so besitzen wir es nicht. Nun aber können wir ja nicht alle diese Punkte berühren. Wenn sie uns wenigstens genau bezeichnet wären, könnten wir uns vielleicht bis zu ihnen ausdehnen. So aber tasten wir umher, ohne sie zu finden. Daher das Mißtrauen, die Eifersucht, die heimliche Nachstellung. Wir verlieren kostbare Zeit in der Verfolgung einer sinnlosen Spur und gehen, ohne es zu ahnen, dicht an der Wahrheit vorbei.
Schon aber war eine der so leicht erzürnten Gottheiten mit den schwindelnd rasch beweglichen Dienerinnen gereizt, nicht mehr darüber, daß ich sprach, sondern daß ich nichts sagte. »Was wollen Sie denn, jetzt ist die Leitung doch frei! Sie haben die Verbindung schon so lange, ich muß jetzt trennen.« Doch tat sie nichts dergleichen, und während sie die Gegenwart von Andrée heraufbeschwor, umhüllte sie sie als die große Dichterin, die jedes Telephonfräulein ist, mit der besonderen Atmosphäre, die dem Heim, dem Stadtviertel, dem Leben der Freundin Albertines anhaftete. »Oh, Sie sind es?« sagte Andrée, deren Stimme mit Sekundenschnelle von der Göttin, die das Privileg besitzt, die Töne geschwinder als den Blitz zu machen, meinem Ohr zugeleitet wurde. »Hören Sie, antwortete ich, gehen Sie, wohin Sie wollen, nur nicht zu Madame Verdurin. Auf alle Fälle muß Albertine morgen

von diesem Besuch abgehalten werden.« – »Aber sie will gerade morgen hin.« – »Aha!«
Doch ich mußte einen Augenblick mein Gespräch unterbrechen und drohende Gesten machen, denn obwohl Françoise auch weiterhin – als handle es sich dabei um etwas so Unangenehmes wie die Kuhpocken oder so Gefährliches wie einen Aeroplan – sich weigerte, die Telephonbedienung zu erlernen, was uns bei allen Anrufen entlastet hätte, deren Inhalt sie unbedenklich hätte erfahren können, trat sie doch umgekehrt auf der Stelle ins Zimmer, wenn ich dabei war, ganz private Gespräche zu führen, bei denen ich besonderen Wert darauf legte, daß sie sie nicht hörte. Als sie endlich das Zimmer verlassen hatte, nicht ohne sich noch dabei zu verweilen, verschiedene Gegenstände mit hinauszunehmen, die seit gestern schon dastanden und, ohne im geringsten zu stören, auch noch eine Stunde länger hätten dableiben können, ferner um ein dickes Holzscheit in den Kamin zu legen, was vollends unnötig war in Anbetracht der glühenden Hitze, in welche ich durch ihre unerwünschte Gegenwart und die Furcht geriet, das Fräulein vom Amt könne wiederum ›trennen‹, sagte ich zu Andrée: »Verzeihen Sie, ich bin gestört worden. Ist es absolut sicher, daß sie morgen zu den Verdurins fährt?« – »Absolut sicher, aber ich kann ihr sagen, daß es Ihnen unangenehm ist.« – »Nein, im Gegenteil; es ist sogar möglich, daß ich selber mitkomme.« – »Ah!« entgegnete Andrée in verstimmtem und, wie es schien, durch meine Kühnheit erschrecktem Ton; doch gerade diese Kühnheit sollte daraus neue Stärkung ziehen. »Gut, dann leben Sie wohl, und entschuldigen Sie bitte, daß ich Sie wegen etwas so Geringfügigem gestört habe.« – »Aber gar nicht, sagte Andrée, und da jetzt der Gebrauch des Telephons so geläufig geworden war, daß sich auch hier bereits eine Ausschmückung durch spezielle Phrasen, wie sie früher bei ›Tees‹ üblich waren, herausgebildet hatte, setzte sie hinzu: Es war ein großes Vergnügen für mich, Ihre Stimme zu hören.«

Ich hätte das gleiche sagen können, doch mit mehr Wahrheit als Andrée, denn ich hatte angefangen, außerordentlich empfänglich für ihre Stimme zu werden, nachdem ich vorher nie bemerkt hatte, daß sie so verschieden von allen anderen war. Dann rief ich mir weitere Stimmen in die Erinnerung, Frauenstimmen vor allem, die einen verlangsamt durch den Wunsch, eine Frage genau zu formulieren, und durch eine gewisse bewußte Anspannung des Geistes, andere durch den lyrischen Fluß dessen, was sie zu berichten hatten, atemlos oder sogar mit Pausen durchsetzt; ich dachte nacheinander an die Stimmen aller der jungen Mädchen zurück, deren Bekanntschaft ich in Balbec gemacht hatte, dann an die Gilbertes, die meiner Großmutter, die von Madame de Guermantes; ich fand sie alle völlig verschieden untereinander, modelliert nach der besonderen Sprechweise, die eine jede zu spielen wußte als ihr Sonderinstrument, und stellte mir vor, welch dürftiges Konzert im Paradies die drei oder vier musizierenden Engel, wie die alten Meister sie abgebildet haben, zustande bringen müßten, wenn ich mir daneben, zehnfach, zwanzigfach, hundertfach, tausendfach zu Gottes Thron aufsteigend die harmoniedurchströmte, vieltönige Huldigung aller Stimmen in ihrer Gesamtheit vorstellte. Ich verließ das Telephon nicht, ohne in ein paar Worten, die eine günstige Stimmung schaffen sollten, derjenigen, die über die Geschwindigkeit der Töne gebeut, dafür zu danken, daß sie eine Macht in den Dienst meiner bescheidenen Worte gestellt hatte, welche diese hundertmal schneller als den Donner machte. Doch erfolgte auf meine Dankesworte keine andere Antwort, als daß sie durch die Trennung der Verbindung abgeschnitten wurden.

Als Albertine wieder in mein Zimmer trat, trug sie ein schwarzes Atlaskleid, das sie noch blasser, vollends zu einer bleichen, von Leidenschaften bewegten, von Mangel an frischer Luft, der Atmosphäre der Massen und vielleicht auch der Gewöhnung an ein Laster angekränkelten Pariserin machte, deren Augen um so unruhiger schienen, als sie keinen heiteren

Schimmer mehr von der Röte der Wangen her erhielten. – »Rate, sagte ich zu ihr, mit wem ich eben telephoniert habe: mit Andrée!« – »Mit Andrée? rief Albertine in einem auffallend lauten, verwunderten, innerlich erregten Ton, der zu einer so einfachen Mitteilung eigentlich nicht paßte. Ich hoffe, sie hat daran gedacht, dir zu sagen, daß wir neulich Madame Verdurin getroffen haben.« – »Madame Verdurin? Ich wüßte nicht«, antwortete ich mit einer Miene, als dächte ich an etwas anderes, gleichzeitig, um den Anschein zu erwecken, als stehe ich dieser Begegnung gleichgültig gegenüber, und um Andrée nicht zu verraten, die mir gesagt hatte, wohin Albertine am nächsten Tage gehen wolle. Aber wer weiß, ob sie selbst, Andrée, mich nicht verriet, ob sie nicht morgen Albertine erzählen würde, ich hätte sie gebeten, um jeden Preis den Besuch bei den Verdurins zu verhindern, und ob sie ihr nicht schon offenbart hatte, daß ich ihr mehrmals mit ähnlichen Anliegen gekommen sei. Sie hatte mir versichert, niemals etwas davon erwähnt zu haben, aber der Wert einer solchen Versicherung wurde in meinem Geiste durch den Eindruck aufgehoben, daß seit einiger Zeit von Albertines Gesicht der Ausdruck des Vertrauens verschwunden war, den es mir gegenüber so lange gezeigt hatte.

Das Leiden in der Liebe hört immer wieder von Zeit zu Zeit auf, doch nur, um in anderer Gestalt neu zu erstehen. Wir sind unglücklich bis zu Tränen, wenn wir sehen, daß diejenige, die wir lieben, uns gegenüber nicht mehr die überquellende Sympathie, das verliebte Entgegenkommen der ersten Tage zeigt; wir leiden mehr noch, wenn sie diese Regungen, nachdem sie sie uns gegenüber abgelegt hat, bei anderen wiederfindet; dann werden wir von diesem Leiden durch ein neues, grausameres abgelenkt, den Argwohn nämlich, daß sie uns über den Abend des Vortages, an welchem sie uns ohne Zweifel betrog, die Unwahrheit gesagt hat. Auch dieser Argwohn verliert sich; die freundliche Art, mit der unsere Freundin uns begegnet, verschafft uns neue Beschwichtigung; aber ein vergessenes Wort kommt uns wieder in den Sinn; jemand hat uns gesagt, sie sei leidenschaftlich im Vergnügen, wir aber haben sie nur ruhig kennengelernt; wir versuchen uns vorzustellen, wie dieser Rausch ihres Temperaments bei andern gewesen sein mag, wir spüren, wie wenig wir für sie sind, wir stellen eine Miene der Langeweile, der Sehnsucht, der Traurigkeit bei ihr fest, während wir mit ihr sprechen, wir bemerken eine Verdunkelung unseres Himmels darin, daß sie sich nachlässig anzieht, wenn sie mit uns zusammen ist, und für andere die Kleider aufspart, mit denen sie zu Anfang uns zu gefallen suchte. Wenn sie dagegen zärtlich ist, welche Freude bedeutet das wieder für einen Augenblick! Sehen wir sie dann aber die Zungenspitze herausstecken, als sei es eine Aufforderung zur Zärtlichkeit, so denken wir an die Frauen, an die sie sich so oft in dieser Weise gewendet haben mag, so daß auch in meiner Gegenwart, ohne das Albertine dabei an jene dachte, aus allzulanger Gewohnheit ein rein mechanisches Zeichen daraus geworden war. Dann kehrt das Gefühl, daß sie sich mit uns langweilt, zurück. Plötzlich aber sinkt dieses Leiden auf ein gewisses Maß herab, wenn wir an das fatale Unbekannte ihres Lebens denken, an die für uns unmöglich festzustellenden Stätten, an denen sie gewesen ist und vielleicht noch zu den Stunden sich aufhält, in denen wir nicht bei ihr sind, selbst wenn sie nicht planen sollte, dort für die Dauer zu leben: an jene Orte, an denen sie, fern von uns, uns nicht gehört hat und glücklicher ist als in unserer Gesellschaft. Das sind die rundum kreisenden Blinkfeuer der Eifersucht.

Die Eifersucht ist auch ein Dämon, der nicht beschworen werden kann; immer wieder erscheint sie uns in einer neuen Gestalt. Würde es uns gelingen, sie alle auszurotten und die Geliebte ewig für uns zu behalten, so würde der böse Geist eine andere Form annehmen, die noch weit vernichtender wäre, die Gestalt der Verzweiflung nämlich, ihre Treue nur mit Gewalt haben erringen zu können, die Verzweiflung, nicht geliebt zu sein.

So reizend Albertine an gewissen Abenden war, nie mehr hatte sie die spontanen Regungen, die ich in Balbec an ihr gekannt hatte, wenn sie zu mir sagte: ›Du bist doch furchtbar nett!‹ als noch ihr inneres Wesen auf mich zuzukommen schien ohne den Vorbehalt irgendeines Grolls, den sie jetzt in sich trug und verschwieg, weil sie ihn offenbar für unheilbar, unmöglich zu vergessen, uneingestehbar hielt, und der zwischen ihr und mir die so bezeichnende Vorsicht in unsern Reden schuf, oder aber das Intervall eines unüberwindlichen Schweigens.

– Und darf man wissen, weshalb du mit Andrée telephoniert hast? – »Um sie zu fragen, ob es ihr nichts ausmachen würde, wenn ich mich euch morgen anschließe und auch meinerseits bei den Verdurins den Besuch mache, den ich ihnen schon in La Raspelière versprochen habe.« – »Wie du willst, aber ich sage dir gleich, es ist sehr nebelig heute abend und wird es auch sicher morgen noch sein. Ich sage es dir, weil ich nicht möchte, daß du dir etwa schadest. Du kannst dir denken, daß es mir selbst natürlich viel lieber ist, wenn du mitkommst. Im übrigen, setzte sie mit nachdenklicher Miene hinzu, weiß ich noch gar nicht, ob ich zu den Verdurins fahre. Sie waren so nett zu mir, daß ich im Grunde müßte. Nach dir sind das die Leute, die am freundlichsten zu mir gewesen sind, aber sie haben etwas an sich, was mir nicht besonders gefällt. Ich muß unbedingt zum Bon Marché oder in die Trois Quartiers und ein Stück weiße Spitze kaufen, dieses Kleid sieht zu düster aus.«

Albertine allein in ein Warenhaus gehen lassen, in dem so viele Leute sind, an die man im Vorbeigehen streift, und das so viele Ausgänge hat, daß man immer sagen kann, man habe seinen Wagen draußen nicht wiedergefunden, weil er etwas weiter entfernt wartete! Ich war fest entschlossen, nicht einzuwilligen, vor allem aber war ich unglücklich. Und dennoch war ich mir darüber klar, daß ich seit langem schon hätte aufhören sollen, Albertine zu sehen, denn sie war für mich in die beklagenswerte Periode eingetreten, in der ein Wesen sich weithin in Raum und Zeit verliert und für uns nicht mehr eine Frau ist, sondern ein Ablauf von Begebenheiten, in die wir kein Licht hineinbringen können, eine Folge unlösbarer Probleme, ein Meer, das wir lächerlicherweise wie Xerxes zu schlagen versuchen, um es dafür zu bestrafen, daß es etwas verschlungen hat, was uns wertvoll war. Haben diese Zeiten angefangen, so ist man notwendigerweise der Unterlegene. Glücklich diejenigen, die es früh genug begreifen, um einen nutzlosen, erschöpfenden, von allen Seiten her durch die Grenzen der Einbildungskraft beschränkten Kampf nicht zu sehr in die Länge zu ziehen, bei dem die Eifersucht sich in so beschämender Weise zur Wehr setzt, daß derselbe, der einst, wenn auch nur die Blicke der Frau, die immer an seiner Seite war, einen Augenblick zu einem andern gingen, eine Intrige ahnte und unzählige Qualen erlitt, später sich darein ergibt, sie allein ausgehen zu lassen – manchmal sogar mit dem, von dem er weiß, daß er ihr Liebhaber ist – und dem Unbekannten jene wenigstens bekannte Qual vorzieht! Es handelt sich nur um einen Rhythmus, den man sich aneignen muß und dem man dann aus Gewohnheit folgt. Nervöse könnten nicht auf ein Diner am Abend verzichten, machen aber nachher Ruhekuren (die sie niemals lange genug ausdehnen). Eben noch leichtlebige Frauen versuchen es mit völliger Enthaltsamkeit. Eifersüchtige, die an die Überwachung derjenigen, die sie liebten, Stunden ihres Schlafes, ihrer Ruhe wendeten, spüren schließlich, daß die Wünsche dieser Frau, die unendlich ausgedehnte und geheimnisvolle Welt und die Zeit stärker sind als sie, und lassen sie ohne ihre Begleitung ausgehen, dann sogar reisen, und schließlich trennen sie sich von ihr. Die Eifersucht nimmt dann ein Ende, weil sie keine Nahrung mehr findet, und hat nur so lange angedauert, weil sie bis dahin unaufhörlich nach immer neuer verlangte. Ich war von diesem Zustand noch weit entfernt.

Zweifellos stand mir jetzt frei, mit Albertine Spazierfahrten zu unternehmen, sooft ich eben wollte. Es hatte nicht lange gedauert, so waren rings um Paris Flugzeughallen entstanden – für die Aeroplane das gleiche wie Häfen für die Schiffe – und da seit dem Tage, an dem, nahe bei La Raspelière, die an mythologische Vorzeiten erinnernde Begegnung mit einem Flieger, bei der mein Pferd gescheut hatte, für mich eine Art von Symbol der Freiheit geworden war, machte es mir oft Freude, wenn am Ende des Tages das Ziel unserer Unternehmung – das noch dazu Albertine gefiel, da sie sich für jeglichen Sport begeisterte – einer dieser Flugplätze war. Wir begaben uns beide dorthin auf Grund der Anziehung, die dieses besondere Leben ausübt, der ständige Wechsel zwischen Aufbruch und Wiederkehr, der den Spaziergängen auf einer Hafenmole, oder einfach auch am Strande für die, die das Meer lieben, ebenso aber auch dem Herumbummeln an der Peripherie von Luftlandeplätzen für die, die dem Himmel verschrieben sind, so großen Zauber verleiht. Unaufhörlich von neuem sahen wir, wie ein Apparat unter allen den anderen, die dort schlaff gewissermaßen vor Anker lagen, mit großer Mühe von mehreren Mechanikern herbeigeschleppt wurde gleich einem Fischerboot, das über den Sand geholt wird, wenn ein Tourist eine Ausfahrt aufs Meer machen will. Dann wurde der Motor in Gang gebracht, der Apparat lief an, schwang sich auf und stieg auf einmal langsam mit der starren Besessenheit der in der Horizontale wirkenden Geschwindigkeit, die sich plötzlich in einen majestätischen, vertikalen Aufstieg verwandelt, senkrecht in die Luft. Albertine konnte ihre Freude kaum mehr bändigen, sie verlangte Erklärungen von den Mechanikern, die wieder zurückkamen, nachdem der Apparat gestartet war. Der Passagier oben legte indessen bereits Kilometer zurück; der große Rumpf, auf den wir unsere Blicke unaufhörlich auch weiter hefteten, war im Himmelsblau nur noch ein kaum erkennbarer Punkt, der im übrigen allmählich seine Stofflichkeit, seine Größe, seinen Umfang wiedererlangen würde, wenn gegen Ende des Spazierflugs der Augenblick der Heimkehr in den Hafen näher kam. Mit Neid betrachteten Albertine und ich in dem Augenblick, da er wieder auf den festen Boden sprang, den Reisenden, der in der Weite, allein, so breit der Horizont sich erstreckte, die Ruhe und Klarheit der Abendstunde hatte genießen können. Dann kehrten wir von dem Flugplatz, dem Museum, der Kirche – was immer davon wir besichtigt hatten – zur Stunde des Abendessens heim. Und doch kam ich nicht beruhigt wie in Balbec von unseren damals seltneren Ausflügen zurück, bei denen ich stolz gewesen war, wenn sie einen ganzen Nachmittag gedauert hatten, und die ich hinterher so sah, als höben sie sich gleich schönen Blumengewinden von dem sonstigen Leben Albertines wie von einem wolkenlosen Himmel ab, in dessen Anblick versunken man gemächlich und gedankenlos träumt. Die Zeit Albertines gehörte mir damals noch nicht in solchem Ausmaß wie heute. Dennoch kam sie mir damals weit mehr wie etwas mir Gehöriges vor, weil ich in jener Zeit – da meine Liebe sie noch wie eine Vergünstigung genoß – nur die Stunden zählte, die ich mit ihr zusammen verbrachte, jetzt aber – da meine Eifersucht darin die Möglichkeit eines Verrats witterte – einzig die Stunden, die sie ohne mich verlebte.

Gerade solche aber wünschte sie sich für den kommenden Tag. Ich würde dann wählen müssen, ob ich aufhören wollte zu leben oder zu lieben. Denn wie die Liebe zu Anfang aus dem Verlangen entsteht, wird sie später durch peinvolle Angst unterhalten. Ich spürte, daß ein Teil von Albertines Dasein sich mir entzog. Die Liebe aber strebt in eben jener peinvollen Angst wie auch im seligen Verlangen immer zum Ganzen hin. Sie entsteht nur und hält nur an, solange ein Teil noch immer zu erobern bleibt. Man liebt nur, was man noch nicht vollkommen besitzt. Albertine log, wenn sie mir sagte, sie werde wahrscheinlich nicht die Verdurins besuchen, so wie ich mit meiner Behauptung log, ich wolle zu ihnen fahren. Sie suchte nur zu verhindern, daß ich sie begleitete, ich hingegen – durch

die unvermittelte Ankündigung eines Planes, den ich keineswegs auszuführen gedachte – in ihr den Punkt zu treffen, an dem sie, wie ich meinte, besonders empfindlich war, den geheimen Wunsch aufzuspüren, den sie vor mir verbarg, sie zu dem Geständnis zu zwingen, daß meine Begleitung am nächsten Tag ihr unmöglich machte, ihn sich zu erfüllen. Sie hatte sich im Grunde schon verraten, als sie den Besuch bei den Verdurins auf einmal nicht mehr zu machen wünschte.
– Wenn du nicht zu den Verdurins gehen willst, sagte ich zu ihr, im Trocadero findet ein glänzendes Benefiz statt. Sie hörte meinen Vorschlag, dort hinzugehen, mit leidender Miene an. Ich begann, wieder hart mit ihr umzugehen wie in Balbec zur Zeit meiner ersten Eifersucht. Ihr Gesicht spiegelte Enttäuschung wider, ich aber machte, um meine Freundin zu tadeln, die gleichen Gründe geltend, die meine Eltern mir so oft entgegengehalten hatten, als ich klein war, und die meinem unverstandenen kindlichen Gemüt uneinsichtig und grausam erschienen waren. »Nein, trotz deiner betrübten Miene, sagte ich zu Albertine, bedaure ich dich nicht. Ich würde dich bedauern, wenn du krank wärest, wenn dir ein Unglück zugestoßen wäre oder wenn du einen nahen Verwandten verloren hättest, was dir vielleicht gar nichts ausmachen würde in Anbetracht des falschen Gefühlsüberschwangs, den du an nichtige Dinge verschwendest. Im übrigen schätze ich die Empfindsamkeit von Menschen nicht, die uns heftig zu lieben behaupten, hingegen nicht imstande sind, uns den geringsten Dienst zu erweisen, und die trotz aller Gedanken, die sie auf uns verwenden, unachtsam den Brief vergessen, den wir ihnen anvertraut haben und von dem unsere Zukunft abhängt.«
Diese Worte hatte ich – da ein großer Teil von dem, was wir sagen, nur Wiederholung eines bereits vorhandenen Textes ist – sehr oft von meiner Mutter gehört, die einmal (da sie mir gern erklärte, man dürfe wahre ›Empfindung‹ und ›Empfindelei‹ nicht verwechseln, wofür die Deutschen – deren Sprache sie bewunderte, obwohl mein Großvater vor dieser

Nation immer Grauen bekundet hatte – eben diese beiden Ausdrücke geprägt hätten), als ich weinte, sich bis zu der Äußerung verstiegen hatte, Nero sei auch vielleicht nervös gewesen, werde aber kein bißchen besser dadurch. Tatsächlich stand jetzt, so wie es Pflanzen gibt, die sich im Laufe des Wachstums spalten, neben dem sensiblen Kind, das ich einzig gewesen war, ein Mann voll gesunder Vernunft und Strenge gegen die krankhafte Schwäche der anderen, ein Mann, der dem sehr ähnlich sah, was meine Eltern für mich gewesen waren. Zweifellos hatte, da jeder in sich selbst das Leben der Seinen fortsetzt, ein gesetzter, spöttisch überlegener Mensch, der ich zu Anfang nicht gewesen war, sich zu dem sensiblen Wesen in mir gesellt, und es war auch ganz natürlich, daß ich mich so entwickelt hatte, da ja meine Eltern so gewesen waren. Noch dazu fand in dem Augenblick, da es Gestalt annahm, dieses neue Ich seine Sprache fix und fertig in der Erinnerung an die ironisch tadelnden Reden vor, die man mir gehalten hatte und die ich jetzt meinerseits anderen hielt: sie kamen ganz natürlich aus meinem Munde hervor, sei es, daß ich sie durch bloße Nachahmung und Erinnerungsassoziationen wieder heraufbeschwor, oder daß die zarte, geheimnisvolle Macht des Sippenerbes in mir, ohne mein Wissen, wie auf dem Blatt einer Pflanze, den gleichen Tonfall, die gleichen Bewegungen, die gleiche Haltung eingezeichnet hatten, über welche auch die verfügten, aus denen ich hervorgegangen war. Hatte denn nicht im übrigen manchmal meine Mutter (so viele dunkle unbewußte Strömungen machten in mir auch noch die kleinsten Bewegungen meiner Finger geneigt, sich dem Zyklus meiner Eltern vollkommen einzufügen) geglaubt, mein Vater trete ein, weil ich so ganz die gleiche Art an die Tür zu klopfen hatte wie er?

Andererseits ist die innige Verbindung von entgegengesetzten Elementen das Gesetz des Lebens, das Prinzip der Fruchtbarkeit und, wie man sehen wird, die Ursache ungemessener Leiden. Gewöhnlich lehnen wir unmutig ab, was uns ähnlich

ist, und geraten außer uns über unsere eigenen Mängel, wenn wir sie von außen her sehen. Mit wieviel größerem Widerwillen noch sieht jemand, der über das Alter hinaus ist, in welchem man jene freimütig zur Schau trägt, während er in den Augenblicken heftigster Bewegung eine eisige Miene anzulegen gelernt hat, einen anderen, Jüngeren oder Einfältigeren sie noch ganz offen zeigen. Es gibt sensible Menschen, die der Anblick der Tränen, die sie selbst zurückhalten, in den Augen anderer zur Verzweiflung treibt. Allzu große Ähnlichkeit bewirkt trotz aller zärtlichen Zuneigung – und zuweilen sogar um so mehr, je größer diese Zuneigung ist – Uneinigkeit innerhalb der Familien.
Vielleicht war bei mir und bei vielen anderen der zweite Mensch, der ich geworden war, einfach eine Teilansicht des ersten, der überschwenglich und gefühlsbetont sich selbst gegenüber war, ein weiser Mentor aber, wenn es um andere ging. Vielleicht war es so bei meinen Eltern, je nachdem man sie in ihrer Haltung zu mir oder für sich allein betrachtete. Was meine Großmutter oder meine Mutter anbelangte, so war es nur allzu deutlich, daß ihre Strenge gegen mich von ihnen selbst gewollt war, ja ihnen sogar schwerfiel, aber vielleicht war sogar bei meinem Vater die Kälte nur ein äußerer Aspekt der Sensibilität. Vielleicht drückte sich die menschliche Wahrheit dieses Doppelaspekts – je nachdem, ob man sein eigenes Innenleben oder seine Beziehung zu anderen Menschen im Auge hat – in den Worten aus, die mir früher ebenso falsch ihrem Inhalt nach wie banal in der Form erschienen waren, wenn man nämlich von meinem Vater sagte: ›Unter seiner Eiseskälte verbirgt er eine ungewöhnliche Empfindungsfähigkeit; was ihn kennzeichnet, ist die Schamhaftigkeit des Gefühls.‹ Verbargen sich nicht im Grunde unablässige Stürme des Innern unter dieser seiner gegebenenfalls von klar formulierten Überlegungen, von Ironie gegenüber den ungeschickten Gefühlskundgebungen anderer durchsetzten Ruhe, die auch ich jetzt allen Menschen gegenüber heuchelte, vor

allem aber unter bestimmten Umständen nie mehr ablegte, wenn es sich um Albertine handelte?

Ich glaube wirklich, daß ich an diesem Tage so weit war, unsere Trennung zu beschließen und nach Venedig zu reisen. Was mich von neuem fest an die Verbindung mit meiner Freundin kettete, hatte mit der Normandie zu tun. Nicht daß sie irgendeine Absicht geäußert hätte, sich in diese Region zu begeben, in der ich ihretwegen eifersüchtig gewesen war (denn zu meinem Glück berührten ihre Pläne niemals eine empfindliche Stelle in meiner Erinnerung), aber als ich gesagt hatte: ›Das ist gerade so, als spräche ich zu dir von der Freundin deiner Tante, die in Infreville wohnte‹, hatte sie – mit der zornigen Genugtuung einer Person, die, in eine Diskussion verwickelt, so viele Argumente wie nur möglich auf ihrer Seite haben will – um mir zu zeigen, daß ich im Unrecht, sie hingegen im Recht sei, geantwortet: ›Aber geh, niemals hat meine Tante jemand in Infreville gekannt, und niemals bin ich selbst dorthin gefahren!‹ Sie hatte ihre lügenhafte Erzählung von jenem Abend vergessen, an dem sie von der empfindlichen Dame gesprochen hatte, zu der sie unbedingt zum Tee gehen müsse auf die Gefahr hin, dadurch meine Freundschaft zu verlieren und sich dann das Leben zu nehmen. Ich erinnerte sie an ihre unwahren Behauptungen nicht, aber sie bedrückten mich sehr, und ich verschob den Bruch auf ein anderes Mal. Es bedarf keiner Aufrichtigkeit und nicht einmal großer Geschicklichkeit in der Lüge, um geliebt zu werden. Als Liebe aber bezeichne ich hier eine von beiden Seiten einander auferlegte Tortur.

Ich fand es keineswegs tadelnswert, daß ich an diesem Abend zu ihr redete, wie meine Großmutter, die doch die Vollkommenheit selbst gewesen war, zu mir geredet hatte, noch daß ich, als ich ihr sagte, ich werde sie zu den Verdurins begleiten, die brüske Art meines Vaters angenommen hatte, der uns einen Entschluß immer nur in einer Weise zur Kenntnis gab, die für uns das Höchstmaß an Aufregung bedeutete, die freilich in gar keinem Verhältnis zu dem Gewicht der damit entschiedenen Sache stand. Er hatte dann allerdings leichtes Spiel, uns darzulegen, um welche Geringfügigkeit wir so viel Aufhebens machten, da unsere Erregung in der Tat vielmehr dem Schock entsprach, den er uns zufügte. Und wenn – ebenso wie die allzu starr gewordene Weisheit meiner Großmutter – diese Neigung zur Willkür bei meinem Vater in mir das sensible Naturell ergänzte, dem sie so lange Zeit hindurch immer nur von außen entgegengetreten und für das sie während meiner ganzen Kindheit ein Quell so großen Leidens geworden war, so gab dies empfindliche Naturell jener Neigung auch recht genau die Punkte an, auf die sie sich richten mußte, um besonders wirksam zu sein: es gibt keinen besseren Spitzel als einen ehemaligen Dieb oder einen Angehörigen der Nation, welche man bekämpft. In gewissen zur Lüge neigenden Familien zeigt ein Bruder, der den anderen ohne ersichtlichen Grund besucht und im Gehen auf der Türschwelle noch ganz beiläufig um eine Auskunft angeht, auf die er kaum recht hinzuhören scheint, diesem deutlich an, daß eben diese Auskunft der Zweck des Besuches war, denn dieser Bruder kennt nur zu gut die geistesabwesende Miene und die gleichsam in Klammer und in der letzten Minute hingeworfene Frage, hat er doch diese Methode allzuhäufig selbst angewandt. Nun aber gibt es auch eine Familienpathologie, verwandte Fühlweisen, verschwisterte Temperamente, welche jene gemeinsame Geheimsprache beherrschen, die dazu führt, daß man sich in der Familie ohne Worte versteht. Wer aber könnte einen mehr Nervenkraft kosten als eben ein nervöser Mensch? Noch dazu lag wohl meinem Verhalten in diesen Fällen eine allgemeinere und tiefere Ursache zugrunde, nämlich daß wir in den kurzen, aber unweigerlich auftretenden Augenblicken, in denen wir verabscheuen, was wir lieben – Augenblicke, die bei denen, die wir nicht lieben, manchmal für das ganze Leben vorhalten – nicht gut erscheinen wollen, um nicht bedauert zu werden, sondern so böse und so glücklich zugleich wie nur irgend möglich, damit unser Glück unbedingt hassenswert sein und die Seele dessen, der auf Zeit oder Dauer unser Feind ist, nachhaltig verwunden muß. Wie vielen Menschen gegenüber habe ich mich nicht fälschlich bezichtigt, nur damit meine Erfolge ihnen desto unmoralischer schienen und sie in stille Wut versetzten! Was eigentlich not täte, wäre, den umgekehrten Weg einzuschlagen und ohne Stolz zu zeigen, daß man gute Gefühle hat, anstatt sie bewußt zu verstecken. Es wäre ganz leicht, wenn man die Kunst verstände, nie zu hassen, sondern immer nur zu lieben. Dann nämlich wäre man glücklich, immer nur Dinge zu sagen, die die andern zu beglücken, an ihr Herz zu rühren und es für uns zu erwärmen imstande sind!

Sicher empfand ich etwas wie Gewissensbisse, daß ich mich so aufreizend Albertine gegenüber verhielt, und ich sagte mir: ›Wenn ich sie nicht liebte, würde sie mir dankbarer sein, denn dann wäre ich nicht böse zu ihr; aber nein, es würde sich ausgleichen, denn in diesem Falle wäre ich auch weniger nett.‹ Ich hätte, um mich zu rechtfertigen, ihr sagen können, ich liebte sie. Doch das Geständnis dieser Liebe wäre nichts Neues für Albertine gewesen, hätte sie aber vielleicht mir gegenüber weit eher abgekühlt als alle meine Härte und Hinterhältigkeit, für welche Liebe die einzige Entschuldigung war. Hart und hinterhältig demgegenüber sein, was man liebt, ist ja so natürlich! Wenn das Interesse, das wir den anderen zeigen, uns nicht daran hindert, zu ihnen liebenswürdig und ihren Wünschen gefällig zu sein, so liegt das einzig daran, daß dieses Interesse im Grunde verlogen ist. Der andere ist uns gleichgültig, Gleichgültigkeit aber ruft keine Bosheit in uns wach.

Der Abend verging; bevor Albertine sich schlafen legte, war nicht mehr viel Zeit zu verlieren, wenn wir noch Frieden schließen und mit Zärtlichkeiten von neuem beginnen wollten. Keines von uns beiden hatte bisher den Anfang gemacht.

Da ich spürte, daß sie nun doch schon einmal böse auf mich

war, benutzte ich die Gelegenheit, von Esther Lévy zu sprechen. »Bloch hat mir gesagt (das entsprach nicht der Wahrheit) du habest seine Kusine Esther Lévy sehr gut gekannt.« – »Ich würde sie nicht einmal wiedererkennen«, erklärte Albertine mit undurchdringlicher Miene. »Ich habe ihre Photographie gesehen«, setzte ich zornig hinzu. Ich blickte Albertine bei diesen Worten nicht an und nahm infolgedessen den Ausdruck ihres Gesichts nicht wahr, der ihre einzige Antwort gewesen wäre, denn sie sagte nichts.

Nicht mehr eine Befriedigung wie durch den Kuß meiner Mutter in Combray erfuhr ich bei Albertine an solchen Abenden, sondern erlebte umgekehrt von neuem die Angst jener anderen, an denen Mama mir kaum gute Nacht gesagt hatte oder sogar nicht einmal in mein Schlafzimmer gekommen war, weil sie mir entweder zürnte oder durch Gäste abgehalten wurde. Diese Angst – nicht mehr ihre abgewandelte Form innerhalb der Liebe – nein, diese Angst selbst, die sich eine Zeitlang einzig in die Liebe verlagert und, solange die Scheidung, die Teilzahlung der Leidenschaften noch nicht vollzogen war, auch einzig ihr zugeordnet blieb, schien jetzt von neuem über alles gebreitet und unteilbar geworden, wie sie in meiner Kindheit war, ganz als ob alle meine Gefühle, zitternd, daß sie Albertine nicht dicht an meinem Bett gleichzeitig als eine Geliebte, eine Schwester, eine Tochter würden festhalten können – als eine Mutter auch, nach deren täglichem Gutenachtkuß ich wieder ein kindisches Verlangen zu verspüren begann – an dem vorzeitigen Abend meines Lebens, das so kurz zu werden drohte wie ein Wintertag, angefangen hätten, sich zu vereinen und zusammenzuschließen. Aber wenn ich wieder die Angst meiner Kindertage empfand, so machten mir doch die Verwandlung des Wesens, um dessentwillen ich sie empfand, die Verschiedenheit des Gefühls, das sie in mir erzeugte, die Veränderungen in meinem Charakter sogar unmöglich, ihre Beschwichtigung von Albertine zu erwarten, wie früher von meiner Mutter. Ich konnte nicht mehr sagen: Ich bin betrübt. Den Tod in der Seele, beschränkte ich mich darauf, von belanglosen Dingen zu reden, die mich einer glücklichen Lösung um keinen Schritt näher brachten. Ich bewegte mich auf dem gleichen Fleck in schmerzlichen Banalitäten. Mit dem geistigen Egoismus aber, mit dem wir auch eine unbedeutende Wahrheit, sofern sie sich auf unsere Liebe bezieht, demjenigen hoch anzurechnen pflegen, der sie – vielleicht durch einen ebensolchen Zufallstreffer, wie wenn eine Kartenschlägerin uns eine an sich belanglose Tatsache vorausgesagt hat, die inzwischen eingetreten ist – entdeckt, war ich nicht weit davon entfernt, Françoise über Bergotte und Elstir zu stellen, weil sie in Balbec zu mir gesagt hatte: ›Dieses Mädchen würde Ihnen nur Kummer bereiten.‹

Jede Minute brachte mich dem Gutenachtsagen Albertines näher, und schließlich war es soweit. Heute abend jedoch ließ mich ihr Kuß – in dem nichts von ihr selber lag und der mich innerlich nicht bewegte – so angstvoll, mit so heftig pochendem Herzen zurück, daß ich, als ich sie zur Tür gehen sah, dachte: ›Wenn ich einen Vorwand finden will, um sie zurückzurufen, sie hier festzuhalten, mit ihr Frieden zu schließen, so tut Eile not, sie hat nur noch ein paar Schritte zu machen, bis sie das Zimmer verlassen hat, nur mehr zwei, nur mehr einen, jetzt hat sie die Türklinke in der Hand, sie öffnet, es ist zu spät, sie hat die Tür hinter sich geschlossen!‹ Aber vielleicht war es dennoch nicht zu spät. Wie früher in Combray meiner Mutter, wenn sie mich verlassen hatte, ohne mich durch ihren Kuß beruhigt zu haben, wollte ich Albertine nacheilen, ich spürte, daß es keinen Frieden für mich gab, bevor ich sie wiedergesehen hätte, daß dies Wiedersehen etwas so Ungeheures sein würde, wie es bislang noch niemals war, und daß, wenn es mir nicht gelänge, mich allein von dieser Traurigkeit zu befreien, ich vielleicht die schmachvolle Gewohnheit annehmen würde, mich bettelnd bei Albertine einzufinden; ich sprang aus dem Bett, als sie bereits in ihrem Zimmer war, ich ging im Korridor auf und ab in der stillen

Hoffnung, daß sie mich rufen werde; ich stand reglos vor ihrer Tür, um beileibe nicht eine noch so leise Aufforderung zu überhören, ich kehrte einen Augenblick in mein Zimmer zurück, um nachzusehen, ob meine Freundin nicht zu meinem Glück dort etwas vergessen hätte, ein Taschentuch, ein Täschchen, irgend etwas, bei dem ich so tun konnte, als habe ich gefürchtet, sie könne es vermissen, und das mir somit einen Vorwand bot, zu ihr hineinzugehen. Nein, nichts. Ich faßte wieder Posten vor ihrer Tür, aber man sah durch den Spalt kein Licht. Albertine hatte dunkel gemacht, sie hatte sich hingelegt, und ich blieb unbeweglich stehen, von Hoffnung auf ich weiß nicht was erfüllt, was jedenfalls nicht eintrat; erst lange danach kehrte ich durchfroren zurück, streckte mich unter meine Decke und weinte die ganze Nacht.

Daher nahm ich denn auch zuweilen an solchen Abenden meine Zuflucht zu einer List, durch die ich mir trotz allem Albertines Kuß verschaffte. Da ich wußte, wie schnell sie einschlief, wenn sie sich einmal ausgestreckt hatte (sie selber wußte es auch, denn instinktiv zog sie sofort, nachdem sie sich niedergelegt hatte, die Pantöffelchen aus, die ein Geschenk von mir waren, sowie ihren Ring, den sie neben sich legte, wie sie es immer in ihrem Zimmer vor dem Schlafengehen tat), und auch wußte, wie tief ihr Schlaf dann war, wie zärtlich ihr Erwachen, ging ich unter irgendeinem Vorwand etwas holen und veranlaßte sie zuvor, sich auf mein Bett zu legen. Wenn ich wieder eintrat, war sie eingeschlafen; ich hatte vor mir jene andere Frau, zu der sie wurde, sobald man sie ganz von vorne sah. Aber sie wandelte bald darauf sehr schnell wieder ihre Persönlichkeit, denn ich legte mich neben sie und sah sie nun von neuem im Profil. Ich konnte ihren Kopf nehmen, ihn hochheben, ihn an meine Lippen drücken, ihre Arme um meinen Hals legen, sie schlief weiter wie eine Uhr, die nicht stillstehen kann, wie eine Kletterpflanze, eine Volubilis, die ihre Ranken aussendet, ganz gleich, was für einen Halt man ihr gibt. Nur ihr Atem wurde durch jede meiner

Berührungen verändert, als wäre sie ein Instrument, auf dem ich spielen und dem ich verschiedene Modulationen entlocken konnte, je nachdem ich aus der einen oder anderen seiner Saiten diese oder jene Töne zog. Meine Eifersucht ließ nach, denn für mein Empfinden war jetzt Albertine zu einer Atmenden geworden, die außerdem nichts weiter mehr war, wie auch ihr regelmäßiger Atem nur die rein physiologische Funktion ausdrückte, die, leicht und fließend, keinerlei Dichtigkeit, weder die des Wortes noch die des Schweigens hat: ein in seiner Unkenntnis allen Übels scheinbar eher aus einem hohlen Schilfrohr als aus einem menschlichen Wesen kommender Atem, der, wahrhaft paradiesisch für mich, da ich in solchen Augenblicken Albertine nicht nur materiell, sondern auch moralisch allem entzogen wähnte, ein reiner Sang der Engel war. Und doch sagte ich mir plötzlich, daß vielleicht in diesen Atemzügen viele Namen von Personen spielen mochten, die das Gedächtnis in ihnen auftönen ließ.
Zuweilen trat zu dieser Musik sogar die menschliche Stimme hinzu. Albertine sprach ein paar Worte. Wie gerne hätte ich ihren Sinn erfaßt! Es kam vor, daß der Name einer Person, von der wir gesprochen hatten und die meine Eifersucht erregte, ihr auf die Lippen trat, jedoch ohne daß ich darüber unglücklich war, denn die Erinnerung, die ihn heraufbeschwor, schien nur die an Gespräche zu sein, die sie mit mir über jene geführt. Immerhin sagte sie eines Abends, als sie mit geschlossenen Augen neben mir halb erwachte, zärtlich zu mir gewendet: »Andrée«. Ich verbarg meine Bewegung. »Du träumst, ich bin nicht Andrée«, sagte ich lachend zu ihr. Sie lächelte ebenfalls: »Nein, nein, ich wollte dich nur fragen, was Andrée vorhin zu dir gesagt hat.« – »Es kam mir eher so vor, als müßtest du auch neben ihr so gelegen haben.« – »Aber nicht doch! Niemals!« antwortete sie mir. Nur hatte sie, bevor sie mir diese Antwort gab, einen Augenblick lang das Gesicht in den Händen verborgen. Ihr Schweigen also war jeweils nur ein Schleier, ihre flüchtigen Liebesworte hatten einzig den

Zweck, tausend Erinnerungen, die mir das Herz zerrissen hätten, auf den Grund ihres Innern zu bannen; ihr Leben war also von Dingen erfüllt, aus deren spöttischer Wiedergabe, deren in größter Heiterkeit erstattetem Bericht unser tägliches Geplauder über andere, gleichgültige Menschen besteht, die aber, solange ein Wesen, in unser Herz verirrt, darin bleiben muß, in unseren Augen eine so kostbare Aufhellung von dessen Leben bedeuten, daß wir, um diese verborgen unter der sichtbaren ruhenden Welt kennenzulernen, gern unser eigenes hergeben würden. Dann kam mir ihr Schlaf wie eine magische Zauberwelt vor, aus der nur für Sekunden aus den Tiefen des kaum durchscheinenden Elements ein Geständnis hervorbrach, das man nicht verstand. Gewöhnlich aber, wenn Albertine schlief, schien sie ihre Unschuld wiedergefunden zu haben. In der Stellung, die ich ihr gegeben und die sie im Schlaf sehr schnell sich zu eigen gemacht hatte, sah sie aus, als vertraue sie sich mir vollkommen an. Ihr Gesicht hatte jeden Ausdruck von Schlauheit oder Gewöhnlichkeit verloren, und zwischen ihr und mir, zu dem sie ihren Arm erhob und auf dem sie ihre Hand ruhen ließ, schien ein vollkommenes gegenseitiges Hingegebensein, unauflösliche Verbundenheit zu bestehen. Ihr Schlaf war für sie keine Trennung von mir, es war, als ob die Vorstellung unseres zärtlichen Gefühls weiter in ihr lebte. Er hatte eher die Wirkung, alles übrige auszulöschen; ich küßte sie und sagte ihr, ich wolle ein paar Schritte ins Freie tun; sie öffnete halb die Lider und mit erstaunter Miene – denn tatsächlich war es ja schon Nacht – fragte sie: »Lieber (wobei sie mir meinen Namen gab) wohin willst du denn noch um diese Zeit?« und schlief auf der Stelle wieder ein. Ihr Schlaf bedeutete nur ein Auslöschen ihres sonstigen Lebens, ein monotones Schweigen, aus dem von Zeit zu Zeit vertraute Zärtlichkeitsworte aufflatterten. Wenn ich sie dicht aneinanderrückte, so hätte sich daraus das Gespräch ohne Mißklang, das geheime Einssein reiner Liebe ergeben. Dieser so friedliche

Schlaf entzückte mich, wie eine Mutter vom Schlaf ihres Kindes so entzückt ist, daß sie eine Art Tugend darin sieht. Tatsächlich war der ihre ein wahrer Kinderschlaf. Auch ihr Erwachen war so natürlich, so zärtlich bereits, bevor sie noch wußte, wo sie eigentlich war, daß ich mich manchmal mit Entsetzen fragte, ob sie, als sie noch nicht mit mir lebte, wohl schon gewohnt gewesen sei, nicht allein zu schlafen, vielmehr beim Erwachen jemand anderen an ihrer Seite zu finden. Doch ihre kindliche Anmut erwies sich als das stärkere Element. Wiederum wie eine Mutter war ich voll staunender Bewunderung, daß sie stets bei guter Laune erwachte. Innerhalb von ein paar Sekunden war ihr Bewußtsein zurückgekehrt, sie fand reizende Worte, wenn sie auch zusammenhanglos wie Vogelgezwitscher waren. In einer Vertauschung der Rollen hatte ihr Hals, der sonst wenig auffiel, jetzt aber fast zu schön war, die ungeheure Bedeutung angenommen, die ihre im Schlaf geschlossenen Augen, mit denen ich sonst Zwiesprache hielt, an die ich mich aber, seitdem die Lider sie deckten, nicht mehr wenden konnte, für mich verloren hatten. Ebenso wie die gesenkten Augen dem Gesicht eine unschuldige, ernste Schönheit dadurch geben, daß sie alles zum Verschwinden bringen, was der Blick nur allzu deutlich aussagt, lag auch in den nicht bedeutungslosen, aber von Schweigen unterbrochenen Worten, die Albertine beim Erwachen fand, eine reine Schönheit, die nicht wie ein Gespräch von Redegewohnheiten, wiederkehrenden Wendungen, Spuren unserer Fehler ständig bemakelt war. Wenn ich mich im übrigen entschlossen hatte, Albertine zu wecken, konnte ich es ohne Besorgnis tun; ich wußte, daß ihr Erwachen nie in Beziehung zu dem Abend stand, den wir hinter uns hatten, sondern aus ihrem Schlaf hervorgehen würde wie aus der Nacht der Morgen. Sobald sie die Augen lächelnd halb geöffnet hatte, bot sie mir ihren Mund, und ehe sie noch etwas sagte, hatte ich schon seine kühle Frische gespürt, die so friedevoll war wie ein Garten, der noch schweigend ruht vor dem Erwachen des Tages.

Am Morgen nach jenem Abend, an dem Albertine mir zunächst gesagt hatte, sie werde vielleicht zu den Verdurins gehen, dann aber, sie gehe wahrscheinlich nicht, erwachte ich bereits früh; doch als ich noch im Halbschlaf lag, offenbarte mir schon ein Gefühl der Freude, daß, in den Winter eingeschoben, ein Frühlingstag angebrochen sei. Draußen durchzogen volkstümliche Melodien, aufs feinste für verschiedene Instrumente gesetzt – vom Horn des Porzellankitters oder der Trompete des Stuhlflechters bis zur Flöte des Ziegenhüters, der an einem so schönen Tag in einen sizilianischen Hirten verwandelt schien – mit ihren Orchesterklängen leicht die Morgenluft wie eine ›Festouvertüre‹. Das Gehör, dieser köstliche Sinn, macht die Straße, die er mit ihren feinsten Linien nachzuzeichnen vermag, für uns unmittelbar gegenwärtig; er skizziert uns die Gestalten aller Vorübergehenden und führt sie in originaler Farbe vor. Die ›eisernen Vorhänge‹ vor der Bäckerei, dem Milchgeschäft, die sich gestern über alle Glücksmöglichkeiten der Frauenwelt gesenkt hatten, hoben sich jetzt wie die Ankerketten eines auslaufenden Schiffs, das sich zur Fahrt auf durchscheinenden Meeren rüstet, über den Träumen junger Angestellter. Dies Geräusch der Eisenjalousie, die hochgezogen wird, wäre in einem anderen Stadtviertel vielleicht mein einziges Vergnügen gewesen. In diesem verdankte ich meine Freude auch noch anderen, von denen ich keines durch zu langen Schlaf hätte versäumen mögen. Es ist der Zauber der alten aristokratischen Viertel, daß sie gleichzeitig volkstümlich sind. Wie manchmal die Kathedralen nicht weit von ihren Portalen (die dann zuweilen sogar davon den Namen behalten haben, wie eines in Rouen das Portal der Buchhändler heißt, weil diese dort in Wind und Wetter ihre Ware ausstellten) Handwerksbetriebe bargen, zogen an dem edlen Stadtschloß der Guermantes verschiedene kleine – freilich ambulante – Gewerbetreibende vorbei, die einen Augenblick lang an das alte kirchliche Frankreich von früher erinnerten. Denn der aufmunternde Ruf, den sie den benachbarten kleinen Häusern zusandten, hatte, von sehr wenigen Ausnahmen abgesehen, nichts eigentlich Liedhaftes an sich. Er entfernte sich davon ebensosehr wie die – durch unmerkliche Variationen kaum nuancierte – Deklamation in ›Boris Godunow‹ und in ›Pelleas‹, erinnerte aber andererseits an das Psalmodieren eines Priesters beim Hochamt, von dem diese Straßenszenen nur das traute, aber gleichwohl halbliturgische Gegenstück der Märkte und Straßen sind. Niemals hatte ich ein solches Vergnügen daran gefunden wie jetzt, seitdem Albertine bei mir wohnte; sie kamen mir wie ein fröhliches Signal ihres Erwachens vor und brachten mir, während sie mich für die Dinge draußen interessierten, um so mehr die befriedende Kraft einer teuren Gegenwart zum Bewußtsein, die so beständig war, wie ich sie mir immer wünschte. Einige von den Nahrungsmitteln, die in der Straße ausgerufen wurden und die ich selbst verschmähte, waren sehr nach dem Geschmack Albertines, so daß Françoise durch ihren jungen Hilfsdiener, der sich vielleicht etwas gedemütigt dadurch fand, daß er sich unter die Volksmenge mischen sollte, davon holen ließ. Ganz deutlich drangen in diesem stillen Stadtviertel (in dem die Geräusche für Françoise kein Anlaß zur Traurigkeit mehr, wohl aber ein solcher zur Freude für mich geworden waren) Rezitative, jedes in seiner speziellen Klangfarbe, zu mir, vorgetragen von Leuten aus dem Volke wie in der so volkstümlichen Musik von ›Boris Godunow‹, bei der eine Eingangsintonation nur ganz leicht abgewandelt wird durch das Ausweichen einer Note, die sich über eine andere neigt: eine Musik der Masse, Sprache mehr noch als Musik. Da war ein ›Ah! le bigorneau, deux sous le bigorneau‹, das die Leute bewog, sich auf die spitzen Tütchen zu stürzen, in denen das abscheuliche kleine Muschelzeug verkauft wurde, das mir ohne Albertine widerwärtig gewesen wäre, ebenso wie die Schnekken, die zur gleichen Stunde feilgeboten wurden. Auch hier mußte man bei der Stimme des Verkäufers an die kaum noch gesangmäßige Deklamation Mussorgskys denken, aber nicht nur an diese. Denn nachdem der Schneckenhändler im Sprechton ›Les escargots, il sont frais, ils sont beaux‹ vorgetragen hatte, fügte er mit der verschwebenden, von Debussy in Musik umgesetzten Trauer eines Maeterlinck, in der Art eines jener schmerzgeladenen Finales, mit denen der Komponist von ›Pelleas und Melisande‹ sich an Rameau annähert – ›Si je dois être vaincue, est-ce à toi d'être mon vainqueur?‹ – in schwermütig singendem Ton hinzu: ›On les vend six sous la douzaine . . .‹

Ich habe immer Mühe gehabt zu verstehen, weshalb diese überaus klaren Worte in einem so wenig angemessenen Ton hingehaucht werden, einem Ton, mysterienumwoben wie das Geheimnis, um dessentwillen alle Menschen in dem alten Palast, in den auch Melisande keine Freude hat bringen können, so traurig aussehen, und tief wie ein Gedanke des alten Arkel, wenn er in ganz einfachen Worten alle Schicksalsweisheit zu künden sich bemüht. Die Töne sogar, in denen mit immer wachsender Sanftmut die Stimme des alten Königs von Allemonde oder die Golos ansteigt, wenn sie sagen: ›Man weiß nicht, was hier ist, es mag seltsam scheinen, es gibt vielleicht keine unnützen Begebenheiten‹ oder: ›Man darf nicht erschrecken, dies war nur ein armes geheimnisvolles Wesen, wie alle es sind‹, waren diejenigen, die dem Schneckenhändler dazu dienten, in einer nie endenden Kantilene ständig zu wiederholen: ›On les vend six sous la douzaine . . . Sie kosten das Dutzend nur sechs Sous.‹ Doch hatte diese metaphysische Klage keine Zeit, am Gestade der Unendlichkeit zu verhallen, sie wurde unterbrochen durch eine flotte Trompete. Diesmal handelte es sich nicht um Eßwaren, sondern das Libretto schrieb vor: ›Tond les chiens, coupes le chats, les queues et les oreilles (Hundescheren, Katerkastrieren, Kupieren von Schwänzen und Ohren).‹

Gewiß wurde durch Phantasie und Geistesart jedes Händlers und jeder Händlerin der Text, der dieser ganzen Musik, die ich von meinem Bett aus hörte, unterlegt war, häufig variiert.

Dennoch beschwor eine rituell bedingte Pause, durch die eine Stille mitten im Wort entstand, besonders wenn es wiederholt wurde, ständig die Erinnerung an alte kirchliche Gepflogenheiten herauf. In seinem Wägelchen, das von einer Eselin gezogen wurde, die er vor jedem Haus halten ließ, um sich in die Höfe zu begeben, psalmodierte der Händler mit alten Kleidern, seine Peitsche in der Hand: ›Habits, marchand d'habits, ha . . . bits‹, als intoniere er das liturgische: ›Per omnia saecula saeculo . . . rum‹ oder ›Requiescat in pa . . . ce‹, obwohl er wahrscheinlich kaum an das ewige Leben seiner Kleider glaubte und sie auch nicht als Leichentuch für die letzte Ruhe im ewigen Frieden feilbot. Ebenso – denn die Motive fingen in dieser Morgenstunde an, sich ineinander zu verflechten – verwendete eine Gemüsehändlerin, die ihren Karren schob, für ihre Litanei die gregorianische Trennung der Silben:

A la tendresse, à la verduresse
Artichauts tendres et beaux
Ar–tichauts,

obwohl sie vermutlich von Antiphonen nichts wußte, noch von den sieben Tönen, deren erste vier das Quadrivium und deren letzte drei das Trivium versinnbildlichen.

Während er aus seiner Flöte, einer Art Dudelsack, Weisen seiner Mittelmeerheimat zog, deren lichte Atmosphäre gut zu schönen Tagen paßte, machte ein Mann in Baskenmütze mit einem Ochsenziemer in der Hand vor den Häusern halt. Es war der Ziegenhirt mit seinen zwei Hunden, seine Herde trieb er vor sich her. Da er von weither kam, erschien er in unserem Viertel erst verhältnismäßig spät; die Frauen liefen dann mit ihrem Milchtopf herbei, um die Labung in Empfang zu nehmen, von der sie sich Kraft für ihre Kleinen versprachen. Aber unter die Pyrenäenklänge dieses heilbringenden ›Pastors‹ mischte sich bereits das Glöckchen des Scherenschleifers, der sein ›Couteaux, ciseaux, rasoirs‹ rief. Mit ihm konnte der Sägenschärfer nicht konkurrieren, der, da er kein Instrument besaß, sich mit dem Ruf begnügte: ›Avez-vous des scies à repasser, v'là le repasseur‹, während in lustiger Weise der Kesselflicker, nachdem er Kessel, Kochtöpfe, alles, was sich löten läßt, einzeln aufgeführt hatte, seinen Singsang folgen ließ:

Tam, tam, tam,
C'est moi qui rétame,
Même le macadam,
C'est moi qui mets des fonds partout,
Qui bouche tous les trous,
Trou, trou, trou.

Kleine Italiener aber, die große rotgemalte Blechkästen trugen, auf denen die Nieten und Glücksnummern standen, priesen unter dem Schwenken einer Schnarre ihre Lose an: ›Amusez-vous, mesdames, v'là le plaisir.‹

Françoise brachte mir den ›Figaro‹. Mit einem einzigen Blick überzeugte ich mich, daß mein Artikel immer noch nicht aufgenommen war. Sie sagte mir, Albertine frage an, ob sie zu mir hereinkommen dürfe, und lasse mir ausrichten, daß sie auf ihre Absicht verzichte, zu den Verdurins zu gehen, und statt dessen, wie ich ihr geraten, die ›Sondervorstellung‹ – heute würde man, wiewohl sie sehr viel weniger glanzvoll ausfallen würde, ›Galavorstellung‹ sagen – im Trocadero zu besuchen plane, nach einem kleinen Ritt, den sie zusammen mit Andrée unternehmen wolle. Jetzt, da ich wußte, daß sie ihren vielleicht durch irgend etwas Schlechtes bestimmten Wunsch, Madame Verdurin zu besuchen, aufgegeben hatte, erteilte ich lachend die Erlaubnis: »Sie soll ruhig kommen!« und sagte mir, daß sie gehen könne, wohin immer sie wolle, da es mir völlig gleichgültig sei. Ich wußte, daß ich am Spätnachmittag, wenn die Dämmerung hereinbrach, zweifellos ein anderer Mensch sein würde, traurig und geneigt, den geringsten Ortsveränderungen Albertines eine Wichtigkeit beizumessen, die ihnen zu dieser frühen Stunde noch nicht eigen war, zumal bei schönem Wetter. Denn meine Sorglosigkeit wurde zwar unmittelbar von klarer Erkenntnis ihrer Ursache gefolgt, jedoch dadurch in keiner Weise verändert. »Françoise hat mir versichert, du seiest wach, ich würde dich nicht stören«, sagte im Eintreten Albertine zu mir. Und da neben der Befürchtung, es könne zu kalt für mich werden, wenn sie zu einem ungeeigneten Zeitpunkt das Fenster öffnete, Albertines nächstgrößte die war, sie möchte in mein Zimmer gerade dann eindringen, wenn ich in leichtem Schlummer läge, setzte sie hinzu: »Ich hoffe, ich hatte sie richtig verstanden. Ich fürchtete nämlich schon, du würdest zu mir sagen:

Welch dreister Sterblicher sucht sein Verderben hier?«

Sie brach dabei in jenes Lachen aus, das mich so tief beunruhigte. In dem gleichen scherzenden Ton antwortete ich ihr:

»Seid Ihr es denn, für die solch streng Gebot erlassen?«

Aus Furcht aber, sie könne diese Anordnung jemals übertreten, setzte ich doch lieber hinzu: »Obgleich ich wütend wäre, wenn du mich wecktest.« – »Ich weiß, ich weiß, hab keine Angst«, beruhigte mich Albertine. Um den Nachsatz abzumildern, spielte ich die Szene aus ›Esther‹ noch weiter mit ihr, während auf der Straße unablässig die Rufe ertönten, jetzt freilich vollends in Verwirrung gebracht durch die Fortsetzung unserer Wechselrede:

Euch find ich, Euch allein von jenem Reiz umfangen,
Der stets von neuem weckt ein nimmermüd Verlangen

(während ich freilich insgeheim bei mir dachte: ›Doch, sie ermüdet mich sehr oft‹). In Erinnerung aber an das, was sie mir am Abend zuvor gesagt hatte, dankte ich ihr zwar übertrieben dafür, daß sie auf den Besuch bei den Verdurins verzichtete, sagte aber, damit sie ein andermal in dieser oder jener Angelegenheit mir ebenso gehorche, zu ihr: »Albertine, du mißtraust in mir dem, der dich liebt, und schenkst dein Vertrauen Leuten, die dich keineswegs lieben (als ob es nicht natürlich wäre, Leuten zu mißtrauen, die einen lieben und damit allein ein Interesse daran haben, einen zu belügen, um Dinge in Erfahrung zu bringen oder zu verhindern), und fügte die unaufrichtigen Worte hinzu: Du glaubst ja im Grunde nicht, daß ich dich liebe. Komisch! Tatsächlich bete ich dich allerdings nicht an.« Sie log nun ihrerseits, indem sie mir sagte, sie setze Vertrauen nur in mich, und war dann hinterher aufrichtig, als sie versicherte, sie wisse, daß ich sie liebe. Diese Behauptung aber schien nicht einzuschließen, daß sie mich nicht für einen Menschen hielt, der die Unwahrheit sagte und ihr nachspionierte. Sie schien mir vielmehr zu verzeihen, als sehe sie darin die freilich unerträgliche Konsequenz einer großen Liebe, oder als finde sie selbst sich am Ende weniger gut.

– Ich bitte dich, liebes Herz, mach mir keine Voltigierakte wie neulich. Stell dir vor, Albertine, du würdest einen Unfall haben! – Ich wünschte ihr natürlich nichts Böses. Aber welch ein Vergnügen hätte es für mich bedeutet, wenn sie auf den guten Gedanken gekommen wäre, mit ihren Pferden an irgendeinen ihr genehmen unbekannten Ort aufzubrechen und niemals mehr nach Hause zurückzukehren! Da alles ungemein vereinfacht wäre, wenn sie glücklich anderswo lebte, hätte ich nicht einmal mehr Wert darauf gelegt, zu wissen, wo das war. »Oh! Ich weiß nur zu gut, daß du mich keine achtundvierzig Stunden überleben, daß du dich umbringen würdest.« So tauschten wir verlogene Reden aus. Eine tiefere Wahrheit aber als die, der wir in aller Ehrlichkeit Ausdruck geben würden, kann manchmal auf anderem Wege als dem der Aufrichtigkeit formuliert und mitgeteilt werden.

– Stört dich das nicht, alle diese Geräusche von draußen her? fragte sie mich. Ich für meine Person schwärme ja dafür, aber du, wo du doch ohnehin einen so leichten Schlaf hast? – Er war im Gegenteil zuweilen sehr tief (ich habe das schon gesagt, doch eine Begebenheit, auf die ich im folgenden kommen werde, zwingt mich, es nochmals zu erwähnen), besonders wenn er mich erst gegen Morgen überkam. Da ein solcher Schlaf – im Durchschnitt – viermal so ausruhend gewesen ist, meint der Schläfer, er müsse auch viermal so lange gedauert haben, obwohl er in Wirklichkeit nur ein Viertel davon gewährt hat. Gerade dieser grandiose Irrtum einer Multiplikation mit sechzehn gibt dem Erwachen eine so eindrucksvolle Schönheit und bringt in das Dasein eine wirkliche Neuerung, die jenen großen rhythmischen Veränderungen zu vergleichen ist, welche in der Musik bewirken, daß innerhalb eines Andante eine Sechzehntelnote die gleiche Dauer hat wie eine halbe Note in einem Prestissimosatz, Veränderungen, wie man sie im Wachzustand nicht kennt. Das Leben ist hier fast immer das gleiche, woraus die Enttäuschungen des Reisens sich ergeben. Gleichwohl scheint es, daß der Traum aus dem gröbsten Stoff des Lebens gemacht ist, doch ist dieser Stoff in einer Weise ›vorbehandelt‹ und zurechtgeknetet – gleichzeitig auch in einer Weise ausgewalkt, die dadurch zustande kommt, daß keine der durch die Uhrzeit bestimmten Grenzen des Wachzustandes ihn hindert, sich bis zu ungeahnten Höhen immer dünner auszudehnen – daß man ihn nicht mehr erkennt. Während der Morgenstunden, in denen dank einem solchen Glück der Schlaf aus meinem Hirn die Spuren der alltäglichen Beschäftigungen wie mit einem Schwamm von einer schwarzen Schultafel, auf der sie aufgezeichnet standen, fortgewischt hatte, mußte ich mein Gedächtnis wieder frisch beleben; durch Willenskraft kann man wiedererlernen, was der Erinnerungsschwund, der im Schlaf oder nach einem Schlaganfall eintritt, in Vergessen geraten läßt, was aber vielleicht in dem gleichen Tempo wiederersteht, in dem die

Augen sich öffnen oder die Lähmung nachläßt. Ich hatte so viele Stunden in einigen Minuten durchlebt, daß ich, als ich Françoise rief und zu ihr in einer Sprache reden wollte, die der Wirklichkeit entsprach und nach der Uhrzeit ausgerichtet war, mein ganzes Konzentrationsvermögen aufbieten mußte, um ihr nicht zu sagen: ›Hören Sie, Françoise, jetzt ist es fünf Uhr nachmittags, und ich habe Sie seit gestern nach Tisch nicht mehr gesehen.‹ Um aber meiner Träume Herr zu werden, brachte ich im Widerspruch zu ihnen und mich selbst belügend jenes Ich zum Schweigen und sprach kühn die ganz entgegengesetzten Worte aus: »Françoise, es ist wohl jetzt zehn Uhr.« Ich sagte nicht einmal ›zehn Uhr morgens‹, einfach, damit dieses unglaubhafte ›zehn Uhr‹ möglichst natürlich klänge. Dennoch bedeutete das Aussprechen der Worte anstelle derjenigen, welche der kaum erwachte Schläfer, der ich noch war, auch noch weiterhin dachte, die gleiche Anstrengung einer Wiederherstellung des Gleichgewichts für mich wie für einen Menschen, der aus einem bereits fahrenden Zug abspringt, dann, wenn er einen Augenblick in der Fahrtrichtung weiterläuft, der Akt, trotzdem nicht hinzufallen. Er läuft noch ein paar Sekunden, weil er aus einem in großer Geschwindigkeit bewegten Element kommt, ganz unähnlich jenem starren Boden, dem seine Füße nur unter Schwierigkeiten sich anzupassen vermögen.
Daraus, daß die Welt des Traums nicht die Welt des Wachens ist, erhellt nicht, daß die Welt des Wachens nicht ebenso wahr wäre, vielleicht im Gegenteil eher das folgende: In der Welt des Schlafes sind unsere Wahrnehmungen derart überlastet, jede einzelne durch eine darübergelagerte verdoppelt und verdickt, dadurch aber die Sicht so stark behindert, daß wir nicht einmal klar zu erkennen vermögen, was in dem schwindelerregenden Vorgang des Erwachens geschieht. War Françoise gekommen, oder war ich – müde, nach ihr zu rufen – selbst zu ihr hingegangen? Schweigen ist in solchem Augenblick das einzige Mittel, nichts zu offenbaren, ebenso wie in

dem Moment, wo uns ein Untersuchungsrichter verhört, der von uns betreffenden Umständen eine Kenntnis besitzt, über deren Art und Umfang wir nicht unterrichtet sind. War Françoise gekommen, hatte ich sie gerufen? Schlief nicht vielleicht sogar Françoise, und ich meinerseits hatte sie soeben geweckt? Ja mehr noch, lebte Françoise nicht nur in meiner Brust, da eine Unterscheidung der Personen und der Rolle, die sie spielten, kaum existierte in dem dichten Dunkel, in dem die Wirklichkeit undurchdringlich ist wie der Leib eines Stachelschweins, und die fast völlig fehlende Wahrnehmung uns vielleicht eine Vorstellung von der gewisser Tiere geben kann? Wenn im übrigen in der halblichten Bewußtseinsstörung, die den schwersten Schlafzuständen vorausgeht, Fragmente von Weisheit noch schimmernd umherschweben, wenn die Namen Taine, George Eliot dort nicht unbekannt sind, so bleibt die Welt des Wachseins doch darin überlegen, daß sie jeden Morgen eine Fortsetzung finden kann, nicht aber allabendlich der Traum. Doch vielleicht gibt es andere Welten, die wirklicher als die des Wachens sind. Noch dazu haben wir gesehen, daß selbst diese durch jede neue Revolution der Künste verwandelt wird, sehr viel mehr noch gleichzeitig der Grad der Begabung oder Kultur, der einen Künstler von einem unwissenden Narren unterscheidet.

Oft kommt eine weitere Stunde Schlaf einem Schlaganfall gleich, in dem man den Gebrauch der Glieder erst wiederfinden und das Sprechen von neuem erlernen muß. Mit dem Willen kommt man nicht weit. Man hat zuviel geschlafen, man ist nicht mehr da. Das Erwachen wird nur ebenso mechanisch, ohne Bewußtsein registriert wie vielleicht das Schließen eines Hahns an einem Rohr. Es folgt ein Leben, in dem man, da es unbeseelter als das einer Qualle ist, ebensogut glauben würde, man sei soeben den Tiefen des Meeres entrissen oder aus dem Zuchthaus zurückgekehrt, wofern man überhaupt etwas denken könnte. Da aber neigt sich vom Himmel die Göttin Mnemotechnik herab und bietet uns in der Form der

›Gewohnheit, den Morgenkaffee zu verlangen‹ die Hoffnung auf eine Auferstehung dar.[1] Diese aber erfolgt nicht gleich; man meint geschellt zu haben, man hat es nicht getan, man wälzt Wahnideen in seinem Inneren. Bewegung allein gibt uns das Denken zurück, und wenn man dann wirklich auf den Klingelknopf drückt, kann man langsam aber deutlich endlich die Worte artikulieren: ›Es ist doch jetzt zehn Uhr. Françoise, bringen Sie mir meinen Morgenkaffee.‹

O Wunder! Françoise hatte von dem Meer von Unwirklichkeit nichts wissen können, das mich noch rings umfloß und durch das ich doch mit Aufbietung aller Energie meine seltsame Frage hindurchgesandt hatte. Sie antwortete mir in der Tat: »Es ist zehn Minuten nach zehn.« Das gab mir einen Anschein von Vernünftigkeit und machte es möglich, daß ich mir nichts von den bizarren Gesprächen anmerken ließ, auf denen ich (an Tagen, an denen nicht ein Berg von Nichtigkeit alles Leben in mir erdrückte) umhergeschaukelt war. Kraft eines Willensentschlusses hatte ich mich der Wirklichkeit wieder eingefügt. Ich genoß noch die letzten Überbleibsel von Schlaf, das heißt der einzigen Erfindung, der einzigen Erneuerung innerhalb der Art des Erzählens, da keine Berichte im Wachzustande – selbst literarisch aufgeschönte nicht – jene geheimnisvollen Unterschiede aufweisen, aus denen Schönheit entsteht. Es ist leicht, von der zu sprechen, die das Opium schafft. Aber für einen Menschen, der gewöhnt ist, nur nach Einnahme von Medikamenten einzuschlafen, wird eine unerwartete Stunde natürlichen Schlafes die morgendliche Weite

1 Noch dazu verläuft die plötzliche Rückkehr des Gedächtnisses nicht immer so einfach. Oft hat man in jenen ersten Minuten, in denen man sich ins Erwachen gleiten läßt, eine Mehrheit von Wahrheiten vor sich und glaubt, man könne sich eine davon herausziehen wie ein Blatt aus einem Kartenspiel. Es ist Freitag früh, und man kehrt von einer Ausfahrt zurück, oder es ist die Stunde des Tees in einem Seebadeort. Die Vorstellung, daß man im Nachthemd im Bett liegt, stellt sich oft erst als letzte im Bewußtsein ein.

einer ebenso geheimnisvollen, jedoch frischeren Landschaft aufdecken. Wenn man die Stunde und den Ort des Einschlafens verändert, wenn man den Schlaf auf künstliche Weise herbeiführt, oder im Gegenteil für einen Tag zum Naturschlaf zurückkehrt – dem seltsamsten von allen für jeden, der die Gewohnheit hat, Schlafmittel zu benutzen – erzielt man Spielarten des Schlafes, tausendmal zahlreichere sogar, als man auf gärtnerischem Gebiet an Nelken- oder Rosenvarietäten zu erzeugen vermag. Die Gärtner erlangen durch Züchtung Blumensorten, die wie köstliche Träume sind, aber auch andere, die einem Albtraum gleichen. Wenn ich auf eine bestimmte Art einschlief, erwachte ich zitternd, da ich glaubte, ich hätte Röteln, oder – was viel schmerzlicher war – meine Großmutter (an die ich nie mehr dachte) sei traurig, weil ich mich über sie lustig gemacht hatte, als sie in Balbec zu sterben fürchtete und wünschte, ich solle von ihr eine Photographie besitzen. Obwohl ich nun schon wach war, wollte ich schnell zu ihr gehen und ihr erklären, daß sie mich nicht recht verstanden habe. Aber schon erwärmte ich mich. Die Rötelhypothese wurde eliminiert, und meine Großmutter rückte in solche Ferne von mir, daß sie meinem Herzen keine Leiden mehr schuf. Manchmal senkte sich über solche verschiedenen Arten von Schlaf plötzliche Dunkelheit. Ich verspürte Furcht, als ich meine Wanderung durch eine vollkommen finstere Allee, in der ich Landstreicher ihr Wesen treiben hörte, weiter ausdehnte. Plötzlich erhob sich eine Diskussion zwischen einem Schutzmann und einer jener Frauen, die damals häufig das Geschäft des Rosselenkers übernahmen und die man von weitem für junge Kutscher hielt. Auf ihrem von Dunkel umwogten Sitz auf dem Kutschbock konnte ich sie nicht sehen, doch ich hörte sie sprechen und las aus ihrer Stimme die Vollkommenheit ihrer Züge und die Jugend ihres Körpers ab. Ich ging in der Dunkelheit auf sie zu, um in ihre Droschke zu steigen, bevor sie weiterfuhr. Es war noch ein gutes Stück. Glücklicherweise zog sich die Diskussion mit dem Schutzmann etwas in die Länge. Ich holte den noch haltenden Wagen ein. Dieser Teil der Allee war von Gaslaternen erhellt. Die Wagenlenkerin erschien meinem Blick. Es war zwar eine Frau, doch eine alte, grobe, derbe mit weißem Haar, das unter ihrer Mütze hervorquoll, und einem roten Mal im Gesicht. Ich entfernte mich und dachte: ›So also steht es mit der Jugend der Frauen? Wenn wir plötzlich die, denen wir früher begegnet sind, wiedersehen möchten, sind sie dann alle schon alt? Ist die junge Frau, nach der man Verlangen trägt, nur wie ein Bühnenpart, den man, nachdem die ersten Kräfte, die ihn kreierten, nicht mehr dazu imstande sind, wohl oder übel immer neuen Sternen anvertrauen muß? Aber dann ist es doch dieselbe Figur nicht mehr.‹

Traurigkeit überkam mich. So spüren wir im Schlafe ebenso viele Arten des Mitleids, wie es ›Pietà‹ benannte Bildwerke der Renaissance gibt, doch sind sie nicht wie diese in Marmor ausgeführt, sondern immateriell. Sie haben gleichwohl ihren Nutzen, welcher darin besteht, daß sie uns an eine gerührtere, menschlichere Sicht der Dinge erinnern, die man nur allzuleicht geneigt ist, in der eiskalten, häufig sogar feindseligen Vernunft des Wachseins zu vergessen. So wurde mir das Versprechen wieder in die Erinnerung zurückgerufen, das ich mir in Balbec gegeben hatte, immer Françoise gegenüber milde zu sein. Wenigstens den ganzen folgenden Vormittag über würde ich mich bemühen, über den Streit zwischen Françoise und dem Diener keinen Verdruß zu zeigen und mich sanftmütig gegen Françoise zu betragen, der die anderen mit so wenig Güte begegneten. Den Vormittag über nur, ich müßte mich also bestreben, mir einen etwas dauerhafteren Kodex zuzulegen; denn ebenso wie Völker sich nicht lange von reiner Gefühlspolitik bestimmen lassen, so werden die einzelnen Menschen nicht durch die Erinnerung an ihre Träume gelenkt. Schon fing dieser letzte mir zu entschwinden an. Bei meinem Bemühen, ihn mir in die Erinnerung zurückzurufen, um ihn in eine Form zu bannen, schlug ich ihn nur um so rascher in die Flucht. Meine Lider versiegelten nicht mehr so wirksam meinen Blick. Wenn ich versuchte, meinen Traum zu rekonstruieren, würden sie sich vollends auftun. In jedem Augenblick muß man zwischen der Gesundheit, der Vernunft auf der einen Seite und den subtilen Genüssen des Geistes auf der anderen wählen. Ich habe immer die Feigheit besessen, mich für die ersteren zu entscheiden. Im übrigen war die Macht, auf die ich verzichtete, noch gefährlicher, als man meint. Die verschiedenen Mitleidsformen, die Träume schwinden nicht allein. Wenn man die Bedingungen variiert, unter denen man einschläft, so schwindet nicht nur das Träumen, sondern auf lange Tage hin, auf Jahre zuweilen sogar, die Fähigkeit nicht nur zu träumen, sondern auch die, einfach nur einzuschlafen. Der Schlaf ist göttlich, aber wenig dauerhaft; beim leisesten Anstoß verflüchtigt er sich. Ihn, der ein Freund von Gewohnheiten ist, halten diese, da sie beständiger sind als er, jeden Abend an seinem geheiligten Platze fest, sie sichern ihn vor jedem Stoß; entgleitet er ihnen aber dennoch und macht er sich von ihnen frei, so verflüchtigt er sich wie ein Dunst. Er gleicht der Jugend und der Liebe, man findet ihn nicht mehr.

Wiederum wie in der Musik bestimmte bei diesen verschiedenen Arten von Schlaf die Erhöhung oder Verminderung eines Intervalls die Schönheit. Ich genoß sie, aber andererseits hatte ich soeben in meinem Schlaf, wie kurz er auch war, einen guten Teil der Rufe versäumt, durch die uns das ambulante Leben der Handwerker, des Handels mit Lebensmitteln in Paris zum Bewußtsein gebracht wird. Gewöhnlich bemühte ich mich daher auch (ohne leider das Drama vorauszusehen, welches dies späte Erwachen und meine drakonische persische Gesetzgebung eines racinischen Ahasverus bald für mich heraufführen sollten), frühzeitig aufzuwachen, um von diesen Rufen ja nichts zu verlieren.

Ganz abgesehen von dem Vergnügen, Albertines Gefallen an ihnen kennenzulernen und gewissermaßen auszugehen, während ich ruhig im Bett liegenblieb, nahm ich sie als Symbol der draußen herrschenden Atmosphäre wahr, des gefährlich wimmelnden Lebens, in dessen Schoß ich Albertine nur unter meiner Aufsicht in einer etwas weiter nach außen vorgerückten Absperrung kursieren ließ, und aus dem ich sie zu der Stunde wieder herausholte, zu der ich sie zu mir zurückgekehrt wissen wollte. Daher konnte ich denn auch denkbar aufrichtig Albertine zur Antwort geben: »Im Gegenteil, sie gefallen mir, weil ich weiß, daß du sie so gerne hörst.« – ›A la barque, les huîtres, à la barque.‹ – »Oh! Austern! Darauf hatte ich gerade solche Lust!« Glücklicherweise vergaß Albertine, halb aus Nachgiebigkeit, halb aus Unbeständigkeit, wonach sie noch eben verlangte, und bevor ich Zeit hatte, ihr zu sagen, sie werde Krabben, Rochen, Schellfisch, Makrelen und Muscheln besser bei Prunier finden, wollte sie nacheinander alles haben, was sie von der Fischhändlerin ausrufen hörte: ›A la crevette, à la bonne crevette, j'ai de la raie tout en vie, tout en vie!‹ – ›Merlans à frire, à frire!‹ – ›Il arrive le maquereau, maquereau frais, maquereau nouveau. Voilà le maquereau, mesdames, il est beau, le maquereau.‹ – A la moule fraîche et bonne, à la moule!‹ Unwillkürlich durchschauerte es mich bei der Ankündigung der Makrelen: ›Il arrive le maquereau.‹ Aber da dieser Ruf mit dem (auch einen Zuhälter bezeichnenden) Wort ›maquereau‹ nicht wohl, wie mir schien, auf unseren Chauffeur gemünzt sein konnte, dachte ich nur an den Fisch, der mir zuwider war, und meine Unruhe hielt nicht vor. »Oh! Muscheln! sagte Albertine, ich möchte so gern welche essen!« – »Aber mein Liebes, das war gut und schön für Balbec, hier taugen sie wirklich nichts; im übrigen denke bitte daran, was Cottard über die Muscheln gesagt hat.« Doch war mein Einwand um so unangebrachter, als gleich darauf eine Gemüsehändlerin etwas offerierte, was Cottard noch entschiedener verbot:

A la romaine, à la romaine!
On ne la vend pas, on la promène.

Allerdings willigte Albertine ein, auf die ›salade romaine‹ zu verzichten, wofern ich ihr verspräche, in den nächsten Tagen von der Händlerin, deren Ruf lautete: ›J'ai de la belle asperge d'Argenteuil, j'ai de la belle asperge‹, Spargel kaufen zu lassen. Eine geheimnisvoll hauchende Stimme, von der man eigentlich absonderlichere Angebote erwartet hätte, pries ›Tonneaux, tonneaux‹ an. Man mußte sich schnell mit der Enttäuschung abfinden, daß es sich nur um Fässer handelte, denn dieser Ruf wurde fast völlig von dem folgenden überdeckt: ›Vitri, vitri-er, carreaux cassés, voilà le vitrier, vitri-er‹, mit einer gregorianischen Worttrennung, die mich jedoch weniger an die Liturgie erinnerte als der Ruf des Lumpenhändlers, der, ohne es zu wissen, eine jener jähen Klangunterbrechungen produzierte, wie sie inmitten des Gebetes im Ritual der Kirche ziemlich häufig vorkommen: ›Praeceptis salutaribus moniti et divina institutione formati, audemus dicere‹, sagt der Priester mit starkem Ton auf dem Wort ›dicere‹. Ohne es an der schuldigen Ehrfurcht fehlen zu lassen – spielte doch das fromme Volk des Mittelalters seine Farcen und Possen auf dem Platz unmittelbar vor der Kirche – mußte ich an dieses ›dicere‹ denken, wenn der Lumpenhändler, nachdem er die anderen Worte langgezogen hatte, die letzte Silbe mit einer Abruptheit hervorstieß, die der Akzentgebung würdig war, welche durch den großen Papst des siebenten Jahrhunderts geregelt worden ist: ›Chiffons, ferrailles à vendre‹, alles das äußerst getragen psalmodiert, ebenso auch die beiden folgenden Silben, während die letzte rascher herausgeschnellt wurde als ›dicere‹: ›peaux d'la-pins.‹ – ›La Valence, la belle Valence, la fraîche orange.‹ Selbst der bescheidene Lauch noch: ›Voilà d'beaux poireaux‹, die Zwiebeln: ›Huit sous mon oignon‹, zogen für mich wie ein Echo der Wellen vorüber, in denen Albertine, wenn sie frei gewesen wäre, sich hätte verlieren können, und bekamen die Süße eines ›Suave mari magno‹ dadurch.

Voilà des carottes
A deux ronds la botte.

»Oh! rief Albertine, Kohl, Karotten, Orangen! Alles Dinge, die ich schrecklich gern essen würde. Laß doch Françoise davon kaufen. Sie kann uns Karotten mit Rahm bereiten. Und dann denke ich es mir so nett, alles zusammen zu essen. Alle diese Rufe, die wir jetzt hören, ergeben sicher ein besonders gutes Gericht.« – ›A la raie tout en vie, tout en vie!‹ – »Oh! bitte, laß doch Françoise lieber einen Rochen in brauner Butter machen. Das ist doch so etwas Gutes!« – »Gut, mein Liebling, abgemacht. Aber jetzt bleibe nicht länger hier, sonst willst du noch alles haben, was die Gemüsehändlerin hat.« – »Gut, dann gehe ich jetzt, aber künftig will ich zu Tisch nur noch Sachen, die ausgerufen werden. Das ist wirklich zu amüsant. Und dabei müssen wir noch acht Wochen warten, bis wir endlich hören: ›Haricots verts et tendres haricots, v'là l'haricot vert.‹ Wie gut das gesagt ist: Zarte Bohnen! Ich mag sie gern, wenn es ganz, ganz dünne sind, die von Essigsauce triefen; man hat dann gar nicht das Gefühl, daß man sie ißt, sondern sie sind so leicht und so frisch wie Tau. Das ist wie mit den kleinen Rahmkäschen, aber das ist ebenfalls noch sehr lange hin: ›Bon fromage à la cré, fromage à la cré, bon fromage!‹ Und die Gutedeltrauben von Fontainebleau: ›J'ai du beau chasselas.‹« Mit Grauen aber dachte ich daran, wie lange ich bis zu den Gutedeltrauben noch mit Albertine zusammenbleiben müsse. »Höre, ich habe eben gesagt, ich will nur noch Sachen, die wir haben ausrufen hören, aber ich mache da natürlich Ausnahmen. Es wäre also nicht unmöglich, daß ich bei Rebattet vorbeigehe und Eis für uns beide bestelle. Du wirst sicher sagen, es ist noch zu früh dafür, aber ich habe doch solchen Appetit auf Eis!« Der Plan mit Rebattet regte mich mächtig auf, da er durch die Worte: ›Es wäre nicht unmöglich‹ um so wahrscheinlicher und für mich zudem verdächtiger wurde. Es war gerade der Empfangstag der

Verdurins, und seitdem sie von Swann gelernt hatten, daß dies das beste Haus dafür sei, bestellten sie Eis und Petits Fours stets bei Rebattet. »Ich habe nichts gegen Eis, liebste Albertine, aber laß mich die Bestellung machen, ich weiß selbst noch nicht, ob in der ›Poire Blanche‹, oder bei Rebattet, oder im Ritz, aber ich werde schon sehen.« – »Ja, gehst du denn aus?« fragte sie mit einem Anflug von Mißtrauen im Ton. Sie behauptete immer, es würde sie riesig freuen, wenn ich mehr ausginge, aber wenn ein Wort von mir ihr die Vermutung nahelegte, ich bliebe nicht zu Hause, so entnahm man eigentlich aus ihrer besorgten Miene, daß ihre angebliche Freude, mich recht häufig ausgehen zu sehen, nicht ganz aufrichtig war. »Vielleicht, vielleicht auch nicht, du weißt ja, ich mache nie im voraus irgendwelche Pläne. Auf alle Fälle ist das Eis aber nichts, was auf der Straße ausgerufen wird, was jemand im Karren vor sich herschiebt, warum möchtest du gerade Eis?« Da aber gab sie mir die folgenden Worte zur Antwort, die mir zeigten, wieviel Klugheit und latenter Geschmack ganz plötzlich seit Balbec in ihr zur Entwicklung gekommen war, Worte nach Art derjenigen, die sie einzig meinem Einfluß zu verdanken behauptete, dem ständigen Zusammensein mit mir, Worte, wie ich sie freilich niemals gesagt hätte, als sei mir von unbekannter Seite geradezu ein Verbot auferlegt, in der Unterhaltung literarische Wendungen zu gebrauchen. Vielleicht hatte das Schicksal mir und Albertine doch nicht die gleiche Zukunft bestimmt. Ich hatte fast ein solches Vorgefühl, als ich sah, mit welchem Eifer sie beim Sprechen der Schriftsprache zugehörige Bilder verwendete, die einem andern, weihevolleren, mir noch unbekannten Zweck vorbehalten schienen. Sie sagte zu mir (und ich war trotz allem tief gerührt dadurch, denn ich dachte: Gewiß würde ich nicht sprechen wie sie, aber immerhin würde sie ohne mich auch wieder nicht so sprechen, mein Einfluß hat sehr nachhaltig auf sie gewirkt, sie muß mich doch also lieben, sie ist mein Werk): »Was ich an diesen Lebensmitteln liebe, die ausgerufen werden, ist, daß eine Sache, die man anhört wie eine Rhapsodie, ihre Natur verändert, wenn sie auf den Tisch kommt und zu meinem Gaumen spricht. Beim Eis (denn ich hoffe doch, du wirst nur solches in den altmodischen Formen bestellen, die alle nur möglichen architektonischen Motive wiederholen) geht es mir jedesmal so, daß Tempel, Kirchen, Obelisken, Felsen für mich zunächst, wie ein Museum aller malerischen Stätten der Welt, etwas zum Ansehen sind, und daß ich dann erst die Bauwerke aus Himbeer- und Vanilleeis in etwas Kühles umdenke, das durch meine Kehle gleitet.« Ich fand das ein wenig zu gut gesagt, aber sie spürte, daß ich es auf alle Fälle gut gesagt fand, und fuhr in der gleichen Weise fort, wobei sie jedesmal einen Augenblick innehielt, wenn ihr ein Vergleich geglückt war, um ihr schönes Lachen ertönen zu lassen, das für mich so grausam, weil so lustvoll war: »Mein Gott, im Hotel Ritz wirst du wohl allerdings, fürchte ich, Vendômesäulen aus Schokolade- oder Himbeereis finden, da würden wir dann freilich mehrere brauchen, damit es so aussähe, als seien es Votivgeschenke oder Pilaster in einer Ruhmesallee zu Ehren einer Göttin der Kühlung. Sie machen auch Himbeerobelisken, die von Zeit zu Zeit in der glühenden Wüste meines Durstes aufragen; ich lasse dann ihren rosigen Granit erst schmelzen, wenn sie schon tief in meine Kehle hinuntergeglitten sind und mir größere Labung verschaffen als die schönsten Oasen (hier brach das bewußte tiefe Lachen aus ihr auf, sei es aus Befriedigung, daß sie sich so gut ausgedrückt hatte, sei es aus Selbstironie, weil sie so konsequent durchgeführte Bilder wählte, sei es – ach! – aus der physischen Lust heraus, bei der Vorstellung von etwas so Gutem, Kühlem eine gewissermaßen erotische Befriedigung zu verspüren). Diese Eisberge aus dem Ritz sehen manchmal wie der Monte Rosa aus, und beim Zitroneneis habe ich gar nicht ungern, wenn es kein fester Block ist, er kann ruhig zackig und zerklüftet sein wie ein Gebirge von Elstir. Das Eis muß dann gar nicht ganz weiß sein, es darf etwas gelblich aussehen, damit es wie Elstirs Berge etwas von fahlem oder sogar ein bißchen schmutzigem Schnee hat. Es muß auch nicht sehr viel sein, eine halbe Portion nur, wenn du willst, ein Zitroneneis ist ja auf alle Fälle höchstens ein ganz stark verkleinertes Gebirge, aber die Einbildungskraft stellt die Proportionen wieder her wie bei den japanischen Zwergbäumchen, bei denen man doch sehr gut erkennt, daß es Zedern, Eichen oder Manzanillabäume sind; wenn man sie nebeneinander an einem kleinen Wasserlauf bei mir aufstellte, hätte ich in meinem Zimmer einen ungeheuren Wald, der sich nach einem Fluß zu erstreckt und in dem kleine Kinder sich verirren könnten. Ebenso kann ich mir am Fuß meiner halben Portion von gelblichem Zitroneneis sehr gut kleine Postillone, Reisende und Postkutschen vorstellen, über die meine Zunge Eislawinen niedergehen läßt, von denen sie alle verschlungen werden (die grausame Lust, mit der sie diese Worte aussprach, erregten meine Eifersucht). Ich kann auch, setzte sie hinzu, mit meinen Lippen Pfeiler für Pfeiler die venezianischen Kirchen aus Porphyr zerstören, der eigentlich Erdbeereis ist, und was ich übrig lasse, erschlägt dann die Gläubigen. Ja, alle diese Bauwerke verlassen ihr Fundament aus Stein und schlüpfen in meine Kehle, ich spüre dort förmlich ihr Schmelzen und Gleiten. Aber weißt du, wenn man kein Eis hat, sind auch schon die Anzeigen von Mineralquellen etwas Aufregendes, man wird durstig, wenn man nur daran denkt. In Montjouvain, bei Mademoiselle Vinteuil, gab es weit und breit kein gutes Speiseeis, aber im Garten durchwanderten wir ganz Frankreich, indem wir jeden Tag einen anderen Sprudel tranken, Eau de Vichy zum Beispiel, in dem nach dem Eingießen eine weiße Wolke entsteht, die sich gleich wieder legt und verfließt, wenn man nicht schnell genug trinkt.« Doch es war mir zu qualvoll, von Montjouvain zu hören, ich unterbrach sie daher. »Ich sehe, Lieber, ich langweile dich nur mit meinem Geschwätz.« Welch Wandel seit Balbec, wo, wie ich fest behaupten möchte, selbst Elstir in Albertine nicht solche

Schätze an Poesie hatte erraten können, einer weniger absonderlichen, nicht so persönlichen Poesie allerdings, wie die von Céleste Albaret zum Beispiel es war! Niemals hätte Albertine gefunden, was Céleste zu mir sagte; aber Liebe ist immer parteiisch, selbst wenn sie ihrem Ende nahe scheint. Ich zog die malerische Übersicht über alle Arten von Sorbet vor, deren verhältnismäßig anspruchslose Anmut mir ein Grund schien, Albertine zu lieben, sowie ein Beweis, daß ich Macht über sie besaß und daß sie mich liebte.

Als Albertine sich entfernt hatte, spürte ich, wie ermüdend für mich ihre unaufhörliche Gegenwart, ihr unersättliches Verlangen nach Bewegung und Leben war, das meinen Schlaf in Frage stellte, mich wegen der ständig geöffneten Türen in dauernder Erkältungsgefahr leben ließ und mich zwang – um, ohne mich doch für allzu krank zu erklären, Vorwände beizubringen, daß ich sie nicht begleiten könne, andererseits sie aber durch jemand begleiten lassen müsse – jeden Tag die Erfindungsgabe einer Scheherezade zu entfalten. Wenn die persische Märchenerzählerin ihren Tod dadurch hinauszögerte, so beschleunigte leider ich den meinigen auf die gleiche Art. Es gibt im Leben nun einmal gewisse Situationen, die nicht samt und sonders durch Liebeseifersucht und eine anfällige Gesundheit, die uns nicht gestattet, das Leben eines jungen aktiven Wesens zu teilen, geschaffen werden, in denen aber doch das Problem einer Fortsetzung des gemeinsamen Lebens oder der Rückkehr zum Einzeldasein von ehedem sich auf fast medizinische Weise stellt: welcher der beiden Arten von Ruhe soll man sich weihen (indem man sich täglich weiter überfordern läßt oder indem man zu den Ängsten zurückkehrt, welche die Abwesenheit des anderen uns bereitet) – der des Hirns oder aber des Herzens?

Ich war auf alle Fälle sehr glücklich, daß Andrée Albertine zum Trocadero begleitete, denn neue, wiewohl geringfügige Zwischenfälle bewirkten, daß mir – obwohl ich natürlich auch weiterhin das gleiche Vertrauen in die Redlichkeit des Chauffeurs setzte – seine Wachsamkeit oder mindestens die scharfsinnige Anwendung seiner Wachsamkeit nicht mehr ganz so hervorragend schien wie zuvor. So hatte mir Albertine, als ich sie kürzlich allein mit ihm nach Versailles geschickt hatte, gesagt, sie habe im Hôtel des Réservoirs zu Mittag gespeist; da der Chauffeur zu mir etwas vom Restaurant ›Vatel‹ gesagt hatte, ergriff ich an dem Tage, als ich diesen Widerspruch feststellte, einen Vorwand, um mit ihm zu sprechen (es war immer der gleiche, der, den wir in Balbec gesehen haben), während Albertine sich umkleidete. »Sie haben mir gesagt, Sie hätten im ›Vatel‹ gegessen, Mademoiselle Albertine aber erwähnte das Hôtel des Réservoirs. Wie kommt das?« Der Chauffeur antwortete mir: »Ach so! Ich habe gemeint, ich selbst habe im ›Vatel‹ gegessen, aber ich kann nicht wissen, wo Mademoiselle Albertine gewesen ist. Sie hat sich gleich, nachdem wir in Versailles angekommen waren, von mir getrennt und einen Pferdewagen genommen, das hat sie nämlich lieber, wenn es nicht darum geht, auf der Landstraße schnell voranzukommen.« Ich wurde bereits zornig bei dem Gedanken, daß sie allein gewesen war; es hatte sich also nicht nur um die Zeit des Mittagessens gehandelt. »Hätten Sie nicht, sagte ich möglichst unverändert freundlich (denn ich wollte nicht den Anschein erwecken, als ließe ich Albertine buchstäblich überwachen, was demütigend für mich gewesen wäre, doppelt sogar, weil es bedeutet hätte, daß sie vor mir ihre Schritte verbarg), ich will nicht sagen mit ihr zusammen, aber doch im gleichen Restaurant zu Mittag essen können?« – »Aber sie hatte nur gewünscht, ich solle um sechs Uhr abends wieder auf der Place d'Armes sein. Ich sollte sie nicht gleich nach dem Mittagessen abholen.« – »So!« sagte ich, bemüht, meine Bedrücktheit zu verbergen. Ich ging wieder hinauf. Also war Albertine mehr als sieben Stunden hintereinander allein, sich selbst überlassen geblieben. Ich wußte freilich, daß das Umsteigen in einen Fiaker nicht nur ein Mittel gewesen war, um der Überwachung durch den Chauffeur zu entgehen.

In der Stadt fuhr Albertine lieber in einem Wagen mit Pferden umher; sie sagte, man sehe dann alles so gut, und die Luft wirke milder. Dennoch hatte sie sieben Stunden verbracht, über die ich niemals etwas würde erfahren können. Ich wagte nicht daran zu denken, auf welche Art und Weise sie sie verwendet haben mochte. Ich fand, der Chauffeur sei recht ungeschickt gewesen, aber ich setzte von nun an erst recht in ihn ein unbeirrtes Vertrauen. Denn hätte er auch nur im geringsten mit Albertine unter einer Decke gesteckt, so hätte er mir niemals eingestanden, daß er sie von elf Uhr vormittags bis sechs Uhr abends allein gelassen habe. Es gab höchstens noch eine andere – aber recht abwegige – Erklärung für das Geständnis des Chauffeurs, nämlich daß irgendeine Verstimmung zwischen ihm und Albertine in ihm den Wunsch erzeugt hätte, durch die bewußte kleine Enthüllung meiner Freundin zu zeigen, daß er der Mann war, gegebenenfalls den Mund aufzutun, und daß er, wenn sie nach dieser verhältnismäßig harmlosen Warnung nicht genau tat, was er wollte, andere Saiten aufziehen werde. Diese Erklärung war freilich absurd; man mußte zunächst einen nicht bestehenden Bruch zwischen Albertine und dem Chauffeur konstruieren, ferner aber auch dem schönen Chauffeur, der sich immer so liebenswürdig und gutartig gezeigt hatte, die Natur eines Erpressers zutrauen. Schon am übernächsten Tag machte ich zudem die Erfahrung, daß er mehr noch, als ich es mir einen Augenblick in meinen Argwohnphantasien vorgestellt hatte, über Albertine eine ebenso diskrete wie schlaue Aufsicht auszuüben verstand. Denn nachdem ich ihn auf die Seite genommen hatte und auf seine Bemerkung über den Aufenthalt in Versailles zurückgekommen war, sagte ich durchaus freundlich und ganz beiläufig zu ihm: »Was Sie mir vorgestern über den Ausflug nach Versailles gesagt haben, war natürlich vollkommen in Ordnung, Sie machen ja immer alles sehr gut. Aber nur einen kleinen – im übrigen unwichtigen – Hinweis möchte ich Ihnen nebenbei noch geben: ich trage eine solche

Verantwortung, seitdem Madame Bontemps ihre Nichte meiner Obhut anvertraut hat, ich habe so große Angst vor Unfällen, ich mache mir so oft Vorwürfe, daß ich sie nicht überallhin begleite, daß es mir lieber ist, wenn Sie, der Sie so zuverlässig und so ungemein geschickt sind, daß Ihnen gar nichts zustoßen kann, Mademoiselle Albertine fahren, sobald sie irgendwohin will. So habe ich nichts zu fürchten.« Der reizende apostelgleiche Chauffeur lächelte fein, während seine Hand wie ein segnendes Kreuz auf seinem Rade ruhte. Dann sprach er zu mir die folgenden (jede Unruhe aus meinem vielmehr alsbald von Freude erfüllten Herzen verbannenden) Worte, nach welchen ich ihm am liebsten um den Hals gefallen wäre: »Fürchten Sie nichts. Es kann ihr nichts geschehen, denn selbst wenn mein Steuer sie nicht lenkt, folgt ihr mein Auge doch, wohin auch immer sie geht. In Versailles habe ich, ohne es ihr zu sagen, sozusagen die Stadt mit ihr zugleich in Augenschein genommen. Vom Hôtel des Réservoirs ist sie zum Schloß gegangen, vom Schloß zu den beiden Trianon, immer von mir gefolgt, der ich tat, als sähe ich sie nicht, und das Wunderbarste ist, daß sie mich wirklich nicht sah. Außerdem, wenn sie mich gesehen hätte, so wäre es ja auch weiter nicht schlimm gewesen. Es war ja ganz natürlich, daß auch ich, da ich den ganzen Tag vor mir hatte, das Schloß besichtigte. Um so mehr, als Mademoiselle bestimmt bemerkt hat, daß ich Bücher lese und mich für merkwürdige Altertümer interessiere (was durchaus der Wahrheit entsprach; es hätte mich sogar erstaunt, wenn ich gewußt hätte, daß er mit Morel befreundet war, so sehr übertraf er den Violinisten an Kultur des Geschmacks). Aber noch dazu hat sie mich gar nicht gesehen.« – »Sie hat ja im übrigen wohl auch Freundinnen getroffen? Sie hat mehrere in Versailles.« – »Nein, sie war immer allein.« – »Da wurden ihr aber sicher viele Blicke zugeworfen – eine so auffallende junge Person, die ganz allein daherkommt!« – »Sicher schaut sie mancher bei solchen Gelegenheiten an, aber sie merkt es nicht einmal; sie hat die ganze Zeit die Augen in ihrem Führer und hebt sie nur dann und wann zu den Bildern auf.« Der Bericht des Chauffeurs schien mir um so genauer der Wahrheit zu entsprechen, als Albertine mir tatsächlich am Tage dieses Ausflugs eine Ansichtskarte vom Schloß und eine von den beiden Trianon geschickt hatte. Die Aufmerksamkeit, mit welcher der freundliche Chauffeur jeden ihrer Schritte überwacht hatte, rührte mich also sehr. Wie hätte ich vermuten können, daß seine Berichtigung – in der Form einer genaueren Erläuterung seiner Rede von zwei Tagen vorher – daher rührte, daß innerhalb dieser beiden Tage Albertine, in Unruhe wegen der Äußerungen, die der Chauffeur mir gegenüber getan, ihre Unterwerfung vollzogen und sich mit ihm ausgesöhnt hatte? Dieser Verdacht kam mir nicht einmal. Sicher ist, daß die Erzählung des Chauffeurs, durch die er mir jede Besorgnis nahm, Albertine könne mich betrogen haben, ganz natürlich meine Gefühle meiner Freundin gegenüber merklich abkühlte und mir den Tag, den sie in Versailles verbracht hatte, in weit weniger interessantem Licht erscheinen ließ. Ich glaube dennoch, daß jene Erklärungen des Chauffeurs, die mir Albertine, indem sie sie unschuldiger darstellten, gleichzeitig langweiliger erscheinen ließen, nicht genügt hätten, mich so rasch zu beruhigen. Zwei kleine Pickel, die meine Freundin ein paar Tage lang an der Stirn hatte, brachten es noch besser zuwege, die Gefühle meines Herzens etwas abzudämpfen. Endlich wendeten diese sich noch mehr von ihr fort (so daß ich mir ihrer Existenz sogar nur bewußt war, solange ich sie sah) durch eine vertrauliche Mitteilung, welche mir Gilbertes Jungfer zukommen ließ, als ich sie zufällig traf. Ich erfuhr, daß Gilberte, als ich noch alle Tage zu ihr ging, einen jungen Mann liebte, den sie sehr viel mehr sah als mich. Ich hatte das zu jener Zeit schon einen Augenblick lang geahnt und sogar damals die gleiche Jungfer deswegen befragt. Aber da sie wußte, daß ich in Gilberte verliebt war, hatte sie geleugnet und mir geschworen, niemals habe Mademoiselle Gilberte den jungen Mann gesehen. Jetzt aber, da sie wußte, daß meine Liebe seit so langem schon tot war, daß ich seit Jahren Gilbertes Briefe unbeantwortet gelassen hatte – vielleicht auch, weil sie nicht mehr in den Diensten des jungen Mädchens stand – erzählte sie mir von sich aus lang und breit von jener Liebesepisode, über die ich nichts wußte. Das kam ihr ganz natürlich vor. Wenn ich an ihre damaligen Schwüre zurückdachte, nahm ich an, sie sei wohl nicht ganz auf dem laufenden gewesen. Aber keineswegs, sie selbst war diejenige, die auf Befehl von Madame Swann den jungen Mann benachrichtigte, wenn die, die ich liebte, allein war. Die ich damals liebte ... Doch ich fragte mich, ob meine Liebe von ehedem wirklich so tot sei, wie ich dachte, denn die Erzählung der Jungfer verletzte mich eben doch. Da ich nicht glaube, daß Eifersucht eine gestorbene Liebe von neuem erwecken kann, vermutete ich, daß meine Niedergeschlagenheit zum Teil wenigstens auf meine verwundete Eigenliebe zurückzuführen sei, denn mehrere Personen, die ich nicht liebte und die damals und sogar etwas später noch – seither ist das freilich völlig anders geworden – mir gegenüber eine nichtachtende Haltung einnahmen, hatten, während ich noch in Gilberte verliebt war, gewußt, wie ahnungslos ich war. Das brachte mich sogar darauf, daß ich mich noch rückblickend fragte, ob nicht bei meiner Liebe zu Gilberte immer etwas Eigenliebe mit im Spiel gewesen sei, da ich jetzt so sehr darunter litt zu sehen, daß alle Stunden der Zärtlichkeit, die mich überaus beglückt hatten, als ein Täuschungsmanöver von seiten meiner Freundin, die sich damit über mich lustig gemacht, in dem Bewußtsein von Leuten lebten, die mir unsympathisch waren. Auf alle Fälle, ob nun Liebe oder Eigenliebe, Gilberte war in meinem Herzen nahezu tot, aber doch nicht ganz, und dieser derzeitige Verdruß bewirkte vollends, daß ich mir nicht über Gebühr um Albertine Sorgen machte, die einen so kleinen Raum in meinem Herzen einnahm. Immerhin – um nach einer so langen Parenthese auf sie und ihren Ausflug nach Versailles zurückzukommen – hatte ich doch jedesmal, wenn ich beim Aufräumen meiner Papiere die Ansichtskarten aus Versailles erblickte (kann denn das Herz gleichzeitig derart zwischen zwei sich kreuzenden Formen der Eifersucht hin und her gerissen werden, von denen jede sich auf eine andere Person bezieht?), ein unangenehmes Gefühl. Ich machte mir auch Gedanken darüber, daß, wenn nicht der Chauffeur ein so braver Mensch gewesen wäre, die Übereinstimmung seiner zweiten Erzählung mit den Karten Albertines nicht eben viel bedeutet hätte, denn was schickt man schon als erstes von Versailles, wenn nicht Ansichten vom Schloß oder den beiden Trianon, es sei denn, die Karte wird von einem besonders raffinierten Geist ausgesucht, der sich in eine bestimmte Statue verliebt hat, oder einem Dummkopf, der als Ansicht von Versailles die Pferdebahnstation oder den Güterbahnhof wählt? Noch dazu habe ich unrecht, in diesem Fall von einem Dummkopf zu sprechen, da nicht unbedingt ein solcher Ansichtskarten dieser Art aufs Geratewohl, nur weil sie aus Versailles stammen, gekauft haben muß. Zwei Jahre lang haben kluge Menschen, haben Künstler Siena, Venedig, Granada todlangweilig gefunden, von dem belanglosesten Omnibus aber, von Eisenbahnwaggons gesagt: ›So etwas ist wirklich schön.‹ Dann schwand auch dieser Geschmack so gut wie jeder andere wieder dahin. Ich weiß nicht einmal, ob man nicht wieder auf die Meinung zurückkam, es sei ›ein Sakrileg, die edlen Zeugen der Vergangenheit zu zerstören‹. Auf alle Fälle hörte ein Eisenbahnwagen erster Klasse wieder auf, a priori für schöner als die Markuskirche zu gelten. Freilich hieß es noch: ›Das hier ist lebendig, die ewige Rückwendung zur Vergangenheit ist etwas Künstliches‹, aber man zog doch keine eindeutigen Folgerungen mehr daraus. Jedenfalls ließ ich, obwohl ich dem Chauffeur volles Vertrauen schenkte, Albertine – damit sie ihn nicht wegschicken könnte, was er dann aus Furcht, für einen Spion zu gelten, akzeptieren würde – nur noch mit Andrée als Verstärkung der Überwachung ausfahren, während eine Zeitlang der Chauffeur mir genügt hatte. Damals hatte ich sie sogar allein mit dem Chauffeur drei Tage von Paris fortbleiben und nach Balbec fahren lassen, so große Lust hatte sie verspürt, die Fahrt in raschem Tempo und im offenen Wagen zu machen. Ich war in diesen drei Tagen ganz ruhig gewesen, obwohl die Flut von Postkarten, die sie mir zugedacht hatte, wegen des miserablen Funktionierens der bretonischen Post (die im Sommer gut ist, offenbar aber im Winter aus den Fugen gerät) erst acht Tage nach der Rückkehr Albertines und des Chauffeurs zu mir gelangte, die übrigens beide so ungebrochen ankamen, daß sie gleich am nächsten Morgen, als sei nichts geschehen, ihre tägliche Ausfahrt von neuem unternahmen. Ich war entzückt, daß Albertine heute ins Trocadero zur ›Sondervorstellung‹ fuhr, vor allem aber beruhigt, weil Andrée sie begleitete.

Als Albertine gegangen war, wendete ich mich von diesen Überlegungen ab und trat einen Augenblick ans Fenster. Erst herrschte Stille, die die Pfeife des ›marchand de tripes‹, des Kuttelhändlers, und die Glocke der Straßenbahn mit ihren Schwingungen in verschiedenen Oktaven (als sei ein blinder Klavierstimmer am Werk) durchbrachen. Allmählich hoben die ineinander verschlungenen Motive sich deutlicher ab, und andere, neue, traten hinzu. Darunter war noch eine weitere Pfeife, der Ruf eines Händlers, bei dem ich niemals ermittelt habe, was eigentlich er verkaufte, eine Pfeife, die genau der der Straßenbahn glich; da sie sich aber nicht mit der Schnelligkeit einer solchen entfernte, stellte man sich eine einzelne unbewegliche oder infolge einer Betriebsstörung hängengebliebene Straßenbahn vor, die in kleinen Zwischenräumen schrie wie ein sterbendes Tier. Es schien mir, daß ich, wenn ich jemals dies aristokratische Viertel verließe – es sei denn im Austausch gegen ein ganz und gar volkstümliches – die Straßen und Boulevards des Zentrums (in denen der Obst- und Fischhandel oder ähnliche Branchen, in großen Lebensmittelgeschäften seßhaft geworden, das Ausrufen der Ware durch die

Händler, die sich dort zudem gar kein Gehör zu verschaffen vermöchten, nicht mehr nötig hatte) mir sehr trübselig, ja geradezu unbewohnbar erscheinen müßten, da in ihnen die Litaneien der kleinen Handwerke und des ambulanten Ernährungsgewerbes nicht mehr ertönen, die Orchesterklänge also verstummt sein würden, die mich am frühen Morgen schon so lebhaft entzückten. Auf dem Bürgersteig ging eine sehr unelegante (oder einer häßlichen Mode folgende) Frau vorüber, eine zu helle Erscheinung in einem Sackpaletot aus Ziegenfell; aber nein, es war gar keine Frau, sondern ein Chauffeur, der in seinen Pelz gehüllt sich zu Fuß in die Garage begab. Den großen Hotels entflatterten Hotelpagen in den verschiedensten Farbennuancen, waagerecht vorgebeugt auf ihren Fahrrädern, nach den Bahnhöfen zu, um die Reisenden noch am Morgenzug abzufassen. Das geigenhafte Summen, das ich vernahm, rührte oft von einem vorüberkommenden Automobil, manchmal auch von meinem nicht genügend mit Wasser gefüllten elektrischen Kochtopf her. Aus der Symphonie fiel eine altmodische Weise heraus: an die Stelle der Bonbonverkäuferin, die ihre Melodie gewöhnlich mit einer Rassel begleitete, war der Spielzeughändler getreten, an dessen Pfeife ein Hampelmann baumelte, den er nach allen Richtungen hin schwenkte, viele andere führte er außerdem noch bei sich; ganz unbekümmert um das Gesangsritual Gregors des Großen, um die Reform Palestrinas und den lyrischen Vortrag der Modernen, stimmte er – ein verspäteter Anhänger reiner Melodik – mit voller Kehle an:

Allons les papas, allons les mamans,
Contentez vos petits enfants;
C'est moi qui les fais, c'est moi qui les vends,
Et c'est moi qui boulotte l'argent.
Tra la la la. Tra la la la laire,
Tra la, la la la la.
Allons les petits!

Kleine Italiener mit Baskenmützen auf dem Kopf versuchten gar nicht erst, mit dieser ›aria vivace‹ zu konkurrieren, sondern boten wortlos kleine Statuetten feil, während ein junger Pfeifer den Spielzeughändler zwang, sich zu entfernen und undeutlich nur, dafür aber ›presto‹ zu singen: ›Allons les papas, allons les mamans.‹ – War der kleine Pfeifer einer der Dragoner, die ich am Morgen in Doncières gehört hatte? Nein, denn es folgten die Worte: ›Voici le réparateur de faïence et de por-celaine! Je répare le verre, le marbre, le cristal, l'os, l'ivoire et objets d'antiquité. Voilà le réparateur!‹ In einer Metzgerei wendete zwischen einer Sonnenaureole zur Linken und einem halben Ochsen zur Rechten ein blonder, sehr großer und schlanker Fleischergeselle, dessen Hals aus einem himmelblauen Hemd hervorsah, schwindelerregende Fixigkeit und religiöse Gewissenhaftigkeit daran, nach der einen Seite prima Rindsfilets und nach der anderen ganz geringwertiges Knochenfleisch auszusortieren und beides in blitzende Waagschalen zu werfen, über denen ein Kreuz schwebte, von dem schöne Kettchen herniederhingen, so daß er – obwohl er im weiteren Verlauf nur über Nieren, Tournedos und Filetbeefsteaks zwecks Anordnung in der Auslage zu befinden hatte – in Wahrheit viel eher den Eindruck eines schönen Engels erweckte, der am Tage des Jüngsten Gerichts für Gottvater die Scheidung der Guten und Bösen je nach Qualität und das Abwiegen der Seelen vorbereitet. Von neuem stieg der dünne feine Ton der Pfeife in die Morgenluft empor, nicht mehr als einer Künderin jener Verheerungen, welche Françoise jedesmal beim Durchzug eines Kavallerieregiments befürchtet hatte, sondern im Gegenteil von Wiederherstellungsmaßnahmen, die ein gutgläubiger oder durchtriebener ›Antiquar‹ in Aussicht stellte, der, auf alle Fälle äußerst eklektisch und von jeglicher Spezialisierung entfernt, die verschiedensten Stoffe in seine Kunstausübung einbezog. Die kleinen Brotausträgerinnen beeilten sich, in Körbe die ›Flöten‹ genannten langen Weißbrotstangen einzufüllen, die fürs

›grand déjeuner‹ bestimmt waren, und die Milchhändlerinnen hängten flink ihre Milchkannen an das Schulterjoch. Durfte ich meine Schau dieser jungen Personen, die aus Sehnsucht entstand, für wahrheitsgetreu ansehen? Wäre sie nicht anders ausgefallen, wenn ich eine von denen, die ich nur hoch von meinem Fenster aus im Laden oder im Davoneilen erblickte, ein paar kurze Augenblicke lang bewegungslos in meiner Nähe hätte haben können? Um den Verlust zu ermessen, den ich durch meine Zurückgezogenheit erfuhr, das heißt die Schätze abzuwägen, welche der Tag mir anbot, hätte ich aus dem vor mir lebendig abrollenden Bilderstreifen irgendein Mädel, das da Milch oder Wäsche austrug, herausgreifen und eine kleine Weile wie eine bewegliche, silhouettenhafte Dekoration zwischen den Türflügeln aufstellen und im Auge behalten, dabei aber gleichzeitig über sie genauere Auskunft haben müssen, damit ich die ganz gleiche Person eines Tages wiederfinden könnte, so wie Ornithologen oder Ichthyologen unter dem Bauch der Vögel oder Fische, deren Wanderzüge sie beobachten wollen, Erkennungsmarken befestigen, bevor sie ihnen wieder die Freiheit geben.
Daher sagte ich Françoise, sie solle mir zum Zweck einer Besorgung, die ich machen lassen wollte, die eine oder andere der Kleinen schicken – wenn zufällig eine käme – die unaufhörlich Wäsche, Brot oder Milchkannen brachten oder holten und denen sie häufig selber Besorgungen übertrug. Ich war darin wie Elstir, der an gewissen Frühlingstagen, wenn er in seinem Atelier eingeschlossen bleiben mußte und der Gedanke an die vielen Veilchen in den Wäldern ihm ein heftiges Verlangen eingab, sie mit eigenen Augen zu sehen, durch die Hausmeisterin einen Strauß davon einkaufen ließ: dann glaubte er nicht den Tisch, auf dem er das kleine Blumenmodell aufgestellt hatte, sondern den ganzen violetten Unterholzteppich mit den ihm von früher her so wohlbekannten zu Tausenden sich windenden und unter der Last der blauen Schnäbel sich neigenden Stengel wie eine rundum sich auf-

tuende Phantasiezone vor sich zu erblicken, die der zarte Duft der erinnerungsträchtigen Blume in sein Atelier hineingetragen hatte.

Daß eine Wäscherin käme, durfte man am Sonntag nicht hoffen. Das Mädchen aus der Bäckerei aber hatte durch einen dummen Zufall gerade geschellt, als Françoise nicht da war; sie hatte ihre langen ›Flöten‹ im Korb auf den Treppenabsatz gestellt und sich wieder davongemacht. Die Obstfrau hingegen würde erst sehr viel später erscheinen. Einmal war ich einer Käsebestellung wegen in das Milchgeschäft gegangen und hatte unter den Angestellten dort eine auffallende Blondine bemerkt, die, hochgewachsen und dabei kindlich-knabenhaft, inmitten der anderen Austrägerinnen in stolzer Haltung vor sich hinzuträumen schien. Ich hatte sie nur von weitem und nur so rasch im Vorbeigehen gesehen, daß ich nicht hätte sagen können, wie sie eigentlich aussah, außer daß sie offenbar zu schnell aufgeschossen und ihr Kopf von einem Haarschopf gekrönt war, der sehr viel weniger den Eindruck spezifisch kapillarer Beschaffenheit machte, als vielmehr wie von Bildhauerhand stilisierte, in deutlich abgesetzten Mäanderwindungen parallel nebeneinanderherlaufende Schneewehen wirkte. Das war alles, was ich bemerkt hatte, dazu höchstens noch in einem mageren Gesicht eine sehr klar gezeichnete Nase (eine Seltenheit bei einem so kindlichen Geschöpf), die an den Schnabel eines Geierjungen erinnerte. Im übrigen hatte ich sie nicht nur wegen der um sie gescharten Kameradinnen schlecht sehen können, sondern auch infolge meiner Unsicherheit darüber, welche Gefühle ich auf den ersten Blick und künftighin ihr würde einflößen können, ob es solche von stolzer Scheu, von Ironie oder einer Verachtung wären, die sie nachträglich ihren Freundinnen gegenüber zum Ausdruck bringen würde. Die wechselnden Vermutungen, die ich eine Sekunde lang über sie angestellt hatte, verdichteten sich rings um sie her zu einer trüben Atmosphäre, hinter der sie sich wie eine Göttin in ihrer Wolke, die vom Blitzstrahl erbebt, verbarg. Denn psychische Unsicherheit bedeutet eine größere Erschwerung für exakte Wahrnehmung als eine physische Beeinträchtigung des Auges. Bei dieser zu mageren jungen Person, die einem sofort auffiel, war das Übermaß an dem, was ein anderer vielleicht als Reize bezeichnet hätte, für mich gerade ein Anlaß des Mißfallens, hatte aber dennoch zum Effekt, daß ich die anderen kleinen Milchmädchen gar nicht richtig wahrnahm, geschweige denn mich an irgendeinen Zug in ihren Gesichtern erinnerte, denn die gebogene Nase dieser einen, ihr Blick, der – was so wenig angenehm ist – nachdenklich, persönlich wirkte und kritisch beobachtend schien, hatte die anderen in schwarze Nacht getaucht nach Art eines golden flammenden Blitzes, der die Landschaft ringsum in tiefes Dunkel versenkt. So aber hatte ich von meinem Besuch in der Molkerei wegen der Käsebestellung eine Erinnerung (wenn man den Ausdruck dafür verwenden darf, daß man ein Gesicht schlecht genug betrachtet hat, um zehnmal auf sein Nichts eine andere Nase zu heften) nur an jene Kleine behalten, die mir mißfallen hatte. Immerhin genügte das, um Liebe aufkeimen zu lassen. Dennoch hätte ich die auffallende Blondine vergessen und niemals gewünscht sie wiederzusehen, wenn nicht Françoise hätte verlauten lassen, dies Mädel, so kindlich es noch wirke, habe es faustdick hinter den Ohren und müsse seine Stellung verlassen, weil es infolge von Putzsucht Geld in der Stadtgegend schulde. Man hat gesagt, die Schönheit sei ein Versprechen von Glück. Umgekehrt kann die Aussicht auf Lust ein Beginn von Schönheit sein.

Ich machte mich daran, Mamas Brief zu lesen. An ihren Zitaten aus Madame de Sévigné (›Wenn meine Gedanken in Combray nicht ganz schwarz sind, so sind sie doch wenigstens aschengrau; ich denke jeden Augenblick an Dich, ich sehne mich nach Dir; Deine Gesundheit, Deine Angelegenheiten, die Tatsache, daß Du so fern von mir bist – was meinst Du wohl, daß mir das alles ausmacht, wenn der Tag zu Ende geht?‹) merkte ich, daß meine Mutter sehr ungern sah, wie lange Albertines Aufenthalt im Hause sich ausdehnte und daß, wiewohl ich mich meiner Verlobten gegenüber noch nicht erklärt hatte, meine Heiratsabsichten sich befestigten. Sie sprach sich darüber nicht unumwundener aus, weil sie fürchtete, ich könne ihre Briefe herumliegen lassen. Außerdem warf sie mir, wenn auch in noch so verhüllter Form, vor, daß ich nicht auf der Stelle den Empfang eines jeden bestätigte. ›Du weißt, Madame de Sévigné hat gesagt: Wenn man in der Ferne weilt, lacht man nicht mehr über Briefe, die mit den Worten beginnen: Ich erhielt Ihre Zeilen.‹ Anstatt von dem zu sprechen, was sie am meisten beunruhigte, schrieb sie, sie sei entsetzt über meine großen Ausgaben. ›Wo geht nur das ganze Geld bei Dir hin? Es quält mich schon genug, daß Du wie Charles de Sévigné nicht weißt, was Du willst, und ‹zwei oder drei Personen gleichzeitig› bist; aber versuche doch wenigstens, nicht mit dem Geldausgeben wie er zu sein, damit es nicht auch von Dir heißen möge: er hat es fertiggebracht auszugeben, ohne nach außen etwas zu scheinen, zu verlieren, ohne zu spielen, und Zahlungen zu leisten, ohne seine Schulden zu begleichen.‹ Ich hatte Mamas Zeilen gerade zu Ende gelesen, als Françoise mir sagen kam, sie habe soeben das etwas zu kecke kleine Milchmädchen bei sich, von dem sie mir gesprochen hatte. »Sie kann sehr gut den Brief für Monsieur besorgen und ein paar Gänge machen, wenn es nicht zu weit ist. Monsieur wird selber feststellen, sie sieht harmlos wie ein Rotkäppchen aus.« Françoise holte sie, und ich hörte, wie sie sie mit den Worten zu mir geleitete: »So, da sieh mal an, jetzt hast du Angst, weil hier ein Korridor kommt, du kleine Rübe, ich hätte dich allerdings für etwas dreister gehalten. Soll ich dir etwa die Hand geben und dich führen?« Als gute, redliche Dienerin, die verlangt, daß man ihren Herrn respektiert, wie sie selber es tut, hüllte sich damit Françoise in jene Würde, welche den Kupplerinnen auf den Bildern der alten Meister einen gewissen Adel verleiht, so daß daneben die junge Buhlerin und ihr Galan fast unbedeutend erscheinen.

Wenn Elstir die Veilchen betrachtete, so brauchte er sich um ihr Tun und Lassen keine Sorgen zu machen. Das Eintreten meines Milchmädchens aber benahm mir auf der Stelle jede Ruhe der Kontemplation; ich dachte nur noch daran, die Fabel von dem Brief, den sie fortbringen sollte, dadurch wahrscheinlicher zu machen, daß ich ihn rasch zu schreiben begann, und wagte kaum einen Blick auf sie zu werfen, damit es nicht den Anschein bekäme, als hätte ich sie einzig zu diesem Zweck kommen lassen. Sie war für mich mit dem Reiz des Unbekannten geschmückt, den für mich eine hübsche Person in jenen Häusern, in denen sie geradezu auf uns warten, nicht gehabt haben würde. Sie war weder nackt noch verkleidet, sondern ein wirkliches Milchmädchen, eine von denen, die man sich so hübsch vorstellt, wenn man keine Zeit hat, sich ihnen etwas mehr zu nähern; sie war ein Teil des ewigen Verlangens, der ewigen Sehnsucht nach Leben, deren zwiefache Strömung umgewendet wieder zu uns zurückgeleitet wird. Zwiefach, denn wenn es sich um ein Unbekanntes handelt, um ein Wesen, das wir als göttlich erraten nach seiner Gestalt, seinen Proportionen, dem von Gleichgültigkeit getränkten Blick, seiner hochmütigen Ruhe, so wünschen wir uns doch andererseits, daß diese Frau einem ganz speziellen Beruf obliegt, so daß wir mit ihrer Hilfe in eine Welt entweichen können, von der wir auf Grund ihrer besonderen Kostümierung romantischerweise annehmen, daß sie eine ganz andere ist. Wenn man im übrigen das Gesetz unserer Liebesneugier auf eine Formel bringen möchte, so müßte man den maximalen Abstand zwischen der nur wahrgenommenen Frau und jener anderen anführen, die sie wird, nachdem man sich ihr genähert und ihr Zärtlichkeiten erwiesen hat. Wenn die Frauen aus jenen früher als ›geschlossene Häuser‹ bezeichneten Etablissements, wenn die Kokotten sogar (vorausgesetzt, wir wissen, daß es sich um Kokotten handelt) so wenig

Anziehungskraft für uns besitzen, so nicht deswegen, weil sie weniger schön als die anderen wären, sondern weil sie von vornherein schon zu unserer Verfügung stehen, weil sie uns förmlich entgegentragen, was man erst erreichen will, weil sie, kurz gesagt, keine Eroberungen sind. Der Abstand ist hier beim Minimum angelangt. Eine Dirne lacht uns auf der Straße schon an, wie sie es tun wird, wenn sie bei uns ist. Wir aber wollen Bildhauer sein. Wir wollen eine Frau zu einer Statue modeln, die sich vollkommen von dem unterscheidet, was sie selber schon ist. Wir haben ein gleichgültiges, schnippisches junges Mädchen am Strande erblickt, wir sind einer ernsthaften, geschäftigen Verkäuferin begegnet, die an ihrem Ladentisch steht und uns vielleicht sehr spröde Auskunft gibt, wäre es auch nur, um nicht zum Gespött ihrer Kolleginnen zu werden, oder haben es mit einer Obsthändlerin zu tun, von der wir mit Mühe eine Antwort erhalten. Dann aber geben wir keine Ruhe, bis wir ausprobiert haben, ob das hochfahrende junge Ding am Strande, ob die Verkäuferin, die nur daran denkt, was jemand von ihr sagen könnte, oder die uns so zerstreut bedienende Obsthändlerin nicht möglicherweise doch nach geeigneten Maßnahmen von unserer Seite ihre geradlinige Haltung verlassen, unseren Hals mit den Armen, die eben noch Fruchtkörbe trugen, umschlingen, auf unseren Mund mit gewährendem Lächeln bislang eisigkühle oder andern Dingen zugewandte Blicke lenken werden – o Schönheit der strengen Augen in den Stunden der Tagesfron, in denen die Arbeiterin so große Angst hatte vor der übeln Nachrede ihrer Gefährtinnen, der Augen, die sich unseren beharrlichen Blicken entzogen und die jetzt, da wir sie allein uns gegenüber sehen, sich senken unter der sonnigleuchtenden Last des Lachens, wenn wir zu ihr verliebte Dinge sagen! Zwischen der Verkäuferin, der auf ihre Arbeit konzentrierten Büglerin, der Obstverkäuferin, dem Milchmädchen – und jenem gleichen Mädchen, das im Begriff ist, unsere Geliebte zu werden, ist das Maximum von Abstand erreicht, bis an die äußersten Grenzen noch dazu ausgeweitet und durch die gewohnheitsmäßigen, professionell bedingten Bewegungen variiert, die während der Dauer der Arbeit die Arme so denkbar andere Arabesken beschreiben lassen, als jene geschmeidigen Klammern es tun, die Abend für Abend unseren Hals umschlingen, während der Mund sich zum Kuß anschickt. Daher verbringen wir denn auch unser ganzes Leben in unruhevollen, immer wieder neuen Bemühungen um solche einer ernsthaften Tätigkeit obliegenden Mädchen, die gerade durch ihre Beschäftigung von uns entfernt zu werden scheinen. Ruhen sie erst in unseren Armen, so sind sie nicht länger, was sie waren; die Distanz, die wir zu überbrücken träumten, existiert dann nicht mehr. Doch versucht man es immer wieder mit neuen Frauen, man widmet solchen Unternehmungen all seine Zeit, sein Geld und seine Kräfte, man gerät außer sich vor Zorn gegen den zu langsamen Kutscher, der uns vielleicht um das erste Rendezvous bringen wird, man lebt wie im Fieber dahin. Dennoch weiß man, daß diese erste Begegnung das Schwinden einer Illusion bewirken muß. Aber das macht uns nichts aus: solange die Illusion noch vorhanden ist, bleibt man darauf bedacht, ob man sie nicht in Wirklichkeit umsetzen kann, und dann fällt einem das Wäschermädel ein, dessen Kälte man festgestellt hat. Die Neugier der Liebe gleicht der, die Ortsnamen in uns wecken: obwohl sie immer enttäuscht wird, wächst sie unaufhörlich, unersättlich nach.

Ach! Als das blonde Mädchen aus dem Milchgeschäft, diese junge Person mit dem strähnigen Haar, nun endlich vor mir stand, erwies sie sich, nachdem die Hüllen der Phantasie und der in mir erweckten Wünsche von ihr abgefallen waren, einzig als das, was sie war. Die flimmernde Wolke meiner Gedanken umwob sie nicht mehr mit schwindelerregendem Reiz. Sie wirkte wie beschämt, daß sie nur mehr (anstelle der zehn, der zwanzig, die ich mir abwechselnd vorgestellt hatte, ohne meine Erinnerung endgültig fixieren zu können) eine einzige Nase besaß, die runder war, als ich geglaubt, und

Dummheit vermuten ließ, jedenfalls aber die Kraft, ihre Wirkung zu steigern, verloren hatte. Ihr gehemmter, kraftlos gewordener, vereitelter Flug konnte, um dem bloßen Augenschein etwas hinzuzufügen, auf das Mitwirken meiner Phantasie nun nicht länger mehr zählen. Wieder zurückgesunken in die erstarrte Wirklichkeit, versuchte ich umsonst, mir erneuten Auftrieb nach oben zu geben; die Wangen, die ich im Laden gar nicht beachtet hatte, erschienen mir so hübsch, daß ich mich dadurch eingeschüchtert fühlte, doch um gleichwohl etwas Haltung vorzutäuschen, sagte ich zu dem Mädchen: »Bitte, seien Sie so freundlich und reichen Sie mir den ›Figaro‹, ich möchte darin die Adresse nachsehen, zu der ich Sie schikken will.« In dem Augenblick, da sie nach der Zeitung griff, schob sich bis zum Ellbogen der rote Ärmel ihrer Jacke zurück, und mit einer hübschen, geschickten Geste, die mir durch ihre Schnelligkeit und durch die offenbar so füllige Substanz und die Scharlachröte, die sie sichtbar machte, gefiel, reichte sie mir das rettende Blatt. Während ich den ›Figaro‹ aufschlug, fragte ich die Kleine, nur um etwas zu sagen und ohne den Blick zu heben: »Wie nennt man dies gestrickte Ding, das Sie da anhaben? Es ist wirklich hübsch.« – »Das ist meine Golfjacke«, antwortete sie mir. Denn infolge des üblichen Niedergangs aller Moden waren Kleidungsstücke und Bezeichnungen, die vor einigen Jahren noch der verhältnismäßig eleganten Welt der Freundinnen Albertines vorbehalten schienen, jetzt zum festen Bestand der Arbeiterinnen geworden. »Würde es Ihnen wirklich nicht zuviel ausmachen, sagte ich, während ich so tat, als suchte ich im ›Figaro‹, wenn ich Sie sogar ziemlich weit fortschickte?« Sobald ich damit den Dienst, den sie mir mit ihrem Botengang erweisen würde, als eine Mühe hinstellte, fand auch sie auf der Stelle, daß er beschwerlich für sie sei. »Es ist nur, weil ich gleich ein bißchen radfahren wollte. Unsereins hat nur am Sonntag Zeit.« – »Werden Sie denn nicht frieren ohne Kopfbedeckung?« – »O nein, ich hab schon eine, meine Polomütze, außerdem könnte ich gut darauf verzichten bei meinem dicken Haar.« Ich hob den Blick zu ihrem gelblich quellenden, künstlich gelockten Schopf, und spürte, wie sein Wirbel mich mit klopfendem Herzen in die lichtdurchzuckten Stürme eines Orkans der Schönheit entführte. Ich senkte weiter den Blick auf das Blatt, aber obwohl ich es nur tat, um Haltung zu bewahren und etwas Zeit zu gewinnen, nahm ich dennoch, während ich zu lesen vorgab, den Sinn der Worte auf, die ich vor Augen hatte, und unter diesen frappierten mich die folgenden: ›Zu dem Programm der Matinee, die wir bereits angekündigt haben und die heute nachmittag in den Festsälen des Trocadero stattfinden soll, müssen wir noch den Namen von Mademoiselle Léa hinzufügen, die es übernommen hat, bei der Aufführung der ‹Fourberies de Nérine› mitzuwirken. Sie wird natürlich in der Rolle der Nérine selbst erscheinen, in welcher sie durch ihre Verve und mitreißende Heiterkeit unwiderstehlich ist.‹ Es war, als risse jemand in brutaler Weise von meinem Herzen den Verband, unter dem es seit meiner Rückkehr von Balbec zu vernarben begann. Der Strom meiner Ängste brach mit elementarer Gewalt hervor. Léa war die Schauspielerin, die mit den beiden jungen Mädchen befreundet war, auf deren Spiegelbild Albertine, ohne daß sie sie zu sehen schien, eines Nachmittags im Kasino ihre Blicke hatte ruhen lassen. Freilich hatte Albertine in Balbec, als der Name Léa fiel, einen besonders ehrsamen Ton angeschlagen, um mir, nahezu schockiert, daß man einen solchen Ausbund von Tugend verdächtigen könne, zu erklären: ›O nein! Sie ist absolut nicht so eine Art von Frau, wie du meinst, sie ist über jeden Vorwurf erhaben.‹ Zu meinem Leidwesen war aber eine derartige Behauptung Albertines immer nur das erste Stadium ganz anderer Feststellungen. Kurz nach der ersten erfolgte die zweite, nämlich: ›Ich kenne sie überhaupt nicht.‹ Mit der dritten aber verhielt es sich so: wenn Albertine zu mir von einer solchen ›über jeden Vorwurf erhabenen‹ Person, die sie (die zweite Behauptung!) ›nicht kenne‹, gesprochen hatte, so vergaß sie nach und nach erstens, daß sie gesagt hatte, sie kenne sie nicht; vielmehr gab sie durch eine Bemerkung, mit der sie sich selber Lügen strafte, ohne es zu wissen, zu verstehen, sie kenne sie. Nachdem dies erste Vergessen vollzogen und die neue Erklärung abgegeben war, setzte ein zweites Vergessen ein bezüglich der Behauptung, daß die besagte Person so unbedingt untadelig sei. ›Gehört sie denn, fragte ich dann, nicht zu der bewußten Sorte von Frauen?‹ – ›Aber natürlich, pflegte sie hierauf zur Antwort zu geben, das ist doch ganz allgemein bekannt.‹ Doch kehrte dann der frühere würdevolle Ton gleich darauf im Zusammenhang mit einer Behauptung zurück, die noch ein ganz schwaches Echo der allerersten war: ›Ich muß sagen, daß sie sich mir gegenüber immer vollkommen korrekt betragen hat. Natürlich wußte sie, daß ich sie nicht schlecht hätte abblitzen lassen. Aber darauf kommt es ja nicht an. Ich muß anerkennen, daß sie mich immer mit der gehörigen Achtung behandelt hat. Offenbar wußte sie, mit wem sie es zu tun hatte.‹ Man erinnert sich einer Wahrheit, weil sie einen Namen und alte Wurzeln hat, aber die nur für den Augenblick ersonnene Lüge gerät sehr schnell in Vergessenheit. Albertine vergaß diese letzte Lüge, die vierte, und eines Tages, als sie mein Vertrauen durch kleine Bekenntnisse gewinnen wollte, ging sie so weit, von der gleichen Person, die zu Anfang so einwandfrei und ihr persönlich überhaupt nicht bekannt war, zu sagen: ›Sie hatte auf mich ein Auge geworfen. Drei- oder viermal hat sie mich aufgefordert, sie nach Hause zu begleiten und zu ihr heraufzukommen. Sie zu begleiten, schien mir ganz harmlos, da es ja vor aller Augen, mitten am Tage und im Freien geschah. Aber wenn wir vor ihrer Tür angekommen waren, habe ich immer eine Ausrede gefunden, um nicht noch mit hinaufzugehen.‹ Kurze Zeit darauf machte Albertine ganz beiläufig eine Bemerkung über die Schönheit bestimmter Gegenstände, die man in der Wohnung der gleichen Dame sehen könne. Schrittweise wäre es einem wahrscheinlich gelungen, die Wahrheit aus ihr herauszulocken, eine Wahrheit, die vielleicht weniger schwerwiegend gewesen wäre, als ich zunächst zu glauben geneigt war, denn vielleicht zog Albertine, wenn sie auch für Frauen leicht zu haben war, doch einen Liebhaber vor und hätte jetzt, da sie in mir einen solchen besaß, nicht an Léa gedacht. Jedenfalls aber stand ich, soweit es diese betraf, noch an dem Punkte der ersten Behauptung, so daß ich nicht wußte, ob Albertine sie persönlich kenne.[1]

Aber wie dem auch sei, es kam auf dasselbe heraus. Es hieß jetzt unbedingt verhindern, daß sie im Trocadero diese Bekannte wiederfände oder die Bekannschaft der bislang Unbekannten machte. Ich sage, daß ich nicht wußte, ob Albertine Léa kannte oder nicht; dennoch hatte ich es in Balbec durch Albertine selbst erfahren. Das Vergessen nämlich löschte bei mir ebensogut wie bei Albertine einen großen Teil der Dinge aus, die sie mir gegenüber behauptet hatte. Das Gedächtnis ist eben weit weniger eine unseren Blicken immer gegenwär-

1 Schon damals hätte es mir auf alle Fälle im Hinblick auf viele Frauen genügt, meiner Freundin summarisch ihre widersprechenden Behauptungen vor Augen zu rücken, um sie davon zu überzeugen, daß sie Fehler machte, Fehler, die ebenso wie die astronomischen Gesetzmäßigkeiten viel leichter durch logische Überlegung als durch Beobachtung und Feststellung im Rahmen des Wirklichen zu erweisen sind. Sie hätte aber noch lieber zugegeben, daß sie mit einer dieser Behauptungen gelogen habe, durch deren Zurückziehen dann mein ganzes System ins Wanken geraten wäre, als anzuerkennen, daß alles, was sie von Anfang an vorgegeben, nur ein Lügengewebe gewesen sei. Ähnlich erfundene Erzählungen gibt es in ›Tausendundeine Nacht‹, und dort entzücken sie uns. Leider jedoch bereiten sie uns bei einer Person, die wir lieben, Kummer, gestatten uns aber dadurch, etwas weiter in der Kenntnis der menschlichen Natur voranzukommen, anstatt uns auch fernerhin nur mit der Oberfläche zu begnügen. Der Kummer dringt in uns ein und zwingt uns durch schmerzhafte Neugier, selbst weiter nachzustoßen. Daher stammen Wahrheiten, welche zu verbergen wir nicht das Recht zu haben glauben, so daß ein todgeweihter Atheist, der sie entdeckt hat, obwohl vom Nichts überzeugt und keineswegs auf Ruhm bedacht, dennoch seine letzten Stunden dem Bemühen widmet, sie uns bekanntzugeben.

tige Kopie der verschiedenen Fakten unseres Lebens, als vielmehr ein Nichts, aus dem sekundenlang eine momentane Ähnlichkeit uns in einer Art von Auferstehung tote Erinnerungen heraufzuholen erlaubt; aber dabei gibt es immer tausend kleine Einzelheiten, die nicht in diese potentielle Erinnerungssphäre hinabgesunken sind, sondern für uns ewig unüberprüfbar bleiben. Alles, wovon wir nicht wissen, daß es eine Beziehung zum wirklichen Leben der geliebten Person hat, fällt nicht in den Bereich unserer Aufmerksamkeit; wir vergessen auf der Stelle wieder, was sie uns über diese Tatsache oder jene Leute gesagt hat, die wir nicht kennen, sowie auch die Miene, mit der sie sich zu uns darüber geäußert hat. Wenn daher nachträglich unsere Eifersucht durch dieselben Leute erregt wird, so entdeckt sie im Grunde nichts – sobald sie erforschen will, ob sie sich nicht täuscht, ob es tatsächlich jenen Leuten galt, daß unsere Geliebte es so eilig mit dem Ausgehen hatte oder daß sie so verstimmt war, als wir sie durch unsere verfrühte Rückkehr daran hinderten – bei ihrem Bemühen, aus der Vergangenheit Rückschlüsse zu ziehen; immer der Vergangenheit zugewandt, gleicht unsere Eifersucht dennoch nur einem Historiker, der eine Epoche schildern soll, für die keine ›Quellen‹ vorliegen; immer hinter den Tatsachen zurückbleibend, stürzt sie sich wie ein wütender Stier dahin, wo das stolze, schimmernde Wesen, dessen Stiche so quälend reizen und dessen Großartigkeit und Schlauheit die grausame Menge bewundert, schon gar nicht mehr seinen Standort hat. Die Eifersucht ficht im Leeren, unsicher, wie wir es in Träumen sind, in denen wir darunter leiden, in ihrem leeren Hause eine Person selbst nicht anzutreffen, die wir im Leben gut gekannt haben, die aber hier vielleicht eine andere ist und nur einzelne Züge von jener ersteren hat, oder wie wir es erst recht beim Erwachen werden, wenn wir die eine oder andere Einzelheit unserer Träume deutlich zu bestimmen versuchen. Wie war der Gesichtsausdruck unserer Freundin, als sie diese Äußerung tat? Sah sie nicht vergnügt aus, pfiff sie

nicht sogar vor sich hin wie stets nur dann, wenn sie verliebten Gedanken nachhängt und unsere lästige Gegenwart sie reizt? Hat sie uns nicht etwas gesagt, was im Widerspruch zu ihrer jetzigen Behauptung stünde: sie kenne eine bestimmte Person oder kenne sie nicht? Wir wissen es nicht, wir werden es niemals wissen; wir setzen alles daran, die gestaltlosen Bruchstücke eines Traumes zu finden, indessen aber geht unser Leben mit unserer Geliebten weiter, unser Leben, das sich all dem anderen gegenüber, dessen große Wichtigkeit für uns wir noch nicht erkennen, zerstreut verhält, nur das beachtet, was vielleicht gar keine hat, albtraumartig von Wesen gekreuzt wird, die zu uns selbst keine wahre Beziehung haben, und voller Vergessen, mit Lücken und vergeblichen Ängsten durchsetzt ist, unser Leben kurzum, das wie ein Traum verläuft.
Ich bemerkte erst jetzt, daß das kleine Milchmädchen noch immer da war. Ich sagte ihr, der Weg sei offenbar doch zu weit, und ich brauche sie nicht. Da fand auch sie, daß die Besorgung für sie nicht recht zumutbar sei. »Es ist da auch bald ein sehr schönes Match, da möchte ich dabei sein.« Ich wußte, nächstens würde sie von ›Sportbegeisterung‹ sprechen und in ein paar Jahren den Ausdruck ›sich ausleben‹ gebrauchen. Ich wiederholte, daß ich also wirklich keine Verwendung für sie hätte, und schenkte ihr fünf Francs. Alsbald, da sie darauf gar nicht gefaßt gewesen war und sich sagte, sie werde gewiß, wo sie bereits fünf Francs bekomme, ohne etwas dafür zu tun, ungemein viel erhalten, wenn sie die Besorgung für mich erledigte, begann sie zu finden, ihr ›Match‹ sei eigentlich gar so wichtig nicht mehr. »Ich hätte gut den Gang für Sie machen können. So etwas richtet man doch immer ein.« Ich aber drängte sie zur Türe hin, ich wollte gern allein sein; um jeden Preis mußte ich verhindern, daß Albertine im Trocadero etwa die Freundinnen Léas wiederträfe. Es mußte sein, es mußte mir gelingen; auf welche Weise, wußte ich freilich noch nicht, und während dieser ersten Augenblicke hielt

ich meine Handflächen vor mich hin, ich betrachtete sie, ich knackte mit den Fingergliedern, sei es, daß der Geist, wenn er nicht finden kann, was er sucht, von Trägheit übermannt, sich einen Augenblick Ruhe gönnt, in welcher die unbedeutendsten Dinge ihm deutlich zum Bewußtsein kommen, so wie man vom Eisenbahnabteil aus ganz genau die Grasspitzen auf der Böschung im Winde zittern sieht, wenn der Zug auf freiem Felde hält (in einer Erstarrung, die ebensowenig zu etwas führt wie die des gefangenen Tieres, das, von Furcht gelähmt oder gebannt, regungslos blickt), sei es, daß ich meinen Körper ganz und gar bereithielt – mit meinem Verstand darin und in diesem Verstand das Mittel, auf diese oder jene Person erfolgreich einzuwirken – als sei er nur mehr eine Waffe, aus welcher der Schuß losgehen müsse, der Albertine von Léa und ihren beiden Freundinnen würde trennen können. Gewiß, an dem Morgen, als Françoise gekommen war, um mir zu sagen, daß Albertine ins Trocadero ginge, hatte ich bei mir gedacht: ›Albertine kann machen, was sie will‹, und hatte bei dem schönen Wetter geglaubt, daß ihre Handlungen bis zum Abend für mich ohne spürbare Wichtigkeit wären. Aber nicht nur die Morgensonne, wie ich meinte, hatte mich so sorglos gestimmt; es lag vielmehr daran, daß ich, nachdem ich Albertine gezwungen hatte, auf die Pläne zu verzichten, die sie bei den Verdurins hätte in die Wege leiten oder verwirklichen können, und zu einer Matinee zu gehen, die ich selbst für sie ausgewählt und für die sie im voraus nichts hatte arrangieren können, wußte, daß sie unbedingt nur etwas Harmloses zu unternehmen in der Lage sei. Ebenso hatte Albertine ein paar Minuten später nur deswegen gesagt: ›Wenn ich tödlich verunglücke, ist es mir ganz egal‹, weil sie überzeugt war, es werde ihr nichts passieren. Für mich, für Albertine bestand dieser Morgen nicht nur in seinem durchsonnten Licht, er war auch von einem geistigen Medium untrennbar, in dessen wechselndem, durchlässigem Schein wir aber die Dinge sahen: ich Albertines Handlungen, sie die Bedeutsamkeit ihres eigenen Lebens – beides etwas nur Geglaubtes, das man nicht deutlich erkennt, das aber mit einem bloßen Vakuum ebensowenig vergleichbar ist wie die uns umgebende Luft, da es vielmehr rings um uns her eine veränderliche Atmosphäre schafft, die manchmal ausgezeichnet, manchmal zum Ersticken ist und daher ebensowohl beachtet und aufgezeichnet zu werden verdient wie die Temperatur, der jeweilige Luftdruck, die Jahreszeit, denn unsere Tage haben ihre physische und geistige Eigenpersönlichkeit. Die von mir selbst eigentlich heute früh nicht wahrgenommene, aber mich gleichwohl freudig einhüllende Überzeugung, die so lange anhielt, bis ich den ›Figaro‹ wieder aufschlug, daß Albertine nur ganz harmlose Dinge treiben könne, war nunmehr plötzlich geschwunden. Ich lebte nicht mehr in jenem schönen Tag, sondern in einem, der im Schoße jenes ersten entstanden war infolge der ängstlichen Sorge, Albertine könne ihre Beziehungen zu Léa wieder aufnehmen, und leichter noch die zu den beiden jungen Mädchen, wenn sie, wie es mir wahrscheinlich schien, um der Schauspielerin ihren Applaus zu spenden, ins Trocadero gegangen wären, wo es nicht schwierig sein würde, während der Pause Albertine zu begegnen. Ich dachte nicht mehr an Mademoiselle Vinteuil; der Name Léa hatte mir hinreichend, um meine Eifersucht zu erregen, das Bild Albertines im Kasino neben den jungen Mädchen vor Augen gestellt. Denn ich besaß in meinem Gedächtnis nur ganz voneinander getrennte, unvollständige Porträtserien von Albertine, Bilder im Profil, Momentaufnahmen; daher beschränkte sich denn auch meine Eifersucht auf einen immer wieder verschwindenden, gleichzeitig flüchtigen und doch fixierten Ausdruck sowie auf die Wesen, die ihn in ihrem Gesicht hervorgerufen hatten. Ich erinnerte mich an ihre Miene in Balbec, wenn junge Mädchen oder Frauen der bewußten Art sie allzu eingehend gemustert hatten; ich erinnerte mich auch, wie sehr ich darunter gelitten hatte, wenn Blicke, aktiv gleich denen eines Malers, der eine Skizze anfertigen will, über ihr Gesicht hinglitten, bis keine Stelle darin von ihnen unberührt geblieben war, Albertine aber, zweifellos in Anbetracht meiner Gegenwart, diesen Kontakt über sich ergehen ließ, als bemerke sie ihn nicht, das heißt mit einer im stillen möglicherweise lustvollen Passivität. Bis sie sich aber wiederum faßte und zu mir sprach, verging dann eine Sekunde, in der sie sich nicht rührte, doch ins Leere lächelte mit der gleichen Miene gespielter Natürlichkeit und versteckten Vergnügens, als sei soeben jemand im Begriff, sie zu photographieren, oder als nehme sie sogar für die Kamera eine noch feschere Pose an, zum Beispiel wie damals in Doncières, als wir mit Saint-Loup auf und ab gingen und sie lachend und die Zungenspitze hervorschiebend so tat, als necke sie seinen Hund. Gewiß war sie in solchen Augenblikken keineswegs die gleiche, wie wenn sie selbst sich für irgendwelche vorbeigehenden jungen Mädchen interessierte. In diesem Falle heftete sich vielmehr ihr gespannter und gleichzeitig samtigweicher Blick auf die Vorübergehende, ein so nachdrücklicher, derart zehrender Blick, daß man meinte, er müsse, wenn er sich wieder abwendete, die Haut der Passantin mitnehmen. In solchen Augenblicken aber war mir ihre Miene, die ihr wenigstens etwas Ernstes gab, in einem Maße sogar, daß man sie für leidend halten konnte, sanft erschienen verglichen mit der dumpf beseligten, die sie unter den Blicken jener beiden Mädchen angenommen hatte, und ich hätte die düstere Maske des Verlangens, das sie vielleicht zuweilen verspürte, der lachenden vorgezogen, mit der das Verlangen, das sie selbst in anderen weckte, ihr Antlitz überzog. Sie mochte sich noch so sehr bemühen, ihre Kenntnis davon zu verbergen, sie umfloß sie förmlich, umhüllte sie wie mit einem Dunst von Lust, färbte ihre Wangen mit einem rosigen Schein. Doch wer weiß, ob Albertine das, was in solchen Augenblicken auf unbestimmte Weise in ihr vorhanden war, was rings um sie her ausstrahlte und mir so große Leiden bereitete, auch dann, wenn sie sich nicht in meiner Gegenwart befand, weiterhin verschweigen, ob sie nicht vielmehr auf die Avancen der jungen Mädchen, wenn ich nicht mehr bei ihr war, kecker eingehen würde? Gewiß, solche Erinnerungen machten mir großen Kummer, sie waren wie ein umfassendes Geständnis der Neigungen Albertines, ein allgemeines Bekenntnis ihrer Untreue, gegen das die im einzelnen geleisteten Schwüre, an die ich nicht glauben wollte, die negativen Ergebnisse meiner unvollständigen Nachforschungen, die Versicherungen Andrées, die vielleicht im Einverständnis mit Albertine erfolgten, nicht aufzukommen vermochten. Albertine konnte im einzelnen ihren Verrat nicht abstreiten; durch Worte, die ihr entschlüpften und stärker waren als alle Gegenerklärungen, durch ihre Blicke allein hatte sie das Geständnis dessen vollzogen, was sie verbergen wollte, mehr noch als das bestimmter einzelner Tatsachen das Geständnis eben der Sache, die sie um keinen Preis – eher ginge sie in den Tod – jemals zugeben würde: ihre Neigung zu Frauen. Denn kein lebendes Wesen will sein Innerstes bloßstellen.

Hätte ich aber trotz des Schmerzes, den diese Erinnerungen in mir weckten, abstreiten können, daß das Programm der Matinee im Trocadero ein starkes Bedürfnis nach der Nähe Albertines in mir aufkommen ließ? Sie gehörte zu den Frauen, deren Fehler notfalls sogar die Reize ersetzen können, ebensogut wie ihre Fehler freilich auch die gleich darauf einsetzende Wiederkehr der Güte, die das sanfte Behagen in uns schafft, welches wir uns in ihrer Nähe – so wie ein Kranker niemals zwei Tage nacheinander wohlauf ist – unaufhörlich neu erobern müssen. Mehr noch übrigens als ihre Fehler aus der Zeit, zu der wir sie schon lieben, spielen die aus den Tagen eine Rolle, da wir sie noch nicht kannten, sowie das Grundlegende: ihre Natur. Was solche Liebesbeziehungen peinvoll macht, ist in Wirklichkeit, daß vor ihnen schon eine Art von Erbsünde der Frau bestanden hat, um derentwillen wir sie gerade lieben, so daß wir, sobald wir die Sünde vergessen, weniger nach der Frau verlangen und, um sie von neuem zu lieben, zunächst einmal von neuem leiden müssen. In diesem Augenblick war das Problem, wie ich erreichen könnte, daß Albertine die beiden jungen Mädchen nicht träfe, und in Erfahrung zu bringen, ob sie Léa kenne oder nicht, meine vornehmste Sorge, obwohl man sich für Einzelheiten nur um ihrer allgemeineren Bedeutung willen interessieren sollte, und trotz der kindischen Haltung, die ebenso wie beim Reisen auch bei dem Wunsche, Frauen kennenzulernen, darin liegt, seine Neugier an das zu verzetteln, was aus dem unsichtbaren Strom der grausamen Wahrheiten, die uns immer unbekannt bleiben werden, sich in unserem Geiste zufällig kristallisiert. Im übrigen würde, wenn es uns gelänge, dies eine in uns zu ertöten, sofort ein anderes an seine Stelle treten. Gestern fürchtete ich, Albertine könne zu Madame Verdurin gehen. Jetzt machte nur Léa mir Sorge. Die Eifersucht, die eine Binde vor den Augen trägt, ist nicht nur außerstande, etwas in der sie umgebenden Finsternis zu entdecken, sondern sie stellt auch noch selbst eine der Torturen dar, bei denen die Aufgabe darin besteht, immer wieder von vorn anzufangen, die Strafe der Danaiden oder Ixions. Welchen Eindruck aber mochte sogar, wenn die beiden jungen Mädchen nicht da wären, eine durch die Verkleidung verschönte, durch den Erfolg verherrlichte Léa machen! Welche Träumereien würde sie in Albertine zu wecken imstande sein! Welches Verlangen zudem, das dann, wenn auch in meiner Nähe gewaltsam unterdrückt, ihr Abneigung gegen ein Leben einflößen würde, in dem sie ihm nicht nachgeben könnte!

Wer weiß im übrigen, ob Albertine Léa nicht kannte und sie in ihrer Garderobe aufsuchen würde? Und wer bürgte mir dafür, daß nicht diese sogar Albertine, selbst wenn sie sie nicht kannte, hier nun doch, da sie ja auf alle Fälle in Balbec ihr begegnet war, wiedererkennen und ihr womöglich von der Bühne durch ein Zeichen die Erlaubnis erteilen würde, sich die Tür öffnen zu lassen, die hinter die Kulissen führte? Eine Gefahr scheint sehr wohl vermeidbar, sobald sie beschworen ist. Diese war es noch nicht, ich fürchtete sogar, sie werde es niemals sein, und um so erschreckender kam sie mir vor. Dennoch schien mir für die Liebe zu Albertine, die ich beinahe mir entgleiten fühlte, wenn ich mich bemühte, ihr Wirklichkeit zu verleihen, die Heftigkeit meines Schmerzes in diesem Augenblick etwas wie ein Beweis. Ich kümmerte mich um nichts anderes mehr, ich dachte nur daran, wie ich verhindern könnte, daß Albertine im Trocadero bliebe; ich hätte Léa jede Summe geboten, damit sie selbst sich nicht dorthin begäbe. Wenn man also die Bevorzugung einer Person mehr durch sein Handeln bewiese als durch die Vorstellung, die man sich von ihr macht, hätte ich Albertine geliebt. Doch mein wiederbeginnendes Leiden schenkte dem Bild Albertines in mir keine größere Dichte. Es war der Urheber meiner Kümmernisse wie eine Gottheit, die selbst unsichtbar bleibt. Durch tausend Vermutungen, die ich anstellte, suchte ich mein Leiden auszuschmücken, ohne damit meine Liebe wirklicher zu machen.

Zunächst mußte ich die Gewißheit haben, daß Léa wirklich zum Trocadero ginge. Nachdem ich das Milchmädchen mit den fünf Francs verabschiedet hatte, telephonierte ich an Bloch, der ebenfalls mit Léa gut bekannt war, um ihn danach zu fragen. Er hatte keine Ahnung und schien erstaunt, daß es mich interessiere. Ich dachte daran, daß ich schnell würde aufbrechen müssen, daß aber Françoise fertig angezogen war und ich nicht; während ich mich ankleidete, ließ ich sie also ein Automobil bestellen; sie sollte zum Trocadero fahren, eine Eintrittskarte nehmen, Albertine überall im Zuschauerraum suchen und ihr eine Botschaft von mir übergeben. Ich erklärte ihr darin, ich sei ganz aufgelöst wegen eines Briefes, den ich soeben von der gleichen Dame erhalten hätte, um derentwillen ich, wie sie ja wisse, die eine Nacht in Balbec so unglücklich gewesen sei. Ich erinnerte sie daran, daß sie mir am folgenden Tage Vorwürfe gemacht habe, weil ich sie damals nicht hätte rufen lassen. Daher erlaubte ich mir denn

auch, so schrieb ich ihr, die Bitte, sie möge mir zuliebe auf die Matinee verzichten und mich abholen, damit wir zusammen uns ein Weilchen an die frische Luft begäben und ich mich etwas zu erholen versuchte. Da ich aber noch ziemlich lange Zeit brauchte, bevor ich angekleidet und bereit sein würde, tue sie mir einen Gefallen, wenn sie die Anwesenheit von Françoise benutzte, um in ihrer Begleitung in den ›Trois Quartiers‹ (da dies Warenhaus kleiner war, flößte es mir weniger Unruhe ein als der ›Bon Marché‹) jene Tüllrüsche zu kaufen, die sie so dringend brauchte.
Mein Briefchen würde wahrscheinlich nicht unnütz sein. Tatsächlich wußte ich nicht, was Albertine getan hatte, seitdem ich sie kannte, geschweige denn vorher. Aber in ihren Äußerungen im Gespräch (Albertine hätte, wenn ich eine Bemerkung darüber machte, behaupten können, ich hätte mich verhört) fanden sich gewisse Widersprüche, bestimmte nachträgliche Retuschen, die mir ebenso entscheidend schienen, als hätte ich meine Freundin in flagranti ertappt, jedoch als Material gegen Albertine, die oft, wenn sie wie ein Kind bei etwas betroffen wurde, mit einer unerwarteten strategischen Wendung meine grausamen Attacken zuschanden machte und ihre eigene Situation von neuem festigte, nicht recht verwendbar waren. Grausam waren diese Attacken in erster Linie für mich. Nicht aus einem Raffinement des Stils heraus, sondern um übereilte Äußerungen ungeschehen zu machen, verwendete sie gewisse Inkonsequenzen der Syntax, die ein wenig dem glichen, was man in der Grammatik als Anakoluth oder dergleichen bezeichnet. Wenn sie sich bei einem Gespräch über Frauen so weit hatte gehen lassen, daß sie sagte: ›Ich erinnere mich, wie ich neulich . . .‹, so schluckte sie plötzlich etwas herunter, und aus dem ›ich‹ wurde ein ›sie‹. Es handelte sich nun um eine Sache, die sie als harmlose Spaziergängerin mit angesehen und keineswegs etwa selbst begangen hatte. Nicht sie war das Subjekt des Handelns mehr. Ich hätte mich gern genau an den Anfang des Satzes erinnert, um ihn meinerseits

zu beenden, da er sich ja ganz und gar von dem entfernte, was den eigentlichen Satzschluß hatte bilden sollen. Da ich aber auf dies Ende gewartet hatte, erinnerte ich mich schlecht an den Beginn, von dem sie vielleicht angesichts meiner so interessierten Miene abgewichen war, und fühlte mich nur ängstlich auf das gespannt, was sie wahrhaft dachte, woran in Wirklichkeit sie sich erinnerte. Leider verhält es sich mit dem Beginn einer Lüge unserer Geliebten wie mit den Anfängen unserer eigenen Liebe oder einer Berufung. Sie entstehen, sie wachsen an, doch entgehen sie unserer Aufmerksamkeit. Will man sich erinnern, auf welche Weise man angefangen hat, eine Frau zu lieben, so liebt man sie bereits. Wenn wir uns vorher in Träumereien mit ihr beschäftigten, so sagten wir uns nicht: diese Träumereien sind der Auftakt der Liebe, jetzt heißt es Obacht geben. Sie haben uns einfach überfallen, ohne daß es uns recht zum Bewußtsein kam. Abgesehen von verhältnismäßig seltenen Fällen habe ich hier nur der bequemeren Darstellung wegen häufig eine lügenhafte Äußerung Albertines ihrer ersten Behauptung (über die gleiche Sache) gegenübergestellt. Diese erste Behauptung hatte sich, da sie ja nicht in der Zukunft lesen und bereits wissen konnte, welche entgegengesetzte Äußerung eines Tages ihr Pendant bilden werde, unbemerkt eingeschlichen, und ich hatte sie zwar mit eigenen Ohren angehört, doch ohne daß ich sie aus dem Zusammenhang der Reden Albertines herausgehalten hätte. Später, nachdem die Lüge an den Tag gekommen oder ich nachgerade von ängstlichen Zweifeln heimgesucht war, hätte ich mich gern erinnert, aber alles war dann umsonst; mein Gedächtnis hatte nicht rechtzeitig einen Wink bekommen; es hatte für überflüssig gehalten, eine Durchschrift des Textes aufzubewahren.

Ich legte Françoise ans Herz, sie solle mich, wenn sie Albertine aus dem Zuschauerraum herausgeholt habe, telephonisch verständigen und sie herbringen, ob sie nun gern mitkäme oder nicht. »Das fehlte wirklich noch, daß sie nicht gern mitkäme zu Monsieur«, antwortete Françoise. »Nun, ich weiß doch nicht, ob ihr so viel daran liegt, mich jetzt schon wiederzusehen.« – »Da müßte sie freilich schön undankbar sein«, meinte Françoise, in deren Seele Albertine nach so vielen Jahren die gleichen Eifersuchtsqualen entfachte wie im Haus meiner Tante einstmals Eulalie. Da sie nicht wußte, daß Albertines Situation bei mir nicht von dieser selbst gewünscht, sondern meinem Willen entsprungen war (was ich aus Eigenliebe und um Françoise zur Wut zu reizen, ihr immer gern verheimlichte), bewunderte und verabscheute sie deren Geschicklichkeit und bezeichnete sie, wenn sie vor den anderen Bedienten von ihr sprach, als eine ›Komödiantin‹, eine ›Schmeichlerin‹, die mit mir mache, was sie gerade wolle. Sie wagte sie noch nicht offen zu bekriegen, sondern zeigte ihr ein freundliches Gesicht und machte sich einstweilen dadurch lieb Kind bei mir, daß sie Albertine in ihren Beziehungen zu mir behilflich war, denn sie dachte wohl, es habe keinen Zweck, etwas zu mir zu sagen, sie werde doch nichts erreichen. Immer aber lauerte sie auf eine Gelegenheit, um, wenn sie je in Albertines Verhältnis zu mir einen Riß entdeckte, ihn zu erweitern und uns dann vollends auseinanderzubringen. »Sehr undankbar? Aber nicht doch, Françoise, ich finde mich selbst undankbar, Sie wissen ja gar nicht, wie gut sie zu mir ist. (Es war ein süßes Gefühl für mich, mich dergestalt als geliebt hinzustellen!) Gehen Sie nur schnell.« – »Ich verschwinde schon, und zwar ›dalli‹.«

Der Einfluß ihrer Tochter begann das Vokabular von Françoise zu verändern. Alle Eigensprachen büßen so ihre Reinheit durch die Aufnahme neuer Ausdrücke ein. An dem Verfall der Redeweise von Françoise, welche ich noch aus ihrer besten Zeit her kannte, war ich übrigens mittelbar schuld. Françoises Tochter hätte nicht bewirkt, daß die klassische Art des Ausdrucks bei ihrer Mutter sich bis zum niedrigsten Argot herabentwickelte, hätte sie sich damit begnügt, den heimischen Dialekt mit ihr zu sprechen. Sie hatte nie ganz darauf verzichtet, und wenn die beiden bei mir waren und sich etwas Geheimes mitzuteilen hatten, so bereiteten sie sich, anstatt sich in der Küche einzuschließen, eine Schutzwand, die schwerer zu durchbrechen war als eine noch so gut verschlossene Tür, indem sie sich in eben dieser Volkssprache unterhielten. Ich konnte nur vermuten, daß Mutter und Tochter nicht im besten Einvernehmen lebten, wenn ich nach der Häufigkeit urteilte, mit der das einzige Wort immer wieder auftrat, das ich deutlich heraushören konnte, nämlich ›m'esasperate‹ (wofern das Objekt dieser äußersten Gereiztheit nicht ich selber war). Leider aber erlernt man auch die unbekannteste Sprache, wenn man sie unausgesetzt sprechen hört. Ich bedauerte, daß es sich hier um den Dialekt handelte, denn ich konnte es allmählich gut und hätte die Sprache der beiden nicht weniger vollkommen erlernt, wenn Françoise mit ihrer Tochter Persisch gesprochen hätte. Als Françoise meine Fortschritte feststellen mußte, versuchte sie es zwar mit einer Beschleunigung ihrer Rede, die Tochter ebenfalls, aber nichts verfing. Die Mutter bedauerte lebhaft, daß ich jetzt den Dialekt verstand, dann äußerte sie ihre Freude darüber, daß ich ihn sprechen könne. In Wirklichkeit war diese Freude mit Ironie durchsetzt, denn obwohl ich ihn zu guter Letzt ungefähr wie sie selbst sprach, stellte sie zwischen unser beider Aussprachen Abgründe fest, um derentwillen sie in Entzücken geriet, gleichzeitig aber bekümmert war, daß sie keine Leute aus ihrem Dorf mehr sah, an die sie schon seit vielen Jahren nicht mehr gedacht hatte, die aber – was sie gern miterlebt hätte – vor Lachen gestorben wären, wenn sie mich so schlecht hätten Dialekt sprechen hören. Der bloße Gedanke daran erfüllte sie mit Heiterkeit und Bedauern, und sie nannte sogar den einen oder anderen Landsmann mit Namen, der Tränen gelacht haben würde. Auf alle Fälle mischte sich keine wirkliche Freude unter ihren Unmut darüber, daß ich jetzt ihren Dialekt, wenn auch fehlerhaft sprach, so doch gut verstand. Schlüssel verlieren ihren Wert, wenn derjenige, den man dadurch fernhalten will, über einen Hauptschlüssel oder ein Einbrecherwerkzeug verfügt. Da der Dialekt jetzt ein wertloses Schutzmittel geworden war, fing sie an, mit ihrer Tochter ein Französisch zu sprechen, das sehr rasch zu dem der übelsten Sprachepochen herabsank.

Ich war bereit, doch Françoise hatte noch nicht telephoniert; sollte ich aufbrechen, ohne darauf zu warten? Aber wer weiß, ob sie Albertine überhaupt auffinden würde, ob diese sich nicht vielleicht schon hinter den Kulissen aufhielte? Und ob sie sich, selbst wenn Françoise sie träfe, von ihr wegholen ließe? Eine halbe Stunde darauf läutete das Telephon, und in meinem Herzen erhob sich ein Tumult von Hoffnung und von Angst. Auf den Befehl eines Telephonangestellten trug ein fliegendes Geschwader von Tönen mit Blitzesschnelle die Worte des Telephonierenden mir zu, nicht diejenigen von Françoise, da diese auf Grund einer düsteren Urscheu vor einem den Altvorderen unbekannten Objekt nicht dazu zu bringen war, sich der Muschel zu nähern; viel eher wäre sie bereit gewesen, Aussätzige zu besuchen. Sie hatte im Wandelgang Albertine allein angetroffen, und diese hatte nur Andrée Bescheid gesagt, daß sie nicht bleiben könne, worauf sie ohne Zögern mitgegangen war. »Sie ist nicht böse? Ach! Entschuldigen Sie! Fragen Sie doch die Dame, ob das Fräulein auch nicht böse war? ...« – »Die Dame hier läßt Ihnen ausrichten, nein, ganz und gar nicht, überhaupt nicht ein bißchen ...; auf alle Fälle hätte sie sich davon dann nichts anmerken lassen. Sie gehen jetzt zu den ›Trois Quartiers‹ und sind um zwei Uhr zu Hause.« Es war mir klar, daß zwei Uhr soviel wie drei Uhr bedeutete, denn zwei Uhr war es bereits. Aber einer der speziellen, unausrottbaren, unheilbaren, als krankhaft zu bezeichnenden Fehler von Françoise bestand darin, daß sie niemals genau nach der Uhr sah oder wußte, wie spät es war. Ich habe niemals begreifen können, was in ihrem Kopf vorging. Wenn es eigentlich zwei Uhr war, Françoise aber mit einem Blick auf ihre Taschenuhr erklärte: ›Es ist ein Uhr‹ oder ›Es ist drei Uhr‹, habe ich nie zu ermitteln vermocht, ob der Sitz des hier vorliegenden Phänomens in ihren Augen, ihrem Denken oder auf ihrer Zunge zu suchen war; fest steht allein, daß die Erscheinung unausweichlich auftrat. Die Menschheit ist sehr alt. Erblichkeit, Kreuzungen in den Familien haben gewisse schlechte Gewohnheiten oder fehlerhafte Reflexe mit unüberwindlicher Kraft begabt. Irgendeine Person niest oder atmet schwer, wenn sie an einem Rosenstrauch vorübergeht; eine andere bekommt einen Ausschlag, wenn sie frische Farbe riecht; viele leiden an Koliken, sobald sie eine Reise antreten müssen, und Enkel von Dieben, die vielleicht selbst Millionäre und noch dazu freigebig sind, können der Versuchung nicht widerstehen, uns fünfzig Francs zu stehlen. Für die Erkenntnis, worin bei Françoise die Unmöglichkeit bestand, die Zeit genau anzugeben, hat sie selbst mir niemals einen Hinweis geliefert. Denn ungeachtet des Zornes, in den ich gewöhnlich durch ihre ungenauen Antworten geriet, suchte Françoise weder wegen ihres Irrtums sich zu entschuldigen, noch ihn zu erklären. Sie blieb stumm und tat so, als höre sie meine Reden nicht, wodurch ich vollends außer mir geriet. Ich hätte gern ein Wort der Rechtfertigung gehört, und wäre es auch nur gewesen, um sie erst recht abzukanzeln, aber es kam nichts – sie setzte mir nur gleichgültiges Schweigen entgegen. Für heute jedenfalls bestand nun gar kein Zweifel mehr, daß Albertine um drei Uhr mit Françoise nach Hause kommen, das heißt weder Léa noch ihre Freundinnen sehen würde. Als nun die Gefahr, sie könne die Beziehungen zu jenen wiederaufnehmen, hinlänglich beschworen war, verlor sie auf der Stelle jede Bedeutung für mich, und angesichts der Tatsache, mit welcher Leichtigkeit es geschehen war, konnte ich nur staunen, daß ich je geglaubt hatte, es werde mir nicht gelingen, ihr wirksam zu begegnen. Ich hatte ein Gefühl lebhafter Dankbarkeit Albertine gegenüber, die, wie ich einsehen mußte, nicht wegen Léas Freundinnen ins Trocadero gegangen war, und die mir, indem sie die Matinee verließ und auf einen Wink von mir nach Hause kam, zugleich für die Zukunft bewies, daß sie mir noch mehr gehörte, als ich je gedacht hätte. Dies Gefühl nahm noch zu, als ein Radler kam und mir, damit ich mich gedulde, ein Wort von ihr überbrachte, das in den netten Wendungen abgefaßt war, auf die sie sich so gut verstand: ›Marcel, mein lieber Marcel, ich komme nicht so schnell zu Dir wie dieser Bote, dessen Rad ich gern genommen hätte, um desto eher bei Dir zu sein. Wie kannst Du nur glauben, ich könne böse sein, und etwas anderes könne mir soviel Vergnügen machen, als bei Dir zu weilen? Ich freue mich darauf, mit Dir auszugehen, und noch lieber wäre mir, wir gingen überhaupt nur immer beide zusammen aus. Was denkst Du Dir eigentlich, Marcel? Was für einen Marcel habe ich doch an Dir! Ganz die Deine, Albertine.‹

Die Kleider sogar, die ich ihr kaufte, die Jacht, von der ich ihr gesprochen hatte, die Morgenröcke von Fortuny, alles das kam in meinen Augen, da es in Albertines Gehorsam nicht seine Gegenleistung, sondern eine Ergänzung fand, viel eher Vorrechten gleich, die ich ausüben durfte; denn die Pflichten und Lasten eines Herrn machen einen Teil seiner Herrschaft aus, bezeichnen ihr Maß und beweisen sie ebensogut, wie seine Rechte es tun. Die Rechte aber, die sie mir zuerkannte, gaben erst meinen Lasten ihren wahren Charakter: ich hatte eine Frau zu meiner Verfügung, die mir beim ersten Wort, das ich ihr übersandte, voller Ergebenheit telephonisch ausrichten ließ, daß sie auf der Stelle wieder heimkommen werde. Ich war noch in weit höherem Maße der Herr, als ich je geglaubt hätte: Herr, das heißt Sklave. Ich verspürte keine Ungeduld mehr, Albertine zu sehen. Die Gewißheit, daß sie im Augenblick mit Françoise eine Besorgung machte, daß sie mit dieser zu einem schon nahen Zeitpunkt nach Hause kommen werde, den ich gern noch hinausgeschoben hätte, erhellte wie ein strahlendes und friedliches Gestirn eine Spanne Zeit, die ich mit weit größerem Vergnügen nunmehr allein hätte verbringen mögen. Meine Liebe zu Albertine hatte mich bewogen, aufzustehen und mich zu einer Ausfahrt zu rüsten, doch würde sie mich daran hindern, die Ausfahrt zu genießen. Ich dachte daran, daß an diesem Sonntag bestimmt kleine Arbeiterinnen, Putzmacherinnen, Kokotten im Bois spazierengingen. Mit diesen Worten ›Putzmacherin‹ aber oder ›kleine Arbeiterin‹ (wie es einem oft mit einem Personennamen geht, dem Namen eines jungen Mädchens, den man in einem Ballbericht liest) in Verbindung mit der Vorstellung von einer weißen Bluse, einem kurzen Rock, stellte ich in mir, da ich an eine Unbekannte dachte, die ich lieben könnte, ganz für mich allein Bilder von begehrenswerten Frauen her, nicht ohne mir zu sagen: ›Wie nett sie sicher alle sind!‹ Aber was hülfe es mir, wenn sie es wirklich wären, da ich ja nicht allein ausfuhr? Ich benutzte die Tatsache, daß ich jetzt noch ohne Gesellschaft war, zog die Vorhänge halb zu, so daß die Sonne mich nicht beim Notenlesen störte, setzte mich ans Klavier, schlug aufs Geratewohl die Sonate von Vinteuil auf, die dort lag, und begann zu spielen; weil Albertines Ankunft noch etwas in der Zukunft lag, aber gleichwohl ganz fest in Aussicht stand, hatte ich gleichermaßen Zeit und innere Sammlung dafür. Von sicherer Erwartung ihrer Heimkehr in Begleitung von Françoise und dem Vertrauen auf ihre Gefügigkeit durchflutet wie von einem inneren Licht, das gleich dem von außen her einströmenden erwärmte, war mein Denken frei, ich konnte es einen Augenblick lang von Albertine lösen und ganz der Sonate zuwenden. Selbst in dieser aber lenkte ich meine Aufmerksamkeit nicht auf die Feststellung, um wieviel mehr das Motiv der Lust und das der Beängstigung in ihrer Verquickung jetzt meiner Liebe zu Albertine entsprachen, bei der die Eifersucht so lange gefehlt hatte, daß ich Swann gegenüber noch meine völlige Unkenntnis dieses Gefühls hatte bekennen können. Nein, ich ging die Sonate vielmehr von einem andern Gesichtspunkt aus an, betrachtete sie in sich selbst als das Werk eines großen Künstlers und wurde somit von der Flut der Töne zu Tagen in Combray zurückgetragen – ich will nicht sagen zu denen von Montjouvain oder den Spaziergängen nach Méséglise, sondern denen nach der Seite von Guermantes, wo ich selbst mir gewünscht hatte, einmal ein Künstler zu werden. Als ich in der Tat auf diesen Ehrgeiz verzichtete, hatte ich da etwas Wirkliches aufgegeben? Konnte das Leben mich über den Verlust der Kunst trösten? Gab es in der Kunst eine tiefere Realität, in der unsere wirkliche Persönlichkeit einen Ausdruck findet, den ihr die Betätigungen des Lebens nicht zu verleihen vermögen? Jeder große Künstler scheint ja tatsächlich so verschieden von den anderen und vermittelt uns ein Gefühl von Individualität, das wir im Alltagsleben ganz vergeblich suchen! In dem Augenblick, da ich diesem Gedanken nachhing, fiel mir ein Takt der Sonate auf, ein Takt, den ich gleichwohl gut kannte, aber zuweilen strahlt die Aufmerksamkeit seit langem bekannte Dinge mit einemmal anders an, und wir erkennen, was wir nie zuvor gesehen. Als ich diesen Takt spielte, murmelte ich, obwohl Vinteuil darin gerade einem Traum Ausdruck zu geben suchte, der Wagner ganz und gar ferngelegen hätte, unwillkürlich ›Tristan‹ mit dem Lächeln vor mich hin, das zuweilen ein Freund der Familie hat, wenn ihn irgend etwas im Tonfall, in der Bewegung des Enkels an den Vorfahr erinnert, den jener selbst nicht mehr gekannt. Und wie man dann zwecks Prüfung der Ähnlichkeit eine Photographie hervorholt, schlug ich auf dem Notenpult des Flügels über der Sonate die Partitur des ›Tristan‹ auf, aus dem gewisse Teile gerade an diesem Nachmittag im Concert Lamoureux gespielt wurden. Ich verspürte bei meiner Bewunderung für den Bayreuther Meister keines der Bedenken derer, die sich wie Nietzsche eine Pflicht daraus machen, in der Kunst wie im Leben die Versuchung durch die Schönheit zu meiden, die sich ebenso von ›Tristan‹ losreißen, wie sie den ›Parsifal‹ verleugnen, und die auf Grund einer gewissen geistigen Askese von einer Selbstabtötung zur anderen auf dem blutigsten aller Kreuzwege schließlich zur reinen Erkenntnis und vollkommenen Anbetung des ›Postillon von Longjumeau‹ gelangen. Ich wurde mir alles dessen bewußt, was das Wagnersche Werk an Wirklichem in sich hat, als ich die zugleich eindringlichen und flüchtigen Themen wiedererkannte, die in einem Akt aufklingen, sich nur entfernen, um dennoch wiederzukommen, manchmal nur wie von weitem, beschwichtigt, fast entschwebend, in anderen Augenblicken aber bei aller Unbestimmtheit so dringend und so nahe ertönen, so innerlich, organisch, ja fast körperlich in uns existieren, daß man meinen möchte, es handle sich weniger um die Wiederaufnahme eines Motivs als vielmehr um das erneute Einsetzen einer Neuralgie.

Sehr verschieden darin von der Gesellschaft Albertines, half mir die Musik, in mich selbst hinabzusteigen, dort Neues zu entdecken: das Anderssein nämlich, das ich im Leben, auf Reisen, vergebens gesucht, nach dem ich aber eine Sehnsucht trug, die diese Klangflut mir schenkte, wenn sie neben mir ihre besonnten Wellen anbranden und vergehen ließ. Um ein zweifaches Anderssein handelt es sich dabei. Wie das Spektrum uns die Zusammensetzung des Lichts objektiv sichtbar macht, so gestatten uns die Harmonien eines Wagner, die Farben eines Elstir, die Essenz und Beschaffenheit der Empfindungen eines andern kennenzulernen, in welche die Liebe zu einem Wesen uns nicht einzudringen erlaubt. Dann ein Anderssein noch im Innern des Werkes selbst durch das einzige Mittel, das uns ermöglicht, wirklich ›anders‹ zu sein, nämlich die Fähigkeit, verschiedene Individualitäten zu vereinigen. Da, wo ein geringerer Komponist behaupten würde, einen Knappen, einen Ritter darzustellen, während er sie dennoch die gleiche Musik vortragen läßt, unter welcher Benennung sie auch auftreten mögen, setzt Wagner tatsächlich eine andere Wirklichkeit an, und jedesmal wenn sein Knappe auftritt, zeichnet sich eine besondere, gleichzeitig komplizierte und doch eingängige Figur mit einer Kombination aus fröhlichen und ritterlichen Klanggefügen im unendlichen Reich der Töne ab. Daraus folgt die Fülle einer Musik, die in der Tat von vielen, vielen musikalischen Aspekten erfüllt ist, von denen jeder einem bestimmten Wesen entspricht: einem Wesen oder dem Eindruck, den ein momentaner Aspekt der Natur für uns hat. Selbst was noch von dem dadurch vermittelten Gefühl am unabhängigsten ist, wahrt seine äußere, vollkommen fest umrissene Realität; das Lied eines Vogels, der Ton des Jagdhorns, die Weise, die ein Hirt auf seiner Schalmei hervorbringt, tragen auf den Horizont ihre klare Klangsilhouette auf. Gewiß, Wagner wußte sie zu fassen, sich ihrer zu bemächtigen, sie seinem Orchester zu integrieren, den höchsten musikalischen Konzeptionen einzuordnen, aber doch so, daß er dabei ihr ursprüngliches Wesen respektierte wie ein Bildschnitzer die Fibern, die Eigenart des Holzes, aus dem er seine Skulpturen schafft.

Trotz des Reichtums der Werke aber, in denen Versenkung in die Natur neben die Handlung, neben Individuen tritt, die mehr als bloße Namen sind, dachte ich daran, wie sehr seine Werke gleichwohl ebenfalls – wenn auch in wunderbarer Weise – an jenem Charakter des ewig Unvollendeten teilhaben, der allen großen Schöpfungen des neunzehnten Jahrhunderts gemeinsam ist, dieses neunzehnten Jahrhunderts, in welchem die größten Schriftsteller ihre Werke eigentlich verfehlt, aber doch, indem sie sich selbst bei der Arbeit zuschauten und sich gleichzeitig als Schaffende und als Beurteiler fühlten, aus ihrer Selbstbeobachtung eine neue Schönheit gezogen haben, die neben und über dem Werke steht und ihm rückwirkend jene Einheit und Größe verleiht, über die es in sich selbst nicht verfügt. Kann man nicht, auch ohne bei dem haltzumachen, der nachträglich in seinen Romanen eine ›Comédie Humaine‹ entdeckte, oder bei denen, die ihre Dichtungen oder zerstreuten Essays als eine ›Légende des Siècles‹ oder ›Bible de l'Humanité‹ gedeutet haben, doch gerade von dem letzteren sagen, er verkörpere so gut das neunzehnte

Jahrhundert, daß man die größten Schönheiten Michelets weniger in seinem eigentlichen Oeuvre zu suchen hat als vielmehr in der wechselnden Haltung, die er selbst seinem Werk gegenüber einnimmt, nicht also in seiner ›Histoire de France‹ oder seiner ›Histoire de la Révolution‹, sondern in seinen Vorreden zu diesen beiden Werken? Vorreden, das heißt in Seiten, die nach den Büchern verfaßt sind, in denen er diese einer Betrachtung unterzieht, und zu denen ab und an ein paar Sätze gehören, die gewöhnlich mit einem ›Soll ich es sagen?‹ beginnen, das hier nicht die behutsame Formel des Gelehrten ist, sondern eher etwas wie eine musikalische Kadenz. Jener andere Musiker, der mich im Augenblick in so großes Entzücken versetzte, Wagner, der aus seinen Schubfächern ein köstliches Stück zog, um es als ein rückblickend unerläßlich erscheinendes Thema einem Werk einzufügen, an das er noch nicht gedacht hatte, und der dann, nachdem er eine erste mythologische Oper, dann eine zweite, schließlich noch weitere geschaffen hatte, mit einem Male bemerkte, daß eine Tetralogie, der ›Ring‹, entstanden war, hat gewiß ungefähr den gleichen Rausch wie Balzac erlebt, als dieser auf seine Werke den Blick gleichzeitig eines Fremden und eines Vaters warf, in dem einen die Reinheit Raffaels, dem andern die Einfalt des Evangeliums entdeckte und mit einem Male, wenn er sie auf Grund einer nachträglichen Erleuchtung in aller Klarheit anschaute, zu der Erkenntnis kam, daß sie noch schöner sein könnten, wenn er sie zu einem Zyklus vereinigte, in dem die gleichen Personen wiederkehren würden, und seinem Werke durch diesen Zusammenschluß noch einen – den letzten und erhabensten – Pinselstrich hinzufügte. Eine nachträgliche, nicht künstlich geschaffene Einheit: sonst wäre sie zerfallen wie so viele Systematisierungen von mittelmäßigen Schriftstellern, die mit einem großen Aufgebot an Titeln und Untertiteln sich den Anschein geben, als hätten sie einen einzigen, transzendenten Zweck verfolgt. Nicht künstlich, vielleicht sogar um so wirklicher, als sie nachträglich erst ihr

Entstehen einem entflammten Augenblick verdankt, angesichts von Teilen entdeckt worden ist, die nur noch zu einem Ganzen zusammenschießen mußten; eine Einheit, die nichts von sich wußte, also lebendig und nicht logisch bedingt ist, die Mannigfaltigkeit nicht verpönt, die Ausführung nicht erkältend beeinflußt hat. Sie ist (doch diesmal aufs Ganze bezogen) wie irgendein für sich verfaßtes, aus einer Eingebung geborenes – nicht durch künstliches Entwickeln einer These postuliertes – Stück, das sich dem übrigen einpaßt. Vor der großen Steigerung im Orchester, die der Rückkehr Isoldes vorausgeht, hat das Werk als solches den halb vergessenen Hirtenreigen zu sich herangezogen. Und ebenso machtvoll gewiß, wie das Aufbranden des Orchesters beim Nahen des Schiffes diese Schalmeienweise, wenn es sich ihrer bemächtigt hat, verwandelt, seinem Rausche vermählt, ihren Rhythmus zerschlägt, ihre Klangfärbung aufhellt, ihr Tempo beschleunigt, ihre Instrumentation vervielfältigt, war Wagner selbst von Freude emporgetragen, als er in seinem Gedächtnis den Hirtenreigen fand, ihn seinem Werke einfügte und ihm damit seine volle Bedeutung verlieh. Diese Freude verläßt ihn im übrigen nicht mehr. Bei ihm wird die Trauer des Dichters, wie groß sie auch sein mag, beschwichtigt, überwunden – das heißt leider nahezu zerstört – durch die Beschwingtheit des Schaffenden. Da aber fühlte ich mich ebensosehr wie durch die Identität, die ich soeben zwischen dem Thema Vinteuils und dem Wagners festgestellt hatte, durch diese vulkanische Fingerfertigkeit verwirrt. Sollte sie es sein, die bei großen Künstlern die Illusion jener tiefen, auf nichts anderes zurückführbaren Originalität schafft, dem Anschein nach Reflex einer mehr als menschlichen Wirklichkeit, in der Tat aber nichts anderes als das Produkt unermüdlicher Arbeit? Ist Kunst nur das, so ist sie nicht wirklicher als das Leben, und es gab für mich nicht so ungemein viel zu bedauern. Ich fuhr fort, ›Tristan‹ zu spielen. Von Wagner durch eine Wand von Tönen getrennt, hörte ich verstärkt sein Frohlocken, vernahm

ich seine Aufforderung, seine Freude zu teilen, ich hörte das unsterblich junge Lachen und Siegfrieds Hammerschläge mit an; doch wunderbarer noch waren diese Takte gestaltet, das technische Geschick ihres Schöpfers half ihnen dazu, mit um so leichterem Schwung die Erde zu verlassen gleich Vögeln, die nicht dem Schwan Lohengrins, sondern eher jenem Flugzeug glichen, das ich in Balbec seine Antriebskraft in Aufschwung nach oben verwandeln, über den Fluten dahinschweben und endlich mit dem Himmel hatte verschmelzen sehen. Vielleicht muß man – so wie die Vögel, die am höchsten steigen und am schnellsten fliegen, den machtvollsten Flügelschlag haben – solche in Wahrheit stoffgebundenen Apparate besitzen, um die Unendlichkeit zu erforschen, solche hundertzwanzig Pferdekräfte (Marke ›Mystère‹!), in denen man, wie hoch man auch kreist, doch, wenn man das Schweigen des unendlichen Raums genießen will, durch das ungeheure Motorengedröhn ein wenig behindert wird.
Ich weiß nicht, weshalb der Lauf meiner Träumerei, der bisher diesen musikalischen Erinnerungen gefolgt war, sich plötzlich denen zuwendete, die in unserer Zeit die besten Interpreten gewesen sind und unter die ich, wobei ich seine Rolle ein wenig übertrieb, auch Morel einordnete. Sofort schlug mein Denken einen jähen Haken, und ich begann an Morels Charakter, an gewisse Eigentümlichkeiten dieses Charakters zu denken. Im übrigen hatte Morel die Gewohnheit – sie mochte mit der Neurasthenie, die an ihm nagte, zusammenhängen, wenn sie auch nicht damit verwechselt werden darf – von seinem Leben zu sprechen, aber so, daß er ein recht nebelhaftes Bild davon entwarf, in dem man nur sehr schwer bestimmte Züge unterscheiden konnte. Er hielt sich zum Beispiel vollkommen zur Verfügung von Monsieur de Charlus unter der Bedingung, daß er an den Abenden frei wäre, denn er wünschte, nach dem Abendessen an einem Kursus über Algebra teilzunehmen. Monsieur de Charlus gab seine Zustimmung, verlangte aber, daß er ihn hinterher noch sähe. »Unmöglich,

es ist ein altes italienisches Gemälde (dieser Scherz hat, wenn man ihn in dieser Weise wiedergibt, freilich keinen Sinn; aber da Monsieur de Charlus Morel veranlaßt hatte, die ›Education sentimentale‹ zu lesen, in deren vorletztem Kapitel Frédéric Moreau den Satz ausspricht, fand Morel witzig, niemals das Wort ›unmöglich‹ zu verwenden, ohne die folgenden ›es ist ein altes italienisches Gemälde‹ hinzuzusetzen). Der Kursus dauert oft sehr lange, und da das schon eine große Zumutung für den Lehrer ist, wäre er natürlich verletzt...« – ›Aber er braucht einen solchen Kursus doch gar nicht, mit der Algebra ist es ja nicht wie mit Schwimmen oder Englischsprechen, so etwas kann man doch aus einem Buch erlernen‹, hätte Monsieur de Charlus sich sagen können, wenn er es nicht unnötig gefunden hätte, denn er sah auf der Stelle in dem Algebrakursus nur eines jener undeutlichen Bilder, bei denen man nichts klar erkennen kann. Vielleicht handelte es sich um eine banale Affäre mit einer Frau oder, falls Morel auf zweideutige Weise Geld zu verdienen suchte und sich der Geheimpolizei zur Verfügung gestellt hatte, um eine Unternehmung mit Agenten der ›Sûreté‹ oder, schlimmer noch, den Bereitschaftsdienst eines Gigolos, der in einem Bordell gebraucht werden könnte. »Sehr viel leichter sogar aus einem Buch, gab Morel Monsieur de Charlus zur Antwort, denn bei einem Kursus über Algebra versteht man praktisch nichts.« – ›Warum studierst du sie dann nicht lieber bei mir, wo es so sehr viel angenehmer wäre?‹ hätte Monsieur de Charlus wiederum entgegnen können, aber er hütete sich, denn er wußte, daß auf der Stelle der Algebrakursus unter alleiniger Wahrung seines Charakters als Mittel, die Abendstunden freizuhalten, sich in eine unumgänglich notwendige Tanz- oder Zeichenstunde verwandelt hätte. Hier mußte allerdings Monsieur de Charlus einsehen, daß er sich, zum Teil wenigstens, in einem Irrtum befand. Morel beschäftigte sich häufig im Hause des Barons damit, Gleichungen zu lösen. Monsieur de Charlus warf ein, die Algebra könne für einen Violinspieler doch kaum von Nutzen sein. Morel erwiderte, es handle sich da um eine Zerstreuung, einen Zeitvertreib und ein Heilmittel gegen Neurasthenie. Zweifellos hätte Monsieur de Charlus versuchen können, sich zu informieren und in Erfahrung zu bringen, worin in Wirklichkeit jene geheimnisvollen, unabwendbar notwendigen Algebrakurse bestanden, die nur in den Nachtstunden erteilt wurden. Um aber den Beschäftigungen Morels wirklich auf den Grund zu gehen, war Monsieur de Charlus zu sehr in die verstrickt, mit denen das Weltleben ihn selbst in Anspruch nahm. Besuche, die er zu empfangen oder zu machen hatte, die Zeit, die er im Club verbrachte, Diners in der Stadt, Theatervorstellungen hinderten ihn, daran zu denken, ebenso wie auch an die heftigen und heimlichen Ausbrüche von Bosheit, die Morel, wie es hieß, nacheinander in immer wieder anderen Milieus, in verschiedenen Städten, die er berührt, an den Tag gelegt und wieder vertuscht hatte, so daß man dort von ihm mit Schaudern und nur mit gedämpfter Stimme sprach, ohne daß man wagte, Genaueres zu berichten.

Leider hatte ich Gelegenheit, gerade einen jener Ausbrüche nervöser Bosheit an diesem Tage mit anzuhören, als ich mit dem Klavierspiel aufgehört und mich in den Hof hinunterbegeben hatte, um Albertine entgegenzugehen, die noch immer nicht kam. Als ich an Jupiens Laden vorbeiging, in dem sich Morel und diejenige, von der ich glaubte, sie werde bald seine Frau sein, allein aufhielten, hörte ich Morel mit lauter Stimme schreien, wobei er einen äußerst seltsamen, ungesitteten Tonfall herauskehrte, den er gewöhnlich zurückhielt und den ich daher gar nicht an ihm kannte. Auch die Worte waren danach gewählt und wurden sogar in schlechtem Französisch hervorgestoßen, aber Morel war eben in allem und jedem nur unvollkommen beschlagen. ›Willst du wohl machen, daß du fortkommst, du Schlampe, elende Schlampe du‹, sagte er immer wieder zu der Kleinen, die gewiß zu Anfang gar nicht verstand, was er sagen wollte, dann aber zitternd und stolz unbeweglich auf ihrem Platz verharrte. ›Ich habe dir gesagt, du sollst dich fortmachen, alte Schlampe, du alte Schlampe, du; geh, hol deinen Onkel, damit ich ihm sage, wer du Hure eigentlich bist.‹ Gerade in diesem Augenblick hörte man draußen im Hof die Stimme Jupiens, der eben mit einem seiner Freunde plaudernd heimkehrte, und da ich wußte, daß Morel außerordentlich feige war, fand ich unnötig, Jupien und seinem Freunde, die einen Augenblick später im Laden sein würden, auch noch meine Kraft zur Verfügung zu stellen; vielmehr ging ich die Treppe hinauf, um Morel nicht zu begegnen, der, obwohl er (wahrscheinlich, weil er die Kleine durch eine erpresserische Drohung, die vielleicht auf nichts und wieder nichts beruhte, erschrecken und damit beherrschen wollte) so sehr gewünscht hätte, daß man Jupien holte, schleunigst verschwand, sobald er dessen Stimme auf dem Hof vernahm. Worte bedeuten nichts, wenn man sie nur wiederholt, sie können das Herzklopfen nicht erklären, mit dem ich die Treppe erstieg. Solche Szenen, denen wir im Leben beiwohnen, finden ein unberechenbares Element der Kraft in dem, was die Militärs bei einer Offensive als den Vorteil der Überrumpelung bezeichnen, und wenn ich auch eine noch so wohltuende Beruhigung bei dem Gedanken verspürte, daß Albertine, anstatt im Trocadero zu bleiben, zu mir heimkehren würde, so blieb mir doch nicht weniger deutlich der Klang der zehnmal wiederholten Worte: ›elende Schlampe, du‹, die mich in so heftige Bestürzung versetzt hatten, im Ohr.

Meine Erregung ließ allmählich nach. Albertine würde kommen. In wenigen Augenblicken schon würde ich sie an der Tür schellen hören. Ich fühlte, daß mein Leben nicht mehr war, was es hätte sein können, und daß die Tatsache, eine Frau zu haben, mit der ich ganz natürlich, sobald sie zurückgekehrt war, würde ausgehen müssen, auf deren Verschönerung ich alle aktiven Kräfte meines Seins mehr und mehr verwenden mußte, einen Stamm aus mir machte, der zwar bereichert, aber auch beladen war mit der üppigen Frucht, der alle seine

Reserven zum Opfer fielen. Durch ihren Kontrast mit dem Zustand der Angst, in dem ich mich vor einer Stunde noch befunden hatte, war die Ruhe, in welche mich die Rückkehr Albertines versetzte, viel umfassender als diejenige, die ich am Morgen bei ihrem Aufbruch an mir erlebt hatte. Auf die Zukunft vorgreifend, über die ich dank der Gefügigkeit meiner Freundin mehr oder weniger Herr war, widerstandsfähiger, von der unmittelbar bevorstehenden, lästigen, unvermeidlichen und dennoch wohltuenden Anwesenheit Albertines erfüllt und gleichsam dadurch verstärkt, war es eine Ruhe, wie sie (indem sie uns der Notwendigkeit enthebt, das Glück in uns selbst zu suchen) aus einem Gefühl von Familienfrieden und häuslichem Glück erwächst. Familiär und häuslich: so war zudem noch, nicht weniger als das Gefühl, das einen großen Frieden in mir heraufgeführt hatte, während ich Albertine erwartete, dasjenige, das mich erfüllte, als ich gleich darauf mit ihr spazierenfuhr. Sie zog einen Augenblick ihren Handschuh aus, sei es um meine Hand zu berühren, sei es um mich damit zu blenden, daß sie mich an ihrem kleinen Finger neben demjenigen, den ihr Madame Bontemps geschenkt hatte, einen Ring sehen ließ, in dem eine lichte Rubinfolie ihre breite, feuchtschimmernde Fläche ausbreitete. »Schon wieder ein neuer Ring, Albertine! Deine Tante ist wirklich von einer Großzügigkeit . . .« – »Nein, sagte sie lachend, dieser ist nicht von meiner Tante. Ich selbst habe ihn mir gekauft, da ich ja dank deiner Güte so große Ersparnisse machen kann. Ich weiß nicht einmal, wem er früher gehört hat. Ein Reisender, dem das Geld ausgegangen war, ließ ihn dem Besitzer eines Hotels zurück, in dem ich in Le Mans gewohnt habe. Der aber wußte nicht, was er damit anfangen sollte, und hätte ihn sogar weit unter Preis verkauft. Aber er war immer noch viel zu teuer für mich. Jetzt, da ich dank den Möglichkeiten, die du mir gibst, eine richtige Dame werde, habe ich ihn fragen lassen, ob er ihn noch hat. Und da ist er nun.« – »Das sind aber viele Ringe, Albertine. Wo wirst du denn den hintun, den ich dir schenken werde? Auf alle Fälle ist dieser sehr hübsch; ich kann die Ziselierung rings um den Stein nicht recht erkennen, doch es sieht beinahe aus wie ein grimassierender Männerkopf. Meine Augen sind aber nicht gut genug.« – »Auch wenn du bessere hättest, würde es dir nicht viel helfen. Ich selbst erkenne es auch nicht genau.«

Früher hatte ich oft erlebt, daß ich mir bei der Lektüre von Memoiren oder einem Roman, in denen ein Mann fortwährend mit einer Frau ausgeht, mit ihr Tee trinkt, wünschte, ich könnte es ebenso machen. Ich hatte manchmal geglaubt, auch schon so weit zu sein, zum Beispiel, als ich die Geliebte Saint-Loups ausführte und sogar mit ihr zum Abendessen ging. Aber wie sehr ich auch die Vorstellung zu Hilfe rief, daß ich in jenem Augenblick die Rolle jener Romanfiguren spielte, die ich so neidvoll betrachtet hatte, so überzeugte mich diese Vorstellung zwar davon, daß ich in Rahels Nähe Vergnügen empfinden müßte, schenkte mir aber tatsächlich keines. Das liegt daran, daß wir, wenn wir irgend etwas nachahmen wollen, was wahrhaft wirklich war, jedesmal vergessen, daß dieses Etwas nicht aus dem Willen zur Nachahmung hervorgegangen, sondern durch eine unbewußte und auch ihrerseits wirkliche Kraft zustande gekommen ist; doch dieses besondere Gefühl, das mir all mein Verlangen, ein zartes Vergnügen zu empfinden, wenn ich mit Rahel ausfuhr, nicht hatte geben können, erlebte ich jetzt in mir, ohne es im geringsten gesucht zu haben, aber aus ganz anderen, aufrichtig und tief verankerten Gründen, zum Beispiel aus dem, daß meine Eifersucht mich hinderte, Albertine fern zu sein und ihr, sobald ich selbst mit ihr zusammen ausfahren konnte, eine Promenade ohne mich zu gestatten. Ich erlebte es erst jetzt, weil die Erkenntnis nicht zu den äußeren Dingen gehört, die man der Beobachtung unterzieht, sondern zu den unwillkürlichen inneren Regungen; zudem, weil früher eine Frau, mochte sie auch durchaus mit mir im gleichen Wagen sitzen, nicht in Wirklichkeit neben mir war, solange sie nicht in jedem

Augenblick von einem Bedürfnis, wie ich es nach Albertine verspürte, unaufhörlich dort neu erschaffen wurde, solange das unablässige Streicheln meines Blickes sie nicht ständig mit jenen Tönungen versah, die immer wieder aufgefrischt werden müssen, solange die Sinne, die zwar befriedet, doch noch erinnerungsträchtig sind, diesen Farben weder Duft noch Fülle gaben, solange nicht im Verein mit den Sinnen und der Einbildungskraft, welche jene beschwingt, die Eifersucht die Frau neben uns durch eine wohlbemessene Anziehungskraft, die ebenso machtvoll ist wie das Gravitationsgesetz, im Gleichgewicht erhält. Unser Wagen fuhr rasch die Boulevards und Alleen hinab; die an ihnen aufgereihten Hotels erinnerten mich in ihrer rosigen Erstarrung aus Sonne und Frost an meine Besuche bei Madame Swann, die so sanft vom Schimmer der Chrysanthemen erhellt waren in Erwartung der Stunde, da die Lampen hereingetragen wurden.

Hinter der Glasscheibe des Autos ebensosehr von ihnen getrennt, wie ich es hinter dem Fenster meines Schlafzimmers gewesen war, hatte ich kaum Zeit, eine junge Obsthändlerin, ein Milchmädchen zu erkennen, die vor der Ladentür, vom schönen Wetter bestrahlt und heroinengleich, allein durch mein Verlangen in köstliche Abenteuer verstrickt, gleichsam an der Schwelle eines Romans zu stehen schienen, den ich niemals kennenlernen würde. Denn ich konnte Albertine nicht bitten, mit mir anzuhalten; schon aber waren dann die jungen Personen nicht mehr sichtbar, deren Züge meine Augen fast nicht unterscheiden und deren frische Kühle sie in dem blonden Dunst, von dem sie umwoben waren, kaum auch nur hatten umschmeicheln können. Die Erregung, von der ich erfaßt wurde, wenn ich die Tochter eines Weinhändlers an ihrer Kasse oder eine Wäscherin auf der Straße plaudernd stehen sah, war die gleiche, mit der man Göttinnen erkennt. Seitdem der Olymp nicht mehr existiert, führen seine Bewohner ihr Leben auf der Erde, und wenn die Maler, um ein mythologisches Bild zu schaffen, für ihre Venus oder Ceres Töchter aus dem Volke haben Modell stehen lassen, welche den gewöhnlichsten Beschäftigungen nachgingen, so waren sie weit davon entfernt, ein Sakrileg zu begehen; sie setzten vielmehr nur diesen die Wesenheit, die göttlichen Attribute wiederum hinzu, die ihnen verlorengegangen waren, und erstatteten ihnen ihre alte Würde zurück. »Wie hat dir das Trocadero gefallen, kleine Törin du?« – »Ich bin riesig froh, daß ich fortgegangen bin, um zu dir zu kommen. Es ist von Davioud, glaube ich.« – »Mein Liebes, wie gebildet du wirst! Tatsächlich, es ist von Davioud, aber sogar ich hätte es nicht mehr gewußt.« – »Während du schläfst, alter Faulpelz, lese ich deine Bücher. Als Bauwerk betrachtet ist es eher häßlich, nicht wahr?« – »Höre, du veränderst dich so schnell und wirst mir derart gescheit (das stimmte, aber noch dazu war es mir nicht unlieb, da sie offenbar mangels anderer wenigstens die eine Genugtuung hatte, sich zu sagen, auf alle Fälle werde die Zeit, die sie mit mir verbringe, nicht völlig für sie verloren sein), daß ich dir notfalls sogar Dinge sagen würde, die man im allgemeinen für falsch hält und die doch einer Wahrheit entsprechen, der ich dauernd auf die Spur zu kommen versuche. Du weißt, was Impressionismus ist?« – »Natürlich weiß ich das.« – »Nun, dann höre zu, was ich dir sagen will. Du erinnerst dich an die Kirche von Saint-Mars-le-Vêtu, die Elstir nicht liebte, weil sie so neu war? Stellt er sich da nicht ein wenig in Widerspruch zu seinem eigenen Impressionismus, wenn er in dieser Weise die Bauwerke aus der umfassenderen ›Impression‹ herauslöst, in die sie einbezogen sind, sie von dem Licht entkleidet, in dem sie gleichsam aufgelöst stehen, und als Archäologe ihren Eigenwert prüft? Haben nicht, wenn er malt, ein Hospital, eine Schule, ein Plakat auf einer Mauer ganz den gleichen Wert wie eine Kathedrale von unschätzbarer Schönheit, die gleich daneben steht, da alles ja zu einem einzigen, untrennbaren Bildeindruck gehört? Versuche dich zu erinnern, wie die Fassade in der Sonne glühte und wie das Relief mit den Heiligen von Marcouville in dem

Lichtmeer schwamm. Was macht es aus, ob ein Bauwerk neu ist, wenn es doch alt aussieht, oder auch sogar, wenn es nicht einmal alt aussieht? Was die alten Stadtviertel an Poesie enthalten, ist bis zum letzten Tropfen aus ihnen herausgeholt worden. Aber zerreißen nicht gewisse, für wohlhabende Bürger frisch erbaute Häuser in neuen Wohnkolonien, Häuser, bei denen der allzu weiße Stein erst eben behauen ist, die glühende Mittagsluft im Juli zu der Stunde, wenn die Geschäftsleute zum Mittagessen in die Vororte zurückkehren, mit einem ebenso grellen Schrei wie der Duft der Kirschen, die darauf warten, daß das Essen in dem dunklen Speisesaal aufgetragen wird, während dort Glasprismen, die als Messerbänkchen dienen, ebenso schöne vielfarbige Lichter aufsprühen lassen wie die Fenster der Kathedrale von Chartres?« – »Wie nett du bist! Wenn ich jemals klug werde, so verdanke ich es nur dir!« – »Warum soll man an einem schönen Tag die Augen vom Trocadero fortwenden, dessen Türme mit ihren langen Giraffenhälsen an die Certosa von Pavia erinnern?« – »Es hat mich auch, wie es da oben auf seinem Hügel liegt, an eine Reproduktion von Mantegna erinnert, die du hast; ich glaube, es ist der heilige Sebastian, ein Bild, auf dem sich im Hintergrund stufenweise eine Stadt erhebt, in der, wie man schwören möchte, das Trocadero steht.« – »Da siehst du! Aber wie bist du zu der Reproduktion von Mantegna gekommen? Du bist wirklich erstaunlich!« Wir waren jetzt in volkstümlichere Viertel gelangt, in denen das Standbild einer ›dienenden Venus‹ jeden einzelnen Ladentisch zu einem suburbanen Altar umschuf, vor dem ich gern mein Leben hätte verbringen mögen.

Wie man es am Vorabend seines vorzeitigen Todes macht, stellte ich bei mir die Liste der Vergnügungen auf, die mir dadurch vorenthalten wurden, daß Albertine einen Schlußpunkt hinter meine Freiheit setzte. In Passy hatte ich infolge einer Verstopfung der Fahrbahn Gelegenheit, von dort aus das Lächeln junger Mädchen zu bewundern, die einander um die Taille faßten. Ich hatte keine Zeit, dies Lächeln deutlich zu erkennen, aber ich glaube nicht, daß ich zuviel darin sah; in jeder Menge nämlich, die aus jungen Menschen besteht, begegnet man meist mehrfach den Linien eines edlen Profils. Solche Volksmengen an Festtagen sind daher für den Sinnenfreudigen ebenso kostbar wie für den Archäologen die aufgewühlte Erde, aus der eine Ausgrabungsaktion antike Medaillen fördert. Wir gelangten in den Bois. Ich dachte daran, daß ich, wäre nicht Albertine mit mir ausgefahren, in diesem Augenblick an der sternförmigen Kreuzung der Champs-Elysées hätte hören können, wie der Wagnerische Sturm alle Saiten des Orchesters zum Stöhnen brachte, einer leicht schäumenden Meeresbrandung gleich den Hirtenreigen erfaßte, den ich soeben gespielt, ihn aufstieben ließ, ihn modelte, formte, verwandelte, zerriß und in seinem wachsenden Wirbel verschlang. Mindestens wünschte ich, daß unsere Ausfahrt nicht lange währen und daß wir zu früher Stunde wieder heimkehren würden, denn ohne zu Albertine etwas davon zu sagen, hatte ich beschlossen, am gleichen Abend zu den Verdurins zu gehen. Sie hatten mir letzthin eine Einladung geschickt, die ich mit allen anderen in den Papierkorb geworfen hatte. Aber für diesen Abend hatte ich mich nunmehr anders besonnen; ich wollte in Erfahrung zu bringen versuchen, welche Begegnung Albertine für den Nachmittag hatte erhoffen können. Um die Wahrheit zu sagen, war ich mit Albertine an dem Punkte angelangt, wo (wenn alles ebenso weitergeht, das heißt, die Dinge sich normal entwickeln) eine Frau für uns nur jeweils den Übergang zu einer anderen bildet. Sie liegt uns noch am Herzen, aber doch nicht mehr sehr; wir haben es eilig damit, jeden Abend unbekannte Frauen aufzusuchen, vor allem Unbekannte, die ihr selbst bekannt sind und die uns daraufhin etwas über ihr Leben zu erzählen vermögen. Von ihrem eigenen Dasein haben wir tatsächlich alles uns angeeignet, alles ausgeschöpft, was sie bereit war uns ihrerseits zu geben. Ihr Leben ist noch immer sie selbst, aber es kommt uns nun gerade auf den Teil ihres Lebens an, den wir nicht kennen, auf die Dinge, nach denen wir sie vergeblich gefragt haben und die wir nur von neuen Lippen werden auflesen können.

Wenn mein Leben mit Albertine mich schon daran hinderte, nach Venedig zu fahren, zu reisen, so hätte ich doch mindestens zuweilen, wenn ich allein gewesen wäre, die Bekanntschaft der jungen Midinetten machen können, die sich überall im strahlenden Licht des schönen Sonntags ergingen und in deren Schönheit für mich das unbekannte Leben, das sie erfüllte, einen großen Platz einnahm. Sind nicht die Augen, die man sieht, ganz und gar durchdrungen von einem Blick, der Bilder und Erinnerungen, Erwartung und Verachtung enthält, von denen man sie nicht trennen kann, die man aber nicht kennt? Gibt nicht die Existenz des vorübergehenden Wesens, je nachdem sie beschaffen ist, jedem Brauenrunzeln, jedem Zucken der Nasenflügel seinen spezifischen Wert? Albertines Anwesenheit hinderte mich daran, zu ihnen hinzugehen und damit vielleicht nicht länger nach ihnen zu verlangen. Wer den Wunsch weiterzuleben und den Glauben an etwas, was köstlicher ist als die gewohnten Dinge, in sich unterhalten will, muß spazierengehen, denn Straßen und Avenuen wimmeln von Göttinnen. Diesen Göttinnen aber vermag man nicht näherzukommen. Hier und da unter den Bäumen, unter der Tür irgendeines Cafés wachte eine Bedienerin wie eine Nymphe am Eingang eines heiligen Hains, während im Hintergrund drei junge Mädchen neben dem ungeheuren Bogen ihrer angelehnten Fahrräder wie drei Unsterbliche saßen, die sich an eine Wolke oder das Fabeltier lehnten, auf denen sie ihre mythologische Reise zu Ende führen würden. Ich stellte fest, daß jedesmal, wenn Albertine einen Augenblick lang alle diese Mädchen mit tiefer Aufmerksamkeit anschaute, sie sich gleich darauf zu mir umwendete. Aber ihre so intensive Betrachtungsweise machte mir nicht allzuviel aus, ebensowenig wie die Kürze, welche eben jene Hingegebenheit auszugleichen schien; was diese letztere anging, so muß ich sagen, daß Albertine sehr häufig, sei es aus Müdigkeit, sei es auf Grund der besonderen Blickweise eines an sich zum Aufmerken neigenden Wesens, in gleicher Art, das heißt mit tiefer Nachdenklichkeit, zuweilen auch meinen Vater oder Françoise musterte. Die Schnelligkeit aber, mit der sie sich zu mir umwendete, mochte durch die Tatsache motiviert sein, daß Albertine, die mein Mißtrauen kannte, selbst wenn dieses ungerechtfertigt war, vermeiden wollte, ihm ausdrücklich Nahrung zu geben. Die Aufmerksamkeit im übrigen, die mir bei Albertine verbrecherisch erschienen wäre (hätte sie junge Männer zum Gegenstand gehabt), wendete ich selbst an alle Midinetten, ohne mich einen Augenblick deswegen für schuldig zu halten, während ich eine Schuld Albertines fast schon darin sah, daß sie mich durch ihre Gegenwart daran hinderte, anzuhalten und aus dem Wagen zu steigen. Man findet harmlos, daß man selbst nach etwas verlangt, aber unerträglich, daß ein anderer es tut. Diese Unterscheidung aber, je nachdem etwas uns selbst betrifft oder diejenige, die wir lieben, gilt nicht nur für das Verlangen, sondern auch für die Lüge. Was ist üblicher als sie, ob es sich nun zum Beispiel darum handelt, das tägliche Versagen einer Gesundheit zu bemänteln, die man als ungebrochen hinstellen will, ein Laster zu verbergen oder, ohne den anderen zu verletzen, einer Sache nachzugehen, die einem am Herzen liegt? Die Lüge ist das wichtigste und meistverwendete Werkzeug der Selbsterhaltung. Sie aber streben wir aus dem Leben der Geliebten zu verbannen, ihr gehen wir nach, und überall wittern und verabscheuen wir sie. Sie versetzt uns in tiefste Bestürzung, sie genügt, um einen Bruch herbeizuführen, sie scheint uns die schlimmsten Fehler hinter sich zu verbergen, wofern sie diese nicht so gründlich verhüllt, daß wir sie nicht erahnen. Es ist ein merkwürdiger Zustand, daß wir dermaßen empfindlich gegen einen pathogenen Wirkstoff sind, den seine ungeheure Verbreitung für andere unschädlich macht, aber dennoch so bedrohlich für den Unglücklichen, der nicht länger immun dagegen ist!

Das Leben dieser hübschen Mädchen schien mir – da ich wegen der langen Perioden meiner Abgeschlossenheit ihnen so selten begegnete – ebenso wie allen denjenigen, bei denen die Leichtigkeit, zum Ziel zu kommen, nicht die Macht des Vorstellungsvermögens abgeschwächt hat – etwas so Verschiedenes von allem, was ich kannte, etwas so Wünschenswertes wie die Wunderstädte, welche eine Reise einem in Aussicht stellt.

Die Enttäuschung, die ich bei den Frauen, deren Bekanntschaft ich machte, oder in den Städten, die ich aufsuchte, erlebt hatte, hinderte mich nicht daran, immer ihrer Anziehungskraft von neuem zu erliegen und an ihrer beider Wirklichkeit zu glauben; ebenso daher wie Venedig – nach dem mir dieses Frühlingswetter ebenfalls lebhafte Sehnsucht einflößte und das ich im Falle einer Heirat mit Albertine nicht kennenlernen würde – in einem Panorama zu sehen, das, obwohl Ski es vielleicht für hübscher in der Tönung erklärt hätte als die wirkliche Stadt, mir kein Ersatz für eine Reise nach Venedig gewesen wäre, deren im voraus und ohne mein Zutun festgesetzte Dauer mir als ein unerläßlicher Übergang erschien, würde mir auch, und wäre sie noch so hübsch gewesen, die kleine Putzmacherin, welche eine Kupplerin mir mit ihren Kniffen verschafft hätte, nicht diejenige haben ersetzen können, die in den Hüften sich wiegend im gleichen Augenblick, mit ihren Freundinnen scherzend, unter den Bäumen vorüberging. Eine junge Person, die ich in einem Stundenhotel angetroffen hätte, wäre vielleicht sogar hübscher und doch nicht das gleiche gewesen, weil wir die Augen eines Mädchens, das wir nicht kennen, nicht ansehen wie Schmucksteine aus Opal oder aus Achat. Wir wissen, daß der kleine Strahl, der irisierend durch sie hindurchzuckt, oder die Brillantsplitter, die darin aufblitzen, alles sind, was wir von einem Gedanken, einem Willen, einer Erinnerung, in welcher das uns unbekannte Heim der Familie sowie die wirklich geliebten Freunde wohnen (die wir beneiden), zu erkennen vermögen. Daß wir aber dahin gelangen könnten, uns alles dessen zu bemächtigen, was so schwer zugänglich und widerspenstig ist, gibt dem Blick weit größeren Wert als bloße materielle Schönheit (wodurch sich auch erklärt, daß den gleichen jungen Mann in der Phantasie einer Frau ein ganzer Roman umwuchert, wenn sie hat sagen hören, er sei der Prinz von Wales, während sie ihm keinerlei Aufmerksamkeit mehr schenkt, nachdem sie ihren Irrtum eingesehen hat). Begegnet man der Midinette in einem Stundenhotel, so findet man jenes unbekannte Leben nicht, von dem sie sonst angefüllt ist und das wir so überaus gern in ihr besitzen würden; wir nähern uns dann Augen, die wirklich nur etwas wie einfache Schmucksteine sind, einer Nase, deren Rümpfen so bedeutungslos ist, wie die Kräuselung eines Blütenblattes. Nein, was mein Leben mit Albertine mir vorenthielt, war gerade diese unbekannte kleine Midinette, die da vorüberging und bei der ich, wenn ich sie weiterhin für wirklich halten wollte – ebenso unumgänglich, wie für mich eine lange Reise nötig war, um an das Vorhandensein eines wahrhaft erschauten und nicht nur auf einer Weltausstellung im Panorama vorgeführten Pisa zu glauben – einen Widerstand verspüren mußte, wobei ich dann mein Verhalten danach einrichtete, ihrem Trotz begegnete, einen erneuten Vorstoß wagte, ein Rendezvous erlangte, sie am Ausgang ihres Arbeitsplatzes erwartete, Zug für Zug kennenlernte, was das Leben der Kleinen ausmachte, die Etappen zurücklegte, die für sie vor dem Vergnügen lagen, das ich bei ihr suchte, und die Distanz überwand, die ihre so anderen Gewohnheiten und ihr besonderes Dasein zwischen mir und jener Art von Aufmerksamkeit und Gunst schufen, die ich zu erlangen und zu fesseln trachtete. Diese Ähnlichkeiten aber zwischen solchem physischen Verlangen und dem Reisen bewirkten, daß ich mir vornahm, eines Tages genau die Natur jener Kraft zu studieren, die unsichtbar, aber ebenso machtvoll wie ein gewisser Glaube oder, in der physikalischen Welt, der Luftdruck war, jener Kraft, die Städte und Frauen, solange ich sie nicht kannte, unermeßlich hoch erhob, aber unter ihnen hinschwand, sobald ich ihnen näher gekommen war, und sie in banalste Alltäglichkeiten hinuntersinken ließ. In einiger Entfernung kniete eine andere junge Person bei ihrem Fahrrad, das sie in Ordnung brachte. Nachdem die Reparatur ausgeführt war, schwang sich die junge Rennfahrerin auf ihr Vehikel, doch ohne es zwischen die Beine zu nehmen, wie ein Mann es getan hätte. Einen Augenblick lang schlingerte das Gefährt, und zu dem jungen Körper schien ein Segel, ein unendlich großer Flügel hinzuzutreten; bald aber sahen wir das junge halb menschliche, halb beflügelte Geschöpf, Engel oder Peri, in raschem Tempo seine Fahrt vollenden.

Aller dieser Dinge beraubte mich die Anwesenheit Albertines, das Leben mit ihr. Wurde ich wirklich dadurch beraubt? Hätte ich nicht im Gegenteil denken sollen, daß sie mich vielmehr mit alledem beschenkte? Hätte Albertine nicht mit mir gelebt, wäre sie frei gewesen, so hätte ich mit gutem Grunde alle diese Frauen als wahrscheinliche Objekte ihres Verlangens und ihrer Lust angesehen. Sie wären mir erschienen wie jene Tänzerinnen, die in einem Teufelsballett mit Versuchungen dem einen Wesen nahen, während sie ihre Pfeile in das Herz eines anderen abschießen. Midinetten, junge Mädchen, Schauspielerinnen, wie hätte ich sie gehaßt! Als Objekt des Schauderns wären sie alle in meinen Augen für die Schönheit der Welt nicht in Frage gekommen. Dadurch, daß Albertines Versklavung mir möglich machte, nicht länger durch jene zu leiden, wurden sie dieser Welt der Schönheit wieder zurückgeschenkt. Harmlos geworden, ohne den Stachel, der die Eifersucht ins Herz hineinsenkt, ließen sie mir Freiheit, sie zu bewundern, sie mit dem Blick, künftig einmal vielleicht sogar in intimerer Weise, zu streicheln. Indem ich Albertine bei mir einschloß, hatte ich gleichzeitig der Welt ihre in allen Farben spiegelnden Flügel zurückgegeben, die sich auf Promenaden, auf Bällen und in Theatern überall rauschend entfalten und für mich von neuem verführerisch wurden, weil Albertine ihrer Versuchung nicht mehr erliegen konnte. Sie waren jetzt die Schönheit der Welt. Einst hatten sie auch die Albertines ausgemacht. Weil ich sie wie einen geheimnisvollen Vogel, dann wie eine große Schauspielerin der Meeresküste ersehnt und vielleicht sogar in Besitz genommen hatte, war sie mir einst so wundervoll erschienen. Nachdem ich den Vogel eingefangen hatte, den ich eines Abends mit gemessenen Schritten auf der Mole hatte einherschreiten sehen, umgeben von der Schar der anderen jungen Mädchen, die alle aus unbekannter Ferne hergekommenen Möwen glichen, hatte Albertine alle Farbe zugleich mit der Möglichkeit verloren, daß die andern etwa sie für sich haben könnten. Sie hatte nahezu ihre Schönheit eingebüßt. Es bedurfte solcher Spazierfahrten wie dieser hier, bei der ich sie mir ohne mich und von irgendeiner Frau oder irgendeinem jungen Mann angesprochen vorstellte, damit ich sie wieder im Glanz des schimmernden Strandes sah, obwohl meine Eifersucht sich auf einer anderen Ebene abspielte als der Niedergang der Freuden meiner Einbildungskraft. Aber trotz jener jähen Aufschwünge, in denen sie, von anderen begehrt, von neuem schön für mich wurde, konnte ich ganz klar ihren Aufenthalt bei mir in zwei Perioden einteilen: die erste, in der sie noch, wenn auch jeden Tag weniger, die vielfarbig schillernde Schauspielerin des Gestades war; die zweite, in der sie, zur grauen Gefangenen geworden, auf ihr trübes Selbst zurückgeführt, solcher blitzartigen Aufhellungen bedurfte, in denen ich mich der Vergangenheit erinnerte, damit sie von neuem Farbe bekam.

Manchmal, in den Stunden, in denen sie mir am gleichgültigsten geworden war, kam mir die Erinnerung an einen fernen Augenblick zurück, als sie – ich kannte sie damals noch nicht – am Strande in nächster Nähe einer Dame, mit der ich sehr schlecht stand und von der ich jetzt beinahe sicher bin, daß sie Beziehungen zu ihr unterhielt, in helles Lachen ausbrach und mich dabei in ungezogenster Weise musterte. Das glatte blaue Meer rauschte rundum auf. An dem besonnten Strand war Albertine inmitten ihrer Freundinnen die Schönste von allen. Sie, dieses glanzvolle Mädchen, das noch dazu von jener Dame sehr bewundert wurde und ihr sehr teuer war, hatte mir in dem gewohnten Landschaftsrahmen des endlosen Meeres diese Kränkung zugefügt. Es war eine Kränkung für alle Zeiten, denn die Dame kehrte zwar vielleicht nach Balbec zurück, stellte möglicherweise an dem leuchtenden und wogenrauschenden Strand Albertines Abwesenheit fest, konnte aber nicht wissen, daß das junge Mädchen nun bei mir lebte und einzig mir gehörte. Das unendliche Fluten des blauen Meeres, die Tatsache, daß die Dame der Vorliebe, die sie für das junge Mädchen gehabt hatte, nicht mehr eingedenk zu sein schien, sondern sich bereits anderen zuwendete, ergoß sich über die Niederlage, die Albertine mir damals bereitet, und umschloß sie mit einem glitzernden unzerbrechlichen Schrein. Bei diesem Gedanken wurde mein Herz von Haß gegen jene Frau zernagt, doch auch gegen Albertine, aber von einem Haß, unter den sich Bewunderung für das von allen Seiten verwöhnte junge Mädchen mit dem prachtvollen Haar mischte, dessen helles Lachen am Strand so verletzend gewesen war. Scham, Eifersucht, erneute Erinnerung an jenes erste Verlangen und den strahlenden Rahmen ringsum hatten Albertine ihre Schönheit, ihren Wert von ehedem wiedergegeben, und so wechselte mit einer fast lastenden Langeweile, die ich in ihrer Nähe empfand, ein bebendes Verlangen voller grandioser Bilder und reuevoller Erinnerung, je nachdem sie in meinem Zimmer an meiner Seite war oder ich ihr in der Erinnerung ihre Freiheit am Meeresufer wiedergab, oder sie in ihren heiteren Strandkostümen bei der Musik der rauschenden Wogen sah: eine Albertine, die manchmal, aus diesem Milieu herausgehoben, mir zugehörig und ohne großen Wert war, manchmal aber in sich selbst zurückversenkt mir in eine Vergangenheit entwich, die ich nicht kennen konnte, und mich in Gegenwart der befreundeten Dame mit Beleidigungen überschüttete, die mich trafen wie das Sprühen der Wogen oder das gleißende Sonnenlicht, Albertine von neuem am Gestade aufgerichtet oder in mein Zimmer zurückgeführt in einer Liebe, deren Natur wie die der Amphibien war.

Anderswo war eine große Schar mit einem Ballspiel beschäftigt. Alle diese jungen Mädchen hatten die Sonne ausnutzen wollen, denn selbst wenn solche Februartage strahlend sind, dauern sie doch nicht lange und der Glanz ihres Lichtes hält das Nahen seines Unterganges nicht auf. Noch ehe der Abend herankam, hielten wir uns einige Zeit in der Dämmerung auf, da wir (nachdem wir an die Seine gelangt waren, wo Albertine – durch ihre Gegenwart mich hindernd, es gleichfalls zu tun – den Widerschein roter Segel auf dem winterlich blauen Wasser sowie ein Ziegelhaus bewunderte, das sich in der Ferne wie eine vereinzelte Mohnblume auf den lichten Horizont heftete, als dessen fragmentarische, mürbe und furchige Versteinerung Saint-Cloud etwas weiter entfernt erschien) aus dem Wagen gestiegen waren und zu Fuß weitergingen. Ein paar Minuten lang gab ich ihr sogar den Arm und es kam mir so vor, als ob der Ring, den der ihrige unter dem meinen bildete, unsere beiden Personen zu einer einzigen zusammenfügte und unsere Geschicke miteinander verflocht.

Zu unseren Füßen bildeten unsere parallel verlaufenden, dann sich einander annähernden und zusammenfließenden Schatten eine wunderbare Zeichnung. Zweifellos kam es mir schon wie ein Wunder vor, daß in unserem Haus Albertine mit mir wohnte, und daß sie es war, die sich auf meinem Bett auszustrecken pflegte. Nun aber schien es mir, als sei dieses Wunder nach draußen in die freie Natur verlegt, da angesichts jenes Sees im Bois, den ich so sehr liebte, am Fuße der Bäume gerade ihr Schatten, der vereinfachte Schatten ihres Beines, ihrer Brust, von der Sonne neben dem meinen wie mit Sepiatusche auf den Sand der Allee aufgetragen war. Einen immateriellen, zweifellos aber nicht weniger intimen Reiz als bei der Annäherung und Vermischung unserer Körper stellte ich in der unserer Schatten fest. Wir stiegen wieder in den Wagen ein. Bei der Heimfahrt bewegte dieser sich durch kleine gewundene Alleen, in denen die von Efeu und Dorngestrüpp umkleideten Bäume ruinengleich zu der Höhle eines Zauberers hinzuführen schienen. Kaum hatten wir das düstere Dickicht verlassen, so fanden wir am Ausgang des Bois das volle Tageslicht wieder, so hell, daß ich noch Zeit zu haben meinte, alles, was ich wollte, vor dem Abendessen zu tun, als ich, nur ein paar Augenblicke darauf, während der Wagen sich dem Arc de Triomphe näherte, mit einer jähen Regung des Staunens und Grauens über Paris den frühen Vollmond hängen sah wie das Zifferblatt einer Turmuhr, die stillsteht und dadurch die Vorstellung in uns weckt, wir hätten uns verspätet. Wir hatten dem Kutscher gesagt, er solle nach Hause fahren. Für Albertine bedeutete das, daß sie zu mir heimkehrte. Die Gegenwart noch so geliebter Frauen, die uns verlassen müssen, um nach Hause zurückzukehren, schenkt uns nicht den Frieden, den ich in Gegenwart Albertines genoß, wenn sie im Fond des Wagens neben mir saß – eine Gegenwart, die uns nicht der Leere der Stunden entgegenführte, in denen wir getrennt sein würden, sondern der noch gesicherteren und umhegteren Gemeinsamkeit meines Heims, das auch das ihre war und zugleich ein stoffliches Symbol meiner Besitzerrechte auf sie. Gewiß, um zu besitzen, muß man zuvor begehren. Wir besitzen eine Linie, eine Fläche, eine körperliche Erstreckung nicht ganz, wenn sie nicht von unserer Liebe ausgefüllt wird. Doch Albertine war eben während unserer Ausfahrt für mich nicht wie einst Rahel nur eine eitle Zusammenwehung aus Körperlichkeit und Kleid. Die Einbildungskraft meiner Augen, meiner Lippen, meiner Hände hatte in Balbec ihren Leib so fest aufgebaut und so zärtlich umschmeichelt, daß ich jetzt im Wagen, um diesen Leib zu berühren und zu umfangen, nicht nötig hatte, mich an Albertine zu drängen oder auch nur sie zu sehen; es genügte mir, sie zu hören und, wenn sie schwieg, sie neben mir zu wissen; meine durcheinandergewirkten Sinne

umhüllten sie ganz und gar, und wenn sie, vor dem Hause angekommen, mit Selbstverständlichkeit ausstieg, blieb ich einen Augenblick zurück, um dem Chauffeur zu sagen, er solle mich später abholen, aber meine Blicke umfingen sie noch immer, wenn sie vor mir die Tür durchschritt, und immer war es die gleiche schlaffe, häuslich-behagliche Ruhe, die ich mit Genuß verspürte, wenn ich sie schwer, mit purpurnen Wangen, üppig, eine Gefangene, mit der Selbstverständlichkeit einer Frau, die ganz mir gehörte, zu mir heimkommen und, von den Mauern geschützt, in unserem Hause verschwinden sah. Leider schien sie sich darin wie in einem Gefängnis zu fühlen und der Meinung jener Madame de La Rochefoucauld zu sein, die, als man sie fragte, ob sie sich nicht freue, in einem so schönen Heim wie Liancourt zu wohnen, antwortete, ein schönes Gefängnis gebe es nun einmal nicht – wenn man nämlich nach der trüben und müden Miene urteilte, die sie an diesem Abend während unseres gemeinsamen Nachtessens in ihrem Zimmer zeigte. Ich bemerkte es zunächst nicht; vielmehr war ich selbst unglücklich bei dem Gedanken, daß ich, wäre nicht Albertine gewesen (denn mit ihr zusammen hätte ich zu sehr unter Eifersucht gelitten in einem Hotel, in dem sie den ganzen Tag der Berührung mit so vielen anderen Menschen ausgesetzt wäre), in diesem Augenblick in Venedig in einem jener kleinen Speisezimmer, die flachgedrückt wie ein Schiffsraum wirken und von denen man durch kleine, von maurischen Ornamenten überwölbte Fenster auf den Canale Grande blickt, hätte zu Abend essen können.
Ich muß hinzusetzen, daß Albertine bei mir sehr eine große Bronze von Barbedienne bewunderte, die Bloch ganz mit Recht ungemein häßlich fand. Weniger Grund hatte er vielleicht, sich darüber zu wundern, daß ich sie dennoch behielt. Ich hatte niemals versucht wie er, meine Wohnung künstlerisch zu möblieren, Innenräume zu komponieren; ich war dazu zu träge und zu gleichgültig gegen das, was ich gewohnt war, alle Tage zu sehen. Da mein Geschmack keinen Anstoß daran

nahm, hatte ich das Recht, die Ausstattung meines Zimmers unverändert zu lassen. Ich hätte vielleicht trotzdem die Bronze entfernen können. Aber häßliche und prunkvolle Dinge können sehr nützlich sein, denn sie genießen bei Leuten, die uns nicht verstehen, die unseren Geschmack nicht teilen und in die wir uns eventuell verlieben, ein Prestige, das eine schöne Sache, die ihre Schönheit nicht so leicht nach außen offenbart, gar nicht haben kann. Die Wesen aber, die uns nicht verstehen, sind die einzigen, bei denen es für uns von Nutzen sein kann, ein Prestige zu wahren, das bei höher gearteten Menschen schon unsere Intelligenz uns verschafft. Wenn Albertine auch anfing, Geschmack zu bekommen, so hatte sie doch noch eine gewisse Hochachtung für die bewußte Bronze, und diese Hochachtung floß auf mich in Gestalt eines Ansehens zurück, das mir, da es von Albertine kam, überaus wichtig war (unendlich viel wichtiger, als diese etwas kompromittierende Bronze zu behalten), da ich Albertine liebte.

Meine Knechtschaft hörte plötzlich auf, von mir als Last empfunden zu werden, ja, ich wünschte sogar, sie länger auszudehnen, weil ich zu bemerken glaubte, daß Albertine die ihre als quälend empfand. Jedesmal freilich, wenn ich sie gefragt hatte, ob sie auch gern bei mir sei, hatte sie mir geantwortet, sie wisse nicht, wo sie je sich glücklicher fühlen könne. Oft aber wurden diese Worte durch einen Anschein von Heimweh und nervöser Müdigkeit widerlegt.

Gewiß, wenn sie jene Neigungen besaß, die ich bei ihr vermutete, mußte auch die ständige Behinderung, ihnen zu genügen, ebenso quälend für sie sein wie beruhigend für mich: beruhigend in einem Maße, daß die Hypothese, ich könne Albertine ungerecht beschuldigt haben, mir als die wahrscheinlichste erschienen wäre, hätte ich mir nicht unter dieser Voraussetzung nur mit großer Mühe den außerordentlichen Eifer Albertines erklären können, niemals allein, niemals frei zu sein, niemals einen Augenblick vor der Tür zu verweilen, wenn sie nach Hause kam, sich ostentativ, sobald sie telephonieren ging, von jemandem begleiten zu lassen, der mir ihre Worte wiederholen konnte, von Françoise, von Andrée, mich immer, ohne so zu tun, als bringe sie es mit Absicht zuwege, mit dieser letzteren allein zu lassen, wenn sie zuvor gemeinsam ausgefahren waren, damit ich mir einen detaillierten Bericht über ihre Unternehmung geben lassen könnte. Zu dieser wunderbaren Gefügigkeit standen gewisse schnell unterdrückte Regungen der Ungeduld im Gegensatz, auf die hin ich mich fragte, ob Albertine nicht den Plan gefaßt hätte, die Fesseln abzuschütteln. Zusätzliche Einzelheiten bestärkten meine Vermutung. So hatte ich eines Tages, als ich allein ausgegangen war, in der Gegend von Passy Gisèle getroffen, mit der ich auf dies und jenes zu sprechen kam. Bald erzählte ich ihr recht glücklich, sie davon in Kenntnis setzen zu können, ich hätte unaufhörlich Gelegenheit, Albertine zu sehen. Gisèle fragte mich, wo sie sie antreffen könne, denn sie habe ihr ausgerechnet etwas zu sagen. »Was denn?« – »Ach etwas, was mit früheren Kameradinnen von ihr zu tun hat.« – »Was für Kameradinnen? Ich könnte Ihnen vielleicht Auskunft geben, Sie können sie ja trotzdem immer noch sehen.« – »Oh! Kameradinnen von früher, die Namen weiß ich nicht mehr genau«, antwortete Gisèle mit etwas vager Miene und sichtlich von dem Wunsch beseelt, das Thema fallenzulassen. Sie verließ mich in dem Glauben, sie habe sich so vorsichtig ausgedrückt, daß mir das Ganze nicht sehr klar erscheinen könne. Aber die Lüge stellt so geringe Anforderungen, bedarf so weniger Faktoren, um offenbar zu werden! Wenn es sich um Kameradinnen von früher handelte, deren Namen sie nicht einmal wußte, warum hätte sie dann ›ausgerechnet‹ das Bedürfnis gehabt, von ihnen mit Albertine zu sprechen? Dieses Adverb, das einem Ausdruck sehr nahe steht, den Madame Cottard liebte, nämlich: ›Das trifft sich ausgezeichnet‹, ließ sich nur für eine besondere, im Augenblick akute, vielleicht dringende Sache, die sich auf ganz bestimmte Personen bezog, verwenden. Im übrigen machte allein schon ihre Art, den

Mund aufzutun, als ob sie gähnen wollte, und ihre vage Miene, als sie (wobei sie den Oberkörper etwas zurückzog, als wolle sie von diesem Augenblick an ihre Rede rückgängig machen) zu mir sagte: ›Ach! Ich weiß nicht, ich erinnere mich an die Namen nicht‹, aus ihrem Gesicht und im Einklang damit aus ihrer Stimme ein Abbild der Lüge, ebenso wie zuvor die ganz andere, dringliche, belebte Miene, als sie das Adverb ›ausgerechnet‹ gebrauchte, auf eine Wahrheit schließen ließ. Ich drang nicht weiter mit Fragen in sie. Was hätte es mir genützt? Gewiß, sie log nicht auf die gleiche Art wie Albertine, und sicher waren die Lügen Albertines weit schmerzlicher für mich. Aber zunächst einmal gab es zwischen ihnen einen gemeinsamen Punkt: die Tatsache der Lüge selbst, die in gewissen Fällen vollkommen evident ist, wenn auch freilich nicht die Wirklichkeit, die sich unter dieser Lüge verbirgt. Bekanntlich bildet sich jeder Mörder in seinem speziellen Fall ein, alles so gut kombiniert zu haben, daß er nicht gefaßt werden kann; im Ergebnis aber werden die Mörder beinahe immer ertappt. Lügner hingegen überführt man selten und unter den Lügnern am wenigsten die Frau, die man liebt. Man weiß nicht, wohin sie gegangen ist oder was sie getan hat. Sobald sie aber von einer anderen Sache spricht, unter der sich das verbirgt, was sie nicht sagt, wird die Lüge auf der Stelle offenbar, die Eifersucht aber verdoppelt sich, da man die Lüge spürt, jedoch die Wahrheit nicht zu erkennen vermag. Bei Albertine bekam man die Empfindung der Lüge durch sehr viele Einzelheiten, die man im Laufe dieser Erzählung schon kennengelernt hat, vor allem aber dadurch, daß, wenn sie log, ihre Erzählung an Unzulänglichkeiten, Auslassungen, Unwahrscheinlichkeiten litt oder auch im Gegenteil an einem Übermaß von Details, die dazu bestimmt waren, sie wahrscheinlich zu machen. Trotz der Vorstellung, die der Lügner selbst davon hat, ist aber das Wahrscheinliche keineswegs das Wahre. Vielmehr spürt, wenn man auf etwas Wahres aus ist, jedoch etwas nur Wahrscheinliches hört, das wahrscheinlicher sogar als das Wahre, ja nur allzu wahrscheinlich ist, das musikalische Ohr, daß hier etwas nicht stimmt, so wie es einem mit einem falsch zitierten Vers oder einem fälschlich anstelle eines anderen vorgelesenen Wortes ergeht. Das Ohr spürt es, und wenn man liebt, gerät das Herz in Alarm. Warum denkt man, jedesmal wenn man sein ganzes Leben anders einrichtet, weil man nicht weiß, ob eine Frau durch die Rue de Berri oder die Rue Washington gegangen ist, nicht daran, daß dieser Unterschied von wenigen Metern und sogar die Frau selbst auf ein Hundertmillionstel (das heißt eine nicht mehr wahrnehmbare Größe) reduziert werden würde, wenn wir die Weisheit besäßen, ein paar Jahre darauf zu verzichten, diese Frau zu sehen, und daß dann, was ein vielfach vergrößerter Gulliver war, die Proportionen einer Liliputanerin annähme, die kein Mikroskop – wenigstens des Herzens, denn das der unbeteiligten Erinnerung ist weit stärker und weniger zerbrechlich – mehr würde erkennen können! Wie dem auch sei, wenn es etwas Gemeinsames – die Tatsache der Lüge nämlich – zwischen den Reden Albertines und Gisèles gab, so log dennoch Gisèle nicht auf die gleiche Art wie Albertine und auch nicht wie Andrée, aber ihrer aller Lügen schachtelten sich trotz ihrer Mannigfaltigkeit so ausgezeichnet ineinander, daß die ›kleine Schar‹ die undurchdringliche Solidarität gewisser Handelshäuser, Verlagsbuchhandlungen oder zum Beispiel Zeitungsunternehmungen besaß, in denen es dem unglücklichen Autor trotz der Vielzahl der Personen, welche den Stab dort bilden, nicht gelingt, in Erfahrung zu bringen, ob er beschwindelt wird oder nicht. Der Direktor der Zeitung oder der Zeitschrift lügt in einer Haltung der Aufrichtigkeit, die um so feierlicher wirkt, als er nicht selten Veranlassung hat zu verbergen, daß er genau die gleichen Handlungen begeht und sich derselben kommerziellen Praktiken bedient wie diejenigen, die er bei den Direktoren anderer Zeitungen oder Theater, bei anderen Verlegern geißelt, wenn er die Standarte der Aufrichtigkeit als Banner schwingend gegen sie zu Felde zieht. Proklamiert zu haben (als Führer einer politischen Partei oder was sonst immer), daß es abscheulich ist zu lügen, zwingt in der Mehrzahl der Fälle dazu, mehr als die andern zu lügen, ohne daß man deswegen die feierliche Maske oder die erhabene Tiara der Gesinnungstreue ablegen darf. Der Sozius des ›aufrichtigen Mannes‹ lügt auf eine andere und unbefangenere Art. Er betrügt seinen Autor, wie er seine Frau betrügt, mit Tricks aus dem Lustspielrepertoire. Der Redaktionssekretär, ein redlicher, ungehobelter Mann, lügt ganz schlicht wie ein Architekt, der uns verspricht, daß unser Haus zu einem Zeitpunkt bereits fertig sein wird, da mit dem Bau noch nicht einmal begonnen ist. Der Chefredakteur, eine erdenfremde Seele, schwebt inmitten der drei anderen umher, und ohne zu wissen, um was es sich handelt, assistiert er ihnen aus brüderlichem Zartgefühl und in zärtlich bedachter Solidarität mit der kostbaren Hilfe eines unerwartet eingeworfenen Wortes. Diese vier Personen leben untereinander in dauernder Uneinigkeit, der aber die Ankunft des Autors auf der Stelle ein Ende bereitet. Über ihre persönlichen Streitigkeiten hinweg erinnert sich jeder einzelne an die hohe militärische Pflicht, dem bedrohten Truppenteil jeweils zu Hilfe zu eilen. Ohne mir darüber klar zu sein, hatte ich seit langem schon die Rolle dieses Autors der ›kleinen Schar‹ gegenüber gespielt. Wenn Gisèle, als sie ›ausgerechnet‹ sagte, an diese oder jene Kameradin Albertines gedacht hatte, die geneigt gewesen war, mit ihr zu verreisen, sobald meine Freundin unter dem einen oder anderen Vorwand mich verlassen hätte, und Albertine davon hatte benachrichtigen wollen, daß die Stunde gekommen sei oder bald schlagen werde, so hätte sich Gisèle eher in Stücke reißen lassen, als es mir zu sagen; es hatte also keinen Zweck, ihr weitere Fragen zu stellen.

Begegnungen wie mit Gisèle waren nicht das einzige, was meine Zweifel verstärkte. Ich bewunderte zum Beispiel die Malerei Albertines. Diese Bilder, rührende Zerstreuungsversuche einer Gefangenen, bewegten mich so sehr, daß ich sie dazu beglückwünschte. »Nein, das ist sehr schlecht, aber ich habe ja auch nie eine einzige Zeichenstunde genommen.« – »Aber eines Abends hast du mir doch in Balbec sagen lassen, du müßtest zu Hause bleiben, weil du Zeichenstunde hättest.« Ich erinnerte sie, an welchem Tag es gewesen sei, und sagte ihr, ich hätte mir gleich gedacht, daß man zu so später Stunde ja schließlich keine Zeichenstunde nähme. Albertine errötete. »Das stimmt, sagte sie, ich nahm auch keine Zeichenstunde, ich habe dich anfangs oft ein bißchen angelogen, das gebe ich allerdings zu. Aber jetzt lüge ich dir dafür auch niemals mehr etwas vor.« Sehr gern hätte ich gewußt, worin eigentlich die zahlreichen Lügen jener Anfangszeit bestanden hatten! Aber ich wußte im voraus, daß ihre Geständnisse nur neue Lügen sein würden. Deswegen begnügte ich mich damit, ihr einen Kuß zu geben. Nur eine dieser Lügen wollte ich von ihr hören. »Nun also«, antwortete sie zum Beispiel, als ich sagte, die Seeluft bekomme mir nicht. Vor so viel Mangel an gutem Willen streckte ich die Waffen.

Damit ihre Fessel ihr leichter vorkäme, schien mir besonders geschickt, sie glauben zu machen, ich selber wolle sie lösen. Auf alle Fälle aber ließ sich solch ein unwahres Projekt in diesem Augenblick nicht erwähnen; sie war in zu freundlicher Stimmung erst eben vom Trocadero heimgekehrt; ich konnte höchstens, weit davon entfernt, sie mit der Drohung eines Bruches zu betrüben, von den Träumen eines ständigen gemeinsamen Lebens schweigen, die sich in meinem dankerfüllten Herzen regten. Als ich sie anschaute, hatte ich Mühe, diese Träume nicht uneingeschränkt vor ihr auszubreiten, und möglicherweise war sie sich dessen bewußt. Leider übertragen aber solche Wünsche sich nicht. Der Fall einer manierierten alten Frau wie Monsieur de Charlus, der, da er in seiner Vorstellung immer einen stattlichen jungen Mann vor sich sah, schließlich selbst ein stattlicher junger Mann zu sein glaubte, und um so lächerlicher wirkte, je manierierter er auftrat, läßt sich

durchaus verallgemeinern, und das Mißgeschick eines entflammten Liebhabers besteht darin, daß er sich nicht darüber klar ist, wie, während er ein schönes Gesicht vor sich sieht, seine Geliebte nur das seine vor sich hat, das nicht schöner, sondern ganz im Gegenteil von der Lust entstellt wird, welche der Anblick der Schönheit in ihm erregt. Auch in der Liebe erschöpft sich die Allgemeingültigkeit dieses Falles noch nicht; wir sehen nicht unseren Körper, wie ihn die anderen sehen, und verfolgen unseren Gedanken als ein den anderen unsichtbares Objekt, das nur uns vorschwebt. Dieses Objekt vermag der Künstler in seinem Werk zuweilen sichtbar zu machen. Daher kommt es, daß die Bewunderer dieses Werkes von seinem Urheber enttäuscht werden, in dessen Antlitz so viel innere Schönheit nur unvollkommen widergespiegelt erscheint.
Jedes geliebte Wesen und in gewissem Ausmaße sogar jedes Wesen überhaupt ist für uns wie ein Januskopf, das heißt, es zeigt uns, wenn es uns verläßt, die uns wohlgefällige Seite, eine mißliebigere jedoch, solange wir es ständig zu unserer Verfügung wissen. Was Albertine anbelangt, so hatte ihre dauernde Anwesenheit bei mir auf eine andere Weise, als ich es in dieser Erzählung mitteilen kann, etwas Quälendes für mich. Es ist furchtbar, wenn man die Existenz einer anderen Person an sich geheftet sieht wie eine Bombe, die man festhalten muß und nicht fallen lassen darf, ohne damit ein Verbrechen zu begehen. Man braucht zum Vergleich nur das Auf und Ab, die Gefahr, die Unruhe, die Furcht, es könnten später falsche und unwahrscheinliche Sachen geglaubt werden, die man nicht erklären kann, die Zustände heranzuziehen, die man durchmacht, wenn man in enger Gemeinschaft mit einem Wahnsinnigen lebt. Ich bedauerte zum Beispiel Monsieur de Charlus, daß er mit Morel zusammen war (auf der Stelle bewirkte die Erinnerung an die Szene vom Nachmittag, daß die linke Seite meiner Brust mir viel spürbarer war als die andere). Wenn man selbst von den Beziehungen absieht, welche die beiden miteinander verbanden, so hatte doch Mon-

sieur de Charlus anfangs sicherlich nicht gewußt, wie verrückt Morel war. Morels Schönheit, seine Banalität, sein Stolz hatten bestimmt den Baron davon abgelenkt, in seiner Erkenntnis bis zu den Tagen jener Depression vorzudringen, in der Morel Monsieur de Charlus für seine Niedergeschlagenheit verantwortlich machte, ohne daß er Gründe dafür anzugeben wußte, ihn wütend auf Grund falscher, aber sehr scharfsinniger Argumente mit kränkendstem Mißtrauen beleidigte, ihn mit verzweifelten Entschlüssen bedrohte, während er gleichzeitig aufs schlaueste sein unmittelbares Interesse stets im Auge behielt. Alles dies ist freilich nur ein Vergleich. Wahnsinnig war Albertine nicht.

Ich hörte an jenem Tage von einem Todesfall, der mir großen Kummer bereitete, es war der Tod Bergottes. Bekanntlich hatte seine Krankheit schon ziemlich lange gewährt. Nicht mehr diejenige offenbar, die er zuerst gehabt hatte und die auf natürliche Weise entstanden war. Die Natur scheint kaum befähigt zu sein, etwas anderes als verhältnismäßig kurze Krankheiten hervorzubringen. Aber die Medizin hat die Kunst erworben, sie in die Länge zu ziehen. Die Heilmittel, die Linderung, die sie verschaffen, das Unbehagen, welches sich einstellt, wenn man in ihrem Gebrauch nachlässig wird, bringen eine Kopie der Krankheit zustande, welcher die Gewöhnung des Patienten eine gewisse Festigkeit und Form verleiht, ebenso wie Kinder regelmäßig noch lange an periodischen Hustenanfällen leiden, nachdem sie vom Keuchhusten geheilt sind. Dann wirken die Mittel weniger, man steigert die Dosis, man erreicht nichts Gutes mehr damit, sondern in Gestalt jener nun Dauer gewordenen Indisposition vielmehr etwas Schlechtes. Die Natur hätte diesen Zuständen eine so lange Dauer nicht zugestanden. Es ist ein großes Wunder, daß die Medizin, die hierin der Natur gleichkommt, uns zwingen kann, das Bett zu hüten und bei Todesstrafe den Gebrauch eines Medikamentes unbedingt fortzusetzen. Von da an schlägt

die künstlich aufgepfropfte Krankheit Wurzel und ist zu einer sekundären, doch wirklichen Krankheit geworden mit dem einzigen Unterschied, daß die natürlichen Krankheiten heilen, niemals aber die, welche die Medizin hervorbringt, denn das Geheimnis der Heilung ist ihr nicht bekannt.
Seit Jahren schon hatte Bergotte seine Wohnung nicht mehr verlassen. Im übrigen hatte er niemals die Gesellschaft geliebt oder doch nur ganz kurze Zeit, um sie dann zu verachten wie alles übrige, auf ganz die gleiche Art sogar, die ihm eigentümlich war, nämlich nicht etwas zu verachten, wenn man es nicht erlangen kann, sondern gerade dann, wenn man es erlangt hat. Er lebte so einfach, daß niemand ahnte, wie reich er eigentlich war, und hätte man es gewußt, so hätte man sich dennoch getäuscht, denn man würde ihn für geizig gehalten haben, während niemand so freigebig war wie er. Er war es besonders Frauen, genauer gesagt kleinen Mädchen gegenüber, die sich schämten, so viel für so weniges zu erhalten. Er entschuldigte sich vor sich selbst damit, daß er sich niemals sosehr zum Schaffen aufgelegt fühle wie in der Atmosphäre des Verliebtseins. Liebe wäre zuviel gesagt; das Vergnügen, das einem dennoch ein wenig tiefer geht, hilft bei schriftstellerischer Tätigkeit, weil es alle übrigen Unterhaltungen wesenlos macht, zum Beispiel die der Gesellschaft, welche für alle die gleichen sind. Sogar wenn diese Liebe zu Enttäuschungen führt, bewegt sie doch auch dann noch die Oberfläche der Seele, die sonst Gefahr liefe, in völlige Stagnation zu geraten. Das Verlangen erfüllt also seinen Zweck für den Schriftsteller, indem es ihn zunächst von den anderen Menschen entfernt, ihn aber auch veranlaßt, sich ihnen anzupassen, dann aber die Maschinerie des Geistes in einige Bewegung versetzt, während diese, wenn ein gewisses Alter überschritten ist, eine Tendenz in sich trägt, einfach stehenzubleiben. Zwar gelingt es einem nicht, dadurch glücklich zu werden, doch macht man Beobachtungen über die Gründe, die einen hindern, es zu sein, ohne die diese jähen Durchbrüche der Enttäuschung jedoch nicht sichtbar

geworden wären. Daß Träume sich nicht verwirklichen lassen, ist uns wohl bekannt; ohne das physische Verlangen würden wir vielleicht überhaupt keine haben. Es ist aber von Nutzen, Träume in sich zu gestalten, damit man sie scheitern sieht und aus ihrem Scheitern lernt. So sagte Bergotte sich denn auch: ›Ich gebe mehr als Multimillionäre für kleine Mädchen aus, aber die Freuden und Enttäuschungen, die sie mir bereiten, ermöglichen mir ein Buch zu schreiben, das mir Geld einbringt.‹ Ökonomisch betrachtet war diese Gedankenkette zwar unsinnig, aber zweifellos gefiel er sich darin, in dieser Weise Gold in Zärtlichkeiten, diese in Gold umzusetzen. Im Augenblick des Todes meiner Großmutter haben wir gesehen, wie sehr das ermüdete Alter nach Ruhe verlangt. Im Leben der Gesellschaft aber gibt es einzig die Konversation. Sie ist dort geistlos, hat aber die Macht, die Frauen zu unterdrücken, die hier nichts mehr als Fragen und Antworten sind. Außerhalb der Gesellschaft jedoch werden die Frauen wieder, was so ausruhend für den ermüdenden Greis ist, ein Gegenstand der Betrachtung. Auf alle Fälle war jetzt von alledem keine Rede mehr. Ich habe gesagt, daß Bergotte nicht mehr aus dem Hause ging, und wenn er eine Stunde in seinem Zimmer aufstand, so nur in Schals und Plaids, in alles eingehüllt, womit man sich bedeckt, wenn man sich großer Kälte aussetzen oder in die Eisenbahn steigen will. Er entschuldigte sich deswegen bei den wenigen Freunden, die er noch zu sich vorließ, und bemerkte heiter, indem er auf Plaids und Decken wies: ›Was wollen Sie, mein Lieber, schon Anaxagoras hat gesagt, das Leben sei eine Reise.‹ So kühlte er fortschreitend immer mehr aus, ein kleinerer Planet, der ein vorweggenommenes Bild des anderen, großen bot zu dem Zeitpunkt, wenn nach und nach zuerst die Wärme und endlich auch das Leben sich aus der Erde zurückziehen wird. Auch mit der Auferstehung ist es dann aus, denn immerhin müssen, soweit auch in künftige Generationen hinein die Werke der Menschen fortstrahlen werden, dazu Menschen vorhanden sein. Wenn aber zwar gewisse Tiergattungen länger dem Einbruch der Kälte Widerstand leisten, doch keine Menschen mehr vorhanden sein werden, so wird der Ruhm Bergottes, selbst wenn er bis dahin angedauert hat, trotz allem jäh für alle Zeiten erlöschen. Die letzten Tiere werden ihn ja nicht lesen, denn es ist wenig wahrscheinlich, daß sie dann wie die Apostel an Pfingsten die Sprachen der verschiedenen Menschenvölker verstehen, ohne sie je erlernt zu haben.

In den Monaten, die seinem Tode vorausgingen, litt Bergotte häufig an Schlaflosigkeit und, was noch schlimmer war, sobald er einschlief, an Albträumen, die beim Wiedererwachen bewirkten, daß er es vermied, noch einmal einzuschlafen. Lange hatte er die Träume geliebt, sogar die schlechten Träume, weil sie allein durch ihr Dasein schon und durch den Widerspruch, in dem sie zur Wirklichkeit stehen, wie man sie im Zustand des Wachens vor sich hat, uns spätestens, wenn wir daraus emportauchen, eine tiefe Empfindung davon verschaffen, daß wir geschlafen haben. Doch die Träume Bergottes waren so nicht mehr. Wenn er früher von Albträumen sprach, so verstand er darunter unangenehme Dinge, die sich in seinem Hirn zutrugen. Jetzt aber nahm er, wie von außen her kommend, eine mit einem feuchten Lappen bewehrte Hand wahr, die, von einer bösen Frau über sein Gesicht hingeführt, ihn zu wecken bemüht war, oder einen unerträglichen Kitzel an den Hüften oder auch die Wut eines Kutschers – weil Bergotte im Schlaf vor sich hingemurmelt hatte, dieser Mann fahre schlecht – der sich wie ein bösartiger Irrer auf den Schriftsteller stürzte und ihm die Finger zerbiß, ja sie ihm absägte. Schließlich veranstaltete die Natur, sobald in seinem Schlaf hinlängliches Dunkel herrschte, etwas wie eine Probe ohne Kostüm jenes Schlaganfalls, der ihn dahinraffen sollte: Bergotte fuhr im Wagen durch die Einfahrt des neuen Hauses der Swanns und wollte aussteigen. Ein blitzartig auf ihn niederfahrender Schwindel nagelte ihn auf der Bank fest, der Concierge versuchte, ihm beim Aussteigen behilflich zu sein, aber er blieb sitzen, konnte sich nicht erheben oder auch nur die Beine von sich strecken. Er versuchte, sich an den steinernen Pilaster anzuklammern, der gerade vor ihm war, doch fand er dort nicht genügend Halt, um sich auf die Füße zu stellen.

Er befragte die Ärzte, die, geschmeichelt darüber, daß er sie zu sich berief, in den Tugenden eines großen Arbeiters (seit zwanzig Jahren hatte er nichts mehr gemacht), das heißt in Überanstrengung die Ursache seiner Unpäßlichkeiten sahen. Sie rieten ihm, keine Schauergeschichten zu lesen (er las überhaupt nichts) und mehr die Sonne zu nutzen, die ›für das Leben so unerläßlich ist‹ (einige Jahre relativer Besserung hatte er nur dem Umstand verdankt, daß er sich vollkommen auf seine Wohnung beschränkte), sowie kräftiger zu essen (woraufhin er abmagerte und einzig seine Albträume nährte). Einer seiner Ärzte, der zum Widerspruch und zu kleinen Hänseleien neigte, glaubte, sobald Bergotte in Abwesenheit der übrigen, um ihn nicht zu verletzen, ihm als seine eigenen Ideen vortrug, was die andern ihm geraten hatten, Bergotte wolle sich nur etwas verschreiben lassen, was ihm zusagte, und verbot es ihm daraufhin auf der Stelle, häufig mit so geschwind und einzig auf dies Anliegen hin zusammenfabulierten Gründen, daß der widerspruchsfreudige Doktor angesichts des unwiderlegbaren Augenscheins der stichhaltigen Einwürfe, die Bergotte ihm machte, genötigt war, in dem gleichen Satz diesmal sich selbst zu widersprechen, wobei er gleichwohl aus nunmehr anderen Gründen dasselbe Verbot nochmals bekräftigte. Bergotte kam auf einen der ersten Ärzte zurück, einen Mann, der Wert darauf legte, geistreich zu sein, besonders einem Meister der Feder gegenüber, und der, wenn Bergotte etwas suggestiv bemerkte: ›Es scheint mir aber doch, als ob Doktor X... mir gesagt hätte – natürlich früher einmal – das könnte bei mir zu einer Kongestion der Niere und des Gehirns führen...‹ maliziös lächelnd den Finger hob und die Bemerkung machte: ›Ich habe gesagt gebrauchen, aber nicht mißbrauchen. Selbstverständlich wird jedes Medikament, im Übermaß eingenommen, zu einem zweischneidigen Schwert.‹ In unserem Körper gibt es einen gewissen Instinkt für das, was uns zuträglich ist, wie in unserem Herzen für das, was unsere ethische Pflicht ist; beides kann durch keinerlei Autorisation von seiten eines Doktors der Medizin oder der Theologie ersetzt werden. Wir wissen, daß kalte Bäder uns nicht bekommen, aber wir lieben sie: wir werden immer einen Arzt finden, der uns dazu rät, jedoch nicht verhindern kann, daß sie uns Schaden zufügen. Von jedem dieser Ärzte bezog Bergotte das, was er aus natürlicher Klugheit sich seit Jahren untersagt hatte. Nach einigen Wochen waren die Störungen von früher wieder da, die neuaufgetretenen aber nahmen an Schwere zu. Geängstigt durch Schmerzen, die jede Minute wiederkehrten und zu denen noch eine von kurzen Albträumen unterbrochene Schlaflosigkeit hinzutrat, ließ Bergotte keinen Arzt mehr kommen, sondern erprobte mit Erfolg aber im Übermaß verschiedene Schlafmittel, wobei er bei einem jeden vertrauensvoll den begleitenden Prospekt las, welcher jeweils die Notwendigkeit des Schlafens proklamierte, jedoch andeutete, daß alle Produkte, die ihn herbeiführen (mit Ausnahme desjenigen, das in dem Fläschchen enthalten war, welchem er als Hülle diente und das angeblich niemals eine Intoxikation bewirkte), toxisch seien und dadurch das Heilmittel schlimmer machten als das Übel. Bergotte erprobte sie alle. Einzelne von ihnen gehören einer anderen Familie an als diejenigen, an die wir gewöhnt sind, wie zum Beispiel die Amyl- oder Äthylderivate. Unwillkürlich schluckt man das neue Produkt, das ganz anders zusammengesetzt ist, in einer köstlichen Erwartung des Unbekannten. Das Herz schlägt wie bei einem ersten Stelldichein. Zu welchen noch unerlebten Arten des Schlafes, der Träume führt uns dies jüngst erfundene Mittel hin? Jetzt ist es in uns, es übernimmt die Lenkung unseres gedanklichen Lebens. Auf welche Weise werden wir einschlafen? Und wenn wir dann so weit sind –

auf welchen seltsamen Wegen, auf welche Gipfel, in welche unerforschten Abgründe wird der allmächtige Meister uns dirigieren? Welche neue Gruppierung von Empfindungen werden wir auf diese Weise kennenlernen? Werden sie uns ins Unbehagen geleiten? In die Seligkeit? In den Tod? Bergottes Tod trat am Tage nach jenem ein, an dem er sich einem dieser allzumächtigen Freunde (Freunde? Feinde?) anvertraut hatte. Er starb unter den folgenden Umständen: Ein verhältnismäßig leichter Anfall von Urämie war die Ursache, daß ihm Ruhe verordnet worden war. Aber ein Kritiker hatte geschrieben, daß Vermeers ›Ansicht von Delft‹ (die das Museum im Haag für eine Ausstellung holländischer Kunst leihweise zur Verfügung gestellt hatte), ein Bild, das er liebte und sehr gut zu kennen meinte, eine kleine gelbe Mauerecke (an die er sich nicht erinnerte) enthalte, die so gut gemalt sei, daß sie allein für sich betrachtet einem kostbaren chinesischen Kunstwerk gleichkomme, von einer Schönheit, die sich selbst genüge; Bergotte aß daraufhin nur ein paar Kartoffeln, verließ das Haus und trat in den Ausstellungssaal. Schon auf den ersten Stufen, die er zu ersteigen hatte, wurde er von Schwindel erfaßt. Er ging an mehreren Bildern vorbei und hatte einen Eindruck von Kälte und Zwecklosigkeit angesichts einer Kunst, die nur künstlich war und nicht gegen das Fluten von Luft und Sonne in einem venezianischen Palast oder einem einfachen Haus am Meeresufer aufkommen konnte. Endlich stand er vor dem Vermeer, den er strahlender in Erinnerung hatte, noch verschiedener von allem, was er sonst kannte, auf dem er aber dank dem Artikel des Kritikers zum ersten Mal kleine blaugekleidete Figürchen erkannte, ferner feststellte, daß der Sand rosig gefärbt war, und endlich auch die kostbare Materie des ganz kleinen gelben Mauerstücks entdeckte. Das Schwindelgefühl nahm zu; er heftete seine Blicke – wie ein Kind auf einen gelben Schmetterling, den es gern festhalten möchte – auf die kostbare kleine Mauerecke. ›So hätte ich schreiben sollen, sagte er sich. Meine letzten Bücher sind zu

trocken, ich hätte mehr Farbe daran wenden, meine Sprache in sich selbst so kostbar machen sollen, wie diese kleine gelbe Mauerecke es ist.‹ Indessen entging ihm die Schwere seiner Benommenheit nicht. In einer himmlischen Waage sah er auf der einen Seite sein eigenes Leben, während die andere Schale die kleine so trefflich gemalte Mauerecke enthielt. Er spürte, daß er unvorsichtigerweise das erste für die zweite hingegeben hatte. ›Ich möchte dabei doch nicht, sagte er sich, für die Abendzeitungen die Sensation dieser Ausstellung sein.‹
Er sprach mehrmals vor sich hin: ›Kleine gelbe Mauerecke unter einem Dachvorsprung, kleine gelbe Mauerecke.‹ Im gleichen Augenblick sank er auf ein Rundsofa nieder; ebenso rasch dachte er schon nicht mehr, daß sein Leben auf dem Spiel stehe, sondern in wiederkehrendem Optimismus beruhigte er sich: ›Es ist eine einfache kleine Verdauungsstörung, die Kartoffeln waren nicht ganz gar, es ist weiter nichts.‹ Ein neuer Schlag streckte ihn hin, er rollte vom Sofa auf den Boden, wo die hinzueilenden Besucher und Aufseher ihn umstanden. Er war tot. Tot für immer? Wer kann es sagen. Gewiß erbringen spiritistische Experimente nicht deutlicher als religiöse Dogmen den Beweis für das Fortleben der Seele. Man kann nur sagen, daß alles in unserem Leben sich so vollzieht, als träten wir bereits mit der Last in einem früheren Dasein übernommener Verpflichtungen in das derzeitige ein; es besteht kein Grund in den Bedingungen unseres Erdendaseins selbst, weshalb wir uns für verpflichtet halten, das Gute zu tun, zartfühlend, ja, auch nur höflich zu sein; auch nicht für den Künstler, der nicht an Gott glaubt, weshalb er sich gedrungen fühlen soll, zwanzigmal ein Werk von neuem zu beginnen, dessen Bewunderung seinem von Würmern zerfressenen Leib wenig ausmachen wird, ein Werk wie die gelbe Mauerecke, welche mit so viel Können und letzter Verfeinerung ein auf alle Zeiten unbekannter und nur notdürftig unter dem Namen Vermeer identifizierter Maler einmal geschaffen hat. Alle diese Verpflichtungen, die im gegenwärtigen Dasein

nicht hinlänglich begründet sind, scheinen einer anderen, auf Güte, auf Gewissenhaftigkeit, auf Opferbereitschaft basierenden Welt anzugehören, einer Welt, die vollkommen anders als unsere hiesige ist, aus der wir aber gekommen sind, um auf dieser Erde geboren zu werden, bevor wir vielleicht in jene zurückkehren, um wieder unter der Herrschaft jener unbekannten Gesetze weiterzuleben, denen wir gehorchen, weil wir ihr Gebot in uns trugen, ohne zu wissen, wer es dort eingeschrieben hat – Gesetze, denen alle vertiefte Arbeit des Geistes uns näherbringt und die unsichtbar – vielleicht sogar noch weniger erkennbar als das Unsichtbare – einzig den Narren bleiben. Der Gedanke, Bergotte sei nicht für alle Zeiten tot, ist demnach nicht völlig unglaubhaft.
Er wurde begraben, aber während der ganzen Trauernacht wachten in den beleuchteten Schaufenstern seine jeweils zu dreien angeordneten Bücher wie Engel mit entfalteten Flügeln und schienen ein Symbol der Auferstehung dessen, der nicht mehr war.

Ich erfuhr, habe ich gesagt, daß Bergotte an diesem Tag bereits tot war. Aber ich staunte über die Ungenauigkeit der Zeitungen, die – wobei die einen von den anderen die Notiz übernahmen – behaupteten, er sei bereits am Tage zuvor gestorben. An diesem Vortage aber hatte Albertine ihn getroffen, wie sie mir am gleichen Abend erzählte, und war dadurch sogar ein wenig aufgehalten worden, denn er hatte mit ihr ziemlich lange geplaudert. Offenbar war diese Unterhaltung mit ihr seine letzte gewesen. Sie kannte ihn durch mich, der ich ihn selbst seit langem schon nicht mehr sah. Aber da sie voller Neugierde darauf brannte, ihm vorgestellt zu werden, hatte ich ein Jahr zuvor dem bejahrten Meister geschrieben, daß ich sie ihm bringen möchte. Er hatte mir zugestanden, um was ich ihn bat, während er doch, glaube ich, gleichzeitig etwas betrübt darüber war, daß ich ihn nur aufsuchte, um einer anderen Person Vergnügen zu bereiten, was meine

Gleichgültigkeit ihm gegenüber noch unterstrich. Solche Fälle sind häufig: manchmal lehnt der- oder diejenige, an die man sich nicht wegen des Vergnügens, von neuem mit ihm oder ihr zu sprechen, sondern einer dritten Person zuliebe gewendet hat, so hartnäckig diese Vergünstigung ab, daß unsere Schutzbefohlene meint, wir hätten uns mit einer falschen Machtvollkommenheit geschmückt; häufiger noch willigt das Genie oder die berühmte Schönheit zwar ein, sie fühlen sich aber dabei in ihrem Ruhm gedemütigt, in ihrer Zuneigung verletzt und bewahren daraufhin uns selbst nur ein vermindertes, schmerzliches, ein wenig nichtachtendes Gefühl. Erst viel später ahnte ich, daß ich die Zeitungen fälschlich der Ungenauigkeit bezichtigt hatte, denn es stimmte gar nicht, daß Albertine an jenem Tage Bergotte begegnet war. Nicht einen Augenblick jedoch hatte ich Verdacht geschöpft – mit solcher Selbstverständlichkeit hatte sie es mir erzählt – und erst sehr viel später wurde ich auf die bezaubernde Kunst aufmerksam, mit der sie äußerst natürlich log. Was sie sagte, was sie gestand, trug so sehr den Charakter der Evidenz – das heißt dessen, was wir in unwiderlegbarer Weise sehen oder erfahren – daß sie dergestalt in die Zwischenräume ihres Daseins Episoden eines anderen Lebens säte, die ich damals noch nicht als Fälschungen erkannte und auf die ich erst sehr viel später meine Aufmerksamkeit lenkte. Ich habe hinzugefügt: ›was sie gestand‹, und zwar aus folgendem Grunde. Manchmal flößten mir merkwürdige Beziehungen zwischen ihren verschiedenen Äußerungen über sich selbst eifersüchtigen Argwohn ein, auf Grund dessen ich in der Vergangenheit oder leider auch in der Zukunft eine andere Person an ihrer Seite sah. Um meiner Sache ganz sicher zu sein, nannte ich dann den Namen, und Albertine antwortete mir: ›Ja, ich habe sie getroffen, vor acht Tagen schon, ein paar Schritte vom Hause entfernt. Aus Höflichkeit habe ich für ihren Gruß gedankt. Ich bin ein kleines Stück mit ihr gegangen. Aber es ist niemals etwas zwischen uns gewesen, und es wird auch niemals etwas sein.‹ Nun aber hatte tatsächlich Albertine diese Person nicht einmal getroffen, und zwar aus dem einfachen Grunde, weil jene in den letzten zehn Monaten gar nicht nach Paris gekommen war. Meine Freundin aber fand, ein völliges Leugnen werde zu unwahrscheinlich wirken. Daher erfand sie diese kurze Begegnung, die sie so natürlich schilderte, daß ich die Dame stehenbleiben, sie begrüßen, ein paar Schritte mit ihr zusammen weitergehen sah. Wäre ich in jenem Augenblick vor dem Hause gewesen, hätte das Zeugnis meiner Sinne mich vielleicht belehrt, daß die Dame nicht ein paar Schritte mit Albertine weitergegangen war. Wenn ich nun aber das Gegenteil zur Kenntnis genommen hatte, so war das durch eine Aneinanderkettung von Argumenten (bei der die Worte derjenigen, der wir Vertrauen schenken, starke Glieder abgeben) und nicht durch das Zeugnis der Sinne zustande gekommen. Um dies Zeugnis der Sinne anzurufen, hätte ich zu dem gewissen Zeitpunkt vor dem Hause sein müssen, was nicht der Fall gewesen war. Man kann sich gleichwohl vorstellen, daß eine solche Möglichkeit hätte eintreten können: es wäre denkbar gewesen, daß ich von einem Ausgang zu der Stunde zurückkehrte, zu der Albertine behauptet hatte, an eben jenem Abend (ohne mich zu sehen) ein paar Schritte mit der Dame gegangen zu sein, und damit gewußt hätte, daß Albertine mich angelogen hatte. Aber ist das gewiß? Ein heiliges Dunkel hätte sich meines Geistes bemächtigt, ich hätte in Zweifel gezogen, ob ich sie wirklich allein gesehen hatte, ich hätte mir kaum die Mühe gemacht zu verstehen, durch welche optische Täuschung mir jene Dame nicht sichtbar geworden war, und wäre über diesen Irrtum nicht weiter erstaunt gewesen, denn die Welt der Gestirne ist weniger schwierig zu erkennen als die wirklichen Handlungen anderer Wesen, derer zumal, die wir lieben, da sie ja gegen unsere Zweifel durch zum eigenen Schutz erfundene Fabeln gewappnet sind. Wie viele Jahre hindurch vermögen sie unsere apathische Liebe davon zu überzeugen, daß die geliebte Frau im Ausland eine

Schwester, einen Bruder, eine Schwägerin hat, die in Wirklichkeit niemals existierten!
Das Zeugnis der Sinne ist seinerseits eine Tätigkeit des Geistes, in welcher die Überzeugung erst die Evidenz erschafft. Wir haben häufig gesehen, daß der Gehörsinn Françoise nicht das Wort zutrug, das ausgesprochen worden war, sondern das, welches sie für das richtige hielt, woraufhin sie ein für allemal die stillschweigende Berichtigung durch die korrekte Form nicht zur Kenntnis nahm. Unser erster Diener war nicht anders organisiert. Monsieur de Charlus trug zu jener Zeit – denn er wechselte oft – sehr helle Hosen, die unter Tausenden herauszukennen waren. Der Diener aber, welcher glaubte, das Wort ›Rotunde‹ (soweit es das bezeichnet, was Monsieur de Rambuteau mit einer deutlichen Miene des Verdrusses vom Herzog von Guermantes ein ›Rambuteauhäuschen‹ nennen hörte) heiße ›Retorte‹, hörte daraufhin in seinem ganzen Leben niemals eine andere Person ›Rotunde‹ sagen, obwohl das Wort recht häufig in seiner Gegenwart fiel. Der Irrtum aber ist hartnäckiger als der Glaube und revidiert seine Meinungen nicht. Unaufhörlich wiederholte der Diener: ›Sicher hat der Herr Baron sich eine Krankheit zugezogen, daß er so lange in einer ‹Retorte› bleiben muß. Das kommt davon, wenn man ein alter Schürzenjäger ist, er hat auch ganz die Hosen danach. Diesen Morgen hat Madame mich auf einen Gang nach Neuilly geschickt. Ich habe gerade gesehen, wie der Herr Baron die ‹Retorte› an der Rue de Bourgogne betrat. Als ich eine gute Stunde später von Neuilly zurückkam, habe ich seine gelben Hosen immer noch in der gleichen ‹Retorte› und an derselben Stelle in der Mitte bemerkt, wo er sich immer hinstellt, damit ihn keiner sieht.‹ Ich kenne nichts, was so edel, so schön und so jung wäre wie eine Nichte von Madame de Guermantes. Aber den Portier eines Restaurants, in das ich zuweilen gehe, hörte ich, als sie vorbeikam, sagen: ›Jetzt sehe einer nur dies alte Weibsbild an, wie die sich aufgemacht hat! Und dabei ist so etwas mindestens acht-

zig Jahre alt.‹ Was das Alter anbelangt, so scheint mir kaum denkbar, daß er tatsächlich daran glaubte, aber die Pagen, die um ihn herumstanden und jedesmal lachten, wenn die Dame, um ihre weit davon entfernt lebenden reizenden beiden Großtanten Madame de Fezensac und Madame de Balleroy zu besuchen, am Hotel vorbeiging, sahen auf dem Gesicht dieser jungen Schönheit die achtzig Jahre, die, ob im Scherz oder nicht, der Concierge dem ›alten Weibsbild‹ angehängt hatte. Sie hätten sich totgelacht, wenn man ihnen gesagt hätte, sie sei distinguierter als die eine der beiden Kassiererinnen des Hotels, welche, mit Ekzemen bedeckt, lächerlich in ihrer Leibesfülle, ihnen als das Urbild einer schönen Frau erschien. Nur das sexuelle Verlangen vielleicht hätte die Herausbildung ihres Irrtums verhindern können, wenn es beim Vorübergehen des angeblichen ›alten Weibsbildes‹ erwacht wäre und die Pagen plötzlich die junge Göttin begehrt hätten. Aber aus unbekannten Gründen, wahrscheinlich solchen sozialer Natur, war ein solches Verlangen nie in Aktion getreten. Es ließe sich darüber noch sehr viel bemerken. Die Welt ist wahr für uns alle, doch verschieden für jeden einzelnen. Wenn wir uns nicht zugunsten eines ordentlichen Ablaufs dieser Erzählung gezwungen sähen, uns auf oberflächliche Gründe zu beschränken, würden weit ernstere uns erlauben, die trügerische Unzulänglichkeit der ersten Seiten dieses Bandes nachzuweisen, in denen ich von meinem Bett aus das Erwachen der Welt teils bei diesem, teils bei jenem Wetter erlebe. Ja, ich war gezwungen, die Dinge zu vereinfachen und zu fälschen, denn nicht eine Welt, sondern tausend Welten, fast ebenso viele wie es Augenpaare und denkende Hirne gibt, erwachen jeden Morgen.

Um auf Albertine zurückzukommen, so habe ich niemals eine Frau gekannt, die mehr als sie die glückliche Befähigung zu einer lebendigen, mit allen Farben der Wirklichkeit getönten Lüge besaß, es sei denn eine ihrer Freundinnen, ebenfalls der jungen Blütenschar entstammend, rosig wie Albertine, deren unregelmäßiges, stark eingezogenes, dann von neuem vorspringendes Profil große Ähnlichkeit mit gewissen rosa Blütentrauben besaß, deren Namen ich vergessen habe, die aber auch durch solche langen, kurvigen Einbuchtungen gekennzeichnet sind. Dieses junge Mädchen war, vom Standpunkt unserer Geschichte aus betrachtet, Albertine überlegen, denn sie führte keines der schmerzlichen Momente ein, die in Gestalt von aufreibenden halben Andeutungen bei meiner Freundin so überaus häufig waren. Ich habe gleichwohl gesagt, daß sie reizend war, wenn sie eine Erzählung erfand, die keinen Raum für einen Zweifel ließ, denn man sah dann die ganze – wiewohl rein der Einbildung entsprungene – Sache vor sich, die sie zur Veranschaulichung ihrer Worte erfand. Einzig aus der Wahrscheinlichkeit bezog Albertine ihre Inspiration, keinesfalls aus dem Wunsch, meine Eifersucht zu erregen. Denn ohne darauf ausdrücklich bedacht zu sein, hatte sie doch gern, daß man ihr Nettigkeiten erwies. Wenn ich aber im Laufe dieses Werkes häufig Gelegenheit gehabt habe und auch noch haben werde, zu zeigen, wie die Eifersucht die Liebe verdoppelt, so habe ich mich dabei doch ausschließlich auf den Standpunkt des Liebenden gestellt. Wenn dieser aber auch nur ein wenig Stolz besitzt, so wird er, und wenn er selbst an einer Trennung stürbe, auf einen vermuteten Betrug nicht mit einer Freundlichkeit antworten; er wird sich zurückhalten oder, auch wenn er bleibt, sich doch dazu zwingen, Kälte vorzutäuschen. Wenn ihn daher seine Freundin leiden macht, so hat sie keinerlei Vorteil davon. Zerstreut sie aber im Gegenteil mit einem geschickten Wort, mit zärtlichen Liebkosungen den Argwohn, der an ihm nagt, obwohl er sich unempfindlich dagegen stellt, so verspürt sicherlich der Liebhaber zwar nicht das verzweifelte Anwachsen der Liebe, in das er sich durch seine Eifersucht hineinsteigert, wohl aber weiß er, wenn er sich dann ganz plötzlich von seinem Leiden erlöst, glücklich, gerührt, entspannt fühlt wie nach einem Gewitter, nachdem der Regen niedergegangen ist und man kaum noch spürt, wie unter den großen Kastanien in langen Zwischenräumen, von der wiedererschienenen Sonne farbig getönt, die hängenden Tropfen herunterfallen, gar nicht, wie er ihr, die ihn geheilt hat, seinen Dank bezeigen soll. Albertine wußte, daß ich sie gern für ihre Freundlichkeit belohnte, und das erklärt vielleicht, weshalb sie, um sich als schuldlos hinzustellen, glaubhaft wirkende Geständnisse in Gestalt von Geschichten erfand, an denen ich durchaus nicht zweifelte und deren eine die Begegnung mit Bergotte schilderte, der bereits nicht mehr lebte. Ich hatte bis dahin von Albertines Lügen nur diejenigen gekannt, die mir zum Beispiel in Balbec Françoise zutrug und die ich hier übergangen habe, obwohl sie mir erheblichen Kummer bereiteten: »Da sie nicht gern kommen wollte, hat sie zu mir gesagt: ›Können Sie Monsieur nicht erklären, Sie hätten mich nicht angetroffen, ich wäre nicht zu Hause gewesen?‹« Die ›Untergebenen‹, die uns lieben, wie Françoise mich liebte, finden nun einmal Vergnügen daran, uns in unserer Eigenliebe zu kränken.

Nach dem Abendessen sagte ich Albertine, ich hätte nun, da ich doch einmal aufgestanden sei, Lust, Freunde zu besuchen, Madame de Villeparisis, Madame de Guermantes, die Cambremer, je nachdem, wen ich antreffen würde. Ich verschwieg einzig den Namen derjenigen, zu denen ich gehen wollte, nämlich der Verdurins. Ich fragte sie, ob sie nicht dennoch mitkommen wolle. Sie wendete ein, sie habe kein dafür passendes Kleid. »Und außerdem bin ich so schlecht frisiert. Legst du Wert darauf, daß ich immer weiter diese Frisur trage?« Dann aber, um mir Adieu zu sagen, reichte sie mir die Hand in der etwas brüsken Art mit weit vorgestrecktem Arm und zurückgezogenen Schultern, die sie einst am Strand von Balbec an sich gehabt und seither nie wieder angewendet hatte. Diese vergessene Bewegung machte aus dem Körper, dessen unmittelbarer Ausdruck sie war, den jener Albertine aus der Zeit, da sie mich noch kaum kannte, sie gab ihr, die dann unter einer Miene der Unbefangenheit nahezu feierlich wirkte, ihre erste Neuheit, das Unbekannte, ja sogar den Rahmen von dazumal zurück. Ich sah das Meer hinter dem jungen Mädchen, bei dem ich diese Art des Grüßens niemals mehr beobachtet hatte, seitdem ich nicht mehr in Balbec gewesen war. »Meine Tante findet, daß sie mich alt macht«, setzte sie übellaunig hinzu. ›Möchte doch deine Tante die Wahrheit sprechen!‹ dachte ich bei mir. Daß Albertine wie ein Kind aussähe und dadurch Madame Bontemps jünger erscheinen ließe, war deren einziger Wunsch, auch daß Albertine ihr keine Kosten bereitete in Erwartung des Tages, da sie ihr durch eine Heirat mit mir im Gegenteil etwas einbringen würde. Daß aber Albertine weniger jung, weniger hübsch erschiene und sich weniger Personen nach ihr auf der Straße umdrehten, lag dafür mir am Herzen, denn das Alter einer Anstandsdame ist für einen zur Eifersucht neigenden Liebhaber nicht so beruhigend wie das Alter, das sich auf dem Antlitz der Geliebten zeigt. Kummer bereitete mir nur, daß die Frisur, die ich Albertine zu tragen gebeten hatte, ihr selbst als eine weitere Freiheitsbeeinträchtigung erschien. Doch zeigte sich hier wieder das neue hausväterliche Gefühl, das mich auch noch, wenn Albertine fern von mir war, wie eine Fessel an sie heftete.

Ich erklärte Albertine, die ihrer eigenen Aussage nach so wenig Neigung verspürte, mich zu den Guermantes oder den Cambremer zu begleiten, ich wisse noch nicht, zu wem ich wolle, und machte mich auf den Weg zu den Verdurins. In dem Augenblick, als ich aufbrach, um mich zu ihnen zu begeben, und der Gedanke an das Konzert, das ich dort hören würde, mich an die Szene vom Nachmittag erinnerte: ›elende Schlampe du, elende Schlampe‹ – eine Szene enttäuschter, eifersüchtiger Liebe vielleicht, aber dann jedenfalls ebenso bestialisch, wenn man von den gesprochenen Worten absieht, wie sie einer Frau ein Orang-Utan bereiten könnte, der, wenn man so sagen darf, in sie verliebt wäre – vernahm ich, als ich gerade auf der Straße eine Droschke heranwinken wollte, ein Schluchzen, das ein auf einem Randstein sitzender Mann zu unterdrücken suchte. Ich trat näher heran: mit dem Kopf in den Händen wirkte er noch jung, und nach dem Weißen zu schließen, das aus seinem Mantel hervorsah, schien er in Frack und weißer Krawatte zu sein. Als er mich nahen hörte, nahm er die Hände von seinem tränenüberströmten Gesicht, wendete es aber, als er mich erkannte, auf der Stelle wieder ab. Der junge Mann war Morel. Er sah, daß auch ich ihn erkannt hatte, und während er seine Tränen zurückzuhalten versuchte, sagte er, er sei hier einen Augenblick sitzen geblieben, denn er fühle sich furchtbar schlecht. »Ich habe aufs gröblichste heute, sagte er zu mir, eine Person beleidigt, für die ich ein tiefes Gefühl hege. Es war um so schändlicher, als sie mich liebt.« – »Mit der Zeit wird sie es vielleicht vergessen«, antwortete ich und dachte nicht an die Wirkung dieser Worte, die ihn geradezu darauf bringen mußten, daß ich die Szene vom Nachmittag mit angehört hatte. Aber Morel war derart mit seinem Kummer beschäftigt, daß er gar nicht auf den Gedanken kam, ich könne etwas wissen. »Sie wird es vielleicht vergessen, sagte er zu mir. Aber ich selbst werde es niemals vergessen. Ich bin mir meiner Schande bewußt und mir selber zum Grauen! Aber freilich ist es nun einmal gesagt, nichts kann es ungesagt machen. Wenn man mich in Zorn bringt, weiß ich nicht mehr, was ich tue. Und dabei ist es so ungesund für mich, meine Nerven sind völlig durcheinandergeraten«, setzte er hinzu, denn wie alle Neurastheniker war er um seine Gesundheit überaus besorgt. Wenn ich am Nachmittag den Liebeszorn eines wütenden Tieres mitangesehen hatte, so waren jetzt am Abend in wenigen Stunden Jahrhunderte vergangen, und ein neues Gefühl, ein Gefühl der Scham, des Bedauerns, des Kummers zeigte an, daß eine große Etappe in der Entwicklung des wilden Tieres, das dazu bestimmt war, sich in eine menschliche Kreatur zu verwandeln, zurückgelegt worden war. Trotz allem hatte ich noch immer sein ›elende Schlampe‹ im Ohr und fürchtete einen raschen Rückfall in den Zustand der Ungebändigtheit. Im übrigen war mir sehr wenig klar, was sich eigentlich zugetragen hatte, und begreiflicherweise besaß Monsieur de Charlus seinerseits keinerlei Kenntnis davon, daß seit einigen Tagen – und besonders seit diesem bestimmten Tag – noch vor der schmählichen Episode, die nicht unmittelbar mit dem Zustand des Violinisten zu tun hatte, Morel von neuem seiner Neurasthenie erlegen war. Tatsächlich hatte er im vorhergehenden Monat, so rasch er konnte, aber sehr viel langsamer als ihm lieb war, die Verführung der Nichte Jupiens vorangetrieben, mit der er, da sie seine Verlobte war, nach Belieben abends ausgehen durfte. Sobald er jedoch bei seiner auf Vergewaltigung abzielenden Unternehmung etwas weitergekommen war, besonders aber, als er zu seiner Verlobten etwas davon sagte, daß er zu anderen jungen Mädchen in Beziehung zu treten wünschte, die sie ihm bekanntmachen sollte, war er auf Widerstände gestoßen, die ihn zur Verzweiflung getrieben hatten. Mit einem Male (sei es, daß sie sich allzu keusch gezeigt oder im Gegenteil ihm hingegeben hatte) war sein Verlangen erloschen. Er war zu einem Bruch entschlossen, aber da er spürte, daß der Baron, wenn auch lasterhaft, so doch bei weitem moralischer war als er, fürchtete er, daß sofort nach diesem Bruch Monsieur de Charlus ihm seine Tür weisen werde. Daher hatte er denn auch etwa vierzehn Tage zuvor beschlossen, das junge Mädchen nicht mehr wiederzusehen, Monsieur de Charlus und Jupien sich untereinander arrangieren zu lassen (er selbst verwendete einen Ausdruck, der dem des Generals Cambronne weit näherstand) und, noch bevor er den Bruch bekanntgegeben hatte, sich mit unbekanntem Ziel ›aus dem Staube zu machen‹.

Das Ende dieser Liebe ließ ihn in etwas trauriger Stimmung zurück, so daß, obwohl sein Verhalten gegenüber der Nichte Jupiens bis in die kleinsten Einzelheiten genau dem zu entsprechen schien, was er dem Baron als Theorie entwickelt hatte, als sie zusammen in Saint-Mars- le-Vêtu speisten, wahrscheinlich dennoch diese beiden Verhaltensweisen recht verschieden waren und weniger rohe Empfindungen, als er sie in der Theorie vorausgesehen hatte, sein wirkliches Betragen trotz allem verschönt und mit Gefühlen angereichert hatten. Nur in einem einzigen Punkt erwies sich dagegen die Wirklichkeit schlimmer als seine frühere Absicht; während es ihm bei seinem vorgefaßten Plan unmöglich erschienen war, nach einem solchen Verrat in Paris zu bleiben, kam es ihm jetzt sehr viel verlangt vor, daß er sich einer so einfachen Sache wegen ›aus dem Staube machen‹ sollte. Das hieß den Baron verlassen, der zweifellos sehr wütend sein würde, und damit auch auf seine ›Situation‹ verzichten. Er würde all das Geld einbüßen, das er sonst von dem Baron erhielt. Bei dem Gedanken, daß so etwas unvermeidlich eintreten müsse, bekam er Nervenkrisen, jammerte stundenlang vor sich hin und nahm, um nicht daran zu denken, Morphium, wenn auch mit Vorsicht dosiert. Dann war er plötzlich in seinem Geiste auf eine Idee gestoßen, die dort zweifellos ganz allmählich und schon seit einiger Zeit Leben und Gestalt angenommen hatte; diese Idee nun bestand darin, daß die Preisgabe des Mädchens nicht unbedingt den völligen Bruch mit Monsieur de Charlus nach sich ziehen müsse. Die ganzen Einnahmen bei dem Baron zu verlieren, war eine ernste Sache. In seiner Unsicherheit versank Morel für ein paar Tage in düstere Stimmungen gleich denen, die ihn bei Blochs Anblick überkamen; dann entschied er sich dafür, daß Jupien und seine Nichte offenbar versucht hätten, ihn ins Garn zu locken, und froh sein müßten, so glimpflich davonzukommen. Er fand, daß alles in allem das junge Mädchen im Unrecht sei, da sie sich ungeschickt verhalten und ihn nicht durch die Sinne zu fesseln imstande gewesen sei. Nicht nur schien ihm jetzt der Verzicht auf seine Stellung bei Monsieur de Charlus absurd, sondern er trauerte sogar den kostspieligen Abendessen nach, zu denen er das junge Mädchen eingeladen hatte, seitdem er mit ihr verlobt war, wobei er die aufgewendeten Kosten, als Sohn eines Kammerdieners, der jeden Ersten meinem Onkel sein ›Buch‹ bringen mußte, im einzelnen genau im Kopfe hatte. Denn das Wort ›Buch‹ im Singular, das für die Mehrzahl der Sterblichen ein gedrucktes Werk bedeutet, büßt diesen Sinn ein, wenn es sich um Hoheiten oder Kammerdiener handelt. Für die letzteren bezeichnet es das Rechnungsbuch, bei den ersteren die Liste, in die der Besucher sich einschreibt. (In Balbec war ich, als eines Tages die Prinzessin von Luxemburg mir gesagt hatte, sie habe kein ›Buch‹ mitgebracht, im Begriff, ihr Lotis ›Pêcheurs d'Islande‹ oder Daudets ›Tartarin de Tarascon‹ zu leihen, als mir die Augen aufgingen, was sie sagen wollte: nicht daß es ihr an einem Zeitvertreib fehle, sondern daß es mangels solcher Liste schwieriger für mich sei, meinen Namen bei ihr einzutragen.)

Trotz des Wechsels in Morels Betrachtungsweise, was die Folgen seines Verhaltens anbetraf, und wenn er auch, wiewohl er es acht Wochen zuvor, als er die Nichte Jupiens noch leidenschaftlich liebte, grauenhaft gefunden hätte, seit vierzehn Tagen sich einredete, sein Betragen sei ganz natürlich, ja sogar lobenswert, vermehrte das alles doch unausbleiblich den Zustand der Nervosität, in dem er zuvor den Bruch vollzogen hatte. Er war ganz nahe daran, seinen Zorn, wenn auch nicht (außer in einem momentanen Wutanfall) auf das junge Mädchen, dem gegenüber er immer noch einen Rest von Furcht, eine letzte Spur der Liebe empfand, so doch mindestens auf den Baron zu übertragen. Er hütete sich indessen, diesem irgend etwas davon vor dem Abendessen zu sagen. Denn da er seinen Beruf als Virtuose über alles stellte, vermied er (soweit möglich, denn die Szene von heute nachmittag war eigentlich schon zuviel) in dem Augenblick, in dem er schwierige Stücke zu spielen hatte (wie heute abend bei den Verdurins), alles, was seinem Spiel etwas Unbeherrschtes hätte geben können. So verzichtet ein für den Automobilsport begeisterter Chirurg darauf, seinen Wagen selbst zu fahren, wenn er operieren muß. Das erklärte mir auch, daß Morel beim Sprechen unaufhörlich ganz leicht seine Finger einen nach dem andern bewegte, um festzustellen, ob sie ihre Geschmeidigkeit wiedergewonnen hätten. Ein Brauenrunzeln, das sich auf seiner Stirn abzeichnete, schien zu bedeuten, daß immer noch ein wenig nervöse Verkrampfung vorhanden sei. Um sie aber nicht zu vermehren, glättete er seine Miene, so wie man versucht, nicht nervös zu werden, wenn man nicht schlafen kann oder Schwierigkeiten hat, eine Frau zu besitzen, aus Furcht, daß gerade die Phobie den Augenblick des Schlafes oder der Lust noch mehr verzögern könnte. Da er nun einerseits den Wunsch hatte, seine Seelenruhe wiederzugewinnen, um wie gewöhnlich ganz bei der Ausführung dessen zu sein, was er bei den Verdurins vorspielen sollte, andererseits aber auch von dem Verlangen beseelt war, daß ich, solange ich ihn sähe, seinen Schmerz konstatierte, schien ihm das einfachste, mich zu beschwören, ich möge schleunigst meiner Wege gehen. Sein Drängen war überflüssig, denn der Aufbruch bedeutete für mich nur eine Erleichterung. Ich hatte schon gefürchtet, er könne mich, da wir kurz nacheinander in das gleiche Haus gehen wollten, bitten, ihn im Wagen mitzunehmen, denn ich gedachte der Szene vom Nachmittag noch zu lebhaft, um nicht Abneigung bei dem Gedanken zu empfinden, ich müsse während der Fahrt Morel neben mir haben. Es ist sehr wohl möglich, daß die Liebe, dann die Gleichgültigkeit oder der Haß Morels gegen Jupiens Nichte jeweils aufrichtig waren. Leider war es nicht das erste Mal (und würde auch nicht das letzte sein), daß er so handelte, daß er plötzlich ein junges Mädchen ›versetzte‹, dem er ewige Liebe geschworen hatte, er, der sogar so weit ging, einen geladenen Revolver vorzuweisen und zu sagen, er werde sich eine Kugel in den Kopf schießen, wenn er je so niederträchtig sein sollte, die Geliebte jemals zu verlassen. Nichtsdestoweniger verließ er sie später doch und empfand anstelle von Gewissensbissen eine Art von Groll. Es war nicht das erste Mal und würde nicht das letzte sein, daß er so handelte, daß die Köpfe vieler junger Mädchen, jener Mädchen, die ihn weniger leicht vergaßen als er sie – wie denn auch die Nichte Jupiens Morel noch lange weiterliebte, obwohl sie ihn verachtete – bis zum Zerspringen unter dem Wüten eines Schmerzes im Innern litten, weil jede von ihnen wie das Fragment einer griechischen Skulptur einen Aspekt von Morels Gesicht, hart wie Marmor und schön wie die Antike, geschmückt mit seinem üppigen Haar, seinen lebhaften Augen, seiner geraden Nase, in ihrem Kopfe trug, in ihrem Kopfe, in dessen Hirn (das offenbar außerstande war, Morel so zu sehen, wie er wirklich war) der Geiger gleichsam einen Auswuchs bildete, der nicht wegoperiert werden konnte. Auf die Dauer aber gleiten dann solche allzu harten Fragmente an eine Stelle, an der sie nicht mehr so bohrende Schmerzen verursachen, und rühren sich von dort nicht wieder fort; man spürt dann ihre Gegenwart nicht mehr: das ist das Vergessen oder ein Erinnern in Gleichgültigkeit.

Zwei Ergebnisse hatte dieser Tag in mir gezeitigt: einerseits dank der Ruhe, welche durch Albertines Gefügigkeit in mir entstanden war, die Möglichkeit und infolgedessen den Entschluß, mit meiner Freundin zu brechen, andererseits, als Frucht meiner Überlegungen, während ich vor dem Klavier sitzend auf sie gewartet hatte, die Idee, daß die Kunst, der ich meine wiedergewonnene Freiheit hatte widmen wollen, nicht etwas sei, was die Mühe eines Opfers lohne, etwas, was außerhalb des Lebens stände und an seiner Eitelkeit und Nichtigkeit keinen Anteil hätte, und daß die Illusion einer wirklichen persönlichen Eigenart, sofern sie in einem Werk erreicht wurde, nur durch das Blendwerk geschickter Technik zustande kam. Wenn mein Nachmittag in mir andere, vielleicht noch tiefer liegende Residuen zurückgelassen hatte, so sollten diese jedenfalls sehr viel später erst zu meiner Kenntnis gelangen. Die beiden aber, die ich so deutlich in meiner Hand abzuwägen meinte, sollten sich als nicht sehr dauerhaft erweisen; denn schon am gleichen Abend erstanden meine

Ideen über die Kunst aus der Verminderung wieder auf, die sie am Nachmittag erfahren hatten, während andererseits die Ruhe – und damit auch die Freiheit, die mir gestatten würde, mich eben jener Kunst zu widmen – mir von neuem abhanden kommen sollte.

Als mein Wagen, am Quai entlangfahrend, dem Hause der Verdurins schon nahe war, ließ ich noch einmal halten. Ich hatte nämlich an der Ecke der Rue Bonaparte Brichot aus der Straßenbahn steigen, seine Schuhe mit einer alten Zeitung abwischen und perlgraue Handschuhe anziehen sehen. Ich ging auf ihn zu. Da seit einiger Zeit sein Augenleiden sich verschlimmert hatte, war er – in opulenter Weise wie ein Laboratorium – mit neuen Gläsern ausgestattet worden: von machtvoller Stärke und kompliziert wie astronomische Instrumente schienen sie auf seine Augen aufgeschraubt zu sein; er stellte ihr unerhört starkes Feuer auf mich ein und erkannte mich. Die Instrumente waren in ganz wundervoller Verfassung. Hinter ihnen aber bemerkte ich, winzig klein, blaß, zuckend, erlöschend, einen fernen Blick, der unter diesem machtvollen Apparat lag, wie in Laboratorien, die im Verhältnis zu den Aufgaben, denen sie dienen, überreich subventioniert werden, ein unbedeutendes Tierchen im Todeskampf unter Instrumenten von unerhörter Vollkommenheit. Ich bot dem Halberblindeten meinen Arm, damit er sicherer gehe. »Diesmal treffen wir uns nicht mehr in der Nähe des großen Cherbourg, sagte er zu mir, sondern in der Nachbarschaft des kleinen Dünkirchen« – ein Satz, der mich eher verdroß, denn ich verstand nicht, was er besagen sollte; doch wagte ich Brichot nicht danach zu fragen, weniger aus Furcht vor seiner Verachtung als vor seinen Erklärungen. Ich antwortete ihm, ich sei recht neugierig, den Salon zu sehen, in dem Swann früher allabendlich Odette getroffen habe. »Wie? Sie kennen diese alten Geschichten? sagte er zu mir. Es ist immerhin seither eine Zeit verstrichen, die der Dichter mit Recht als ›grande spatium mortalis aevi‹ bezeichnet.«

Swanns Tod hatte mich zu seiner Zeit sehr aus dem Gleichgewicht gebracht. Swanns Tod! Swann spielt in diesem Satz nicht die Rolle eines einfachen Genitivs. Ich meine damit den ganz besonderen Tod, den Tod, der vom Schicksal für Swanns persönlichen Bedarf entsandt worden war. Denn wir sprechen von ›dem Tod‹, um die Dinge zu vereinfachen, aber es gibt fast ebenso viele von seiner Art, wie es Personen gibt. Wir verfügen über keinen Sinn, der uns zu sehen gestattet, wie in höchster Eile nach allen Richtungen ›die Tode‹ sich begeben, Tode in Tätigkeit, die vom Schicksal hierhin oder dorthin abgeordnet werden. Oft sind es solche, die ihre Aufgabe erst zwei oder drei Jahre später ganz erfüllt haben werden. Sie eilen schnell und deponieren ein Krebsleiden im Leib zum Beispiel eines Swann, brechen dann zu neuen Verrichtungen auf und kehren erst zurück, wenn ein chirurgischer Eingriff stattgefunden hat und ein weiterer Tumor im Körper untergebracht werden muß. Dann kommt der Augenblick, da man im ›Gaulois‹ liest, die Gesundheit Swanns habe zu Beunruhigung Anlaß gegeben, doch sei er auf dem besten Wege, von seiner Indisposition wieder zu genesen. Schließlich aber, ein paar Minuten vor dem Verscheiden, tritt der Tod wie eine barmherzige Schwester, deren Aufgabe Pflege und nicht Vernichtung ist, heran, um bei den letzten Minuten zugegen zu sein, und krönt mit einer Schlußaureole das für immer erstarrte Wesen, dessen Herz zu schlagen aufgehört hat. Diese jeweilige Verschiedenheit des Todes aber, den die Menschen sterben, das Geheimnis, das über den Wegen jedes einzelnen waltet, und die Farbe der schicksalbestimmenden Binde, die er trägt, verleihen dann Zeitungsnotizen wie etwa der folgenden etwas so Eindrucksvolles: ›Wir hören mit lebhaftem Bedauern, daß Monsieur Charles Swann gestern in seinem Pariser Privathaus den Folgen eines qualvollen Leidens erlegen ist. Der Hingang eines Parisers, dessen Geist von allen ebenso bewundert wurde wie die Sicherheit, die er bei der sorgfältig getroffenen Wahl seiner stets treu gepflegten

Beziehungen an den Tag legte, wird allgemein beklagt, sowohl in künstlerischen und literarischen Milieus, zu denen sein stets wohlunterrichteter, kultivierter Geschmack ihn zog und in denen er sehr gern gesehen war, wie auch im Jockey-Club, zu dessen ältesten und geschätztesten Mitgliedern er gehörte. Er war außerdem Mitglied des Cercle de l'Union und des Cercle Agricole. Aus dem Club der Rue Royale war er vor kurzer Zeit ausgeschieden. Seine geistvolle Physiognomie und seine markante Persönlichkeit machten ihn zu einer Erscheinung, die bei jedem ‹great event› der Musik oder Malerei die Neugier des Publikums auf sich zog, besonders auch bei der Eröffnung von Ausstellungen, deren ständiger Besucher er sogar noch in den letzten Jahren blieb, als er nur mehr selten seine Wohnung verließ.‹ (Es folgte ein Hinweis auf die Trauerfeierlichkeiten etc.)
Unter diesem Gesichtspunkt beschleunigt, wofern man nicht ›jemand‹ ist, das Fehlen eines bekannten Titels die Zersetzung durch den Tod. Gewiß, man bleibt Herzog von Uzès nur auf anonyme und nicht individuell unterschiedene Weise, aber die Herzogskrone hält doch eine Weile noch die Elemente zusammen wie jene hübschen Formen, die Albertine so liebte, das Speiseeis, während die Namen von ultramondänen Bürgerlichen, sobald sie verstorben sind, formlos werden, zerfallen und in Verwesung übergehen. Wir haben gesehen, daß Madame de Guermantes von Cartier als dem besten Freund des Herzogs von La Trémoïlle und einem in aristokratischen Kreisen sehr beliebten Manne sprach. Für die folgende Generation ist dieser Cartier bereits so völlig gestaltlos geworden, daß man ihn fast erhöhen würde, wenn man ihn neben den Juwelier Cartier stellte, obwohl er selbst darüber gelächelt hätte, daß Ignoranten ihn mit jenem verwechseln könnten! Swann war im Gegenteil eine hervorragende Persönlichkeit des geistigen und künstlerischen Lebens, und obwohl er selbst nichts ›produziert‹ hatte, sollte ihm doch das Glück beschieden sein, etwas mehr Dauer zu haben. Und doch, lieber Char-

les . . ., so wenig ich Sie kannte, als ich noch jung war, Sie aber schon dem Grabe zuwankten, fängt man doch wohl deshalb, weil derjenige, den Sie damals sicher für einen unbedeutenden jungen Toren hielten, Sie zum Helden seiner Romane erkoren hat, jetzt wieder von Ihnen zu reden an, und nur daraufhin werden Sie vielleicht weiterleben. Wenn man Sie sich auf dem Gemälde von Tissot, wo Sie zwischen Galliffet, Edmond de Polignac und Saint-Maurice auf dem Balkon stehen, zeigt und viel von Ihnen spricht, so deshalb, weil man bemerkt hat, daß einige Züge von Ihnen in die Persönlichkeit von Charles Swann eingegangen sind!

Um aber auf allgemeinere Wahrheiten zurückzukommen: von diesem vorausgesagten und dennoch unvorhergesehenen Tod hatte ich Swann selbst bei der Herzogin von Guermantes an jenem Abend reden hören, an dem späterhin das Fest bei deren Kusine stattfand. Es war der gleiche Tod, auf dessen ganz besondere, ergreifend fremde Eigenart ich eines Abends beim Durchfliegen der Zeitung, plötzlich stockend, stieß, als sei er dort in rätselvollen, an falscher Stelle eingeschobenen Zeilen aufgezeichnet. Sie hatten genügt, um aus einem Lebenden jemanden zu machen, der nicht mehr antworten konnte, wenn man zu ihm sprach, einen Namen nur, einen geschriebenen Namen, der mit einem Schlage aus der wirklichen Welt in das Reich des Schweigens hinübergeglitten war. Diese Zeilen gaben mir auch jetzt noch das Verlangen ein, die Räume besser zu kennen, in denen früher die Verdurins residiert hatten und in denen Swann, der damals nicht nur eine Buchstabengruppe in einer Zeitung war, so oft mit Odette gespeist hatte. Ich muß dem noch hinzufügen (und das machte mir lange Zeit den Tod Swanns schmerzlicher als irgendeinen anderen Trauerfall, obwohl diese Gründe keine Beziehung zu der individuellen Besonderheit seines Todes hatten), daß ich nie zu Gilberte gegangen war, wie ich es ihm bei der Prinzessin von Guermantes versprochen hatte, daß ich von ihm nicht mehr den ›anderen Grund‹ erfahren hatte, um dessentwillen er, wie er an jenem Abend andeutete, mich zum Vertrauten seiner Unterhaltung mit dem Prinzen gemacht hatte, daß tausend Fragen immer wieder in mir (wie Blasen aus der Tiefe des Wassers) aufstiegen, die ich ihm über die verschiedensten Gegenstände hatte stellen wollen: über Vermeer, Monsieur de Mouchy, ihn selbst, einen Wandteppich mit Figuren von Boucher, über Combray: Fragen, die zweifellos wenig dringend waren, da ich sie ja von Tag zu Tag aufgeschoben hatte, mir aber von äußerster Wichtigkeit schienen, seitdem seine Lippen für immer versiegelt waren und eine Antwort nicht mehr von ihnen kommen würde.

– Aber nicht doch, fiel Brichot ein, es war nicht hier, wo Swann seine künftige Gattin traf, oder wenigstens doch nur in der allerletzten Zeit, nach der Katastrophe, die zum Teil die frühere Wohnung von Madame Verdurin zerstört hat.

Unglücklicherweise war ich aus Angst, vor Brichots Augen einen Luxus zu entfalten, der mir unangebracht schien, da der Universitätsmann ihn sich nicht gestattete, zu überstürzt aus dem Wagen ausgestiegen, so daß der Kutscher nicht verstanden hatte, was ich ihm in aller Eile zurief, um noch Zeit zu haben, mich von ihm zu entfernen, bevor Brichot mich bemerkt haben konnte. Die Folge war, daß der Kutscher uns ansprach und mich fragte, ob er mich auch wieder abholen solle. Ich bejahte in Eile und verdoppelte desto mehr meine Artigkeiten dem Professor gegenüber, der mit dem Omnibus gekommen war.

– Ach! Sie hatten einen Wagen, sagte er mit ernster Miene zu mir.

– Mein Gott, das war wirklich ein ganz besonderer Zufall, ich nehme eigentlich nie einen. Gewöhnlich komme ich mit dem Omnibus oder gehe zu Fuß. Aber das trägt mir jetzt vielleicht die große Ehre ein, Sie heute abend nach Hause bringen zu dürfen, falls Sie mir zu Gefallen in einen solchen alten Ratterkasten einsteigen wollen; es ist freilich ein bißchen eng, aber Sie sind immer so gütig zu mir. – ›Ach, dachte ich bei mir, wenn ich ihm diesen Vorschlag mache, bringe ich mich wirklich um nichts, denn ich werde ja doch Albertines wegen immer nach Hause zurückkehren müssen!‹ Ihre Anwesenheit in meiner Wohnung zu einer Stunde, in der niemand sie besuchen konnte, gab mir die Möglichkeit, über meine Zeit ebenso frei zu verfügen wie am Nachmittag, als ich wußte, sie werde aus dem Trocadero zurückkommen, und ich es nicht eben eilig hatte, sie wiederzusehen. Aber andrerseits hatte ich auch wie am Nachmittag das Gefühl, daß ich eine Frau bei mir zu Hause vorfinden und bei der Heimkehr nicht die beschwingende Kräftigung durch Einsamkeit würde erfahren können. »Ich nehme sehr gern an, antwortete mir Brichot. Zu dem Zeitpunkt, auf den Sie anspielen, verfügten unsere Freunde in der Rue Montalivet über eine prachtvolle Parterrewohnung mit Zwischenstock, die auf einen Garten ging, weniger großartig zweifellos, aber in meinen Augen der alten venezianischen Gesandtschaft durchaus vorzuziehen.« Von Brichot erfuhr ich, daß an diesem Abend am ›Quai Conti‹ (so drückten die Getreuen sich aus, wenn sie von dem Salon Verdurin sprachen, seitdem er dorthin verlegt worden war) ein großer musikalischer Klimbim stattfinde, den Monsieur de Charlus organisiert habe. Er setzte noch hinzu, daß in den alten Zeiten, von denen ich sprach, der kleine Salon etwas ganz anderes und der Ton von dem heutigen ganz verschieden gewesen sei, und zwar nicht nur, weil die ›Getreuen‹ damals jünger waren. Er erzählte mir Streiche von Elstir (die er als bloße ›Harlekinaden‹ bezeichnete), wie dieser zum Beispiel eines Tages zunächst angeblich im letzten Augenblick abgesagt hatte, dann aber als Aushilfslohndiener gekommen sei und während er die Schüsseln reichte, der sehr prüden Baronin Putbus unanständige Dinge ins Ohr geflüstert habe, so daß diese vor Schreck und Zorn hochrot geworden sei; darauf sei er vor dem Ende des Abendessens verschwunden und habe in den Salon eine mit Wasser gefüllte Badewanne tragen lassen, der er, als man von Tische kam, splitternackt und fluchend entstieg; auch von Diners erzählte er, zu denen man in Kostümen aus Papier erschien, die, von Elstir gezeichnet, ausgeschnitten und gemalt, wahre Meisterwerke gewesen seien; er, Brichot, habe das eine Mal das eines großen Herrn vom Hofe Karls VII. mit Schnabelschuhen, ein anderes Mal das Napoleons I. getragen, wobei ihm Elstir ein Großkreuz der Ehrenlegion aus Siegellack angeheftet habe. Kurz, wenn Brichot in Gedanken den Salon von damals mit seinen großen Fenstern, seinen von der Sonne abgenutzten niedrigen Sofas vor sich sah, die inzwischen hatten ersetzt werden müssen, so erklärte er gleichwohl, daß er ihn dem heutigen vorziehe. Natürlich verstand ich dabei sehr gut, daß Brichot mit ›Salon‹ – so wie das Wort Kirche außer dem religiösen Zwecken dienenden Gebäude auch die Gemeinschaft der Gläubigen bezeichnet – nicht nur den Zwischenstock meinte, sondern vornehmlich die Leute, die regelmäßig dorthin kamen, die besonderen Vergnügen, die sie daselbst suchten und deren Form in seiner Erinnerung durch jene Sofas bestimmt wurde, auf denen man, wenn man Madame Verdurin am Nachmittag einen Besuch machte, wartete, bis sie fertig war, während die rosa Blüten der Kastanienbäume draußen und die Nelken in ihren Vasen auf dem Kamin in einer Regung anmutsvoller Sympathie für den Besucher, die sich in dem lächelnden Willkomm ihrer zarten Farben ausdrückte, das verspätete Kommen der Hausherrin mit unbeirrtem Blick zu kontrollieren schienen. Aber wenn dieser ›Salon‹ ihm hochwertiger als der gegenwärtige schien, so vielleicht deswegen, weil unser Geist ein alter Proteus ist, der nicht Sklave irgendeiner Form bleiben kann und sich selbst in der rein gesellschaftlichen Sphäre von einem Salon plötzlich lossagt, der langsam und mit Mühe den Gipfelpunkt seiner Vollkommenheit erreicht hat, um einen weniger brillanten vorzuziehen, so wie die ›retuschierten‹ Photographien, die Odette von sich bei Otto hatte machen lassen und auf denen sie in einer großen Prinzeßrobe, von Lenthéric onduliert, zu sehen war, Swann nicht so gut gefielen wie eine kleine, in Nizza hergestellte ›Photopostkarte‹, auf der sie in einem Tuchcape mit schlecht gemachtem Haar, das unter einem mit Stiefmütterchen durchflochtenen Strohhut mit schwarzer Samtschleife hervorschaute, und, obwohl eine elegante Dame, die damals zwanzig Jahre jünger war (da die Frauen im allgemeinen um so älter aussehen, je weiter die Photographien zurückliegen), wie ein zwanzig Jahre älteres kleines Dienstmädchen wirkte. Vielleicht machte es Brichot auch Vergnügen, vor mir zu rühmen, was ich nicht mehr kennenlernen würde, und mir zu zeigen, daß er Vergnügungen gekostet hatte, die ich nicht haben könnte? Das gelang ihm im übrigen einfach dadurch, daß er die Namen von zwei oder drei nicht mehr existierenden Personen nannte, deren Reiz er durch die Art, wie er von ihnen sprach, noch um den des Geheimnisvollen vermehrte; ich ahnte, daß alles, was man mir über die Verdurins erzählt hatte, viel zu grob gezeichnet war; und sogar was den Swann anging, den ich noch gekannt hatte, warf ich mir vor, nicht genug auf ihn achtgegeben, vor allem keine uneigennützige Aufmerksamkeit an ihn gewendet, ihm nicht recht zugehört zu haben, wenn er mich so lange bei sich empfing, bis seine Frau zum Mittagessen nach Hause kam, und mir schöne Dinge zeigte – jetzt, da ich wußte, daß er mit einem der besten Causeure von ehemals zu vergleichen war.

Gerade als wir vor Madame Verdurins Haus ankamen, sah ich Monsieur de Charlus mit seiner enormen Körperlichkeit auf uns zusteuern, wobei er unabsichtlich einen jener Apachen oder Bettler in seinem Kielwasser mit sich führte, die auf seinem Wege jetzt unweigerlich selbst in den scheinbar entlegensten Ecken auftauchten und von denen dieser monströse Koloß ungewollt, freilich in einer gewissen Entfernung, so wie der Hai von seinen Geleitfischen, neuerdings immer begleitet war; kurz, er bildete einen so starken Gegensatz zu dem hochmütigen Fremden damals in meinem ersten Jahr in Balbec mit dem strengen Aussehen und der überbetonten

Männlichkeit, daß es mir schien, als sähe ich, begleitet von seinem Satelliten, ein Gestirn in einer ganz anderen Periode seiner Umdrehung vor mir, die es endlich in seiner vollen Rundung erkennen ließ, oder einen Kranken, der jetzt von dem Übel deutlich gezeichnet ist, das vor wenigen Jahren noch ein ganz kleiner Abszeß war, den er leicht verbergen und dessen ernste Bedeutung man noch nicht ahnen konnte. Obwohl eine Operation, der Brichot unterzogen worden war, diesem ein ganz klein wenig von seinem Augenlicht zurückgegeben hatte, das er für immer verloren geglaubt, weiß ich doch nicht, ob er den Schlingel bemerkte, der sich dem Baron an die Fersen geheftet hatte. Eine große Rolle spielte er übrigens nicht, denn seit La Raspelière empfand der Universitätsmann trotz aller Freundschaft, die er Monsieur Charlus bezeigte, bei dessen Anwesenheit jedesmal ein gewisses Unbehagen. Zweifellos strahlt für jeden Menschen das Leben jedes anderen im Dunkel Bahnen aus, von denen dieser nichts ahnt. Die Lüge, die gleichwohl so gut zu täuschen versteht und aus der alle Konversation besteht, verbirgt ein Gefühl der Ablehnung oder des Eigennutzes oder einen Besuch, bei dem man so tun will, als habe man ihn nicht gemacht, oder den Seitensprung einer flüchtigen Liebschaft, die man vor seiner Frau geheimhalten will, weniger vollkommen, als ein guter Ruf schlechte Sitten zudeckt, so daß man sie nicht errät. Sie brauchen ein ganzes Leben lang nicht bekannt zu werden; der Zufall einer Begegnung in einem Hafenviertel am Abend offenbart sie gleichwohl; dabei wird dieser Zufall häufig noch falsch gedeutet, und es bedarf eines eingeweihten Dritten, der über das unauffindbare Rätselwort verfügt, von dem keiner weiß. Hat man aber etwas von diesen Dingen bemerkt, so erschrecken sie mehr durch das Quentchen Wahnsinn, das man hinter ihnen verspürt, als durch eine Verletzung des Moralgefühls. Madame de Surgis-le-Duc hatte ein fast völlig unentwickeltes moralisches Empfinden und hätte zugelassen, daß ihre Söhne was auch immer taten, sofern es durch irgendeine eigennützige Absicht eingeordnet und erklärt werden konnte, die für andere Menschen ebenfalls zugänglich war. Aber sie verbot ihnen, Monsieur de Charlus weiterhin zu besuchen, als sie erfuhr, daß er wie durch den Automatismus eines Uhrwerks dazu getrieben wurde, bei jedem Besuch sie in das Kinn zu zwicken und sie dazu zu veranlassen, untereinander das gleiche zu tun. Sie hatte dabei ein beunruhigendes Gefühl von den Geheimnissen der menschlichen Physis, wie es einem zum Beispiel die Frage nahelegen kann, ob der Nachbar, mit dem man bis dahin gute Beziehungen unterhielt, auch nicht etwa ein Menschenfresser ist, und auf das wiederholte Drängen des Barons: ›Werde ich nicht bald einmal die jungen Leute wieder bei mir sehen?‹ antwortete sie, obwohl sie wußte, welches Unwetter sich daraufhin über ihrem Haupte zusammenzog, sie seien gerade sehr von ihren Vorlesungen, den Vorbereitungen für eine Reise oder dergleichen in Anspruch genommen. Unzurechnungsfähigkeit bedeutet bei Fehltritten, ja sogar bei Verbrechen einen erschwerenden Umstand, was man darüber auch behaupten mag! Ein Landru (wofern er wirklich Frauen gemordet hat) kann, wenn er aus Eigennutz handelte, also einem Motiv, dem man zu widerstehen vermag, begnadigt werden, nicht jedoch, wenn sein Verbrechen aus unwiderstehlichem Sadismus kam.

Die groben Späße, die Brichot sich zu Beginn seiner Freundschaft mit dem Baron erlaubte, hatten bei ihm, sobald es sich nicht mehr darum handelte, Allgemeinplätze von sich zu geben, sondern Verständnis zu zeigen, einem peinlichen Gefühl Platz gemacht, das er mit Heiterkeit zu bemänteln suchte. Er beruhigte sich selbst, indem er Seiten aus Platon, Verse von Vergil zitierte, weil er, auch im Geiste blind, nicht begriff, daß damals die Liebe zu einem jungen Mann etwa dasselbe war, wie wenn man heute (die Scherze des Sokrates offenbaren es besser als Platons Theorien) eine Tänzerin unterhält und später sich verlobt. Monsieur de Charlus selbst hätte es nicht verstanden, er, der seine Manie mit Freundschaft verwechselte, die jener in gar nichts gleicht, die Athleten des Praxiteles aber mit gefügigen Boxern. Er wollte nicht sehen, daß seit neunzehnhundert Jahren (›ein frommer Höfling unter einem frommen Fürsten wäre unter einem atheistischen Fürsten zum Atheisten geworden‹, hat La Bruyère gesagt) die ganze Homosexualität als ein normaler Brauch – wie bei den jungen Leuten Platons oder den Hirten Vergils – abhanden gekommen und einzig die unfreiwillige, triebhafte übriggeblieben ist und wuchernd um sich greift, diejenige, die man den andern verbirgt und der man vor sich selbst ein Mäntelchen umzuhängen sucht. Monsieur de Charlus hätte unrecht gehabt, nicht ganz offen die Herleitung vom Heidentum abzustreiten. Wieviel moralische Überlegenheit wiegt dort ein Weniges an Neigung zur Schönheit der Formen auf! Es besteht kein Grund, weshalb der Hirt Theokrits, der nach einem anderen Knaben schmachtet, später ein weniger hartes Herz und einen empfindlicheren Geist haben sollte als jener andere, dessen Flöte für Amaryllis ertönt. Denn ersterer ist nicht von einer Krankheit betroffen, er gehorcht vielmehr den Sitten seiner Zeit. Die Homosexualität aber, die in Scham und Verfolgung trotz aller Hindernisse weiterbesteht, ist die einzig wahre, die einzige, der bei dem gleichen Wesen eine Verfeinerung im Geistig-Seelischen entsprechen kann. Man zittert bei dem Gedanken, welche Beziehung das Körperliche zu dieser Neigung haben mag, wenn man bedenkt, welche rein physisch bedingte Abweichung der Gefühle, welche leichte Trübung eines Sinnes zu erklären vermag, daß die Welt der Dichter und Musiker, die dem Herzog von Guermantes so fest verschlossen blieb, für Monsieur de Charlus zum Teil ihre Pforten öffnete. Daß dieser in seiner Wohnungseinrichtung einen Geschmack bewies, wie er einer für elegante Kleinigkeiten schwärmenden Hausfrau zusteht, überrascht weiter nicht, wohl aber der schmale Durchblick, der sich für ihn auf Beethoven und Veronese öffnete; das befreit jedoch gesunde Menschen nicht davon, daß sie Furcht verspüren, wenn ein Irrer, der

der Verfasser einer erhabenen Dichtung ist, nachdem er ihnen die höchst plausiblen Gründe dafür auseinandergesetzt hat, weshalb er nur irrtümlich infolge der Bosheit seiner Frau eingesperrt ist, und die Besucher gebeten hat, bei dem Anstaltsdirektor für ihn zu intervenieren, schließlich auch noch darüber stöhnt, welchem Umgang er hier ausgesetzt sei und mit den folgenden Worten schließt: ›Sehen Sie, der Kerl dort, der im Hof auf mich wartet und mit mir sprechen will, und mit dem ich mich jetzt wohl oder übel abgeben muß, glaubt, daß er Christus ist. Das allein genügt ja als Beweis, mit was für Verrückten man mich hier zusammensperrt; er kann ja gar nicht Christus sein, denn der bin ich ja selbst!‹ Einen Augenblick zuvor war man noch bereit, hinzugehen und den Irrenarzt von seiner Täuschung zu überzeugen. Bei diesen letzten Worten jedoch entfernt man sich – selbst wenn man noch an das wundervolle Gedicht denkt, an dem derselbe Mensch täglich arbeitet – so wie die Söhne von Madame de Surgis sich von Monsieur de Charlus entfernten, nicht weil er ihnen irgend etwas Böses getan hätte, sondern wegen seiner überschwenglichen Einladungen, deren Endergebnis war, daß er sie ins Kinn kniff. Der Dichter, den kein Vergil geleitet, ist zu beklagen, da er durch Höllenkreise von Pech und Schwefel wandern und sich, um einige Bewohner Sodoms dennoch herauszuführen, in das Feuer stürzen muß, das vom Himmel herabfällt. Seinem Werk fehlt jeder Reiz, in seinem Leben waltet die gleiche Strenge wie bei jenen entlaufenen Priestern, die auch weiter der Regel eines unverbrüchlichen Zölibats folgen, damit niemand einem anderen Umstand als dem Verlust einer Glaubensüberzeugung die Tatsache zuschreiben kann, daß sie die Soutane ausgezogen haben. Dabei ist es bei diesen Schriftstellern nicht immer das gleiche. Wo ist der Irrenarzt, der nicht infolge seines täglichen Umgangs selbst Wahnanfällen ausgesetzt ist? Er ist noch glücklich zu schätzen, wenn er versichern kann, daß nicht eine zuvor schon latent vorhandene Wahnsinnsneigung ihn prädestiniert hat, sich mit dieser Materie abzugeben. Das Objekt seiner Studien wirkt häufig auf den Psychiater zurück. Welcher Umstand aber, welche dunkle Neigung, welche grauenhafte Faszination hat bereits zuvor seine Wahl bestimmt?

Um den Anschein zu erwecken, als habe er das fragwürdige Individuum, das ihm folgte, überhaupt nicht bemerkt (wenn der Baron sich auf die Boulevards wagte oder die Wartehalle des Bahnhofs Saint-Lazare durchschritt, wichen diese Begleiter, die dann nach Dutzenden zählten, in der Hoffnung auf ein Fünffrankenstück keinen Schritt von ihm), und aus Furcht, er könne sich doch erkühnen, das Wort an ihn zu richten, senkte der Baron heuchlerisch seine schwarzen Wimpern, die durch den Gegensatz zu den pudergeweißten Wangen ihm das Aussehen eines von Greco gemalten Großinquisitors gaben. Doch dieser Priester flößte Angst ein und wirkte wie einer, der mit dem Interdikt belegt worden ist, denn die verschiedenen Kompromisse, zu welchen ihn die Notwendigkeit gezwungen hatte, seinen Neigungen zu folgen, andererseits aber darüber Schweigen zu bewahren, beschworen auf seinem Gesicht genau das herauf, was er zu verbergen suchte: ein durch moralischen Verfall offenbar gewordenes lasterhaftes Leben. Dieser Verfall, ganz gleich, welches seine Ursache ist, läßt sich leicht erkennen, denn er gewinnt bald Körperlichkeit und vervielfältigt sich auf einem Gesicht, besonders um Wangen und Augen, in ebenso physisch sichtbarer Form, wie ockergelbe Flecke ein Leberleiden diagnostizieren lassen, oder abstoßende Rötung eine Krankheit der Haut. Im übrigen zeigte sich jetzt, auseinanderfließend wie Öl, nicht nur auf den Wangen oder besser der unteren Wangenpartie dieses geschminkten Gesichts, auf der weiblich betonten Brust, dem stark ausgebildeten Hinterteil eines Körpers, der sich in letzter Zeit gehen ließ und zur Fülle neigte, das einst von Monsieur de Charlus in seinem tiefsten Innersten geheimgehaltene Laster an. Es drängte jetzt sogar in seinen Reden ans Licht.

– Wie, Brichot, da gehen Sie also am späten Abend mit einem schönen jungen Mann spazieren? sagte er, als er uns ansprach, während der enttäuschte Jüngling in seinem Gefolge sich entfernte, das sind mir ja nette Sachen! Man sollte Ihren kleinen Hörern an der Sorbonne erzählen, wie wenig seriös Sie offenbar sind. Im übrigen bekommt Ihnen der Umgang mit der Jugend gut, Herr Professor, Sie sehen ja frisch wie ein Moosröschen aus. Aber ich habe Sie gestört, Sie beide scheinen sich gerade wie die Backfische amüsiert zu haben und brauchen sicherlich nicht eine alte Großmama, die Ihnen die Freude verdirbt. Ich muß deswegen freilich wohl nicht zur Beichte gehen, da Sie ja doch schon beinahe zu Ihrem Ziele gelangt waren.[1] Der Baron war um so gehobenerer Stimmung, als er

1 – Werden wir Ihre Kusine heute abend sehen? Oh! Sie ist wirklich sehr hübsch, und würde es noch mehr sein, wenn sie die so seltene Kunst, sich gut anzuziehen, die sie von Natur besitzt, etwas besser pflegte. – Hier muß ich sagen, daß auch Monsieur de Charlus etwas ›besaß‹, was ihn zu dem direkten Gegenteil von mir, zu meinem Antipoden, machte, nämlich die Gabe, genau zu beobachten, die kleinsten Einzelheiten exakt zu unterscheiden, ob es sich nun um ein bildschönes Kleid oder ein schönes Bild handelte. Was Kleider und Hüte anbetrifft, so werden gewisse böse Zungen oder allzu radikale Theoretiker behaupten, daß ein Mann, dessen Neigung männlichen Reizen gilt, als eine Art Kompensation einen angeborenen Hang zum Studium, zur wissenschaftlichen Erfassung weiblicher Toilettenkünste hat. Tatsächlich kommt das öfter vor, ganz als ob das gesamte physische Verlangen, die ganze tiefe Zärtlichkeit eines Charlus von Männern in Anspruch genommen, dafür aber das andere Geschlecht zum Ausgleich mit allem bedacht würde, was man mit einem freilich hier recht unangebrachten Eigenschaftswort als ›platonische‹ Neigung bezeichnet, oder einfach mit allem, was den Geschmack mit seinem ausgeklügeltsten und zielsichersten Raffinement betrifft. In dieser Hinsicht hätte Monsieur de Charlus den Spitznamen verdient, den man ihm später gab: ›die Schneiderin‹. Aber seine Neigung und sein Sinn für Beobachtung erstreckten sich noch auf viele andere Dinge. Man hat gesehen, daß ich selbst an dem Abend, an dem ich nach dem Diner bei der Herzogin von Guermantes ihn besuchen ging, die Meisterwerke, die seine Wohnung barg, nur in dem Maße bemerkt hatte, wie er mich darauf aufmerksam machte. Er hingegen erkannte auf der Stelle, worauf niemand sonst achtgegeben hätte, und das ebensowohl bei Kunstwerken, wie wenn es sich um die einzelnen Gänge eines Diners handelte (und außerdem bei allem, was es zwischen Malerei und Kochkunst sonst noch gibt). Ich habe immer bedauert, daß Monsieur de Charlus, anstatt seine künstlerischen Gaben auf das Malen eines Fächers, wie er ihn seiner Schwägerin geschenkt hatte (wir waren Zeuge, wie die Herzogin von Guermantes ihn in der Hand hielt und entfaltete, weniger um sich

sich in völliger Unkenntnis über die Szene am Nachmittag befand, denn Jupien hatte es zweckmäßiger gefunden, seine Nichte vor einer Wiederholung der Beleidigung zu bewahren, als Monsieur de Charlus davon zu benachrichtigen. Daher glaubte dieser auch noch immer an die Heirat und freute sich daran. Man möchte sagen, eine Tröstung für diese großen Einsamen bestehe darin, daß sie für ihr tragisches Zölibat durch fiktive Vaterschaft sich eine Linderung schaffen. »Alles was recht ist, Brichot, sagte er, während er sich lachend zu uns wendete, ich habe wirklich Bedenken, wenn ich Ihnen in derart galanter Gesellschaft begegne. Sie kommen tatsächlich wie zwei Verliebte daher, noch dazu eingehakt! Hören Sie, Brichot, Sie nehmen sich da aber wirklich Freiheiten heraus!«

zu kühlen als vielmehr um sich zu ›fühlen‹, das heißt mit der Freundschaft Palamèdes zu prunken), und auf die Vervollkommnung seines Klavierspiels, nur damit er fehlerlos ein paar effektvolle Stellen im Violinpart Morels begleiten konnte, zu beschränken – ich habe immer bedauert, sage ich, und bedaure es noch, daß Monsieur de Charlus niemals etwas geschrieben hat. Zweifellos darf ich nicht aus der Flüssigkeit seiner Unterhaltung oder sogar seines Briefstils den Schluß ziehen, daß er ein Schriftsteller von Talent gewesen wäre. Diese Verdienste liegen nicht auf der gleichen Ebene. Man hat schon öfter bemerkt, daß langweilige Personen, die nichts als Banalitäten äußern, dennoch Meisterwerke verfassen, und Könige der Konversation sich unter dem Durchschnitt bewegen, sobald sie sich als Schriftsteller produzieren. Trotz allem glaube ich, daß, wenn Monsieur de Charlus es mit dem Schreiben versucht hätte, zunächst vielleicht über künstlerische Gegenstände, auf die er sich gut verstand, das Feuer sich entfacht, der Blitz gezündet hätte und aus dem Weltmann ein Mann der Feder von Rang geworden wäre. Ich sagte es ihm oft, er aber wollte sich niemals darin erproben, vielleicht einfach aus Trägheit oder weil seine Zeit von glänzenden Festen und fragwürdigen Zerstreuungen in Anspruch genommen war, oder aus dem echt guermantischen Bedürfnis heraus, sich unendlich lange in Geschwätz zu verlieren. Ich bedauere es um so mehr, als auch in seiner glanzvollsten Unterhaltung der Geist bei ihm niemals von dem Charakter getrennt war, das heißt die blendenden Einfälle des einen mit der Arroganz des anderen eng verflochten blieben. Hätte er Bücher geschrieben, so hätte man vielleicht, anstatt ihn bei aller Bewunderung zu verabscheuen, wie man es in einem Salon tat, wo er sogar in den beachtlichsten Momenten aufblitzender Geistesschärfe gleichzeitig die Schwachen mit Füßen trat, sich an Menschen rächte, die ihn niemals beleidigt hatten, und in niedrigster Weise trachtete, Freunde auseinanderzubringen – hätte er Bücher geschrieben, sage ich, so hätte man darin seine geistigen Qualitäten isoliert und von allem Üblem gereinigt gefunden, nichts hätte die Bewunderung eingeschränkt, und viele Züge würden vielleicht Freundschaft

Mußte man den Grund für solche Worte in dem Altern eines Geistes sehen, der weniger als früher Herr über seine Reflexe war und nunmehr augenblicksweise einfach automatisch ein Geheimnis herausließ, das Monsieur de Charlus vierzig Jahre lang sorgfältig in sich verschlossen hatte? Oder handelte es sich um die gewisse Verachtung für die Meinung bloßer Bürgerlicher, wie sie im Grunde allen Guermantes eigen war und von welcher der Bruder von Monsieur de Charlus, der Herzog, ein weiteres Zeugnis ablegte, wenn er gänzlich unbekümmert darum, ob meine Mutter ihn sehen konnte, sich am Fenster im offenen Nachthemd rasierte? Hatte Monsieur de Charlus während der heißen Eisenbahnfahrten von Doncières nach Doville die gefährliche Gewohnheit angenommen, sich

für ihn haben aufblühen lassen. Auf alle Fälle – selbst wenn ich mich darüber täusche, was er noch auf der kleinsten Seite hätte zustande bringen können – hätte er sich durch Schreiben ein seltenes Verdienst erworben, denn wie er alles im einzelnen zu unterscheiden wußte, so verfügte er auch für alles, was er beobachtete, über den entsprechenden Namen. Wenn ich durch Gespräche mit ihm auch nicht gelernt habe zu sehen (da die Richtung meines Geistes und Gefühls nach einer anderen Seite verlief), so habe ich doch immerhin Dinge gesehen, die mir ohne ihn völlig entgangen wären; ihren Namen aber, der mir dazu verholfen hätte, ihre Zeichnung, ihre Farbe wiederzufinden, habe ich immer verhältnismäßig schnell aus dem Gedächtnis verloren. Wenn er Bücher geschrieben hätte und sogar wenn sie – was ich nicht glauben kann – schlecht gewesen wären, welch köstliches Wörterbuch, welch unerschöpfliches Kompendium hätten sie gebildet! Aber wer weiß? Vielleicht hätte er, anstatt sein Wissen und seinen Geschmack zu betätigen, durch jenen Dämon verleitet, der oft unsere Geschicke durchkreuzt, nur fade Feuilletonromane oder überflüssige Reise- und Abenteuerbücher verfaßt! »Ja, sie versteht sich anzuziehen oder genauer gesagt, zu kleiden, nahm Monsieur de Charlus das Thema ›Albertine‹ wieder auf. Ich möchte einzig bezweifeln, ob sie sich ganz in Übereinstimmung mit ihrer besonderen Art von Schönheit kleidet, und vielleicht bin ich da durch einige unüberlegte Ratschläge sogar mitverantwortlich. Was ich ihr oft auf der Fahrt nach La Raspelière gesagt habe und was vielleicht – ich bedauere es jetzt – mehr durch den Charakter der Landschaft, durch die Nähe des Strandes bestimmt war als durch den individuellen Charakter des Typs Ihrer Kusine, hat sie vielleicht ein wenig zu sehr nach der Richtung des Leichten hin beeinflußt. Ich muß zugeben, daß sie immer hübsche Tarlatans und reizende Florschärpen trägt, auch eine rosa Toque, an der eine kleine rosige Feder sich gar nicht übel ausnimmt. Aber ich glaube, daß ihre Schönheit, die sehr körperhaft und kräftig ist, mehr erfordert als nur solchen hübschen Firlefanz. Paßt diese Toque wirklich zu ihrem üppigen Haar, das ein russischer Kakoschnik vielleicht besser zur etwas gehenzulassen und ebenso, wie er seinen Strohhut wegwarf, wenn er seine gewaltige Stirn kühlen wollte, auch – und wenn es nur für wenige Augenblicke war – die Maske abzulegen, die seit langem allzu starr sein wahres Antlitz überzog? Sein eheliches Gebaren Morel gegenüber hätte mit gutem Grunde jeden erstaunt, der gewußt hätte, daß er ihn nicht mehr liebte. Mit Monsieur de Charlus aber war es dahin gekommen, daß die Einförmigkeit der Vergnügungen, welche sein Laster zu bieten hat, ihn ermüdete. Er hatte instinktiv nach neuen Betätigungen gesucht, und nachdem er die Möglichkeiten unbekannter Zufallsbegegnungen erschöpft hatte, war er zum entgegengesetzten Pol übergegangen, zu dem, wovon er immer geglaubt hatte, er werde es auf ewig verabscheuen, dem Äquivalent eines ›Heims‹ oder der Vaterschaft.

Geltung bringen würde? Es gibt nur wenige Frauen, zu denen Kleider aus alten Zeiten passen, da diese allzu leicht wie Theaterkostüme wirken. Doch die Schönheit dieses jungen Mädchens, das schon wie eine Frau wirkt, macht hier eine Ausnahme und würde ein schönes Gewand im alten Stil aus Genueser Samt verdienen (ich dachte sofort an Elstir und die Kleider von Fortuny), die ich ohne Bedenken sogar noch mit einem Schmucksteinornament oder Gehänge aus den herrlichen, aus der Mode gekommenen Steinen (daß sie aus der Mode gekommen sind, ist das schönste Lob, das man ihnen ausstellen kann) wie den Peridot, den Markasit oder den unvergleichlichen Labrador zu garnieren getrauen würde. Im übrigen scheint sie selbst den richtigen Instinkt für das Gegengewicht zu haben, nach dem ihr etwas schwerer Schönheitstyp verlangt. Erinnern Sie sich noch, wie sie, wenn wir nach La Raspelière zum Abendessen fuhren, von allerlei hübschen Büchschen und Täschchen begleitet war, in die sie freilich, wenn sie erst verheiratet ist, etwas Besseres als nur die Weiße des Puders oder das Karminrot der Schminke wird tun können, – nämlich – in ein Döschen aus Lapislazuli, der nicht allzu indigoblau sein dürfte – das Weiß der Perlen und das Rot von – wie ich mir denke – nicht überarbeiteten Rubinen, denn sie könnte sehr wohl eine reiche Heirat machen.«

– Da sieht man es ja, Baron! fiel ihm Brichot ins Wort, der wohl fürchtete, diese letzten Worte könnten mir Kummer bereiten, denn er hegte gewisse Zweifel in bezug auf die Reinheit meiner Beziehungen zu Albertine und die Echtheit unserer Vetternschaft. Da sieht man ja, in welcher Weise Sie sich für junge Damen interessieren!

– Wollen Sie wohl schweigen in Gegenwart dieses Kindes, Sie boshafter Mensch, Sie, kicherte Monsieur de Charlus, indem er in der Folge einer Bewegung, die Brichot Schweigen auferlegen sollte, seine Hand niederfallen und zielsicher auf meiner Schulter landen ließ.

Manchmal genügte ihm das sogar nicht mehr, er brauchte etwas Neues und verbrachte dann eine Nacht mit einer Frau, so wie ein normaler Mann einmal im Leben den Wunsch haben kann, einen jungen Mann zu lieben, das heißt aus einer ähnlichen, nur umgekehrten Neugier heraus, wobei die beiden Fälle gleichermaßen ungesund sind. Die Getreuenexistenz des Barons, der einzig um Charlies willen in dem ›kleinen Kreis‹ lebte, wirkte ähnlich vereitelnd auf alle seine lange Zeit hindurch aufgewendeten Bemühungen um einen trügerischen Anschein wie eine Forschungsreise oder ein Aufenthalt in den Kolonien auf gewisse Europäer, die dabei die Grundsätze preisgeben, von denen sie sich in Frankreich leiten ließen. Und dennoch hatte der innere Umschwung in einem Geiste, der zu Beginn von der Anomalie, die er in sich barg, nichts wußte, sie dann mit Entsetzen innewurde, sich aber schließlich mit ihr vertraut gemacht hatte, bis er nicht mehr merkte, daß man anderen nicht gefahrlos eingestehen konnte, was man zu guter Letzt ohne Scham sich selber eingestand, Monsieur de Charlus noch nachhaltiger von gewissen gesellschaftlichen Rücksichten zu lösen vermocht als die bei den Verdurins verbrachte Zeit. Es gibt tatsächlich keine Verbannung an den Südpol oder auf den Gipfel des Montblanc, die uns so sehr von den anderen entfernt wie ein langer Aufenthalt in der Atmosphäre eines uns innewohnenden Lasters, das heißt einer Denkweise, die sich von der allgemein üblichen unterscheidet. Diesem Laster (das er früher selbst als solches bezeichnet hatte) verlieh Monsieur de Charlus jetzt das gutmütige Ansehen eines bloßen Fehlers, der noch dazu weit verbreitet, eher sympathisch und nahezu amüsant ist wie etwa die Trägheit, die Zerstreutheit oder übertriebene Eßlust. Da er spürte, welche Neugier seine spezielle Veranlagung erregte, fand Monsieur de Charlus ein gewisses Vergnügen darin, jene zu befriedigen, zu reizen und zu unterhalten. Ebenso wie ein gewisser jüdischer Publizist sich täglich zum Vorkämpfer des Katholizismus aufwirft, wahrscheinlich nicht in der Hoffnung, ernst genommen zu werden, sondern um nicht die Erwartung der ihm wohlgesinnten Lacher zu enttäuschen, geißelte Monsieur de Charlus gefälligerweise in dem ›kleinen Kreis‹ gewisse bedenkliche Sitten, ohne sich erst bitten zu lassen, nur um in liebenswürdiger Form sein Scherflein beizutragen und in der Gesellschaft ein Amateurtalent zu entfalten, ganz ebenso wie er dort einen Engländer kopiert oder Mounet-Sully nachgemacht hätte. Monsieur de Charlus drohte daher in ähnlichem Sinne Brichot, er werde ihn bei der Sorbonne anzeigen, weil er sich jetzt mit jungen Leuten herumtriebe, wie der beschnittene Chronist bei jeder Gelegenheit von der ›ältesten Tochter der Kirche‹ oder vom ›Heiligen Herzen Jesu‹ spricht, das heißt ohne einen Schatten von Heuchelei, sondern eher aus bloßem Vergnügen an solchem Schauspielertum. Es wäre daher interessant gewesen, eine Erklärung nicht nur für die Veränderung in seiner Redeweise, die so ganz verschieden von dem war, was er sich früher erlaubte, sondern auch für die Wandlung zu finden, die in seinem Tonfall und seinen Gesten eingetreten war, welche alle beide merkwürdig jetzt dem ähnlich waren, was Monsieur de Charlus vordem am schärfsten verurteilt hatte; er stieß neuerdings unbewußt kleine Schreie aus – das heißt ihm selbst unbewußt und demnach aus um so größeren Tiefen aufsteigend – wie sie mit Absicht Invertierte vernehmen lassen, die sich mit ›meine Liebe‹ anreden, als wenn dieses gewollte ›Gehabe‹, dessen Konterpart Monsieur de Charlus so lange vertreten hatte, tatsächlich nur eine höchst begabte und getreue Nachahmung der Manieren darstellte, die, welches auch sonst die ihren sein mögen, Männer à la Charlus annehmen, wenn sie in einem bestimmten Stadium ihres Übels angelangt sind, so wie ein von allgemeiner Paralyse oder von Ataxie Betroffener unbedingt schließlich gewisse Symptome aufweist. In Wirklichkeit – und das offenbarte sich bei diesem ganz aus dem Inneren kommenden ›Gehabe‹ – bestand zwischen dem völlig in Schwarz gekleideten Charlus mit dem zu einer kurzen Bürste gestutzten

Haar, welchen ich früher gekannt hatte, und den geschminkten, mit Schmuck überladenen jungen Männern nur der gleiche rein äußerliche Unterschied wie zwischen einer lebhaften und schnell sprechenden Person, die dauernd in Bewegung ist, und einem Neuropathen, der langsam spricht, ein unverbrüchliches Phlegma bewahrt, aber in den Augen des Klinikers von ebenso schwerer Neurasthenie befallen ist, denn er weiß, daß beide, der eine wie der andere, von den gleichen Ängsten verzehrt und mit den gleichen Störungen behaftet sind. Außerdem stellte man, daß Monsieur de Charlus alterte, auch noch an ganz anderen Zeichen fest, zum Beispiel an dem ungewöhnlichen Ausmaß, in dem er neuerdings im Gespräch bestimmte Ausdrücke verwendete, die förmlich wucherten, unaufhörlich darin wiederkehrten (wie etwa: ›die Verkettung der Umstände‹), mit denen sich jetzt die Rede des Barons von Satz zu Satz wie mit unentbehrlichen Stützen weiterhalf. »Ist Charlie schon da?« fragte Brichot Monsieur de Charlus, als wir eben an der Haustür schellen wollten. »Oh! Ich weiß nicht«, sagte der Baron und hob die Hände in die Luft, während er halb die Augen schloß und die Miene eines Menschen annahm, der nicht der Indiskretion bezichtigt werden will – um so mehr als ihm Morel wahrscheinlich Vorwürfe wegen Äußerungen über Dinge machte, die Morel – da er ebenso ängstlich wie eitel war und den Baron ebenso gern verleugnete, wie er sich des Umgangs mit ihm rühmte – für schwerwiegend hielt, obwohl sie in Wirklichkeit ganz belanglos waren. »Sie wissen, ich habe keine Ahnung, was er treibt.« Wenn die Gespräche zwischen zwei Personen, die eine enge Beziehung zueinander haben, mit Lügen durchsetzt sind, so tauchen diese nicht weniger selbstverständlich in den Unterhaltungen auf, die ein Dritter mit einem der Liebenden über die geliebte Person führt, welchem Geschlecht sie auch angehören mag.

– Ist es lange her, daß Sie ihn zuletzt gesehen haben? fragte ich Monsieur de Charlus, um mir gleichzeitig das Ansehen zu geben, als scheue ich nicht, mit ihm von Morel zu sprechen, und als sei ich nicht überzeugt, daß er völlig mit ihm lebte. »Er ist zufällig heute morgen auf fünf Minuten zu mir hereingekommen, als ich noch halb im Schlaf lag, und hat sich auf die Ecke meines Bettes gesetzt wie jemand, der mir am liebsten hätte Gewalt antun mögen.« Ich hatte sofort den Eindruck, daß der Baron wahrscheinlich mit Charlie noch vor einer Stunde zusammen gewesen war, denn wenn man die Geliebte eines Mannes, von dem man weiß – oder, wie sie vielleicht vermutet, glaubt – daß er ihr Liebhaber ist, fragt, wann sie ihn gesehen hat, so antwortet sie, wenn sie mit ihm zusammen Tee getrunken hat: ›Ich habe ihn einen Augenblick vor dem Mittagessen gesehen.‹ Der einzige Unterschied zwischen diesen beiden Fakten besteht darin, daß das eine erlogen und das andere wahr ist. Aber das eine ist ebenso unschuldig oder, wenn man so will, ebensowenig harmlos wie das andere. Daher würde man nicht verstehen, weshalb die Geliebte (in diesem Falle also Monsieur de Charlus) immer die erlogene Tatsache wählt, wenn man nicht wüßte, daß derartige Antworten ohne Wissen der Person, welche sie gibt, durch Faktoren bestimmt werden, deren Zahl in einem solchen Mißverhältnis zu der Winzigkeit der Tatsache selbst steht, daß man sich entschuldigt, sie überhaupt in Betracht zu ziehen. Aber für einen Physiker erklärt sich der Platz, den eine noch so kleine Holundermarkkugel einnimmt, durch den Konflikt oder das Gleichgewicht zwischen Gesetzen der Anziehung und Abstoßung, die für ungleich größere Welten maßgebend sind. Nur der Vollständigkeit halber wollen wir hier den Wunsch erwähnen, natürlich und kühl zu erscheinen, die instinktive Geste, mit der man ein geheimes Stelldichein zu verbergen sucht, einander widerstrebende Instinkte der Scham und der Ostentation, das Bedürfnis, zu bekennen, was einem selbst so angenehm ist, das heißt zu zeigen, daß man geliebt wird, andrerseits aber einen gewissen Scharfblick auch für das, was der Zuhörer – ohne es zu sagen – vermutet oder weiß, einen Scharfblick, der immer etwas weniger weit oder weiter als der des anderen reicht, so daß man diesen teils über-, teils unterschätzt, das unwillkürliche Vergnügen daran, mit dem Feuer zu spielen, und dennoch die Absicht, vor seinem Zugriff gewisse Dinge in Sicherheit zu bringen. Genauso viele verschiedene Gesetze, die in entgegengesetzten Richtungen wirken, diktieren auch allgemeinere Antworten, welche die Unschuld, den ›Platonismus‹ oder umgekehrt: die sinnliche Wirklichkeit von Beziehungen betreffen, die man mit einer Person unterhält, von der man sagt, man habe sie am Morgen anstatt am Abend gesehen. Dennoch wollen wir in ganz allgemeiner Form feststellen, daß Monsieur de Charlus trotz der Zunahme seines Übels, durch die er unaufhörlich dazu gedrängt wurde, kompromittierende Einzelheiten zu enthüllen, anzudeuten, zuweilen auch einfach zu erfinden, während dieser Periode seines Lebens gleichwohl aufrechtzuerhalten bemüht war, daß Charlie nicht der gleichen Menschensorte angehöre wie er, Charlus, selbst, und daß zwischen ihnen nichts als bloße Freundschaft bestehe. Das stimmte vielleicht sogar, schloß jedoch nicht aus, daß er sich manchmal widersprach (wie mit Bezug auf die Stunde, zu der er seinen jungen Freund zuletzt gesehen haben wollte), sei es, daß er sich dann vergaß und die Wahrheit sagte, oder aber, aus Eitelkeit oder Sentimentalität, vielleicht auch weil er es witzig fand, den Zuhörer irrezuführen, eine Lüge ersann. »Sie wissen, daß er für mich, fuhr der Baron fort, ein guter kleiner Kamerad ist, für den ich die größte Zuneigung hege, wie er, dessen bin ich gewiß (zweifelte er wohl doch daran, daß er derart das Bedürfnis verspürte, zu bekräftigen, er sei dessen gewiß?), sie gleichfalls auch mir entgegenbringt, aber es ist nichts zwischen uns, nicht das allergeringste, Sie verstehen schon, auch nicht so viel, betonte der Baron in so natürlicher Weise, als spreche er von einer Frau. Er hat mich heute morgen aus dem Schlaf reißen wollen. Dabei weiß er, wie greulich es mir ist, wenn man mich im Bett liegen sieht. Geht es Ihnen nicht auch so?

Oh! Das ist doch abscheulich, es stört einen, unsereiner sieht ja grauenhaft häßlich aus, ich weiß doch, daß ich nicht mehr fünfundzwanzig bin; ich bewerbe mich ja auch nicht um einen Schönheitspreis, aber einen kleinen Rest von Eitelkeit bewahrt man doch immer noch.«

Möglicherweise war der Baron sogar aufrichtig, wenn er von Morel wie von einem guten kleinen Kameraden sprach, und redete vielleicht wahr, als er zu lügen glaubte und die Bemerkung machte: »Ich weiß nicht, was er treibt, ich kenne sein Leben nicht.« Tatsächlich weisen wir jetzt schon darauf hin (wobei wir um ein paar Wochen unserer Erzählung vorgreifen, wir setzen sie aber gleich nach dieser Parenthese wieder fort und schieben die Zwischenbemerkung nur schnell ein, während Monsieur de Charlus, Brichot und ich auf das Haus von Madame Verdurin zugehen), daß kurze Zeit nach diesem Abend der Baron durch einen Brief, den er versehentlich öffnete, obwohl er an Morel gerichtet war, in Schmerz und Bestürzung versetzt wurde. Dieser Brief, der nebenher auch mir grausamen Kummer bereiten sollte, war von der Schauspielerin Léa geschrieben, die wegen ihrer ausschließlichen Neigung zu anderen Frauen berühmt war. Ihr Brief an Morel nun (von dem Monsieur de Charlus nicht einmal ahnte, daß er sie kannte) war in den leidenschaftlichsten Tönen abgefaßt. Seine Direktheit macht es unmöglich, ihn hier wörtlich zu zitieren, aber es sei doch so viel gesagt, daß Léa nur im Femininum von Morel sprach und ihm zum Beispiel schrieb: ›Du bist ja eine ganz Schlimme, geh!‹, ›Meine liebe Süße‹, ›Du gehörst doch wenigstens zu uns!‹ In diesem Brief war von mehreren Frauen die Rede, die nicht weniger die Freundinnen Morels wie Léas zu sein schienen. Die Tatsache andererseits, daß Morel sich über Monsieur de Charlus, Léa aber über einen Offizier lustig machte, der sie aushielt und von dem sie sagte: ›Er beschwört mich in seinen Briefen, ja recht brav zu sein! Stell dir so etwas vor, du kleine weiße Miesekatze!‹ enthüllte Monsieur de Charlus eine nicht weniger ungeahnte Wirklichkeit als die speziellen Beziehungen, die Morel und Léa miteinander verknüpften. Der Baron war vor allem über den Ausdruck ›dazugehören‹ bestürzt. Nachdem er zuerst nichts davon gewußt hatte, war ihm schließlich seit einer schon recht geraumen Zeit zum Bewußtsein gekommen, daß er selbst ›dazugehörte‹. Nun aber wurde dieser Begriff, den er sich zu eigen gemacht hatte, von neuem in Frage gestellt. Als er entdeckt hatte, daß er selbst ›dazugehörte‹, hatte er nur zu erkennen gemeint, daß seine Neigung, wie Saint-Simon es ausdrückt, ›nicht den Frauen galt‹. Hier aber erfuhr in bezug auf Morel dieser Ausdruck ›dazugehören‹ eine Ausweitung, von der Monsieur de Charlus nichts gewußt hatte, in dem Sinne nämlich, daß offenbar Morel diesem Brief zufolge den Beweis erbracht hatte, er ›gehöre‹ insofern ›dazu‹, als er die gleiche Neigung für Frauen empfand wie Frauen von Léas Art. Von da an hatte die Eifersucht des Barons keinen Grund mehr, sich auf die Männer zu beschränken, welche Morel kannten, sondern mußte nunmehr sogar auch die Frauen umfassen. So waren also Menschen, die auch ›dazugehörten‹, nicht allein diejenigen, von denen er es geglaubt hatte, sondern ein ganz ungeheuer großer Teil der Bewohner dieses Planeten, sowohl Frauen wie Männer, Männer, welche nicht nur Männer, sondern auch Frauen liebten, und bei dieser neuen Auslegung eines Wortes, das ihm so vertraut geworden war, fühlte der Baron sich von einer Beunruhigung des Geistes ebensosehr wie des Herzens heimgesucht angesichts dieses doppelten Mysteriums, aus dem ihm gleichzeitig eine Vermehrung seiner Eifersucht und die plötzliche Erkenntnis der Unzulänglichkeit eines Begriffs erwuchs.

Monsieur de Charlus war in seinem Leben immer nur ein Amateur gewesen. Das bedeutet, daß Vorfälle solcher Art ihm keinerlei Nutzen eintrugen. Er verschaffte dem peinlichen Eindruck, den er davon behalten mochte, ein Ventil in heftigen Szenen, in denen er sehr wortreich sein konnte, oder in heimlichen Intrigen. Für ein Wesen vom Range Bergottes zum Beispiel hätten solche Enthüllungen überaus wertvoll sein können. Das erklärt vielleicht sogar zum Teil (da wir zwar blindlings handeln, aber doch, indem wir wie die Tiere eine Pflanze wählen, die uns heilsam ist), daß Menschen wie Bergotte gewöhnlich in der Gesellschaft von mittelmäßigen, falschen, boshaften Personen leben. Ihre Schönheit befriedigt die Einbildungskraft des Schriftstellers, spornt ihn zur Güte an, aber verwandelt in nichts die Natur seiner Gefährtin, deren um Tausende von Metern unter dem seinen liegendes Dasein, deren unwahrscheinliche Bekanntschaften und über alles, was er je geglaubt hatte, hinausgehende, besonders aber in einer ganz fremden Richtung sich erstreckende Lügen von Zeit zu Zeit blitzartig erhellt werden. Diese Lüge, die vollkommene Lüge in bezug auf Leute, die wir kennen, die Beziehungen, die wir etwa mit ihnen gehabt haben, unseren Beweggrund bei irgendeiner Handlungsweise, die von uns auf eine völlig abweichende Art formuliert wird, die Lüge über das, was wir sind, über das, was wir lieben, über das, was wir dem Wesen gegenüber empfinden, das uns liebt und uns nach seinem Bild geformt zu haben glaubt, weil es uns den ganzen Tag umarmt und küßt, diese Lüge gehört zu den wenigen Dingen auf der Welt, die uns Perspektiven auf etwas Neues, Unbekanntes eröffnen und in uns den eingeschlafenen Sinn für die Betrachtung von Welten wiederzuerwecken vermögen, die wir sonst niemals kennengelernt haben würden. Was nun Monsieur de Charlus angeht, so muß man sagen, daß er, wenn er mit Bestürzung über Morel eine gewisse Anzahl von Dingen erfuhr, welche dieser ihm sorgfältig verborgen hatte, dennoch mit seiner Folgerung im Unrecht war, es sei falsch, sich mit Leuten aus dem Volk zu verbinden. Man wird tatsächlich im letzten Band dieses Werkes sehen, wie Monsieur de Charlus drauf und dran ist, Dinge zu tun, die die Mitglieder seiner Familie und seines Freundeskreises weit mehr entsetzt haben würden als ihn selbst die durch Léa offenbarten Möglichkeiten des Lebens.

Aber es ist Zeit, den Baron wieder einzuholen, der mit mir und Brichot seine Schritte zur Tür der Verdurins lenkt. »Und was ist, setzte er zu mir gewendet hinzu, aus Ihrem jungen hebräischen Freund geworden, den wir in Doville sahen? Ich hatte gedacht, man könnte ihn, wenn es Ihnen Vergnügen macht, einmal einen Abend einladen.« Tatsächlich ließ Monsieur de Charlus, der sich damit begnügte, ohne jede Scheu die Handlungen und Schritte Morels genau wie ein Ehemann oder ein Liebhaber durch ein Detektivbüro beobachten zu lassen, nicht davon ab, ein Auge auf andere junge Männer zu werfen. Die Überwachung, die er auf dem Wege über einen alten Bedienten durch ein solches Büro Morel angedeihen ließ, war so wenig diskret, daß seine persönlichen Diener sich bespitzelt glaubten und ein Zimmermädchen überhaupt kein normales Leben mehr zu führen oder auf die Straße zu gehen wagte, da sie meinte, es sei ihr unaufhörlich ein Detektiv auf den Fersen. Der alte Diener aber bemerkte laut und ironisch dazu: ›Dabei kann sie tun, was sie will! Man würde nur Zeit und Geld verlieren, wenn man ihr nachspionierte! Als ob ihr Verhalten uns im geringsten zu interessieren vermöchte!‹ Denn er hing seinem Herrn so leidenschaftlich an, daß er schließlich, obwohl er in keiner Weise die Neigungen des Barons teilte, dennoch – mit so heißem Eifer suchte er ihm zu dienen – sprach, als ob diese auch die seinigen wären. ›Das ist der bravste Kerl, den man sich denken kann‹, pflegte Monsieur de Charlus von diesem alten Diener zu sagen, denn man schätzt niemanden so sehr wie die Personen, welche mit sonstigen großen Tugenden auch noch die verbinden, sie alle rückhaltlos zur Verfügung unserer Laster zu halten. Nur auf Männer also konnte bislang Monsieur de Charlus, soweit es Morel anging, Eifersucht empfinden. Die Frauen flößten ihm solche Gefühle nicht ein. Für Männer seiner Art ist das im übrigen fast die allgemeine Regel. Die Liebe des Mannes, den sie lieben, zu einer Frau ist etwas anderes, das sich gleichsam innerhalb einer anderen

Tiergattung abspielt (der Löwe läßt die Tiger in Ruhe), die sie nicht stört, sondern ihnen eher sogar eine Art von Beruhigung verschafft. Manchmal allerdings kommt es bei denen, die aus der Inversion ein Priestertum machen, vor, daß diese Liebe ihnen widerwärtig ist. Daß ihr Freund sich ihr überläßt, tragen sie ihm nicht als Betrug, sondern als einen Abfall nach. Ein Mann vom Genre Charlus, sonst aber anders als der Baron, wäre ebenso empört gewesen, Morel in Beziehungen zu einer Frau zu wissen, als hätte er aus einem Plakat ersehen, daß er, der Bach und Händel interpretierte, Puccini spielen wolle. Aus diesem Grunde übrigens beteuern junge Leute, die aus Eigennutz den Neigungen solcher Charlusse nachgeben, diesen immer wieder, daß ›die Weiber‹ ihnen einzig Abscheu einflößen, so, wie sie dem Arzt sagen würden, sie nähmen nie Alkohol zu sich und hätten nur für Quellwasser etwas übrig. Monsieur de Charlus aber wich in diesem Punkte ein wenig von der üblichen Regel ab. Da er alles bei Morel bewunderte, bereiteten ihm dessen Erfolge bei Frauen, ohne im leisesten seinen Argwohn zu wecken, die gleiche Freude wie die bei einem Konzert oder beim Ecarté. »Wissen Sie, mein Lieber, er ist etwas für die Frauen, teilte er mit einer Miene mit, als enthülle er etwas nahezu Anstößiges, einer Miene vielleicht des Neides, vor allem jedoch der Bewunderung. Er ist fabelhaft, setzte er hinzu. Überall haben die berühmtesten Kokotten einzig Augen für ihn. Er fällt überall auf, in der Untergrundbahn so gut wie im Theater. Das artet schon in Belästigung aus! Ich kann mit ihm in kein Restaurant gehen, ohne daß der Kellner ihm von mindestens drei Damen zärtliche Briefchen bringt. Noch dazu sind die Weiber in der Regel recht hübsch. Im übrigen wundert es mich nicht. Ich sah ihn mir gestern an und kann es recht gut verstehen. Er ist ja eine Art Schönheit, er sieht wie ein Bronzino aus, man muß tatsächlich staunen.« Doch zeigte Monsieur de Charlus gern, daß er Morel liebte, und legte Wert darauf, die anderen, vielleicht sogar sich selbst davon zu überzeugen, daß jener ihn wiederliebe. Er setzte etwas wie Stolz darein, ihn dauernd bei sich zu haben, und ungeachtet des Schadens, den dieser junge Mann ihm für seine gesellschaftliche Situation bereiten konnte, denn (und dieser Fall ist häufig bei hochgestellten Leuten und bei Snobs, die aus Eitelkeit alle ihre Beziehungen abbrechen, um überall mit einer Geliebten gesehen zu werden, einer Halbweltdame oder einer Frau ihrer Kreise mit nicht mehr ganz einwandfreiem Ruf, die selbst zwar nirgends mehr empfangen wird, mit welcher liiert zu sein ihnen aber schmeichelhaft erscheint) er war auf dem Punkte angelangt, wo unser Egoismus seine ganze zähe Energie darauf richtet, die Erfolge zunichte zu machen, die er vordem errungen hat: sei es, daß wir unter dem Einfluß der Liebe ein nur uns selbst wahrnehmbares Prestige in den ostentativ zur Schau getragenen Beziehungen zu dem Gegenstand unserer Liebe sehen, sei es, daß infolge des Erlahmens der befriedigten gesellschaftlichen Ehrgeizregungen und des Anschwellens der bis dahin nur untergeordneten (der Neugier entspringenden) Wünsche, die um so beherrschender werden, je platonischer sie sind, diese die Höhe, auf der sich die anderen Empfindungen ja nur noch mit Mühe halten konnten, nicht bloß erreicht, sondern sogar überschritten hat.

Was die anderen jungen Leute anbelangt, die Monsieur de Charlus nach seinem Geschmack fand, so bildete für sie Morels Existenz keinerlei Hindernis, vielmehr konnte in gewissen Fällen sein aufgehender Ruhm als Violinist und seine zunehmende Beachtung als Komponist und Journalist sogar zu einem Anreiz werden. Stellte man dem Baron einen jungen Komponisten von angenehmem Äußeren vor, so suchte er unter den Talenten Morels nach einer Möglichkeit, dem Neuankömmling eine Höflichkeit zu erweisen. »Sie sollten mir, sagte er dann zu ihm, ein paar von Ihren Kompositionen bringen, damit Morel sie im Konzert oder auf einer seiner Tourneen spielt. Es gibt so wenig hübsche Musik für die Geige! Es ist eine wahre Wohltat, wenn man da etwas Neues findet. Ausländer vor allem schätzen das sehr, und selbst in der Provinz gibt es kleine musikalische Kreise, in denen die Musik mit bewundernswertem Eifer und Verständnis gepflegt wird.« Ebenso unaufrichtig (denn alles diente nur als Köder, und selten gab sich Morel für die Verwirklichung solcher Pläne her) hatte Monsieur de Charlus, da er von Bloch wußte, daß dieser manchmal dichte – ›wenn ihm danach zumute sei‹, hatte mein alter Kamerad mit dem sarkastischen Lächeln hinzugesetzt, mit dem er gern eine Banalität begleitete, wenn ihm sonst nichts Originelleres einfiel – zu mir gesagt: »Erklären Sie doch diesem jungen Israeliten, er soll mir, da er ja Verse macht, welche für Morel bringen. Für einen Komponisten ist es immer eine kritische Frage, ob er auch etwas Hübsches findet, was sich in Musik setzen läßt. Man könnte vielleicht sogar an ein Libretto denken. Das wäre nicht uninteressant und würde durch das Verdienst des Poeten, durch meine Protektion, durch eine ganze Verkettung von noch hinzutretenden Umständen, die förderlich sind und unter denen natürlich Morels Talent den ersten Platz einnimmt, einen gewissen Aplomb bekommen. Denn er komponiert jetzt viel, und er schreibt auch sehr hübsch. Ich werde Ihnen noch davon erzählen. Was aber sein Virtuosentalent anbelangt (Sie wissen ja, daß er auf diesem Gebiet jetzt schon absolut Meister ist), so werden Sie heute abend sehen, wie gut dieser Bursche die Sachen von Vinteuil spielt. Ich bin jedesmal ganz überwältigt davon, daß man in seinem Alter ein solches Verständnis aufbringen und doch dabei so jungenhaft, ja geradezu kindlich sein kann! Heute abend freilich handelt es sich nur um eine kleine Probe. Der große Zauber findet erst in ein paar Tagen statt, aber heute wird es bei weitem eleganter zugehen. Wir sind daher entzückt, daß Sie gekommen sind«, bemerkte er, wobei er dieses ›wir‹ zweifellos verwendete, weil der König ›Wir wollen‹ sagt. Wegen des großartigen Programms habe ich Madame Verdurin geraten, zwei Festlichkeiten zu veranstalten: die eine erst in einigen Tagen, da wird sie dann alle ihre Bekannten dahaben; die andere heute abend, wo übrigens die Padrona, wie man bei den Juristen sagt, total entmündigt ist. Ich selbst habe die Einladungen ausgegeben, und zwar habe ich einige angenehme Leute aus einem anderen Milieu gebeten, die für Charlie nützlich sein können und deren Bekanntschaft den Verdurins ganz erwünscht sein mag. Es ist zwar ganz in der Ordnung, nicht wahr, wenn man die schönsten Sachen von den größten Künstlern spielen läßt, aber die Veranstaltung hat dann so wenig Resonanz, als würde jeder Laut von außen mit Watte erstickt, wofern das Publikum sich nur aus der Kurzwarenhändlerin von gegenüber und dem Viktualienkrämer an der Ecke zusammensetzt. Sie wissen, was ich von dem geistigen Niveau der Weltleute halte, aber sie können doch gewisse, ziemlich wichtige Rollen übernehmen, unter anderem eine, die für Angelegenheiten von öffentlichem Interesse der Presse zufällt, nämlich die, ein Organ der Weiterverbreitung zu sein! Sie verstehen, was ich sagen will; ich habe zum Beispiel meine Schwägerin Oriane eingeladen: es ist nicht sicher, daß sie kommt, sicher aber ist, daß sie, wenn sie kommt, absolut nichts versteht. Es wird auch gar nicht von ihr verlangt, daß sie versteht – das übersteigt ihre Möglichkeiten –, sondern daß sie davon spricht, was ihr ganz ausgezeichnet liegt und woran sie es auch nicht fehlen lassen wird. Die Folge aber ist die: Schon morgen wird sich anstelle des Schweigens der Kurzwarenhändlerin und des Viktualienkrämers eine angeregte Unterhaltung bei den Mortemart ergeben, bei denen Oriane berichten wird, sie habe wundervolle Dinge gehört, ein gewisser Morel und so weiter ..., daraufhin unbeschreibliche Wut bei allen Nichteingeladenen, die sämtlich sagen werden: ›Palamède hat uns zweifellos für unwürdig erachtet. Was sind das überhaupt für Leute, bei denen die ganze Sache stattgefunden hat‹; das bildet dann ein hübsches Gegengewicht gegen die Lobeserhebungen Orianes, weil der Name Morel unaufhörlich darin wiederkehrt und sich schließlich dem Gedächtnis einprägt wie eine Lektion, die man zehnmal hintereinander liest. Daraus ergibt sich eine Verkettung von Umständen, die für den Künstler, für die Hausherrin, großen Wert hat und gewissermaßen als Megaphon für eine solche Veranstaltung dient, so daß auf diese Weise etwas davon auch einem abwesenden Publikum zu Ohren kommt. Es ist wirklich der Mühe wert: Sie werden sehen, welche Fortschritte er gemacht hat. Im übrigen habe ich an ihm ein neues Talent entdeckt, mein Lieber, er schreibt wie ein Gott. Wie ein Gott, kann ich Ihnen sagen.« Monsieur de Charlus unterließ hinzuzufügen, daß er seit einiger Zeit wie jene großen Herren des siebzehnten Jahrhunderts, die es verschmähten, ihre Streitschriften zu unterzeichnen oder auch nur selbst zu schreiben, Morel kleine, schmählich verleumderische und gegen die Gräfin Molé gerichtete Entrefilets in den Zeitungen bringen ließ. Erschienen sie schon den Lesern unerhört, wieviel ärger noch mußten sie der jungen Frau selber sein, wenn sie, so geschickt eingeschoben, daß niemand außer ihr es durchschauen konnte, Stellen aus ihren Briefen vorfand, die wörtlich, aber in einem Sinne zitiert waren, der sie verstören mußte wie die grausamste Rache. Die junge Frau starb darüber. Aber alle Tage entsteht in Paris, würde Balzac sagen, eine Art von gesprochener Zeitung, die furchtbarer als jede andere ist. Es wird sich später zeigen, wie diese mündliche Presse die Macht eines aus der Mode gekommenen Charlus zu einem Nichts reduziert und einen Morel, der nicht den millionsten Teil seines ehemaligen Beschützers wert war, weit über ihn erhebt. Eine solche intellektuelle Mode ist wenigstens naiv und vertritt aus voller Überzeugung die Nichtigkeit eines genialen Charlus und die unbestreitbare Autorität eines dummen Morel. Der Baron war weniger harmlos bei seinen unversöhnlichen Racheakten. Daher rührte wahrscheinlich das bittere Gift in seinem Mund, das seine Wangen, wenn er in Zorn geriet, mit den Tönungen der Gelbsucht überzog.

– Da Sie doch Bergotte gut kennen, hatte ich daran gedacht,

Sie könnten vielleicht sein Gedächtnis ein wenig auffrischen, was die Schriftstellereien dieses jungen Mannes betrifft, in gewisser Weise mit mir zusammenarbeiten und mir dabei helfen, eine Verkettung von Umständen zu schaffen, die imstande wäre, eine Doppelbegabung vorteilhaft herauszustellen, in der sich das Talent eines Musikers mit dem eines Schriftstellers vereint und die eines Tages ein Prestige wie das von Berlioz bekommen kann. Sie können sich sicher selbst vorstellen, was man Bergotte sagen müßte. Sie wissen ja, berühmte Menschen denken oft an andere Dinge, sie werden von allen Seiten umschmeichelt und interessieren sich fast nur noch für sich selbst. Bergotte aber, der wirklich schlicht und hilfsbereit ist, muß es doch möglich machen können, daß im ›Gaulois‹ oder sonst irgendwo die kleinen, halb humoristischen, halb musikalischen Berichte erscheinen, die wirklich allerliebst sind; ich würde mich ungemein freuen, wenn Charlie auf diese Weise sein reines Spiel zwar nicht durch eine reine Spielerei, wohl aber durch das Spielerische seiner Skizzen ergänzen würde. Ich weiß wohl, daß ich selbst die Dinge leicht übertreibe, wenn es sich um ihn handelt, wie alle alten zärtlichen Konservatoriumstanten. Wie, mein Lieber, das wußten Sie nicht? Sie ahnen gar nicht, wie zudringlich ich mitunter sein kann. Ich stehe stundenlang vor der Tür der Prüfungskommission herum und amüsiere mich köstlich dabei. Was aber Bergotte anlangt, so hat er mir versichert, was Morel macht, sei wirklich recht gut.

Monsieur de Charlus, der Bergotte seit langem schon durch Swann kannte, hatte ihn tatsächlich aufgesucht und ihn gebeten, für Morel zu erreichen, daß eine Zeitung sich bereit erklärte, halbhumoristische Musikkritiken von ihm zu bringen. Als er zu ihm ging, verspürte Monsieur de Charlus etwas wie Gewissensbisse, denn als großer Bewunderer von Bergotte war er sich bewußt, daß er ihn niemals um seiner selbst willen besuchte, sondern nur um auf Grund der teils intellektuellen, teils gesellschaftlichen Bewunderung, welche Bergotte für ihn hegte, Morel oder der Gräfin Molé oder irgend jemandem sonst einen großen Dienst zu erweisen. Wenn er die Gesellschaft nur mehr zu diesem Zweck benutzte, so hatte Monsieur de Charlus keinerlei Bedenken, aber Bergotte gegenüber kam es ihm ärger vor, weil er wußte, daß diesem der Utilitarismus der Weltleute fremd war und daß er es darum eigentlich besser verdiente. Nur war sein eigenes Dasein eben sehr ausgefüllt, und er fand freie Zeit nur, wenn er große Lust auf etwas hatte, zum Beispiel wenn es sich um eine Sache handelte, die sich auf Morel bezog. Da er im übrigen sehr klug war, lag ihm an der Unterhaltung eines ebenfalls klugen Menschen nicht viel, besonders nicht an der Bergottes, der für seinen Geschmack zu literarisch war und einem anderen Clan angehörte, in dem man sich nicht auf den Standpunkt des Barons stellen konnte. Bergotte selbst war sich zwar der reinen Zweckhaftigkeit der Besuche von Monsieur de Charlus bewußt, doch war er ihm nicht böse deshalb; er war unfähig zu folgerichtiger Güte, hatte aber das Bedürfnis, Vergnügen zu bereiten, war verständnisvoll und fand unter gar keinen Umständen Freude daran, jemandem eine Lektion zu erteilen. Was das Laster von Monsieur de Charlus anging, so teilte er es zwar nicht im entferntesten, sah aber darin eher etwas, was der Persönlichkeit ein gewisses Kolorit verlieh, da ja für einen Künstler die Frage nach Gut und Böse nicht in moralischen Beispielen sich erschöpft, sondern von Erinnerungen an Platon und Sodoma mitbestimmt wird. »Ich hätte gern gesehen, wenn er heute abend gekommen wäre, denn er hätte dann Charlie in den Sachen gehört, die er wirklich am besten spielt. Aber er geht nicht aus, ich glaube, er will sich nicht von anderen langweilen lassen, und da hat er recht. Aber Sie, mein schöner junger Freund, sieht man nicht oft am ›Quai Conti‹. Sie mißbrauchen wahrhaftig die Gastfreundschaft dieses Hauses nicht!« Ich sagte ihm, ich ginge vor allem mit meiner Kusine aus. »Haben Sie das gehört! Er geht mit seiner Kusine aus, dieser Unschuldsengel!«, sagte Monsieur de Charlus zu Brichot. Zu mir gewendet setzte er hinzu: »Aber wir verlangen ja gar keine Rechenschaft über das, was Sie tun, mein Kind. Sie sind frei, zu tun und zu lassen, was Ihnen Vergnügen macht. Wir bedauern nur, daß wir nicht daran teilhaben dürfen. Im übrigen haben Sie einen sehr guten Geschmack, Ihre Kusine ist reizend, fragen Sie nur Brichot, dem sie in Doville vollkommen den Kopf verdreht hat. Wir vermissen sie heute abend bestimmt. Aber Sie haben vielleicht sogar gut daran getan, sie nicht mitzubringen. Die Musik von Vinteuil ist zwar wundervoll, aber ich habe heute morgen durch Charlie erfahren, daß die Tochter des Komponisten mit ihrer Freundin herkommen will, und das sind zwei Personen von geradezu furchtbarem Ruf. So etwas ist doch immer peinlich für ein junges Mädchen. Sogar um der Gäste willen ist es mir nicht ganz angenehm. Da sie aber alle bereits das kanonische Alter erreicht haben, hat es weiter keine Folgen für sie. Die beiden Damen werden also kommen, wenn sie nicht verhindert sind, denn sie sollten heute eigentlich ganz bestimmt schon am Nachmittag bei der Generalprobe anwesend sein, die Madame Verdurin veranstaltet und zu der sie nur öde Schwätzer, die Familie, Leute, die wir heute abend nicht haben wollten, eingeladen hat. Eben aber, vor dem Abendessen, hat Charlie mir mitgeteilt, daß die beiden, die wir immer als die beiden Fräulein Vinteuil bezeichnen, obwohl sie fest erwartet wurden, nicht gekommen sind.« Trotz des furchtbaren Schmerzes, der mich befiel, als ich nun jäh die Lust Albertines, am Nachmittag herzukommen, mit der angekündigten (mir aber nicht bekannten) Anwesenheit von Mademoiselle Vinteuil und ihrer Freundin – nämlich die nur mir bekannte Wirkung mit der endlich entdeckten Ursache – in Zusammenhang brachte, bewahrte ich genügend geistige Freiheit, um zu konstatieren, daß Monsieur de Charlus, der uns vor ein paar Minuten noch gesagt hatte, er habe Charlie seit heute früh nicht gesehen, nunmehr kopflos eingestand, ihn vor dem Abendessen noch getroffen zu haben. Man sah mir meine Leiden offenbar an. »Aber was haben Sie denn? fragte mich der Baron. Sie werden ja ganz grün; kommen Sie, wir wollen schnell hineingehen, es ist zu kalt für Sie, Sie sehen jammervoll aus.« Es war nicht der erste Zweifel an der Tugend Albertines, den jetzt die Worte von Monsieur de Charlus in mir weckten. Viele andere waren schon in mein Bewußtsein eingedrungen. Bei jedem neuen glaubt man, das Maß sei voll, man könne ihn nicht mehr ertragen, dann aber findet man trotz allem auch noch für ihn einen Platz. Und ist er erst einmal in unserem Lebenszentrum untergebracht, so nimmt er dort den Kampf mit einer so starken Glaubensbereitschaft, so vielen Gründen des Vergessens auf, daß man sich schnell damit abfindet und sich schließlich gar nicht mehr weiter mit ihm beschäftigt. Es bleibt nur etwas wie ein halbgeheilter Schmerz zurück, eine bloße Drohung des Leidens, die – dem Verlangen entgegengesetzt, doch der gleichen Ordnung zugehörig – zum Mittelpunkt unseres Denkens wird, aus unendlich weiter Entfernung verfeinerte Traurigkeiten darauf ausstrahlt, aber – nicht anders als unser Verlangen – auch Freuden unerkennbarer Herkunft zustande bringt, wann immer etwas sich mit unserer ideellen Vorstellung von der Geliebten in Verbindung bringen läßt. Aber der Schmerz erwacht, wenn ein neuer, noch unverbrauchter Zweifel in uns seinen Einzug hält; man mag sich dann noch so zuversichtlich unmittelbar darauf sagen: ›Ich werde mich schon einrichten, man muß ein System finden können, damit man nicht zu sehr leidet, es ist sicherlich gar nicht wahr‹ – dennoch war da jener erste Augenblick, in dem man Schmerz empfand, als glaube man daran. Wenn wir nur Glieder wie unsere Arme und Beine hätten, wäre das Leben erträglich. Unglücklicherweise tragen wir aber in uns jenes kleine Organ, das wir als Herz bezeichnen und das empfänglich ist für gewisse Krankheiten, in deren Verlauf es unendlich beeindruckbar durch alles wird, was das Leben einer gewissen Person betrifft, so daß eine Lüge – diese harmlose Angelegenheit, in deren Atmosphäre wir so beschwingt dahinleben, ob wir sie nun selbst vorbringen oder andere – von seiten dieser Person für das kleine Herz, das man auf chirurgischem Wege aus unserer Brust sollte entfernen können, unerträgliche Schmerzanfälle heraufbeschwört. Von unserm Gehirn wollen wir gar nicht reden, denn unser Denken mag während dieser Anfälle zwar unendlich lange mit sich selbst debattieren, es hat keinen größeren Einfluß auf sie als unsere Aufmerksamkeit auf einen Zahnschmerz, der uns namenlos quält. Sicherlich hat diese Person sich schuldig gemacht, indem sie uns belog, denn sie hatte uns geschworen, uns immer die Wahrheit zu sagen. Aber wir wissen von uns selbst und von anderen, was solche Schwüre taugen. Dennoch haben wir ihnen Glauben schenken wollen, obwohl sie von ihr herkommen, die gerade alles Interesse daran hatte, uns zu belügen, und ja auch andererseits nicht um ihrer Tugenden willen von uns erwählt worden ist. Später freilich würde sie kaum noch nötig haben, uns zu belügen – gerade dann, wenn unser Herz gegen die Lüge gleichgültig geworden ist – weil wir uns nicht mehr für ihr Dasein interessieren. Wir wissen es, und dennoch sind wir im Augenblick bereit, unser Leben zu opfern, sei es, daß wir uns um dieser Person willen umbringen, sei es, daß wir uns zum Tode verurteilen lassen, nachdem wir sie ermordet haben, sei es auch einfach, daß wir in wenigen Jahren für sie unser ganzes Vermögen ausgeben, was uns dazu zwingt, Hand an uns zu legen, weil wir nichts mehr besitzen. Wie ruhig man sich übrigens wähnt, wenn man liebt, immer trägt man die Liebe in einem unsicheren Zustand des Gleichgewichts im Herzen. Ein Nichts genügt, um die Konstellation des Glücks wiederherzustellen; man strahlt, man überschüttet mit Zärtlichkeit zwar nicht die, die man liebt, aber alle, die einen in ihren Augen zur Geltung bringen oder sie vor Versuchungen beschützt haben; man hält sich für ruhig, dabei genügt ein ›Gilberte kommt heute nicht‹, ›Mademoiselle Vinteuil ist eingeladen‹, damit das bereits fertig vorliegende Glück, dem man entgegeneilt, in sich zusammenbricht, die Sonne sich verbirgt, die Windrose eine Drehung macht und in unserm Innern jener Sturm losbricht, dem man eines Tages nicht länger wird standhalten können. An jenem Tage dann, am Tage, an dem das Herz so zerbrechlich geworden ist, leiden die Bewunderer unter unseren Freunden darunter, daß solche Nichtigkeiten, daß gewisse Wesen uns so viel Leid zufügen und uns an den Rand des Grabes zu bringen imstande sind. Aber was können sie dabei tun? Wenn ein Dichter an einer infektiösen Lungenentzündung dahinsiecht, kann man sich dann vorstellen, daß seine Freunde den Pneumokokken erklären, dies sei ein hochbegabter Mann und sie müßten ihn Heilung finden lassen? Mein Zweifel, soweit er Mademoiselle Vinteuil betraf, war nicht unbedingt neu. Aber selbst in den bereits vorhandenen Ausmaßen hatte meine Eifersucht von heute nachmittag, die durch Léa und ihre Freundinnen erregt worden war, ihn vollkommen überwunden. Nachdem die im Trocadero lauernde Gefahr gebannt war, hatte ich ein Gefühl vollkommenen Friedens verspürt, ich glaubte ihn für immer wiedergewonnen zu haben. Was mir aber in neuem Lichte erschien, das war ein gewisser Spaziergang, von welchem Andrée mir gesagt hatte: ›Wir sind da und dort gewesen, wir haben niemand getroffen‹, auf dem aber trotz dieser Behauptung Mademoiselle Vinteuil offenbar mit Albertine eine Begegnung bei Madame Verdurin vereinbart hatte. Jetzt hätte ich Albertine gern allein ausgehen, sie überall sich hinbegeben lassen, wohin immer sie wollte, wofern ich irgendwie Mademoiselle Vinteuil und ihre Freundin hätte einsperren und gewiß sein können, daß Albertine sie nicht sehen würde. Das kommt daher, daß die Eifersucht gewöhnlich partiell an wechselnden Stellen lokalisiert ist, oder aber auch daher, daß sie die schmerzhafte Ausweitung einer Angst ist, die bald von der einen, bald von der anderen Person geweckt wird, weil unsere Freundin sie lieben könnte, oder daß unser Denken infolge seiner Begrenztheit als Tatsache nur erkennt, was es sich vorgestellt hat, das

übrige aber in einem unbestimmten Dunkel läßt, in dem man vergleichsweise nicht leiden kann.
In dem Augenblick, als wir in den Hof des Hauses traten, wurden wir von Saniette eingeholt, der uns nicht gleich erkannt hatte. »Ich habe Sie dabei schon eine Minute lang angestarrt, sagte er mit atemloser Stimme zu uns. Ist es nicht merkwürdig, daß ich erst gezögert habe?« Er sagte: ›Est-ce pas curieux?‹: ›N'est-ce pas curieux‹ wäre ihm als ein Fehler erschienen; er stand seit einiger Zeit auf einem Fuße von aufreizender Vertrautheit mit den alten Formen der Sprache. »Dabei sind Sie alle doch Leute, die man seinen Freunden ruhig zeigen kann.« Seine graue Gesichtsfarbe schien von dem bleiernen Widerschein eines Gewitters erhellt. Die Atemnot, die sich im Sommer noch jeweils nur eingestellt hatte, wenn er von Monsieur Verdurin ›angeschnauzt‹ wurde, war jetzt chronisch geworden. »Ich weiß, es wird ein unbekanntes Werk Vinteuils von ausgezeichneten Künstlern aufgeführt, und zwar, was merkwürdig ist, von Morel.« – »Wieso merkwürdig?« fragte der Baron, der in diesem Adverb etwas wie eine Kritik sah. »Unser Freund Saniette, beeilte sich Brichot, der die Rolle des Dolmetschers übernahm, zu erklären, gebraucht gern als der ausgezeichnete Sprachkundige, der er ist, die Ausdrücke in ihrer alten Grundbedeutung; merkwürdig, also des Merkens würdig, kommt ja einem ›bemerkenswert‹ tatsächlich nahezu gleich.«
Als wir in das Vorzimmer traten, fragte mich Monsieur de Charlus, ob ich viel arbeitete, und als ich verneinte, dafür aber erklärte, ich interessiere mich in diesem Augenblick sehr für alte Silber- und Porzellanservice, antwortete er mir, ich könne nirgends schönere sehen als bei den Verdurins; im übrigen hätte ich sie schon in La Raspelière anschauen können, da unsere Gastgeber unter dem Vorwand, solche Gegenstände seien gleichsam Freunde, so verrückt wären, alles mit sich zu führen. Es werde zwar weniger bequem sein, mir das alles am Tage einer Festlichkeit vorzuzeigen, aber dennoch werde er

verlangen, daß man mir anbringe, was ich zu betrachten wünschte. Ich bat ihn, nichts dergleichen zu tun. Monsieur de Charlus knöpfte seinen Überzieher auf und nahm den Hut vom Kopf. Ich sah, daß sein Haar oben auf dem Scheitel jetzt stellenweise Silberflecke aufwies. Aber wie eine kostbare Pflanze, die sich im Herbst nicht nur verfärbt, sondern an der man auch gewisse Blätter durch eine Umhüllung aus Watte oder Auflegen von Gipsverbänden schützt, erhielt Monsieur de Charlus durch diese weißen Haare auf dem Gipfel seines Hauptes nur den Zusatz eines weiteren Farbenspiels, welches das auf seinem Gesicht noch erhöhte. Selbst unter den verschiedenen Schichten, die wechselnde Stimmungen, Schminke und Heuchelei mit ihrer unzulänglichen Überdeckung darauf bildeten, verschwieg das Antlitz von Monsieur de Charlus auch weiterhin für alle Welt das Geheimnis, das es in meinen Augen offen herauszuschreien schien. Ich fühlte mich beinahe peinlich berührt durch seine Blicke, denn ich fürchtete, er könne mich dabei überraschen, daß ich in ihnen wie in einem offenen Buche las, oder durch seine Stimme, die – wie mir vorkam – mir das gleiche in allen Tonarten mit unermüdlicher Indezenz wiederholte. Aber Geheimnisse werden von den Menschen wohl bewahrt, denn alle, die ihnen nahekommen, sind gleichsam taub und blind. Personen, welche von den einen oder anderen, zum Beispiel von den Verdurins, die Wahrheit erfuhren, glaubten diese zwar, aber doch nur so lange, wie sie Monsieur de Charlus nicht kannten. Weit davon entfernt sie zu bekräftigen, zerstreute sein Gesicht geradezu alle bösen Gerüchte. Denn wir machen uns von gewissen Wahrheiten eine so hohe Vorstellung, daß wir sie mit den Zügen einer bekannten Person nicht in Einklang bringen können. Wir würden schwerlich gewisse Laster, geschweige denn Genie bei einem Menschen für möglich halten, mit dem wir noch am Tage zuvor in der Oper gewesen sind.

Monsieur de Charlus war gerade dabei, seinen Überzieher

mit Anweisungen abzugeben, wie sie ein guter Freund des Hauses erteilt. Der Diener aber, dem er ihn reichte, war ein Neuer und zudem noch ganz jung. Nun aber verlor Monsieur de Charlus jetzt häufig, was man die Orientierung nennt, und war sich nicht mehr ganz bewußt, was man tut und was man besser unterläßt. Während er in Balbec das löbliche Bedürfnis gehabt hatte zu zeigen, daß gewisse Themen ihn nicht erschreckten, und sich nicht gescheut hatte, etwa von jemandem zu sagen: ›Er ist ein hübscher Junge‹, das heißt die gleichen Dinge zu bemerken, die ein anderer hätte sagen können, der nicht so wäre wie er, kam es jetzt vor, daß seine Wünsche sich durch das Aussprechen von Dingen äußerten, die niemand hätte sagen können, der nicht so war wie er, Dingen, auf die sein Geist so beständig fixiert war, daß er darüber vergaß, daß sie keineswegs zu den gewöhnlichen Denkgewohnheiten aller Menschen gehören. Während er also den neuen Diener ins Auge faßte, hob er den Zeigefinger drohend in die Luft, und in der Meinung, er mache damit einen hervorragenden Scherz, sagte er zu dem jungen Mann: »Hören Sie, ich verbiete Ihnen, mir solche Augen zu machen«, und setzte dann zu Brichot gewendet hinzu: »Der Kleine hat ein komisches Gesicht, er hat eine amüsante Nase«; darauf – ob er nun den Scherz noch vervollständigen wollte oder einfach einem unbezwinglichen Verlangen nachgab – streckte er den Zeigefinger horizontal aus, zögerte einen Augenblick, stieß ihn, als könne er nicht länger an sich halten, in der Richtung auf den Diener nach vorn und berührte dessen Nase mit einem ›Pff!‹ Von Brichot, von mir und von Saniette gefolgt, der uns die Mitteilung machte, die Fürstin Scherbatow sei um sechs Uhr gestorben, betrat er den Salon. ›Das ist aber ein komischer Laden‹, dachte der junge Kammerdiener, der gleich darauf seinen Kameraden fragte, ob der Baron wohl ganz richtig sei. »Das sind so Manieren, die er hat, erwiderte ihm der Majordomus, der den Baron freilich für ein wenig ›verdreht‹, ein bißchen ›verschroben‹ hielt, aber er gehört zu den Freunden von Madame, die ich immer mit am meisten geschätzt habe, er hat ein gutes Herz.«

– Kommen Sie dieses Jahr auch wieder nach Incarville? wollte Brichot wissen. Ich glaube, unsere Padrona hat wieder La Raspelière gemietet, obwohl sie mit den Eigentümern ein Hühnchen zu rupfen hatte. Aber das macht ja nichts, das sind Wolken, die vorüberziehen, setzte er im gleichen optimistischen Ton hinzu, wie etwa Zeitungen schreiben: ›Es sind Fehler begangen worden, gut. Doch wer begeht keine Fehler?‹ Ich aber dachte daran, in welchem Leidenszustand ich Balbec verlassen hatte, und hegte keineswegs den Wunsch, dorthin zurückzukehren. Meine Pläne mit Albertine verschob ich unaufhörlich auf den folgenden Tag. – »Aber sicherlich wird er wiederkommen, wir verlangen es einfach, er darf nicht fehlen«, erklärte Monsieur de Charlus mit dem autoritativen und verständnislosen Egoismus der Liebenswürdigkeit.

Monsieur Verdurin, dem wir wegen der Prinzessin Scherbatow unser Beileid aussprachen, sagte zu uns: »Ja, ich weiß, es geht ihr sehr schlecht.« – »Aber nicht doch, sie ist um sechs Uhr gestorben«, rief darauf Saniette. – »Ach Sie, Sie müssen auch immer übertreiben«, fuhr Monsieur Verdurin Saniette rücksichtslos an, denn da die Abendveranstaltung nicht abgesagt war, zog er die Krankheitshypothese vor, folgte also unbewußt dem Beispiel des Herzogs von Guermantes. Obwohl er zu frieren fürchtete, denn die Außentür ging unaufhörlich auf, wartete Saniette ergeben, daß man ihm seine Sachen abnähme. »Was stehen Sie denn da herum wie ein geprügelter Hund?« fragte ihn Monsieur Verdurin. – »Ich warte, daß eine der Personen, die über die Garderobe wachen, mir meinen Überzieher abnimmt und mir eine Nummer gibt.« – »Was sagen Sie da? fragte mit strenger Miene Monsieur Verdurin zurück, die ›über die Garderobe wachen‹? Sie werden wohl schon vollkommen trottelig. Man sagt: ›auf die Sachen aufpassen‹. Es scheint, Sie müssen erst noch einmal wieder sprechen lernen wie nach einem Schlaganfall!« – »Über etwas wachen, ist aber doch eine korrekte Form, meinte Saniette mit stockender Stimme. ›Surveiller à quelque chose‹ bezeichnet der Abbé Le Batteux ...« – »Sie fallen mir wirklich auf die Nerven, Sie, herrschte Monsieur Verdurin ihn mit furchtbarer Stimme an. Und weshalb schnaufen Sie denn so! Sie tun ja, als seien Sie sechs Stockwerke hinaufgestiegen.« Monsieur Verdurins Grobheit hatte zur Folge, daß die Männer in der Garderobe alle anderen Personen vor Saniette bedienten und ihm, als er ihnen gleichwohl seine Sachen reichen wollte, zur Antwort gaben: »Immer nach der Reihe, mein Herr. Drängeln Sie doch nicht so.« – »Die Leute da wissen, was Ordnung heißt, sie verstehen ihr Fach. Ausgezeichnet, meine Guten«, sagte mit einem Lächeln der Sympathie Monsieur Verdurin, um seine Leute in ihrer Geneigtheit, Saniette die Sachen erst nach allen anderen Gästen abzunehmen, noch zu ermutigen. »Kommen Sie, sagte er zu uns, dieser dumme Kerl wird noch erreichen, daß wir uns alle den Tod holen hier in seinem geliebten Durchzug. Wir wollen uns lieber im Salon ein bißchen aufwärmen. ›Über die Garderobe wachen!‹ wiederholte er, als wir im Salon angekommen waren, was für ein Dummkopf er ist!« – »Er wirkt manchmal ein wenig gesucht, sonst ist er gar nicht so übel«, wendete Brichot ein. – »Ich habe ja auch nicht gesagt, daß er übel ist, ich habe nur gesagt, er ist dumm«, gab Monsieur Verdurin gereizt zurück.

Indessen hielt Madame Verdurin großen Kriegsrat mit Cottard und Ski. Morel hatte (weil Monsieur de Charlus nicht hinzugehen gedachte) eine Einladung bei Freunden abgelehnt, denen sie ihrerseits die Mitwirkung des Violinisten fest versprochen hatte. Der Grund der Weigerung Morels, bei der Soiree der Verdurinschen Freunde zu spielen, ein Grund, zu dem, wie wir gleich sehen werden, noch weit schwerwiegendere hinzutraten, hatte nur wegen einer Gewohnheit, die man auch sonst in den Kreisen der Müßigen findet, die aber ganz besonders im ›kleinen Kreis‹ zu Hause war, so stichhaltig werden können. Wenn nämlich Madame Verdurin einen

›Neuen‹ und einen alten ›Getreuen‹ bei einem halblaut geflüsterten Wort betraf, das die Vermutung nahelegte, sie kennten sich bereits oder hätten Lust, einander näherzukommen (›Schön, also Freitag bei den Soundsos . . .‹ oder: ›Kommen Sie ins Atelier, welchen Tag auch immer Sie mögen, ich bin bis fünf Uhr da, Sie würden mir damit ein großes Vergnügen machen‹), fühlte sie sich durch die Vermutung, der Neue könne eine ›Situation‹ innehaben, durch die er einen glanzvollen Zuwachs für den ›kleinen Kreis‹ bedeuten würde, in lebhafte Unruhe versetzt; obwohl sie dann so tat, als habe sie nichts gehört, und indem sie ihrem schönen Blick, der, von der Gewöhnung an Debussy stärker umschattet, als es durch den dauernden Gebrauch von Kokain je hätte geschehen können, den matten Ausdruck erhielt, den er gleichwohl einzig dem Rausch der Musik verdankte, bewegte in diesem Fall die Padrona hinter ihrer edlen, von zahllosen Quartetten und den darauffolgenden Migränen ausgebuchteten Stirn Gedanken, die nicht ausschließlich polyphonen Eindrücken galten. Sie hielt es dann nicht mehr aus, nicht eine Sekunde länger konnte sie ihre Spritze erwarten, sie warf sich zwischen die beiden Plaudernden, zog sie auf die Seite und sagte zu dem Neuen, während sie auf den Getreuen wies: ›Wollen Sie nicht mit ihm zum Abendessen kommen, Samstag zum Beispiel, oder auch an einem andern Tag, wenn Sie lieber wollen, mit irgendwelchen netten Leuten, die ich dazuladen würde? Antworten Sie aber nicht zu laut, denn ich habe nicht vor, diesen ganzen Haufen hier (eine Bezeichnung, die fünf Minuten lang dem ›kleinen Kreis‹ galt, der vorübergehend um des Neuen willen, auf den sie so große Hoffnungen setzte, der Verachtung anheimfiel) ebenfalls zu bitten!‹
Dieses Bedürfnis aber, für jemanden zu schwärmen und Beziehungen herzustellen, hatte auch eine Schattenseite. Der regelmäßige Besuch ihrer Mittwochabende zeitigte bei den Verdurins eine entgegengesetzte Neigung, die sich in dem Bedürfnis, einen Bruch zuwege zu bringen, eine Entfernung

zu bewirken, verriet. Dieses Bedürfnis verstärkte sich bis zu einer Art von rasendem Verlangen durch die auf La Raspelière verbrachten Monate, in denen man sich vom Morgen bis zum Abend sah. Monsieur Verdurin zeigte sich erfinderisch darin, jemanden auf einem Fehler zu ertappen, Netze auszuspannen, mit denen er für seine Gefährtin, die Spinne, irgendeine harmlose Fliege ins Verderben lockte. Stellten sich keine Gründe zur Klage ein, so erfand er Lächerlichkeiten. Wenn ein Getreuer kaum eine halbe Stunde das Haus verlassen hatte, so mokierte man sich über ihn vor den anderen, man tat so, als sei man erstaunt, daß sie nicht bemerkt hätten, wie ungepflegt seine Zähne stets wären, oder umgekehrt, daß er sie auf Grund einer Manie am Tage zwanzigmal bürstete. Wenn einer sich erlaubte, das Fenster zu öffnen, so bewirkte dieser Mangel an Erziehung, daß Herr und Frau Verdurin empörte Blicke austauschten. Gleich darauf verlangte die Padrona einen Schal, was das Stichwort für ihren Gatten war, mit wütender Miene zu sagen: ›Aber nicht doch, ich werde das Fenster schließen, ich frage mich, wer sich erlaubt haben mag, es überhaupt aufzumachen‹, und das in Gegenwart des Schuldigen, der bis zu den Ohren errötete. Indirekt wurde einem die Menge Wein vorgehalten, die man getrunken hatte. ›Schadet Ihnen das auch nichts? Ein Arbeiter natürlich kann ja so etwas vertragen.‹ Gemeinsame Spaziergänge von zwei Getreuen, die nicht zuvor Madame Verdurin um ihre Autorisation gebeten hatten, führten unendliche Kommentare herauf, mochten diese Promenaden auch noch so harmlos sein. Die von Monsieur de Charlus und Morel waren es freilich nicht. Einzig die Tatsache, daß der Baron (wegen des Garnisonlebens, zu dem Morel gezwungen war) nicht in La Raspelière wohnte, verzögerte den Augenblick der Sättigung, des Überdrusses und des Widerwillens. Aber er stand bereits vor der Tür.

Madame Verdurin war wütend und dazu entschlossen, Morel über die lächerliche und abscheuliche Rolle ›aufzuklären‹, die der Baron ihn spielen ließ. »Ich möchte außerdem noch bemerken, fuhr Madame Verdurin fort (die im übrigen, selbst wenn sie das Gefühl hatte, sie schulde jemandem eine Dankbarkeit, die ihr vielleicht einmal lästig sein werde, könne ja aber den Betreffenden wegen dieses unbequemen Nebenumstandes nicht wohl umbringen, immer einen ernstlichen Einwand gegen ihn entdeckte, der sie billigerweise von der Verpflichtung entband, sie ihm zu bezeigen), ich möchte außerdem noch bemerken, daß er sich bei mir in einer Weise aufspielt, die mir nicht gefällt.« Tatsächlich hatte Madame Verdurin einen Grund, der schwerer wog als Morels Absage für die Soiree ihrer Freunde, auf Monsieur de Charlus böse zu sein. Durchdrungen von der Ehre, die er der Padrona erwies, indem er Leute in das Haus am Quai Conti schleppte, die in der Tat allein um der Gastgeberin willen nicht erschienen wären, hatte er schon bei den ersten Namen, welche Madame Verdurin als die von eventuell Einzuladenden nannte, ein kategorisches Veto eingelegt, und zwar in einem jeden Einwand abschneidenden Ton, in dem sich der grollende Hochmut des höchst empfindlichen großen Herrn mit dem Dogmatismus des in Festangelegenheiten vollkommen versierten Künstlers verband, der lieber sein Stück zurückziehen und auf seine Mitwirkung verzichten würde, als daß er sich zu Kompromissen bereit fände, die seiner Meinung nach den Gesamterfolg in Frage stellen müßten. Monsieur de Charlus hatte seine Genehmigung, wenn auch mit vielen Vorbehalten, nur für Saintine erteilt, dem gegenüber Madame de Guermantes, um sich nicht mit seiner Frau zu belasten, in ihrem Verhalten von täglich erneuerter Intimität zu völligem Abbruch der Beziehungen übergegangen war, den aber Monsieur de Charlus, da er ihn gescheit fand, auch noch weiterhin sah. Gewiß hatte Saintine, einst die Blüte der Guermantesschen Welt, in jenem bürgerlichen, mit Kleinadel durchsetzten Milieu, dessen Angehörige nur sehr reich und mit einer Aristokratie verwandt sind, welche die große Aristokratie nicht kennt, sein Glück, und wie er meinte, eine Stütze gesucht. Madame Verdurin aber, der nur die Ansprüche der Kreise jener Frau auf eine gewisse Zugehörigkeit zum Adel bekannt waren, während sie von der Situation des Mannes keine rechte Kenntnis besaß (denn nur was sich unmittelbar über uns befindet, macht auf uns den Eindruck einer gehobenen Sphäre, nicht aber, was sich so sehr in Himmelshöhen verliert, daß es für uns fast unsichtbar bleibt), glaubte eine Einladung für Saintine durch den Hinweis rechtfertigen zu müssen, daß er sehr gute Leute kenne, sei er doch mit Mademoiselle *** vermählt. Die Unkenntnis, von welcher diese der Wirklichkeit konträr entgegengesetzten Behauptungen bei Madame Verdurin zeugten, bewirkte, daß sich die geschminkten Lippen des Barons zu einem Lächeln nachsichtiger Verachtung und breiten Verstehens öffneten. Er verschmähte es, eine direkte Antwort zu geben, aber da er gern auf dem Gebiet der Gesellschaftskunde Theorien aufstellte, in denen sich die Fruchtbarkeit seiner Intelligenz mit der Maßlosigkeit seines Hochmuts und der ererbten Leichtfertigkeit seiner Beschäftigungen zusammenfand, antwortete er ihr: »Saintine hätte mich um Rat fragen sollen, bevor er sich verheiratete; es gibt eine Eugenik in gesellschaftlichen Dingen, wie es eine physiologische gibt, und für jene erstere bin vielleicht ich der einzige Sachkundige. Der Fall Saintine wurde damals gar nicht weiter diskutiert, es war vollkommen klar, daß er sich mit seiner Heirat eine tote Last anhängte und sein Licht unter den Scheffel stellte. Mit seiner gesellschaftlichen Karriere war es von da an aus. Ich hätte es ihm erklären können, und er würde mich auch verstanden haben, denn er ist nicht dumm. Umgekehrt gab es da eine andere Person, die alles hatte, was man braucht, um eine hohe, beherrschende, universale Stellung einzunehmen; nur eine furchtbare, schleppende Fessel hielt sie auf der Erde zurück. Ich habe ihr halb mit sanftem Drängen, halb mit Gewalt dazu verholfen, diese Bindung zu lösen, und jetzt hat sie sich im Triumph Freiheit und Vormacht errungen, die sie nur mir zu verdanken hat. Es hat vielleicht einer gewissen Willenkraft bedurft, doch wie sehr hat es sich gelohnt! So ist, wer auf mich zu hören weiß, selbst seines Glückes Schmied.« Es war zu augenscheinlich, daß Monsieur de Charlus das seine nicht zu schmieden vermocht hatte; handeln ist etwas anderes als reden, selbst wenn es mit großer Flüssigkeit geschieht, oder als sogar ungemein einfallsreich denken. »Aber was mich betrifft, so bin ich ein Philosoph, der mit Neugier alle sozialen Reaktionen verfolgt, die ich vorausgesagt habe, jedoch ich helfe dabei nicht nach. Ich habe daher auch ruhig Saintine weiter besucht, denn er hat für mich immer die eifrige Ergebenheit gezeigt, welche in diesem Fall einzig angebracht ist. Ich habe sogar bei ihm in seiner neuen Wohnung zu Abend gespeist, wo man sich inmitten des großen Luxus ebensosehr totlangweilt, wie man sich früher bei ihm amüsierte, als er noch von der Hand in den Mund lebte und in einer kleinen Dachkammer die beste Gesellschaft zusammenzuführen verstand. Sie können ihn also ruhig einladen, ich ermächtige Sie dazu. Bei allen anderen Namen aber, die Sie in Vorschlag bringen, muß ich Einspruch erheben. Sie werden mir Dank dafür wissen, denn wenn ich ein Experte in Heiratsfragen bin, so bin ich es erst recht, wo es um das Veranstalten von Festlichkeiten geht. Ich kenne die im Aufstieg begriffenen Personen, die eine Veranstaltung heben, ihr Schwung und Niveau verleihen; ich kenne aber auch die Namen, die alles niederziehen und zugrunde richten.« Diese Verbote von Monsieur de Charlus basierten nicht immer auf dem Ressentiment eines verschrobenen Greises oder auf dem Raffinement des Künstlers, sondern waren auch das Vorgehen eines Schauspielers, der über Geschicklichkeit verfügt. Wenn er über jemanden oder eine Sache ein recht gelungenes Couplet erfunden hatte, so wünschte er es der größtmöglichen Zahl von Personen bekanntzugeben, schloß aber dann vom zweiten Schub die Gäste der ersten Veranstaltung aus, weil sie hätten feststellen können, daß die Nummer noch ganz die gleiche war.

Er schuf sich immer wieder ein neues Publikum, gerade weil er sein Programm nicht erneuerte, und wenn er einen erfolgreichen Unterhaltungsschlager besaß, so hätte er notfalls sogar Tourneen organisiert, um Vorstellungen in der Provinz zu geben. Welches nun aber auch die verschiedenartigen Gründe für solche Verdammungsurteile gewesen sein mögen, die von Monsieur de Charlus ausgegebenen kränkten Madame Verdurin, die sich nicht nur in ihrer Autorität als Hausherrin verletzt fühlte, sondern der sie auch in gesellschaftlicher Hinsicht großen Schaden zufügten, und zwar aus zwiefachem Grunde. Der erste war der, daß Monsieur de Charlus, noch empfindlicher als Jupien, ohne daß man wußte weshalb, sich mit Personen überwarf, die am besten geeignet waren, seine Freunde zu werden. Natürlich bestand eine der ersten Strafen, die man einer solchen Person auferlegen konnte, darin, daß man sie zu einem Fest nicht einlud, das bei den Verdurins veranstaltet wurde. Diese Parias aber waren häufig Leute, die, wie man sagt, gut und schlecht Wetter machen, jedoch für Monsieur de Charlus, seitdem sie für ihn sozusagen erledigt waren, aufgehört hatten es zu tun. Denn seine Einbildungskraft war ebenso erfinderisch wie in der Vermutung von Unrecht bei gewissen Leuten, mit denen er sich zu entzweien wünschte, auch darin, ihnen jede Bedeutung abzusprechen, sobald sie nicht mehr seine Freunde waren. Entstammte der Schuldige zum Beispiel einer außerordentlich alten Familie, deren Herzogstitel aber erst aus dem neunzehnten Jahrhundert stammte, wie es zum Beispiel bei den Montesquiou der Fall ist, so zählte für Monsieur de Charlus von einem Tag zum andern nur mehr das Alter des Titels, die Familie aber war nichts. ›Sie sind nicht einmal Herzöge, rief er in solchem Fall aus. Es handelt sich um den Titel des Abbé de Montesquiou, der unrechtmäßigerweise vor nicht einmal achtzig Jahren auf einen Verwandten übergegangen ist. Der gegenwärtige Herzog, wenn man ihn überhaupt Herzog nennen will, ist der dritte. Da sind denn doch Leute wie die Uzès, die La Trémoïlle, die Luynes, die zehnte und vierzehnte Herzöge sind, so wie mein Bruder zwölfter Herzog von Guermantes und siebzehnter Prinz von Condom ist, etwas anderes. Die Montesquiou sind Abkömmlinge einer alten Familie, doch was würde das schon beweisen, sollte es selbst bewiesen sein? Sie kommen nun schon so lange von ihr ab, daß sie bereits ganz woanders angelangt sind.‹ Hatte er sich dagegen mit einem Edelmann überworfen, der einen alten Herzogstitel und die großartigsten Familienverbindungen besaß, ja mit verschiedenen regierenden Häusern verwandt, jedoch sehr rasch zu diesem Glanz gekommen war, ohne daß die Familie deswegen allzuweit zurückreichte, wie es zum Beispiel bei den Luynes der Fall ist, so war alles ganz anders, und es kam nunmehr einzig auf die Familie an. ›Sagen Sie doch selbst, ein Herr Alberti, der erst unter Ludwig XIII. aus der Hefe des Volkes aufgestiegen ist! Was macht das für uns aus, wenn Hofgunst ihm erlaubte, Herzogskronen zu sammeln, auf die er kein Recht besaß?‹ Zudem folgte bei Monsieur de Charlus der Sturz oft unmittelbar auf die Gunst wegen der den Guermantes eigenen Disposition, von der Unterhaltung, der Freundschaft zu verlangen, was sie nicht geben kann, wozu noch die symptomatische Furcht kam, etwa der Gegenstand übler Nachrede zu sein. Der Fall aber war jeweils um so tiefer, je größer die Gunst gewesen war. Nun aber hatte niemand bei dem Baron eine gleiche genossen wie die, welche er ganz ostentativ der Gräfin Molé erwiesen hatte. Durch welches Zeichen der Indifferenz hatte sie eines schönen Tages bewiesen, daß sie ihrer unwürdig war? Die Gräfin selbst erklärte immer, daß sie niemals dahintergekommen sei. Jedenfalls erregte ihr Name jetzt bei dem Baron die heftigsten Zornausbrüche und beschwor die beredtesten und furchtbarsten Philippiken herauf. Madame Verdurin, der gegenüber Madame Molé sich immer sehr liebenswürdig gezeigt hatte und die, wie man sehen wird, auf jene große Hoffnungen setzte, hatte sich im voraus in dem Gedanken gefreut, daß die Gräfin bei ihr den besten Adel – die Padrona sagte ›von Frankreich und Navarra‹ – werde antreffen können; sie schlug also auf der Stelle vor, ›Madame de Molé‹ einzuladen. ›Großer Gott, über den Geschmack läßt sich nicht streiten, hatte Monsieur de Charlus geantwortet, und wenn der Ihre dahingeht, gnädige Frau, mit Madame Pipelet, Madame Gibou oder Madame Joseph Prudhomme zu plaudern, so ist es zwar schön und gut, aber dann bitte ich an einem Abend, an dem ich nicht zugegen bin. Ich habe schon bei den ersten Worten gesehen, wir sprechen die gleiche Sprache nicht; ich nannte Namen der Aristokratie, Sie aber bieten mir das Obskurste an Amtsadel an, kleine, verkniffene, bösartige, üble Spießbürger und Dämchen, die sich für Protektorinnen der Künste halten, weil sie eine Oktave tiefer die Manieren meiner Schwägerin Guermantes kopieren, wie der Häher den Pfau nachahmt. Ich muß dazu noch bemerken, daß es besonders ungehörig wäre, bei einem Fest, das ich im Hause Verdurin geben will, eine Person einzuführen, die ich mit vollem Bewußtsein aus meinem engeren Kreis ausgeschlossen habe, eine dumme Kuh, die weder gute Herkunft, noch Loyalität, noch Geist aufzuweisen hat und die wahnsinnig genug ist zu glauben, sie sei imstande, die Herzogin von Guermantes und die Prinzessin von Guermantes zu spielen: eine Kombination, die in sich selbst ein Widersinn ist, da die Herzogin und die Prinzessin von Guermantes genau das Gegenteil voneinander sind. Das ist, als wolle eine Person gleichzeitig Madame Reichenberg und Sarah Bernhardt sein. Auf alle Fälle aber, selbst wenn kein solcher Widerspruch vorläge, wäre es noch zutiefst lächerlich. Wenn ich persönlich manchmal über die Übertreibung der einen lächle und die Begrenztheit der anderen aufrichtig bedauere, so ist das mein gutes Recht. Aber wenn so ein kleiner bürgerlicher Frosch sich aufblasen will, um jenen beiden großen Damen ähnlich zu sein, die auf alle Fälle immerhin die unvergleichliche Distinktion der guten Rasse zeigen, so lachen ja, wie man so sagt, die Hühner. Die Molé!

Das ist ein Name, den man vor mir nicht aussprechen darf, sonst bleibt mir nichts anderes übrig, als mich zurückzuziehen‹, hatte er mit einem Lächeln und in dem Ton eines Arztes hinzugesetzt, der, da er gegen den Willen seines Patienten dessen Bestes im Auge hat, unter keinen Umständen sich die Hinzuziehung eines Homöopathen gefallen zu lassen gedenkt. Andererseits mochten gewisse Personen, auf die Monsieur de Charlus gern zu verzichten bereit war, tatsächlich für ihn nicht unerläßlich sein, waren es jedoch für Madame Verdurin. Monsieur de Charlus konnte von der Höhe seiner Geburt herab ohne bestimmte sehr elegante Leute auskommen, deren vereintes Auftreten aus dem Salon von Madame Verdurin einen der ersten von Paris gemacht hätte. Nun aber begann diese zu finden, daß sie schon allzuoft den Anschluß versäumt hatte, ganz abgesehen von der enormen Verzögerung, welche der gesellschaftliche Irrtum der Dreyfus-Affäre für sie bedeutet hatte, nicht jedoch, ohne ihr andererseits auch ganz nützlich zu sein. ›Ich weiß nicht, ob ich Ihnen gesagt habe, mit welchem Mißvergnügen die Herzogin von Guermantes mit angesehen hatte, wie Personen ihrer Kreise alles der Affäre hintanstellten, Damen der ersten Kreise nicht mehr empfingen, dafür aber anderen ihre Pforten öffneten, alles nur weil sie für oder gegen die Revision waren, und daß dabei die Herzogin ihrerseits von diesen gleichen Damen als lau, nicht ‹rechtdenkend› und die Interessen des Vaterlandes gesellschaftlichen Etikettenfragen unterordnend kritisiert wurde?‹ So könnte ich den Leser fragen wie einen Freund, bei dem man nach endlosen Gesprächen nicht mehr weiß, ob man daran gedacht oder Gelegenheit gefunden hat, ihn über irgend etwas auf dem laufenden zu halten. Aber gleichviel, man kann sich die Haltung der Herzogin von Guermantes zu jenem Zeitpunkt ja leicht vorstellen und mag sie sogar, wenn man sich in eine etwas spätere Epoche versetzt, vom gesellschaftlichen Standpunkt aus vollkommen gerechtfertigt finden. Monsieur de Cambremer betrachtete die Dreyfus-Affäre als eine ausländische Machenschaft, die dazu bestimmt sei, den französischen Geheimdienst zu kompromittieren, die Disziplin zu zerstören, die Armee zu schwächen, eine Spaltung in die französische Nation zu tragen und die Invasion vorzubereiten. Da die Literatur mit Ausnahme von einigen Fabeln La Fontaines dem Marquis fern lag, überließ er es seiner Frau, die These aufzustellen, ein Schrifttum, das sich mit schonungsloser Beobachtung der Wirklichkeit abgebe, müsse zur Respektlosigkeit führen und betreibe dadurch in seinem Bereich eine ganz analoge Wühlarbeit. ›Reinach und Hervieu ziehen am gleichen Strang‹, pflegte sie zu sagen. Man wird der Dreyfus-Affäre nicht nachsagen können, daß sie derartig schwarze Pläne gegen die Welt in sich geborgen hat. Hier aber jedenfalls hat sie durchaus den Rahmen gesprengt. Die Weltleute, die in der Gesellschaft von Politik nichts hören wollen, sind ebenso weitblickend wie Militärs, die die Politik an die Armee nicht heranlassen wollen. Es ist mit der Gesellschaft wie mit sexuellen Neigungen, bei denen man nie weiß, in welche Perversionen sie ausarten können, sobald erst einmal ästhetische Gründe für ihre Wahl ausschlaggebend sind. Daß sie nationalistisch waren, veranlaßte den Faubourg Saint-Germain, Damen einer anderen Gesellschaftsschicht bei sich zu empfangen. Der Grund schwand mit dem Nationalismus dahin, aber die Gewohnheit blieb. Aufgrund ihrer Parteinahme für Dreyfus hatte Madame Verdurin gewisse angesehene Schriftsteller herangezogen, die ihr zu diesem Zeitpunkt, eben weil sie Dreyfusianer waren, in gesellschaftlicher Hinsicht von keinerlei Nutzen waren. Doch die politischen Passionen sind wie die anderen, das heißt nicht von Dauer, und neue Generationen kommen herauf, die sie nicht mehr verstehen. Sogar die Generation, die sie selbst an sich erlebt hat, wandelt sich und gibt sich politischen Leidenschaften hin, die, da sie nicht genau nach dem Muster der vorhergehenden zugeschnitten sind, einen Teil der Ausgeschlossenen rehabilitieren, denn die Gründe für den Ausschluß sind nunmehr andere. Die Monarchisten kümmerten sich während der Dreyfus-Affäre nicht mehr darum, ob jemand als Republikaner oder für radikal, ja sogar für antiklerikal gegolten hatte, wenn er nur Antisemit und nationalistisch war. Falls jemals ein Krieg kommen sollte, würde der Patriotismus eine neue Form annehmen und bei einem chauvinistischen Schriftsteller niemand mehr danach fragen, ob er für Dreyfus war oder nicht. Auf diese Weise hatte Madame Verdurin bei jeder politischen Krise oder künstlerischen Erneuerung Stück für Stück, wie der Vogel, wenn er sein Nest baut, immer neue Hälmchen, die einstweilen nicht verwendbar waren, aus dem entfernt, was eines Tages ihr Salon werden sollte. Der Kampf um Dreyfus war vorbei, Anatole France aber blieb ihr. Die Stärke von Madame Verdurin lag in ihrer aufrichtigen Liebe zur Kunst, der Mühe, die sie sich für ihre Getreuen gab, und den wundervollen Diners, die sie für sie veranstaltete, ohne daß irgendwelche Gesellschaftsmenschen dazu geladen wurden. Jeder von ihnen fand bei ihr die Behandlung, wie Bergotte sie bei Madame Swann angetroffen hatte. Wenn ein Vertrauter diesen Grades eines Tages ein berühmter Mann wird und die Welt ihn zu sehen wünscht, so hat seine Anwesenheit bei solch einer Madame Verdurin nichts Künstliches, Verspieltes, nichts, was an ein von Potel und Chabot fertig geliefertes Fest- oder Abschiedsbankett erinnert, sondern gleicht eher einer köstlichen Hausmannskost, die man in gleicher Vollkommenheit jeden beliebigen Tag vorfindet, auch wenn keine Gäste geladen sind. Bei Madame Verdurin war die Truppe trefflich geschult, das Repertoire erstklassig, es fehlte nur das Publikum. Seit der Geschmack sich aber von der vernunftbedingten echten französischen Kunst eines Bergotte abwendete und sich statt dessen für exotische Musik erwärmte, mußte es bald dazu kommen, daß Madame Verdurin, als eine Art von eigens bestellter Pariser Korrespondentin aller ausländischen Künstler, neben der entzückenden Fürstin Jurbeletschew für die russischen Tänzer eine alte, aber allmächtige, gütige Patenfee wurde.

Diese bezaubernde Invasion, gegen deren Lockungen nur Kritiker protestierten, deren Geschmack nicht auf der Höhe war, führte in Paris, wie man weiß, eine fiebernde Sucht nach Neuheiten herauf, die weniger hitzig, mehr von rein ästhetischen Gesichtspunkten bestimmt, doch ebenso leidenschaftlich wie die der Dreyfus-Affäre war. Auch hier noch sollte Madame Verdurin, aber mit ganz anderem gesellschaftlichem Erfolg, im Vordergrund figurieren. Wie man sie bei den Sitzungen des Assisengerichts neben Madame Zola unmittelbar an der Schranke gesehen hatte, so bemerkte man sie auch, als eine neue Menschheit, die dem russischen Ballett applaudierte, sich mit noch unbekannten Reihergestecken geschmückt in der Oper drängte, in der vordersten Loge neben der Fürstin Jurbeletschew; und ebenso wie man nach den Aufregungen des Justizpalastes am Abend zu Madame Verdurin gegangen war, um dort aus nächster Nähe Picquart und Labori zu sehen, vor allem aber die letzten Neuigkeiten zu hören und in Erfahrung zu bringen, was man von Zurlinden, von Loubet, von Oberst Jouaust zu erhoffen hätte, ging man jetzt, zum Schlafen wenig geneigt, nach dem durch ›Scheherezade‹ oder die Tänze aus ›Fürst Igor‹ entfesselten Rausch des Enthusiasmus zu Madame Verdurin, wo unter dem Vorsitz der Fürstin und der Padrona erlesene Soupers jeden Abend die Tänzer, die vorher nicht zur Nacht gegessen hatten, um desto gelenkiger zu sein, ihren Direktor, ihre Ausstatter, die großen Komponisten Igor Strawinsky und Richard Strauß zu einer kleinen feststehenden Kerntruppe vereinigten, in deren Umkreis wie bei den Abendessen von Monsieur und Madame Helvétius die großen Damen von Paris sowie ausländische Hoheiten in buntem Gewirr sich zu ergehen geruhten. Selbst diejenigen unter den Weltleuten, die Geschmack zu haben behaupteten und unter den Darbietungen des russischen Balletts noch müßige Unterscheidungen anstellten, indem sie zum Beispiel die Inszenierung der ›Sylphides‹ etwas ›gekonnter‹ fanden als die der ›Scheherezade‹, bei der sie etwas wie eine gewisse Verwandtschaft mit Negerkunst feststellten, waren entzückt, diese großen Erneuerer des Geschmacks und des Theaters, die in einer vielleicht ein wenig künstlicheren Kunst als der Malerei eine ebenso durchgreifende Revolution bewirkt hatten wie der Impressionismus, aus nächster Nähe zu sehen.

Um auf Baron de Charlus zurückzukommen, so hätte Madame Verdurin seine Maßnahmen noch nicht allzu bedrükkend gefunden, hätte er nur Madame Bontemps auf den Index gesetzt, der sie bei Odette wegen ihrer Liebe zu den Künsten eine gewisse Auszeichnung hatte zuteil werden lassen und die sie während der Dreyfus-Affäre zuweilen mit ihrem Gatten zum Abendessen bei sich gesehen hatte, welchen letzteren Madame Verdurin als lau bezeichnete, weil er nicht für Revision des Prozesses plädierte, wenn er auch, sehr gescheit und glücklich zudem, sich dadurch gute Beziehungen in allen Lagern zu schaffen, mit Entzücken seine Unabhängigkeit bewies, indem er mit Labori speiste und ihm zuhörte, ohne selbst irgend etwas Kompromittierendes zu äußern, nicht jedoch, ohne an geeigneter Stelle der von allen Parteien anerkannten Loyalität eines Jaurès seine Bewunderung zu zollen. Doch der Baron erklärte in gleicher Weise auch einige Damen der Gesellschaft in Acht und Bann, mit denen Madame Verdurin anläßlich von musikalischen Veranstaltungen, von Sammlungen, von Werken der Wohltätigkeit letzthin in Beziehung getreten war, und die, was auch Monsieur de Charlus von ihnen denken mochte, sehr viel mehr als er selbst wesentliche Elemente abgeben konnten, um bei Madame Verdurin einen neuen, diesmal aristokratischen ›kleinen Kreis‹ zu schaffen. Madame Verdurin hatte gerade auf dieses Fest gerechnet, bei dem Monsieur de Charlus ihr Damen jener gleichen Gesellschaft zuführen sollte, die sie mit ihren neuen Freundinnen zusammenzubringen gedachte, und hatte sich im voraus an dem Staunen geweidet, mit dem diese am Quai Conti ihren von dem Baron eingeladenen Bekannten und

Verwandten begegnen würden. Sie war enttäuscht und wütend über seinen Einspruch. Es fragte sich nunmehr, ob die Soiree unter diesen Bedingungen sich als ein Gewinn oder ein Verlust auswirken würde. Letzterer freilich würde nicht allzusehr ins Gewicht fallen, wenn wenigstens die von Monsieur de Charlus geladenen weiblichen Gäste mit so warmen Sympathien für Madame Verdurin erschienen, daß sie für sie künftige Freundinnen wären. In diesem Falle wäre der Schaden halb so groß, denn an einem späteren Tag könnte man die beiden Hälften der großen Welt, welche der Baron voneinander getrennt halten wollte, dennoch wiedervereinen, sofern man in aller Ruhe entschlossen war, an diesem Abend ihn selbst nicht dazuzubitten. Madame Verdurin erwartete also die Eingeladenen des Barons in einem gewissen Zustand der Aufregung. Sie würde sehr bald heraushaben, in welcher Gesinnung sie kämen und welche Verbindungen sie von ihnen erhoffen könnte. Inzwischen beriet sich Madame Verdurin mit den Getreuen, aber als sie Charlus mit Brichot und mir eintreten sah, verstummte sie sofort. Als Brichot zu ihr sagte, wie traurig er sei zu hören, daß es ihrer besten Freundin so schlecht gehe, antwortete Madame Verdurin zu unserm höchsten Erstaunen: »Hören Sie, ich muß Ihnen ganz offen sagen, daß ich selbst keinerlei Trauer empfinde. Es ist zwecklos Gefühle zu heucheln, die man nicht wirklich hat...« Sicher steckte dahinter ein gewisser Energiemangel – denn von vornherein war es ihr eine ermüdende Vorstellung, sie müsse während des ganzen Empfangs eine traurige Miene zur Schau tragen – auch Hochmut – denn sie wollte nicht erst nach Entschuldigungen suchen, weshalb sie die Veranstaltung nicht abgesagt hatte – ferner Menschenfurcht, oder aber auch eine gewisse Geschicklichkeit, weil das Fehlen jeglichen Kummers, das sie sich selber nachsagte, ehrenhaft war, sofern es einer besonderen, plötzlich offenbar gewordenen Abneigung gegen die Prinzessin, nicht aber allgemeiner Fühllosigkeit entsprang, und weil man sich wohl oder übel entwaffnet fühlen mußte durch soviel Aufrichtigkeit, die man keinesfalls in Zweifel ziehen konnte: hätte wohl Madame Verdurin, wofern sie nicht wirklich dem Tod der Fürstin Scherbatow gegenüber gleichgültig gewesen wäre, sich – nur um eine Erklärung dafür zu liefern, daß sie ungeachtet dieses Trauerfalls Gäste empfing – eines soviel schwerwiegenderen Fehlers bezichtigt? Man vergaß dabei, daß Madame Verdurin zugleich mit ihrem Kummer eingestanden hätte, daß sie es nicht über sich gebracht habe, ein Vergnügen aufzugeben. Ihre Härte als Freundin war zwar etwas Schockierendes und Unmoralisches, jedoch weniger demütigend und infolgedessen leichter einzugestehen als bloße Leichtfertigkeit der Gastgeberin. In einem Kriminalfall, wo Gefahr für den Schuldigen besteht, diktiert dessen Interesse seine Geständnisse. Bei Vergehen, auf welche keine Strafe folgt, tut es die Eigenliebe. Im übrigen, sei es, daß Madame Verdurin die Ausrede der Leute, welche, um sich durch Trauerfälle nicht in ihrem Vergnügungsleben stören zu lassen, immerfort wiederholen, es scheine ihnen sehr oberflächlich, äußerlich eine Trauer zu tragen, die sie im Herzen nicht verspürten, recht abgenutzt fand und vorzog, es so zu halten wie jene klugen Schuldigen, denen das Klischee der Unschuld widerstrebt und deren Verteidigung – oder halbes Eingeständnis, ohne daß sie es ahnen – darin besteht, zu sagen, sie hätten an sich keinerlei Bedenken gehabt, das Verbrechen zu begehen, das man ihnen zur Last legt, ja aber im übrigen gar keine Gelegenheit gefunden, es auszuführen, sei es, daß sie, nachdem sie zur Erklärung ihres Verhaltens die These der Indifferenz aufgestellt und sich nun doch schon einmal auf die Bahn des Bösen begeben hatte, originell fand, solche Gefühle zu hegen, und ungewöhnlich klarsichtig außerdem, daß sie sich ihrer bewußt war, ferner nicht ungern eine gewisse ›Forsche‹ bewies, sie in dieser Weise öffentlich kundzutun: jedenfalls hielt Madame Verdurin an ihrem Mangel an echter Trauer nicht ohne die gewisse stolze Befriedigung etwa eines Psychologen, der paradoxe Feststellungen macht, oder eines besonders kühnen Dramaturgen fest. »Ja, es ist komisch, sagte sie, es hat mir fast gar nichts ausgemacht. Mein Gott, ich kann nicht sagen, daß mir nicht lieber wäre, sie lebte noch, sie war keine schlechte Person.« – »Doch«, fiel ihr Monsieur Verdurin ins Wort. – »Oh! Mein Mann hat sie nicht gemocht, weil er fand, es schadete mir, sie bei mir zu empfangen, das macht ihn gegen alles übrige blind.« – »Du wirst mir die Gerechtigkeit widerfahren lassen, sagte Monsieur Verdurin, daß ich diesen Verkehr niemals gebilligt habe. Ich habe dir immer gesagt, sie hat einen schlechten Ruf.« – »So? das habe ich niemals gehört«, ließ Saniette sich vernehmen. – »Wie? rief Madame Verdurin, das war doch allgemein bekannt; sie war nicht schlecht, aber kompromittierend, ein Makel für das Haus. Aber darum ging es nicht einmal. Ich könnte selbst mein Gefühl nicht erklären; ich verabscheute sie nicht, aber sie war mir derart gleichgültig, daß sogar mein Mann, als wir erfuhren, sie sei krank, erstaunt war und zu mir sagte: ›Man sollte meinen, es macht dir gar nichts aus.‹ Für heute abend, sehen Sie, hatte er mir anheimgestellt, die Probe abzusagen, ich aber habe im Gegenteil Wert darauf gelegt, daß sie dennoch stattfindet, weil ich es als eine Komödie angesehen hätte, einen Kummer zu markieren, den ich gar nicht empfinde.« Sie sagte das, weil sie fand, es habe etwas von einem modernen Bühnenstück; außerdem schien es ihr wundervoll bequem; denn eingestandene Fühllosigkeit oder unmoralische Haltung vereinfachen das Leben ebensosehr wie oberflächliche Moral; sie machen aus tadelnswerten Handlungen, für die man nun gar keine weitere Entschuldigung zu suchen braucht, eine Pflicht der Aufrichtigkeit. Die Getreuen aber hörten Madame Verdurins Worte mit der gleichen Mischung von Bewunderung und Unbehagen an, wie sie gewisse, grausam realistische und von geradezu peinlichem Scharfblick getragene Stücke früher hervorriefen, und während sie sich höchlich wunderten zu sehen, wie ihre liebe Padrona in einer ganz neuen Weise von ihrer Wahrheitsliebe und Unabhängigkeit Zeugnis ablegte, dachte doch mehr als einer, obwohl er sich gleichzeitig sagte, das sei denn doch nicht dasselbe, an seinen eigenen Tod und fragte sich, ob man an dem betreffenden Tag am Quai Conti weinen oder ein Fest veranstalten würde. »Ich freue mich sehr, daß die Soiree nicht abgesagt worden ist, wegen meiner Gäste«, sagte Monsieur de Charlus, ohne sich darüber klar zu sein, daß er mit diesen Worten Madame Verdurin kränkte.

Indessen war ich ebenso wie jede andere Person, die an diesem Abend sich Madame Verdurin näherte, betroffen über einen wenig angenehmen Geruch von Rhinogomenol. Das hing so zusammen. Bekanntlich drückten sich Madame Verdurins künstlerische Emotionen niemals auf psychischem, sondern auf physischem Wege aus, um dadurch desto unabweislicher und tiefer zu erscheinen. Wenn man nun zu ihr von Vinteuils Kompositionen sprach, die sie mehr als alle anderen liebte, so legte sie Gleichgültigkeit an den Tag, als erwarte sie davon keinerlei Ergriffenheit. Nachdem sie ein paar Minuten unbewegt, beinahe zerstreut vor sich hingeblickt hatte, erteilte sie einem ihre Antwort in einem so positiven, praktischen, fast unhöflichen Ton, als ob sie etwa sagte: ›Es würde mir ja nichts ausmachen, wenn Sie rauchen, es ist nur wegen des Teppichs, er ist sehr schön – was mir auch noch gleichgültig wäre – aber er ist leicht entzündbar, ich aber fürchte mich vor Feuer und möchte nicht, daß wegen eines schlechtgelöschten Zigarettenstummels, der Ihnen auf den Teppich fällt, alles in Brand gerät.‹ Ebenso war es mit Vinteuil: wenn man von ihm sprach, so äußerte sie keinerlei Bewunderung, aber gleich darauf sprach sie mit unbeteiligter Miene ihr Bedauern darüber aus, daß man an diesem Abend etwas von ihm zu spielen gedächte: »Ich habe nichts gegen Vinteuil, meiner Meinung nach ist er der größte Komponist des Jahrhunderts. Ich kann nur seine Sachen nicht anhören, ohne fortwährend zu weinen (sie sprach das Wort ›weinen‹ dabei ohne jegliches Pathos aus, so natürlich vielmehr, wie sie an der gleichen Stelle ›schlafen‹

hätte sagen können; gewisse böse Zungen behaupteten sogar, daß dies letztere Verbum im Grunde passender sei, was niemand übrigens genau entscheiden konnte, denn sie hörte solche Musik mit dem Kopf in den Händen an, und gewisse schnarrende Geräusche mochten immerhin als verhaltenes Schluchzen passieren). Weinen macht mir an sich nichts aus, ich kann weinen, soviel ich will, nur bekomme ich hinterher einen gradezu fürchterlichen Schnupfen, die Schleimhaut schwillt mir davon an, und achtundvierzig Stunden später sehe ich wie eine alte Säuferin aus; damit dann meine Stimmbänder überhaupt noch funktionieren, muß ich tagelang inhalieren. Schließlich aber hat ein Schüler Cottards ...« – »Oh! Bei dieser Gelegenheit möchte ich Ihnen doch meine Teilnahme aussprechen, er ist wirklich sehr schnell dahingerafft worden, der arme Professor!« – »Ja, aber was wollen Sie, er ist gestorben, wie alle Menschen sterben; er hat genug Leute umgebracht, daß es nun Zeit für ihn war, seine Streiche gegen sich selbst zu führen. Aber was ich sagen wollte, einer seiner Schüler, ein ganz entzückender Mensch, hat mich wegen dieser Sache behandelt. Er verfolgt dabei einen originellen Grundsatz: ›Vorbeugen ist besser als heilen.‹ Er fettet mir die Nase ein, bevor die Musik beginnt. Das ist ein radikales Mittel, ich kann jetzt weinen wie noch so viele Mütter, die ihre Kinder verloren haben, und nicht der geringste Schnupfen stellt sich ein, manchmal eine kleine Bindehautentzündung, aber das ist auch alles. Die Wirkung ist vollkommen zuverlässig. Sonst könnte ich mir überhaupt nicht weiter Vinteuil vorspielen lassen. Vorher bekam ich eine Bronchitis nach der anderen.« Ich konnte nicht länger an mich halten, nach Mademoiselle Vinteuil zu fragen. »Wollte die Tochter des Komponisten nicht kommen, fragte ich Madame Verdurin, sogar mit einer ihrer Freundinnen?« – »Nein, ich habe gerade eine Depesche bekommen, antwortete Madame Verdurin etwas ausweichend. Sie haben auf dem Lande bleiben müssen.« Einen Augenblick lang hegte ich die Hoffnung, es sei vielleicht niemals davon die Rede gewesen, daß sie käme, und Madame Verdurin habe diese Stellvertreter des Komponisten nur angekündigt, um die Aufführung und das Publikum desto geneigter zu stimmen. »Wie, sie sind nicht einmal vorhin zur Probe dagewesen?« fragte mit geheuchelter Neugier der Baron, der den Anschein erwecken wollte, er habe Charlie inzwischen gar nicht wieder gesehen. Dieser kam und sagte mir guten Tag. Ich befragte ihn flüsternd wegen des Ausbleibens von Mademoiselle Vinteuil, er schien sehr wenig auf dem laufenden. Ich gab ihm ein Zeichen, nicht zu laut zu sprechen, wir würden uns nachher darüber weiter unterhalten. Er verneigte sich mit dem Versprechen, er werde sich mit größtem Vergnügen zu meiner Verfügung halten. Ich stellte fest, daß er sehr viel höflicher, sehr viel respektvoller in seinem Auftreten war als früher. Da Morel mir vielleicht helfen konnte, meinen Argwohn aufzuklären, machte ich Monsieur de Charlus seinetwegen ein Kompliment, und dieser antwortete mir darauf: »Er tut nur, was sich gehört, es wäre ja nicht der Mühe wert, wenn er mit wohlerzogenen Leuten lebte und doch schlechte Manieren behielte.« Die guten waren in den Augen von Monsieur de Charlus die alten französischen Manieren ohne den leisesten Anflug von britischer Steifheit. Wenn daher Charlie von einer Tournee in der Provinz oder im Ausland zurückkehrte und im Reiseanzug bei dem Baron erschien, so küßte dieser ihn, wofern nicht allzuviel Leute da waren, zwanglos auf beide Wangen, vielleicht nicht ganze ohne die Absicht, durch ostentatives Vorweisen seiner Gefühle jede Idee auszuschließen, sie könnten unlauter sein, vielleicht auch, um sich ein Vergnügen nicht zu versagen, aber mehr noch zweifellos aus literarischer Absicht, um die alten Sitten Frankreichs glorreich hochzuhalten – so wie er vielleicht gegen Jugendstil oder ›Art nouveau‹ dadurch protestiert hätte, daß er alte Fauteuils von seiner Urgroßmutter behielt – indem er dem britischen Phlegma die Zärtlichkeit eines empfindsamen Vaters aus dem achtzehnten Jahrhundert gegenüberstellte, welcher die

Freude nicht verbirgt, einen Sohn wieder in die Arme zu schließen. Lag vielleicht aber auch ein Anflug von Inzest in dieser väterlichen Gefühlsfreudigkeit? Wahrscheinlich ist, daß die Art und Weise, auf die Monsieur de Charlus gewöhnlich seinem Laster frönte und über die wir später noch einige Aufklärungen erhalten werden, seinen Gefühlsbedürfnissen nicht genügte, die seit dem Tode seiner Frau brachgelegen hatten. Tatsache ist jedenfalls, daß er, nachdem er mehrmals daran gedacht hatte, sich wieder zu verheiraten, jetzt von einer manischen Sucht des Adoptierens befallen war, und daß gewisse Personen seiner Umgebung fürchteten, er könne ihr im Hinblick auf Charlie Genüge tun. So ungewöhnlich ist dergleichen nicht. Der Invertierte, der seine Leidenschaft nur aus einer Literatur hat nähren können, welche von Männern bestritten wird, die Frauen huldigen, und der an Männer denkt, wenn er die ›Nächte‹ von Musset liest, hat das Bedürfnis, gleichwohl in alle sozialen Funktionen des nicht invertierten Mannes einzutreten, einen Liebhaber auszuhalten, wie der alte Opernhaushabitué Tänzerinnen subventioniert, in geordneten Verhältnissen zu leben, zu heiraten oder sich eine feste Verbindung zu schaffen, schließlich auch Vater zu sein.

Monsieur de Charlus entfernte sich mit Morel unter dem Vorwand, er wolle sich von ihm erklären lassen, was dieser zu spielen gedächte, wobei er aber vor allem eine große Genugtuung darin fand, während Charlie ihm seine Noten vorlegte, in dieser Weise öffentlich ihrer beider geheime Intimität zur Schau zu stellen. Während der ganzen Zeit befand ich mich in einem Zustand der Verzauberung. Denn obwohl der ›kleine Kreis‹ gewöhnlich wenig junge Mädchen aufwies, wurden doch zum Ausgleich an den Tagen großer Soireen solche in großer Zahl eingeladen. Es waren mehrere, und zwar sehr schöne da, die ich bereits kannte. Sie sandten mir von ferne ein willkommenheißendes Lächeln zu. Die ganze Atmosphäre wurde somit in jedem Augenblick durch ein zartes Jungmädchenlächeln verschönt. Dies Lächeln bildete die vielfältige, überallhin verstreute Zierde solcher Abende wie auch sonst der Tage. So denkt man an eine bestimmte Atmosphäre zurück, weil sie vom Lächeln junger Mädchen gleichsam durchwoben war.

Man wäre im übrigen bei den Verdurins sehr erstaunt gewesen, hätte man die Bemerkungen mit angehört, welche Monsieur de Charlus heimlich mit mehreren angesehenen Männern austauschte, die bei dieser Gesellschaft zugegen waren. Diese Männern waren zwei Herzöge, ein hervorragender General, ein großer Schriftsteller, ein großer Arzt, ein großer Advokat. Bei den Bemerkungen aber handelte es sich um die folgenden: ›Übrigens, haben Sie den Diener draußen gesehen, nein, ich meine den Kleinen, der neben dem Kutscher sitzt ... Und bei Ihrer Kusine Guermantes, ist Ihnen da nichts bekannt?‹ – ›Im Augenblick leider nicht!‹ – ›Sagen Sie, vor der Eingangstür, draußen bei den Wagen, war so eine junge blonde Person in kurzer Hose, die mir durchaus sympathisch schien. Sie hat mir ganz reizend meinen Kutscher herbeigerufen, ich hätte die Unterhaltung gern fortgesetzt.‹ – ›Ja, aber ich glaube, daß sie völlig abgeneigt ist oder mindestens eine Menge Umstände macht; Sie haben doch gern, wenn es sofort auf den ersten Anhieb gelingt. Sie hätten bestimmt die Sache sehr bald überbekommen. Im übrigen weiß ich, daß nichts zu machen ist, einer meiner Freunde hat es einmal versucht.‹ – ›Wirklich sehr schade, ich fand das Profil sehr fein und die Haare geradezu wundervoll.‹ – ›Wirklich, finden Sie? Ich glaube, wenn Sie etwas näher hinschauten, wären Sie enttäuscht. Nein, aber am Büfett hätten Sie vor etwa acht Wochen noch ein wahres Wunder sehen können, einen Burschen, der mindestens zwei Meter lang war, eine ideale Haut, und außerdem war er dafür zu haben. Aber er ist nach Polen abgewandert.‹ – ›Oh! Das ist allerdings etwas weit.‹ – ›Wer weiß? Er kommt vielleicht zurück. Man begegnet sich immer wieder im Leben.‹ Es gibt keine große gesellschaftliche Veranstaltung, die nicht, wenn man einen Schnitt in gehöriger Tiefe hindurchlegt, sich jenen Soireen ähnlich erweist, zu denen Ärzte ihre Patienten einladen, die dann höchst vernünftige Reden führen, ausgezeichnete Manieren an den Tag legen und ihre Verrücktheit nur dadurch offenbaren, daß sie einem mit einem Blick auf einen vorübergehenden alten Herrn zuraunen: ›Das da ist Jeanne d'Arc.‹

– Ich finde, es wäre unsere Pflicht, ihn aufzuklären, sagte Madame Verdurin zu Brichot. Was ich tue, richtet sich nicht gegen Charlus, eher im Gegenteil. Er ist angenehm, und was seinen Ruf betrifft, so kann ich jedenfalls sagen, daß sein Genre mir in nichts schaden kann! Vielmehr, da ich ja sogar in unserem ›kleinen Kreis‹, bei unseren ganz der Konversation gewidmeten Diners alle Flirts hasse und Männer nicht leiden mag, die in einer Ecke einer Frau Dummheiten sagen, anstatt sich über interessante Gegenstände zu unterhalten, hätte ich ja jedenfalls bei Charlus nicht zu fürchten, was mir mit Swann, mit Elstir und so vielen anderen passiert ist. Bei ihm konnte ich ruhig sein, er erschien bei meinen Abendessen, und wenn auch alle Frauen der Welt versammelt gewesen wären, so konnte man doch sicher sein, daß die allgemeine Unterhaltung durch Flirts oder Liebesgeflüster nicht beeinträchtigt wurde. Charlus ist etwas Besonderes, man kann beruhigt sein, er ist wie ein Priester. Nur darf er sich nicht erlauben, die jungen Leute herumzukommandieren, die hierher kommen, und Unruhe in meinen ›kleinen Clan‹ tragen, sonst wäre er freilich noch schlimmer als irgend so ein Frauenliebling! – Madame Verdurin war ganz aufrichtig darin, wenn sie in dieser Weise ihre Ansicht über den Charlismus proklamierte. Wie jede kirchliche Macht beurteilte sie menschliche Unzulänglichkeiten weniger streng als alles, was das Autoritätsprinzip schwächen, der Orthodoxie schaden und das ewig alte Credo ihrer kleinen Gemeinde in Frage stellen könnte. »Sonst freilich werde ich ihm die Zähne zeigen. Dieser Herr meint, er könne Charlie daran hindern, zu einer Wiederholung unserer Aufführung zu erscheinen, weil er selbst nicht eingeladen ist. Er wird einen ernstlichen Denkzettel bekommen, ich hoffe, daß ihm das dann genügt, sonst soll er nur die Tür von außen zumachen. Er setzt ihn ja hinter Schloß und Riegel, mein Gott.« Und unter Verwendung genau der gleichen Ausdrücke, deren sich nahezu jedermann bedient hätte – denn es gibt gewisse nicht einmal allzu banale Formulierungen, die ein spezielles Thema, ein besonderer Umstand zwangsläufig in dem Gedächtnis des Sprechers auftauchen läßt, welcher gleichwohl seine Gedanken ganz unbefangen auszudrücken meint, dabei aber nur mechanisch die aller Welt bekannte Lektion wiederholt – setzte sie hinzu: »Man kann ja Morel nicht mehr sehen, ohne daß er von diesem langen Laster wie von einer Art von Leibwache begleitet ist.« Monsieur Verdurin machte den Vorschlag, er könne ja Charlie einen Augenblick auf die Seite nehmen und, unter dem Vorwand, er wolle ihn etwas fragen, ein ernstes Wort mit ihm reden. Madame Verdurin aber fürchtete, der Violinist könne hinterher aufgeregt sein und daraufhin schlechter spielen. »Wir wollen diese Staatsaktion lieber noch etwas aufschieben, bis die musikalische vorüber ist. Vielleicht warten wir sogar besser auf eine andere Gelegenheit.« Denn Madame Verdurin mochte noch so sehr auf die köstliche Aufregung erpicht sein, die sie in dem Bewußtsein erleben würde, daß ihr Gatte gerade dabei wäre, in einem Nebenzimmer Charlie aufzuklären, sie hatte doch andererseits Furcht, der Schuß könne fehlgehen, Morel böse werden und für den Sechzehnten eine Absage erteilen.

Was Monsieur de Charlus an diesem Abend zum Verhängnis wurde, war die – in dieser Gesellschaftsschicht so häufige – Unerzogenheit der Personen, die er eingeladen hatte und die nunmehr einzutreffen begannen. Gleichzeitig aus Freundschaft für Monsieur de Charlus und aus Neugier auf dies unbekannte Milieu herbeigeeilt, ging jede der Herzoginnen unmittelbar auf den Baron zu, als sei er derjenige, der die Gäste bei sich sähe, oder sagte zu mir, kaum einen Schritt von den Verdurins entfernt, die daraufhin alles hörten: »Zeigen Sie mir die alte Verdurin, welche ist es denn? Meinen Sie, ich muß mich ihr unbedingt vorstellen lassen? Ich hoffe nur, daß sie meinen Namen nicht morgen in die Zeitung bringt, das würde einen kompletten Bruch mit meiner Verwandtschaft bedeuten. Wie, die Frau dort mit dem weißen Haar? Aber die sieht ja gar nicht einmal so übel aus.« Wenn von der übrigens abwesenden Mademoiselle Vinteuil die Rede war, so sagte mehr als eine von ihnen: »Ah! Die Tochter der Sonate? Zeigen Sie sie mir doch!« Da sie zudem viele persönliche Freundinnen antrafen, bildeten sie mit diesen eine Gruppe für sich, verfolgten mit Blicken, die von ironischer Neugier blitzten, den Einzug der Getreuen, fanden aber höchstens einmal Gelegenheit sich gegenseitig durch freimütiges Hinzeigen auf die etwas merkwürdige Frisur einer Person aufmerksam zu machen, welche eben diese ein paar Jahre später in der allerersten Gesellschaft in Aufnahme bringen sollte, und bedauerten alles in allem, diesen Salon nicht ganz so unähnlich den ihnen bekannten zu finden, wie sie gehofft hatten, das heißt, sie erlebten etwa die Enttäuschung von Angehörigen der guten Gesellschaft, welche das Tingeltangel von Aristide Bruant in der Hoffnung aufgesucht haben, von dem berühmten Chansonnier angebrüllt zu werden, sich dann aber beim Eintreffen mit einer korrekten Begrüßung anstatt mit dem erwarteten Refrain: ›Ah! voyez c'te gueule, c'te binette. Ah! voyez c'te gueule qu'elle a‹ empfangen zu sehen.

Monsieur de Charlus hatte in Balbec in meiner Gegenwart scharfsinnig Madame de Vaugoubert kritisiert, die trotz ihrer großen Gescheitheit nach unerhofften Glücksfällen die nicht wieder rückgängig zu machende Ungnade ihres Gatten verursacht hatte. Als König Theodosius und Königin Eudoxia – das Herrscherpaar, an dessen Hof Monsieur de Vaugoubert akkreditiert war – diesmal für einen Aufenthalt von längerer Dauer nach Paris zurückgekommen waren, hatten täglich zu ihren Ehren Feste stattgefunden, in deren Verlauf die Königin, sehr befreundet mit Madame de Vaugoubert, die sie seit zehn Jahren in ihrer Hauptstadt sah, gar nicht bekannt jedoch mit der Gattin des Präsidenten der Republik und den Ministerfrauen, sich völlig von diesen fernhielt, um sich einzig mit der Frau des Gesandten zusammenzuschließen. Diese nun hatte in dem Glauben, ihre Stellung sei gegen jeden Angriff gesichert, da ja Monsieur de Vaugoubert der Schöpfer der Allianz zwischen König Theodosius und Frankreich gewesen war, auf Grund der Bevorzugung durch die Königin wohl eine Befriedigung ihres Hochmuts, aber keinerlei Beunruhigung wegen irgendwelcher sie bedrohender Gefahren verspürt, die gleichwohl einige Monate später in Gestalt des ganz zu Unrecht von dem allzu vertrauensseligen Paar für unmöglich gehaltenen Ereignisses der rücksichtslosen Pensionierung von Monsieur de Vaugoubert klare Gestalt annahmen. Baron de Charlus, der in der ›Blindschleiche‹ den Sturz seines Kindheitsfreundes kommentierte, pflegte sein Erstaunen zu äußern, daß eine kluge Frau bei einem solchen Anlaß nicht ihren ganzen Einfluß auf die Souveräne verwendet hatte, um bei ihnen zu erreichen, daß es so schiene, als besäße sie gar keinen, und das Herrscherpaar gegenüber der Gattin des Präsidenten der Republik und den Ministerfrauen zu einer Liebenswürdigkeit zu bringen, die diesen um so mehr geschmeichelt, das heißt sie um so geneigter gemacht hätte, in ihrer Befriedigung den beiden Vaugouberts Dank zu wissen, als sie diese Liebenswürdigkeit für spontan und nicht für von diesen diktiert gehalten hätten. Doch wer die Fehler der anderen sieht, kann dennoch, wofern die Umstände sein Bewußtsein im geringsten umnebeln, in ganz die gleichen verfallen. Monsieur de Charlus jedenfalls dachte nicht daran, seine Gäste, die sich einen Weg bahnen mußten, um ihn zu beglückwünschen und sich bei ihm zu bedanken, als ob er der Hausherr wäre, darum zu bitten, einige Worte an Madame Verdurin zu richten. Einzig die Königin von Neapel, in der das gleiche edle Blut pulsierte wie in ihren Schwestern, der Kaiserin Elisabeth und der

Herzogin von Alençon, fing ein Gespräch mit Madame Verdurin an, als sei sie mehr um des Vergnügens willen, diese zu sehen, als wegen der Musik und wegen Monsieur de Charlus gekommen, machte der Padrona unzählige Elogen, wurde nicht müde, sich darüber zu äußern, wie lange sie schon Lust gehabt habe, ihre Bekanntschaft zu machen, sagte ihr Komplimente über ihr Haus und sprach von den verschiedensten Dingen, ganz als sei sie bei ihr zu Besuch. Sie hätte so gerne, sagte sie, ihre Nichte Elisabeth (dieselbe, die kurz darauf den Prinzen Albert von Belgien heiraten sollte) mitgebracht; diese werde sicher sehr ihre Abwesenheit bedauern. Sie schwieg, als sie sah, daß die Musiker sich auf die Estrade begaben, und ließ sich Morel zeigen. Sicherlich machte sie sich keine Illusionen über die Gründe, weshalb Monsieur de Charlus den jungen Künstler von so viel Bewunderung umgeben sehen wollte. Aber mit der alten Weisheit einer Monarchin, in deren Adern ein Blut rollte, das zu den edelsten der Weltgeschichte gehört und den größten Reichtum an Erfahrungen, an Skepsis und an Stolz in sich aufgespeichert hat, betrachtete sie die unvermeidlichen Schwächen der Menschen, die ihr die liebsten waren – ihr Vetter Charlus zum Beispiel, dessen Mutter ebenso wie die ihre eine Herzogin in Bayern gewesen war – als Mißgeschicke, um derentwillen die Stütze, die sie ihnen gewähren konnte, für jene nur um so wertvoller war und ihnen deshalb von ihr mit um so größerem Vergnügen zur Verfügung gehalten wurde. Sie wußte, daß Monsieur de Charlus in zwiefacher Weise gerührt sein mußte, daß sie unter solchen Umständen sich hierherbemüht hatte. Ebenso herzensgut, wie sie sich einst tapfer gezeigt hatte, versuchte diese heldenhafte Frau, die als wahre Soldatenkönigin selbst den Schuß auf den Mauern von Gaëta gelöst hatte und die immer bereit war, sich ritterlich auf die Seite der Schwachen zu schlagen, als sie Madame Verdurin allein und verlassen dastehen sah – offenbar wußte diese nicht, daß sie der Königin keinen Augenblick hätte von der Seite weichen dürfen – auch noch den Anschein zu erwecken, daß für sie, die Königin von Neapel, das Zentrum und der Anziehungspunkt dieses Abends, um dessentwillen sie sich eingefunden hatte, die Padrona war. Sie entschuldigte sich immer wieder, daß sie nicht bis zum Schluß bleiben könne, da sie, obwohl sie sonst nur selten ausgehe, noch eine andere Soiree zu besuchen habe, und bat vor allem darum, man möge sich durch ihren Aufbruch keinesfalls stören lassen, wobei sie Madame Verdurin von Ehrungen dispensierte, deren Unerläßlichkeit dieser gar nicht zum Bewußtsein kam.

Man muß gleichwohl Monsieur de Charlus die Gerechtigkeit widerfahren lassen, daß er, obzwar er vollkommen Madame Verdurin vergaß und sie in skandalöser Weise auch dem Vergessen der Leute ›seiner Kreise‹, die er selbst eingeladen hatte, anheimfallen ließ, doch andererseits ein Gefühl dafür besaß, daß es nicht anginge, wenn diese bei der musikalischen Darbietung selbst die schlechten Formen beibehielten, die sie der Padrona gegenüber an den Tag gelegt hatten. Morel war schon auf die Estrade gestiegen, die Künstler nahmen ihre Plätze ein, und immer noch hörte man Unterhaltungen, ja sogar Gelächter, Bemerkungen wie ›es scheint, man muß eingeweiht sein, um so etwas zu verstehen‹. Sofort legte Monsieur de Charlus, indem er die Schultern zurücknahm, ganz als sei er in einen andern Körper geschlüpft als den, mit dem ich ihn kurz zuvor in nachlässiger Haltung bei Madame Verdurin hatte ankommen sehen, eine Prophetenmiene an und fixierte die Versammlung mit einer Strenge, die besagen sollte, daß jetzt nicht der Moment zum Lachen sei, und einem Blick, unter dem sich das Gesicht mancher Eingeladenen, die sich wie eine Schülerin vor versammelter Klasse von ihrem Professor ertappt fühlte, mit jäher Röte überzog. Für mich hatte die im übrigen sehr edle Haltung von Monsieur de Charlus etwas Komisches; denn bald schleuderte er seinen Gästen flammende Blicke zu, bald wurde er, um ihnen wie in einem Vademecum das religiöse Schweigen, jene Loslösung von jeder Beschäftigung mit weltlichen Dingen, nahezulegen, die hier am Platze seien, während er seine weißbehandschuhten Hände zu seiner schönen Stirn emporführte, zu einem Symbol ernster Sammlung, ja beinahe der Ekstase, wobei er den Gruß von Nachzüglern, die taktloserweise nicht begreifen wollten, daß die Stunde jetzt der großen Kunst gehöre, nicht mehr erwiderte. Alle waren wie hypnotisiert, man wagte keinen Laut mehr hervorzubringen oder auch nur einen Stuhl zu rücken; die Achtung vor der Musik war – auf Grund des Ansehens von Palamède – einer ebenso unerzogenen wie eleganten Menge ganz plötzlich eingeimpft worden.

Als ich sah, daß auf der kleinen Estrade nicht nur Morel und ein Pianist, sondern auch andere Orchestermusiker sich niederließen, glaubte ich, es würden zur Eröffnung Stücke eines anderen Komponisten als Vinteuil gespielt, denn ich war der Meinung, daß man von ihm nur jene Sonate für Klavier und Geige besäße.

Madame Verdurin nahm ihren Platz etwas abseits ein, die Hemisphären ihrer weißen mit einem rosigen Schimmer überhauchten Stirn wölbten sich eindrucksvoll, ihr Haar war aus der Stirn frisiert, halb in Nachahmung eines Porträts aus dem achtzehnten Jahrhundert, halb aus dem Kühlungsbedürfnis einer Fiebernden heraus, die ihren Zustand einzugestehen scheut; sie saß ganz für sich allein wie eine Gottheit da, die ein musikalisches Weihefest durch ihre Anwesenheit konsekriert, eine Muse des Wagner-Kults und der Migräne zugleich, eine Art von Norne, die ein Genius inmitten dieser öden Menge heraufbeschworen hatte, vor der sie mehr noch als sonst verschmähen würde, ihre Eindrücke beim Anhören einer Musik preiszugeben, die ihr besser bekannt war als allen Anwesenden. Das Konzert begann, ich kannte nicht, was man spielte, ich befand mich in einem unbekannten Land. Wo hatte ich es zu suchen, in welches Schöpfers Werk befand ich mich? Ich hätte es gern gewußt, und da niemand in meiner Nähe war, den ich befragen konnte, hätte ich gern eine Person aus ›Tausendundeine Nacht‹ sein mögen, das ich unaufhörlich wieder las, und wo immer in Augenblicken der Ungewißheit plötzlich ein Genius oder ein junges Weib von bezaubernder Schönheit erscheint, unsichtbar für die anderen, nicht für den Helden jedoch, dem sie in seiner Verlegenheit gerade das enthüllt, was er zu wissen wünscht. In diesem Augenblick aber wurde auch ich mit einer solchen magischen Erscheinung begnadet. Wie wenn in einer Landschaft, die man nicht zu kennen meint, in die man aber tatsächlich nur von einer anderen Seite her gelangt ist, sich plötzlich nach einer weiteren Biegung des Weges ein neuer auftut, dessen geringste Einzelheiten einem vertraut erscheinen und den man nur nicht gewohnt war von dort aus zu betreten, und man sich dann plötzlich sagt: ›Aber das ist ja der kleine Weg, der zu dem Gartenpförtchen meiner Freunde *** führt, in zwei Minuten werde ich bei ihnen sein‹, und ihre Tochter tatsächlich auch schon erscheint und einem im Vorübergehen guten Tag wünscht, so bemerkte ich, wie ich mich plötzlich inmitten dieser für mich neuen Musik in der Sonate von Vinteuil befand; wunderbarer aber noch als eine Fee trat die kleine Weise mir entgegen, von Silber wie von einem lichten Panzer eingehüllt, um und um von blitzenden, leichten schleierzarten Klängen überrieselt und dennoch wiederzuerkennen unter ihrem neuen Glanz. Meine Freude, sie wiedergefunden zu haben, schwoll noch an unter dem freundschaftlich vertrauten, überzeugenden, schlichten Ton, mit dem sie sich an mich wendete, ohne den Schimmer ihrer schillernden Schönheit, von dem sie erstrahlte, deshalb etwa weniger spielen zu lassen. Ihr Sinn war im übrigen diesmal nur, mir den Weg zu weisen, welcher nicht der der Sonate war, denn es handelte sich um ein unveröffentlichtes Werk von Vinteuil, in dem er sich nur darin gefiel, in einer Andeutung, die durch einen Hinweis im Programm, das man gleichzeitig vor Augen hätte haben sollen, bestätigt wurde, für einen Augenblick das kleine Thema nochmals aufklingen zu lassen. Nachdem es mir eben in die Erinnerung gekommen war, verschwand es wieder, und ich fand mich von neuem in einer unbekannten Welt, aber ich wußte jetzt und wurde von allem darin bestärkt, daß diese Welt eine derjenigen war, von denen ich mir gar nicht hatte vorstellen können, daß Vinteuil sie erschaffen hatte, denn wenn ich, ermüdet von der Sonate, die für mich ein ausgeschöpftes Universum war, mir weitere, ebenso schöne aber andersgeartete Welten vorzustellen suchte, so hatte ich es nur wie jene Dichter gemacht, die ihr vorgebliches Paradies mit Wiesen, Blumen und Flüssen anfüllen, die nichts anderes als dessen höchst irdische Entsprechungen sind. Was ich vor mir hatte, weckte in mir ebenso große Freude, wie die Sonate es getan hätte, wäre sie mir noch unbekannt gewesen; infolgedessen war sie ebenso schön, wiewohl etwas anderes. Während die Sonate über einer im Morgengrauen daliegenden, mit Lilien durchwirkten ländlichen Gegend sich auftat und ihre hauchzarte Reinheit aufsprühen ließ, um sie dann an das leichte und doch stofflich dichte Blättergewirr einer dörflichen Geißblattlaube vor weißen Geranien zu heften, setzte das neue Werk zum Flug von glatten, neuen Flächen gleich denen des Meeres an einem Unwettermorgen, inmitten drohender Stille und unermeßlicher Leere an, in rosiger Morgenröte aber wurde darauf, um schrittweise vor mir zu erstehen, das unbekannte Universum aus Schweigen und Nacht herausgelöst. Ein neues Rot, das der zärtlichen, ländlich unschuldigen Sonate so vollkommen fremd gewesen war, füllte den ganzen Himmel wie die Farbe des erwachenden Morgens mit geheimnisvoller Erwartung an. Ein Sang durchbrach schon die Luft, ein Sang aus sieben Tönen, so denkbar unbekannt, so weitab von allem entfernt, was ich mir vorgestellt hatte, unaussagbar und gellend zugleich, nicht mehr wie jenes Taubengurren, das die Sonate durchzog, sondern die Luft zerreißend mit der Heftigkeit seiner roten Tönung, die den Beginn schon umspülte, etwas wie ein mystischer Hahnenschrei, ein ganz unbeschreiblicher, überscharfer Appell, der aus ewiger Frühe kam. Die kühle, mit Regen getränkte, elektrische Atmosphäre – mit so ganz anderen Eigenschaften begabt, unter ganz anderem Druck entstanden, in einer Welt, die fern von der jungfräulichen und mit pflanzlichem Wachstum erfüllten der Sonate gelegen war – wechselte unaufhörlich und löschte das purpurne Versprechen der Morgenröte wieder aus. Am Mittag jedoch, in einer glühenden, kurzen Sonnenfülle schien sie sich in einem schweren, dörflichen, beinahe bäuerlichen Glück zu vollenden, in dem das Schwingen entfesselt hallender Glocken (ähnlich dem, das flammengleich den Kirchplatz von Combray erfüllt und das Vinteuil, der es sicherlich oft gehört, vielleicht in diesem Augenblick in seinem Gedächtnis gefunden hatte wie eine Farbe, die man auf der Palette unmittelbar vor sich hat) zu intensivster Freude sich zu verstofflichen schien. Ästhetisch betrachtet gefiel dieses Freudenmotiv mir offen gestanden nicht; ich fand es beinahe unschön. Der Rhythmus schleppte sich mühsam am Boden hin, so daß man fast alles Wesentliche daran mit bloßen Geräuschen, indem man zum Beispiel auf eine bestimmte Weise mit Stäbchen auf dem Tisch klapperte, hätte nachahmen können ... Es war, als habe es Vinteuil hier an Inspiration gefehlt, und infolgedessen brachte ich auch nicht genügend Kraft der Aufmerksamkeit in mir auf.

Ich blickte auf die Padrona, deren leidenschaftliche Unbewegtheit dagegen zu protestieren schien, daß die Damen des Faubourg die jeder Ahnung baren Köpfe wiegend den Takt abgaben. Madame Verdurin sagte nicht: ›Sie verstehen, daß ich diese Musik kenne, und recht gründlich sogar! Wenn ich alles ausdrücken sollte, was ich dabei empfinde, würde Ihnen wahrscheinlich die Zeit dabei lang!‹ Sie sagte es nicht. Aber ihr unbeweglich aufgerichteter Oberkörper, die Augen, in denen jeder Ausdruck erloschen war, die aus der Stirn fliehenden Locken sagten es für sie. Sie sprachen auch von ihrem Mut, daß die Musiker ruhig weiterspielen und ihre Nerven keineswegs schonen sollten, sie werde gewiß weder beim Andante zusammenbrechen noch beim Allegro weinen. Ich sah mir diese Musiker an. Der Cellist gebot seinem Instrument, das er zwischen den Knien hielt, indem er sein Haupt darüberneigte, dessen etwas gewöhnliche Züge an manierierteren Stellen einen Anflug von Widerwillen zeigten; er neigte sich über die Saiten, er betastete sie mit der gleichen hausfraulichen Geduld, als putze er einen Kohlkopf ab, während ganz in der Nähe die noch kindliche Harfenistin im kurzen Rock, über die sich nach allen Seiten hin die horizontalen Strahlen des goldenen Vierecks gleich jenen ausbreiteten, die in der Zauberkammer einer Sibylle in einer willkürlichen, jedoch durch Gewohnheit geheiligten Form den Äther darstellen sollen, bald hier, bald da an einem dafür vorgesehenen Punkt einen köstlichen Klang zu finden schien auf die gleiche Weise, wie sie als eine kleine allegorische Gestalt, vor dem goldenen Gitterwerk der Himmelswölbung aufgereckt, einen Stern nach dem andern hätte abpflücken können. Bei Morel aber hatte sich eine bis dahin unsichtbar in seinem Haarschopf verlorene Strähne losgelöst und lockte sich auf seiner Stirn ... Unmerklich wendete ich den Kopf dem Publikum zu, um festzustellen, was Monsieur de Charlus wohl von dieser Locke hielt. Doch meine Augen trafen nur auf das Gesicht oder vielmehr die Hände von Madame Verdurin, denn sie hatte jenes vollkommen in diese versenkt. Wollte die Padrona durch diese gesammelte Haltung zeigen, daß sie sich wie in der Kirche fühlte und diese Musik nicht anders empfand denn als ein besonders erlesenes Gebet? Wollte sie wie gewisse Personen während des Gottesdienstes, sei es aus Scham die dahinter vermutete Glut, sei es aus Furcht vor der Meinung der Leute tadelnswerte Zerstreutheit oder unwiderstehlichen Schlaf den Blicken der Zudringlichen verbergen? An diese letztere Hypothese glaubte ich einen Augenblick infolge eines Geräuschs, das regelmäßig wiederkehrte, wiewohl außerhalb der Musik, merkte jedoch gleich darauf, daß es durch Schnarchtöne nicht Madame Verdurins, sondern ihrer Hündin hervorgebracht worden war.

Sehr schnell aber, nachdem das triumphierende Motiv der Glocken abgelöst, von anderen übertönt worden war, wurde ich wieder von dieser Musik gepackt, und ich machte mir klar, daß, ebenso wie in diesem Septett die verschiedenen Elemente abwechselten, um sich zum Schluß zu vereinen, die Sonate und, wie ich später erfuhr, auch die anderen Werke, auf dieses Septett bezogen, alle nur schüchterne, köstliche, aber sehr zerbrechliche Versuche darstellten neben dem sieghaft vollkommenen Meisterwerk, das in diesem Augenblick sich mir offenbarte. Ich konnte nicht hindern, daß ich im Vergleich dazu an die anderen Welten, die Vinteuil vielleicht geschaffen hatte, als an ebenso geschlossene Kosmen dachte, wie jede einzelne meiner Lieben es jeweils gewesen war; in Wirklichkeit aber mußte ich mir eingestehen, daß wie innerhalb dieser letzten Liebe – der zu Albertine – meine ersten Ansätze, sie zu lieben (zu Beginn in Balbec, dann nach dem Ringleinspiel, dann in der Nacht, die sie im Hotel verbracht hatte, ferner in Paris an dem Nebelsonntag, an dem Abend des Festes bei den Guermantes, endlich wiederum in Balbec und schließlich in Paris, wo mein Leben so eng mit dem ihren verknüpft war), so auch, wofern ich jetzt nicht mehr meine Liebe für Albertine, sondern mein ganzes Leben ins Auge faßte, meine anderen Liebeserlebnisse ebenfalls nur dürftige, schüchtern vorbereitende Versuche dafür gewesen waren, ein bloßes wiederholtes Rufen nach dieser weit umfassenderen Liebe: der Liebe zu Albertine. Ich hörte auf, der Musik zu folgen, um mich wiederum zu fragen, ob Albertine in diesen Tagen Mademoiselle Vinteuil gesehen habe oder nicht, so wie man von neuem nach einem Leiden in seinem Innern sucht, das man dank einer Ablenkung einen Augenblick hat vergessen können. Denn in mir selbst vollzogen sich alle nur möglichen Handlungen Albertines. Von allen Wesen, die wir kennen, besitzen wir etwas wie eine zweite Ausfertigung. Da dieses zweite Bild aber gewöhnlich am äußersten Rande unserer Einbildungskraft, unseres Erinnerns seine Stätte hat, bleibt es verhältnismäßig äußerlich, und was es getan hat oder tun könnte, trägt uns ebenso wenige Schmerzelemente zu wie ein Objekt, das sich in großer Entfernung befindet und uns nur optische Empfindungen verschafft, in denen die Möglichkeit wirklichen Schmerzes nicht enthalten ist. Das, was jene Wesen angeht, nehmen wir gewissermaßen nur kontemplativ wahr; wir können es zwar in angemessenen Wendungen bedauern und anderen dadurch eine Vorstellung von unserer Herzensgüte geben, aber wir fühlen es im Grunde nicht selbst. Seit der Wunde, die ich durch die Worte Albertines in Balbec empfangen hatte, war aber jenes zweite Bild, das ich von ihr in meiner Vorstellung besaß, in meinem Herzen in großer Tiefe verhaftet und schwer herauszureißen. Was ich von ihr sah, tat mir weh wie einem Kranken, dessen in quälender Weise transponierte Sinne bewirken würden, daß er den Anblick einer Farbe in seinem Innern verspürt wie einen Schnitt ins Fleisch. Glücklicherweise hatte ich der Versuchung noch nicht nachgegeben, mit Albertine zu brechen; der Verdruß, daß ich sie wie eine sehr geliebte Frau jetzt gleich, wenn ich nach Hause zurückkehrte, vorfinden würde, bedeutete sehr wenig neben der Angst, die ich verspürt hätte, wenn die Trennung im gleichen Augenblick sich vollzogen hätte, in dem ich Zweifel über sie hegte und bevor sie noch Zeit gehabt, mir wieder gleichgültig zu werden. Sobald ich sie mir aber vorstellte, wie sie so zu Hause auf mich wartete, wie ihr die Zeit vielleicht lang geworden und sie einen Augenblick in ihrem Zimmer eingeschlafen war, wurde ich im Vorüberstreifen von einem vertrauten und traulichen Thema des Septetts zärtlich schmeichelnd berührt. Vielleicht hatte sich Vinteuil – so verflicht und überlagert sich alles in unserm inneren Sein – durch den Schlaf seiner Tochter – jener Tochter, die heute die Ursache meiner schmerzlichen Unruhe war – wenn er mit seiner Süße den friedlichen Abend oder das Schaffen des Komponisten umwob, zu diesem Thema inspirieren lassen, das mich mit dem gleichen dichten Hintergrund von Stille einlullend beschwichtigte, der gewisse Träumereien Schumanns so friedevoll untermalt: Klänge, bei denen man, selbst wenn ›der Dichter spricht‹, das ›Kind im Einschlafen‹ errät. Schlafend oder wachend würde ich sie an diesem Abend wiederfinden, sobald ich Lust hatte heimzukehren, sie, Albertine, mein kleines Kind. Und dennoch, sagte ich mir, schien etwas Geheimnisvolleres als die Liebe zu Albertine zu Beginn dieses Werkes in dem ersten Aufschrei der Morgenröte verheißen zu werden. Ich versuchte, den Gedanken an meine Freundin zu verbannen, um einzig und allein an den Komponisten zu denken. Er schien denn auch leibhaft da zu sein. Man hätte meinen können, in körperlicher Gestalt lebe der Schöpfer für immer in seiner Musik; man verspürte die Freude, mit der er die Farbe eines Klanges gewählt und ihn den anderen hinzugefügt hatte. Denn mit tiefer reichenden Gaben verband Vinteuil jene, die wenige Komponisten und sogar wenige Maler besessen haben, nämlich Farben zu verwenden, die nicht nur so beständig, sondern auch so persönlich sind, daß ebensowenig wie die Zeit ihrer Frische etwas anhaben kann, die Schüler, welche den kopieren, der sie gefunden hat, noch die Meister sogar, die ihn überflügeln, ihre Originalität zum Verblassen zu bringen vermögen. Die Revolution, die ihr Erscheinen bewirkte, muß nicht erleben, daß ihre Ergebnisse anonym in den folgenden Epochen auf- und untergehen; sie entfesselt sich von neuem, sie bricht in alle Unendlichkeit immer wieder aus, aber nur, wenn die Werke des Neuerers wieder aufgeführt werden. Jeder Klang war von einer Farbe bestimmt, welche nachzuahmen alle Regeln der Welt auch die kundigsten Komponisten nicht würden lehren können, so daß Vinteuil, obwohl er zu seiner festgesetzten Stunde erschienen war und einen bestimmten Platz in der musikalischen Entwicklung einnahm, diesen jedesmal verlassen und von neuem an die Spitze treten würde, sobald man eine seiner Kompositionen spielte, deren jede diesem scheinbar widersprechenden und tatsächlich trügerischen Charakter von dauernder

Neuheit den Eindruck verdanken würde, daß sie erst nach denen der jüngsten Musiker sich frisch erschlossen hatte. Eine symphonische Niederschrift von Vinteuil, die man schon auf dem Klavier gehört hatte und nun in der Orchesteraufführung erlebte, enthüllte wie ein sommerlicher Sonnenstrahl, der von dem Prisma der Fensterscheibe zerlegt ins dunkle Eßzimmer gleitet, einen ungeahnten vielfarbigen Schatz aller Juwelenfeuer aus ›Tausendundeiner Nacht‹. Aber wie soll man solchem starren Gleißen des Lichts vergleichen, was Leben, unaufhörliche, beseligte Bewegung war? Dieser Vinteuil, den ich so schüchtern und so traurig gekannt hatte, besaß, wenn es sich darum handelte, bestimmte Klangnuancen zu wählen und eine andere ihnen hinzuzufügen, eine Kühnheit und im vollen Sinne des Wortes ein Glück, über welche das Anhören eines Werkes von ihm keinen Zweifel ließ. Die Freude, die ihm solche Klangfolgen bereitet hatten, die Kräfte, die ihm immer weiter zugewachsen waren, um andere, neue zu finden, führten auch jetzt noch den Zuhörer von einer Entdeckung zur anderen, oder vielmehr war es der Komponist selbst, der ihn führte, indem er aus den Farben, die er gefunden hatte, eine überströmende Freude schöpfte, die ihm die Macht verlieh, andere, die sie herbeizurufen schienen, zu entdecken und leidenschaftlich aufzugreifen, hingerissen und selig durchbebt, wie vom göttlichen Funken getroffen, wenn das Erhabene von selbst entstand aus dem Zusammenklang der Blasinstrumente, keuchend, berauscht, vom Wahn, von Schwindel erfaßt, während er seine großen musikalischen Fresken schuf, gleich einem Michelangelo, der, an seine Leiter gefesselt, den Kopf nach unten gewendet, einander überstürzende Pinselstriche an der Decke der Sixtina führt. Vinteuil war seit einer Reihe von Jahren tot, aber unter diesen Instrumenten, die er geliebt hatte, war es ihm gegeben, für unbegrenzte Zeit wenigstens einen Teil seines Lebens noch weiter zu verfolgen. Seines Menschenlebens nur? Wenn die Kunst nicht wirklich eine Verlängerung des Lebens war, lohnte es sich dann, ihr irgend etwas zu opfern? War sie nicht ebenso unwirklich wie das Leben selbst? Wenn ich diesem Septett hingegeben lauschte, konnte ich es nicht glauben. Zweifellos unterschied sich das rötlich aufstrahlende Septett in eigenartiger Weise von der weißen Sonate, die schüchterne Befragung, auf welche das kleine Thema antwortet, von dem keuchenden Ringen um die Erfüllung des sonderbaren Versprechens, das so scharf, so übernatürlich, so kurz nur aufgeklungen war und die noch unbelebte Röte des Morgenhimmels über dem Meer zum Erschauern brachte. Dennoch waren diese so verschiedenen Themen aus den gleichen Elementen gemacht; denn ebenso wie ein bestimmtes Universum, das uns nur in jenen hier und dort verstreuten Partikelchen bemerkbar wird, in gewissen Behausungen, in bestimmten Museen, die zusammen das Universum Elstirs bilden, jenes, das er sah und in welchem er lebte, ebenso breitete die Musik Vinteuils Note für Note, Klang für Klang unbekannte, unmeßbare Tönungen eines ungeahnten Weltalls aus, das nur jene Lücken zeigte, die zwischen den verschiedenen Malen lagen, zu denen man einer Aufführung folgte; diese beiden ungleichen Fragen, welche die so ganz verschiedenartigen Abläufe der Sonate und des Septetts bestimmten, die eine, die mit kurzen Anrufen eine durchgehende reine Linie akzentuierte, die andere, welche zerstreute Elemente zu einem undurchdringlichen Panzer zusammenschmiedete, die eine so ruhig und bescheiden, in philosophischer Ruhe fast über alles erhaben, die andere drängend, angstvoll flehend, sie beide waren dennoch ein und dasselbe Gebet, das vor verschiedenen inneren Sonnenaufgängen auf die Lippen trat und nur durch die verschiedenen Medien anderer Gedanken und im Laufe der Jahre, in denen er etwas Neues hatte schaffen wollen, fortschreitender künstlerischer Bemühungen gebrochen war. Ein Gebet, eine Hoffnung, die im Grunde die gleiche war, erkennbar unter ihren Verkleidungen in den verschiedenen Werken Vinteuils, doch auch in den Werken Vinteuils einzig auffindbar. In solchen Themen mochten die Kritiker gleichwohl eine Verwandtschaft finden, ihre Abkunft von den Werken anderer großer Musikschöpfer feststellen, sie konnten es doch nur aus nebensächlichen Gründen, an Hand von äußerlichen Ähnlichkeiten und von Analogien tun, die sie eher erfindungsreich auf gedanklichem Wege ermittelten als unmittelbar erfühlten. Der Eindruck jedenfalls, den die Themen Vinteuils auf den Hörer machten, war verschieden von jedem anderen, ganz als ob ungeachtet aller noch so zwingenden Schlußfolgerungen der Naturwissenschaft das Individuelle gleichwohl existierte. Und gerade wenn er mit aller Macht neu zu sein versuchte, erkannte man unter den anscheinenden Verschiedenheiten die tiefen Gleichheiten und gewollten Ähnlichkeiten, die auf dem Grunde eines Werkes bestanden; wenn Vinteuil zu wiederholten Malen ein selbes Thema wieder aufnahm, es abwandelte, ein Vergnügen daran fand, seinen Rhythmus zu ändern und es in seiner ersten Gestalt wiedererscheinen zu lassen, so waren diese gewollten Ähnlichkeiten ein Werk der Intelligenz und demnach zwangsläufig ohne Tiefe, niemals aber derart in die Augen fallend wie jene verborgene, unwillkürlich unter den verschiedensten Tönungen erkennbare Verwandtschaft zwischen ganz verschiedenen Meisterwerken; denn dann, wenn er machtvoll nach etwas Neuem suchte, befragte Vinteuil sich selbst und drang mit aller Kraft seines Schöpfertums zu seiner eigenen Essenz in Tiefen vor, wo diese auf alle Fragen, die man ihr stellt, immer im gleichen Ton – dem ihr eigentümlichen – ihre Antwort gibt. Einem Ton, dem bestimmten Tonfall Vinteuils, getrennt von dem anderer Komponisten durch einen weit größeren Unterschied, als wir ihn zwischen den Stimmen zweier Personen oder sogar zwischen dem Brüllen und dem Schrei zweier Tierarten wahrnehmen können; ein wirklicher Unterschied war es, der zwischen dem Denken irgendeines anderen Musikers und dem ewigen Forschen Vinteuils bestand, der Frage, die er sich unter unzähligen Formen stellte, seiner gewohnten Art der Spekulation, die aber so sehr befreit war von analytischen

Formen des Denkens, als übe er sie in der Welt der Engel aus, so daß wir ihre Tiefe zwar ermessen können, aber sie ebensowenig in eine menschliche Sprache zu überführen vermögen, wie vom Körper längst befreite Geister es könnten, wenn sie von einem Medium beschworen und nach dem Geheimnis des Todes befragt werden. Ein Tonfall, der immerhin, selbst wenn man jene erworbene Originalität bedenkt, die mir am Nachmittag so lebhaft zum Bewußtsein gekommen war, jene Verwandtschaft auch, welche die Kritiker zwischen verschiedenen Komponisten feststellen könnten, ein einzigartiger Tonfall bleibt, zu dem die großen Sänger, die alle originalen Komponisten sind, sich erheben und auf den sie immer wieder zurückkommen, und der ein Beweis für die von Anbeginn her individuelle Existenz der Seele ist. Ob Vinteuil versuchte, feierlicher und größer zu werden oder etwas Lebendiges und Heiteres hervorzubringen, das, was er selber wahrnahm, verschönt im Geiste des Publikums widergespiegelt erscheinen zu lassen, unwillkürlich überflutete er alles immer wieder mit einer Grundwelle, die seinen Sang ewig, aber auch auf der Stelle erkennbar macht. Dieser Sang, der so verschieden von dem der anderen ist, doch überall immer wieder dem seinen gleicht, wo hatte Vinteuil ihn gelernt, gehört? Jeder Künstler scheint so der Bürger eines unbekannten Vaterlandes zu sein, das er selbst vergessen hat und das von jenem völlig verschieden ist, aus dem ein anderer großer Künstler zur Erde herniedersteigt. Diesem Vaterland schien sich Vinteuil höchstens in seinen letzten Werken noch einmal genähert zu haben. Die Atmosphäre war darin nicht mehr die gleiche wie in der Sonate, die Fragen waren drängender, unruhiger, die Antwort geheimnisvoller; die gleichsam reingewaschene Morgen- und Abendluft schien sogar auf die Saiten der Instrumente einen Einfluß zu haben. Morel mochte noch so wundervoll spielen, die Töne seiner Geige schienen mir merkwürdig gellend, fast schrill. Dieses Element der Schärfe aber gefiel, und wie bei gewissen menschlichen Stimmen spürte man darin eine besondere Seelenqualität und geistige Überlegenheit. Doch mochten manche auch daran Anstoß nehmen. Wenn die Vision des Weltalls sich verändert, sich reinigt, der Erinnerung an die innere Heimat immer näher kommt, so zeigt sich das unweigerlich in einer allgemeinen Wandlung des Klangcharakters beim Komponisten, wie der Farbe beim Maler. Im übrigen täuscht sich das beste Publikum darüber nicht, da ja zum Beispiel später die letzten Werke Vinteuils für die tiefsten erklärt wurden. Kein Programm aber, kein Thema gab einem ein individuelles Kriterium an die Hand. Man erriet also ganz einfach, daß es sich hier um eine Umsetzung der Tiefe innerhalb der Ordnung des Klanges handelte.

An diese verlorene Heimat erinnern die Komponisten sich nicht, aber jeder von ihnen bleibt unbewußt immer in einem gewissen Zusammenhang mit ihr; er jubelt freudig auf, wenn er ganz im Stil dieser seiner Heimat singt, er verrät sie manchmal aus Liebe zum Ruhm, doch dieser flieht ihn, wenn er so ihn sucht, und nur wenn er ihn verschmäht, findet er zu ihm zurück, wenn er jenen einzigartigen Ton anstimmt, dessen Gleichförmigkeit – denn was er auch darin ausdrückt, dieser Ton bleibt immer mit sich selbst identisch – bei dem Musiker die feste Ordnung der Elemente beweist, aus denen seine Seele sich zusammenfügt. Aber werden dann diese Elemente, dieser wirklich vorhandene Bodensatz, den jeder notgedrungen bei sich behalten muß, da er im Gespräch von Freund zu Freund, vom Schüler zum Meister, vom Liebenden zur Geliebten sogar nicht mitgeteilt werden kann – wird dieses Unaussagbare, das jeweils gerade dem seine besondere Nuancierung verleiht, was jeder von uns empfindet, aber dennoch auf der Schwelle der Äußerungen zurücklassen muß, durch welche er mit anderen nur insoweit in Beziehung zu treten vermag, als er sich auf äußere, allen gemeinsam zugängliche, bedeutungslose Dinge beschränkt, nicht erst durch die Kunst zutage gefördert – die eines Vinteuil ebensogut wie die eines Elstir – sobald diese in den Farben des Spektrums die innere Struktur jener Welten nach außen hin sichtbar macht, die wir als Individuen bezeichnen und die wir ohne die Kunst nie kennenlernen würden? Flügel und eine von der unseren verschiedene Art von Atmungsapparat, die uns erlauben würden, den unendlichen Raum zu durchmessen, würden uns nichts nützen, denn wenn wir Mars oder Venus besuchten und doch die gleichen Sinne behielten, so würden diese alles, was wir sehen könnten, mit dem gleichen Aspekt umkleiden wie die Dinge der Erde. Die einzige wahre Reise, der einzige Jungbrunnen wäre für uns, wenn wir nicht neue Landschaften aufsuchten, sondern andere Augen hätten, das All mit den Augen eines anderen, von hundert anderen betrachten, die hundert verschiedenen Welten sehen könnten, die jeder einzelne sieht, die jeder von ihnen ist; das aber vermögen wir mit einem Elstir, mit einem Vinteuil und allen, die ihresgleichen sind, wir fliegen dann wirklich von Stern zu Stern.

Das Andante hatte eben mit einem von Süße überströmenden Thema geendet, einer Süße, der ich mich ganz und gar überlassen hatte; dann aber trat vor dem nächsten Satz ein Augenblick der Ruhe ein, in dem die Ausführenden ihre Instrumente ablegten und die Zuhörer ihre Eindrücke austauschten. Um zu zeigen, daß er etwas davon verstand, erklärte ein anwesender Herzog: »Das ist sehr schwer richtig zu spielen!« Angenehmere Leute unterhielten sich einen Augenblick mit mir. Aber was bedeuteten ihre Worte, die wie jede nur am Äußern haftende menschliche Rede mich so gleichgültig ließen, verglichen mit dem himmlischen musikalischen Thema, mit dem ich mich zuvor unterhalten hatte? Ich fühlte mich wahrhaft wie ein Engel, der, aus dem Rausch des Paradieses herabgestürzt, in die trivialste Wirklichkeit fällt. Und ich fragte mich, ob nicht, ebenso wie gewisse Wesen die letzten Zeugen einer Lebensform sind, welche die Natur aufgegeben hat, die Musik das einzige Beispiel dessen sei, was – hätte es keine Erfindung der Sprache, Bildung von Wörtern, Analyse der

Ideen gegeben – die mystische Gemeinschaft der Seelen hätte werden können. Sie ist wie eine Möglichkeit, der nicht weiter stattgegeben wurde; die Menschheit hat andere Wege eingeschlagen, die der gesprochenen und geschriebenen Sprache. Aber diese Rückkehr zum Nichtanalysierbaren war so berauschend, daß mir beim Verlassen des Paradieses die Berührung mit mehr oder weniger klugen Menschen außerordentlich banal erschien. An menschliche Wesen hatte ich während der Musik mich erinnern, sie damit vermischen können; oder vielmehr hatte ich mit der Musik wohl nur die Erinnerung an eine einzige Person, an Albertine, verwoben. Da das Thema aber, mit dem das Andante ausklang, mir so erhaben schien, sagte ich mir, wie bedauerlich es doch sei, daß Albertine nicht wüßte – und wenn sie es gewußt, nicht verstanden hätte – welche Ehre es für sie war, mit etwas so Großem, das uns vereinte und dessen ergreifende Stimme sie entlehnt zu haben schien, in Verbindung gebracht zu werden. Als aber die Musik für einen Augenblick schwieg, schienen die Menschen, die anwesend waren, besonders kümmerlich. Es wurden Erfrischungen gereicht. Monsieur de Charlus rief von Zeit zu Zeit einen der Diener an: »Wie geht es Ihnen? Haben Sie meinen Rohrpostbrief erhalten? Werden Sie kommen?« Zweifellos äußerte sich in solchen Anrufen die Freiheit des großen Herrn, der zu schmeicheln glaubt und volksnaher als die Bürger ist, aber auch die List des Schuldigen, welcher meint, was man offen vorweist, müsse deswegen harmlos wirken. In dem echt guermantischen Ton, wie ihn zum Beispiel Madame de Villeparisis an sich hatte, setzte er hinzu: »Das ist ein braver Junge, ein netter Kerl, er hilft oft in meinem Hause aus.« Aber all die Geschicklichkeit des Barons wendete sich schließlich gegen ihn selbst, denn man fand doch seine leutselige Liebenswürdigkeit und seine Rohrpostbriefe an Kammerdiener etwas sonderbar. Die Diener selbst fühlten sich weniger geschmeichelt als vielmehr peinlich berührt wegen der Kameraden.

Indessen war das Septett weitergespielt worden und ging seinem Ende entgegen: noch mehrmals wurde das eine oder andere Thema aus der Sonate wieder aufgenommen, doch jedesmal abgewandelt, in anderem Rhythmus oder mit anderer Begleitung, das gleiche und dennoch verschieden davon, so wie die Dinge im Leben wiederkehren; immer aber war es eines der Themen, wie sie – ohne daß man verstehen kann, welche geheime Verwandtschaft ihnen als einzige und unerläßliche Wohnung die Vergangenheit eines ganz bestimmten Komponisten zuweist – sich nur in seinem Werke finden und immer wieder in diesem Werke auftauchen, dessen Feen, Dryaden und Hausgottheiten sie sind; ich hatte zunächst in dem Septett zwei oder drei erkannt, die mich an die Sonate erinnerten. Bald darauf bemerkte ich – ganz in den violetten Nebel getaucht, der besonders in der letzten Periode dem Werke Vinteuils entsteigt, so daß sogar, wenn er irgendwo einen Tanz einfügt, dieser wie in einem Opal eingeschlossen scheint – ein anderes Thema der Sonate, das jedoch so weitab erklang, daß ich es kaum erkannte; zögernd kam es näher, verschwand dann wieder wie weggescheucht, kehrte von neuem zurück, verschmolz mit weiteren, die, wie ich erst später bemerkte, aus anderen Werken stammten, rief wieder neue herbei, die ihrerseits eine kraftvolle Anziehung und Suggestion ausstrahlten, sobald sie selbst sich hatten einfangen lassen und in den Reigen eingingen, in den göttlichen Reigen, der aber unsichtbar für die Mehrzahl der Hörer sich schlang; denn da diese nichts vor sich erblickten als einen wirren Schleier, hinter dem sie nichts zu erkennen vermochten, skandierten sie nur willkürlich mit bewundernden Ausrufen eine beständige Langeweile, die sie als tödlich empfanden. Dann entfernten die Melodien sich wieder, außer einer einzigen, die ich fünf- oder sechsmal wiederkehren sah, ohne daß ich ihr Antlitz erschaute, so schmeichelnd jedoch und so sehr von allem entfernt – wie zweifellos das kleine Thema der Sonate für Swann – von allem, was je eine Frau an Wünschen in mir hatte wecken können, daß dieses Thema, welches mir mit so süßer Stimme ein Glück verhieß, das wirklich erlangenswert schien, vielleicht – ein unsichtbares Geschöpf, dessen Sprache ich nicht kannte und das ich doch so gut verstand – die einzige Unbekannte war, der wiederzubegegnen mir jemals gegeben wurde. Dann löste dies Thema sich wieder auf, es verwandelte sich wie das kleine Thema der Sonate und kehrte zu dem geheimnisvollen Eingangsappell zurück. Ein anderes trat ihm entgegen, von einem Schmerz durchbebt, der seinen Sitz in unbestimmten organischen Tiefen des Körperinneren zu haben schien, so daß man bei jeder Wiederkehr sich vergebens fragte, ob es die eines musikalischen Motivs oder eines neuralgischen Anfalls war. Bald rangen die beiden Motive derart Fuß bei Fuß, daß manchmal das eine ganz verschwand und gleich darauf von dem anderen nur noch ein Bruchstück sichtbar war. Fuß bei Fuß im Sinne eines Kräftespiels freilich nur; denn wenn diese Wesenheiten einander begegneten, so nur von jeder Körperlichkeit, jeder Erscheinung, jedem Namen befreit, das heißt so, daß sie in mir nur einen ganz verinnerlichten Zuschauer fanden, der auch seinerseits um Namen und Charakter sich nicht kümmerte, vielmehr einzig gewillt war, sich dem Schauspiel ihres immateriellen dynamischen Kampfes zu überlassen und mit Leidenschaft allen Klangperipetien zu folgen. Endlich siegte das freudige Motiv; es war jetzt nicht mehr ein fast angstvoller, hinter einem leeren Himmel aufklingender Appell, sondern eine unsägliche Freude, die aus dem Paradies zu kommen schien, eine Freude so verschieden von der der Sonate wie von einem sanften, ernsten Engel Bellinis, der die Theorbe spielt, ein in Scharlach gekleideter Erzengel Mantegnas, der in die Drommete stößt. Ich wußte, daß ich diese neue Färbung von Freude, diesen Appell zu überirdischem Glück niemals vergessen würde. Aber würde er für mich auch je zu verwirklichen sein? Diese Frage schien mir um so wichtiger, als das Thema etwas war, was am besten – in einer Weise, die zu dem ganzen übrigen Leben der sichtbaren Welt im Gegensatz stand – jene Eindrücke hätte charakterisieren können, die ich in weiten Abständen in meinem Leben wiederfand wie Malsteine, wie Markierungen für den Bau eines wahrhaften Lebens: der Eindruck, den ich angesichts der Kirchtürme von Martinville gehabt hatte oder von einer Baumreihe in der Nähe von Balbec. Auf alle Fälle, um auf die eigentümliche Aussage dieses Themas zurückzukommen: wie merkwürdig war es, daß ein Vorgefühl, das sich am weitesten von allem unterschied, was das Alltagsleben zu besagen schien, die kühnste Annäherung an die Beseligung des Jenseits gerade in dem traurigen, korrekten Kleinbürger Gestalt gewonnen hatte, dem wir bei der Maiandacht in Combray begegnet waren! Wie aber kam es vor allem, daß ich diese Offenbarung, die seltsamste, die mir jemals zuteil geworden war, die Offenbarung eines unbekannten Freudentyps, von ihm hatte erhalten können, da er doch, wie man sagte, als er gestorben war, einzig seine Sonate zurückgelassen hatte, das übrige aber in unentzifferbaren Aufzeichnungen gleichsam nicht existent war? Unentzifferbar, und dennoch endlich mit den Mitteln der Geduld, des Verständnisses und der Verehrung von der einen einzigen Person entziffert, die lange genug bei Vinteuil gelebt hatte, um seine Arbeitsweise zu kennen und seine Andeutungen einer Orchestrierung richtig zu interpretieren: der Freundin Mademoiselle Vinteuils. Noch bei Lebzeiten des großen Komponisten hatte sie von seiner Tochter den Kult übernommen, den diese mit ihrem Vater trieb. Gerade wegen dieses Kultes hatten die beiden jungen Mädchen in jenen Augenblicken, in denen man seinen wahren Neigungen entgegenhandelt, ein an Wahnsinn grenzendes Vergnügen in den Profanierungen finden können, von denen ich früher berichtete. (Die anbetende Verehrung für ihren Vater war geradezu die Grundbedingung für das Sakrileg der Tochter; sicher hätten sie sich die Wollust dieses Sakrilegs versagen sollen, aber diese drückte die Natur der beiden nicht vollkommen aus.) Im übrigen war diese Profanation immer seltener vorgekommen und schließlich in dem Maße ganz und gar verschwunden, in dem jene krankhaften körperlichen Beziehungen, jene Verblendung durch eine trübe Glut, der Flamme einer hohen reinen Freundschaft gewichen war. Die Freundin von Mademoiselle Vinteuil war noch manchmal von dem quälenden Gedanken heimgesucht worden, daß vielleicht sie den Tod Vinteuils beschleunigt hatte. Wenigstens aber hatte sie, als sie Jahre darüber verbrachte, das von Vinteuil hinterlassene Geschreibsel zu entwirren und eine zuverlässige Deutung jener unbekannten Hieroglyphen zu erreichen, den Trost gehabt, dem Komponisten, dessen letzte Jahre sie hatte verdunkeln helfen, zum Ausgleich einen Ruhm zu sichern, der unvergänglich war. Aus Verbindungen, die nicht durch die Gesetze geheiligt sind, ergeben sich ebenso zahlreiche, ebenso komplexe, dabei solidere Bande der Verwandtschaft vielleicht als die, die einer Ehe entstammen. Sehen wir nicht alle Tage – wofern wir uns nicht bei Beziehungen so ganz besonderer Natur aufhalten wollen – daß der Ehebruch, wenn er auf wahrer Liebe beruht, die Familiengefühle, den Sinn für verwandtschaftliche Pflichten nicht erschüttert, sondern belebt? Der Ehebruch führt in solchen Fällen den Geist in den Buchstaben ein, welcher in der Ehe oft tot geblieben ist. Eine Tochter, die ihre Mutter liebt, wird, der Konvention gehorchend, beim Tode des zweiten Gatten dieser Mutter in Trauer gehen; aber wenn der stirbt, den eine Mutter sich unter allen Männern zu ihrem Geliebten erwählt hat, wird ihre gute Tochter aus tiefstem Herzen weinen. Im übrigen hatte Mademoiselle Vinteuil nur aus Sadismus gehandelt, was sie zwar nicht entschuldigte, aber doch für mich eine gewisse Beschwichtigung bedeutete, wenn ich es mir zum Bewußtsein brachte. Sie mußte sich selbst ja sagen, stellte ich mir vor, daß in dem Augenblick, in dem sie mit ihrer Freundin die Photographie ihres Vaters profanierte, das alles nur krankhaft, wahnhaft und nicht das wahre, mit Genuß betriebene Bösesein war, das sie sich eigentlich gewünscht hätte. Der

Gedanke, es handle sich nur um geheuchelte Schlechtigkeit, verdarb ihr sicherlich das Vergnügen. Aber wenn diese Idee ihr später wiedergekommen war, hatte sie, wie sie seinerzeit ihr die Freude vergällte, nun das Leiden beschwichtigen müssen. ›Das war ja gar nicht ich, hätte sie sich sagen können. Ich war damals von Sinnen. Ich selbst kann noch für meinen Vater beten und brauche an seiner guten Gesinnung für mich trotz allem nicht zu verzweifeln.‹ Nur ist es möglich, daß diese Idee, die ihr sicher inmitten der Lust gekommen war, im Leiden sich nicht eingestellt hatte. Ich hätte sie ihr gern nahegelegt und bin sicher, daß ich ihr damit etwas Gutes antun, das heißt zwischen ihr und der Erinnerung an ihren Vater eine wohltuende Verbindung hätte schaffen können.
Wie aus unleserlichen Taschenbuchnotizen, in denen ein genialer Chemiker, der noch nicht weiß, wie nahe sein Ende ist, Entdeckungen aufgezeichnet hat, die vielleicht für immer unbekannt bleiben werden, hatte die Freundin Mademoiselle Vinteuils aus Papieren, die noch schwerer zu entziffern waren als ein mit Keilschriftzeichen bedeckter Papyrus, die ewig wahre, für immer fortzeugende Formel der unbekannten Freude, der mystischen Hoffnung des scharlachfarbenen Engels der Morgenröte herausentwirrt. Ich aber, für den sie, weniger allerdings als vielleicht für Vinteuil, am gleichen Abend, indem sie von neuem meine Eifersucht um Albertines willen weckte, die Urheberin aller Leiden war und es vor allem in der Zukunft werden sollte, hatte dennoch dank ihr in einer Art von Ausgleich den seltsamen Anruf verstanden, den ich von da an nie mehr aus dem Ohr verlieren sollte, einen Anruf, der wie ein Versprechen war, daß es noch etwas anderes gebe – etwas, was zweifellos die Kunst verwirklichen kann, etwas anderes als das Nichts, das ich in allen Vergnügungen und in der Liebe selbst gefunden hatte – und daß, wenn mein Leben mir eitel schien, es wenigstens noch nicht an seinem Ende angekommen war.
Was man dank ihren Bemühungen von Vinteuil kennenlernen

konnte, war in der Tat sein Gesamtwerk. Verglichen mit dem Septett kamen einem gewisse Themen der Sonate, die einzigen, die das Publikum kannte, derart banal vor, daß man nicht mehr begriff, wieso sie eine solche Bewunderung hatten hervorrufen können. So sind wir erstaunt, daß Jahre hindurch unbedeutende Stücke wie das ›Lied an den Abendstern‹ oder ›Elisabeths Gebet‹ im Konzert fanatische Liebhaber begeistern konnten, die einander in Beifallsbezeigungen überboten und Bravo riefen, wenn das beendet war, was doch nur armselig und ausdruckslos auf uns wirkt, die wir ›Tristan‹, ›Rheingold‹ und die ›Meistersinger‹ kennen. Man muß gleichwohl vermuten, daß diese farblosen Melodien bereits in infinitesimalen und vielleicht gerade deshalb assimilierbaren Quantitäten etwas von der Originalität der Meisterwerke enthielten, die wir rückblickend allein der Beachtung für würdig halten, deren Verständnis aber vielleicht eben an ihrer Vollkommenheit zunächst gescheitert war. Jene haben diesen den Weg zu den Herzen bereiten helfen. Tatsache ist jedenfalls, daß sie, wenn sie ein verworrenes Vorgefühl von künftigen Schönheiten geben, diese selbst noch in völligem Dunkel belassen. Ebenso war es bei Vinteuil; wenn bei seinem Tode nur vorgelegen hätte, was ihm zu vollenden vergönnt gewesen war, so wäre das, was man von ihm gekannt hätte – mit Ausnahme gewisser Partien der Sonate – verglichen mit seiner wahren Größe ebenso wenig gewesen wie das, was zum Beispiel von Victor Hugo bekannt sein würde, wenn er nach ›Le Pas d'Armes du roi Jean‹, ›La Fiancée du Timbalier‹ und ›Sarah la Baigneuse‹ gestorben wäre, ohne noch irgend etwas von der ›Légende des siècles‹ und den ›Contemplations‹ vollendet zu haben. Was für uns heute sein wahres Werk ausmacht, wäre in einem rein virtuellen Zustand geblieben, das heißt ebenso unbekannt wie jene Welten, bis zu denen unser Wahrnehmungsvermögen nicht reicht und von denen wir niemals eine Vorstellung haben werden.

Im übrigen war jener scheinbare Gegensatz, die tiefe Verwandtschaft andererseits zwischen dem Genie (auch dem Talent und ebenso der Tugend) und der Umhüllung durch Laster, in der jenes, wie es bei Vinteuil der Fall war, so häufig enthalten und aufbewahrt ist, gleich einer banalen allegorischen Darstellung gerade aus der Zusammensetzung der Eingeladenen ablesbar, in deren Mitte ich mich befand, als die Musik verklang. Die Versammlung, wiewohl diesmal auf den Salon von Madame Verdurin beschränkt, war vielen anderen ähnlich, bei welchen das breitere Publikum die Ingredienzien, die in der Mischung eine Rolle spielen, nicht kennt, und die von philosophisch angehauchten Journalisten, wenn sie wenig Überblick haben, als pariserisch oder panamistisch oder dreyfusfreundlich bezeichnet werden, weil sie nicht ahnen, daß man ganz die gleichen in Sankt Petersburg, in Berlin, in Madrid und zu allen Zeiten finden kann; wenn tatsächlich der Unterstaatssekretär für Kunstangelegenheiten im Unterrichtsministerium, ein wahrhaft künstlerischer und wohlerzogener Mann und außerdem ein Snob, ein paar Herzoginnen und drei Botschafter mit ihren Frauen an diesem Abend bei Madame Verdurin waren, so hatte man den naheliegenden, unmittelbaren Grund für ihre Anwesenheit in den Beziehungen zu suchen, die zwischen Monsieur de Charlus und Morel bestanden, Beziehungen, welche dem Baron den Wunsch eingaben, den künstlerischen Erfolgen seines jungen Abgottes einen möglichst großen Widerhall zu verschaffen und das Kreuz der Ehrenlegion für ihn zu erlangen; ein etwas weiter abliegender Grund, der diese Zusammenkunft ermöglicht hatte, bestand darin, daß eine junge Person mit Mademoiselle Vinteuil Beziehungen unterhielt, die denen von Monsieur de Charlus und Morel parallel liefen, und sie daraufhin eine ganze Reihe von genialen Werken ans Licht gezogen hatte, welche eine solche Offenbarung bedeuteten, daß unter dem Patronat des Unterrichtsministers bald darauf eine Subskription eröffnet werden sollte zu dem Zweck, für Vinteuil ein Denkmal zu errichten. Im übrigen waren diesen Werken, ebensosehr wie die Beziehungen zwischen Mademoiselle Vinteuil und ihrer Freundin, die des Barons zu Charlie als eine Art von Querverbindung oder Abkürzungsweg zugute gekommen, der es der Gesellschaft ermöglichte, an sein Werk ohne den Umweg wenn auch nicht eines lang anhaltenden Unverständnisses, so doch wenigstens einer Unkenntnis zu gelangen, die noch lange Jahre hätte andauern können. Jedesmal wenn sich ein Ereignis vollzieht, das dem vulgären Geiste der zu moralisierenden Betrachtungen neigenden Journalisten zugänglich ist, das heißt gemeinhin ein politisches Ereignis, so sind sie überzeugt, daß sich in Frankreich etwas gewandelt hat, daß man gewisse Abendveranstaltungen nicht mehr wiederfinden und Ibsen, Renan, Dostojewski, d'Annunzio, Tolstoi, Wagner und Strauß nicht mehr bewundern wird. Denn die moralisierenden Journalisten beurteilen die Dinge nach den fragwürdigen Untergründen dieser offiziellen Veranstaltungen, um etwas Dekadentes an der Kunst zu entdecken, deren Ruhm daselbst begründet wird und die in Wirklichkeit oft denkbar rein und streng ist. Denn unter den von denselben Journalisten am meisten verehrten Namen gibt es keinen, der nicht ganz von selber einmal zum Anlaß für solche seltsamen Feste wurde, wenn auch in diesem Fall die Seltsamkeit vielleicht weniger greifbar war und nachhaltiger verborgen blieb. Bei diesem Fest hier überraschten mich die unreinen Elemente, die sich darin zusammenfanden, auch noch unter einem anderen Gesichtspunkt: gewiß war ich ebensogut wie nur irgend jemand imstande, sie im einzelnen zu erkennen, da sie ja einzeln in mein Dasein eingetreten waren; aber besonders diejenigen, die sich auf Mademoiselle Vinteuil und ihre Freundin bezogen, sprachen zu mir von Combray und damit auch von Albertine, das heißt von Balbec, da ich ja überhaupt nur deshalb, weil ich damals Mademoiselle Vinteuil in Montjouvain gesehen und etwas über die Intimität ihrer Freundin mit Albertine erfahren hatte, jetzt, wenn ich nach Hause kam, anstelle der Einsamkeit eine Albertine an-

treffen würde, die auf mich wartete; diejenigen aber, die Morel und Monsieur de Charlus angingen, erinnerten mich ebenfalls an Balbec, in dessen Nähe – auf dem Bahnsteig von Doncières – ich ihre Beziehungen hatte zustande kommen sehen; sie sprachen mir aber auch von Combray und den beiden Seiten, nach denen wir dort unsere Ausflüge machten, denn Monsieur de Charlus war einer jener Guermantes, Grafen von Combray, die in Combray, ohne dort ihren ständigen Wohnsitz zu haben, zwischen Himmel und Erde residierten wie Gilbert der Böse in seinem Kirchenfenster; Morel aber war der Sohn jenes alten Kammerdieners, der mich mit der Dame in Rosa bekannt gemacht und dadurch ermöglicht hatte, daß ich so viele Jahre darauf in ihr Madame Swann erkannte.[1]
Monsieur de Charlus verfiel in diesem Augenblick, da die Musik beendet war und seine Gäste sich verabschiedeten, in den gleichen Irrtum wie bei ihrer Ankunft. Er bat sie nicht, zu der Padrona zu gehen und sie samt ihrem Gatten in den Dank, den man ihm wußte, mit einzubeziehen. Es gab ein

1 – Gut wiedergegeben, nicht wahr! bemerkte Monsieur Verdurin zu Saniette. – »Ich fürchte nur, antwortete dieser unter Stottern, daß gerade die Virtuosität Morels ein wenig den Grundcharakter des Werkes zu kurz kommen läßt.« – »Zu kurz kommen! Was wollen Sie damit sagen?« brüllte Monsieur Verdurin, während die Gäste, wie die Löwen bereit, den bereits am Boden Liegenden zu verschlingen, sich eifrig um ihn scharten. – »Oh! Ich ziele dabei nicht nur auf ihn ab ...« – »Aber er weiß nicht mehr, was er sagt. Was soll hier ›abzielen‹ heißen?« – »Ich ... müßte ... die Musik noch einmal hören, um strikt darüber urteilen zu können ...« – »Strikt! Er ist wahrhaftig verrückt! sagte Monsieur Verdurin und führte die Hände zum Kopf. Man sollte ihn fortschaffen von hier.« – »Das soll heißen: genau. Sie sprechen doch auch von strikter Genauigkeit. Ich sage, ich kann es nicht strikt beurteilen.« – »Und ich sage Ihnen, Sie sollen machen, daß Sie fortkommen, rief, von Zorn übermannt, Monsieur Verdurin, indem er ihm mit flammendem Blick die Türe wies. Ich erlaube nicht, daß man in meinem Hause so spricht.« Saniette ging fort, indem er schwankend Bogen beschrieb wie ein Betrunkener. Manche der Anwesenden glaubten, er sei gar nicht eingeladen und man schiebe ihn deshalb in dieser Weise ab. Eine Dame aber, die mit ihm bis dahin sehr befreundet gewesen war und der

langes Défilé, das aber einzig vor dem Baron ›defilierte‹, und zwar nicht einmal ohne daß dieser Umstand ihm zum Bewußtsein kam, denn ein paar Minuten später sagte er zu mir: »Diese künstlerische Manifestation hat hinterher etwas wirklich amüsant Sakristeihaftes bekommen.« Die Danksagungen wurden sogar noch durch die verschiedensten Reden in die Länge gezogen, welche den Aufbrechenden gestatteten, sich einen Augenblick länger in der Nähe des Barons aufzuhalten, während diejenigen, die ihn noch nicht zu dem Erfolg seines Festes beglückwünscht hatten, abwartend dastanden und von einem Fuß auf den andern traten. (Mehr als ein Ehemann hatte Lust aufzubrechen, aber seine Frau, die snobisch, wiewohl Herzogin war, erhob Einspruch dagegen: ›Nein, und wenn wir noch eine Stunde warten müßten, wir dürfen nicht gehen, ohne Palamède dafür zu danken, daß er sich so viel Mühe gemacht hat. Nur er versteht heute noch solche Feste zu geben.‹) Man dachte ebensowenig daran, sich

er am Tage zuvor ein kostbares Buch geliehen hatte, schickte es am folgenden ohne ein Wort, kaum ordentlich eingewickelt und mit einer Adresse versehen, die sie in knappster Form von ihrem Diener hatte daraufsetzen lassen, an Saniette zurück; sie wollte einem Menschen ›nichts zu verdanken haben‹, der so sichtbar weit von der Gunst des ›kleinen Kreises‹ entfernt war. Saniette blieb im übrigen diese Ungezogenheit für alle Zeiten verborgen. Denn es waren keine fünf Minuten seit der Zurechtweisung durch Herrn Verdurin vergangen, als ein Diener von draußen den Hausherrn benachrichtigte, daß Saniette im Hofe vor der Tür vom Schlag getroffen und zusammengebrochen sei. Aber die Soiree war noch im Gang. »Lassen Sie ihn nach Hause bringen, es wird nichts Besonderes sein«, bemerkte der Gastgeber, dessen ›hôtel particulier‹ – wie es der Hoteldirektor von Balbec genannt hätte – auf diese Weise neben jene großen Hotels rückte, in denen man es eilig hat, plötzliche Todesfälle geheimzuhalten, um die Gäste nicht zu erschrecken, und wo man provisorisch den Verstorbenen in einer Speisekammer unterbringt, bis zu dem Augenblick, da man ihn – und wäre er auch der großartigste und großzügigste aller Menschen gewesen – heimlich durch die für Tellerwäscher und Saucenköche vorgesehene Hintertür hinausschaffen läßt. Tot war Saniette im übrigen nicht. Er lebte noch ein paar Wochen, ohne aber mehr als nur augenblicksweise das Bewußtsein wiederzuerlangen.

Madame Verdurin vorstellen zu lassen wie etwa der Logenschließerin in einem Theater, in das eine große Dame für einen Abend die gesamte Aristokratie mitgenommen hat. »Waren Sie gestern bei Eliane de Montmorency, lieber Vetter?« fragte Madame de Mortemart, begierig, die Unterhaltung noch etwas auszudehnen. – »Um die Wahrheit zu sagen, nein; ich liebe Eliane sehr, aber ich verstehe den Sinn ihrer Einladungen nicht. Zweifellos bin ich etwas schwer von Begriff«, setzte er mit einem breiten, behaglichen Lächeln hinzu, während Madame de Mortemart bereits ahnte, daß sie bei der Premiere eines Ausspruchs von Palamède dabei sein werde, wie es ihr oft mit denen Orianes gegangen war. »Ich habe zwar vor vierzehn Tagen eine Karte der liebenswürdigen Eliane erhalten. Über dem mit fraglichem Recht geführten Namen Montmorency stand die liebenswürdige Aufforderung: ›Lieber Vetter, erweisen Sie mir die Freundlichkeit, am nächsten Freitag um halb zehn Uhr an mich zu denken.‹ Darunter folgten die weniger verbindlichen Worte: ›Tschechisches Quartett‹. Sie schienen mir unverständlich und auf alle Fälle ebensowenig zu dem vorausgehenden Satz in Beziehung zu stehen, wie in Briefen, auf deren Rückseite, wie man sieht, der Schreiber schon einmal eine Botschaft niederzuschreiben angefangen hat, ohne deswegen – sei es aus Zerstreutheit oder aus Sparsamkeit – ein anderes Blatt zu nehmen, die Worte ›Lieber Freund‹, auf die nichts weiter folgt. Ich mag Eliane sehr gern; daher war ich ihr auch nicht böse, ich begnügte mich damit, die seltsamen und deplacierten Worte ›Tschechisches Quartett‹ einfach zu ignorieren, und da ich ein Mensch bin, der auf Ordnung hält, habe ich die Aufforderung, am Freitag um halb zehn Uhr an Madame de Montmorency zu denken, an den Spiegel über meinem Kamin geheftet. Obwohl ich von Charakter als folgsam, pünktlich und so gutmütig bekannt bin, wie Buffon das Kamel geschildert hat – das Lächeln breitete sich jetzt weiter um Monsieur de Charlus her aus, der selbst genau wußte, daß er gerade für sehr schwer zu behan-

deln galt – habe ich mich zwar um ein paar Minuten verspätet (gerade die Zeit, die ich brauchte, meine Tageskleider abzulegen), ohne jedoch deswegen Gewissensbisse zu verspüren, da ich annahm, halb zehn werde sowieso erst etwa zehn Uhr bedeuten. Punkt zehn aber habe ich dann, in einen behaglichen Schlafrock gehüllt und mit warmen Hausschuhen an den Füßen, an meinem Kamin gesessen und an Eliane, wie sie wünschte, mit großer Intensität gedacht, die erst etwa um halb elf Uhr nachzulassen begann. Sagen Sie ihr doch bitte, daß ich ihrem immerhin kühnen Ansinnen aufs strikteste Folge geleistet habe. Ich nehme an, sie wird zufrieden sein.«
Madame de Mortemart konnte sich vor Lachen kaum halten, und Monsieur de Charlus tat es ihr darin gleich. »Und morgen, setzte sie hinzu, ohne daran zu denken, daß sie bereits um ein beträchtliches die ihr zustehende Zeit überschritten hatte, werden Sie morgen zu unseren Vettern La Rochefoucauld gehen?« – »Oh! Das ist unmöglich, sie haben mich gleich Ihnen, wie ich sehe, zu einer Sache eingeladen, die keinesfalls zu begreifen und in die Tat umzusetzen ist, eine Sache, die, wenn man sich an die Einladungskarte hält, als ›Thé dansant‹ bezeichnet wird. Ich galt in meiner Jugend als ganz geschickt, aber ich zweifle, ob ich, ohne gegen die Regeln des guten Benehmens zu verstoßen, meinen Tee im Tanzen würde einnehmen können. Ich habe niemals gern auf eine inkorrekte Weise essen oder trinken mögen. Sie werden mir freilich sagen, ich brauchte heute nicht mehr zu tanzen. Aber selbst wenn ich behaglich sitze und Tee trinke, an dessen Qualität ich im übrigen zweifle, da er als ›tanzend‹ bezeichnet wird, müßte ich fürchten, daß Gäste, die jünger, aber vielleicht weniger geschickt sind, als ich in ihrem Alter war, ihre Tasse über meinen Frack ergießen, was mich bei dem Vergnügen stören würde, die meine auszutrinken.« Monsieur de Charlus aber begnügte sich nicht einmal damit, Madame Verdurin in der Unterhaltung auszulassen und von allen möglichen Gegenständen zu sprechen (welche er mit Behagen auszuspinnen

und abzuwandeln schien, nur weil er das stets von ihm mit Vorliebe geübte grausame Spiel betrieb, die Freunde, die mit erschöpfender Geduld abwarteten, daß sie an der Reihe wären, unendlich lange auf den Beinen zu halten und ›Schlange stehen‹ zu lassen), sondern er erlaubte sich sogar kritische Bemerkungen über denjenigen Teil des Abends, für den Madame Verdurin allein verantwortlich war: »A propos Tasse, was sind denn das für merkwürdige halbkugelige Gebilde, die denen ganz ähnlich sehen, in denen man, als ich ein junger Mann war, Sorbets aus der Konditorei kommen ließ? Jemand hat mir eben gesagt, es seien ›Eiskaffeebecher‹, was aber geeisten Kaffee anbelangt, so habe ich weder Eis noch Kaffee bemerkt. Was für sonderbare kleine Dinger, die noch dazu eine so ungenau umschriebene Bestimmung haben.« Um diese Bemerkung zu machen, hatte Monsieur de Charlus seine weißbehandschuhten Hände vertikal über den Mund gelegt und zuvor einen vielsagenden Blick in die Runde geworfen, als fürchte er von dem Hausherrn oder der Hausherrin gehört oder sogar gesehen zu werden. Aber das war nur vorgeblich, denn einige Augenblicke später sollte er bereits dieselbe Kritik der Padrona gegenüber äußern und kurz darauf sogar in ungezogener Weise hinzufügen: »Und vor allem keine Eiskaffeetassen! Schenken Sie sie einer von Ihren Freundinnen, deren Haus Sie verhäßlichen wollen. Und stellen Sie sie ums Himmels willen nicht im Salon auf, denn man könnte sich vergessen und meinen, man habe sich im Raum getäuscht, sie sehen wie Nachttöpfe aus.«

– Aber lieber Vetter, bemerkte darauf die Besucherin, während sie die Stimme dämpfte und mit fragender Miene Monsieur de Charlus anblickte, weniger aus Furcht, Madame Verdurin, als vielmehr ihn selbst zu verstimmen, vielleicht weiß sie noch nicht so recht Bescheid ... – »Dann muß sie es eben lernen.« – »Oh! gab die Dame darauf lachend zurück, einen besseren Lehrmeister könnte sie allerdings nicht finden! Sie hat wirklich Glück! Bei Ihnen ist man doch gewiß, daß sich niemals ein falscher Ton einschleichen wird.« – »In der Musik jedenfalls hat es keinen gegeben.« – »Oh! es war fabelhaft. Das sind die gewissen Freuden, die man niemals vergißt. Um übrigens auf den genialen Geiger zurückzukommen, setzte sie hinzu, da sie in ihrer Naivität glaubte, Monsieur de Charlus interessiere sich für das Violinspiel an sich, kennen Sie einen, den ich neulich ganz herrlich eine Sonate von Fauré habe spielen hören, er heißt: Frank ...« – »Ja, er spielt grauenhaft, antwortete Monsieur de Charlus, ohne sich wegen der Grobheit eines Dementis Gedanken zu machen, welches offenbar einschloß, daß seine Kusine keinen Geschmack besitze. Wenn es sich um Violinisten handelt, so rate ich Ihnen, sich lieber an meinen zu halten.« Von neuem wurden versteckte und spähende Blicke zwischen Monsieur de Charlus und seiner Kusine ausgetauscht, denn errötend und eifrig bemüht, ihren Fauxpas wiedergutzumachen, wollte Madame de Mortemart ihrem Vetter vorschlagen, ihrerseits eine Soiree zu geben, bei der Morel spielen sollte. Für sie aber hatte eine solche Veranstaltung nicht den Zweck, ein Talent ins rechte Licht zu rücken – wie sie freilich behaupten würde – einen Zweck, der für Monsieur de Charlus in der Tat entscheidend war. Sie selbst sah darin nur eine Gelegenheit, eine besonders elegante Soiree zu veranstalten, und berechnete schon, wen sie einladen und wen sie lieber fortlassen wolle. Diese Siebung, die vorherrschende Beschäftigung aller Leute, welche Feste geben (derjenigen sogar, welche die den Angelegenheiten der Gesellschaft gewidmeten Zeitungen als ›Elite‹ zu bezeichnen die Frechheit oder Dummheit aufbringen), verändert auf der Stelle den Blick – und die Schrift – durchgreifender, als es die Suggestion eines Hypnotiseurs vermöchte. Bevor Madame de Mortemart noch daran gedacht hatte, was Morel spielen sollte (eine Sorge, die sie mit gutem Grund als sekundär betrachtete, denn wenn auch alle Gäste mit Rücksicht auf Monsieur de Charlus soviel Anstand haben würden, während der Musik zu schweigen, würde doch andrerseits keiner von ihnen auf den Gedanken kommen, danach hinzuhören), hatte sie bei dem Beschluß, daß Madame de Valcourt nicht zu den ›Erwählten‹ gehören würde, dieselbe Verschwörer- und Intrigantenmiene angenommen, die sogar diejenigen großen Damen der Gesellschaft erniedrigt, denen es am leichtesten wäre, über die Meinung der andern sich hinwegzusetzen. »Wäre es nicht möglich, daß ich eine Soiree veranstaltete, damit Ihr Freund sich hören lassen kann?« fragte also mit leiser Stimme Madame de Mortemart, die, obwohl sie sich ausschließlich an Monsieur de Charlus wandte, gleichwohl nicht unterlassen konnte, wie unter einer Faszination einen Blick auf Madame de Valcourt (die Ausgeschlossene) zu werfen, um sich zu versichern, daß diese sich in gehöriger Entfernung befinde und nichts davon hören könne. ›Nein, sie kann nicht verstehen, was ich sage‹, entschied in Gedanken Madame de Mortemart, beruhigt durch den Blick, der umgekehrt auf Madame de Valcourt eine ganz andere Wirkung gehabt hatte als die, die er bezweckte. ›Sieh da, sagte sich Madame de Valcourt, als sie ihn bemerkte, Marie-Thérèse arrangiert offenbar irgend etwas mit Palamède, wovon ich nichts wissen soll.‹ – »Sie wollen sagen, mein Protégé«, berichtigte Monsieur de Charlus, bei dem der Wortschatz seiner Kusine ebensowenig Gnade fand wie ihre musikalischen Gaben. Dann aber setzte er, ohne auf die stumme Bitte seiner Gesprächspartnerin zu achten, die sich selbst durch ein Lächeln entschuldigte, mit so lauter Stimme, daß sie im ganzen Salon sehr wohl gehört werden konnte, hinzu: »Aber gewiß, warum nicht, obwohl immer eine gewisse Gefahr darin liegt, wenn man eine faszinierende Persönlichkeit in einen Rahmen überführt, der für sie unter allen Umständen ein Absinken ihrer transzendentalen Kräfte bedeutet und den man diesen auf alle Fälle erst etwas anpassen müßte.« Madame de Mortemart sagte sich, daß das ›Mezza voce‹, das Pianissimo ihrer Rede umsonst gewesen war, nachdem die Antwort unter Lautsprecherverstärkung erfolgte. Aber sie täuschte sich, Madame de Valcourt hörte nichts, da sie nicht ein einziges Wort verstand. Ihre Unruhe ließ nach und wäre rasch völlig verschwunden, wenn Madame de Mortemart, die bereits fürchtete, ihre List sei umsonst gewesen und sie müsse dennoch Madame de Valcourt einladen, mit der sie zu eng bekannt war, um sie zu übergehen, wofern sie schon vorher Bescheid wüßte, nicht von neuem in die Richtung Ediths einen Blick gesandt hätte, wie um eine drohende Gefahr nicht aus den Augen zu lassen, wobei sie jedoch die Lider schnell wieder in einer Weise senkte, als wolle sie sich nicht zu weit engagieren. Sie hatte vor, am Tage nach dem Fest einen Brief zu schreiben, der gleichsam eine Ergänzung des bereits enthüllenden Blicks sein würde, einen jener Briefe, die man für geschickt hält und die dabei nichts anderes als ein rückhaltloses, selbstunterzeichnetes Geständnis sind. Zum Beispiel: ›Liebe Edith, ich würde Dich so gern wiedersehen, gestern abend hatte ich freilich nicht allzusehr auf Dein Erscheinen gehofft (wie konnte sie darauf hoffen, würde Edith sagen, da ich ja gar nicht eingeladen war?), denn ich weiß, daß Du diese Art von Veranstaltungen, bei denen Du Dich eher langweilst, nicht besonders liebst. Wir hätten uns trotzdem sehr geehrt gefühlt, Dich dabei zu haben (niemals verwendete Madame de Mortemart diesen Ausdruck ‹geehrt› außer in den Briefen, in denen sie einer Lüge einen Anflug von Wahrheit zu geben versuchte). Du weißt, daß Du Dich bei uns immer wie zu Hause fühlen darfst. Im übrigen hast Du ganz recht daran getan, denn es war eine mißlungene Sache wie alle solche Improvisationen, die man innerhalb von zwei Stunden auf die Beine gebracht hat‹ (und so weiter). Aber schon hatte der neue heimliche Blick, den sie auf Edith warf, dieser alles zu verstehen gegeben, was die komplizierte Redeweise von Monsieur de Charlus ihr verborgen hatte. Die Intensität dieses Blicks war so groß, daß er, geheimnisträchtig und auf Verhehlen abgestellt, nicht nur Madame de Valcourt traf, sondern hinterher auch noch auf einen jungen Peruaner zurückschnellte, den Madame de Mortemart eigentlich sogar einzuladen gedachte. Argwöhnisch angesichts eines so spürbar undurchsichtigen Gebarens, faßte dieser, ohne zu beachten, daß es gar nicht auf ihn gemünzt war, auf der Stelle leidenschaftlichen Haß gegen Madame de Mortemart und schwur sich, ihr tausend schlechte Streiche zu spielen, wie zum Beispiel fünfzig Eiskaffees an ihre Adresse schicken zu lassen an einem Tage, der nicht ihr Empfangstag war, an einem anderen aber, an dem sie Gäste erwartete, eine Notiz in die Zeitungen zu bringen, welche besagte, das Fest sei verschoben, und schließlich erfundene Berichte über die weiteren, darauffolgenden einzusenden, in denen die bekannten Namen von Personen figurieren würden, die man aus den verschiedensten Gründen weder gern empfängt noch auch nur sich vorstellen läßt. Madame de Mortemart hatte unrecht, sich wegen Madame de Valcourt Sorge zu machen. Weit mehr nämlich, als es die Gegenwart dieser Dame vermocht hätte, sollte Monsieur de Charlus das geplante Fest in seiner Natur von Grund auf umgestalten. »Aber mein lieber Vetter, sagte sie in Beantwortung des Satzes, in dem von dem ›Rahmen‹ die Rede gewesen war und dessen Sinn ihr augenblicklicher Zustand gesteigerten Reagierens sie hatte erraten lassen, wir werden Ihnen jede Mühe ersparen. Ich verpflichte mich gern, Gilbert zu bitten, daß er die ganze Sache in die Hand nimmt.« – »Aber auf keinen Fall, um so mehr, als er gar nicht eingeladen wird. Nichts geschieht ohne mich. Es kommt vor allem darauf an, die Personen auszuschalten, die nicht Ohren haben zu hören.« Die Kusine des Barons, die auf die Anziehungskraft von Morel gezählt hatte, um eine Soiree zu veranstalten, bei der sie im Gegensatz zu so vielen weiblichen Verwandten ›Palamède gehabt‹ hätte, lenkte jäh ihre Gedanken von dem Prestige ihres ›werten Vetters‹ auf die zahllosen anderen Personen, mit denen er sie entzweien würde, wenn er das Ressort der Einladungen und Ausschlüsse übernähme. Der Gedanke, daß der Prinz von Guermantes (um dessentwillen sie zum Teil Madame de Valcourt nicht dabei haben wollte, da er sie nicht bei sich empfing) nicht eingeladen werden sollte, hatte etwas Erschreckendes für sie. Ihre Augen nahmen einen Ausdruck von Bestürzung an. »Stört Sie das etwas zu grelle Licht?« fragte Monsieur de Charlus mit anscheinendem Ernst, hinter dem sich eine Ironie verbarg, die nicht verstanden wurde. »Nein, gar nicht, ich dachte nur an die Schwierigkeit – nicht meinetwegen natürlich, sondern wegen meiner Angehörigen – die sich daraus ergeben könnte, wenn Gilbert erfährt, daß wir ihn zu unserer Soiree nicht einladen, denn tatsächlich sieht er nie eine Katze bei sich, ohne daß ...« – »Gerade darum, man muß gleich zuerst einmal alle Katzen weglassen, die nichts als miauen können; ich glaube, Sie haben über dem Lärm der Unterhaltungen nicht ganz richtig verstanden, daß es hier nicht darum geht, vermittels einer Soiree Einladungen zu erwidern, sondern um die angemessenen Riten für das Zelebrieren einer wirklichen Feierlichkeit.« Dann aber gab er, da er, wenn er auch nicht der Meinung war, die nächstfolgende Person habe schon allzulange gewartet, doch jedenfalls fand, es ginge nicht an, übertriebene Gunstbezeigungen an eine Person zu verschwenden, die sehr viel weniger an Morel als an ihren eigenen Einladungslisten interessiert war, seiner Kusine – wie ein Arzt, der eine Konsultation abbricht, wenn er meint, er habe sich lange genug dafür zur Verfügung gestellt – zu verstehen, daß sie sich zurückziehen könne, indem er ihr zwar nicht auf Wiedersehen sagte, sich aber an die zunächst dahinterstehende Dame wendete: »Guten Abend, Madame de Montesquiou, es war herrlich, nicht wahr? Ich habe Hélène nicht gesehen, sagen Sie ihr nur, daß auch eine generelle Zurückhaltung, selbst die nobelste, um nicht zu sagen die ihre, Ausnahmen zulassen sollte, wenn ein besonders glanzvoller Anlaß besteht, wie es heute abend der Fall war. Sich selten zu zeigen, hat sicher sein Gutes. Aber noch besser ist, vor dem rein negativen Prinzip der Seltenheit dem des Erlesenen den Vorrang zu erteilen. Was Ihre Schwester angeht, deren systematische ›Abwesenheit‹, wenn die zu erwartenden Genüsse ihrer nicht würdig sind, ich mehr als irgend jemand zu schätzen weiß, so würde ihre Anwesenheit bei einer denkwürdigen Veranstaltung wie dieser hier einen Vorzug bedeutet und Ihrer Schwester, die schon ein so großes Prestige genießt, ein weiteres eingebracht haben.« Dann wendete er sich einem Dritten zu. Ich war sehr erstaunt, ebenso liebenswürdig und schmeichelnd Monsieur de Charlus gegenüber, wie er früher kühl zu ihm gewesen war, Monsieur d'Argencourt zu sehen – der nunmehr sogar so weit ging, sich Charlie vorstellen zu lassen und ihm zu sagen, er hoffe auf seinen Besuch – diesen Mann, der ein so furchtbarer Richter für die Gattung von Männern war, der Monsieur de Charlus angehörte. Jetzt aber war er selbst rundum von solchen Männern umgeben, wenn auch sicherlich nicht, weil er selber einer von ihnen geworden war. Aber seit einiger Zeit vernachlässigte er seine Frau zugunsten einer jungen Dame der Gesellschaft, die er glühend verehrte. Da diese sehr gescheit war, versuchte sie ihm ihre Neigung für kluge Leute mitzuteilen und hegte den lebhaften Wunsch, Monsieur de Charlus bei sich zu sehen. Vor allem aber konnte Monsieur d'Argencourt, der sehr eifersüchtig, aber nicht auf der Höhe seiner Manneskraft war – in dem Gefühl, daß er seiner Eroberung nicht völlig genügen könne – wenn er sie gleichzeitig sich erhalten und sie zerstreuen wollte, dies unbedenklich nur tun, wenn er sie mit ungefährlichen Männern umgab, die er auf diese Weise die Rolle von Serailwächtern spielen ließ. Diese fanden, er sei sehr liebenswürdig geworden, und erklärten ihn für viel klüger, als sie je geglaubt, worüber seine Geliebte und er in Entzücken gerieten.

Die Damen, die Monsieur de Charlus eingeladen hatte, verließen jetzt in rascher Folge das Haus. Viele sagten: ›Ich möchte eigentlich nicht in die Sakristei gehen (den kleinen Salon, in welchem der Baron mit Charlie an seiner Seite Glückwünsche entgegennahm). Aber es wäre doch wichtig, daß Palamède mich sieht und weiß, daß ich bis zuletzt dagebliebenbin.‹ Keine der Damen kümmerte sich um Madame Verdurin. Mehrere gaben sogar vor, sie nicht wiederzuerkennen, und verabschiedeten sich irrtümlich von Madame Cottard, wobei sie zu mir mit einem Blick auf die Frau des Doktors bemerkten: ›Das ist doch Madame Verdurin, nicht wahr?‹ Madame d'Arpajon fragte mich in Hörweite der Hausherrin: »Hat es eigentlich jemals einen Monsieur Verdurin gegeben?« Die Herzoginnen, die noch zögernd umherstanden, hielten sich, da sie nichts von den Seltsamkeiten entdeckt hatten, die sie sich von diesem Ort erwarteten – sie hatten gehofft, er werde sehr viel verschiedener von allen ihnen bisher bekannten sein – in Ermangelung von etwas Besserem an die Bilder von Elstir, vor denen sie in mühsam unterdrücktes, prustendes Lachen ausbrachen. Für alles andere, was sie weniger ungewöhnlich fanden, als sie angenommen hatten, erwiesen sie Monsieur de Charlus mit den Worten die Ehre: ›Wie Palamède doch all und jedes zu arrangieren versteht! Er könnte ein Märchenspiel in einem Wagenschuppen oder in einer Toilette inszenieren, es würde immer noch etwas Bezauberndes daraus.‹ Die Vornehmsten waren diejenigen, die mit dem größten Eifer Monsieur de Charlus zu dem Erfolg eines Abends beglückwünschten, über dessen geheimnisvolle Triebfeder einzelne unter ihnen nicht in Unkenntnis waren, ohne übrigens sich dadurch irgendwie beengt zu fühlen, und dabei – in Erinnerung vielleicht an gewisse Epochen der Weltgeschichte, in denen ihre Familien bereits zu einem völlig bewußt ausgebildeten Selbstgefühl gelangt waren – ihre Verachtung aller moralischen Bedenken fast ebensoweit trieben wie die Rücksicht auf die Etikette. Mehrere unter ihnen verpflichteten auf der Stelle Charlie für Abende, an denen er bei ihnen das Septett von Vinteuil spielen sollte, aber keiner kam der Gedanke, Madame Verdurin dazu einzuladen. Diese war bereits in höchster Wut, als Monsieur de Charlus, der wie in Wolken schwebend nichts davon wahrnehmen konnte, aus Anstand die Padrona zur Teilnahme an seiner Freude aufzufordern gedachte. Mehr allerdings vielleicht noch seiner literarischen Neigung als übermäßigem Hochmut huldigend, bemerkte dieser Doktrinär künstlerischer Feste zu Madame Verdurin: »Nun, sind Sie zufrieden? Ich denke, man müßte es eigentlich sein. Sie sehen, wenn ich mich damit abgebe, ein Fest zu veranstalten, so wird es auch wirklich ein voller Erfolg. Ich weiß nicht, ob Ihre heraldischen Kenntnisse ausreichen, damit Sie ganz die Bedeutung dieser Veranstaltung ermessen können, das Gewicht, das ich gestemmt, die Luftverdrängung, die ich für Sie bewirkt habe. Sie haben die Königin von Neapel gehabt, den Bruder des Königs von Bayern, die drei ältesten Pairs. Wenn Vinteuil Mohammed ist, so können wir sagen, daß wir für ihn die unbeweglichsten aller Berge versetzt haben. Bedenken Sie, daß die Königin von Neapel zum Zweck der Teilnahme an Ihrem Fest aus Neuilly gekommen ist, was sehr viel schwieriger für sie war, als die Beiden Sizilien zu verlassen, setzte er mit der Absicht ziemlich massiver Ironie trotz seiner Bewunderung für die Königin hinzu. Es handelt sich da um ein historisches Ereignis. Denken Sie daran, daß sie vielleicht seit der Einnahme von Gaëta niemals mehr ausgegangen ist. Wahrscheinlich wird man in den Nachschlagewerken als Kulminationspunkte ihres Lebens den Tag der Einnahme von Gaëta und außerdem den der Soiree bei den Verdurins bezeichnen. Der Fächer, den sie abgelegt hat, um Vinteuil besser zu applaudieren, verdient berühmter zu bleiben als der, den die Fürstin Metternich zerbrochen hat, als Wagner ausgepfiffen wurde.« – »Sie hat ihn sogar vergessen, ihren Fächer«, sagte Madame Verdurin, die sich im Augenblick durch die Erinnerung an die Sympathie etwas beschwichtigt fühlte, welche die Königin ihr bewiesen hatte, und zeigte dabei Monsieur de Charlus den Fächer, der auf einem Fauteuil zurückgeblieben war. »Oh, wie rührend, rief Monsieur de Charlus, indem er sich verehrungsvoll der Reliquie näherte. Er ist um so ergreifender, als er schauderhaft ist; die kleinen Veilchen darauf sind tatsächlich die Höhe.«

Auf seinem Antlitz kämpfte ein Zucken der Rührung mit dem der Ironie. »Mein Gott, ich weiß nicht, ob Sie diese Dinge ebenso empfinden wie ich. Swann hätte Krämpfe bekommen und wäre gestorben, wenn er so etwas sähe. Ich selbst bin mir ganz klar darüber, daß ich diesen Fächer, wie hoch der Preis auch getrieben wird, bei der Versteigerung nach dem Tode der Königin kaufen werde. Denn sicher wird alles versteigert, da sie keinen Heller besitzt«, fügte der Baron hinzu, bei dem sich grausamste üble Nachrede noch unter die aufrichtigste Verehrung mischte, obwohl beide aus zwei ganz verschiedenen Naturen kamen, die er jedoch in sich zu vereinen wußte.
Die beiden Regungen konnten sich sogar abwechselnd auf eine und dieselbe Tatsache beziehen. Denn der Monsieur de Charlus, der aus der Tiefe seines Behagens als reicher Mann über die Armut der Königin spottete, war dennoch derselbe, der häufig diese Armut in den Himmel hob und, wenn die Sprache auf die Prinzessin Murat, die Königin Beider Sizilien, kam, gern entgegnete: »Ich weiß nicht, von wem Sie reden. Es gibt nur eine einzige Königin von Neapel, die ganz wundervoll ist, die aber hat keinen Wagen. Doch von ihrem Omnibus aus überstrahlt sie alle Equipagen; man möchte im Staube niederknien, wenn sie vorüberfährt.«
– Ich werde ihn einem Museum vermachen. Inzwischen aber sollte man ihn ihr zurückbringen, damit sie nicht einen Mietkutscher bezahlen muß, um ihn holen zu lassen. Wenn man den historischen Wert eines solchen Objekts in Betracht zieht, so wäre es das klügste, einfach den Fächer zu stehlen. Aber das wäre peinlich für sie, weil sie sehr wahrscheinlich keinen anderen besitzt, setzte er mit lautem Lachen hinzu. Jedenfalls sehen Sie, daß sie mir zuliebe gekommen ist, und das ist nicht das einzige Wunder, das ich ermöglicht habe. Ich glaube nicht, daß irgend jemand zur Zeit über die Macht verfügt, so viele Leute aus ihren Häusern zu locken, wie ich habe hierherkommen lassen. Im übrigen muß man jedem das Seine gönnen, Charlie und die übrigen Musikanten haben wie die Götter

gespielt. Und auch Sie, meine liebe Padrona, setzte er mit Herablassung hinzu, haben einen gewissen Anteil am Gelingen dieses Festes. Auch Ihren Namen wird man späterhin nennen. Die Geschichte hat ja auch denjenigen des Pagen aufbewahrt, der Jeanne d'Arc bei ihrem Aufbruch in die Rüstung half; alles in allem haben Sie die Rolle eines Bindestrichs gespielt, Sie haben geholfen, die Fusion zwischen Vinteuils Werk und seinem genialen Interpreten herzustellen; Sie waren klug genug, die außerordentliche Wichtigkeit einer ganzen Verkettung von Umständen zu begreifen, durch welche dem Virtuosen das volle Gewicht einer mächtigen – wenn es sich nicht um mich handelte, würde ich sagen providentiellen – Persönlichkeit zugute kam, welche Sie in richtiger Einsicht um eine Sicherung der Veranstaltung gebeten haben, damit sie Morels Geigenspiel allen denen zu Ohren brächte, bei denen dies Organ unmittelbar mit den Zungen zusammenhängt, auf die man am meisten hört; nein, nein, das ist keine Kleinigkeit, es gibt keine Kleinigkeit bei einer so vollkommenen Unternehmung. Alles trägt dazu bei. Die Duras war wundervoll. Kurz und gut, alles; deswegen, schloß er, da er gern schulmeisterte, habe ich mich auch widersetzt, daß Sie etwa Personen einlüden, die wie ein Divisor gewirkt, nämlich bei den hervorragenden Persönlichkeiten, die ich in Ihr Haus brachte, wie das Komma mitten in einer Zahl die übrigen zu bloßen Zehnteln herabgewürdigt hätten. Ich habe ein sicheres Gefühl für solche Dinge. Sie verstehen, man muß jeden Fauxpas vermeiden, wenn wir ein Fest geben wollen, das Vinteuils, seines genialen Interpreten, Ihrer und, wenn ich so sagen darf, auch meiner würdig ist. Hätten Sie die Molé eingeladen, so wäre es aus gewesen. Sie stellt den kleinen Tropfen Gegengift dar, der einem Zaubertrank jede wunderwirkende Kraft benimmt. Das elektrische Licht wäre ausgegangen, die Petit-Fours wären nicht zur Zeit dagewesen, von der Orangeade hätten die Gäste eine Kolik bekommen. Sie war gerade die Person, die nicht dabei sein durfte. Schon beim Klang ihres Namens wäre wie in einem Zaubermärchen kein Ton aus den Blechinstrumenten hervorgekommen; Flöte und Oboe hätten an plötzlicher Stimmlosigkeit gelitten. Morel sogar, selbst wenn es ihm noch gelungen wäre, ein paar Töne zu erzeugen, würde nicht im Takt geblieben sein, und anstelle des Septetts von Vinteuil hätten Sie davon nur eine Art von Parodie à la Beckmesser gehört, die in Pfuirufen untergegangen wäre. Ich, der ich an Einflüsse glaube, die von gewissen Personen ausgehen, habe ganz genau bei der Entfaltung eines gewissen Largos, das sich bis in die Tiefen wie eine Blüte öffnete, und in dem Überschwang des Finale, das nicht nur die Bezeichnung Allegro trug, sondern tatsächlich unvergleichlich ›beschwingt‹ war, gespürt, daß die Abwesenheit der Molé die Musiker inspirierte und sogar die Instrumente vor Freude voller tönen ließ. Im übrigen lädt man an einem Tag, an dem man sämtliche Souveräne empfängt, nicht ausgerechnet seine Hausmeisterin ein. Indem er sie ›die Molé‹ nannte (wie er, in übrigens durchaus sympathischer Absicht, auch ›die Duras‹ sagte), ließ Monsieur de Charlus ihr Gerechtigkeit widerfahren, denn alle diese Damen waren Schauspielerinnen der großen Gesellschaft, und es stimmt, daß selbst unter diesem Gesichtspunkt die Gräfin Molé nicht ganz dem außerordentlichen Ruf einer klugen Frau entsprach, den man ihr bereitete und der unwillkürlich an jene mittelmäßigen Akteure oder Romanschriftsteller erinnerte, die in gewissen Epochen die Rolle von Genies gespielt haben, sei es wegen der Mittelmäßigkeit ihrer Kollegen, unter denen kein Künstler von höherem Rang imstande war zu zeigen, was wahres Talent bedeutet, sei es wegen der Mittelmäßigkeit des Publikums, das selbst, wenn eine außergewöhnlich starke Persönlichkeit auftauchte, außerstande gewesen wäre, diese zu begreifen. Im Falle der Gräfin Molé ist es vorzuziehen, wenn auch nicht unbedingt zutreffend, daß man sich an die erste Erklärung hält. Da die Gesellschaft das Reich des Nichtigen ist, bestehen zwischen den verschiedenen Frauen dieser Kreise nur ganz geringfügige Wertabstufungen, die einzig durch den Groll oder die Phantasie eines Monsieur de Charlus größere Ausmaße annehmen konnten. Wenn er aber wie soeben beim Sprechen eine Redeweise anwendete, in der auf preziöse Art Künstlerisches sich mit Gesellschaftlichem mischte, so deshalb, weil seine altweiberhaften Zornanfälle sowohl wie seine weltmännische Kultur für die echte Beredsamkeit, die ihm gegeben war, nur ganz unbedeutende Themen zur Verfügung stellten. Wie eine wirkliche Differenziertheit auf Erden unter all den verschiedenen Ländern, soweit sie im Bereich unserer sinnlichen, sie einander angleichenden Wahrnehmung liegen, nicht existiert, existiert sie erst recht nicht in der Welt der Gesellschaft. Existiert sie im übrigen überhaupt irgendwo? Vinteuils Septett schien diese Frage für mich bejaht zu haben. Aber wo? Da Monsieur de Charlus auch gern den Zuträger spielte, Leute auseinanderbrachte, um sie getrennt zu beherrschen, setzte er noch hinzu: »Sie haben zudem dadurch, daß Sie sie nicht einluden, der Gräfin Molé die Möglichkeit genommen, irgendwo zu sagen: ›Ich verstehe nicht, weshalb diese Madame Verdurin mich eingeladen hat. Ich weiß gar nicht, was das für Leute sind, ich kenne sie überhaupt nicht.‹ Sie hat im vorigen Jahr schon genügend verbreitet, Sie bemühten sich um sie und fielen ihr lästig damit. Sie ist eine dumme Person, laden Sie sie nicht mehr ein. Alles in allem spielt sie keine hervorragende Rolle. Es kann natürlich sein, daß sie ohne viele Umstände zu Ihnen käme, da ja auch ich hier bin. Jedenfalls, schloß er, scheint mir, daß Sie mir danken können, denn so wie alles sich abgespielt hat, war es wirklich vollkommen. Die Herzogin von Guermantes war nicht da, aber man kann nicht wissen, vielleicht war es sogar besser so. Wir werden es ihr nicht übelnehmen und dennoch ein anderes Mal an sie denken; im übrigen muß man sich ihrer auf alle Fälle erinnern, denn ihre Augen sprechen: vergeßt mich nicht, da sie wie zwei Vergißmeinnicht sind. (Ich aber dachte bei mir, wie stark der Geist der Guermantes – der eigenwillige

Entschluß, hierhin zu gehen und dorthin nicht – doch sein müsse, um bei der Herzogin sogar über die Furcht vor Palamède zu siegen.) Angesichts eines so vollendeten Erfolgs fühlt man sich versucht, wie Bernardin de Saint-Pierre überall die Hand der Vorsehung zu erkennen. Die Herzogin von Duras war entzückt. Sie hat mir sogar aufgetragen, es Ihnen zu sagen, setzte Monsieur de Charlus mit großem Nachdruck hinzu, als müsse Madame Verdurin dies an sich bereits als hinlängliche Ehre betrachten. Hinlänglich und sogar nahezu unwahrscheinlich, denn er hielt, damit sie ihm wirklich glaube, für nötig – von dem Wahn geschlagen, den Jupiter über alle verhängt, die er verderben will – ein ›Ja, wirklich‹ hinzuzufügen. Sie hat Morel verpflichtet, bei ihr noch einmal das gleiche Programm zu spielen, und ich habe sogar vor, sie um eine Einladung für Monsieur Verdurin zu bitten.« Eine solche Höflichkeit für den Ehemann allein war, ohne daß Monsieur de Charlus sich davon die leiseste Vorstellung machte, die tödlichste Beleidigung für dessen Gattin, die auf Grund eines Ukas, der im ›kleinen Kreis‹ Gültigkeit besaß, über das Recht zu verfügen meinte, dem Virtuosen jede Mitwirkung an einem andern Ort ohne ihre ausdrückliche Genehmigung zu untersagen, und auf der Stelle entschlossen war, ihm die Teilnahme an der Soiree der Herzogin von Duras kurzerhand zu verbieten.

Einfach schon durch seine Redseligkeit reizte Monsieur de Charlus Madame Verdurin, die nicht gern sah, wenn man sich innerhalb des ›kleinen Kreises‹ absonderte. Wie viele Male hatte sie schon in La Raspelière, wenn sie den Baron unaufhörlich mit Charlie reden hörte, anstatt daß er sich mit seinem Part im Gesamtkonzert des ›kleinen Kreises‹ begnügte, auf ihn weisend gerufen: »Was für ein Salbaderer! Das ist ja fürchterlich! Hat man jemals schon so einen Salbaderer gehört?« Doch diesmal war es schlimmer. Von seinen eigenen Worten berauscht, begriff Monsieur de Charlus nicht, daß er, indem er Madame Verdurin ihre Rolle zuwies und dieser noch dazu enge Grenzen zog, in ihr jenes Haßgefühl entfesselte, das bei ihr nur eine spezielle auf die Gesellschaft im ganzen bezogene Form der Eifersucht war. Madame Verdurin liebte wirklich ihre Gewohnheitsgäste, die Getreuen des ›kleinen Kreises‹, aber sie wünschte sie völlig ihrer Padrona ergeben. Auf Grund eines Kompromisses, wie ihn jene Eifersüchtigen schließen, die gestatten, daß man sie betrügt, wofern es unter ihrem Dach und sogar unter ihren Augen geschieht, das heißt, wenn man sie eben eigentlich nicht betrügt, gestand sie den Männern ihres Kreises eine Mätresse, einen Liebhaber zu unter der Bedingung, daß sich daraus keine gesellschaftlichen Folgen außerhalb ihres Hauses ergäben, daß das Ganze sich im Schatten ihrer Mittwochabende anknüpfte und in ihrem Salon seinen Fortgang nähme. Jedes heimlich aufklingende Lachen Odettes in der Nähe Swanns hatte ihr einst am Herzen genagt, seit einiger Zeit aber auch jedes abseits geführte Gespräch zwischen Morel und dem Baron; sie fand für ihren Kummer einzig Trost darin, das Glück der anderen zu zerstören. Sie hätte auf keinen Fall mehr lange das des Barons ertragen. Nun aber beschleunigte dieser Unvorsichtige selbst die Katastrophe, indem er sich den Anschein gab, als wolle er die Rolle der Padrona in ihrer eigenen Welt beschränken. Schon sah sie Morel, ohne daß sie dabei etwas zu sagen hatte, unter der Ägide des Barons in die Gesellschaft gehen. Es gab nur ein Mittel: man mußte Morel zwingen, zwischen dem Baron und ihr zu wählen und ihn unter Ausnutzung des Einflusses, den sie auf ihn besaß (denn aufgrund von Berichten, die sie sich erstatten ließ, und lügenhaften Geschichten, die sie dazu erfand – alle beide trug sie ihm als verstärkende Beweismittel dessen vor, was er selbst zu glauben geneigt war und dank den Fallen, die sie so weise stellte, daß Naive hineintappen mußten, mit eigenen Augen deutlich zu sehen meinte – hatte sie ihm eine sehr hohe Meinung von ihrem übernatürlichen Scharfsinn beigebracht), dazu vermögen, ihr vor dem Baron alsdann den Vorzug zu geben. Was die anwesenden Damen der Gesellschaft betraf, die sich ihr nicht einmal hatten vorstellen lassen, so hatte sie, gleich nachdem sie ihre Zurückhaltung oder Ungeniertheit feststellte, über sie bemerkt: »Oh! Ich sehe schon, das ist so eine Art von alten Puten, die nicht hierher gehören; sie haben zum letzten Mal einen Fuß in meinen Salon gesetzt.« Denn sie wäre lieber gestorben, als zuzugeben, jemand sei weniger liebenswürdig zu ihr gewesen, als sie zuvor erhoffte.

– Ah! Mein lieber General! rief plötzlich Monsieur de Charlus, indem er Madame Verdurin stehenließ, denn er hatte soeben den General Deltour bemerkt, der als Präsidentschaftssekretär große Bedeutung für Charlies Kreuz der Ehrenlegion haben konnte, der aber, nachdem er noch Cottard um einen Rat gebeten, rasch zu verschwinden drohte. »Guten Abend, guter lieber Freund. Wie? Sie gedenken ohne Abschied von mir einfach zu enteilen?« sagte der Baron mit einem harmlosen und zugleich dünkelhaften Lächeln, denn er wußte recht wohl, daß jeder zufrieden war, einen Augenblick länger mit ihm sprechen zu dürfen, und da er in dem Zustand der Hochstimmung, in dem er sich befand, für sich allein sowohl Frage wie Antwort übernahm, fuhr er in gellendem Tone fort: »Nun, sind Sie zufrieden gewesen? Nicht wahr, es war doch schön? Ist das Andante nicht wundervoll: Etwas Ergreifenderes ist niemals geschrieben worden. Ich behaupte, daß man es nicht bis zu Ende hören kann, ohne daß einem die Tränen in die Augen kommen. Es ist reizend von Ihnen, daß Sie erschienen sind. Hören Sie, ich habe heute morgen ein überaus liebenswürdiges Telegramm von Froberville bekommen, in dem er mir mitteilt, daß von seiten des Kanzleramtes die Schwierigkeiten aus dem Weg geräumt sind, wie man zu sagen pflegt.« Die Stimme des Barons stieg immer weiter bis zu schriller Höhe an und war dabei so verschieden von seiner gewöhnlichen Stimme wie die eines Advokaten, der mit Emphase plädiert, von seinem gewöhnlichen Tonfall – ein Phänomen stimmlicher Ausweitung durch Überreizung und nervöse Euphorie analog demjenigen, durch welches Stimme sowohl wie Blick von Madame de Guermantes bei Abendessen, welche sie gab, zu so hohen Lagen anstiegen. »Ich wollte Ihnen gestern schon durch eine Ordonnanz ein Wort schicken, das Ihnen meine Freude ausdrücken sollte, um es Ihnen dann heute mündlich zu wiederholen, aber Sie waren ja derart umlagert! Die Unterstützung Frobervilles ist keineswegs zu verachten, aber ich meinerseits habe die Zusage des Ministers erhalten«, sagte der General. »Ah! ausgezeichnet! Im übrigen haben Sie gesehen, daß ein solches Talent die Auszeichnung wirklich verdient. Hoyos war entzückt, allerdings habe ich die Frau des Botschafters nicht sehen können; war sie auch zufrieden? Aber wer wäre es nicht gewesen außer vielleicht denen, die nicht Ohren haben zu hören, was weiter nichts auf sich hat, solange sie noch Zungen zum Reden haben.« Den Augenblick nutzend, als der Baron sich entfernt hatte, um mit dem General zu sprechen, winkte Madame Verdurin Brichot zu sich heran. Dieser, der nicht wußte, was Madame Verdurin ihm sagen wollte, gedachte sie zu amüsieren, und ohne zu ahnen, welches Leid er mir damit bereitete, bemerkte er zu der Padrona: »Der Baron ist entzückt, daß Mademoiselle Vinteuil und ihre Freundin nicht gekommen sind. Sie schockieren ihn außerordentlich. Er hat erklärt, ihre Sitten seien grauenhaft. Sie können sich gar nicht vorstellen, wie prüde und streng der Baron in puncto Sitten ist.« Entgegen der Erwartung Brichots zeigte Madame Verdurin keine Spur von Heiterkeit. »Er ist ein Schmutzfink, erklärte sie vielmehr. Schlagen Sie ihm vor, er solle mit Ihnen eine Zigarette rauchen gehen, damit mein Mann inzwischen seine Dulcinea, ohne daß Charlus es merkt, auf die Seite nehmen und ihr ein paar aufklärende Worte über den Abgrund sagen kann, in den sie abzurutschen droht.« Brichot schien zu zögern. »Ich werde Ihnen sagen, fuhr Madame Verdurin fort, um seine letzten Bedenken zu zerstreuen, ich fühle mich nicht mehr sicher, solange so etwas in meinem Hause ist. Ich weiß, er ist in üble Geschichten verwickelt, die Polizei hat bereits ein Auge auf ihn.« Da sie über eine gewisse Improvisationsgabe verfügte, wenn Übelwollen sie inspirierte, machte Madame Verdurin dabei noch nicht halt: »Es scheint, er ist im Gefängnis gewesen. Doch, doch, sehr gut informierte Leute haben es mir gesagt. Ich weiß im übrigen von jemandem, der in seiner Straße wohnt, daß man sich gar nicht vorstellen kann, was für Banditen er bei sich sieht.« Als aber Brichot, der den Baron häufig besuchte, Einspruch erheben wollte, erregte sich Madame Verdurin nur noch mehr und rief aus: »Aber ich stehe Ihnen dafür ein! Wenn ich es Ihnen doch sage (ein Ausdruck, mit dem sie gewöhnlich eine etwas aufs Geratewohl hingeworfene Behauptung zu unterbauen versuchte). Er wird eines Tages ermordet werden wie alle seinesgleichen. Vielleicht wird es nicht einmal mehr dazu kommen, da er sich bereits in den Krallen dieses Jupien befindet, den er sich erdreistet hat, zu mir zu schicken, und der ein ehemaliger Zuchthäusler ist, ich weiß es, jawohl, und zwar positiv. Er hat Charlus durch Briefe in der Hand, die offenbar grauenhaft sind. Ich habe es von jemandem, der in sie Einblick genommen hat; der Betreffende hat zu mir gesagt: ›Es würde Ihnen übel werden, wenn Sie so etwas sähen.‹ Auf diese Weise hat Jupien ihn fest an der Leine und zieht so viel Geld aus ihm, wie er will. Ich würde tausendmal lieber tot sein, als derart in Furcht und Schrecken leben, wie dieser Charlus es tut. Auf alle Fälle möchte ich nicht, sollte sich Morels Familie dazu entschließen, gerichtlich gegen ihn vorzugehen, wegen Beihilfe angeklagt werden. Wenn er so weitermacht, soll er es auf eigene Gefahr tun, ich jedenfalls habe meine Pflicht erfüllt. Was wollen Sie? Es ist für mich kein Spaß.« Und bereits angenehm fiebernd in Erwartung der Unterhaltung, die ihr Gatte mit dem Violinisten haben würde, wendete sie sich nunmehr an mich: »Fragen Sie Brichot, ob ich nicht eine mutige Freundin bin und mich etwa nicht für die Rettung der Kameraden aufopfere.« (Sie spielte auf die Umstände an, unter denen sie ihn noch gerade rechtzeitig zunächst mit seiner Wäscherin und dann mit Madame de Cambremer auseinandergebracht hatte, Zerwürfnisse, in deren Folge Brichot beinahe völlig erblindet und, wie man behauptete, Morphinist geworden war.) »Eine unvergleichliche, scharfsinnige und tapfere Freundin, antwortete der Universitätsmann in naiver Ergriffenheit. Madame Verdurin hat mich daran gehindert, eine große Dummheit zu begehen, setzte er noch hinzu, als die Padrona sich entfernt hatte. Sie schreckt nicht davor zurück, ins lebendige Fleisch zu schneiden. Sie ist interventionistisch, wie unser Freund Cottard es ausdrücken würde. Ich gebe gleichwohl zu, der Gedanke, daß der arme Baron noch nicht weiß, welcher Schlag ihm droht, bereitet mir Unbehagen. Er ist nach diesem Burschen vollkommen verrückt. Wenn Madame Verdurin Erfolg hat, dürfen wir ihn als einen Mann betrachten, der in Bälde unglücklich sein wird. Im übrigen ist es nicht gewiß, ob sie nicht vielleicht scheitert. Ich fürchte, es gelingt ihr nur, Mißverständnisse zwischen den beiden zu säen, die schließlich, ohne sie auseinanderzubringen, damit enden werden, daß einer wie der andere sich mit ihr entzweit.« So war es Madame Verdurin schon öfter mit ihren Getreuen ergangen. Aber es war offenbar, daß in ihr das Bedürfnis, die Freundschaft der anderen zu bewahren, mehr und mehr von dem Willen beherrscht wurde, daß diese Freundschaft keinesfalls durch die, die diese anderen untereinander verband, in Schatten gestellt werden dürfe. Sie hatte an sich nichts gegen Homosexualität, solange diese nicht an ihre Orthodoxie rührte, aber wie die Kirche zog sie jedes andere Opfer einem Zugeständnis auf dem Boden der rechten Lehre vor. Ich begann zu fürchten, auch ihre Gereiztheit gegen mich leite sich vielleicht von der Kenntnis her, daß ich Albertine verhindert hatte, sie am Nachmittag zu besuchen, und sie könne bei dieser das gleiche Bemühen betätigen – oder hätte es vielleicht bereits getan – sie von mir zu trennen, wie es ihrem Gatten in Sachen Charlus bei dem Violinisten in diesem

Augenblick oblag. »Gehen Sie, holen Sie Charlus, finden Sie irgendeinen Vorwand, es ist Zeit, sagte Madame Verdurin, und sorgen Sie vor allem dafür, daß er nicht zurückkommt, bevor ich Sie rufen lasse. Ach! Was für ein Abend! setzte sie hinzu und enthüllte damit den wahren Grund ihrer Wut. Daß man solche Meisterwerke vor diesen Puten spielen muß! Ich spreche nicht von der Königin von Neapel, die recht gescheit und angenehm ist (lies: sie war sehr liebenswürdig zu mir). Aber die anderen! Ach, es ist zum Tollwerden! Was wollen Sie, ich bin nicht mehr zwanzig Jahre alt. Als ich jung war, hat man mir gesagt, ich müsse mich langweilen lernen, und ich zwang mich dazu; aber jetzt, o nein, ich kann es einfach nicht mehr, in meinem Alter muß ich tun, was ich will, das Leben ist zu kurz; mich langweilen, dumme Leute besuchen, heucheln, so tun, als fände ich sie gescheit, o nein, ich kann das nicht mehr! Los, Brichot, es ist höchste Zeit.« – »Ich gehe schon, Madame, ich gehe«, sagte schließlich Brichot, als der General sich verabschiedet hatte. Zuerst einmal aber nahm mich der Universitätsmann noch einen Augenblick auf die Seite: »Die moralische Pflicht, sagte er, ist weniger kategorisch und imperativisch, als unsere Ethik uns lehren will. Mag man in theosophischen Cafés und kantianischen Bierlokalen auch anderer Meinung sein, jedenfalls leben wir in bedauerlicher Unkenntnis über die Natur des Guten. Ich selbst, der ich, ohne mich rühmen zu wollen, vor meinen Hörern in aller Unschuld die Philosophie des besagten Immanuel Kant kommentiert habe, finde darüber, wie ich mich in diesem meinem besonderen Fall der Gesellschaftskasuistik verhalten soll, keinen deutlichen Hinweis in der gesamten ›Kritik der praktischen Vernunft‹, in welcher dieser große Abtrünnige des Protestantismus auf germanische Art für ein nun schon prähistorisch wirkendes empfindsames Deutschland der kleinen Höfe das Werk Platos ganz und gar im Sinne eines ostelbischen Mystizismus weiterführte. Sie ist ein zweites ›Gastmahl‹, das aber diesmal in Königsberg auf landesübliche Weise, das heißt schwer verdaulich und sittenstreng, mit Sauerkraut, dafür aber ohne Epheben veranstaltet wird. Einerseits ist es klar, daß ich, in orthodoxer Übereinstimmung mit der traditionellen Moral, unserer ausgezeichneten Gastgeberin den kleinen Dienst nicht versagen kann, den sie von mir verlangt. Man muß vor allem vermeiden – denn durch nichts wird man zu so vielen Dummheiten verleitet – sich von Worten betören zu lassen. Aber zögern wir schließlich nicht einzugestehen, daß wenn die Familienmütter ihre Stimme dabei abgeben sollten, der Baron Gefahr liefe, als Tugendlehrer eine klägliche Abfuhr zu erleben. Unglücklicherweise folgt er seiner Berufung zum Pädagogen mit dem Temperament eines dekadenten Lebemannes; beachten Sie bitte, daß ich nichts Böses über den Baron sagen will; dieser angenehme Mann, der wie niemand sonst einen Braten zu tranchieren versteht, birgt in sich neben der Meisterschaft im Verhängen des gesellschaftlichen Banns auch wahre Schätze an Güte.[1] Aber ich fürchte, daß er für Morel etwas mehr davon ausgibt, als die gesunde Moral ratsam erscheinen läßt, und ohne zu wissen, in welchem Maße der junge Büßer sich bei den speziellen Exerzitien, die sein Katechet ihm zum Zwecke der Selbstabtötung auferlegt, gefügig oder rebellisch zeigt, braucht man kein großer Kirchenlehrer zu sein, um mit Gewißheit zu sagen, daß wir, wie ein anderer von ihnen es genannt hat, durch Milde diesem Rosenkreuzer gegenüber sündigen (der wie eine Gestalt des Petronius in der Bearbeitung des Herzogs von Saint-Simon wirkt), wenn wir ihm mit geschlossenen Augen geradezu formell die Erlaubnis erteilen, dämonischen Lastern zu frönen. Und dennoch kann ich nicht sagen, daß ich nicht darunter leide, wenn ich diesen Mann jetzt ablenken soll, während Madame Verdurin zum Besten des Sünders und

1 Er kann amüsant sein wie ein Bajazzo einer gehobenen Kategorie, während ich mich bei irgendeinem von meinen Kollegen – einem Akademiemitglied, wenn ich bitten darf – reichlich, in jeder Stunde für hundert Drachmen, wie Xenophon gesagt hätte, langweile.

mit gutem Grund von einem solchen Heilungsversuch verlockt, ohne Umschweife mit dem jungen Leichtfuß reden, dadurch aber unserem Freund alles wegnehmen will, was er liebt, und ihm vielleicht einen tödlichen Schlag versetzt; ich habe gewissermaßen das Gefühl, ihn in einen Hinterhalt zu locken, und schrecke davor wie vor einer Schlechtigkeit zurück.« Er hatte kaum ausgeredet, als er nicht zögerte, die bewußte Schlechtigkeit gleichwohl zu begehen, denn indem er mich beim Arm ergriff, wendete er sich Monsieur de Charlus zu: »Wie wäre es, Baron, wenn wir eine Zigarette rauchten, dieser junge Mann kennt noch nicht alle Wunder des Hauses.« Ich entschuldigte mich mit dem Bemerken, ich müsse mich jetzt auf den Heimweg machen. »Warten Sie nur noch einen Augenblick, sagte Brichot, Sie wissen doch, Sie wollten mich mitnehmen. Ich vergesse Ihr Versprechen nicht!« – »Wollen Sie wirklich nicht, daß ich Ihnen das Silber herausgeben lasse? Es wäre das Einfachste von der Welt, sagte Monsieur de Charlus zu mir. Im übrigen, wie Sie versprochen haben, kein Wort von dem Kreuz der Ehrenlegion zu Morel! Ich will ihm gleich selbst die Überraschung bereiten und es ihm ankündigen, sobald es hier etwas leerer geworden ist, obwohl er sagt, es sei für einen Künstler nicht wichtig und nur sein Onkel lege Wert darauf. (Ich errötete, denn durch meinen Großvater wußten die Verdurins, wer Morels Onkel war.) Wollen Sie wirklich nicht, daß ich Ihnen die schönsten Stücke vorzeigen lasse? fragte Monsieur de Charlus. Aber Sie kennen sie ja, Sie haben sie hundertmal in La Raspelière gesehen.« Ich wagte nicht, ihm zu sagen, daß das, was mich hätte interessieren können, nicht die durchschnittlichen Gedecke eines noch so reichen bürgerlichen Tafelsilbers waren, sondern höchstens irgendein erlesenes Stück, und wäre es auch nur auf einem schönen Stich, von dem etwa der Madame Du Barry. Ich war viel zu sehr mit meinen Gedanken beschäftigt und – selbst wenn ich es nicht durch die Enthüllung, die sich auf das Kommen von Mademoiselle Vinteuil bezog, gewesen wäre –

auch sonst in Gesellschaft immer viel zu zerstreut und erregt, um meine Aufmerksamkeit auf mehr oder weniger hübsche Gegenstände zu lenken. Sie hätte nur dadurch gefesselt werden können, daß eine bestimmte Wirklichkeit sich unmittelbar an meine Einbildungskraft wendete, wie es an diesem Abend zum Beispiel eine Ansicht von Venedig, an das ich den ganzen Nachmittag gedacht hatte, hätte tun können, oder irgendein generelles, mehreren Erscheinungsformen gemeinsames Element, das, wahrer als diese, von sich aus immer in mir einen tief im Innern wohnenden und gewöhnlich schlummernden Geist weckte, dessen Emporsteigen an die Oberfläche meines Bewußtseins mir jedesmal tiefe Freude schenkte. Nun aber, als ich den als Theatersaal bezeichneten Salon verließ, mit Brichot und Monsieur de Charlus die übrigen Gemächer durchschritt und dabei unter anderen versteckt gewisse Möbel wiederfand, die ich schon in La Raspelière gesehen hatte, ohne ihnen große Aufmerksamkeit zu schenken, erfaßte ich eine zwischen der Einrichtung dieses Hauses und derjenigen des Schlosses bestehende gewisse Familienähnlichkeit, eine unwandelbare Identität und verstand Brichot ganz gut, als er mir lächelnd sagte: »Sehen Sie, dort der Hintergrund dieses Salons kann Ihnen zur Not eine Vorstellung davon geben, wie die Rue Montalivet vor fünfundzwanzig Jahren, ›grande mortalis aevi spatium‹, ausgesehen hat.« An dem Lächeln, das er jenem vergangenen Salon spendete, den er noch einmal wieder vor Augen sah, erkannte ich, daß Brichot, vielleicht ohne sich darüber klar zu sein, in dem alten Salon, mehr noch als den großen Fenstern und mehr als der heiteren Jugend der Gastgeber und ihrer Getreuen, jenem unwirklichen Teil nachtrauerte (den ich selbst aus gewissen Ähnlichkeiten zwischen La Raspelière und dem Quai Conti zu begreifen imstande war), von dem in einem Salon wie bei allen anderen Dingen der äußere, gegenwärtige, für jeden Betrachter kontrollierbare Aspekt nur eine Art Ausstrahlung ist: ich meine jenen Teil nämlich, der sich von der äußeren Welt losgelöst hat, um eine

Zuflucht in unserer Seele zu finden, die durch ihn einen Wertzuwachs erhält, wenn er sich mit ihrer sonstigen Substanz vermischt und sich – in Gestalt von nicht mehr bestehenden Häusern, Menschen von ehedem, Fruchtschalen bei späten Nachtmählern, derer wir noch gedenken – in jenen durchscheinenden Alabaster unserer Erinnerungen verwandelt, dessen Farbton wir nicht vermitteln können, da nur wir ihn sehen; das aber erlaubt uns, vollkommen wahrheitsgemäß den anderen mit Bezug auf diese vergangenen Dinge zu sagen, sie könnten sich keine Vorstellung davon machen, denn das alles sei keiner Sache gleich, die sie jemals erblickt hätten; wir selbst aber vermögen diese Dinge in uns nicht ohne eine gewisse Ergriffenheit zu betrachten, wenn wir daran denken, daß ganz und gar von der Existenz unsres Bewußtseins das Weiterleben – noch für eine gewisse Zeit – des Widerscheins längst erloschener Lampen und des Duftes von Weißbuchenhecken abhängig ist, die nie mehr blühen werden. Zweifellos stellte daraufhin der Salon der Rue Montalivet für Brichot das gegenwärtige Heim der Verdurins in Schatten. Andrerseits setzte er diesem in den Augen des Professors eine Schönheit hinzu, die er für einen Spätergekommenen aus sich selbst nicht zu entfalten vermochte. Diejenigen der alten Verdurinschen Möbel, die hier, manchmal sogar unter Beibehaltung einer bestimmten Anordnung, erneut Platz gefunden hatten und denen ich selbst in La Raspelière wiederbegegnet war, fügten in den gegenwärtigen Salon Teile des alten ein, die augenblicksweise mit nahezu halluzinatorischer Deutlichkeit jenen früheren noch einmal heraufbeschworen, gleich darauf aber fast unwirklich schienen, weil sie inmitten der umgebenden Wirklichkeit Bruchstücke einer untergegangenen Welt, die man an einem andern Ort wähnte, wiedererstehen ließen: ein aus Träumen entstiegenes Kanapee zwischen neuen, sehr wirklichen Sesseln, kleine mit rosa Seide bezogene Stühle, eine durchwirkte Tischdecke auf dem Spieltisch, die zur Würde einer Person erhoben schien, denn wie eine Person besaß sie eine Vergangenheit, ein Gedächtnis, behielt sie doch im kalten Dunkel des Salons am Quai Conti jene Bräunung bei, welche die durch die Fenster der Rue Montalivet einfallende Sonnenstrahlung (deren genaue Stunde die Decke ebenso gut kannte wie Madame Verdurin selbst) bewirkt hatte, sowie die, die durch die Glasfenster der Gegend bei Doville sich ergoß – wohin man jenes Requisit mitgenommen und wo es den ganzen Tag über den Blumengarten hinweg das tiefe Tal überschaut hatte in Erwartung der Stunden, da Cottard und der Geiger ihre Kartenpartie absolvieren würden – oder auch ein Strauß aus Veilchen und Stiefmütterchen in Pastell, Geschenk eines befreundeten großen Künstlers, der seither verstorben war, einziges hinterbliebenes Fragment eines Lebens, das sonst keine Spuren hinterlassen hatte; jetzt sprach nur dieses Bild noch – in ganz summarischen Zügen – von einem großen Talent und von einer langen Freundschaft, als einziges Überbleibsel erinnerte es noch an Elstirs sanften Blick, an die schöne, füllige und traurige Hand, mit der er immer gemalt hatte. Ein gefälliges Durcheinander, eine Wirrnis aus Geschenken der Getreuen, die der Hausherrin überallhin gefolgt waren und schließlich die feste Prägung eines Charakterzuges, einer Schicksalslinie angenommen hatten, eine Fülle von Blumensträußen und Pralinenschachteln, die hier wie dort in einer ganz gleichen Art von üppigem Wachstum wuchernd sich entfalteten; eine merkwürdige Einsprengung aus sonderbaren und überflüssigen Objekten, jenen Dingen, die noch aussehen, als kommen sie eben erst aus der Verpackung hervor, in der sie als Geschenk überreicht worden sind, und die das ganze Leben hindurch bleiben, was sie zunächst gewesen sind, nämlich Geschenke zum 1. Januar; alle jene Gegenstände endlich, die man von den anderen nicht hätte trennen können, die aber für Brichot, den alten Besucher der Verdurinschen Feste, eine Patina und Weichheit bekommen hatten, wie sie Dingen eigen sind, denen ein geistiges Abbild ihrer selbst in unserem Inneren eine Art von Tiefe hinzuzufügen scheint – alles dies ließ perlend in ihm jeweils Töne erwachen, welche in seinem Herzen geliebte Anklänge weckten: verworrene Erinnerungen, die gerade hier in diesem ganz und gar die Gegenwart verkörpernden Salon, in dem sie vereinzelte Lichtflecke schufen – so wie an einem schönen Tage die Sonne im Viereck geradezu in die Atmosphäre eines Raumes hineingezeichnet – die Möbel und Teppiche gleichsam ausschnitten und mit einer Rahmenlinie umzogen, wobei sie von einem Kissen zu einer Blumenvase, einem Hocker zu einem noch lose anhaftenden Duft, einer Beleuchtungsart zu einem Vorherrschen bestimmter Farben hinübereilten und in plastischer und gleichzeitig beseelter Gestalt eine Form vor Augen rückten, welche gleichsam die ideale, allen aufeinanderfolgenden Heimen anhaftende Urgestalt des Salons der Verdurins war. »Wir wollen versuchen, flüsterte Brichot mir ins Ohr, den Baron auf sein Lieblingsthema zu bringen. Da ist er unerreicht.« Einerseits wollte ich gern von Monsieur de Charlus Auskünfte erhalten, die das Kommen von Mademoiselle Vinteuil und ihrer Freundin betrafen, also das erfahren, weswegen ich mich entschlossen hatte, von Albertine fortzugehen. Andererseits mochte ich sie nicht allzulange allein lassen, wenn sie auch schwerlich einen schlechten Gebrauch von der Zwischenzeit hätte machen können (da sie ja über den Zeitpunkt meiner Rückkehr im ungewissen war und im übrigen zu dieser Stunde ein Besuch, der ihr galt, oder ein Ausgang ihrerseits zu sehr aufgefallen wäre), vielmehr damit sie mein Fernbleiben nicht als allzu ausgedehnt empfände. Ich erklärte daher Brichot und Monsieur de Charlus, ich könne mich nicht mehr lange mit ihnen verweilen. »Kommen Sie immerhin«, sagte zu mir der Baron, von dem jetzt die gesellschaftliche Belebtheit abzufallen schien, der aber jenes Bedürfnis verspürte, eine Unterhaltung in die Länge zu ziehen, ihr Dauer zu verleihen, das ich bereits ebensogut bei der Herzogin von Guermantes wie bei ihm selbst beobachtet hatte und das, wiewohl dieser Familie eigentümlich, sich doch auch ganz allgemein bei allen denen feststellen läßt, die, da sie ihrer Intelligenz keine andere Betätigungsmöglichkeit eröffnen als die der Konversation, das heißt eine nur sehr unvollkommene Betätigung, auch nach in Gesellschaft verbrachten Stunden unbefriedigt bleiben und sich immer begieriger an den erschöpften Zuhörer heften, von dem sie irrtümlicherweise eine Erfüllung erhoffen, welche die Freuden des gesellschaftlichen Lebens ihnen zu geben nicht imstande sind. »Kommen Sie, fuhr er fort, nicht wahr, dies ist der angenehmste Moment der Feste, der Moment, an dem die Gäste sich entfernt haben, die Stunde der Doña Sol; hoffen wir nur, daß dieses Fest weniger traurig endet. Leider sind Sie in Eile, in Eile vermutlich, Dinge zu tun, die Sie besser nicht täten. Alle Menschen sind immer eilig, und man geht schon fort, wenn man erst ankommen sollte. Wir finden uns hier zusammen wie die Philosophen von Couture, es wäre jetzt der Augenblick, den Abend zu rekapitulieren, das heißt das vorzunehmen, was man beim Militär als Manöverkritik bezeichnet. Man könnte Madame Verdurin bitten, uns ein kleines Souper servieren zu lassen, zu dem wir sie beileibe nicht selbst hinzuziehen würden; und man könnte Charlie bitten – um bei ‹Hernani› zu bleiben! – für uns allein noch einmal das unerhörte Adagio zu spielen. Ist es nicht wundervoll, dieses Adagio? Aber wo ist denn der junge Violinist? Ich möchte ihm doch meinen Glückwunsch sagen, dies ist der richtige Augenblick für Äußerungen der Rührung und für Umarmungen. Geben Sie zu, Brichot, die Musiker haben wie die Götter gespielt, vor allem unser Morel. Haben Sie bemerkt, wie auf einmal bei ihm die Locke sich losgelöst hat? Oh! Dann, mein Lieber, haben Sie gar nichts gesehen, wir haben ein Fis gehört, bei dem Enesco, Capet und Thibaut vor Neid erbleichen müßten; ich behalte gewiß meine Ruhe, aber ich muß gestehen, daß ich bei diesen Klängen ein unerhörtes Gefühl im Herzen verspürte und nur mit Mühe ein Schluchzen zurückzuhalten vermochte. Alle Zuhörer saßen atemlos da; ›Brichot, mein Lieber‹, rief der Baron und schüttelte dabei den Universitätsmann heftig am Arm, ›es war einfach sublim‹. Nur der junge Charlie behielt seine steinerne Unbeweglichkeit. Man sah ihn nicht einmal atmen, er war wie jene Dinge der unbelebten Welt, von denen Théodore Rousseau spricht, wenn er sagt, daß sie einen zum Denken anregen, aber selbst nicht denken! ›Und dann auf einmal‹, rief Monsieur de Charlus mit Emphase und indem er mimisch einen Theatercoup andeutete, ›dann auf einmal ... die Locke!‹ Und dazu immer weiter der anmutige kleine Kontertanz des Allegro vivace. Diese Locke, wissen Sie, war das Zeichen der Offenbarung selbst für die Stumpfsinnigsten. Die Prinzessin von Taormina, die bis dahin taub dabeisaß, denn es gibt keine schlechtere Gehörlosigkeit als die, Ohren zu haben und nicht zu hören, die Prinzessin von Taormina sogar hat angesichts dieser Wunderlocke begriffen, daß hier Musik im Gange war und nicht eine Pokerpartie. Oh! Es war ein wahrhaft erhebender Augenblick! – ›Verzeihen Sie, daß ich Sie unterbreche, sagte ich zu dem Baron, um ihn wieder auf das Thema zu bringen, das mir am Herzen lag. Sie sagten doch, die Tochter des Komponisten habe kommen sollen. Das hätte mich sehr interessiert. Sind Sie sicher, daß auf sie gerechnet worden ist?‹ – ›Wieso? Das weiß ich nicht.‹« Monsieur de Charlus gehorchte hier vielleicht ungewollt der allgemeinen Parole, die befiehlt, daß man einen Eifersüchtigen niemals informiert, sei es, um sich aus einem absurden Ehrgefühl heraus, selbst wenn man sie nicht ausstehen kann, derjenigen gegenüber kameradschaftlich zu erweisen, die diese Eifersucht hervorgerufen hat, sei es aus Bosheit ihr gegenüber, wenn man nämlich errät, daß Eifersucht die Liebe nur verdoppeln würde, sei es aus dem gewissen Bedürfnis, dem andern etwas Unangenehmes anzutun, welches sich in diesem Falle darin äußert, daß man zwar den meisten Menschen die Wahrheit sagt, sie dem Eifersüchtigen aber verschweigt, bei dem dann das Tappen im Dunkel die Qual noch vermehrt – jedenfalls bildet man es sich ein, und um den Leuten Kummer zu bereiten, läßt man sich von dem bestimmen, was man selber fälschlich als das Ärgste erachtet. »Sie wissen, fuhr er fort, das hier ist quasi ein Haus der Übertreibungen. Die Verdurins sind charmante Leute, doch versuchen sie gern, Zelebritäten der einen oder anderen Art in ihren Salon zu ziehen. Aber Sie sehen nicht sehr gut aus und frieren sicher in diesem feuchten Raum, sagte er und schob dabei einen Sessel dicht neben mich. Wo Sie doch leidend sind, sollten Sie achtgeben, ich werde Ihnen etwas zum Überziehen holen. Nein, gehen Sie nicht selbst, Sie verlaufen sich bestimmt und erkälten sich! Aber so unvorsichtig benehmen sich die Menschen, Sie sind doch nicht erst vier Jahre alt, aber eigentlich brauchen Sie eine alte Kinderfrau wie mich zu Ihrer Beaufsichtigung.« – »Machen Sie sich doch keine Mühe, Baron, ich gehe schon«, sagte Brichot, der sich auch auf der Stelle entfernte; da er sich vielleicht nicht über die sehr aufrichtige Freundschaft des Barons mir gegenüber im klaren war und den so bezaubernden, immer wiederkehrenden Rückfall in Einfachheit und Ergebenheit nicht kannte, der sich bei ihm zwischen rauschhafte Anfälle von Größen- und Verfolgungswahn schob, hatte er gefürchtet, Monsieur de Charlus, den Madame Verdurin wie einen Gefangenen seiner Wachsamkeit anvertraut hatte, werde vielleicht unter dem Vorwand, nach meinem Mantel zu sehen, sich nur wieder Morel anschließen und so den Plan der Padrona trotz allem zunichte machen.[1] Ich sprach Monsieur de Charlus mein Bedauern darüber aus, daß Monsieur Brichot sich meinetwegen bemühe. »Aber nicht doch, er tut das riesig

1 Indessen ließ sich Ski – wozu ihn niemand aufgefordert hatte – am Flügel nieder und drang von dort aus mit lächelndem Brauenrunzeln, einem in die Ferne schweifenden Blick und leichtem Verziehen des Mundes (was alles zusammen er für ›die‹ Künstlermiene hielt) in Morel, er solle doch einmal etwas von Bizet spielen. »Wie? Sie haben für die unbekümmert jungenhafte Art von Bizet nichts übrig? Aber mein Lieber, bemerkte er mit dem ihm eigentümlichen Rollen des R-Lautes, das ist doch gerade das riesig Reizvolle an ihm.« Morel, der Bizet nicht ausstehen konnte, gab dieser seiner Meinung übertrieben rückhaltlos Ausdruck, und Ski (der

gern, er liebt Sie sehr, wie alle anderen auch, noch neulich erst hieß es hier: ›Man sieht ihn gar nicht mehr, er sondert sich völlig ab!‹ Im übrigen ist dieser Brichot ein so braver Mensch«, fuhr Monsieur de Charlus fort, der angesichts der liebevoll freimütigen Art, in der der Moralprofessor mit ihm verfuhr, offenbar nicht ahnte, daß jener sich nicht genierte, in seiner Abwesenheit über ihn herzuziehen. »Er ist ein sehr wertvoller Mensch, der enorm viel weiß, aber deswegen nicht verknöchert wirkt; er ist gar kein Bücherwurm wie so viele andere, die förmlich nach Tinte riechen. Er hat sich eine Weite des Blicks und eine Duldsamkeit bewahrt, die bei seinesgleichen überaus selten sind. Manchmal, wenn ich so sehe, welche Auffassung er vom Leben hat, wie sehr er jedem mit anmutiger Liebenswürdigkeit zuerkennt, was ihm zusteht, frage ich mich, wo ein einfacher kleiner Professor der Sorbonne, ein ehemaliger Kollegpauker, dergleichen hat erlernen können. Ich bin selbst darüber erstaunt.« Ich für meine Person war es noch mehr bei der Feststellung, daß die Konversation dieses Brichot, den auch noch der simpelste Gast der Herzogin von Guermantes dumm und schwerfällig gefunden hätte, dem heikelsten von allen, Monsieur de Charlus, gefiel. Aber bei diesem Resultat hatten unter anderen Einflüssen auch solche mitgewirkt, die, obschon deutlich davon verschieden, dennoch denen ähnlich waren, auf Grund deren Swann sich lange Zeit so gern in dem ›kleinen Kreis‹ aufgehalten hatte, als er noch in Odette verliebt war, andererseits seit seiner Verheiratung Madame Bontemps durchaus angenehm fand, da diese so tat,

im ›kleinen Kreis‹, so unglaubhaft es klingen mag, für geistreich galt) fing, als hielte er die Ausfälle des Geigers nur für amüsante Paradoxen, zu lachen an. Sein Lachen war nicht wie das von Monsieur Verdurin eine andere Art von würgendem Raucherhusten. Ski nahm zunächst eine Miene des Scharfsinns an, ließ dann gleichsam wider Willen einen vereinzelten Lacher hören, der wie ein erster Glockenton war und auf den eine Stille folgte, in welcher sein schlauer Blick bewußt der Komik des eben Gesagten nachging, dann aber setzte sich eine zweite Lachglocke in Bewegung und bald ein komplettes Angelusläuten beschwingter Heiterkeit.

als schwärme sie für das Ehepaar Swann, unaufhörlich der Frau Besuche machte, sich an den Geschichten ihres Gatten ergötzte und von allen beiden mit Verachtung sprach. Ganz so wie ein Schriftsteller, der die Palme der Intelligenz nicht dem intelligentesten Mann zuerkennt, sondern dem Lebemann, der eine zugleich kühne und nachsichtige Bemerkung über die Leidenschaft eines Mannes für eine Frau gemacht hat, eine Bemerkung, auf Grund deren die etwas blaustrumpfhafte Geliebte des Schriftstellers mit diesem übereinkommt, daß von allen Leuten, die bei ihnen verkehren, der am wenigsten einfältige noch dieser in Liebesdingen erfahrene alte Beau sei, fand auch Monsieur de Charlus weit gescheiter als seine anderen Freunde eben diesen Brichot, der nicht nur liebenswürdig zu Morel war, sondern auch bei passender Gelegenheit den griechischen Philosophen, den lateinischen Dichtern, den orientalischen Erzählern Textstellen entnahm, mit denen er die Neigungen des Barons wie mit einer fremdartig bezaubernden Blumengirlande umkränzte. Monsieur de Charlus war in dem Alter angelangt, in dem ein Victor Hugo sich vorzugsweise mit Leuten von der Art eines Vaquerie oder Meurice umgab und somit allen anderen diejenigen vorzog, die seine Weltanschauung gelten ließen. »Ich sehe ihn häufig, fuhr er mit seiner schrillen, gleichmäßig rhythmisierten Stimme fort, ohne daß irgendeine Bewegung außer der der Lippen sich seiner ernsten und von Puderstaub überdeckten Maske mitteilte, über die er mit Absicht seine Prälatenlider senkte. Ich gehe in seine Vorlesung, die Quartier-Latin-Atmosphäre dort verschafft mir eine angenehme Abwechslung, ich stoße da auf eine emsige, nachdenkliche Jugend, junge Bürgersöhne, die klüger und gebildeter sind, als es in einem anderen Milieu meine Kameraden waren. Es handelt sich da um etwas ganz anderes, was Sie wahrscheinlich besser kennen als ich, da es ja junge Bürgerliche sind«, setzte er hinzu, wobei er das vorletzte Wort ganz besonders hervorhob, indem er ihm mehrere B vorausgehen ließ und es aus einer gewissen aristokratischen

Gewohnheit heraus gleichsam unterstrich, einer Gewohnheit, die in sich wiederum einer ihm persönlich eigenen Nuancierung des Denkens entsprach; vielleicht aber machte er davon auch nur Gebrauch, um sich das Vergnügen einer Impertinenz mir gegenüber nicht entgehen zu lassen. Diese gewisse Impertinenz verminderte aber in keiner Weise das große, zärtliche Mitleid, das Monsieur de Charlus mir einflößte (seitdem Madame Verdurin ihre Absicht in meiner Gegenwart auseinandergesetzt hatte), amüsierte mich nur und hätte mich sogar unter Verhältnissen, in denen ich ihm nicht so viel Sympathie entgegengebracht hätte, nicht eigentlich verletzt. Ich hatte von meiner Großmutter die Eigenschaft geerbt, in einem Maße, das leicht zu Mangel an Würde hätte führen können, frei von Eigenliebe zu sein. Zweifellos war ich mir darüber kaum klar, und nur weil ich schon seit meiner Schulzeit miterlebt hatte, daß die geschätztesten meiner Kameraden es nicht duldeten, daß man ihnen die nötige Achtung versagte, und ein schlechtes Verhalten ihnen gegenüber nicht verziehen, hatte ich schließlich angefangen, in meinen Worten und Handlungen eine zweite, eher hochmütige Natur zu offenbaren. Sie erschien anderen sogar sehr in diesem Licht, zumal ich, in keiner Weise furchtsam, leicht in Duelle geriet, deren moralisches Prestige ich jedoch verminderte, indem ich mich über mich selbst lustig machte, was leicht die Überzeugung wecken mochte, daß sie in sich etwas Lächerliches wären. Doch die Natur, die wir in uns zurückdrängen, existiert deswegen nicht weniger in uns. So finden wir zuweilen, wenn wir das neue Meisterwerk eines genialen Menschen lesen, mit Vergnügen alle diejenigen unserer Überlegungen darin wieder, die wir verachtet hatten, Regungen der Heiterkeit und der Trauer, die wir uns zu äußern enthielten, eine ganze Welt von Gefühlen, die wir selbst verschmäht haben, deren Wert jedoch das Buch, in dem wir sie wiederfinden, uns plötzlich erkennen läßt. Ich hatte schließlich aus Lebenserfahrung gelernt, es sei falsch, liebenswürdig zu lächeln, wenn jemand sich über mich lustig machte, anstatt ihm böse zu sein. Wenn ich aber so sehr aufgehört hatte, diesem Mangel an Eigenliebe und Groll Ausdruck zu geben, daß ich schließlich sogar fast nicht mehr wußte, ob er eigentlich in mir bestand, so war er doch das Element geblieben, in welchem ich lebte und webte. Zorn und Bosheit kamen in mir nur auf ganz andere Weise, in Gestalt von Wutanfällen, zum Vorschein. Dazu blieb mir auch das Gefühl der Gerechtigkeit bis zum Fehlen jeden moralischen Sinns völlig unbekannt. Ich war im Grunde meines Herzens von vornherein ganz auf seiten desjenigen, der der Schwächere und der Unglücklichere war. Ich besaß keine Meinung über das Ausmaß, in dem Gutes und Böses in den Beziehungen zwischen Morel und Monsieur de Charlus eine Rolle spielten, aber die Vorstellung von den Leiden, die Monsieur de Charlus bevorstanden, bereitete mir unerträgliche Pein. Ich hätte ihn warnen mögen, wußte jedoch nicht, wie ich dabei verfahren sollte. »Der Anblick dieser kleinen arbeitsamen Welt ist außerordentlich ansprechend für so ein altes unnützes Möbel, wie ich eines bin. Ich kenne sie nicht«, setzte er hinzu, indem er die Hand mit zurückhaltender Miene erhob, damit es nicht so aussehe, als habe er mit dergleichen geprahlt, gleichzeitig aber auch um seine Reinheit zu bekräftigen und nicht den leisesten Zweifel an der der Studenten aufkommen zu lassen. »Aber sie sind sehr höflich. Sie gehen oft so weit, mir einen Platz freizuhalten, da ich ja schließlich nachgerade ein recht alter Herr bin. Doch, doch, mein Guter, widersprechen Sie nicht, ich bin über vierzig, sagte der Baron, der bereits jenseits der Sechzig war. Es ist etwas heiß in dem Auditorium, in dem Brichot seine Vorlesung hält, aber nie uninteressant.« Obwohl der Baron sich lieber unter die Hochschuljugend mischte und sich von ihr hin- und herschieben ließ, veranlaßte ihn doch Brichot manchmal, um ihm langes Warten zu ersparen, mit ihm zusammen erst den Hörsaal zu betreten. Brichot mochte sich noch so sehr in der Sorbonne zu Hause fühlen, in dem Augenblick, da der kettenbeladene

Pedell vorausschritt und der von der Jugend bewunderte Meister ihm folgte, konnte er schwer einer gewissen Schüchternheit Herr werden, und obwohl er einerseits diese Gelegenheit, seiner Bedeutung gewiß zu sein, nutzen wollte, um Charlus eine Liebenswürdigkeit zu erweisen, war er gleichwohl befangen. Damit der Pedell ihn vorausgehen ließ, sagte er mit etwas forcierter Stimme und geschäftiger Miene: ›Folgen Sie mir nur, Baron, man wird Ihnen einen Platz anweisen‹, dann schritt er, um seinen Einzug zu halten, allein und beschwingt durch den Korridor. Von beiden Seiten grüßte ihn eine doppelte Reihe von jungen Professoren; Brichot, der sich nicht den Anschein geben wollte, als gedenke er vor diesen jungen Leuten zu posieren, zwinkerte und nickte ihnen zum Zeichen des Einverständnisses vielmals zu, wobei sein Bemühen, als guter Soldat und guter Franzose aufzutreten, dieser Begrüßung den Anschein einer kräftigen Ermutigung, der seelischen Aufrichtung durch einen alten Polterer gaben, der etwa renommiert: ›Wetten, daß wir uns wacker schlagen werden!‹ Dann brach der Beifall der Schüler los. Brichot benutzte die Anwesenheit des Barons als eine Gelegenheit, jemandem eine Freundlichkeit zu erweisen oder Höflichkeiten zu erwidern. Er sagte zum Beispiel zu einem Verwandten oder einem seiner bürgerlichen Freunde: ›Falls es etwa Ihrer Frau oder Tochter Vergnügen macht, möchte ich Sie wissen lassen, daß der Baron de Charlus, Fürst von Agrigent und Nachkomme der Condé an meiner Vorlesung teilnimmt. Für einen jungen Menschen ist es doch eine bedeutsame Erinnerung, einen der letzten Nachkommen unserer Aristokratie, der Format besitzt, noch gesehen zu haben. Wenn sie erscheinen sollten, so werden sie ihn daran erkennen, daß er neben meinem Katheder sitzt. Im übrigen kommt kein anderer in Frage; er ist schon etwas stark, hat weißes Haar, einen schwarzen Schnurrbart und trägt die militärischen Auszeichnungen.‹ – ›Ah, ich danke Ihnen sehr‹, pflegte dann der bewußte Vater zu sagen. Und obwohl seine Frau etwas anderes vorhatte, zwang er sie, um Brichot nicht zu verstimmen, zum Besuch der Vorlesung, bei der das junge Mädchen, das unter der Hitze und der sie umgebenden Menge litt, mit neugierigen Blicken den Nachkommen der Condé gleichsam verschlang, nicht ohne zu staunen, daß er keinen Backenbart trug und alles in allem den Männern unserer Tage glich. Er hingegen hatte keine Augen für sie; aber mehr als ein Student, der nicht wußte, wer er war, staunte über seine Liebenswürdigkeit, wurde daraufhin von seiner eigenen Wichtigkeit überzeugt und so kühl, daß der Baron den Hörsaal nachdenklich und eher melancholisch verließ. »Verzeihen Sie, wenn ich noch einmal auf meine Rede zurückkomme, sagte ich rasch zu Monsieur de Charlus, als ich Brichots Schritte vernahm. Aber könnten Sie mich nicht durch einen Rohrpostbrief benachrichtigen, wenn Sie erfahren sollten, daß Mademoiselle Vinteuil oder ihre Freundin nach Paris kommen, und mir genau die Dauer ihres Aufenthaltes mitteilen, ohne daß jemand durch Sie erfährt, daß ich es wissen wollte?« Ich glaubte eigentlich nicht mehr, daß sie hatte kommen sollen, aber ich wollte mich doch auf diese Weise für die Zukunft sichern. »Ja, ich werde das für Sie tun, und wenn es wäre, weil ich Ihnen große Dankbarkeit schulde. Dadurch, daß Sie auf meinen Vorschlag damals nicht eingegangen sind, haben Sie mir, allerdings auf Ihre Kosten, einen unerhörten Dienst erwiesen, nämlich mir meine Freiheit gelassen. Allerdings habe ich ihr dann auf andere Weise entsagt, setzte er in einem melancholischen Tonfall hinzu, aus dem man seinen Wunsch erriet, sich näher auszusprechen. Sie haben seinerzeit versäumt, das, worin ich immer das Entscheidende sehe, eine ganze Verkettung von Umständen Ihrem Vorteil dienstbar zu machen, vielleicht weil das Schicksal Ihnen gerade in jenem Augenblick eine Warnung hat zukommen lassen, nicht meine Kreise zu stören. Es ist ja immer so: ›Der Mensch denkt, und Gott lenkt.‹ Wer weiß, wenn Sie damals, als wir zusammen von Madame de Villeparisis fortgingen, ›Ja‹ gesagt hätten, wäre es vielleicht zu vielen Dingen, die sich seitdem zugetragen haben, überhaupt nicht gekommen.« In einiger Verlegenheit bemühte ich mich, der Unterhaltung eine andere Richtung zu geben, wobei ich an den Namen von Madame de Villeparisis anknüpfte; ich drückte meine Trauer über ihr Ableben aus. »Ach so! Ja«, murmelte unbeeindruckt Monsieur de Charlus in einem eher verletzenden Ton, da er offenbar meine Beileidsbezeigung zur Kenntnis nahm, ohne auch nur einen Augenblick an meine Aufrichtigkeit zu glauben. Als ich sah, daß auf alle Fälle das Thema Madame de Villeparisis nicht schmerzlich für ihn war, wollte ich von ihm, der hierfür in jeder Hinsicht geeignet schien, wissen, aus welchen Gründen die aristokratische Gesellschaft sie sich vom Leibe gehalten hatte. Doch gab er mir weder eine Lösung für dieses kleine gesellschaftskundliche Problem, noch schien er es überhaupt zu bemerken. Ich machte mir daraufhin klar, daß die Stellung von Madame de Villeparisis, wenn sie der Nachwelt und sogar zu Lebzeiten der Marquise dem unwissenden Bürgertum groß erscheinen mußte, nicht weniger groß am äußersten anderen Ende der Gesellschaft erachtet wurde, an demjenigen nämlich, an dem Madame de Villeparisis sich mit den Guermantes berührte. Sie war die Tante der Guermantes und diese sahen vor allem ihre Geburt, ihre verwandtschaftlichen Verbindungen, ihre Bedeutung für die Familie durch den Einfluß auf diese oder jene Schwägerin. Sie betrachteten das alles weniger von der gesellschaftlichen als vielmehr von der Familienseite her. Von dieser aus gesehen aber stand Madame de Villeparisis glanzvoller da, als ich jemals geglaubt. Ich war sehr erstaunt, als ich erfahren hatte, daß der Name Villeparisis nicht echt war. Aber es gibt andere Beispiele von großen Damen, die eine Art von Mesalliance eingegangen sind und gleichwohl eine überragende Stellung beibehalten haben. Monsieur de Charlus ließ mich gleich als erstes wissen, daß Madame de Villeparisis die Nichte der berühmten Herzogin von *** war, der berühmtesten Person der großen Aristokratie während der

Julimonarchie, die jedoch mit dem Bürgerkönig und seiner Familie nichts zu tun haben wollte. Wie hatte ich mir immer gewünscht, über diese Herzogin Näheres zu hören! Madame de Villeparisis aber, die gute Madame de Villeparisis mit ihren Wangen, die für mich immer die Wangen einer Bürgersfrau gewesen waren, Madame de Villeparisis, die mir so viele Geschenke schickte und die ich so leicht alle Tage hätte sehen können, Madame de Villeparisis war eine von jener Herzogin im Palais *** erzogene Nichte. »Sie fragte einmal den Herzog von Doudeauville«, erzählte mir Monsieur de Charlus, als von den drei Schwestern die Rede war: »›Welche von den dreien gefällt Ihnen am besten?‹ Als Doudeauville antwortete: ›Madame de Villeparisis‹, hat die Herzogin von *** ihm nur zur Antwort gegeben: ›Sie Schwein!‹ Denn die Herzogin war sehr geistreich«, setzte Monsieur de Charlus hinzu, wobei er dem letzten Wort jene klangliche Hervorhebung angedeihen ließ, die bei den Guermantes so gebräuchlich war. Daß er übrigens diesen Ausspruch ›geistreich‹ fand, erstaunte mich weiter nicht, da ich bei vielen anderen Gelegenheiten die zentrifugale, objektive Neigung der Menschen festgestellt habe, in der Einschätzung des Geistes der anderen auf den strengen Maßstab zu verzichten, den sie an ihren eigenen anlegen würden, so daß sie dann etwas beobachten und als kostbar aufzeichnen, was sie selbst in die Welt zu setzen dankend abgelehnt hätten.
– Aber was sehe ich da? Das ist ja mein Überzieher, den er da bringt, rief Charlus, als er feststellen mußte, daß Brichot sein langes Suchen darauf verwendet hatte, schließlich zu diesem Ergebnis zu gelangen. Ich hätte lieber selbst gehen sollen. Nun gut, jetzt nehmen Sie eben diesen hier um. Wissen Sie auch, daß das sehr kompromittierend ist, mein Lieber? Es ist genauso, als ob man aus dem gleichen Glase trinkt. Ich werde dadurch Ihre Gedanken erraten können. Aber nein, nicht so, zeigen Sie her, lassen Sie mich das machen, und während er mir seinen Paletot umlegte, drückte er ihn mir an den Schultern fest, zupfte ihn am Halse hoch, schlug den Kragen nach

oben und streifte unter Entschuldigungen dabei an mein Kinn. »In seinem Alter weiß er noch nicht, wie er sich zudecken sollte, ich muß ihn förmlich wickeln; ich habe meinen Beruf verfehlt, Brichot, ich wäre die geborene Kinderfrau.« Ich wollte gehen, aber da Monsieur de Charlus die Absicht geäußert hatte, Morel zu holen, hielt Brichot uns alle beide zurück. Die Gewißheit im übrigen, zu Hause Albertine wiederzufinden, eine Gewißheit, die ebenso stark war wie die vom Nachmittag, daß Albertine vom Trocadero heimkommen werde, ließ mich im Augenblick so wenig Ungeduld nach ihrem Anblick verspüren wie am gleichen Tage, als ich am Flügel saß und Françoise mich angerufen hatte. Diese innere Ruhe erlaubte mir jedesmal, wenn ich im Verlaufe dieser Unterhaltung mich erheben wollte, dem Zureden Brichots nachzugeben, der fürchtete, daß mein Aufbruch Charlus verhindern könne, bis zu dem Augenblick auszuharren, wo Madame Verdurin uns zu sich rufen würde. »Kommen Sie, sagte er zu dem Baron, bleiben Sie noch ein bißchen bei uns! Sie können ihn ja dann immer noch in die Arme schließen«, setzte Brichot hinzu, indem er starr sein fast erloschenes Auge, dem zwar die zahllosen Operationen, denen es unterzogen worden war, ein wenig Leben zurückgegeben hatten, das aber gleichwohl nicht eine Beweglichkeit besaß, die für den beiläufigen Ausdruck geheimer Bosheit ausreichte, auf mich richtete. »In die Arme schließen ist gut! rief der Baron in einem von Entzücken zum höchsten Diskant gesteigerten Ton! Mein Lieber, ich kann Ihnen nur sagen, er meint immer, es sei gerade Preisverteilung, und er träumt dann dabei von seinen kleinen Hörern. Ich frage mich wirklich, ob er nicht manchmal die Nacht mit einem von ihnen verbringt.« – »Sie möchten Mademoiselle Vinteuil sehen, sagte Brichot zu mir, der den Schluß unserer vorigen Unterhaltung mit angehört hatte. Ich verspreche Ihnen, Sie zu benachrichtigen, wenn sie einmal kommt. Ich erfahre es sicher durch Madame Verdurin«, setzte er hinzu, da er zweifellos voraussah, daß der Baron in großer Gefahr schwebte, in allernächster Zeit aus dem ›kleinen Kreis‹ ausgeschlossen zu werden. »Was soll das heißen, meinen Sie denn, ich stände mich weniger gut mit Madame Verdurin, fiel ihm Monsieur de Charlus ins Wort, und würde nicht ebenso gut von dem Kommen dieser Mädchen unterrichtet werden, die in einem so abscheulichen Rufe stehen? Sie wissen ja, es ist allgemein bekannt! Madame Verdurin begeht einen Fehler, wenn sie die beiden kommen läßt, so etwas paßt nun einmal nur in zweifelhafte Milieus. Sie sind mit einem ganz grauenhaften Kreis befreundet, der an irgendwelchen fürchterlichen Orten zusammenzukommen scheint.« Bei jedem seiner Worte wuchs mein Leiden um ein neues an und wandelte seine Form. Und da mir auf einmal gewisse Zeichen von Ungeduld bei Albertine einfielen, die sie im übrigen immer auf der Stelle unterdrückte, hatte ich plötzlich das schreckliche Gefühl, sie könne die Absicht haben, sich von mir zu trennen. Dieser Argwohn aber machte ein weiteres Andauern unseres gemeinsamen Lebens bis zu der Zeit, da ich meine Ruhe wiedergefunden hätte, um so unerläßlicher für mich. Zu dem Zweck jedoch, Albertine für den Fall, daß sie sie wirklich hegte, jede Idee zu nehmen, meinem Plan eines Bruches zuvorzukommen, und um ihr bis zu dem Zeitpunkt, da ich ohne zu leiden ihn in die Tat umsetzen könnte, ihre Sklaverei leichter erscheinen zu lassen, schien mir das Geschickteste (vielleicht wurde ich durch die Gegenwart von Monsieur de Charlus dazu verleitet, durch die unbewußte Erinnerung an die Art von Komödien, die er selbst so gern spielte), Albertine glauben zu machen, ich meinerseits habe die Absicht, von ihr fortzugehen; ich würde also gleich nach meiner Heimkehr so tun, als fasse ich eine Trennung, einen Bruch ins Auge. »Aber ganz bestimmt nicht, ich bilde mir nicht ein, besser als Sie mit Madame Verdurin zu stehen«, erklärte Brichot mit deutlichem Unterstreichen der Worte, denn er fürchtete, bei dem Baron Mißtrauen erweckt zu haben. Als er aber sah, daß ich mich verabschieden wollte, gedachte er mich durch den Köder des versprochenen

Amüsements noch etwas zurückzuhalten: »Es gibt da etwas, woran der Baron nicht gedacht zu haben scheint, wenn er von dem Ruf dieser beiden Damen spricht, nämlich, daß ein Ruf gleichzeitig grauenhaft schlecht und unverdient sein kann. So steht zum Beispiel für jene berühmte Riege, die ich als die Parallelerscheinung dazu bezeichnen möchte, fest, daß häufig Justizirrtümer vorgekommen sind und die Geschichte Verdammungsurteile wegen Homosexualität über berühmte Männer hat ergehen lassen, die völlig unschuldig waren. Die erst jüngst erfolgte Entdeckung einer großen Liebe Michelangelos zu einer Frau ist eine neue Tatsache, um deretwillen der Freund Leos X. ein posthumes Wiederaufnahmeverfahren beantragen könnte. Der Fall Michelangelo scheint mir überaus geeignet, die Snobs aufzuregen und La Villette auf den Plan zu rufen, sobald eine andere Affäre, bei der der Anarchismus besonders elegant getragen wird und dadurch bei unseren guten Dilettanten zum Modelaster geworden ist – diese Affäre, deren Namen man freilich noch immer nicht aussprechen darf, wenn man Streitigkeiten vermeiden will – abgeklungen sein wird.« Sowie Brichot angefangen hatte, über den guten oder schlechten Ruf von Männern zu sprechen, hatte Monsieur de Charlus auf seinem Antlitz jene besondere Art von Ungeduld gezeigt, die man bei einem Experten auf medizinischem oder militärischem Gebiet konstatiert, sobald Laien, die nichts davon verstehen, törichte Meinungen über gewisse therapeutische oder strategische Einzelheiten zu äußern sich unterfangen. »Sie verstehen kein Wort von dem, was Sie sagen, bemerkte er endlich zu Brichot. Nennen Sie mir einen einzigen unverdienten schlechten Ruf, führen Sie Namen an. Jaja, ich weiß Bescheid, fiel er Brichot heftig ins Wort, als dieser schüchtern Einspruch erheben wollte, Sie meinen die Leute, die dergleichen früher nur ein einziges Mal aus Neugier getan haben oder in der ausschließlichen Zuneigung zu einem verstorbenen Freund, oder den gewissen Herrn, der in seiner Furcht, er habe sich zu weit vorgewagt, sobald Sie ihm

von der Schönheit eines Mannes sprechen, Ihnen antwortet, für ihn sei so etwas wie Chinesisch, er könne einen schönen Mann von einem häßlichen ebensowenig unterscheiden wie zwei Automotoren, da er von Mechanik nun einmal keine Ahnung habe. Alles das ist Aufschneiderei. Mein Gott, natürlich will ich nicht sagen, daß ein schlechter Ruf (oder das, was man gemeinhin so nennt) nicht irgendwann einmal möglicherweise auch ungerechtfertigt ist. Aber es handelt sich dann um einen so seltenen Ausnahmefall, daß er praktisch nicht in die Waage fällt. Dennoch habe ich, der ich neugierig, eine Art von Schnüffler bin, so etwas gekannt, was doch nicht nur ins Gebiet der Sage gehört. O ja, im Laufe meines Lebens habe ich zweimal beobachtet (im Sinne einer wissenschaftlichen Beobachtung, ich mache nicht nur Redensarten), daß ein schlechter Ruf ungerechtfertigt war. So etwas gründet sich gewöhnlich auf eine Namensgleichheit oder auf gewisse äußere Zeichen, zum Beispiel übermäßiges Tragen von Ringen, was völlig Ahnungslose für absolut charakteristisch in der bewußten Hinsicht halten, ebenso wie sie glauben, ein Bauer könne keine zwei Worte sagen, ohne ›meiner Treu‹ hinzuzusetzen, oder ein Engländer komme nicht ohne ›Goddam‹ aus. Das sind so Konventionen für Boulevardtheater.«
Monsieur de Charlus setzte mich sehr in Erstaunen, als er unter den Homosexuellen auch den Freund der Schauspielerin zitierte, den ich in Balbec als das Haupt der Gesellschaft der vier Freunde hatte auftreten sehen. »Aber die Schauspielerin?« – »Sie dient ihm als Paravent, als Ablenkung für die öffentliche Meinung, im übrigen hat er Beziehungen mit ihr, vielleicht mehr als mit Männern, denn eigentlich hat er mit denen gar keine.« – »Nicht mit den drei anderen?« – »Aber was glauben Sie denn! Sie sind keineswegs auf diese Weise befreundet: Zwei davon sind ganz und gar auf Frauen eingestellt, einer gehört zu der gewissen Sorte, aber sein Freund ist nicht völlig davon überzeugt, und auf alle Fälle suchen sie voreinander ihre Neigungen zu verbergen. Was Sie

in Erstaunen setzen wird, ist, daß ein solcher ungerechtfertigter Rufe in der Meinung des Publikums sich stets am zähesten hält. Sie selbst, Brichot, der Sie Ihre Hand ins Feuer legen würden für die Tugend irgendeines Mannes, der hierherkommt und den die Eingeweihten kennen wie einen bunten Hund, werden wie alle Welt glauben, was man von irgendeinem sehr bekannten Mann sagt, der für die große Masse diese Neigungen verkörpert, während er in Wirklichkeit nicht für fünf Pfennig davon besitzt. Ich sage für fünf Pfennig, weil wir bei einem Tarif von fünfundzwanzig Goldstücken die Zahl der Heiligen-Anwärter bis auf Null absinken sähen. Im übrigen jedoch liegt der Durchschnitt der Heiligen, wofern Sie Heiligkeit darin sehen wollen, im allgemeinen bei dreißig, höchstens vierzig Prozent.« Wenn Brichot die Frage des schlechten Rufs auf das männliche Geschlecht verlagert hatte, so bezog ich meinerseits die Worte von Monsieur de Charlus auf das weibliche Geschlecht und dachte dabei an Albertine. Ich war über seine Statistik entsetzt, selbst wenn ich mir klarmachte, daß er wahrscheinlich mutwillig, seinen eigenen Wünschen entsprechend, sowie auch nach Maßgabe der Berichte von vielleicht lügnerischen Zuträgern, die auf alle Fälle sich durch ihre eigenen Bedürfnisse täuschen ließen, welche zusätzlich zu denen von Monsieur de Charlus zweifellos die Rechnung des Barons verfälschten, die Ziffer zu hoch ansetzte. »Dreißig Prozent! rief Brichot aus. Selbst wenn die Proportionen umgekehrt wären, müßte ich die Zahl derer, die ich für schuldig hielt, noch verhundertfachen. Wenn es aber so ist, wie Sie sagen, Baron, wenn Sie sich nicht täuschen, müssen wir anerkennen, daß Sie einer der seltenen Seher einer Wahrheit sind, die niemand in unserer Umgebung vermutet hätte. So hat Barrès über die parlamentarische Korruption Enthüllungen gemacht, die in gleicher Weise wie die Existenz des von Leverrier entdeckten Planeten nachträglich als existent erwiesen worden sind. Madame Verdurin würde lieber noch Männer zitieren, deren Namen ich zu verschweigen vorziehe, Männer, die im Geheimdienst und im Generalstab – soviel ich weiß von pathologischem Eifer inspiriert – Umtriebe witterten, wie ich sie mir niemals vorgestellt hätte. Über die Freimaurerei, die deutsche Spionage, den Morphinismus zeichnet Léon Daudet Tag für Tag eine Art von Märchen auf, die sich hinterher als reine Wahrheit erweisen. Dreißig Prozent!« wiederholte Brichot noch einmal verdutzt. Man muß allerdings sagen, daß Monsieur de Charlus die große Mehrzahl seiner Zeitgenossen für homosexuell hielt, wobei er gleichwohl die Männer ausnahm, mit denen er selbst Beziehungen gehabt hatte und deren Fall, wofern nur ein Quentchen Romantik dabei im Spiel gewesen war, ihm weit komplexer schien. So trifft man Lebemänner an, die an Frauenehre nicht glauben und einzig derjenigen ein wenig davon zuerkennen, die ihre Geliebte war und von der sie allen Ernstes mit geheimnisvoller Miene behaupten: ›Aber nicht doch, Sie täuschen sich, sie ist keine Dirne.‹ Diese unerwartete Wertschätzung wird ihnen zum Teil von ihrer Eigenliebe diktiert, für die es schmeichelhafter ist, daß solche Gunst ihnen einzig und allein vorbehalten war, zum Teil von ihrer Naivität, die leichthin alles schluckt, was ihre Geliebte sie glauben machen will, zum Teil von jenem Sinn für das Leben, für den sich, sobald man den Menschen und ihrem Dasein etwas näherkommt, die im voraus geschaffenen Etiketten und Fächer als zu einfach erweisen. »Dreißig Prozent! Aber nehmen Sie sich nur in acht, Sie sind vielleicht weniger glücklich als die Historiker, denen die Zukunft post festum recht gegeben hat, Baron, und wenn Sie der Nachwelt das Sittenbild hinterlassen, das Sie uns eben gezeichnet haben, so fände sie es am Ende allzu schlimm. Sie urteilt nur nach sicheren Unterlagen und wird in diesem Fall Einblick in Ihre Akten verlangen. Da aber wahrscheinlich kein Dokument die Echtheit dieser Art von Kollektivphänomenen gewährleistet, die die einzig Eingeweihten aus Eigenliebe nur allzugern in tiefstem Dunkel belassen, gäbe es eine große Empörung im Lager der schönen

Seelen, Sie selbst aber würden einfach für einen Verleumder oder Wahnsinnigen erklärt. Nachdem Sie im Wettbewerb der Eleganz den höchsten Preis und die Krone auf dieser Erde erlangt haben, würden Sie die Trübsal einer Ablehnung über das Grab hinaus auf sich nehmen müssen. Und das ist, wie unser Bossuet – Gott verzeihe mir – gesagt hat, die Sache denn doch nicht wert.« – »Ich arbeite nicht für die Geschichte, antwortete Monsieur de Charlus, das Leben genügt mir, es ist durchaus interessant genug, wie der arme Swann immer zu sagen pflegte.« – »Wie, Sie haben Swann gekannt, Baron? Aber das wußte ich ja gar nicht. Hatte er auch solche Neigungen?« fragte Brichot in besorgtem Ton. – »Sie gehen aber tüchtig ins Zeug! Meinen Sie denn, ich kenne überhaupt keine anderen Leute? Nein, von ihm glaube ich es nicht«, erklärte dann Monsieur de Charlus mit gesenktem Blick und ganz, als ob er das Für und Wider in Gedanken erwöge. In der Meinung aber, im Falle Swann, dessen so entgegengesetzte Neigungen immer sehr bekannt gewesen waren, könne ein halbes Zugeständnis für den Betroffenen selbst nur völlig unschädlich, gleichzeitig aber schmeichelhaft für den sein, der etwas dergleichen andeutete, ließ der Baron gleichsam unwillkürlich, als denke er laut, vernehmen: »Ich will nicht behaupten, daß nicht vielleicht früher einmal, beiläufig, im Internat . . .«, korrigierte sich dann jedoch. »Aber das liegt ja zweihundert Jahre zurück! Woher soll ich so etwas heute noch wissen? Sie verlangen wirklich zuviel von mir«, führte er lachend seine Bemerkung zu Ende. »Auf alle Fälle war er nicht gerade, was man hübsch nennt!« sagte Brichot, der, selbst abscheulich häßlich, sich für gut aussehend hielt und alle anderen sehr leicht unschön fand. »Schweigen Sie, sagte der Baron, Sie wissen nicht, was Sie sagen; zu jenen Zeiten hatte er eine Haut wie ein Pfirsich und war, setzte er hinzu, indem er jeder Silbe eine andere Tonhöhe gab, wie ein kleiner Cherub so hübsch. Im übrigen ist er immer reizend geblieben. Die Frauen haben ihn toll umschwärmt.« – »Kannten Sie seine eigene?« – »Aber was wollen Sie, durch mich hat er sie ja kennengelernt. Ich fand sie reizend, als sie eines Abends in einer Quasi-Hosenrolle als Miss Sacripant auftrat; ich war mit Clubkameraden da. Wir haben hinterher alle eine Frau mitgenommen, und obwohl ich einzig zu schlafen Lust hatte, behaupteten böse Zungen – denn die Welt ist nun einmal furchtbar schlecht – ich hätte die Nacht mit dieser Odette verbracht. Jedenfalls ließ sie nicht locker seitdem, und ich hatte gemeint, mich von ihr zu befreien, wenn ich sie Swann vorstellte. Von dem Tage an hängte sie sich aber erst recht an mich, sie konnte kein Wort richtig schreiben, und so mußte ich ihre Briefe für sie verfassen. Darauf bekam ich den Auftrag, sie auch noch abends auszuführen. Da sehen Sie, mein Kind, was man davon hat, wenn man sich seinen guten Ruf erhält. Im übrigen verdiente ich ihn nur halb. Sie zwang mich, fürchterliche kleine Partien zu fünfen oder sechsen für sie zu arrangieren.« Die Liebhaber aber, die Odette nacheinander gehabt hatte (sie hatte bald mit dem einen, bald mit dem andern gelebt), diese Liebhaber begann Monsieur de Charlus mit der gleichen Sicherheit herzuzählen, als sage er die Reihe der Könige von Frankreich auf. Tatsächlich hat der Eifersüchtige – wie die Zeitgenossen – zu wenig Distanz, er weiß nichts, und nur für Fremde nimmt die Chronik der Ehebrüche die Exaktheit der Geschichte in Gestalt im übrigen ganz gleichgültiger Listen an, die traurig nur für einen anderen Eifersüchtigen werden, wie ich einer war, der dann unwillkürlich seinen Fall mit dem soeben diskutierten vergleicht und sich fragt, ob nicht auch für die Frau, an der er zweifelt, eine ebensolche berühmte Liste existiert. Aber er kann nichts darüber in Erfahrung bringen, es ist wie eine allgemeine Verschwörung, eine Mystifikation, an der sich alle grausamerweise beteiligen und die darin besteht, ihm, solange seine Freundin aus den Armen des einen in die des andern eilt, eine Binde vor die Augen zu halten, die er ständig erfolglos abzustreifen bemüht ist, denn jeder versucht, den Unglücklichen in seiner Verblendung zu belassen, gute Seelen aus Güte, Böse aus ihrer Bosheit heraus, Groborganisierte aus einem Hang zu häßlichen Streichen, Gebildete aus Höflichkeit und Wohlerzogenheit, alle aber auf Grund einer jener Konventionen, die man als ›Prinzip‹ zu bezeichnen pflegt. »Hat denn Swann je erfahren, daß Sie ihre Gunst genossen haben?« – »Aber was denken Sie, das wäre ja grauenhaft! Wer sollte ihm so etwas denn erzählen! Das wäre ja haarsträubend gewesen! Mein Lieber, er hätte mich ganz einfach umgebracht, denn er war eifersüchtig wie ein Tiger. Ebensowenig habe ich Odette gestanden, der das im übrigen ganz gleichgültig gewesen wäre, daß ... nun, Sie werden mich nicht dazu bringen, Dummheiten zu erzählen. Das Ärgste aber ist, daß sie auf ihn Revolverschüsse abgefeuert hat, die um ein Haar mich getroffen hätten. Ich habe wirklich angenehme Dinge mit diesem Paar erlebt; natürlich sah ich mich auch gezwungen, ihm gegen Osmond zu sekundieren, der mir das niemals verziehen hat. Osmond hatte Odette entführt und Swann sich zu trösten versucht, indem er die Schwester Odettes zu seiner Geliebten oder angeblichen Geliebten machte. Aber Sie werden nicht von mir verlangen, daß ich Ihnen Swanns Geschichte erzähle, wir hätten da für zehn Jahre Stoff, verstehen Sie, denn ich kenne ihn wie kein anderer. Ich mußte Odette begleiten, wenn sie gerade Charles nicht sehen wollte. Das war für mich um so verdrießlicher, als ich einen sehr nahen Verwandten habe, der, natürlich ohne irgendein Anrecht darauf zu haben, den Namen Crécy trägt und begreiflicherweise nicht sehr entzückt darüber war. Denn sie ließ sich Odette de Crécy nennen und durfte das auch durchaus, da sie nur getrennt von einem Crécy lebte, dessen Frau sie war, einem sehr ehrenwerten und übrigens ganz echten Crécy, dem sie bis zum letzten Heller alles abgenommen hat. Aber Sie lassen mich da reden, und dabei habe ich Sie mit ihm in der Kleinbahn gesehen, Sie haben ihn ja öfter als Gast zum Abendessen in Balbec gehabt. Er hat das sicher nötig, der Arme: er lebte von einer ganz kleinen Pension, die

Swann ihm ausgesetzt hatte. Ich vermute jedoch stark, daß seit dem Tode meines Freundes die Rente ihm nicht mehr ausgezahlt worden ist. Was ich nicht begreife, sagte Monsieur de Charlus zu mir, ist, daß Sie, der Sie doch so oft bei Charles gewesen sind, vorhin nicht den Wunsch geäußert haben, der Königin von Neapel vorgestellt zu werden. Gut, gut, ich sehe, daß Sie sich nicht für Personen als bloße Kuriositäten interessieren, aber das erstaunt mich immerhin bei jemandem, der gut bekannt mit Swann gewesen ist, bei dem diese Art von Interesse ja so stark ausgebildet war, daß ich nicht einmal sagen kann, ob in dieser Hinsicht er mein Lehrmeister war oder ich der seine. Es erstaunt mich in der gleichen Weise, als träfe ich jemanden, der Whistler gekannt hat und dennoch nicht weiß, was Geschmack ist. Mein Gott, besonders für Morel wäre es wichtig gewesen, die Königin kennenzulernen. Er wünschte es sich übrigens leidenschaftlich, denn er ist sehr klug. Zu schade, daß sie gegangen ist. Aber ich werde die gleiche günstige Konstellation in diesen Tagen noch einmal wiederherstellen. Es ist unerläßlich, daß er sie kennenlernt. Das einzige Hindernis könnte sein, daß sie morgen stürbe. Aber es steht ja zu hoffen, daß das nicht ausgerechnet passiert.« Hier unterbrach ihn Brichot, der offenbar immer noch unter dem Eindruck der ›dreißig Prozent‹ stand, von denen Monsieur de Charlus ihm gesprochen hatte, und seine Gedanken unaufhörlich weiterverfolgt zu haben schien; mit düsterer Miene und einer Plötzlichkeit, die an einen Untersuchungsrichter gemahnte, der einen Angeklagten zum Geständnis zwingen will – die aber in Wirklichkeit dem Verlangen des Professors entsprang, für scharfsinnig zu gelten – sowie einem Gefühl der Bedrücktheit, mit dem er eine so schwere Beschuldigung auch nur andeutete, fragte er: »Gehört denn Ski auch zu diesen Menschen?« Um seine angebliche Intuitionsgabe ins rechte Licht zu rücken, hatte er Ski gewählt, denn er sagte sich, wenn wirklich auf hundert Männer nur dreißig Unschuldige kämen, riskiere er kaum, sich zu täuschen, wenn er Ski erwähnte, der ihm etwas sonderbar vorkam, an Schlaflosigkeit litt und sich parfümierte, kurz sich völlig außerhalb der normalen Linie bewegte. »Aber keine Spur, rief der Baron mit bitterer, von Dogmatismus getränkter und aufs äußerste gereizter Ironie. Was Sie sagen, ist denkbar falsch, absurd, vollkommen danebengetroffen! Ski wirkt ausgerechnet so auf Leute, die gar nichts davon verstehen. Wenn er es wäre, würde er nicht derart danach aussehen, wobei ich das ohne kritische Nebenabsicht sage, denn er hat Charme und, wie ich finde, sogar etwas durchaus Gewinnendes.« – »Aber nennen Sie uns doch Namen«, sagte Brichot beharrlich. Monsieur de Charlus reckte sich mit düster-feierlicher Miene auf. »Oh! Mein Lieber, ich selbst lebe, wie Sie ja wissen, ganz und gar im Abstrakten, mich interessiert das alles nur unter einem transzendentalen Gesichtspunkt«, antwortete er mit der argwöhnischen Empfindlichkeit, die Leuten seines Genres eigen ist, und der Großartigkeit der Rede, die für ihn selbst in der Unterhaltung charakteristisch war. »Mich, das müssen Sie verstehen, interessieren immer nur allgemeine Gesichtspunkte, ich spreche über diese Sache wie über das Gravitationsgesetz.« Doch diese Reaktion der Gereiztheit, durch die der Baron sein wahres Leben zu verbergen trachtete, hielt nur kurze Zeit an im Vergleich zu den Stunden, in denen er es Schritt für Schritt immer deutlicher erraten ließ, ja mit aufreizender Bereitschaft vor den Leuten ausbreitete, da das Bedürfnis sich anzuvertrauen bei ihm stärker war als die Furcht, sich zu weit zu eröffnen. »Ich wollte eigentlich nur sagen, fuhr er fort, daß auf einen schlechten Ruf, der ungerechtfertigt ist, Hunderte von guten kommen, die es nicht weniger sind. Natürlich schwankt die Zahl der Falschbeurteilten, je nachdem man sich auf die Aussage der gleichfalls Betroffenen oder auf die der anderen verläßt. Wenn die Bosheit dieser letzteren dadurch begrenzt ist, daß sie nur allzu schwer glauben können, ein Laster, welches für sie ebenso furchtbar ist wie Diebstahl oder Mord, werde von Leuten praktiziert, deren Zartgefühl und Herzenswärme sie persönlich kennen, so wird die üble Meinung der ersteren in übertriebenem Maße durch das Verlangen eingegeben, Männer, die ihnen gefallen, als – wie soll ich sagen – zugänglich anzusehen auf Grund von Auskünften, die sie Leuten verdanken, welche der gleiche Wunsch über den wahren Sachverhalt täuscht, das heißt letztlich also gerade durch die Distanz, in der sie im allgemeinen gehalten werden. Ich habe einen wegen solcher Neigungen ziemlich übel beleumundeten Mann sagen hören, er vermute, ein gewisser Herr der Gesellschaft huldige ihnen ebenfalls. Sein einziger Grund zu dieser Annahme aber war, daß dieser Herr sich ihm gegenüber liebenswürdig erwiesen hatte. So spielt häufig Optimismus, bemerkte naiv der Baron, bei der Schätzung des Prozentsatzes eine Rolle. Der wahre Grund aber für den enormen Abstand zwischen der von Laien und andererseits von Eingeweihten errechneten Zahl erklärt sich aus dem Geheimnis, mit dem diese letzteren eben ihr Treiben umgeben, um es vor anderen zu verbergen, die, da ihnen jedes Mittel der Erkundung fehlt, buchstäblich sprachlos wären, wenn sie von der Wahrheit auch nur den vierten Teil erführen.« – »Dann ist es also in unserem Jahrhundert wie bei den Griechen«, sagte Brichot. – »Aber wieso den Griechen? Stellen Sie sich denn vor, daß es nicht immer so weitergegangen ist? Denken Sie doch – nur unter Ludwig XIV. – an Monsieur, den kleinen Vermandois, Molière, den Prinzen Ludwig von Baden, Braunschweig, Charolais, Boufflers, den Grafen Condé, den Herzog von Brissac.« – »Warten Sie, warten Sie, ich wußte es von Monsieur, von Brissac durch Saint-Simon, von Vendôme natürlich und vielen anderen. Aber dieses alte Schandmaul Saint-Simon spricht doch häufig vom Grand Condé und dem Prinzen Ludwig von Baden, ohne darüber jemals ein Wort verlauten zu lassen.« – »Es ist wirklich bedauerlich, daß ich ausgerechnet einem Professor der Sorbonne eine Geschichtsvorlesung zu halten gezwungen bin. Aber teurer Meister, Sie sind ja wirklich vollkommen ahnungslos.« –

»Sie sind hart, Baron, aber gerecht. Doch passen Sie auf, ich will Ihnen auch ein Vergnügen bereiten. Ich erinnere mich jetzt an ein im Küchenlatein geschriebenes Lied jener Epoche über ein Gewitter, das den Grand Condé überraschte, als er in Begleitung seines Freundes, des Marquis de La Moussaye, die Rhône hinunterfuhr. Condé sagte:

Carus Amicus Mussaeus,
Ah! Deus bonus! quod tempus!
Landerirette,
Imbre sumus perituri.

La Moussaye beruhigte ihn mit den folgenden Versen:

Securae sunt nostrae vitae.
Sumus enim Sodomitae,
Igne tantum perituri,
Landeriri.

– Ich nehme zurück, was ich gesagt habe, erklärte Charlus mit schriller, manierierter Stimme, Sie sind ein Born der Weisheit; schreiben Sie mir das doch bitte auf, nicht wahr, ich möchte es für mein Familienarchiv haben, da eine Urahnin dritten Grades von mir eine Schwester des Prinzen war.« – »Gewiß, Baron, aber über den Prinzen Ludwig von Baden finde ich nichts. Im übrigen denke ich mir, daß im allgemeinen das Kriegshandwerk . . .« – »Unsinn! In jener Epoche gab es doch Vendôme, Villars, den Prinzen Eugen, Conti, und wenn ich Ihnen von allen unseren Helden in Tonking, in Marokko berichtete – und zwar von jenen wahrhaft großen und frommen Helden, die ganz der ›neuen Generation‹ angehören – würden Sie sich sehr wundern. Oh! Ich könnte die Leute noch etwas lehren, die sich mit der Erforschung dieser ›neuen Generation‹ beschäftigen, welche die eitlen Komplikationen der älteren von sich geworfen hat, wie Monsieur Bourget sagt!

Ich habe da unten einen kleinen Freund, von dem viel die Rede ist, einen Vollbringer bewunderungswürdiger Taten ... nun, ich will nicht boshaft sein, kehren wir lieber zum siebzehnten Jahrhundert zurück. Sie wissen, daß Saint-Simon von dem Maréchal d'Huxelles – unter vielen anderen – sagt: ›... ein Lüstling, in griechischen Lastern zu Hause, welche zu verbergen er sich nicht einmal die Mühe nahm, wenn er junge Offiziere aufgriff, die er sich zuzurichten wußte neben manchen jungen wohlgestalteten Dienern, und das alles ganz unverhüllt, in der Armee wie in Straßburg.‹ Sie haben wahrscheinlich die Briefe von Madame gelesen, die Männer nannten sie nur die ›Putana‹. Sie äußert sich sehr deutlich über diese Zustände.« – »Sie mußte es freilich wissen, wenn man bedenkt, wer ihr Gatte war.« – »Diese ›Madame‹ ist eine interessante Person, sagte Monsieur de Charlus, man könnte nach ihrem Bild das Idealporträt, die dichterische Synthese der ›Frau einer Tante‹ zeichnen. Zunächst einmal ein Mannweib; gewöhnlich ist die Frau einer ›Tante‹ eine Art Mann, wodurch das Kindermachen ihm leichter fällt. Ferner spricht Madame nicht von den Lastern Monsieurs, doch spricht sie unaufhörlich von den gleichen Lastern bei anderen, wohlinformiert wie sie ist und zugleich aus der Neigung heraus, die wir haben, in fremden Familien den gleichen Makel festzustellen, unter dem wir selbst in der unseren leiden, um uns zu beweisen, daß daran nichts Außergewöhnliches oder Entehrendes ist. Ich sagte Ihnen schon, es sei immer so gewesen. Doch zeichnet sich unsere Epoche speziell unter diesem Gesichtspunkt aus, und trotz der Beispiele, die ich aus dem siebzehnten Jahrhundert anführe, würde mein großer Ahnherr François de La Rochefoucauld, wenn er in unseren Zeiten lebte, von diesen mit noch besserem Grund als von den seinigen sagen ... kommen Sie, Brichot, helfen Sie mir: ›Die Laster sind zu allen Zeiten die gleichen; aber wenn Personen, die alle Welt kennt, in den ersten Jahrhunderten gelebt hätten, würde man dann jetzt von den Ausschweifungen Heliogabals reden?‹ ›Die alle Welt kennt‹ gefällt mir sehr; ich sehe, daß mein scharfsinniger Verwandter die Schliche seiner berühmten Zeitgenossen kannte, wie ich selbst die der meinigen kenne. Aber es gibt solche Leute in unseren Tagen nicht nur in großer Zahl, sie haben außerdem noch etwas Spezielles an sich.« Ich sah, daß Monsieur de Charlus uns erklären wollte, in welcher Weise diese besonderen Sitten sich entwikkelt hatten, aber nicht einen Augenblick, während er sprach, während Brichot sprach, war das mehr oder weniger bewußte Bild meines Heims, in dem Albertine mich erwartete, verknüpft mit dem schmeichelnden innigen Thema Vinteuils, meinem Bewußtsein entrückt. Ich kehrte in Gedanken unaufhörlich zu Albertine zurück, wie ich gleich wirklich zu ihr würde zurückkehren müssen, als sei ich einem Gefangenen gleich an sie festgeschmiedet, so daß ich Paris nicht verlassen konnte und mein Zuhause, während ich es mir hier vom Salon Verdurin aus vorstellte, mir nicht als ein leerer, für die Persönlichkeit aufreizender und von leichter Traurigkeit durchzogener Raum vor Augen stand, sondern gleichsam – darin dem Hotel von Balbec an einem gewissen Abend ähnlich – von einer Gegenwart erfüllt, die sich nicht von ihm fortrührte, für mich dort dauernd vorhanden war und die ich mit Sicherheit, sobald ich irgend wollte, wieder vorfinden würde. Die Beharrlichkeit, mit der Monsieur de Charlus immer wieder zu seinem Thema zurückkehrte – für das im übrigen sein stets in gleicher Richtung sich betätigender Geist einen gewissen Scharfblick besaß – hatte etwas auf eine schwer entwirrbare Weise Peinliches; er war öde wie ein Gelehrter, der außerhalb seines Spezialfaches nichts kennt, aufreizend wie ein Eingeweihter, der sich auf die ihm anvertrauten Geheimnisse etwas zugute tut und darauf brennt, sie anderen zu verraten; unsympathisch wie jemand, der, sobald es um seine eigenen Fehler geht, sich darüber verbreitet, ohne zu merken, daß er Mißfallen damit erregt; versklavt wie ein Süchtiger und hemmungslos unvorsichtig wie mancher Kriminelle. Diese charakteristischen Merkmale, die zu gewissen Zeiten etwas Packendes hatten wie die, die einen Narren oder Verbrecher ausmachen, brachten mir im übrigen eine gewisse Erleichterung. Denn als ich sie der Umwandlung unterzog, die notwendig war, um aus ihnen Folgerungen im Hinblick auf Albertine zu ziehen, und mich an die Haltung meiner Freundin Saint-Loup und mir gegenüber erinnerte, sagte ich mir, wie peinlich auch die eine dieser Erinnerungen und wie melancholisch die andere für mich war, daß sie doch die unverkennbare Deformation und notgedrungen einseitige Spezialisierung, wie mir schien, ausschlössen, welche so überdeutlich aus der Unterhaltung wie aus der Persönlichkeit des Barons einem entgegentrat. Leider aber beeilte sich dieser, die Gründe meines Hoffens wieder zunichte zu machen, und zwar auf die gleiche Weise, wie er sie mir zuvor selbst an die Hand gegeben hatte, nämlich unbewußt. »Ja, sagte er, ich bin ja kein Fünfundzwanzigjähriger mehr und habe schon viele Dinge um mich her sich verändern sehen. Ich erkenne weder die Gesellschaft wieder, in der ja alle Schranken niedergerissen sind und wo eine Horde ohne Eleganz und Anstand bis in die Kreise meiner Familie hinein Tango tanzt, noch die Moden, noch die Politik, noch die Künste, noch die Religion, einfach nichts. Aber ich gestehe, daß etwas sich noch mehr verändert hat, und zwar das, was die Deutschen als Homosexualität bezeichnen. Mein Gott, zu meiner Zeit, wenn ich von den Männern absehe, denen Frauen nun einmal zuwider sind, und denjenigen, die nur sie lieben und etwas anderes einzig aus Eigennutz getan haben, waren die Homosexuellen gute Familienväter und hielten sich eine Geliebte nur, um den Schein zu wahren. Hätte ich eine Tochter zu verheiraten gehabt, würde ich unter ihnen meinen Schwiegersohn ausgewählt haben, um ganz sicher zu sein, daß sie nicht unglücklich würde. Ach! Alles ist anders geworden. Jetzt rekrutieren sie sich auch aus den Männern, die am heftigsten für Frauen eingenommen sind. Ich glaubte, dafür ein gewisses Gefühl zu besitzen, und wenn ich mir einmal gesagt hatte: ›Der bestimmt nicht‹, mich sicherlich nicht zu täuschen. Doch ich muß sagen, daß ich heute zuweilen ratlos bin. Einer meiner Freunde, der überaus bekannt in dieser Hinsicht ist, hatte einen Kutscher, den meine Schwägerin Oriane ihm verschafft hatte, einen Burschen aus Combray, der sich ein wenig auf allen Gebieten versucht hatte, besonders auf dem eines Schürzenjägers, und den ich solchen Dingen überaus abgeneigt glaubte. Er machte seine Geliebte unglücklich, indem er sie mit zwei Frauen, die er anbetete (ganz zu schweigen von noch weiteren), betrog: einer Schauspielerin und einem Mädchen aus einem Bierlokal. Mein Vetter, der Prinz von Guermantes, der gerade über das aufreizende Maß an Intelligenz verfügt, das die Leute haben, die allzuleicht alles glauben, sagte eines Tages zu mir: ›Aber warum schläft denn X... nicht mit seinem Kutscher? Wer weiß, ob es nicht diesem Théodore (so heißt der Kutscher nämlich) Vergnügen machen würde und ob er sich nicht sogar kränkt, weil sein Herr ihm keine Avancen macht?‹ Ich konnte nicht anders, ich mußte Gilbert daraufhin Schweigen gebieten; ich war gleichzeitig außer mir über diesen angeblichen Scharfblick, der, wenn er sich so wahllos betätigt, vielmehr zu einem Mangel an Scharfblick wird, und auch über die allzu durchsichtige Schlauheit meines Vetters, der unseren Freund gern auf diesem schwankenden Steg vorausgeschickt hätte, um sich dann selbst darauf, wofern er sich als gangbar erwiese, weiter vorzuwagen.« – »Hat denn der Prinz von Guermantes auch solche Neigungen?« fragte Brichot mit einer Mischung aus Staunen und Unbehagen. »Mein Gott, antwortete Charlus entzückt, das ist ja doch derart bekannt, daß ich keine Indiskretion zu begehen glaube, wenn ich die Frage bejahe. Im vorigen Jahr nun also ging ich nach Balbec und erfuhr dort von einem Matrosen, der mich manchmal mit auf den Fischfang nahm, daß mein Théodore, dessen Schwester übrigens die Jungfer einer Freundin von Madame Verdurin, der Baronin Putbus, ist, im Hafen sich bald den einen, bald den anderen Matrosen mit außerordentlicher Unverfrorenheit aufgegriffen hat, um mit ihm eine kleine Bootfahrt und auch noch etwas anderes – ›autre chose itou‹ – zu unternehmen.« Jetzt warf ich meinerseits die Frage ein, ob der Chef des Kutschers, in dem ich den Herrn wiedererkannt hatte, der den ganzen Tag mit seiner Geliebten Karten spielte, auch so sei wie der Prinz von Guermantes. »Aber hören Sie, das weiß doch jeder, er macht ja gar kein Geheimnis daraus.« – »Aber er hatte doch seine Geliebte bei sich.« – »Nun, und was macht das aus? Sind diese Kinder denn wirklich so naiv? sagte er zu mir in väterlichem Ton, ohne etwas von dem Leiden zu ahnen, das seine Worte mir bei dem Gedanken an Albertine bereiteten. Sie ist übrigens reizend, diese seine Geliebte.« – »Und die drei Freunde, mit denen er zusammen war, sind die auch so wie er?« – »Aber nicht doch, rief er, indem er sich die Ohren zuhielt, als habe ich auf einem Instrument einen falschen Ton hervorgebracht. Jetzt schießen Sie über das Ziel hinaus. Hat man denn nicht etwa das Recht, Freunde zu besitzen? Oh! Die Jugend wirft auch alles durcheinander! Man müßte Sie noch einmal von Grund auf umerziehen, mein Kind. Allerdings, fuhr er fort, gestehe ich ein, daß dieser so völlig eindeutige Fall – und ich kenne noch andere – mich, der ich doch versuche, meinen Geist allen kühnen Ideen zu öffnen, in Verlegenheit bringt. Ich bin sicher zu sehr alte Schule, ich kann da nicht folgen, sagte er in dem Ton, mit dem ein alter Gallikaner von gewissen Formen des Ultramontanismus, ein liberaler Royalist von der ›Action française‹ oder ein Schüler von Claude Monet von den Kubisten spricht. Ich tadle diese Neuerer nicht, ich beneide sie eher, ich suche sie zu verstehen, doch es gelingt mir nicht. Wenn sie so sehr die Frauen lieben, warum müssen sie dann, zumal in dieser Arbeiterwelt, in der das so ungern gesehen wird, und in der sie aus Eigenliebe unentdeckt bleiben möchten, ausgerechnet das haben, was sie gern als ›einen Liebling‹ bezeichnen? Es muß etwas anderes für sie bedeuten, aber was?«

›Was kann die Frau anderes für Albertine bedeuten?‹ dachte ich, und darin in der Tat war mein Leiden enthalten. »Also, ich muß sagen, Baron, bemerkte Brichot, wenn jemals im Senat der Universität die Absicht zur Sprache käme, einen Lehrstuhl für Homosexualität zu errichten, so werde ich Sie an erster Stelle vorschlagen. Oder vielmehr nein, ein Institut für Spezialfragen der Psychophysiologie wäre noch geeigneter für Sie. Ich kann mir besonders gut vorstellen, daß Sie eine Dozentur im ›Collège de France‹ innehätten, die Ihnen gestatten würde, sich privaten Studien hinzugeben, deren Resultate Sie dann wie der Professor für Tamil oder Sanskrit vor der sehr kleinen Personenzahl, die so etwas interessiert, zum Vortrag bringen könnten. Sie hätten dann zwei Hörer und den Pedellen, womit ich nicht den leisesten Argwohn in bezug auf den Beamtenstab der Universität geäußert haben möchte, den ich vielmehr für durchaus untadelig erachte.« – »Sie verstehen gar nichts davon, entgegnete der Baron in schneidend hartem Ton. Im übrigen täuschen Sie sich, wenn Sie glauben, daß das so wenige Personen interessiert. Genau das Gegenteil ist der Fall.« Und ohne sich klarzumachen, welcher Widerspruch zwischen der Richtung, die seine Konversation zwangsläufig einschlug, und dem Vorwurf bestand, den er anderen machte, bemerkte er zu Brichot gewendet mit einer Miene der Schockiertheit und moralischen Mißbilligung: »Es ist im Gegenteil erschreckend, daß eigentlich von nichts anderem mehr die Rede ist. Es ist eine Schande, aber es ist, wie ich Ihnen sage, mein Lieber! Es scheint, daß vorgestern bei der Herzogin von Ayen zwei Stunden lang kein anderes Thema berührt worden ist. Sie können sich vorstellen, wenn jetzt die Frauen schon anfangen, über diese Dinge zu reden, so ist das wirklich ein Skandal! Das Schmählichste aber ist, fuhr er mit Verve und ungewöhnlichem Nachdruck fort, daß sie von solchen üblen Erscheinungen, wahrhaften Schmutzfinken, darüber aufgeklärt werden, wie der kleine Châtellerault einer ist – über den sich mehr sagen ließe als über irgend jemand sonst – die ihnen dann Geschichten über andere Leute erzählen. Man hat mir berichtet, daß er über mich die schlimmsten Dinge sagt, aber ich mache mir nichts daraus, ich denke doch, daß Schmutz und Unrat, wenn sie von einem Menschen geworfen werden, der um ein Haar aus dem ›Jockey‹ relegiert worden wäre, weil er ein gezinktes Kartenspiel benutzt hat, nur auf den Betreffenden selbst zurückfallen kann. Ich weiß aber jedenfalls, daß ich, wenn ich Jane d'Ayen wäre, meinen Salon genügend respektieren würde, um dort nicht solche Themen behandeln und meine eigenen Verwandten in den Kot ziehen zu lassen. Doch es gibt eben keine Gesellschaft, keine Regeln, keine Übereinkünfte mehr, weder in der Konversation noch in Toilettefragen. Oh! Mein Lieber, das Ende aller Dinge ist da, die Leute sind samt und sonders so böse geworden, sie reden um die Wette Schlechtes von allen übrigen. Es ist grauenhaft!«

Feige, wie ich es schon in meiner Kindheit in Combray gewesen war, als ich die Flucht ergriff, um nicht mit anzusehen, wie meinem Großvater Kognak angeboten wurde und meine Großmutter sich vergebens bemühte, ihn vom Trinken abzubringen, hatte ich nur einen Gedanken, nämlich den, das Haus Verdurin zu verlassen, bevor der Streich gegen Charlus wirklich geführt worden war. »Ich muß jetzt absolut fort«, sagte ich zu Brichot. »Ich schließe mich Ihnen an, sagte er, aber wir können uns doch nicht auf französisch empfehlen. Wir wollen uns wenigstens von Madame Verdurin verabschieden«, setzte der Professor hinzu, der sich auf den Salon mit der Miene jemandes zubewegte, der beim Pfänderspiel sehen will, ob er ›jetzt wiederkommen darf‹.

Während wir uns unterhielten, hatte Monsieur Verdurin auf ein Zeichen seiner Frau den jungen Geiger abseits geführt. Hätte übrigens die Padrona nach nochmaliger Überlegung doch für klüger gehalten, die für Morel bestimmten Enthüllungen lieber aufzuschieben, so hätte sie es schon nicht mehr vermocht. Es gibt gewisse, häufig auf den Mund beschränkte

Wünsche, die, wenn man sie einmal hat anwachsen lassen, nach Befriedigung lechzen, welches auch immer die Folgen sind. Ebensowenig, wie man darauf verzichten kann, eine dekolletierte Schulter zu küssen, die man allzulange angeschaut hat und auf die schließlich die Lippen wie der Vogel auf die Schlange niederfallen, oder unter der Faszination des Heißhungers in ein Stück Kuchen zu beißen, kann man sich versagen, durch unvorhergesehene Mitteilungen Staunen, Verwirrung, Schmerz oder Heiterkeit in einer Seele zu entfesseln. Im voraus von dem Drama trunken, das sie heraufbeschwor, hatte Madame Verdurin ihren Gatten bewogen, Morel auf die Seite zu ziehen und um jeden Preis mit dem Violinisten zu reden. Dieser hatte vorerst sich bitter darüber beklagt, daß die Königin von Neapel weggegangen sei, bevor er ihr hatte vorgestellt werden können. Monsieur de Charlus hatte ihm so oft wiederholt, daß sie die Schwester der Kaiserin Elisabeth und der Herzogin von Alençon sei, daß die Souveränin in Morels Augen eine außerordentliche Bedeutung erlangt hatte. Monsieur Verdurin aber erklärte ihm, daß sie sich nicht zurückgezogen hätten, um von der Königin von Neapel zu reden, und begab sich sofort in medias res. »Sehen Sie, schloß er nach einiger Zeit, wenn Sie wollen, können wir ja meine Frau um Rat fragen. Mein Ehrenwort, sie weiß nicht, was ich Ihnen gesagt habe. Wir wollen einfach sehen, wie sie die Sache beurteilt. Mein Rat ist vielleicht nicht der richtige, aber Sie wissen ja, welch sicheres Urteil sie hat, und da sie Ihnen außerdem überaus freundschaftlich zugetan ist, sollten wir das Ganze nunmehr ihr unterbreiten.« Und während Madame Verdurin mit Ungeduld der Emotionen harrte, die eine Unterhaltung mit dem Violinisten, dann, sobald er gegangen wäre, der exakte Bericht über das Gespräch, das zwischen ihm und ihrem Gatten stattgefunden hatte, ihr bereiten sollte, und inzwischen immer wieder zu sich selber sagte: ›Was mögen sie nur tun? Ich hoffe wenigstens, daß Gustave, wenn er so lange Zeit braucht, ihn sich gehörig vornimmt‹, war

Monsieur Verdurin mit Morel, der sehr aufgeregt schien, wieder eingetreten. »Er möchte dich um einen Rat bitten«, sagte Monsieur Verdurin zu seiner Frau mit der Miene eines Mannes, der nicht sicher ist, ob seine Bitte Erhörung finden wird. Anstatt Monsieur Verdurin zu antworten, wendete sich Madame Verdurin in der Hitze des Gefechts unmittelbar an Morel: »Ich bin unbedingt der gleichen Ansicht wie mein Mann, ich finde, Sie dürfen das nicht länger dulden!« rief sie mit größter Heftigkeit aus; sie ließ dabei vollkommen außer acht, daß zwischen ihr und ihrem Gatten die nun schwer aufrechtzuerhaltende Fiktion vereinbart worden war, sie wisse nichts von dem, was er dem Violinisten vorgetragen hatte. »Wie? Was denn dulden?« stammelte Monsieur Verdurin, der Staunen zu heucheln bemüht war und mit einem Ungeschick, das sich durch seine Verwirrung erklärte, an seiner Lüge immer noch festhalten wollte. »Ich habe erraten, was du ihm gesagt hast«, antwortete Madame Verdurin, ohne im geringsten wegen der Unwahrscheinlichkeit dieser Erklärung in Verlegenheit zu sein oder sich darüber Sorge zu machen, was bei der Rückerinnerung an diese Szene Morel von der Wahrheitsliebe seiner Padrona denken mochte. »Nein, fuhr Madame Verdurin fort, ich finde, daß Sie nicht länger einen so schmachvollen Umgang mit einer in dieser Weise gebrandmarkten Persönlichkeit auf sich nehmen dürfen, einem Menschen, der nirgends mehr empfangen wird, setzte sie ohne alle Rücksicht darauf hinzu, daß das gar nicht stimmte und daß sie selbst ihn ja alle Tage empfing. Das gesamte Konservatorium hält sich über Sie auf, bemerkte sie weiterhin in dem Gefühl, daß dieses Argument die stärkste Wirkung ausüben würde. Setzen Sie dieses Leben auch nur noch vier Wochen lang fort, so ist Ihre künstlerische Zukunft zum Teufel, während Sie ohne diesen Charlus mehr als hunderttausend Francs im Jahr verdienen müßten.« – »Aber ich habe niemals etwas davon gehört, ich bin ja ganz bestürzt und weiß Ihnen wirklich größten Dank«, murmelte Morel mit Tränen in den

Augen. Da er aber gleichzeitig Zorn heucheln und seine Beschämung verbergen mußte, wurde er röter und geriet stärker in Schweiß, als habe er alle Beethoven-Sonaten ohne Pause hintereinander gespielt; in seinen Augen stiegen Tränen auf, die ihm der Bonner Meister wahrscheinlich niemals entlockt haben würde. »Wenn Sie nichts gehört haben, so sind Sie der einzige. Es ist dies ein Herr, der einen miserablen Ruf hat und dem üble Sachen zugestoßen sind. Ich weiß, die Polizei hat ein Auge auf ihn, und das ist im übrigen noch das beste, was ihm widerfahren kann, wenn er nicht wie alle seinesgleichen unter den Händen von Apachen umkommen will«, fügte sie hinzu, denn bei dem Gedanken an Monsieur de Charlus kehrte ihr auch die Erinnerung an Madame de Duras zurück, und in ihrer sie vollends umnebelnden Wut suchte sie die Wunden noch zu vergrößern, die sie dem unseligen Charlie schlug, sowie sich für diejenigen zu rächen, die sie an diesem Nachmittag selbst empfangen hatte. »In materieller Hinsicht übrigens kann er Ihnen nichts nützen, er ist vollkommen ruiniert, seitdem er in den Händen von Leuten ist, die ihn erpressen und selbst dabei nicht einmal auf ihre Kosten kommen, sowenig wie Sie auf die Ihren kämen, denn alles bei ihm ist mit Hypotheken belastet, sein Stadthaus, sein Schloß, kurz alles, was er besitzt.« Morel schenkte dieser Lüge um so leichter Glauben, als Monsieur de Charlus ihn gern zum Vertrauten seiner Beziehungen zu den Apachen machte, einem Volk, für das ein Bedientensohn, so niedrig er auch selbst sein mag, ein Gefühl des Grauens hegt, genau so stark wie seine Anhänglichkeit an bonapartistische Ideen.

Schon zeichnete sich schemenhaft in seinem listigen Geiste eine Kombination mit dem Ziel einer ähnlichen Neuordnung seiner Beziehungen ab, wie sie im achtzehnten Jahrhundert als ein ›renversement des alliances‹ bezeichnet wurde. Entschlossen, niemals wieder mit Monsieur de Charlus zu reden, würde er gleich am nächsten Tag zu Jupiens Nichte mit dem Vorhaben zurückkehren, alles einzurenken. Zu seinem Unglück jedoch sollte dieser Plan scheitern, da Monsieur de Charlus am gleichen Abend noch mit Jupien eine Verabredung hatte, welcher der ehemalige Westenmacher sich trotz der Ereignisse nicht zu entziehen wagte. Da andere, Morel betreffende, wie man sehen wird, sich inzwischen förmlich überstürzt hatten, erklärte, als Jupien ihm weinend von seinem Unglück berichtete, der seinerseits nicht weniger unglückliche Baron, er werde die kleine Verlassene adoptieren, sie könne einen der Titel annehmen, über die er verfüge, wahrscheinlich den einer Mademoiselle d'Oloron; er werde ihr eine zusätzliche Erziehung zuteil werden lassen und eine reiche Heirat für sie arrangieren, Versprechungen, die Jupien große Freude bereiteten, seine Nichte jedoch kaltließen, denn sie liebte noch immer Morel, der übrigens aus Dummheit oder Zynismus mit einem Scherz auf den Lippen in die Werkstatt trat, als Jupien sich entfernt hatte. »Was hast du denn, sagte er lachend. Du hast ja tiefe Schatten unter den Augen. Etwa Liebeskummer? Mein Gott, die Jahre folgen sich und gleichen einander nicht, schließlich hat man ja die Freiheit, ein paar Schuhe zu probieren, warum nicht erst recht eine Frau, und wenn sie einem dann eben nicht paßt ...« Er wurde erst böse, als sie weinte, was er schwächlich und unwürdig fand. Man erträgt nicht immer leicht die Tränen, die man anderen erpreßt.

Aber wir sind schon zu weit vorausgeeilt, denn alles dies trug sich erst nach der Soiree bei den Verdurins zu, deren Bericht wir unterbrochen haben und nun wieder da aufnehmen wollen, wo wir stehengeblieben sind. »Ich hätte niemals geahnt ...«, seufzte Morel als Antwort auf Madame Verdurins Worte. »Natürlich, Ihnen sagt man das nicht ins Gesicht, aber das hindert nicht, daß im Konservatorium über Sie geredet wird, fuhr Madame Verdurin in boshafter Absicht fort, denn sie wollte Morel beweisen, daß es sich nicht ausschließlich um Monsieur de Charlus, sondern auch um ihn handelte. Ich will gern glauben, daß Sie nichts davon wissen, doch deswegen nimmt keiner ein Blatt vor den Mund. Fragen Sie Ski, was neulich bei Chevillard zwei Schritte von uns entfernt gesagt worden ist, als Sie in meine Loge traten. Man zeigt förmlich mit Fingern auf Sie. Ich muß Ihnen sagen, daß ich freilich selbst darauf nichts weiter gebe; ich finde nur, daß es einen Mann überaus lächerlich macht und daß er Gefahr läuft, es sein Leben lang zu bleiben.« – »Ich weiß gar nicht, wie ich Ihnen danken soll«, antwortete Charlie in dem Ton, in dem man diese Worte zu einem Zahnarzt sagt, der einem schauderhaft wehgetan hat, ohne daß man es sich anmerken lassen möchte, oder einem allzu blutdürstigen Zeugen, der einem wegen eines belanglosen Wortes zu einem Duell zwingt, indem er einem vorhält: ›Sie dürfen das keinesfalls auf sich sitzen lassen.‹ – »Ich denke doch, Sie haben Charakter, Sie sind ein Mann, antwortete Madame Verdurin, und werden laut und deutlich Ihre Meinung sagen, obwohl er allen Leuten gegenüber behauptet, Sie würden das niemals wagen, er habe Sie in der Hand.« Charlie, der anderswo nach einer würdigen Haltung suchte, um seine eigene etwas ramponierte damit zu überdecken, fand in seinem Gedächtnis etwas, was er gelesen oder gehört hatte, und erklärte daraufhin: »Ich bin nicht dazu erzogen, mir dergleichen gefallenzulassen. Heute abend noch werde ich mit Monsieur de Charlus brechen ... Die Königin von Neapel ist doch wirklich fort? Sonst nämlich hätte ich ihn vorher noch darum gebeten ...« – »Es ist nicht nötig, daß Sie vollkommen mit ihm brechen, sagte Madame Verdurin aus ihrem Verlangen heraus, den Bestand ihres ›kleinen Kreises‹ nicht aufs Spiel zu setzen. Es bestehen keine Bedenken dagegen, daß Sie ihn hier in unserer kleinen Gruppe sehen, in der Sie Wertschätzung genießen und wo niemand schlecht von Ihnen sprechen wird. Aber verlangen Sie Ihre Freiheit, und lassen Sie sich nicht von ihm zu diesen dummen Puten schleppen, die Ihnen ins Gesicht liebenswürdig sind; ich wünschte nur, Sie hätten gehört, was diese selben Frauen hinter Ihrem Rücken sagen. Im übrigen bedauern Sie nichts, Sie werden auf diese Weise einen Makel los, der Ihnen sonst Ihr ganzes Leben lang anhaften würde, aber vom künstlerischen Gesichtspunkt aus kann ich Ihnen sagen, daß Sie – selbst abgesehen von der höchst abträglichen Einführung durch Charlus – wenn Sie sich in diesen Kreisen einer Pseudo-Gesellschaft herumtrieben, dadurch unseriös wirken und den Ruf eines Amateurs, eines kleinen Salonmusikers erwerben würden, was in Ihrem Alter das Allerschlimmste ist. Ich verstehe, daß es für alle diese schönen Damen sehr bequem ist, bei ihren Freundinnen Einladungen damit zu erwidern, daß sie Sie zur Schau stellen, aber Ihre Zukunft als Künstler stände dabei auf dem Spiel. Ich will nicht behaupten, daß sie nicht bei einer oder zweien dennoch auftreten können. Sie sprechen von der Königin von Neapel. Sie ist tatsächlich fort, sie mußte noch zu einer Soiree – die ist nun wirklich eine brave Frau, und ich will Ihnen sagen, ich glaube, sie macht sich aus Charlus nicht viel. Offen gestanden bin ich der Ansicht, daß sie vor allem meinetwegen gekommen ist. Jaja, ich weiß, sie hatte Lust, Monsieur Verdurin und mich kennenzulernen. Das ist nun allerdings ein Ort, wo Sie spielen könnten. Und außerdem, wenn ich Sie mitbringe – ich bin ja bei den Künstlern bekannt, wie Sie wissen, zu mir sind sie alle immer sehr nett, sie betrachten mich ein bißchen als eine der ihren, als ›ihre‹ Padrona sozusagen – so ist das etwas ganz anderes. Aber meiden Sie wie das Feuer, zu Madame de Duras zu gehen! Machen Sie diese Dummheit nicht! Ich kenne Künstler, die mir über sie ihr Herz ausgeschüttet haben. Sie müssen nämlich wissen, diese Leute sind sich klar darüber, daß sie sich auf mich verlassen können, setzte sie in dem sanften schlichten Tonfall hinzu, den sie plötzlich anzunehmen verstand, wobei sie ihren Zügen ein Aussehen von Bescheidenheit und ihren Augen den dazu passenden Zauber verlieh. Sie kommen ganz einfach und erzählen mir ihre kleinen Erlebnisse; selbst die, die für die Schweigsamsten gelten, sprechen sich manchmal stundenlang bei mir aus, und ich kann Ihnen gar nicht sagen, wie interessant sie dann sind. Der gute Chabrier sagte immer: ›Nur Madame Verdurin versteht einen zum Reden zu bringen.‹ Nun müssen Sie wissen, daß ich alle – ohne Ausnahme, kann ich Ihnen sagen – in Tränen gesehen habe, weil sie bei Madame de Duras aufgetreten sind. Nicht nur machte es ihr Spaß, sie allen möglichen Demütigungen durch ihr Personal auszusetzen, sondern sie konnten auch nirgends mehr ein Engagement finden, weil die Direktoren sagten: ›Aha! Ich sehe schon, das ist auch so einer, der mal bei Madame de Duras gespielt hat.‹ Damit war es dann aus. Es gibt kein zuverlässigeres Mittel, einer Zukunft wie der Ihren ein Ende zu bereiten. Sie wissen ja, diese Gesellschaftsmenschen, so etwas wirkt unseriös, man kann noch so viel Talent besitzen, es ist traurig zu sagen, aber es bedarf nur einer Madame de Duras, damit man den Ruf eines Amateurs erlangt. Und bei Künstlern, das wissen Sie ja – wie Sie auch wissen, daß ich sie kenne, wo ich doch seit vierzig Jahren mit ihnen umgehe, sie lanciere, mich für sie interessiere – kurz, Sie wissen ja, wenn diese Leute einmal gesagt haben: ›Ein Amateur‹, so ist alles gesagt, und im Grunde fängt es schon an, daß man Sie so nennt. Wie viele Male habe ich auf dem Posten sein müssen und versichern, daß Sie niemals in einem so lächerlichen Salon spielen würden! Wissen Sie, was man mir dann geantwortet hat? ›Aber er wird müssen, Charlus wird ihn nicht einmal fragen, er holt niemals seine Meinung ein.‹ Jemand hat geglaubt, ihm ein Vergnügen zu machen, als er zu ihm sagte: ›Wir bewundern so sehr Ihren Freund Morel.‹ Wissen Sie, was er mit dieser unverschämten Miene, die Sie ja an ihm kennen, dem Betreffenden geantwortet hat? ›Aber wieso mein Freund? hat er gesagt. Wir gehören doch wohl nicht der gleichen Klasse an, nennen Sie ihn lieber mein Geschöpf, meinen Schützling.‹« In diesem Augenblick tauchte hinter der gewölbten Stirn dieser Göttin der Musik das einzige auf, was gewisse Personen nicht bei sich behalten können: ein Ausspruch, dessen Wiederholung nicht nur niederträchtig, sondern auch unklug ist. Aber das Bedürfnis, ihn weiterzutragen, ist stärker als Ehre und Klugheit. Diesem Bedürfnis gab nach mehreren krampfhaften Bewegungen, die sich auf ihrer gramdurchfurchten, sphärischen Stirn abzeichneten, die Padrona nach: »Meinen Mann ist sogar wiedererzählt worden, er habe gesagt: ›Meinen Bedienten‹, aber das kann ich nicht fest behaupten«, setzte sie hinzu. Ein gleiches Bedürfnis hatte Monsieur de Charlus, kurz nachdem er Morel geschworen hatte, niemand würde jemals erfahren, woher er komme, bewogen, zu Madame Verdurin zu sagen: ›Er ist der Sohn eines Kammerdieners.‹ Ein gleiches Bedürfnis auch würde diesen Ausspruch, jetzt, da er einmal in Umlauf gesetzt war, von einer Person zur andern weiterwandern lassen, deren jede ihn unter dem Siegel einer Verschwiegenheit, die ihr versprochen, jedoch in Wirklichkeit nicht bewahrt wurde – ganz wie sie selbst es gemacht hatte – anderen anvertrauen würde. Solche Aussprüche kehrten schließlich wie der Ring beim Ringleinspiel zu Madame Verdurin zurück und brachten sie mit der in Frage stehenden Person auseinander, die ebenfalls schließlich davon erfuhr. Die Padrona wußte es, konnte aber den Ausspruch nicht zurückhalten, der ihr auf der Zunge brannte. ›Bedienter‹ mußte ja Morel unweigerlich verletzen. Sie sagte dennoch ›Bedienter‹, und wenn sie hinzufügte, sie könne es nicht mit Bestimmtheit behaupten, so war es gleichzeitig, um, dank solcher Nuancierung, des übrigen desto sicherer zu scheinen und um ihre unparteiische Haltung zu beweisen. Diese unparteiische Haltung rührte sie selbst derart, daß sie liebevoll auf Charlie einzureden begann: »Denn sehen Sie, sagte sie, ich mache ihm nicht einmal einen Vorwurf daraus, er reißt Sie nur in den Abgrund hinein – er kann einfach nichts dafür – in dem er sich selbst schon befindet. Jawohl, so ist es, setzte sie mit Nachdruck und gleichzeitig verwundert über die Richtigkeit eines Bildes hinzu, das ihrer Aufmerksamkeit vorausgeeilt war, so daß diese erst jetzt den Anschluß daran fand und es nun ins rechte Licht zu setzen bemüht war. Nein, was ich ihm vorwerfe, sagte sie in dem fast liebevollen Ton einer Frau, die sich an ihrem Erfolg berauscht, das ist sein Mangel an Zartgefühl Ihnen gegenüber. Es gibt Dinge, die man nicht jedem Beliebigen erzählt. So hat er eben noch gewettet, Sie würden vor Vergnügen erröten, wenn er Ihnen (das Ganze ist natürlich Aufschneiderei, denn eine Empfehlung durch ihn würde genügen, damit Sie es nicht bekämen) ankündigte, daß Sie das Kreuz der Ehrenlegion erhalten. Das mag noch hingehen, obwohl ich niemals gern gesehen habe, setzte sie mit einem aus Feinfühligkeit und Würde gemischten Ausdruck hinzu, daß man seinen Freund zum besten hat; aber Sie wissen ja, es gibt Nichtigkeiten, die einen dennoch schmerzen. So zum Beispiel, wenn er uns erzählt und sich dabei totlachen will, daß Sie nach diesem Kreuz so sehr Ihres Onkels wegen verlangen und daß Ihr Onkel ein Schuhputzer war.« – »Das hat er Ihnen gesagt!« rief Charlie, der nach diesen geschickt wiedergegebenen Bemerkungen alles, was Madame Verdurin ihm gesagt hatte, für lautere Wahrheit hielt. Madame Verdurin schwamm in Wonne wie eine alte Geliebte, die in dem Augenblick, da ihr junger Liebhaber sie verlassen will, mit Erfolg seine Heirat zum Scheitern bringt. Vielleicht hatte sie ihre Lüge nicht einmal so genau berechnet, geschweige denn bewußt gelogen. Vielleicht ließ eine Art von Gefühlslogik noch elementarerer Art, ein bloßer Nervenreflex, der sie zwecks Aufheiterung ihres Daseins und Erhaltung ihres Glücks dazu antrieb, in ihrem ›kleinen Kreis‹ ›das Heft in der Hand zu behalten‹, impulsiv diese Worte, diese so teuflisch zweckmäßigen, wenn auch nicht im strengsten Sinne exakten Behauptungen auf ihre Lippen treten, ohne daß sie Zeit gehabt hätte, deren Wahrheitsgehalt zu prüfen. »Wenn er es noch zu uns allein gesagt hätte, würde es ja nichts machen, fuhr die Padrona fort, wir wissen, was wir von seinen Reden zu halten haben, und außerdem gibt es einfach keinen lächerlichen Beruf; Sie zudem haben Ihren Wert, Sie sind das, was Sie durch Ihre Leistung sind; aber daß er hingeht und bei der Herzogin von Portofino alle Welt damit zum Lachen bringt (Madame Verdurin zitierte ausdrücklich diese Frau, denn sie wußte, daß Charlie die Herzogin liebte), das eben betrübt uns sehr. Als mein Mann es hörte, hat er gesagt: ›Lieber hätte ich eine Ohrfeige bekommen.‹ Denn Gustave (man erfuhr bei dieser Gelegenheit, daß Monsieur Verdurin Gustave hieß) liebt Sie, das wissen Sie ja, ebensosehr wie ich. Im Grunde ist er ein sehr empfindsamer Mensch.« – »Aber ich habe dir niemals gesagt, daß ich ihn liebe, brummte Monsieur Verdurin, der den gutmütigen Polterer spielte. Du verwechselst mich mit Charlus.« – »Oh! Nein, jetzt verstehe ich den Unterschied, ich bin von einem Elenden betrogen worden, Sie aber, Sie sind gut«, rief Charlie in aller Aufrichtigkeit aus. »Nein, nein, murmelte Madame Verdurin, um sich ihren Sieg zu erhalten (denn sie wußte ihre Mittwochabende gerettet), ohne ihn zu mißbrauchen, elend ist zuviel gesagt; er richtet Unheil, viel Unheil an, aber unbewußt; Sie wissen, diese Geschichte mit der Ehrenlegion hat nicht sehr lange gedauert. Es wäre mir aber unangenehm, Ihnen alles zu wiederholen, was er über Ihre Familie gesagt hat«, setzte die Padrona hinzu, die in große Verlegenheit geraten wäre, wenn sie es wirklich hätte tun sollen. »Oh! Wenn es auch nicht lange gedauert hat, so beweist es doch jedenfalls, daß er ein Verräter ist«, schrie Morel. In diesem Augenblick traten wir in den Salon. »Ah!« rief Monsieur de Charlus, als er sah, daß Morel da war, und ging auf den Musiker mit der Beschwingtheit eines Menschen zu, der klug seinen ganzen Abend auf die Begegnung mit einer Frau ausgerichtet hat und nun in seinem Freudenrausch nicht ahnt, daß er selbst sich die Falle bereitet, in der ihn die von dem Ehemann hierzu bestellten Männer vor aller Welt ergreifen und verprügeln werden. »Nun endlich, sagte er, das ist wahrhaftig nicht zu früh; sind Sie auch zufrieden, Sie junge Berühmtheit und bald jüngster Ritter der Ehrenlegion? Denn nicht lange mehr, so werden Sie Ihr Kreuz vorzeigen können«, setzte Monsieur de Charlus mit von zärtlichem Triumph erfüllter Stimme hinzu, aber gerade durch diese Anspielung auf die bevorstehende Auszeichnung bestätigte er sozusagen die von Madame Verdurin vorgebrachten Lügen, die Morel nunmehr für unumstößliche Wahrheit hielt. »Lassen Sie mich, ich verbiete Ihnen, mir näher zu kommen, rief Morel dem Baron zu. Sie haben das gewiß nicht zum ersten Mal versucht. Auch andere mögen Sie schon zugrunde gerichtet haben!« Mein einziger Trost war der Gedanke, ich würde Morel und Verdurin von Monsieur de Charlus nunmehr mit vernichtenden Streichen zu Boden geschmettert sehen. Wegen tausendmal geringfügigerer Dinge hatte ich seine rasenden Zornausbrüche über mich ergehen lassen, vor denen niemand sicher war; ein König sogar würde ihn nicht eingeschüchtert haben. Statt dessen aber trug sich etwas Außergewöhnliches zu. Monsieur de Charlus schien stumm und bestürzt sein Unglück zu ermessen, ohne dessen Ursache zu begreifen, und da er keine Worte fand, lenkte er seine Blicke der Reihe nach auf alle Anwesenden mit forschender, empörter und beschwörender Miene; er schien sie weniger danach zu befragen, was vorgefallen sei, als vielmehr, was er darauf antworten solle. Was ihn verstummen ließ, war vielleicht (als er Monsieur und Madame Verdurin die Blicke wegwenden und niemand ihm zu Hilfe kommen sah) das gegenwärtige Leiden und vor allem das Grauen vor allem, was noch kommen würde, vielleicht aber auch die Tatsache, daß er sich nicht im voraus in der Phantasie bereits den Kopf erhitzen und sich in einen Zorn hatte hineinsteigern können und also auch nicht über eine bereits fertig vorliegende Wut verfügte (denn empfindlich, nervös, hysterisch, wie er sich zeigte, war er wirklich impulsiv, doch nur vermeintlich tapfer, sogar, wie ich übrigens immer angenommen hatte und was ihn mir eher sympathisch machte, ein vermeintlicher Bösewicht und außerdem unfähig zu den normalen Reaktionen eines aufs Äußerste gereizten Ehrenmanns), so daß man ihn in einem Augenblick unvermutet attackiert und niedergeschlagen hatte, als er waffenlos war; oder aber er fühlte sich in einem Milieu, das nicht das seinige war, weniger zu Hause und den Dingen gewachsen, als er es im Faubourg gewesen wäre. Tatsache ist jedenfalls, daß in einem Salon, den er verachtete, diesem großen Herrn (dem eine wesensmäßige Überlegenheit über die Angehörigen des Bürgertums ebensowenig zu eigen war wie irgendeinem seiner verängstigten Vorfahren vor dem Revolutionstribunal) nichts anderes einfiel, als unter völliger Lähmung aller seiner Glieder und seiner Zunge nach allen Seiten entsetzte und über die ihm angetane Gewalt empörte, gleichzeitig flehende und fragende Blicke zu entsenden. Dennoch besaß Monsieur de Charlus alle Register – nicht nur der Beredsamkeit, sondern auch der Kühnheit – sobald er, von einer seit langem in ihm brodelnden Wut gepackt, durch die vernichtendsten Aussprüche in Gegenwart entsetzter Weltleute, die niemals geglaubt hätten, daß er so weit gehen könne, jemanden seinesgleichen in Grund und Boden verdammte. In solchen Fällen steigerte sich Monsieur de Charlus in regelrechte Nervenkrisen hinein, an die alle Zeugen nachträglich noch nicht ohne Zittern dachten. In diesen Fällen aber lag die Initiative bei ihm, er griff an, er sagte, was er wollte (so wie Bloch sich gern über die Juden lustig machte, aber errötete, wenn man ihren Namen in seiner Gegenwart aussprach). Wenn er diese Leute haßte, so haßte er sie, weil er sich von ihnen verachtet glaubte. Wären sie freundlich zu ihm gewesen, so hätte er sie umarmt, anstatt sich ihnen gegenüber einem Delirium des Zorns zu überlassen. Bei einer so grausam unvorhergesehenen Gelegenheit konnte dieser große Wortgewandte andererseits nur stammeln: »Was soll denn das bedeuten? Was ist denn los?« Man hörte ihn nicht einmal. Die ewige Pantomime panischen Schreckens aber hat sich so wenig gewandelt, daß dieser alte Herr, dem in einem Pariser Salon ein unangenehmes Erlebnis zustieß, unbewußt in das Schema der nur wenige Figuren umfassenden Attitüden verfiel, in welchen die griechische Bildkunst der ersten Jahrhunderte das Entsetzen der vom Gotte Pan verfolgten Nymphen stilistisch festgelegt hat.

Der in Ungnade gefallene Botschafter, der Bürochef, der abgehen muß, ein Weltmann, den alle schneiden, der versetzte Liebhaber, sie alle sinnen manchmal monatelang dem Ereignis nach, das ihre Hoffnungen vernichtet hat: sie wenden es hin und her wie ein Geschoß, das, niemand weiß woher und von wem entsandt, meteorgleich auf sie niedergefallen ist. Sie möchten gerne wissen, aus welchen Elementen dieses seltsame Ding sich zusammensetzt, das auf sie herabgebraust ist, wissen auch, wessen Übelwollen sich darin zu erkennen gibt. Chemiker verfügen wenigstens über das Mittel der Analyse; Kranke, die an Schmerzen leiden, deren Ursprung ihnen verborgen ist, können einen Arzt zu Rate ziehen; Kriminalfälle werden mehr oder weniger durch den Untersuchungsrichter aufgehellt. Aber für die verblüffenden Handlungen von Menschen unseresgleichen vermögen wir oft die Beweggründe nicht zu entdecken. So ging für Monsieur de Charlus – um schon auf Tage vorzugreifen, welche der Soiree bei den Verdurins folgten, auf die wir noch wieder zurückkommen werden – aus Charlies Haltung nur eines deutlich hervor. Charlie, der dem Baron häufig damit gedroht hatte, er werde erzählen, welche Leidenschaft er ihm einflößte, hatte offenbar, um es nunmehr wirklich zu tun, den ersten Augenblick genutzt, nachdem er sich genügend ›arriviert‹ fühlte, um auf eigenen Füßen zu stehen. Er hatte, schien es, aus purer Undankbarkeit Madame Verdurin alles erzählt. Aber wie kam es, daß diese (denn entschlossen, alles zu leugnen, hatte der Baron schon sich selbst überzeugt, daß die Gefühle, welche man ihm vorwerfen würde, nur in der Phantasie existierten) sich hatte täuschen lassen? Freunde von Madame Verdurin, die vielleicht ihrerseits für Morel eine Leidenschaft hegten, hatten offenbar dafür den Boden bereitet. Infolgedessen schrieb Monsieur de Charlus in den folgenden Tagen furchtbare Briefe an mehrere völlig unschuldige ›Getreue‹, die ihn für wahnsinnig hielten; dann trug er Madame Verdurin eine lange, rührende Geschichte vor, mit der er übrigens keineswegs die gewünschte Wirkung erzielte. Denn einerseits wiederholte Madame Verdurin dem Baron unaufhörlich: »Sie brauchen sich ja nur nicht mehr um ihn zu kümmern, strafen Sie ihn mit Nichtachtung, er ist eben ein Kind«; der Baron aber schmachtete einzig nach einer Wiederversöhnung. Andererseits bat er – um diese dadurch herbeizuführen, daß er Charlie alles vorenthielt, wovon dieser geglaubt hatte, es sei ihm vollkommen sicher – Madame Verdurin, sie möge den Violinisten nicht mehr bei sich empfangen. Hierauf aber antwortete sie mit einer Weigerung, die ihr gereizte und sarkastische Briefe von Monsieur de Charlus eintrug. Während Monsieur de Charlus von einer Vermutung zur anderen überging, verfiel er niemals auf die richtige: nämlich daß der Streich keineswegs von Morel geführt worden war. Er hätte es allerdings erfahren können, wenn er Morel um eine Aussprache von wenigen Minuten gebeten hätte. Er hielt das aber für unter seiner Würde und mit den Interessen seiner Liebe schlechthin unvereinbar. Er war beleidigt worden und wartete nun darauf, eine Erklärung entgegenzunehmen. Im übrigen verbindet sich immer mit der Idee eines Gesprächs, durch das ein Mißverständnis geklärt werden könnte, eine andere, die, aus welchem Grund auch immer, uns hindert, auf eben dies Gespräch uns unsrerseits einzulassen. Wer sich in zwanzig Fällen erniedrigt und seine Schwäche bewiesen hat, wird beim einundzwanzigsten Mal – dem einzigen, wo es nützlich gewesen wäre, sich nicht auf eine anmaßende Haltung zu versteifen, sondern einen Irrtum aufzuklären, der sich, wenn man ihn nicht berichtigt, beim Gegner definitiv festsetzen muß – seinen Stolz zu beweisen trachten. Was die gesellschaftliche Seite dieses Zwischenfalls betraf, so verbreitete sich das Gerücht, dem Baron sei bei den Verdurins in dem Augenblick die Tür gewiesen worden, als er versucht habe, einem jungen Musiker Gewalt anzutun. Das Gerücht bewirkte, daß man

sich nicht weiter wunderte, Monsieur de Charlus bei den Verdurins nicht wieder auftauchen zu sehen, und wenn er zufällig irgendwo einen der von ihm beargwöhnten und daraufhin schlecht behandelten Getreuen traf und dieser ihm gegenüber eine ablehnende Haltung einnahm, so daß der Baron ihn nicht einmal begrüßte, staunten die Leute nicht, denn sie sahen ohne weiteres ein, daß niemand aus dem ›kleinen Clan‹ den Baron mehr kennen wollte.
Während Monsieur de Charlus unter dem vernichtenden Eindruck der Worte, die Morel soeben zu ihm gesagt hatte, und der Haltung der Padrona die Pose der von panischem Schrekken gepackten Nymphe einnahm, hatten sich Monsieur und Madame Verdurin, gleichsam zum Zeichen des Abbruchs der diplomatischen Beziehungen, in den ersten Salon zurückgezogen, so daß Monsieur de Charlus allein blieb, während auf dem Podium Morel seine Geige einpackte. »Du mußt uns erzählen, wie alles verlaufen ist«, drang Madame Verdurin begierig in ihren Gatten. »Ich weiß nicht, was Sie ihm gesagt haben, jedenfalls sah er ganz aufgeregt aus, warf Ski ein, er hatte Tränen in den Augen.« Aber Madame Verdurin tat, als habe sie nicht verstanden. »Ich glaube, was ich ihm gesagt habe, war ihm ganz gleichgültig«, erklärte sie unter Zuhilfenahme einer Technik, die im übrigen nicht alle Beteiligten täuschte, um den Bildhauer zu zwingen, noch einmal zu sagen, Charlie habe Tränen vergossen, Tränen, die die Padrona in einen allzu stolzen Freudenrausch versetzten, als daß sie Gefahr laufen wollte, der eine oder andere der Getreuen habe schlecht verstanden und wisse nichts davon. »Aber nein, im Gegenteil, ich sah große Tränen in seinen Augen schimmern«, sagte der Bildhauer in einem leisen Ton und mit einem Lächeln boshaften Einvernehmens, während er zur Seite blickte, um sicher zu gehen, daß Morel immer noch auf dem Podium sei und das Gespräch nicht mit anhören könne. Eine Person aber gab es, die es hören, und deren Gegenwart, sobald sie bemerkt worden war, Morel eine seiner verlorenen

Hoffnungen wiedergeben sollte. Es war die Königin von Neapel, die ihren Fächer vergessen und es liebenswürdiger gefunden hatte, eine andere Soiree, zu der sie sich begeben hatte, wiederum zu verlassen und ihn selbst zu holen. Sie war ganz leise, wie in einer gewissen Befangenheit und zur Entschuldigung bereit, eingetreten, um noch einmal jetzt, wo niemand mehr da sein würde, einen kurzen Besuch zu machen. Ihr Kommen war aber überhört worden in der Erregung über den Zwischenfall, den sie auf der Stelle erfaßte und der sie in flammende Empörung versetzte. »Ski sagt, er hat Tränen in den Augen gehabt, hast du davon etwas bemerkt? Ich habe keine Tränen gesehen. Oder doch! ich erinnere mich allerdings, korrigierte sie sich, denn sie fürchtete, man könne ihr Leugnen für bare Münze nehmen. Was Charlus anbelangt, so war er allerdings in einem bejammernswürdigen Zustand. Er sollte sich setzen, er steht nicht mehr fest auf den Beinen. Er wird noch der Länge nach hinschlagen«, setzte sie mit mitleidlosem Hohnlachen hinzu. In diesem Augenblick eilte Morel herbei: »Ist die Dame dort nicht die Königin von Neapel, fragte er (obwohl er ganz genau wußte, daß sie es war), indem er auf die Souveränin zeigte, die sich auf Charlus zubewegte. Nach dem, was geschehen ist, kann ich jetzt leider den Baron nicht mehr bitten, mich ihr vorzustellen.« – »Warten Sie, ich werde es tun«, sagte Madame Verdurin, und von einigen Getreuen – aber nicht von mir und Brichot, die wir uns beeilten, zu unseren Mänteln zu gelangen und das Haus zu verlassen – gefolgt, schritt sie auf die Königin zu, die sich gerade mit Monsieur de Charlus unterhielt. Dieser hatte geglaubt, die Verwirklichung seines großen Wunsches, Morel der Königin von Neapel vorgestellt zu sehen, könne nur durch den unwahrscheinlichen Tod der Souveränin verhindert werden. Aber wir stellen uns eben die Zukunft wie einen in einen leeren Raum projizierten Reflex der Gegenwart vor, während sie oft das bereits ganz nahe Ergebnis von Ursachen ist, die uns zum größten Teil entgehen. Jetzt, kaum eine

Stunde später, hätte Monsieur de Charlus alles darum gegeben, damit Morel der Königin nicht vorgestellt würde. Madame Verdurin machte vor der Königin eine Reverenz. Als sie sah, daß diese sie nicht zu erkennen schien, sagte sie: »Ich bin Madame Verdurin, Eure Majestät erkennen mich offenbar nicht.« – »Doch, doch«, sagte die Königin und setzte dabei so selbstverständlich ihre Unterhaltung mit Monsieur de Charlus fort, mit einer so vollkommen zerstreuten Miene zudem, daß Madame Verdurin zweifelte, ob dieses in einem wundervoll beiläufigen Ton ausgesprochene ›Doch, doch‹ überhaupt an sie gerichtet war, was Monsieur de Charlus inmitten seines Liebeskummers das dankbar genießerische Lächeln eines Experten auf dem Gebiet hochmütiger Zurechtweisungen entlockte. Morel, der von weitem die Vorbereitungen für seine Vorstellung im Gange sah, war jetzt näher getreten. Die Königin reichte Monsieur de Charlus ihren Arm. Auch auf ihn war sie böse, aber doch nur, weil er seinen feigen Beleidigern nicht beherzter entgegentrat. Sie errötete um seinetwillen vor Scham, daß die Verdurins ihn so zu behandeln wagten. Die von einfacher Güte erfüllte Sympathie, die sie ihnen vor ein paar Stunden bezeigt hatte, und der unnahbare Stolz, mit dem sie ihnen jetzt gegenübertrat, wurzelten an der gleichen Stelle ihres Herzens. Die Königin war eine Frau voller Güte, aber sie verstand die Güte zuallererst unter der Form der unerschütterlichen Anhänglichkeit an die Menschen, die sie liebte, an ihre Familie, an alle, die ihres Blutes waren und zu denen auch Monsieur de Charlus zählte, endlich alle Menschen des Bürgertums oder auch des einfachsten Volkes, welche die zu achten wußten, die sie selber liebte, und für sie gute Gefühle hegten. Als einer mit diesen trefflichen Instinkten begabten Frau hatte sie Madame Verdurin ihre Sympathie kundgetan. Zweifellos liegt hier eine etwas enge, etwas toryhafte Form der Güte vor, die mehr und mehr aus der Mode kommt. Das bedeutet aber nicht, daß diese Güte weniger aufrichtig und weniger glühend wäre. Die Alten haben mit nicht geringerer Kraft die Menschengruppe geliebt, für die sie sich aufopferten, weil diese über die Grenzen ihres Stadtstaates nicht hinausreichte, noch die Menschen von heute ihr Vaterland, als andere eines Tages die Vereinigten Staaten der ganzen Erde lieben werden. Ganz in meiner Nähe hatte ich das Beispiel meiner Mutter, die Madame de Cambremer und Madame de Guermantes niemals vermocht haben, an einer philanthropischen Veranstaltung oder einer Nähstube zu patriotischen Zwecken sich zu beteiligen, jemals auf einem Basar einen Verkaufsstand oder den Vorsitz zu übernehmen. Ich will damit keineswegs sagen, daß sie recht gehabt hat, einzig zu handeln, wenn ihr Herz zuvor gesprochen hatte, und ihrer Familie, ihren Dienstboten, den Unglücklichen, welche der Zufall ihr über den Weg führte, die Schätze ihrer Liebe und Großherzigkeit vorzubehalten, doch ich weiß, daß diese bei ihr wie bei meiner Großmutter unerschöpflich waren und bei weitem alles übertrafen, was die Damen Guermantes oder Cambremer jemals vermochten oder taten. Der Fall der Königin von Neapel war wieder ein völlig anderer, aber jedenfalls muß man anerkennen, daß auch ihre Auffassung von sympathischen Menschen keineswegs die war, die man in den Romanen von Dostojewski findet, welche Albertine aus meiner Bibliothek entlehnt und sich angeeignet hatte, das heißt speichelleckende Schmarotzer, Diebe, Trunkenbolde, die abwechselnd unterwürfig und unverschämt sind, Lüstlinge oder sogar unter Umständen Mörder. Im übrigen berühren sich die Gegensätze dabei, da ja der Edle, der Nahestehende, der schwerbeleidigte Verwandte, den die Königin zu verteidigen gedachte, Monsieur de Charlus war, also trotz seines Adels und aller der verwandtschaftlichen Bande, die ihn mit der Königin verknüpften, jemand, dessen Tugenden von vielen Lastern überlagert waren. »Sie sehen aus, als fühlten Sie sich nicht wohl, lieber Vetter, sagte sie zu Monsieur de Charlus. Lehnen Sie sich auf meinen Arm. Seien Sie gewiß, daß er Sie immer stützen wird. Seine Kraft reicht dafür aus.«

Dann blickte sie stolz geradeaus (ihr gegenüber befanden sich, wie mir Ski erzählte, in diesem Augenblick Madame Verdurin und Morel) und fuhr fort: »Sie wissen, daß er vormals in Gaëta die Kanaille in Schach gehalten hat. Er wird auch jetzt für Sie ein Bollwerk sein.« Und so, an ihrem Arm den Baron fortgeleitend und ohne sich Morel vorstellen zu lassen, verließ die ruhmreiche Schwester der Kaiserin Elisabeth den Salon.

Bei dem furchtbaren Temperament von Monsieur de Charlus und den Verfolgungen, mit denen er sogar seine eigenen Verwandten in chronischen Schrecken versetzte, hätte man meinen können, er werde in der Folge dieser Soiree seine Wut an den Verdurins auslassen und Repressalien gegen sie in die Wege leiten. Es geschah aber nichts dergleichen, und der Hauptgrund dafür bestand sicherlich darin, daß der Baron, der sich einige Tage darauf erkältet, sogar sich eine jener infektiösen Lungenentzündungen zugezogen hatte, die damals sehr häufig waren, lange Zeit in den Augen seiner Ärzte und auch in seinen eigenen dem Tode verfallen war, dann aber noch monatelang zwischen Tod und Leben schwebte. Handelt es sich hier einfach um eine Verlagerung ins Körperliche, trat hier nur ein anderes Übel für den neurotischen Zustand ein, in dem er sich bis dahin zu wahren Orgien des Zornes hatte hinreißen lassen? Man macht es sich zu einfach, wenn man glaubt, er könne, da er die Verdurins vom gesellschaftlichen Standpunkt aus nie für voll genommen hatte, ihnen nicht böse sein wie seinen Standesgenossen; zu einfach auch, wenn man sich daran erinnert, daß die Nervösen, bei jeder Gelegenheit auf eingebildete, in Wirklichkeit ganz harmlose Feinde erbost, im Gegenteil völlig unaggressiv werden, wenn jemand gegen sie die Offensive ergreift, und daß man sie wirksamer beruhigt, indem man ihnen kaltes Wasser über das Gesicht schüttet, als wenn man ihnen die Eitelkeit ihrer Beschwerden darzulegen versucht. Wahrscheinlich hat man nicht in einer solchen Verlagerung die Erklärung für das Fehlen des Grolles zu suchen, sondern in der Krankheit selbst. Sie versetzte den Baron in einen Zustand so großer Erschöpfung, daß ihm wenig Muße blieb, an die Verdurins zu denken. Er stand mit einem Fuß im Grabe. Wir haben das Wort ›Offensive‹ gebraucht; selbst wenn eine solche erst posthume Wirkungen haben soll, erfordert sie, wenn man sie angemessen ›aufziehen‹ will, einen Teil der verfügbaren Kräfte. Monsieur de Charlus besaß nicht mehr genügend davon, um eine solche Planung auszuführen. Man spricht oft von Todfeinden, die die Augen noch einmal öffnen, um gegenseitig festzustellen, daß ihr letztes Stündlein geschlagen hat, und sie beglückt darauf für immer schließen. Dieser Fall muß selten sein, es sei denn daß der Tod die Betreffenden bei voller Lebenskraft überkommt. Gerade in dem Augenblick vielmehr, in dem man nichts mehr zu verlieren hat, will man ein Wagnis nicht mehr auf sich nehmen, zu dem man in der Fülle des Lebens sich leicht entschlossen hätte. Der Geist der Rache bildet einen Teil des Lebens; meist – trotz der Ausnahmen, die innerhalb eines und desselben Charakters einen der menschlichen Natur inhärenten Widerspruch darstellen, wie man sehen wird – verläßt er uns auf der Schwelle des Todes; nachdem Monsieur de Charlus einen Augenblick an die Verdurins gedacht hatte, fühlte er sich zu erschöpft, wendete sich zur Wand und dachte an gar nichts mehr. Nicht daß er seine Beredsamkeit verloren hätte, aber sie stand ihm nur für geringere Anstrengungen zur Verfügung, sie strömte noch immer, doch in verwandelter Form. Losgelöst von den heftigen Ausbrüchen, die sie so oft begleitet hatten, war sie nur mehr in Gestalt einer sozusagen mystischen Eloquenz vorhanden, die sich mit Worten der Sanftmut, Gleichnissen aus dem Evangelium und offenbarer Ergebung in das Ende schmückte. Er sprach besonders an Tagen, an denen er sich gerettet glaubte. Ein Rückfall brachte ihn wiederum zum Schweigen. Diese christliche Sanftmut, in die sich sein grandioses Ungestüm (wie das so ganz anders geartete Genie der ›Andromaque‹ später in ›Esther‹) verlagert hatte, war ein Gegenstand der Bewunderung für alle Personen seiner Umgebung. Sie wäre es besonders für die Verdurins selbst gewesen, die nicht umhin gekonnt hätten, einen Mann zu verehren, den seine Charakterfehler ihnen eben noch hassenswert hatten erscheinen lassen. Gewiß standen Gedanken bei ihm im Vordergrund, die vom Christentum nur den äußeren Anschein hatten. Er flehte den Erzengel Gabriel an, ihm wie dem Propheten zu verkündigen, innerhalb welcher Zeit der Messias erscheinen werde. Nach einer Pause, die von einem sanften, schmerzlichen Lächeln ausgefüllt war, setzte er hinzu: »Aber der Erzengel dürfte nicht von mir wie von Daniel verlangen, daß ich mich noch ›sieben Wochen und zweiundsechzig Wochen gedulde‹, denn bis dahin bin ich tot.« Der also Erwartete war Morel. Daher bat Charlus denn auch den Erzengel Raphael, ihm diesen zurückzuführen wie den jungen Tobias. Dann wieder mischte er weltliche Mittel unter die geistlichen (so wie die Päpste, wenn sie krank sind, zwar Messen lesen lassen, doch auch nicht anstehen, ihren Leibarzt zu bemühen) und versuchte seinen Besuchern einzureden, daß, wenn Brichot ihm schnellstens seinen jungen Tobias zurückbrächte, der Erzengel Raphael vielleicht ein Einsehen haben und ihm wie dem Vater des Tobias oder durch die Heilkraft des Teiches Bethesda das Augenlicht wiedergeben werde. Trotz dieser Rückfälle ins Menschliche aber wurde die moralische Reinheit der Reden von Monsieur de Charlus gleichwohl zu etwas wahrhaft Erbaulichem. Eitelkeit, üble Nachrede, Ausbrüche der Bosheit oder des Hochmuts, alles das war verschwunden. Moralisch hatte Monsieur de Charlus sich weit über das Niveau erhoben, auf dem er vordem lebte. Doch ließ diese moralische Vollkommenheit, über deren Realität seine Redekunst im übrigen möglicherweise seine gerührten Zuschauer bis zu einem gewissen Grade täuschte, zugleich mit der Krankheit nach, die ihr so lange zugute gekommen war. Mit einer, wie wir sehen werden, progressiv anwachsenden Schnelligkeit vollzog Mon-

sieur de Charlus seinen Wiederabstieg. Doch das Verhalten der Verdurins ihm gegenüber war für ihn bereits nur mehr eine ziemlich ferne Erinnerung, deren Wiederaufleben durch unmittelbarere Zorneswallungen hintangehalten wurde.
Um wieder auf die Soiree bei den Verdurins zurückzukommen, so sagte an dem Abend, als die Gastgeber allein zurückgeblieben waren, Monsieur Verdurin zu seiner Frau: »Weißt du auch, weshalb Cottard nicht gekommen ist? Er ist bei Saniette, dem der Börsencoup, durch den er sich sanieren wollte, fehlgeschlagen ist. Als er erfuhr, daß er keinen Franc mehr, wohl aber eine Million Schulden habe, hat ihn der Schlag getroffen.« – »Weshalb hat er auch spekuliert? Dieser Dummkopf ist doch der letzte, der für so etwas geschaffen ist. Schlauere als er haben dabei Haare gelassen, er aber ist ja förmlich prädestiniert, von aller Welt übertölpelt zu werden.« – »Natürlich, das wissen wir schon lange, daß er ein Esel ist, sagte Monsieur Verdurin. Aber so liegen die Dinge nun einmal. Wir haben da einen Menschen, dem morgen der Hauseigentümer die Tür weisen und der sich im äußersten Elend befinden wird; seine Verwandten lieben ihn nicht, Forcheville wird sicher nichts für ihn tun. Da habe ich mir gedacht – ich will natürlich nichts unternehmen, was dir vielleicht nicht recht ist – wir könnten ihm am Ende eine kleine Rente aussetzen, damit er seinen Ruin nicht allzusehr spürt und sich in seinem Heim wieder gesund pflegen kann.« – »Ich bin ganz deiner Meinung, es ist sehr nett von dir, daß du daran gedacht hast. Aber du sagst: ›in seinem Heim‹; dieser Narr hat eine viel zu teure Wohnung beibehalten, das geht jetzt nicht mehr so weiter, man müßte irgendwo zwei Zimmer für ihn mieten. Ich glaube, jetzt bewohnt er noch ein Appartement zu sechs- oder siebentausend Francs.« – »Sechstausendfünfhundert. Aber er legt großen Wert auf seine Häuslichkeit. Schließlich hat er den ersten Schlaganfall hinter sich. Mehr als zwei oder drei Jahre wird er es nicht mehr machen. Nehmen wir einmal an, wir geben drei Jahre lang

zehntausend Francs für ihn aus. Mir scheint, das könnten wir durchaus tun. Wir könnten zum Beispiel in diesem Jahr, anstatt wieder La Raspelière zu mieten, etwas Bescheideneres nehmen. Bei unseren Einkünften, denke ich, müßte es nicht unmöglich sein, zehntausend Francs innerhalb von drei Jahren zu amortisieren.« – »Gut, das Dumme ist nur, daß es sicher bekannt wird, und dann müssen wir für andere auch dergleichen tun.« – »Du kannst dir denken, daß ich mir das schon überlegt habe. Ich werde es nur unter der ausdrücklichen Bedingung tun, daß niemand etwas davon erfährt. Nein, danke schön, ich habe keine Lust, zum Wohltäter des Menschengeschlechts zu avancieren. Nur keine Philanthropie! Was wir tun könnten, wäre vielleicht, zu behaupten, das Geld sei von der Fürstin Scherbatow für ihn bestimmt worden.« – »Aber wird er das glauben? Sie hat sich mit Cottard wegen ihres Testaments beraten.« – »Im äußersten Falle könnte man Cottard ins Vertrauen ziehen, er ist an die berufliche Schweigepflicht gewöhnt und verdient selbst enorm, er wird niemals einer jener Allzugeschäftigen sein, die einem lästig fallen. Er würde es möglicherweise sogar übernehmen, zu sagen, die Fürstin habe ihn zum Mittler ausersehen. Auf diese Weise würden wir gar nicht in Erscheinung treten. Das würde uns gleichzeitig lästige Dankesszenen, Gefühlsäußerungen und die üblichen Phrasen ersparen.« Monsieur Verdurin brauchte bei dieser Gelegenheit noch ein Wort, das offenbar diese Art von rührenden Szenen und Phrasen bezeichnete, denen sie aus dem Wege gehen wollten. Aber ich konnte nicht genau erfahren, welches Wort es war, denn es war kein französischer Ausdruck, sondern einer von jenen, wie sie in Familien üblich sind, um gewisse Dinge, vor allem unangenehme Dinge, zu bezeichnen, wahrscheinlich weil man sie vor den in Betracht kommenden Personen erwähnen möchte, ohne von ihnen verstanden zu werden. Diese Art von Ausdrücken ist im allgemeinen das einzige Relikt, das aus einem früheren Status der Familie übriggeblieben ist. In einer jüdischen Familie zum

Beispiel wird es ein ritueller Terminus sein, der seinen Sinn verloren hat und jetzt vielleicht das einzige hebräische Wort darstellt, das die inzwischen französierte Familie überhaupt noch kennt. In einer stark provinziellen Familie ist es vermutlich ein Wort aus dem Dialekt der betreffenden Provinz, wenn auch ihre Angehörigen diesen Dialekt sonst nicht mehr sprechen und sogar nicht einmal mehr verstehen. In einer aus Südamerika stammenden und nur noch französisch sprechenden Familie wird es ein spanisches Wort sein, das in der folgenden Generation nur mehr die Rolle einer Kindheitserinnerung spielt. Man wird noch wissen, daß die Eltern damit auf die bei Tisch servierenden Diener anspielten, ohne von diesen verstanden zu werden, da sie eben diesen bestimmten Ausdruck verwendeten, aber die Kinder wissen nicht mehr, was das Wort im Grunde bedeutete, und ob es aus dem Spanischen, Hebräischen, Deutschen oder aus dem Dialekt der betreffenden Provinz stammt, ja ob es überhaupt je einer bestimmten Sprache angehört hat oder nicht vielleicht ein alter Personenname oder ein völlig frei erfundenes Silbengebilde ist. Der Zweifel kann nur behoben werden, wenn man noch einen Großonkel, einen alten, noch lebenden Verwandten hat, dem der gleiche Ausdruck ebenfalls geläufig war. Da ich keinen Verwandten der Verdurins kannte, habe ich das Wort nie genau wieder feststellen können. Madame Verdurin aber hat jener Ausdruck sicherlich zum Lächeln gebracht. Denn die Anwendung einer solchen Sprache, die weniger allgemein, persönlicher, geheimer als die allgemein übliche ist, flößt denjenigen, die sie untereinander gebrauchen, ein egoistisches Behagen ein, das immer von einer gewissen Befriedigung begleitet ist. Als dieser Augenblick der Heiterkeit vorüber war, äußerte die Padrona ein Bedenken: »Aber wenn Cottard darüber spricht?« – »Er wird nicht darüber sprechen.« Er sprach darüber, wenigstens zu mir, denn durch ihn habe ich einige Jahre später, bei der Beerdigung eben Saniettes von der Sache gehört. Ich bedauerte, daß ich nicht früher davon etwas gewußt hatte. Zunächst hätte mich Cottard damit schon eher auf den Gedanken gebracht, daß man den Menschen niemals böse sein und sie niemals nach einer bestimmten Erinnerung an irgendeine Bosheit beurteilen soll, denn wir kennen nicht alles, was zu einem andern Zeitpunkt ihre Seele an Gutem aufrichtig gewollt und verwirklicht hat. So täuscht man sich auch wiederum unter dem einfachen Gesichtspunkt der Voraussicht, denn zweifellos wird die schlechte Form, die man vordem ein für allemal festgestellt zu haben glaubte, auch ihrerseits wieder auftauchen. Aber die Seele ist reicher als das, sie hat viele andere Formen, die ebenfalls bei dem gleichen Menschen wiederkehren können, dem wir wegen des schlechten Verhaltens, das er einmal gezeigt hat, alle Sanftmut abzusprechen geneigt sind. Unter einem persönlichen Gesichtspunkt aber hätte diese Enthüllung Cottards, wäre sie früher erfolgt, in mir einen Argwohn zerstreut, den ich wegen der Rolle hegte, welche möglicherweise die Verdurins in den Beziehungen zwischen mir und Albertine spielten. Vielleicht freilich hätte sie ihn sogar zu Unrecht zerstreut, denn wenn Monsieur Verdurin Tugenden besaß, so war er dennoch von einer Bosheit beseelt, die bis zu leidenschaftlichster Verfolgung gehen konnte, und wachte so eifersüchtig über die Herrschaft in dem ›kleinen Clan‹, daß er auch vor den schlimmsten Lügen und dem Schüren des ungerechtfertigtsten Hasses nicht zurückgeschreckt wäre, wenn es galt, bei den Getreuen Bande zu zerstören, deren einziges Ziel nicht die Stärkung des ›kleinen Kreises‹ war. Er war ein Mensch, der wohl zu Selbstlosigkeit, zu verschwiegener Großherzigkeit imstande war, aber deswegen doch nicht unbedingt ein feinfühliger, ein sympathischer Mann, geschweige denn gewissenhaft, wahrheitliebend oder gleichmäßig gut. Eine partielle Güte – in der vielleicht noch ein wenig von der Familie weiterlebte, mit der meine Großtante befreundet war – existierte zweifellos in ihm, bevor ich noch durch diese seine Handlungsweise etwas von ihr erfuhr, so wie es Amerika oder den Nordpol schon vor Christoph Kolumbus und Peary gegeben hat. Immerhin stellte sich mir in dem Augenblick meiner Entdeckung Monsieur Verdurins Natur unter einem neuen, ungeahnten Gesichtspunkt dar; ich schloß daraus auf die Schwierigkeit, ein feststehendes Bild sowohl eines Charakters wie ganzer Gesellschaften oder Leidenschaftskomplexe zu entwerfen. Denn jener ändert sich nicht weniger als diese, und wenn man eine Aufnahme von dem herstellen will, was verhältnismäßig unbeweglich scheint, kommt man doch zu der Einsicht, daß es nacheinander verschiedene Aspekte zeigt (was einschließt, daß es eben nicht unbeweglich ist, sondern sich gleichwohl rührt), die das Objektiv nicht zu erfassen vermag.

Als ich sah, wie spät es war, und fürchtete, daß Albertine die Zeit lang werden könne, bat ich Brichot bei Verlassen des Verdurinschen Hauses, mich zunächst an meiner Wohnung abzusetzen, mein Wagen werde ihn dann nach Hause bringen. Er beglückwünschte mich dazu, daß ich so unmittelbar heimkehrte – denn er wußte ja nicht, daß ein junges Mädchen mich zu Hause erwartete – und so früh und so weise einen Abend beendete, dessen wahrhaften Beginn ich ganz im Gegenteil tatsächlich nur aufgeschoben hatte. Dann sprach er zu mir von Monsieur de Charlus. Dieser wäre zweifellos bestürzt gewesen, den Professor, der immer so liebenswürdig war und jederzeit erklärte: ›Ich sage nie etwas weiter‹, von ihm und seinem Leben derart ohne jede Zurückhaltung sprechen zu hören. Und das empörte Staunen Brichots wäre vielleicht nicht weniger aufrichtig gewesen, hätte Monsieur de Charlus zu ihm gesagt: ›Ich habe zuverlässig gehört, daß Sie schlecht von mir sprechen.‹ Brichot hegte tatsächlich eine gewisse Zuneigung für Monsieur de Charlus und hätte sich beim Rückblick auf irgendein jenen betreffendes Gespräch – obwohl er von ihm dieselben Dinge sagte wie alle anderen auch – wahrscheinlich sehr viel mehr an seine Sympathiegefühle erinnert als an diese Dinge selbst. Er hätte nicht zu lügen geglaubt, wenn er sagte: ›Ich, der ich von Ihnen immer so freundschaftlich spreche‹, da er ja tatsächlich etwas wie Freundschaft empfand, wenn er von Monsieur de Charlus redete. Dieser besaß für Brichot vor allem den Reiz, den der Universitätsmann in erster Linie vom Gesellschaftsleben erwartete, und der darin bestand, daß es ihm wirkliche Beispiele dessen lieferte, was er lange Zeit für eine Erfindung der Dichter hatte halten können. Brichot, der oft die zweite Ekloge Vergils interpretiert hatte, ohne eigentlich recht zu wissen, ob einer solchen Fiktion irgendeine Wirklichkeit entsprach, fand nun spät in seinem Leben noch in der Unterhaltung mit Monsieur de Charlus ein wenig von dem Vergnügen, von dem er wußte, daß es seine Meister Mérimée, Renan und sein Kollege Maspéro auf Reisen in Spanien, in Palästina, in Ägypten verspürt hatten, wenn sie in der gegenwärtigen Landschaft und Bevölkerung Spaniens, Palästinas oder Ägyptens den Rahmen und die unveränderten Akteure jener Szenen der Antike wiedererkannten, die sie selbst nur aus Büchern studiert hatten. »Ohne diesen Edlen von hoher Abkunft kränken zu wollen, erklärte mir Brichot in dem Wagen, der uns nach Hause trug, muß ich sagen, er ist einfach fabelhaft, wenn er seinen Satanskatechismus mit einer Verve, der etwas von Narrenhaus anhaftet, und einem Eigensinn, oder besser gesagt aus der makellosen Reinheit spanischer Kreide oder eines Emigranten heraus kommentiert. Ich kann versichern, daß ich mich, wenn ich wagen darf, mich so auszudrücken wie Monseigneur d'Hulst, an den Tagen nicht langweile, an denen ich den Besuch dieses Feudalherrn bekomme, der, wenn er Adonis gegen unser Zeitalter der Ungläubigkeit verteidigt, den Instinkten seiner Klasse folgt und in aller sodomitischen Unschuld dabei zum Kreuzritter wird.« Ich hörte Brichot zu und war nicht allein mit ihm. Wie im übrigen schon unaufhörlich, seitdem ich das Haus verlassen hatte, fühlte ich mich, wenn auch auf eine noch so dunkle Weise, an das junge Mädchen gefesselt, das in diesem Augenblick in seinem Zimmer war. Selbst wenn ich mit dem einen oder anderen Gast bei den

Verdurins plauderte, verspürte ich sie in unbestimmter Weise neben mir, ich hatte von ihr die gleiche vage Vorstellung, wie man sie von seinen eigenen Gliedern hat, und wenn ich an sie dachte, so geschah es auf dieselbe Art, in der man sich mit einem gewissen Unbehagen dem eigenen Körper versklavt weiß. »Eine Quelle zudem für allen möglichen Tratsch, fuhr Brichot fort, mit dem man zahllose Nachträge der ›Causeries du Lundi‹ versorgen könnte, gibt die einzigartige Unterhaltung dieses Apostels ab! Stellen Sie sich vor, von ihm erfahre ich, daß der Traktat über die Ethik, den ich immer als die grandioseste Moralkonstruktion unserer Epoche bewundert habe, unserem verehrungswürdigen Kollegen X... von einem jungen Depeschenboten inspiriert worden ist. Wir dürfen allerdings nicht zögern zuzugeben, daß mein ausgezeichneter Freund versäumt hat, uns im Laufe seiner Darlegungen den Namen dieses Epheben bekanntzugeben. Er hat darin mehr Rücksicht auf die öffentliche Meinung an den Tag gelegt – oder, wenn Sie wollen, weniger Dankbarkeit – als Phidias, welcher den Namen des Athleten, den er liebte, in den Ring seines Zeus von Olympia eingeritzt hat. Von dieser Geschichte übrigens war wiederum dem Baron nichts bekannt. Ich brauche Ihnen nicht zu sagen, daß er im Interesse seiner unveränderlichen Dogmen entzückt darüber war. Sie können sich leicht vorstellen, daß ich jedesmal, wenn ich mit meinem Kollegen über eine Doktorthese debattiere, in seiner übrigens äußerst scharfsinnigen Dialektik auch noch jenen Zusatz an Würze finde, den pikante Enthüllungen für Sainte-Beuve dem nur unzulänglich die Hintergründe aufdeckenden Werke Chateaubriands hinzusetzten. Von unserem Kollegen, dessen Weisheit Gold ist, der aber nur wenige Silberlinge besitzt, ist dieser Telegraphist ›in allen Ehren‹ (man muß hören, in welchem Ton er das sagt) in die Hände des Barons übergegangen. Und da dieser Satan der hilfsbereiteste aller Menschen ist, hat er für seinen Schützling eine Stelle in den Kolonien erlangt, von wo aus dieser, da er eine dankbare Seele ist, ihm von Zeit zu

Zeit ausgezeichnete Früchte schickt. Der Baron macht sie dann seinen hohen Bekanntschaften zum Geschenk; Ananas von diesem jungen Mann schmückte letzthin die Tafel am Quai Conti, woraufhin Madame Verdurin ohne jede boshafte Absicht bemerkte: ›Sie haben offenbar einen Onkel oder Neffen in Amerika, Monsieur de Charlus, daß Sie so herrliche Früchte von dort erhalten!‹ Ich gestehe, daß ich sie in beschwingter Heiterkeit verzehrt habe, während ich mir in petto den Anfang einer Horazode aufsagte, die Diderot gern zitierte. Kurz und gut, ich bekomme wie mein Kollege Boissier, wenn er vom Palatin nach Tibur schweift, eine bedeutend lebhaftere und farbigere Vorstellung von den Schriftstellern des Augusteischen Zeitalters durch die Unterhaltung mit dem Baron. Ich will nicht einmal von denen der Verfallzeit sprechen oder bis auf die Griechen zurückgehen, obwohl ich einmal dem trefflichen Monsieur de Charlus gesagt habe, ich käme mir bei ihm wie Platon bei Aspasia vor. In der Tat hatte ich dabei die Ausmaße dieser beiden Persönlichkeiten bedeutend vergrößert, das heißt, wie La Fontaine, mein Beispiel von ›weit kleinerem Getier‹ her entlehnt. Wie dem aber auch sei, Sie nehmen wahrscheinlich nicht an, stelle ich mir vor, daß der Baron darüber böse war. Niemals habe ich ihn so harmlos vergnügt gesehen. In geradezu kindlichem Übermut gab er vollkommen sein aristokratisches Phlegma auf. ›Was für Schmeichler, diese Herren von der Sorbonne! rief er voller Entzücken aus. Wenn ich mir vorstelle, daß ich so alt habe werden müssen, wie ich es jetzt bin, um mit Aspasia verglichen zu werden. Ein altes Gerümpel wie ich! Ja, wenn ich da an meine Jugend denke!‹ Ich wünschte, Sie hätten ihn bei diesen Worten sehen können: wie gewöhnlich maßlos gepudert und in seinem Alter noch parfümiert wie ein kleiner Stutzer. Im übrigen, abgesehen von seiner genealogischen Besessenheit, der beste Kerl von der Welt! Aus allen diesen Gründen wäre ich tief betrübt, wenn der Bruch heute abend etwa endgültig sein sollte. Erstaunt war ich übrigens über die Art, wie der junge

Mann sich in die Brust geworfen hat, denn er hatte ja seit einiger Zeit dem Baron gegenüber wahre Sklavenmanieren angenommen, eine Vasallenhaltung, die kaum auf eine solche Auflehnung hinzuweisen schien. Ich hoffe, daß für alle Fälle, selbst wenn (dii omen avertant) der Baron nicht mehr an den Quai Conti zurückkehren sollte, dieses Schisma sich gleichwohl nicht auch auf mich erstreckt. Wir haben alle beide zu viel Nutzen von dem Austausch gehabt, den wir zwischen meinem schwachen Wissen und seiner Erfahrung vorzunehmen pflegen (in Wirklichkeit wird man sehen, daß Monsieur de Charlus Brichot gegenüber zwar keinen heftigen Groll an den Tag legte, ihm aber seine Sympathie doch so völlig entzog, daß es ihm möglich war, ohne die geringste Nachsicht sein Urteil über ihn zu fällen) und ich schwöre Ihnen, daß dieser Austausch so ungleich ist, daß ich, wenn der Baron mir die Lehren seines Daseins zur Verfügung stellt, nicht mit Sylvestre Bonnard übereinstimme, wenn er sagt, man träume den Traum des Lebens immer noch am besten in einer Bibliothek.«

Wir waren vor meiner Tür angelangt. Ich stieg aus dem Wagen, um dem Kutscher Brichots Adresse zu geben. Vom Trottoir aus sah ich das Fenster vom Zimmer Albertines, dieses Fenster, das früher, als sie noch nicht im Hause wohnte, am Abend immer ganz schwarz geblieben war, das jetzt aber der Schein des elektrischen Lichts im Innern, von den dichten Teilen der Fensterläden überschnitten, von oben bis unten mit goldenen Parallelstreifen versah. Dieses magische Zauberbuch, das so klar und deutlich vor mir lag und in meinem Geiste exakte, ganz nahe Bilder abzeichnete, in deren Besitz ich sogleich gelangen würde, war für den fast erblindeten Brichot, der im Wagen geblieben war, unsichtbar und wäre ihm außerdem auch sonst unverständlich geblieben, da er ja sowenig wie die Freunde, die mich vor dem Abendessen, wenn Albertine von ihrer Ausfahrt zurückgekehrt war, besuchen kamen, von einem mir ganz angehörigen Mädchen etwas wußte, das mich in dem Zimmer neben dem meinen erwartete. Der Wagen rollte davon. Ich stand einen Augenblick allein auf dem Bürgersteig. Gewiß lieh ich diesen leuchtenden Streifen, die ich von unten her bemerkte und die jedem anderen ganz uninteressant erschienen wären, eine außerordentliche Dichtigkeit, Fülle und Dauerhaftigkeit in Anbetracht der Bedeutung, die sie für mich wegen des von anderen nicht erahnten Schatzes hatten, den ich dort verborgen hielt und von dem diese horizontalen Streifen ausgingen, einem Schatz freilich, für den ich meine Freiheit, Einsamkeit und mein Denken drangegeben hatte. Wäre Albertine nicht dort oben gewesen und hätte ich selbst nur Vergnügen gesucht, so wäre es mir bei unbekannten Frauen zuteil geworden, in deren Leben ich mich bemüht hätte einzudringen, in Venedig vielleicht oder doch wenigstens in irgendeinem Winkel des nächtlichen Paris. Jetzt aber durfte ich, wenn für mich die Stunde der Zärtlichkeiten kam, nicht verreisen, nicht einmal ausgehen, sondern einzig nach Hause kommen. Nach Hause kommen aber nicht, wie man es tut, um sich allein zu finden und, nachdem man die anderen, die von außen her dem Denken Nahrung zutrugen, verlassen hat, sich nunmehr wenigstens gezwungen sehen, diese Nahrung in sich selbst zu suchen, sondern im Gegenteil, weniger allein, als wenn ich bei den Verdurins war, da ich ja von der Person empfangen wurde, bei der ich am vollständigsten auf mein Denken verzichtete, der ich es vielmehr ganz und gar auslieferte, ohne daß ich einen Augenblick Muße gehabt, an mich selbst, oder mir die Mühe genommen hätte – da meine Freundin ja bei mir war – etwa an sie zu denken. Daher kam es, daß ich, als ich ein letztes Mal meine Augen von draußen her zu dem Fenster des Zimmers erhob, in dem ich gleich darauf sein würde, von der Vorstellung erfüllt war, ich sähe das leuchtende Gitterwerk, das sich hinter mir schließen würde und dessen unverbiegbare goldene Stäbe ich für eine ewige Knechtschaft mir selbst geschmiedet hatte.

Albertine hat mir niemals gesagt, daß sie den Argwohn hege, ich könne eifersüchtig sein und mich mit allem beschäftigen, was sie unternahm. Die einzigen, allerdings schon ziemlich weit zurückliegenden Worte, die wir über die Eifersucht ausgetauscht hatten, schienen das Gegenteil zu beweisen. Ich erinnerte mich, daß ich an einem schönen Mondscheinabend zu Beginn unserer Bekanntschaft – es war eines der ersten Male, daß ich sie nach Hause zurückbegleitet hatte, und ich hätte es eigentlich ebensogern nicht getan, sondern sie lieber verlassen, um anderen nachzulaufen – zu ihr gesagt hatte: ›Sie wissen ja, wenn ich Ihnen vorschlage, ich wolle Sie zurückbegleiten, so tue ich es nicht aus Eifersucht; wenn Sie sonst etwas vorhaben, verschwinde ich diskret.‹ Sie aber hatte mir geantwortet: ›Oh! Ich weiß, daß Sie nicht eifersüchtig sind und daß es Ihnen ganz gleichgültig ist, aber ich habe nichts anderes vor, als jetzt hier mit Ihnen zusammen zu sein.‹ Ein anderes Mal war es in La Raspelière, wo Monsieur de Charlus mit einem heimlichen Seitenblick auf Morel Albertine gegenüber ostentativ die Rolle galanter Liebenswürdigkeit gespielt und ich ihr gesagt hatte: ›Nun, er hat dir hoffentlich ordentlich zugesetzt‹, und da ich halb ironisch hinzugefügt hatte: ›Ich habe alle Qualen der Eifersucht erlitten‹, hatte Albertine unter Verwendung einer Redeweise, die entweder einem vulgären Milieu entstammte, aus dem sie hervorgegangen war, oder dem noch vulgäreren, in welchem sie verkehrte, zur Antwort gegeben: ›Ach! Gib doch bitte bloß nicht so an! Ich weiß ja, daß du nicht eifersüchtig bist. Erstens hast du es mir gesagt, und zweitens sieht man es doch auch. Geh du mir nur!‹ Sie hatte mir seither niemals gesagt, daß sie ihre Meinung geändert habe; aber es mochten sich gleichwohl in ihr in dieser Hinsicht neue Ideen herausgebildet haben, die sie mir verbarg, die aber ein Zufall gegen ihren Willen mir offenbaren konnte, denn als ich an diesem Abend, nach Hause zurückgekehrt, sie in ihrem Zimmer gesucht, in das meine herübergeholt und dann zu ihr (mit einer gewissen Befangenheit, die ich selbst nicht begriff, denn ich hatte ja Albertine angekündigt, ich werde ausgehen, und dabei bemerkt, ich wisse noch nicht genau, wohin, ob zu Madame de Villeparisis, zu Madame de Guermantes oder vielleicht zu Madame de Cambremer; allerdings hatte ich aus guten Gründen die Verdurins nicht genannt) gesagt hatte: »Rate, woher ich komme? Von den Verdurins!« fand ich kaum Zeit, diese Worte auszusprechen, da Albertine mir mit bestürzter Miene gleich die folgenden entgegenhielt, die ganz von allein mit einer Macht, über die sie nicht mehr Herr war, aus ihr hervorzubrechen schienen: »Das habe ich ja geahnt.« – »Ich wußte nicht, daß es dich ärgern würde, wenn ich zu den Verdurins ginge.« (Tatsächlich sagte sie auch nicht, daß es sie ärgerte, aber man sah es ihr deutlich an. Es stimmt auch, daß ich mir selbst nicht gesagt hatte, daß es sie ärgern würde. Und doch schien mir angesichts ihres ausbrechenden Zornes wie beim Anblick von Ereignissen, von denen wir in einer Art von nachträglichem doppelten Gesicht den Eindruck haben, sie seien uns in der Vergangenheit schon bekannt gewesen, daß ich nichts anderes hätte erwarten können.) »Mich ärgern? Was soll mir das denn ausmachen? Es ist mir so gleichgültig wie nur irgend etwas. Sollte nicht Mademoiselle Vinteuil heute da sein?« Völlig außer mir bei diesen Worten sagte ich ihr, um ihr zu zeigen, daß ich besser informiert sei, als sie meine: »Du hast mir nicht gesagt, daß du sie neulich getroffen hast.« Sie glaubte, daß die Person, um derentwillen ich ihr Vorwürfe machte, weil sie sie getroffen habe, ohne es mir zu berichten, Madame Verdurin sei, und nicht, wie ich andeuten wollte, Mademoiselle Vinteuil. »Habe ich die denn getroffen?« fragte sie mit nachdenklicher Miene gleichzeitig sich selbst, als suche sie in ihrer Erinnerung, und mich, als könnte ich ihr Auskunft geben, zweifellos wohl, damit ich sagte, was ich wußte, vielleicht aber auch, um Zeit für eine Antwort zu finden, die ihr schwierig schien. Ich aber war weit weniger mit dem Gedanken an Mademoiselle Vinteuil beschäftigt als mit einer Befürchtung, die mich schon früher gestreift hatte, aber sich nun mit aller Gewalt meiner bemächtigte. Ich hatte ja sogar geglaubt, daß Madame Verdurin einfach nur aus dem Bedürfnis, sich großzutun, den angeblich geplanten Besuch von Mademoiselle Vinteuil und ihrer Freundin erfunden habe, so daß ich beim Nachhausekommen ganz beruhigt sein könnte. Einzig Albertine hatte mir durch ihre Worte: ›Sollte nicht Mademoiselle Vinteuil dort sein?‹ gezeigt, daß ich mich mit meinem ersten Argwohn nicht getäuscht hatte; aber schließlich war ich für die Zukunft beruhigt deswegen, weil ja Albertine, als sie darauf verzichtete, zu den Verdurins zu gehen, mich Mademoiselle Vinteuil vorgezogen hatte.

– Im übrigen, stieß ich zornig hervor, gibt es noch viele andere Dinge, die du mir verbirgst, sogar ganz belanglose, wie zum Beispiel die Sache mit deiner dreitägigen Reise nach Balbec. Ich erwähne das nur ganz nebenher. – Ich hatte die Worte: ›Ich erwähne das nur ganz nebenher‹ als Ergänzung von ›sogar ganz belanglose‹ hinzugefügt, damit, wenn Albertine zu mir sagte: ›Was findest du denn Ungehöriges an meinem Ausflug nach Balbec?‹ ich ihr antworten könnte: ›Aber ich weiß es nicht einmal mehr, die Sachen, die man mir erzählt hat, kommen mir schon durcheinander, ich lege im Grunde so wenig Wert darauf!‹ Und tatsächlich, wenn ich von dieser dreitägigen Fahrt mit dem Chauffeur nach Balbec sprach, von wo aus ihre Postkarten mich mit so großer Verspätung erreicht hatten, sprach ich aufs Geratewohl davon und bedauerte sogar, mein Beispiel so schlecht gewählt zu haben. Denn da sie ja kaum Zeit gehabt hatte, hin- und zurückzufahren, war dies gewiß gerade diejenige ihrer Unternehmungen, bei der für irgendeine auch nur einigermaßen ausgedehnte Begegnung mit wem auch immer keine Zeit übriggeblieben war. Albertine aber glaubte nach dem, was ich ihr soeben gesagt hatte, ich wisse die ganze Wahrheit und habe ihr nur bislang verborgen, daß ich von allem unterrichtet sei. Sie war im übrigen seit einiger Zeit überzeugt, daß ich sie auf die eine oder andere Weise beobachten lasse, oder daß ich jedenfalls irgendwie – sie hatte erst in der vorausgehenden Woche dergleichen zu Andrée gesagt – über ihr eigenes Leben ›besser Bescheid wisse als sie selbst‹. Daher unterbrach sie mich auch durch ein völlig überflüssiges Geständnis, denn ganz gewiß hatte ich nichts von dem geargwöhnt, was sie mir jetzt sagte, und war nun meinerseits ganz bestürzt; so groß kann der Abstand zwischen der Wahrheit sein, die eine Lügnerin durch geschickte Ausreden verbirgt, und der Vorstellung, die sich nach Maßgabe solcher Lügen derjenige, der die Lügnerin liebt, von dieser Wahrheit macht. Kaum hatte ich die Worte: ›Deine dreitägige Fahrt nach Balbec, ich erwähne das nur ganz nebenher‹ ausgesprochen, als Albertine mir ins Wort fiel und, als sei es etwas ganz Natürliches, erklärte: »Du willst damit sagen, daß diese Fahrt nach Balbec niemals stattgefunden hat? Natürlich nicht! Ich habe mich immer gefragt, warum du so getan hast, als glaubtest du daran. Es war dabei denkbar harmlos. Der Chauffeur brauchte seinerseits drei Tage, um etwas für sich zu erledigen. Er wagte es dir nicht zu sagen. Da habe ich denn aus Freundlichkeit gegen ihn (so bin ich nun einmal! Und immer habe ich dann selbst die Sache auszubaden) eine Reise nach Balbec erfunden. Er hat mich ganz einfach in Auteuil abgesetzt bei meiner Freundin, die in der Rue de l'Assomption wohnt, wo ich drei Tage verbracht und mich schrecklich gelangweilt habe. Du siehst, es ist wirklich nicht schlimm, es ist gar nichts weiter passiert. Ich bin allerdings auf den Gedanken gekommen, du wüßtest vielleicht Bescheid, als ich dich über die Ankunft der um acht Tage verspäteten Postkarten lachen sah. Ich muß zugeben, es war lächerlich; es wäre besser gewesen, überhaupt keine Karten zu schicken. Aber daran bin ich nicht schuld. Ich hatte sie im voraus gekauft und dem Chauffeur übergeben, bevor er mich in Auteuil absetzte, und dann hat der Esel sie in seiner Tasche vergessen, anstatt sie in einem Briefumschlag an einen Freund in der Nähe von Balbec zu schicken, der sie von dort zurücksenden sollte. Ich wartete schon immer, daß sie endlich kämen. Er hat aber erst nach fünf Tagen wieder daran gedacht, und anstatt es mir zu sagen, hat der Dummkopf sie gleich nach Balbec expediert. Als er es mir gestanden hat, habe ich ihm ganz gehörig die Meinung gesagt, wie du dir denken kannst! Daß dieser Idiot dir auch noch unnötige Sorgen machte, war der Dank dafür, daß ich mich drei Tage hinter Mauern gesetzt habe, damit er sich seinen dummen Familienangelegenheiten widmen konnte! Ich wagte in Auteuil nicht einmal auszugehen aus Angst, es könne mich jemand sehen. Das einzige Mal, als ich doch das Haus verließ, hatte ich mich als Mann verkleidet, das war jedoch mehr zum Spaß. Mein Schicksal aber, das mich überallhin verfolgt, wollte, daß die erste Person, der ich in den Weg laufen mußte, dein jüdischer Freund, dieser Bloch war. Aber ich glaube nicht, daß du durch ihn etwas über diese Reise nach Balbec erfahren hast, die immer nur in meiner Phantasie existierte, denn er sah ganz so aus, als erkenne er mich nicht.«

Ich fand keine Worte, da ich nicht erstaunt scheinen wollte, aber andererseits über so viele Lügen furchtbar betroffen war. Zu einem Gefühl des Grauens, das freilich nicht in mir den Wunsch aufkommen ließ, Albertine fortzujagen, trat dagegen ein übermäßiges Verlangen zu weinen hinzu. Die Ursache dafür war nicht die Lüge selbst oder die Vernichtung alles dessen, was ich so fest für wahr gehalten hatte, daß ich mich nun wie in einer völlig zerstörten Stadt fühlte, in der kein Haus mehr steht und der nackte Boden ringsum von Trümmern starrt, sondern die melancholische Vorstellung, daß Albertine während der drei Tage, die sie in tödlicher Langeweile bei ihrer Freundin in Auteuil verbracht, nicht ein einziges Mal den Wunsch verspürt hatte, vielleicht nicht einmal auf den Gedanken gekommen war, heimlich einen Tag zu mir zurückzukehren oder mich durch einen Rohrpostbrief um meinen Besuch in Auteuil zu bitten. Aber ich hatte keine Zeit, mich solchen Überlegungen hinzugeben, ich wollte vor allem nicht verwundert tun. So lächelte ich mit der Miene eines Menschen, der über alles besser Bescheid weiß, als er zugeben will: »Aber das ist ja nur eine Sache unter Tausenden. Sieh einmal, erst heute abend bei den Verdurins habe ich erfahren, daß das, was du mir über Mademoiselle Vinteuil gesagt hattest...« Albertine blickte mich starr, mit gequälter Miene, an und versuchte in meinen Augen zu lesen, was ich wohl wissen möge. Was ich wußte und ihr sagen wollte, war, wer Mademoiselle Vinteuil eigentlich sei. Allerdings hatte ich das nicht bei den Verdurins erfahren, sondern vielmehr weit früher, schon in Montjouvain. Da ich aber mit Absicht davon niemals zu Albertine gesprochen hatte, konnte ich nun so tun, als sei es mir erst seit diesem Abend bekannt. Ich war beinahe erfreut – nachdem ich damals in der Lokalbahn so sehr gelitten hatte – diese Erinnerung an Montjouvain zu besitzen, die ich etwas später datieren, die aber gleichwohl ein erdrückender Beweis, ein Keulenschlag für Albertine sein würde. Diesmal wenigstens hatte ich nicht nötig ›so zu tun, als wisse ich‹ und Albertine ›zum Reden zu bringen‹: ich wußte, ich hatte durch das erhellte Fenster in Montjouvain alles selbst gesehen. Albertine mochte mir noch so oft erzählen, daß ihre Beziehungen zu Mademoiselle Vinteuil und ihrer Freundin ganz rein gewesen seien: wie aber könnte sie, wenn ich ihr schwören würde (und ich würde es schwören, ohne damit zu lügen), daß ich die Sitten dieser beiden Frauen kannte, immer noch aufrechterhalten, sie habe im täglichen Umgang mit den beiden gelebt, sie ihre ›großen Schwestern‹ genannt, und sei nicht von ihrer Seite der Gegenstand von Anträgen geworden, auf welche hin sie bestimmt mit ihnen gebrochen hätte – wie könnte sie das alles aufrechterhalten, wenn sie nicht im Gegenteil auf jene Anträge eingegangen war? Ich hatte jedoch keine Zeit, die Wahrheit vorzubringen. Da Albertine von der falschen Reise nach Balbec annahm, sie sei mir bekannt, sei es durch Mademoiselle Vinteuil, falls sie bei den Verdurins gewesen war, sei es einfach durch Madame Verdurin, die möglicherweise zu Mademoiselle Vinteuil von ihr gesprochen hatte, ließ mich Albertine gar nicht erst zu Worte kommen, sondern machte mir ein Geständnis, das genau das Gegenteil von dem enthielt, was ich immer glaubte, andererseits aber, da es mir bewies, daß sie niemals aufgehört hatte, mich zu belügen, mir (besonders da ich, wie ich eben schon sagte, nicht mehr auf Mademoiselle Vinteuil eifersüchtig war) vielleicht ebenso großen Kummer bereitete. Mir zuvorkommend also äußerte sich Albertine wie folgt: »Du willst sagen, du habest heute abend erfahren, daß ich mit meiner Behauptung gelogen habe, ich sei halb und halb von der Freundin von Mademoiselle Vinteuil erzogen worden. Es stimmt, ich habe ein klein wenig gelogen. Aber ich fühlte mich so verachtet von dir, ich sah dich derart begeistert für die Kompositionen dieses Vinteuil, daß ich mich, da eine meiner Kameradinnen – das ist jetzt aber wahr, ich schwöre es dir – die Freundin Mademoiselle Vinteuils gewesen war, in deinen Augen durch die vorgebliche Tatsache interessant machen wollte, ich hätte diese beiden Mädchen gut gekannt. Ich fühlte, daß ich dich langweilte, daß du fändest, ich sei eine dumme Gans; da habe ich gemeint, wenn ich dir erzählte, diese Leute hätten mit mir verkehrt und ich könne dir sehr wohl Einzelheiten über Vinteuils Werk mitteilen, würde ich ein klein wenig an Ansehen in deinen Augen gewinnen und wir könnten dadurch einander näherkommen. Wenn ich dich anlüge, so geschieht es immer nur aus Liebe zu dir. Und da hat nun dieser Abend bei den Verdurins kommen müssen, damit du die Wahrheit erfährst, die dir vielleicht sogar in übertriebener Form dargestellt worden ist. Ich wette, die Freundin von Mademoiselle Vinteuil hat dir gesagt, sie kenne mich nicht. Sie hat mich aber mindestens zweimal bei meiner Kameradin gesehen. Aber natürlich bin ich nicht schick genug für Leute, die so berühmt geworden sind. Sie behaupten lieber, sie hätten mich niemals gesehen.« Arme Albertine! Als sie geglaubt hatte, sie könne durch ihre Behauptung, sie habe der Freundin von Mademoiselle Vinteuil

so nahe gestanden, den Zeitpunkt hinauszögern, an dem ich sie ›versetzen‹ würde, und mir wieder näherkommen, war sie, wie es so oft geschieht, der Wahrheit zwar ganz nahe gewesen, doch auf einem andern Weg dorthin gelangt als dem, den sie hatte einschlagen wollen. Daß sie über Musik besser Bescheid wußte, als ich glaubte, hätte mich in keiner Weise gehindert, an jenem Abend in der Lokalbahn dennoch mit ihr zu brechen, und doch hatte gerade die Bemerkung, die sie in jener Absicht machte, sehr viel mehr noch als die bloße Unmöglichkeit eines Bruches unmittelbar heraufgeführt. Sie beging nur einen Irrtum der Auslegung, das heißt täuschte sich zwar nicht über die Wirkung, die diese Bemerkung tatsächlich haben sollte, wohl jedoch über die Ursache, durch welche diese Wirkung zustande kam, denn die wahre Ursache war nicht mein Wissen um ihre musikalische Kultur, sondern um ihre üblen Bekanntschaften. Was mich jäh ihr wieder nähergebracht, ja mehr noch, mich geradezu mit ihr hatte eins werden lassen, war nicht die Erwartung eines Vergnügens – Vergnügen wäre noch zuviel gesagt, handelte es sich doch um eine gewisse oberflächliche Annehmlichkeit – sondern das jähe Überwältigtsein durch einen Schmerz.
Auch diesmal hatte ich nicht Zeit, ein allzulanges Schweigen zu bewahren, hinter dem man mein Staunen hätte vermuten können. Gerührt, daß sie so bescheiden war und sich in dem Verdurinschen Milieu verachtet glaubte, sagte ich darum liebevoll zu ihr: »Aber, mein Liebes, ich werde daran denken, ich gebe dir gern ein paar hundert Francs, damit du, wo du willst, die schicke Dame spielen und Monsieur und Madame Verdurin zu einem schönen Abendessen einladen kannst.«
Ach! in Albertine aber lebten mehrere Personen. Die geheimnisvollste, die einfachste, die grausamste zeigte sich in der Antwort, die sie mir mit einer Miene des Widerwillens gab und deren einzelne Worte (nicht einmal die des Satzbeginns, da sie ja nicht zu Ende sprach) ich allerdings nicht verstand. Erst etwas später, als ich ihre Gedanken erraten hatte, stellte

ich mir den Wortlaut in der Erinnerung wieder her. Man hört erst nachträglich, wenn man verstanden hat. »Danke schön! Wenn ich denke, daß ich auch nur einen Sou für die beiden Alten ausgeben soll, dann wäre mir schon lieber, ich wäre einmal frei und könnte es mir besorgen ...« Auf der Stelle wurde ihr Gesicht purpurrot, sie sah todunglücklich aus und hielt eine Hand vor den Mund, als könne sie die Worte, die sie zu mir gesagt und die ich nicht verstanden hatte, dorthin zurückkehren lassen. »Was sagst du, Albertine?« – »Nichts, nichts, ich spreche nur wie im Schlaf.« – »Nicht doch, du bist ja ganz wach.« – »Ich dachte an das Abendessen für die Verdurins, dein Vorschlag ist sehr nett.« – »Aber geh, ich spreche von dem, was du eben gesagt hast.« Sie wiederholte verschiedene Formulierungen, die aber zu den Worten, die durch die Unterbrechung undeutlich für mich geblieben waren, gar nicht paßten, geschweige denn zu der Unterbrechung selbst und ihrem gleichzeitigen plötzlichen Erröten. »Höre, mein Liebes, das ist doch nicht, was du sagen wolltest, warum hättest du sonst so plötzlich innegehalten?« – »Weil ich mein Ansinnen unbescheiden fand.« – »Welches Ansinnen denn?« – »Ein Diner zu veranstalten.« – »Aber geh, so ist das doch nicht, zwischen uns beiden gibt es keine Unbescheidenheit.« – »Doch, im Gegenteil, man darf Leute, die man liebt, nicht ausnutzen. Auf alle Fälle schwöre ich dir, daß es deshalb war.« Einerseits war es mir stets unmöglich, einen Schwur von ihr anzuzweifeln; andererseits befriedigten ihre Erklärungen keineswegs meinen Verstand. Ich gab denn auch nicht nach. »Aber so habe doch wenigstens den Mut, deinen Satz zu beenden, du bist stehengeblieben bei ›besorgen‹ ...« – »Oh! laß mich doch in Ruhe!« – »Aber warum denn?« – »Weil das ein furchtbar vulgärer Ausdruck war, ich schäme mich, so etwas vor dir zu sagen. Ich weiß nicht, woran ich gedacht haben mag; diese Worte, deren Sinn ich nicht einmal kenne und die ich auf der Straße einmal von ganz unmöglichen Leute habe sagen hören, sind mir ganz widersinnigerweise auf die Lippen gekommen. Sie haben weder mit mir noch mit irgend jemandem sonst zu tun, ich habe laut geträumt.« Ich bemerkte, daß ich aus Albertine nichts weiter herausbekommen würde. Sie hatte mich belogen, wenn sie soeben schwur, daß das, was sie vom Weitersprechen zurückgehalten habe, die gesellschaftlich bedingte Furcht vor einer Unbescheidenheit sei; dann war daraus die Scham geworden, vor meinen Ohren eine allzu vulgäre Bemerkung gemacht zu haben. Sicherlich aber war das nur eine zweite Lüge gewesen. Denn wenn ich mit Albertine zusammen war, so gab es keine noch so gewagte Bemerkung, kein noch sosehr von Verderbtheit zeugendes Wort, das wir bei unseren Liebkosungen nicht ruhig verwendeten. Auf alle Fälle hatte es keinen Zweck, in diesem Augenblick weiter in sie zu dringen. Mein Gedächtnis aber blieb von dem Wort ›besorgen‹ dauernd heimgesucht. Albertine verwendete es öfter in dem Sinn: ›Dem werde ich seine Sache schon besorgen!‹ oder auch ganz kurz: ›Oh! Dem habe ich's besorgt!‹ was besagen sollte: ›Dem habe ich's gründlich gegeben!‹ Aber sie sprach das häufig in meiner Gegenwart aus, und wenn sie nur das hatte sagen wollen, warum hatte sie dann plötzlich gestockt? Warum war sie so heftig errötet, hatte die Hand vor den Mund gehalten und später ihren Satz in ganz anderer Form zu wiederholen gesucht, dann aber, als sie einsehen mußte, daß ich immerhin das Wort ›besorgen‹ gehört hatte, eine falsche Erklärung gegeben? In dem Augenblick nun, in dem ich darauf verzichtete, ein Verhör fortzusetzen, bei dem ich keine Antwort erhalten würde, war das beste, so zu tun, als dächte ich nicht mehr daran; ich konnte also zu den Vorwürfen zurückkehren, die Albertine mir wegen der Tatsache gemacht hatte, daß ich zu der Padrona gegangen war, und brachte höchst ungeschickt eine recht einfältige Entschuldigung vor: »Ich hatte dich gerade fragen wollen, ob du nicht auch zu der Soiree bei den Verdurins gehen wolltest.« Das war eine zwiefach mißglückte Bemerkung, denn wenn ich es gewollt hätte, warum hatte ich es, da ich sie ja die ganze Zeit sah, ihr nicht vorgeschlagen? Wütend über meine Lüge und ermutigt durch meine Schüchternheit, rief sie mir denn auch zu: »Du hättest mich tausend Jahre lang darum bitten können, ich hätte es doch auf keinen Fall getan. Das sind Leute, die immer gegen mich gewesen sind, sie haben alles versucht, um sich mir in den Weg zu stellen. Es gibt keine Freundlichkeit, die ich Madame Verdurin in Balbec nicht erwiesen habe, aber sie haben es mir wirklich großartig gedankt! Sie könnte mich auf dem Totenbett bitten, daß ich zu ihr käme, ich würde dennoch nicht gehen. Es gibt Dinge, die man nicht verzeiht. Aber was dich betrifft, so ist das das erste Mal, daß du dich derart unzart mir gegenüber benimmst. Als Françoise mir sagte, du seiest ausgegangen (du kannst dir denken, wie zufrieden sie war, mir so etwas zu sagen), wäre mir lieber gewesen, es hätte mir jemand einen Schlag auf den Kopf gegeben. Ich habe versucht, mir nichts anmerken zu lassen, aber in meinem Leben hat mich niemand derart gekränkt.«

Während sie zu mir sprach, ging in mir, in dem überlebendigen schöpferischen Schlaf des Unbewußten (einem Schlaf, in dem Dinge, die uns nur streifen, sich tiefer eingraben und die schlummernden Hände den öffnenden Schlüssel greifen, nach dem sie zuvor vergebens tasteten) die Suche weiter, was sie wohl mit dem unterbrochenen Satz, dessen Fortsetzung ich so gern gewußt hätte, hatte sagen wollen. Eine grausige Ergänzung, an die ich nie gedacht, fiel mir nun unvermittelt ein: ›lassen‹. Ich kann nicht einmal sagen, daß sie mir mit einem Schlage kam, wie wenn man von einer unvollständigen Erinnerung, während man sie in geduldiger Hingabe ganz langsam und vorsichtig weiter aufzurollen versucht, sich keinen Augenblick löst. Nein, entgegen meiner gewöhnlichen Art des Erinnerns verfolgte ich diesmal, glaube ich, nebeneinander zwei Wege der Erforschung: auf dem einen hielt ich nicht nur die Bemerkung Albertines fest, sondern auch den Ausdruck von Heftigkeit in ihrem Blick, als ich ihr ein Geldgeschenk für eine hübsche Dinereinladung angeboten hatte, einem Blick, der zu besagen schien: ›Nein, danke schön, es wäre ja noch schöner, wenn man Geld für Dinge ausgäbe, die mich langweilen, während ich ohne Geld andere tun könnte, die mir Vergnügen machen!‹ Die Erinnerung an diesen Blick war vielleicht schuld daran, daß ich meine Methode änderte, um das Ende der Äußerung zu finden, die sie im Sinne gehabt haben mochte. Bis dahin war ich von dem letzten Wort ›besorgen‹ fasziniert gewesen. Was hatte sie ›besorgen‹ wollen? Jemandem etwas besorgen? Nein, sich selber etwas, was sie gut brauchen könnte? Nein. Besorgen, besorgen, besorgen. Plötzlich aber, bei der Erinnerung an ihren Blick und ihr Achselzucken, als ich meinen Vorschlag einer Abendeinladung machte, tastete ich mich noch einmal sorgfältig an den einzelnen Worten ihres Satzes zurück. Da aber stellte ich fest, daß sie nicht einfach ›besorgen‹, sondern ›mir besorgen lassen‹ gesagt hatte. Wie grauenhaft, das also wäre ihr lieber gewesen! Doppelt grauenhaft, denn selbst die letzte Straßendirne, die sich dafür hergibt oder es will, benutzt dem Mann gegenüber, der darauf eingeht, nicht diese abscheuliche Wendung, sie würde sich dadurch zu sehr herabgewürdigt fühlen! Vor einer Frau nur, wenn sie sie liebt, kann sie so etwas sagen, um sich zu entschuldigen, daß sie sich gleich darauf einem Mann hingeben wird. Albertine hatte nicht gelogen, als sie mir sagte, sie sei in dem Augenblick halb im Traum gewesen. Zerstreut, impulsiv hatte sie nicht mehr daran gedacht, daß sie bei mir war; sie hatte die Achseln gezuckt und zu reden angefangen, wie sie es mit einer jener gewissen Frauen getan hätte, vielleicht mit einem meiner jungen Mädchen von damals, den Mädchen in ihrer Blütezeit. Doch jäh in die Wirklichkeit zurückgerufen, bemühte sie sich, hochrot vor Scham, die Worte zurückzunehmen, die sie gerade hervorzubringen im Begriff war, und in ihrer Verzweiflung hatte sie kein einziges mehr aussprechen wollen. Ich hatte nicht eine Sekunde zu verlieren, wenn sie nicht merken sollte, in welchem Zustand der Verzweiflung ich mich befand. Aber schon kamen mir nach diesem plötzlichen Anfall von Raserei die Tränen in die Augen. Wie in Balbec in jener Nacht, die auf die Enthüllung ihrer Freundschaft mit den Vinteuils gefolgt war, mußte ich rasch für meinen Kummer einen glaubhaften Grund erfinden, der zudem geeignet war, auf Albertine so nachhaltig zu wirken, daß ich einen Aufschub von einigen Tagen erhielte, um einen Entschluß zu fassen. In dem Augenblick aber, als sie mir sagte, daß sie niemals eine solche Kränkung, wie ich sie ihr durch meinen Ausgang zugefügt hatte, erlebt habe, und daß sie lieber gestorben wäre, als sich von Françoise so etwas sagen zu lassen, ich aber, gereizt durch ihre lächerliche Empfindlichkeit ihr sagen wollte, das, was ich getan hätte, sei ganz unbedeutend, da es nichts Beleidigendes für sie habe, wenn ich ausgegangen sei, ging gleichzeitig und parallel damit meine unbewußte Suche nach dem weiter, was sie dem Worte ›besorgen‹ noch hatte hinzusetzen wollen, und da ich die Verzweiflung, in die meine Entdeckung mich stürzte, unmöglich völlig verbergen konnte, beschuldigte ich mich lieber, anstatt mich zu verteidigen: »Liebe kleine Albertine, sagte ich zu ihr mit sanfter, von aufsteigenden Tränen erstickter Stimme, ich könnte dir sagen, du hast unrecht, ich habe nichts getan, aber ich würde lügen; vielmehr hast du recht, du hast die Wahrheit begriffen, mein armes Liebes, nämlich daß ich vor einem halben, einem viertel Jahr, als ich noch so viel für dich übrig hatte, so etwas niemals getan hätte. Es ist ein Nichts und bedeutet doch viel, wegen der ungeheuren Wandlung in meinem Herzen, für die es ein Zeichen ist, und da du diese Wandlung, die ich dir zu verbergen hoffte, nun doch erraten hast, füge ich auch noch dies hinzu: Meine liebe Albertine – ich redete mit großer Sanftmut und tiefer Traurigkeit zu ihr – siehst du, das Leben, das du hier führst, ist langweilig für dich, es ist besser, wenn wir uns trennen, und da die Trennungen, die am schnellsten vonstatten gehen, immer die besten sind, bitte ich dich, um den großen Kummer abzukürzen, den ich haben werde, mir heute abend noch adieu zu sagen und morgen früh fortzugehen, während ich schlafe, noch bevor ich dich überhaupt erst wiedergesehen habe.« Sie schien bestürzt, noch ungläubig und schon tief betrübt: »Wieso morgen? Ist das wirklich dein Wille?« Trotz des Kummers, den ich empfand, wenn ich von unserer Trennung sprach, als sei sie bereits vollzogen – vielleicht zum Teil aber auch gerade wegen dieses Kummers – begann ich, Albertine ganz plötzlich Ratschläge wegen gewisser Dinge zu erteilen, die sie nach ihrem Fortgang aus dem Hause tun solle. Während ich ihr bald das eine, bald das andere anempfahl, ging ich sogar so weit, auch kleinste Einzelheiten zu bedenken. »Sei doch so nett, sagte ich mit unendlicher Trauer in der Stimme zu ihr, mir das Buch von Bergotte zurückzuschicken, das noch bei deiner Tante ist. Es ist nicht eilig, in drei Tagen, in acht Tagen, wann du willst, nur denke daran, damit ich dich nicht später darum bitten muß. das täte mir gar zu weh. Wir sind glücklich gewesen, und jetzt fühlen wir, daß wir unglücklich werden würden.« – »Sage nicht, wir fühlen, daß wir unglücklich werden, fiel mir Albertine ins Wort, sage nicht ›wir‹, denn nur du allein findest das.« – »Ja gut, du oder ich, wie du willst, aus dem einen oder andern Grund. Aber es ist ja wahnsinnig spät, du solltest jetzt unbedingt schlafen gehen … Wir haben also beschlossen, daß wir uns heute abend trennen.« – »Verzeih, du hast beschlossen, und ich gehorche, weil ich dir keinen Verdruß bereiten will.« – »Gut, ich habe es beschlossen, aber deswegen ist es nicht weniger schmerzlich für mich. Ich will nicht behaupten, daß es mir sehr lange schmerzlich sein wird, du weißt, daß ich nicht die Fähigkeit habe, mich lange zu erinnern, aber in den ersten Tagen werde ich mich sehr nach dir sehnen! Ich finde daher auch unnötig, etwas durch Briefe erst wieder aufleben zu lassen, wir machen besser auf einmal Schluß.« – »Ja, du hast recht, sagte sie mit einer Jammermiene, die sicher noch durch ihre zu dieser späten Stunde ermüdeten Züge verstärkt wurde.

Besser, als sich einen Finger nach dem andern abschneiden zu lassen, ist es, man legt gleich den Kopf auf den Block.« – »Mein Gott, ich bin entsetzt, wie spät du heute ins Bett kommst, das ist ja heller Wahnsinn. Nun, schließlich, wenn man bedenkt, daß es der letzte Abend ist . . .! Du wirst in deinem weiteren Leben noch genug Zeit zum Schlafen haben.« So versuchte ich, während ich behauptete, wir müßten uns verabschieden, den Moment hinauszuziehen, da sie mir wirklich gute Nacht sagen würde. »Soll ich, damit du in den ersten Tagen etwas Unterhaltung hast, Bloch sagen, er möge seine Kusine Esther dorthin schicken, wo du hingehst? Er würde das sicher mir zuliebe tun.« – »Ich weiß nicht, weshalb du das sagst (ich sagte es in dem Bemühen, Albertine ein Geständnis abzupressen). Ich lege nur auf einen einzigen Menschen Wert, und das bist du«, erklärte Albertine, und ihre Worte erfüllten mich mit einem sanften Glück. Aber welchen Schmerz fügte sie mir gleich darauf wieder zu: »Ich erinnere mich sehr wohl, daß ich dieser Esther meine Photographie gegeben habe, weil sie durchaus darauf bestand und ich sah, daß es ihr Vergnügen machen würde, aber deswegen fühle ich mich doch nicht mit ihr befreundet und habe auch gar keine Lust, sie jemals wiederzusehen!« Und doch war Albertine so wetterwendisch, daß sie gleich darauf hinzusetzte: »Wenn sie mich besuchen will, ist es mir natürlich gleich, denn sie ist sehr nett, aber ich lege keinerlei Wert darauf.« So hatte also meine Freundin, als ich zu ihr etwas über die Photographie Esthers sagte, welche Bloch mir geschickt hatte (ich hatte sie noch nicht einmal erhalten, als ich mit Albertine darüber sprach), aus meinen Worten gefolgert, Bloch habe mir eine Photographie von ihr gezeigt, die sie Esther geschenkt hatte. In meinen schlimmsten Vermutungen war ich nie so weit gegangen, mir vorzustellen, daß eine so große Intimität zwischen Albertine und Esther bestehen könne. Albertine hatte mir nichts zu antworten gewußt, als ich etwas von einer Photographie sagte. Jetzt aber, da sie mich völlig zu Unrecht unterrichtet glaubte, fand sie es geschickter, alles einzugestehen. Ich war sehr bedrückt. »Und dann noch eines, Albertine, ich bitte dich dringend, daß du nie mich wiederzusehen versuchst. Wenn wir jemals, was ja geschehen kann, in einem Jahr, in zwei oder drei Jahren, uns in der gleichen Stadt befinden, so geh mir aus dem Wege.« Als ich sah, daß sie meiner Bitte nicht sofort zustimmte, fuhr ich fort: »Liebe Albertine, tu das nicht, versuche nicht, mir in diesem Leben noch einmal zu begegnen. Es würde mir zu großen Kummer bereiten, denn ich hatte wahrhaft freundschaftliche Gefühle für dich, wie du sehr wohl weißt. Ich habe wohl gemerkt, daß du, als ich dir neulich erzählt habe, ich wolle die Freundin wiedersehen, von der wir in Balbec gesprochen hatten, gemeint hast, es sei bereits abgemacht. Aber nein, ich versichere dir, daß mir nichts daran lag. Du bist gewiß überzeugt, daß ich seit langem schon beschlossen hatte, dich zu verlassen, und daß meine Zärtlichkeit nur eine Komödie war.« – »Aber gar nicht, du bist wohl verrückt, nie habe ich so etwas geglaubt«, gab sie traurig zurück. »Du hast recht, du darfst auch versichert sein, ich habe dich wirklich gern gehabt, nicht wie ein Liebender vielleicht, aber doch mit sehr, sehr warmen Gefühlen, mehr als du glauben wirst.« – »Aber doch, ich glaube es. Und wenn du dir etwa vorstellst, daß ich dich nicht liebe...!« – »Es macht mir großen Kummer, dich zu verlassen.« – »Und mir noch tausendmal größeren«, antwortete mir Albertine. Schon seit ein paar Minuten spürte ich, daß ich die Tränen, die mir in die Augen traten, nicht zurückhalten könne. Diese Tränen aber entsprangen keineswegs der gleichen Art von Trauer, die ich einst empfunden hatte, als ich zu Gilberte sagte: ›Es ist besser, wir sehen uns nicht mehr, das Leben reißt uns auseinander.‹ Zweifellos sagte ich mir, als ich damals an Gilberte diese Worte schrieb, daß, wenn ich nicht mehr sie, sondern eine andere lieben würde, das Übermaß meiner Liebe jene andere vermindern müsse, die ich selbst vielleicht hätte einflößen können, als stehe zwangsläufig zwei Liebenden nur eine bestimmte Menge an Liebe zu Gebote, wobei das Zuviel auf der einen Seite der anderen fortgenommen wird, und daß ich von einer anderen, ebenso wie von Gilberte, mich zu trennen verurteilt sein würde. Doch war die Situation diesmal ganz anders aus verschiedenen Gründen, deren erster, aus dem sich wiederum alle weiteren ergaben, darin bestand, daß mein Mangel an Willenskraft, der meiner Großmutter und meiner Mutter in Combray so große Sorge machte, vor dem aber – derart energisch setzt ein Kranker seine Schwäche durch – beide nacheinander die Waffen streckten, in immer beschleunigterem Maße zugenommen hatte. Als ich zu merken begann, daß meine Gegenwart Gilberte langweilte, hatte ich noch genügend Kraft, auf sie zu verzichten. Ich hatte keine mehr, als ich die gleiche Feststellung bei Albertine gemacht hatte, und dachte nur daran, sie mit Gewalt zurückzuhalten. Während ich also Gilberte in der Absicht, sie wirklich nicht mehr zu sehen, geschrieben hatte, daß ich sie nicht mehr sehen würde, sagte ich es zu Albertine voller Unaufrichtigkeit einzig in der Absicht, eine Versöhnung herbeizuführen. So kehrten wir einander eine Außenseite zu, die sich stark von der inneren Wirklichkeit unterschied. Zweifellos ist es immer so, wenn zwei Wesen einander gegenüberstehen, da jedes von ihnen über einen Teil von dem in Unkenntnis bleibt, was der andere eigentlich ist, und selbst über das, was er weiß, da er es nur zum Teil versteht, und weil alle beide nach außen hin zeigen, was für sie am wenigsten charakteristisch ist, sei es, daß sie selbst das ihnen Eigentümliche nicht ganz klar erkennen und für unwichtig halten, sei es, daß unbedeutende Vorteile, die nicht von ihnen selbst abhängen, ihnen wichtiger und schmeichelhafter scheinen und sie bei gewissen Dingen, auf die sie Wert legen, die sie aber nicht haben, aus Furcht vor Geringschätzung so tun, als legten sie gar keinen Wert darauf, so daß gerade diese das zu sein scheinen, was sie mehr als alles übrige ablehnen oder sogar widerwärtig finden. In der Liebe aber wird dieses Mißverständnis auf die Spitze getrieben, weil wir – außer vielleicht, solange wir noch Kinder sind – es darauf anlegen, daß der äußere Anschein, den wir uns geben, nicht eigentlich genau unser Denken widerspiegelt, sondern das, was dieses Denken für das geeignetste hält, um uns an das Ziel unserer Wünsche zu bringen; seitdem ich aber nach Hause zurückgekommen war, bestanden diese für mich darin, daß Albertine in dem Zustand der Gefügigkeit verbliebe, den sie mir gegenüber früher bewiesen hatte, und daß sie nicht in ihrer Gereiztheit eine größere Freiheit verlangte – eine Freiheit, die ich ihr zwar eines Tages zu geben gedachte, die mich aber zu diesem Zeitpunkt, weil ich mich vor ihrem Unabhängigkeitsbedürfnis fürchtete, allzu eifersüchtig hätte werden lassen. Von einem gewissen Alter an tun wir aus Eigenliebe und kluger Einsicht so, als legten wir gerade auf die Dinge, die wir am meisten wünschen, keinen Wert. In der Liebe aber zwingt uns die einfache Einsicht – die im übrigen wahrscheinlich nicht die wahre Weisheit ist – schon ziemlich früh zu einem solchen Geist der Doppelzüngigkeit. Was ich als Kind mir als das Süßeste an der Liebe vorgestellt hatte und was mir zu ihrem innersten Wesen zu gehören schien, war, daß man bei der Geliebten seine Zärtlichkeit, seine Dankbarkeit für ihre Güte, sein Verlangen nach einem immerwährenden gemeinsamen Leben freimütig verströmen könne. Aber auf Grund eigener Erfahrung sowie der meiner Freunde war ich mir nur allzuschnell darüber klargeworden, daß der Ausdruck solcher Gefühle keineswegs ansteckend ist. Der Fall einer manierierten alten Frau, wie Monsieur de Charlus eine war, eines Menschen also, der, da er in seiner Phantasie immer nur einen schönen Jüngling vor sich sieht, selbst ein schöner junger Mann zu sein wähnt und immer stärker sein weibisches Wesen in seinem lächerlichen Bemühen um einen Anschein von Männlichkeit verrät, dieser Fall untersteht seinerseits einem größeren Gesetz, das nicht nur solche Individuen wie Charlus erfaßt, sondern so allgemeingültig ist, daß selbst die Liebe es noch nicht ganz und gar erschöpft; wir sehen an uns nicht den Leib, den die anderen sehen, und halten an unserer Vorstellung fest, an dem Objekt, das uns vorschwebt, den anderen aber unsichtbar bleibt (nur manchmal sichtbar gemacht wird durch einen Künstler in einem einzelnen Werk, woraus sich bei seinen Bewunderern so häufig Enttäuschungen ergeben, weil sie bei persönlicher Bekanntschaft mit dem Autor auf dessen Antlitz die innere Schönheit nur unvollkommen widergespiegelt finden). Wenn man das einmal erkannt hat, läßt man sich in seinen Gefühlen nicht mehr so unbefangen gehen; ich hatte mich heute nachmittag gehütet, Albertine meine volle Dankbarkeit dafür auszudrücken, daß sie nicht im Trocadero geblieben war, und heute abend in meiner Furcht, sie könne mich verlassen, so getan, als hätte ich meinerseits den Wunsch, sie zu verlassen, ein Täuschungsmanöver, das mir im übrigen, wie man gleich sehen wird, nicht nur durch die Lehren diktiert wurde, die ich aus meinen früheren Liebeserfahrungen zu entnehmen glaubte und für meine jetzige fruchtbar machen wollte.

Die Furcht, daß Albertine vielleicht zu mir sagen könnte: ›Ich möchte gewisse Stunden für mich, in denen ich allein ausgehen kann, ich möchte einen ganzen Tag für mich allein bleiben‹, kurz irgendeine solche Bitte um Freiheit äußerte, die ich mir nicht genau vorzustellen versuchte, die mich aber auf alle Fälle mit Schrecken erfüllte, hatte mich einen Augenblick während der Soiree bei den Verdurins gestreift. Aber sie hatte sich verflüchtigt, zumal ihr die Erinnerung an alles widersprach, was mir Albertine unaufhörlich darüber sagte, wie glücklich sie bei mir zu Hause sei. Wenn die Absicht, mich zu verlassen, bei ihr bestand, so äußerte sie sich nur auf eine dunkle Art, in traurigen Blicken, gewissen Regungen der Ungeduld, Bemerkungen, die eigentlich nichts dergleichen besagten, die aber, wenn man sie logisch durchdachte (und man hatte nicht einmal nötig, sie logisch zu durchdenken, denn man versteht auf der Stelle diese Sprache der Leidenschaft; Leute aus dem Volke sogar verstehen solche Bemerkungen, die sich nur aus Gefühlen wie Eitelkeit, Groll, Eifersucht erklären, die im übrigen unausgesprochen bleiben, denen aber der Gesprächspartner sofort auf die Spur kommt infolge einer intuitiven Fähigkeit, die wie der ›gesunde Menschenverstand‹, von dem Descartes spricht, die ›verbreitetste Sache von der Welt‹ ist), sich nur aus dem Vorhandensein eines Gefühls in ihr erklären konnte, das sie verbarg, auf das hin sie aber vielleicht Pläne für ein anderes Leben ohne mich machte. Ebenso wie sich diese Absicht in ihren Worten nicht in logischer Weise ausdrückte, blieb auch das Vorgefühl von dieser Absicht, das ich heute abend verspürte, ganz unbestimmt in mir. Ich lebte weiter nach der Hypothese, die alles als wahr annahm, was Albertine mir sagte. Aber es mag sein, daß während dieser Zeit eine ganz entgegengesetzte Hypothese, an die ich nicht denken wollte, mich gleichwohl nicht verließ. Das ist um so wahrscheinlicher, als ich sonst wohl keinerlei Hemmung verspürt hätte, Albertine zu sagen, daß ich zu den Verdurins gegangen sei, und auch sonst mein geringes Erstaunen über ihren Zorn nicht begreiflich gewesen wäre, so daß wahrscheinlich in mir die Idee einer Albertine lebendig war, die ganz das Gegenteil von der vorstellte, die meine Vernunft sich schuf, von der auch, die ihre eigenen Worte schilderten, einer gleichwohl nicht unbedingt erfundenen Albertine, da sie ja wie ein früherer Spiegel gewisser Regungen war, die bei ihr auftauchten, wie zum Beispiel ihre schlechte Laune auf Grund der Tatsache, daß ich zu den Verdurins gegangen war. Seit langem übrigens entsprachen meine häufigen Beängstigungen, meine Furcht, Albertine zu sagen, daß ich sie liebte, einer anderen Hypothese, die die Dinge sehr viel besser erklärte und auch für sich hatte, daß, wenn man sich die erste zu eigen machte, die zweite um so plausibler erschien, denn wenn ich mich Albertine gegenüber zu Zärtlichkeitsäußerungen hinreißen ließ, so erreichte ich bei ihr nur eine gewisse Gereiztheit (die sie übrigens selbst einem anderen Grund zuschrieb).

Was mir offen gestanden am schwerwiegendsten schien und mich als Symptom dafür, daß sie meiner Anschuldigung zuvorkommen wollte, vor allem stutzig machte, war, daß sie zu mir gesagt hatte: ›Ich glaube, sie haben heute abend Mademoiselle Vinteuil da‹, worauf ich ihr so schonungslos wie möglich geantwortet hatte: ›Du hattest mir nicht gesagt, daß du Madame Verdurin getroffen hast.‹ Sobald ich Albertine nicht liebenswürdig fand, kehrte ich, anstatt ihr zu sagen, daß ich traurig sei, ihr gegenüber Bosheit heraus.

Wenn ich meine Analyse weiter hiernach, das heißt nach diesem unverrückbaren System von Entgegnungen einrichte, die genau das Gegenteil von dem besagten, was ich empfand, kann ich sicher sein, daß ich, wenn ich ihr an diesem Abend erklärte, ich wolle sie verlassen, dies – selbst noch bevor ich mir darüber klargeworden war – aus der Furcht heraus tat, sie könne irgendeine Freiheit fordern (ich hätte nicht recht sagen können, vor welcher Freiheit ich so angstvoll zitterte, einer Freiheit offenbar, auf Grund deren sie mich hätte betrügen können oder ich jedenfalls nicht mehr hätte sicher sein können, daß sie mich nicht betrog), ihr aber aus Stolz, aus diplomatischem Geschick dartun wollte, ich sei weit davon entfernt, das zu befürchten, wie in Balbec schon, als ich wünschte, daß sie eine hohe Meinung von mir bekäme, und später, als mir daran lag, daß sie keine Zeit hätte, sich bei mir zu langweilen.

Was endlich den Einwurf betrifft, den man mir auf diese zweite – unformulierte – Hypothese machen könnte, nämlich daß Albertine mir ja im Gegenteil nur unaufhörlich versicherte, sie ziehe allem andern das Leben bei mir, die Ruhe, die Lektüre, die Einsamkeit, Verzicht auf sapphische Liebe vor, so hätte es keinen Zweck, darauf einzugehen. Denn wenn Albertine ihrerseits meine wahren Empfindungen nach dem hätte beurteilen wollen, was ich zu ihr sagte, so hätte sie genau das Gegenteil von der Wahrheit erfahren, da ich niemals den Wunsch, sie zu verlassen, bekundete, außer wenn ich keinesfalls auf sie verzichten konnte, und ihr ja in Balbec zweimal gestanden hatte, ich liebte eine andere Frau, einmal Andrée, ein anderes Mal eine etwas nebelhafte Person, beide Male aber jedenfalls in einem Augenblick, als mir gerade die Eifersucht die Liebe zu Albertine zurückgegeben hatte. Meine Worte spiegelten also keineswegs meine Gefühle wider. Wenn der Leser davon nur einen ziemlich schwachen Eindruck bekommt, so deswegen, weil ich als der Erzähler ihm zur gleichen Zeit meine Gefühle auseinandersetze und ihm meine Worte wiederhole. Würde ich ihm jedoch die ersteren verbergen und er nur die zweiten kennen, so müßte er aus meinen Handlungen, die in gar keiner Beziehung dazu stehen, so oft den Eindruck von seltsamen Sinnesänderungen gewinnen, daß er mich nahezu für verrückt halten müßte. Im übrigen wäre dieses Verfahren kaum sehr viel falscher als dasjenige, das ich anwende. Denn die Bilder, die mich zum Handeln brachten, und die denjenigen, die sich bei mir in Worte umsetzten, so sehr widersprachen, waren in jenem Augenblick sehr unbestimmt; ich kannte nur unvollkommen die Natur, aus der heraus ich handelte; heute erkenne ich klarer die subjektive Wahrheit, die dahinterstand. Die objektive Wahrheit hingegen, das heißt die Entscheidung darüber, ob die Eingebungen dieser Natur die wahren Absichten Albertines richtiger erfaßten als mein logisches Denken, ob ich recht daran tat, mich dieser Natur anzuvertrauen, oder ob sie nicht im Gegenteil die Absichten Albertines verändert wiedergegeben hat, anstatt sie klar herauszustellen, darüber etwas zu sagen, fällt mir schwer.

Die unbestimmte Befürchtung, die mich bei den Verdurins befallen hatte, daß Albertine mich verlassen könne, hatte sich zunächst noch wieder verflüchtigt. Ich kam nach Hause mit dem Gefühl, ein Gefangener zu sein, keineswegs aber eine Gefangene anzutreffen. Die Furcht jedoch, die zunächst von mir wich, befiel mich um so stärker von neuem, als ich, sobald ich Albertine mitgeteilt hatte, ich sei zu den Verdurins gegangen, auf ihrem Gesicht einen Anflug rätselhafter Gereiztheit wahrgenommen hatte, der übrigens nicht zum ersten Mal darauf erschien. Ich wußte, daß er nur die körperliche Kristallisation von wohlüberlegten Vorwürfen, von Ideen war, die für das Wesen, das sie hegt und verschweigt, vollkommen klar sind, eine sichtbar gewordene, aber nicht mehr logisch durchdringbare Synthese, die derjenige, der einen aufschlußreichen Niederschlag davon auf dem Gesicht eines geliebten Wesens erkennt, seinerseits, um zu verstehen, was sich in diesem Wesen vollzieht, durch Analyse auf ihre intellektuellen Elemente zurückzuführen sich bestrebt. Der größte Annäherungswert an die unbekannte Größe, die für mich Albertines Denken darstellte, hätte ungefähr folgendes ergeben: ›Ich wußte ja, welchen Argwohn er gegen mich hegt, ich war sicher, daß er versuchen würde, ihn bestätigt zu finden, und damit ich ihn dabei nicht behindern konnte, hat er seine Nachforschungen hinter meinem Rücken betrieben.‹ Wenn aber Albertine mit solchen Vorstellungen lebte, denen sie niemals mir gegenüber Ausdruck gegeben hatte, mußte ihr dann nicht vor einer Existenz grausen und keine Kraft mehr verbleiben, sie weiterzuführen, mußte sie nicht von einem Tag zum andern beschließen, ihr ein Ende zu machen, wenn sie in dieser Existenz, wofern sie auch nur in Gedanken schuldig war, sich sofort erraten, in die Enge getrieben und behindert fühlte, jemals ihren Neigungen zu folgen, noch dazu ohne daß meine Eifersucht dadurch entwaffnet worden wäre – und hatte sie nicht, wofern sie in Gedanken und Taten unschuldig war, das Recht, seit einiger Zeit in mutloser Stimmung zu sein, wenn sie sah, daß sie seit Balbec, wo sie es so beharrlich vermied, jemals mit Andrée allein zu bleiben, bis auf den heutigen Tag, als sie darauf verzichtet hatte, zu den Verdurins zu gehen und im Trocadero zu bleiben, mein Vertrauen gleichwohl niemals hatte wiedererlangen können? Noch dazu konnte ich nicht sagen, daß ihre Haltung nicht vollkommen war. Wenn sie in Balbec, sobald das Gespräch auf junge Mädchen von der gewissen Sorte kam, häufig deren Lachen, ihre Bewegungen, kurz ihre ganze Art sich zu geben nachgeahmt hatte, was eine Qual für mich bedeutete, wegen meiner Vermutungen, wie das auf ihre Freundinnen wirken müsse, so hatte sie, seitdem sie meine Meinung darüber kannte, bei gelegentlichen Anspielungen auf diese Dinge vollkommen aufgehört, an der Unterhaltung teilzunehmen, sei es mit Worten oder sogar auch nur mit dem Ausdruck ihres Gesichts. Ob es nun war, weil sie nicht in die übelwollenden Äußerungen einzustimmen wünschte, die über die eine oder andere gemacht wurden, oder aus irgendeinem anderen Grund, jedenfalls fiel einem damals auf, daß ihre sonst so beweglichen Züge, sobald dieses Thema gestreift wurde, ohne jede Reaktion darauf blieben, das heißt genau den gleichen Ausdruck beibehielten, den sie einen Augenblick zuvor aufgewiesen hatten. Diese Unbeweglichkeit selbst einer flüchtigen Miene lastete wie ein Schweigen. Man hätte unmöglich sagen können, ob Albertine die Dinge, von denen die Rede war, tadelte oder billigte, ob sie davon wußte oder nicht. Ihre Züge standen untereinander nicht mehr in Beziehung. Ihre Nase, ihr Mund, ihre Augen bildeten eine vollkommen von dem übrigen getrennte Harmonie, sie sah aus wie ein Pastellbild und schien ebensowenig gehört zu haben, was vor ihr gesprochen wurde, als habe man die Unterhaltung in Gegenwart eines Porträts von La Tour geführt.

Meine Sklaverei, die mir noch bewußt war, als ich dem Kutscher die Adresse Brichots gegeben hatte und das Licht im Fenster sah, drückte mich gleich darauf nicht mehr, als ich bemerkte, daß Albertine die ihre so grausam zu empfinden schien. Damit sie weniger schwer auf ihr lastete und sie nicht auf den Gedanken brächte, sie von sich aus zu durchbrechen, war mir als das Geschickteste erschienen, in ihr den Eindruck zu erwecken, dieser Zustand sei nicht definitiv und ich selbst habe vor, ihm ein Ende zu bereiten. Als ich sah, daß meine Täuschung gelungen war, hätte ich mich glücklich fühlen müssen, zunächst weil das, was ich so sehr gefürchtet hatte, nämlich der von mir vermutete Wille Albertines fortzugehen, sich als nicht vorhanden erwies, dann aber auch, weil – abgesehen von dem beabsichtigten Resultat – der Erfolg dieser Täuschung an sich (da er den Beweis erbrachte, daß ich für Albertine nicht unbedingt ein verschmähter Liebhaber, ein verlachter Eifersüchtiger sei, dessen Listen man im voraus durchschaut) darin bestand, daß sie unserer Liebe von neuem eine Art von Jungfräulichkeit verlieh und für Albertine die Zeit wieder aufleben ließ, als sie noch, damals in Balbec, so leicht für wahr halten konnte, daß ich eine andere liebte. Das hätte sie jetzt zweifellos nicht mehr getan, aber sie schenkte meiner vorgeblichen Absicht Glauben, daß wir an diesem Abend noch uns für immer trennen wollten.

Sie sah aus, als vermute sie, daß die Ursache bei den Verdurins zu suchen sei. Ich sagte ihr, ich hätte dort Bloch getroffen, der als Bühnenschriftsteller mit Léa gut bekannt sei und dem diese merkwürdige Dinge angedeutet habe (ich gedachte Albertine dadurch glauben zu machen, ich wisse noch sehr viel mehr über Blochs Kusinen, als ich sagen wolle). Aber aus einem Bedürfnis heraus, die Unruhe zu beschwichtigen, in die mich meine Vortäuschung eines Bruchs versetzt hatte, fuhr ich fort: »Albertine, kannst du mir schwören, daß du mich niemals belogen hast?« Sie blickte starr ins Leere, dann antwortete sie mir: »Ja, das heißt, nein. Ich habe unrecht gehabt dir zu sagen, Andrée sei sehr von Bloch entzückt gewesen, wir hatten ihn gar nicht gesehen.« – »Aber warum hast du es dann gesagt?« – »Weil ich fürchtete, du könntest von ihr etwas anderes glauben; das ist alles.« Sie starrte weiter vor sich hin und fuhr fort: »Ich habe auch unrecht gehabt, dir eine dreiwöchige Reise mit Léa zu verbergen. Aber ich kannte dich noch so wenig.« – »War das vor Balbec?« – »Vor dem zweiten Mal, ja.« Und am Morgen noch hatte sie mir gesagt, sie kenne Léa nicht! Ich sah einen ganzen Roman, an dessen Niederschrift ich Millionen Minuten gewendet hatte, auf einmal in Flammen aufgehen. Wozu nur? Wozu? Gewiß, ich verstand sehr gut, daß Albertine mir diese Dinge nur enthüllte, weil sie dachte, ich hätte sie indirekt von Léa erfahren, und daß kein Grund bestand, weshalb es nicht noch hundert ähnliche geben sollte. Ich begriff auch, daß die Antworten Albertines auf eine solche Reihe von Fragen niemals auch nur eine Spur von Wahrheit enthielten, da sie sich diese jeweils nur unwillkürlich in Gestalt einer wahllosen Mischung entschlüpfen ließ, die sich in ihr selbst aus bis dahin bewußt verheimlichten Tatsachen und dem Glauben ergaben, ich hätte gleichwohl Kenntnis davon erhalten. »Aber zwei Dinge, das ist ja noch nichts, sagte ich zu ihr, wir wollen doch wenigstens vier zusammenbringen, damit ich eine Erinnerung an dich zurückbehalte. Was kannst du mir sonst noch enthüllen?« Sie starrte noch immer ins Leere. Auf welche Vorstellung von ihrem künftigen Leben stimmte sie ihre Lügen ab, mit welchen Göttern, die sich als weniger wohlwollend erwiesen, als sie gemeint hatte, strebte sie eine Übereinkunft an? Das Ganze war offenbar nicht bequem, denn ihr Schweigen und die Starrheit ihres Blicks nahmen so bald kein Ende. »Nein, nichts anderes«, brachte sie endlich hervor. Und trotz meines Beharrens versteifte sie sich jetzt mühelos auf dieses ›nichts anderes‹. Welche Lüge lag darin! Denn wie viele Male, in wie vielen Wohnungen, auf wie vielen Spazierfahrten mochte sie wohl, seit dem Tage, da sie diese Neigungen an sich entdeckt, bis zu dem, an dem ich sie bei mir einschloß, ihrer Lust nachgegeben haben! Lesbierinnen sind zugleich selten und doch zahlreich genug, um selbst in der größten Menschenmenge anderen ihresgleichen nicht unbemerkt zu entgehen. Von diesem Augenblick an aber ist es leicht, in Verbindung zu treten.

Mit Grauen erinnerte ich mich an einen Abend, der mir zu jener Zeit nur lächerlich vorgekommen war. Einer meiner Freunde hatte mich mit seiner Geliebten und einem anderen Freund, der ebenfalls die seine mitgebracht hatte, zum Abendessen in ein Restaurant eingeladen. Es dauerte nicht lange, so verstanden die beiden Damen sich, waren aber so ungeduldig, einander zu besitzen, daß bereits bei der Suppe ihre Füße sich suchten, wobei sie häufig statt dessen an die meinen gerieten. Bald saßen sie mit eng umeinandergeschlungenen Beinen da. Die beiden Freunde aber sahen nichts; ich stand Qualen aus. Eine der beiden Frauen, die es nicht länger aushielt, bückte sich unter den Tisch, weil sie, wie sie sagte, etwas habe fallen lassen. Gleich darauf bekam die andere Migräne und wünschte den Waschraum aufzusuchen. Die andere stellte fest, es sei Zeit, eine Freundin am Theater zu treffen. Schließlich blieb ich mit den beiden Freunden allein, die noch immer nichts ahnten. Die mit den Kopfschmerzen kam zurück, äußerte aber den Wunsch, allein fortzugehen und ihren Liebhaber bei sich zu Hause zu erwarten, damit sie zuvor noch ein Antipyrin nehmen könne. Die Damen wurden enge Freundinnen, sie fuhren zusammen aus, wobei die eine Männerkleidung trug, kleine Mädchen auftrieb und sie der anderen brachte, die sodann sie einzuweihen übernahm. Die andere hatte einen kleinen Jungen, mit dessen Betragen sie vorgeblich unzufrieden war und den sie von ihrer Freundin züchtigen ließ, wobei diese sich nicht ohne Energie an ihre Aufgabe machte. Man kann behaupten, daß es keinen noch so öffentlichen Ort gab, an dem sie nicht taten, was sonst das Allergeheimste ist.

– Aber Léa ist die ganze Zeit während unserer Reise vollkommen korrekt mir gegenüber gewesen, sagte Albertine. Sie war sogar zurückhaltender als viele Damen der Gesellschaft. – »Haben Damen der Gesellschaft es dir gegenüber an Zurückhaltung fehlen lassen, Albertine?« – »Niemals.« – »Was willst du dann damit sagen?« – »Nun, sie war weniger frei in ihrer Redeweise.« – »Zum Beispiel?« – »Sie hätte nicht wie viele Frauen, mit denen man gesellschaftlich verkehrt, das Wort ›blöd‹ benutzt oder den Ausdruck ›sich einen Dreck um die Leute kümmern‹.« Mir schien, daß selbst das, was an meiner

Liebe noch nicht ausgebrannt war, nun auch von der Flamme verzehrt wurde. Ein Gefühl tiefer Entmutigung hätte sonst bei mir angehalten. Bei den Worten Albertines aber, als ich sie recht bedachte, folgte darauf wahnwitziger Zorn. Dieser machte seinerseits einer Art von Rührung Platz. Auch ich log, seitdem ich nach Hause zurückgekommen war und erklärt hatte, ich wolle mit ihr brechen. Wenn ich im übrigen immer wieder von neuem, anfallsweise, wie man es bei physischen Schmerzen nennt, an das ausschweifende Leben dachte, das Albertine vor der Zeit unserer Bekanntschaft geführt hatte, bewunderte ich um so mehr die Gefügigkeit meiner Gefangenen und konnte ihr nicht mehr böse sein.

Nur führte mein Täuschungsmanöver für mich ein wenig von jener Traurigkeit herauf, die ich bei einer ernsten Absicht dieser Art empfunden hätte und die ich mir vergegenwärtigen mußte, um sie wirksam heucheln zu können. Zweifellos hatte ich niemals während unseres gemeinsamen Lebens aufgehört, Albertine anzudeuten, daß unsere derzeitige Existenz wahrscheinlich nur ein Provisorium sei, damit sie auch weiterhin einen Reiz daran fände. An diesem Abend aber war ich weitergegangen, da ich gefürchtet hatte, unbestimmte Drohungen einer Trennung würden nicht länger ausreichend sein, zumal sie zweifellos in Albertine meist durch ihre Vorstellung meiner großen eifersüchtigen Liebe zu ihr widerlegt wurden, die, wie sie wahrscheinlich meinte, der Ausgangspunkt meiner Nachforschungen bei den Verdurins war. An jenem Abend dachte ich, daß unter den anderen Gründen, die mich plötzlich – ohne daß ich mir anders als erst ganz allmählich darüber klargeworden wäre – zu der Aufführung dieser Trennungskomödie hatten bestimmen können, vor allem der folgende eine Rolle spielte: einem Impulse folgend, wie mein Vater ihn manchmal hatte, bedrohte ich zwar ein Wesen in seiner Sicherheit; da ich jedoch nicht wie er den Mut besaß, eine Drohung auch auszuführen, trieb ich es, um nicht den Eindruck zu erwecken, ich hätte meine Worte nur in die Luft gesprochen, mit der Erzeugung des Anscheins einer Verwirklichung jeweils ziemlich weit und trat den Rückzug erst an, wenn mein Gegner der Illusion erlag, alles sei ernst gemeint, und tatsächlich vor mir zitterte.

Außerdem spüren wir sehr wohl, daß in solchen Lügen ein Stück Wahrheit liegt, daß, wenn das Leben in unsere Liebeserfahrungen keine Veränderung trägt, wir selbst eine solche hineinbringen oder wenigstens erfinden und von Trennung sprechen möchten, so sehr fühlen wir, daß alle Liebeserlebnisse und alle Dinge überhaupt in rasender Eile dem Abschied entgegentreiben. Man will die Tränen schon weinen, die dieser Abschied bringen wird, noch bevor er da ist. Zweifellos bestand auch für die Szenen, die ich gespielt hatte, ein Motiv der Nützlichkeit. Ich hatte plötzlich Wert darauf gelegt, Albertine bei mir zu behalten, weil ich spürte, wie ihr Wesen sich zugunsten anderer Wesen, mit denen ich sie nicht hindern konnte in Verbindung zu treten, mir entzog. Aber hätte sie nun für immer auf diese alle um meinetwillen verzichtet, so hätte ich mich vielleicht erst recht entschlossen, sie niemals zu verlassen, denn eine Trennung wird durch Eifersucht grausam, durch Dankbarkeit aber unmöglich gemacht. Ich fühlte auf alle Fälle, daß ich die große Schlacht lieferte, bei der ich siegen oder unterliegen mußte. Ich hätte Albertine in einer Stunde alles geschenkt, was ich besaß, weil ich mir selber sagte, daß alles von dieser Schlacht abhänge. Solche Schlachten aber gleichen weniger denen von ehedem, die nur wenige Stunden dauerten, als vielmehr einer Schlacht unserer Tage, die nicht morgen, nicht übermorgen und nicht in der nächsten Woche zu Ende gehen wird. Man gibt all seine Kräfte aus, weil man immer glaubt, daß es die letzten sind, die man je brauchen wird. Mehr aber als ein Jahr vergeht, ohne daß die Entscheidung herbeigeführt worden ist.

Vielleicht trat hierzu noch eine unbewußte Erinnerung an verlogene Szenen, wie Monsieur de Charlus sie liebte, in dessen Gesellschaft ich mich ja gerade befand, als die Furcht, von

Albertine verlassen zu werden, sich meiner bemächtigt hatte. Später aber hat mir meine Mutter etwas erzählt, was ich damals noch nicht wußte, woraufhin ich jedoch eher vermuten möchte, daß ich alle Elemente dieser Szene in mir selbst vorgefunden hatte, in einem Teil jenes dunkeln Bestandes an Erbanlagen, die erst durch gewisse innere Bewegungen – die darin wirken wie gewisse, dem Alkohol oder Kaffee verwandte Medikamente auf die in uns aufgespeicherten Kraftreserven – für uns verfügbar werden: als meine Tante Léonie durch Eulalie erfahren hatte, Françoise habe in der sicheren Annahme, meine Tante werde nie mehr das Haus verlassen, insgeheim ihrerseits einen Ausgang geplant, von dem meine Tante nichts wissen sollte, hatte diese am Tage zuvor zum Schein den Entschluß gefaßt, am folgenden eine Spazierfahrt zu unternehmen. Françoise, die es zunächst nicht glauben wollte, mußte nicht nur ihre Sachen vorbereiten, diejenigen lüften, die zu lange im Schrank gehangen hatten, sondern sogar den Wagen bestellen und alle Einzelheiten des Tages bis auf die Minute regeln. Erst als Françoise, endlich überzeugt oder doch wenigstens unsicher geworden, sich gezwungen sah, meiner Tante ihre eigenen Pläne zu gestehen, hatte diese ausdrücklich auf die ihren verzichtet, um nicht, wie sie sagte, denen ihrer Dienerin hindernd im Wege zu stehen. Ebenso hatte ich, damit Albertine nicht glaubte, ich übertreibe nur, sondern sich soweit wie möglich in die Idee hineindächte, wir würden einander wirklich verlassen, selbst die Schlußfolgerungen aus allem gezogen, was ich vorbrachte, alles für jene Zeit schon bedacht, die am folgenden Tage beginnen und für immer andauern sollte, die Zeit, da wir getrennt sein würden, und Albertine in der gleichen Weise meine Anweisungen erteilt, als ob nicht unsere baldige Wiederversöhnung bevorstände. Wie die Generale, die der Meinung sind, daß man ein Scheinmanöver, damit es den Feind erfolgreich täuscht, gründlich durchführen muß, hatte ich in dieses hier fast ebenso viele Kräfte des Gefühls gelegt, als ob es ernst gemeint sei.

Diese künstliche Trennungsszene machte mir schließlich ebensoviel Kummer, als wäre sie Wirklichkeit, vielleicht weil die eine der mitwirkenden Personen, nämlich Albertine, sie für wirklich hielt und dadurch für die andere die Illusion allzu vollkommen machte. Wir durchlebten immer wieder einen neuen Tag, der, wenn auch mühsam, dennoch erträglich blieb, im Alltag festgehalten durch den Ballast der Gewohnheit und die Gewißheit, daß auch der folgende Tag, mochte er noch so quälend verlaufen, doch die Gegenwart des Wesens enthalten würde, an dem man nun einmal hing. Nun aber zerstörte ich Tor dieses ganze so wohlbefestigte Leben. Ich zerstörte es freilich nur vorgeblich, aber das genügte doch, um mich in tiefe Niedergeschlagenheit zu versetzen, vielleicht weil die traurigen Worte, die man – wenn auch in lügnerischer Absicht – ausspricht, ihre Trauer in sich selbst tragen und uns damit nachhaltig infizieren, vielleicht auch, weil man weiß, daß man mit dem nur vorgetäuschten Abschied schon jene wirkliche Abschiedsstunde gewissermaßen vorwegnimmt, die unabwendbar später einmal kommen wird; zudem kann man ja auch nie ganz sicher sein, ob man nicht den Mechanismus schon ausgelöst hat, durch den man bewirkt, daß diese Stunde schlägt. In jedem Bluff liegt ein – wenn auch noch so kleines – Partikelchen Ungewißheit über das enthalten, was der Getäuschte seinerseits unternehmen wird. Wenn diese Komödie der Trennung nun wirklich mit einer Trennung ausginge! Man kann eine solche selbst unwahrscheinliche Möglichkeit nicht ins Auge fassen, ohne daß sich einem das Herz zusammenkrampft. Man ist doppelt ängstlich, denn die Trennung würde sich dann in einem Moment vollziehen, in dem man sie unerträglich fände, da man gerade an der Frau gelitten hat, die einen nun verlassen würde, bevor man geheilt oder wenigstens innerlich wieder befriedet ist. Schließlich können wir uns nicht einmal mehr auf die Gewohnheit stützen, auf der wir sonst in unserem Kummer so gern auszuruhen pflegen. Wir haben uns mutwillig ihrer beraubt, wir haben dem gegenwärtigen Tag eine außergewöhnliche Wichtigkeit zugemessen, wir haben ihn aus der enggefügten Reihe der Tage ausdrücklich herausgehoben; nun flattert er wurzellos umher wie ein Abreisetag; unsere Einbildungskraft, die nicht mehr durch die Gewohnheit eingelullt wird, ist erwacht; wir haben plötzlich unserer Alltagsliebe ein Element gefühlvoller Träumerei hinzugesetzt, durch das sie gewaltig vergrößert und eine Gegenwart uns unerläßlich wird, auf die wir nun gerade nicht mehr mit unbedingter Sicherheit werden zählen können. Zweifellos haben wir, gerade um uns für die Zukunft diese Gegenwart zu sichern, so getan, als ob wir sie jederzeit aufgeben könnten. Aus diesem Spiel ist aber auch für uns unmerklich Ernst geworden, wir haben wieder zu leiden begonnen, weil wir etwas Neues, Ungewohntes getan haben, was dadurch jenen Kuren ähnlich sieht, die später das Übel heilen sollen, an dem wir leiden, deren erste Wirkung aber jedenfalls darin besteht, es noch schlimmer zu machen.

Ich hatte Tränen in den Augen wie jemand, der sich, allein in seinem Zimmer, den launenhaften Umwegen seiner Träumereien folgend, den Tod eines geliebten Wesens vorstellt, und sich dabei so ins einzelne gehend den Schmerz ausmalt, den er dabei erleben wird, daß er ihn schließlich verspürt. So schien mir, als ich Albertine immer zahlreichere Anweisungen für ihr Verhalten mir gegenüber nach unserer Trennung gab, daß ich fast ebensoviel Kummer empfand, als hätten wir nicht vor, uns gleich darauf wieder zu versöhnen. Und war ich denn überhaupt so sicher, diese Versöhnung bewirken zu können, Albertine bestimmt wieder zu der Idee eines gemeinsamen Lebens zurückzuführen, sicher auch, daß, wenn mir das alles an diesem Abend gelänge, bei ihr nicht die durch diese Szene nur niedergehaltene Stimmung wiederkehren würde? Ich fühlte mich als Herr der Zukunft, glaubte aber nicht recht daran, da ich dies Gefühl nur aus dem Umstand heraus begriff, daß die Zukunft noch nicht existierte und ich ihren Notwendigkeiten noch nicht unterstand. Obwohl ich also log, legte ich in meine Worte vielleicht mehr Wahrheit, als ich selbst vermutete. Ich hatte davon ein Beispiel erlebt, als ich zu Albertine gesagt hatte, ich würde sie schnell vergessen; so war es mir tatsächlich mit Gilberte gegangen, die ich jetzt nicht besuchte, weniger um einem Kummer als vielmehr einem lästigen Zwang aus dem Wege zu gehen. Dabei hatte ich gewiß Schmerz empfunden, als ich Gilberte schrieb, ich würde sie nicht mehr sehen. Denn zu Gilberte war ich nur von Zeit zu Zeit gegangen, doch alle Stunden Albertines gehörten mir. In der Liebe aber ist es leichter, auf ein Gefühl zu verzichten, als eine Gewohnheit abzulegen. Aber wenn jetzt mir die Kraft gegeben war, so viele schmerzvolle Worte über unsere Trennung auszusprechen, weil ich wußte, daß sie erlogen waren, so waren sie im Gegenteil aufrichtig im Munde Albertines, als sie rief: »Ja, ich verspreche dir, ich werde dich niemals wiedersehen. Alles will ich eher, als dich weinen sehen, mein Herz. Ich will dir keinen Kummer bereiten. Wenn es denn sein muß, wollen wir einander nicht mehr wiedersehen.« Sie waren aufrichtig, was sie von meiner Seite nicht hätten sein können, weil einerseits der Verzicht, den sie in Aussicht stellten, Albertine, die für mich nur Freundschaft empfand, weniger kostete, andererseits aber meine Tränen, die für eine große Liebe wenig bedeutet hätten, ihr als etwas Unerhörtes erschienen und sie tief betroffen machten, wenn sie sie auf jene Freundschaft übertrug, bei der sie selbst stehengeblieben und die größer als die meine war, nach dem, was sie sagte – nach dem was sie sagte, weil bei einer Trennung derjenige, der nicht mit wahrer Liebe liebt, die zärtlichen Dinge sagt, während wahre Liebe sich nicht deutlich ausspricht – nach dem, was sie sagte und was vielleicht nicht ganz unrichtig war, denn die tausend Freundlichkeiten der Liebe können schließlich bei dem, der sie einflößt, aber nicht empfindet, eine Zuneigung, eine Dankbarkeit wachrufen, die weniger egoistisch ist als das Gefühl, das diese Regungen erzeugt, und die vielleicht nach Jahren der Trennung, wenn bei dem ehemals

Liebenden nichts mehr davon zu finden ist, bei der Geliebten noch immer fortbesteht.[1]

– Liebe kleine Albertine, es ist sehr lieb von dir, daß du mir das versprichst. Die ersten Jahre übrigens werde ich es vermeiden, Orte zu besuchen, an denen du gerade bist. Du weißt wohl nicht, ob du diesen Sommer nach Balbec gehen wirst? Weil ich mich in diesem Falle so einrichten würde, dort lieber nicht zu erscheinen. – Wenn ich jetzt auf Grund meiner lügenhaften Erfindung noch immer weiter in die Zukunft vorausgriff, so geschah es nicht weniger, um Albertine zu ängstigen, als um mir selbst Leiden zu bereiten. Wie ein Mensch, der zunächst nur ziemlich unwichtige Gründe des Unmuts hat, sich aber dann, vom Klang der eigenen Stimme berauscht, zu

1 Nur einen Augenblick empfand ich für sie eine Art von Haß, der aber meinem Bedürfnis, sie zurückzuhalten, nur neue Nahrung gab. Da ich, an jenem Abend einzig eifersüchtig auf Mademoiselle Vinteuil, mit der größten Gleichgültigkeit an das Trocadero dachte – nicht nur daran, wie ich sie dorthin geschickt hatte, damit sie nicht zu den Verdurins ginge, sondern sogar noch, wie ich sah, daß dort Léa auftreten werde, um derentwillen ich Albertine dann zurückholen ließ, damit sie nicht ihre Bekanntschaft mache – sprach ich, ohne mir etwas dabei zu denken, den Namen Léa aus; Albertine jedoch, mißtrauisch und in der Meinung, man habe mir darüber vielleicht mehr erzählt, kam mir zuvor und erklärte mir mit großer Redseligkeit, doch nicht, ohne das Gesicht etwas abzuwenden: »Ich kenne sie sehr gut; im vorigen Jahr sind wir, ein paar Freundinnen und ich, zu ihrer Vorstellung gegangen; nach der Aufführung waren wir noch bei ihr in der Garderobe; sie hat sich vor unseren Augen umgezogen. Das war sehr interessant.« Da sah sich mein Denken gezwungen, von Mademoiselle Vinteuil abzugehen; statt dessen heftete es sich nun mit verzweifeltem Bemühen, in jenem unmöglichen Wettlauf nach dem Abgrund zu, den solche Rekonstruktionen eines Vorfalls bedeuten, an die Schauspielerin, an jene Abendvorstellung, bei der Albertine zu ihr in die Garderobe gegangen war. Wie sollte man einerseits nach allen Eiden, die sie mir, noch dazu im Tone größter Wahrhaftigkeit, geschworen hatte, nach dem vollkommenen Verzicht auf ihre Freiheit glauben, daß bei alledem etwas Schlechtes im Spiel sein könne? Waren aber nicht dennoch meine argwöhnischen Vermutungen Fühlfäden gleich, die die Wahrheit ertasteten, wo doch, wenn sie die Verdurins für mich aufgegeben hatte, um statt dessen ins Trocadero zu gehen, gleichwohl bei den Verdurins Mademoiselle Vinteuil hatte sein

einer Wut fortreißen läßt, die nicht durch seine Kümmernisse, sondern durch seinen unaufhörlich wachsenden Zorn verursacht wird, so ließ auch ich mich mit der Widerstandslosigkeit eines Menschen, der verspürt, wie der Frost ihn packt, der aber nicht zu kämpfen versucht, ja sogar bei den Kälteschauern eine Art von Lust verspürt, dauernd weiter in Trauer und in immer tiefere Verzweiflung treiben. Und wenn ich nun doch gleich darauf, wie ich es ja vorhatte, die Kraft finden würde, mich zu fassen, dem Lauf der Dinge zu begegnen und den Rückwärtskurs einzuschalten, so würde heute der Kuß Albertines beim Gutenachtsagen mich weit mehr als über den Kummer, den sie mir durch den unfreundlichen Empfang bei

sollen, im Trocadero aber, auf das sie im übrigen verzichtet hatte, um mit mir spazierenzufahren, eben jene Léa der Grund war, weshalb ich sie von dort zurückkommen ließ, Léa, derentwegen ich mich überflüssigerweise zu beunruhigen schien, die aber dennoch Albertine durch eine Bemerkung, die sie ganz ungefragt machte, weit besser gekannt zu haben zugab, als ich jemals gefürchtet hatte, noch dazu unter recht fragwürdigen Umständen, denn wer mochte sie dazu veranlaßt haben, zu ihr in die Garderobe zu gehen? Wenn es mit Mademoiselle Vinteuil und Léa, die mir beide den Tag zur Hölle gemacht hatten, so war, daß ich aufhörte, wegen der einen zu leiden, sobald ich um der anderen willen litt, so entweder infolge einer Unzulänglichkeit meines Geistes, der sich nicht viele Szenen auf einmal vorzustellen vermochte, oder infolge einer Interferenz meiner nervösen Erregungen, von denen meine Eifersucht nur das Echo war. Ich konnte daraus schließen, daß Albertine Léa ebensowenig angehört habe wie Mademoiselle Vinteuil, und daß ich an Léa nur glaubte, weil ich eben noch unter dieser Vorstellung litt. Aber daß meine Eifersuchtsregungen erloschen – um eine nach der anderen zuweilen wieder aufzuflammen – schloß nicht aus, daß jede einzelne doch einer erahnten Wahrheit entsprach, so daß ich mir bei all diesen Frauen nicht sagen durfte: ›keine‹, sondern vielmehr annehmen mußte: ›alle‹. Ich sage ›erahnt‹, denn ich konnte nicht alle erforderlichen Punkte des Raumes und der Zeit unter Beobachtung halten; welcher Instinkt noch dazu hätte mir das jeweilige Zusammentreffen verraten, das heißt mir gestattet, Albertine an einem Ort zu einer bestimmten Zeit mit Léa oder den jungen Mädchen von Balbec oder mit der Freundin von Madame Bontemps, an die sie damals im Vorübergehen angestreift war, oder mit der jungen Person, die sie beim Tennisspiel zärtlich mit den Ellbogen berührte, oder mit Mademoiselle Vinteuil zu überraschen?

meiner Rückkehr bereitet hatte, über jenen Schmerz trösten müssen, den ich verspürt hatte, als ich mir, um sie vorgeblich zu regeln, die Formalitäten einer nur eingebildeten Trennung ausmalte und ihre Folgen mir vor Augen hielt. Dieses Gutenachtsagen durfte auf alle Fälle nicht von ihr ausgehen, denn das hätte mir die scheinbare Sinnesänderung schwer gemacht, in der ich ihr vorzuschlagen gedachte, wir wollten gleichwohl noch einmal auf eine Trennung verzichten. Ich fand daher kein Ende, sie daran zu erinnern, daß die Stunde des Gutenachtsagens schon längst gekommen sei, weil ich dadurch die Initiative und die Möglichkeit behielt, gerade sie immer noch wieder etwas hinauszuschieben. So streute ich unaufhörlich Anspielungen auf den schon so weit vorgeschrittenen Abend, auf unsere Müdigkeit unter die Fragen, die ich Albertine stellte. »Ich weiß nicht, wohin ich gehen werde, antwortete sie mit nachdenklicher Miene auf meine Frage. Vielleicht in die Touraine, zu meiner Tante.« Dieser erste Plan, den sie sich zurechtgelegt hatte, ließ mich zu Eis erstarren, als trete damit unsere endgültige Trennung tatsächlich in das Stadium der Verwirklichung ein. Sie ließ ihre Blicke auf dem Zimmer, dem Pianola, den mit blauem Atlas bezogenen Sesseln ruhen. »Ich kann mich noch nicht an den Gedanken gewöhnen, daß ich das alles weder morgen, noch übermorgen, noch jemals wiedersehen soll. Das liebe kleine Zimmer! Mir scheint, es ist ganz unmöglich, es will mir gar nicht in den Sinn.« – »Es muß sein, du warst so unglücklich hier.« – »Aber nein, ich war nicht unglücklich, erst jetzt werde ich es sein.« – »Nicht doch, ich kann dir versichern, es ist so besser für dich.« – »Für dich vielleicht!« Ich fing an, starr ins Leere zu blicken, als ob ich, von Zweifel befallen, mit einer Idee kämpfte, die mir eben erst in den Sinn gekommen wäre. Endlich bemerkte ich: »Hör, Albertine, du sagst, du seiest glücklicher hier und werdest unglücklich sein.« – »Ganz bestimmt!« – »Ich bin darüber sehr bestürzt; willst du, daß wir doch versuchen, ein paar Wochen noch weiter so zu leben? Wer weiß? Von einer

Woche zur anderen kann man vielleicht noch sehr weit gelangen; du weißt ja, daß es Provisorien gibt, die schließlich für immer dauern.« – »Oh! Das wäre sehr lieb von dir!« – »Nur ist es dann Torheit, daß wir uns wegen eines Nichts ganze Stunden lang wehtun; das ist wie eine Reise, auf die man sich vorbereitet hat, und die man dann doch nicht macht. Ich bin ganz gebrochen vor Kummer.« Ich setzte sie auf meine Knie, nahm das Manuskript von Bergotte, das sie sich so sehr wünschte, und schrieb auf den Deckel: ›Für meine kleine Albertine zur Erinnerung an die Erneuerung unseres Abkommens‹. »Jetzt aber, sagte ich zu ihr, geh und schlafe bis morgen abend durch, mein Liebes, du mußt ja ganz zerschlagen sein.« – »Ich bin vor allem sehr froh!« – »Liebst du mich ein wenig?« – »Noch hundertmal mehr als zuvor.«
Ich hätte unrecht gehabt, über diese kleine Komödie glücklich zu sein. Selbst wenn es nicht zu jener glaubhaften Inszenierung gekommen wäre, bis zu der ich alles getrieben hatte, wir also nur ganz einfach von Trennung gesprochen hätten, so wäre es schon ernst genug gewesen. Gespräche dieser Art glaubt man nicht nur in bewußter Unaufrichtigkeit – was den Tatsachen entspricht – sondern auch in voller Entschlußfreiheit zu führen. Gewöhnlich aber sind sie, uns unbewußt, das erste Raunen eines Sturms, von dem wir noch nichts ahnen. Tatsächlich drücken wir dabei das Gegenteil von dem aus, was wir uns wünschen (nämlich immer mit der Geliebten zusammenzusein). Zugleich aber deuten sie doch schon auf jene Unmöglichkeit eines Zusammenlebens hin, die unser tägliches Leiden ausmacht, ein Leiden, das wir dem der Trennung vorziehen, wiewohl es, ob wir wollen oder nicht, mit Trennung enden wird. Das ist der übliche Verlauf, aber zu der Trennung kommt es noch nicht gleich. Meist vollzieht es sich so – bei Albertine und mir war das, wie man sehen wird, nicht der Fall – daß man einige Zeit, nachdem jene Worte, an die man nicht glauben wollte, gefallen sind, das noch ganz unfertige Projekt einer bewußten, nicht schmerzlichen und

zeitlich begrenzten Trennung in die Tat umsetzt. Man bittet die Frau – damit sie sich später bei uns um so wohler fühlt, wir aber andererseits für den Augenblick dem unaufhörlichen Ablauf von Trauer und Müdigkeit entrinnen – ohne uns eine Reise von einigen Tagen zu machen (oder uns eine solche ohne sie zu gestatten). Diese Tage werden die ersten sein, die wir – seit sehr langer Zeit – ohne sie verbringen, etwas, was uns bislang unmöglich erschienen war. Sehr schnell nimmt sie nachher ihren Platz in unserem Heim wieder ein. Nur ist diese Trennung, die kurz war, aber immerhin Tatsache geworden ist, nicht so willkürlich beschlossen und auch nicht mit solcher Gewißheit die einzige, wie wir meinen. Die gleichen Mißhelligkeiten fangen wieder an, dieselbe Schwierigkeit des Zusammenlebens zeichnet sich von neuem ab, nur ist die Trennung jetzt nicht mehr so schwierig zu vollziehen; man hat angefangen davon zu sprechen, man hat sie in nicht verletzender Weise schon einmal ausgeführt. Aber das sind nur Vorläufer, die wir als solche nicht erkannten. Bald wird auf die nur für den Augenblick lächelnd beschlossene Trennung die grausame, definitive folgen, der wir vorgearbeitet haben, ohne es zu wissen.

– Komm in fünf Minuten in mein Zimmer, mein guter Junge, damit ich dich noch ein wenig sehen kann. Du mußt recht nett zu mir sein. Aber ich schlafe dann sicher gleich ein, denn ich bin halbtot. – Eine Tote sah ich wirklich vor mir, als ich kurz darauf in ihr Zimmer trat. Sie war eingeschlafen, sobald sie sich hingelegt hatte; die Bettücher, die sich wie ein Leichentuch um ihren Körper rollten, waren in ihrem schönen Faltenwurf gleichsam zu Stein erstarrt. Wie bei gewissen Darstellungen des Jüngsten Gerichts aus dem Mittelalter schien es, als rage einzig der Kopf, der im Schlaf der Posaune des Erzengels harrt, aus dem Grabe hervor. Der Schlummer hatte diesen Kopf in einer fast ganz nach hinten zurückgeworfenen Haltung, und von wirrem Haar umflutet, überrascht. Als ich diesen an sich so bedeutungslosen Körper vor mir liegen sah, fragte ich mich, was für eine Logarithmentafel er eigentlich vorstellte, so daß alle Handlungen, in die er verstrickt war, von einer bloßen Berührung mit dem Ellbogen bis zum Kleiderstreifen im Vorübergehen, in ihrer ganzen unendlichen Ausdehnung bis zu allen Punkten, die dieser Körper in Raum und Zeit je eingenommen hatte, Handlungen, die von Zeit zu Zeit jäh in meiner Erinnerung wiederauflebten, mir so schmerzliche Ängste bereiten konnten, obwohl ich wußte, daß sie bei meiner Freundin durch Regungen und Wünsche zustande kamen, die mir bei einer anderen, ja sogar fünf Jahre früher oder später bei ihr selbst gleichgültig gewesen wären. Es war eine Lüge, eine Lüge jedoch, von der ich mich aus Feigheit nur durch meinen Tod erlösen zu können glaubte. So blieb ich, in den Abendmantel gehüllt, den ich seit meiner Rückkehr von den Verdurins noch nicht abgelegt hatte, vor diesem leicht zusammengekrümmten Körper stehen, der wie eine allegorische Figur aussah. Allegorisch wofür? Für meinen Tod? Meine Liebe? Bald hörte ich ihre regelmäßigen Atemzüge. Ich ließ mich am Rande ihres Bettes nieder, um die beruhigende Kur einer nur von diesem Hauch gewiegten Kontemplation auf mich wirken zu lassen. Dann zog ich mich leise zurück, um sie nicht aufzuwecken.

Es war so spät geworden, daß ich gleich am Morgen Françoise anempfahl, recht leise zu gehen, wenn sie an Albertines Zimmer vorüberkäme. Überzeugt, daß wir die Nacht mit dem verbracht hatten, was sie als ›Orgien‹ zu bezeichnen pflegte, wies Françoise denn auch ironisch die anderen Bedienten an, ›die Prinzessin nicht aufzuwecken‹. Eines der Dinge, die ich fürchtete, war, daß Françoise eines Tages sich allzuwenig beherrschen, daß sie zu Albertine ausfallend werden und dadurch Komplikationen in unserem Dasein zur Auslösung bringen könnte. Françoise war damals nicht mehr – wie zu jener Zeit, als sie darunter litt, Eulalie von meiner Tante verwöhnt zu sehen – in dem Alter, ihre Eifersucht standhaft zu ertragen. Diese veränderte und verkrampfte vielmehr derart das Gesicht unserer alten Dienerin, daß ich mich zuweilen fragte, ob sie nicht, ohne daß ich es bemerkt hatte, im Anschluß an einen Zornausbruch einen leichten Schlaganfall erlitten habe. Nachdem ich darum gebeten hatte, man möge auf Albertines Schlummer Rücksicht nehmen, fand ich selbst keinen Schlaf. Ich versuchte mir klarzumachen, welches die wirkliche innere Verfassung Albertines wohl sei. War durch die traurige Komödie, die ich gespielt hatte, eine wirkliche Gefahr abgewendet worden, das heißt hatte sie, obwohl sie behauptete, sie fühle sich zu Hause so glücklich, doch in Wirklichkeit augenblicksweise die Idee, sie wünsche sich ihre Freiheit, oder sollte ich im Gegenteil ihren Worten vertrauen? Welche von den beiden Hypothesen war die richtige? Wenn es mir so erging und vor allem noch ergehen sollte, daß ich einem Vorfall meines früheren Lebens in Gedanken die Ausmaße eines historischen Faktums zu geben versuchte, um eine politische Begebenheit verstehen zu können, so fand ich umgekehrt an diesem Morgen kein Ende, trotz so vieler Schwierigkeiten um des besseren Verständnisses willen die Tragweite der Szene, die am Abend zwischen uns stattgefunden hatte, mit einem diplomatischen Zwischenfall zu vergleichen, der sich damals gerade ereignet hatte.

Ich hatte vielleicht das Recht, in dieser Weise zu argumentieren, denn es war sehr wahrscheinlich, daß ohne mein Wissen das Beispiel von Monsieur de Charlus mich bei dieser lügnerischen Szene geleitet hatte; war aber nicht andererseits bei ihm, den ich so häufig und mit so großem Selbstvertrauen eine ähnliche hatte aufführen sehen, ein solches Vorgehen nicht nur eine unbewußte Verlagerung der tiefeingewurzelten Tendenz seiner – aus List oder gegebenenfalls aus kriegerischem Übermut – zur Provokation geneigten germanischen Rasse in die private Sphäre?

Da verschiedene Personen, darunter der Fürst von Monaco, der französischen Regierung die Idee nahegelegt hatten, daß, wenn sie sich nicht von Monsieur Delcassé trenne, Deutschland seine unablässigen Drohungen wahrmachen und zum Kriege schreiten würde, hatte der Minister des Äußeren um seine Demission gebeten. Die französische Regierung hatte also doch, für den Fall, daß wir nicht nachgeben würden, mit der Möglichkeit Kriegsabsicht gerechnet. Andere Personen aber meinten, es handle sich um einen einfachen ›Bluff‹ und Deutschland hätte, auch wenn Frankreich standhaft geblieben wäre, nicht zum Schwert gegriffen. Zweifellos war in meinem Fall das Scenario nicht nur ein anderes, sondern ein fast genau entgegengesetztes, da ja die Drohung, mit mir zu brechen, nie von Albertine ausgegangen war; aber eine Gesamtheit von Eindrücken hatte bei mir zu dem Glauben geführt, daß sie daran dachte, so wie die französische Regierung Deutschland gegenüber diesen Glauben hegte. Wofern andererseits Deutschland den Frieden wünschte, so zeugte es von höchst anfechtbarer und gefährlicher Geschicklichkeit, wenn es bei der französischen Regierung die Vorstellung weckte, es wünsche seinerseits den Krieg. Zweifellos war mein Verhalten nicht ungeschickt gewesen, wenn wirklich der Gedanke, ich würde mich niemals dazu entschließen, mit ihr zu brechen, bei Albertine plötzlich auftauchende Wünsche nach Unabhängigkeit weckte. Und war es nicht schwer zu glauben, sie werde nicht eines Tages auf dergleichen verfallen, mußte ich nicht einen ganzen geheimen Daseinskomplex in ihr erkennen, der auf Befriedigung ihres Lasters gerichtet war – allein schon in Ansehung ihres Zornausbruches, als sie erfuhr, ich sei bei den Verdurins gewesen, sowie ihrer Worte: ›Ich habe es ja gewußt‹, denen sie noch den aufschlußreichen Satz hinzugefügt hatte: ›Sie sollten ja wohl Mademoiselle Vinteuil dahaben?‹ Alles das wurde noch verstärkt durch die Begegnung zwischen Albertine und Madame Verdurin, von der ich durch Andrée wußte. Und doch waren vielleicht diese jähen Unabhängigkeitswünsche – sagte ich mir, wenn ich versuchte, gegen meinen Instinkt anzugehen – durch die entgegengesetzte Idee, wofern sie überhaupt existierte, verursacht oder würden schließlich durch sie verursacht werden, nämlich die, daß ich nicht die Absicht gehabt hatte, sie jemals zu heiraten, und die Wahrheit sagte, wenn ich scheinbar unbedacht auf unsere nahe bevorstehende Trennung anspielte, kurz, daß ich sie doch auf alle Fälle den einen oder anderen Tag verlassen würde – eine Überzeugung, welche durch die Szene, die ich ihr am Abend gemacht hatte, nur an Kraft gewinnen und vielleicht bei ihr zu dem folgenden Entschluß hätte führen können: ›Wenn es doch unabwendbar an dem einen oder andern Tag geschehen muß, ist es besser, wir machen auf der Stelle Schluß.‹ Die Kriegsvorbereitungen, die durch verlogene Schlagzeilen bekanntgegeben werden, um dem Friedenswillen zum Siege zu verhelfen, schaffen im Gegenteil zunächst bei jedem der beiden Gegner die Überzeugung, daß der andere den Bruch will, eine Überzeugung, die den Bruch herbeiführt, und wenn er stattgefunden hat, bei jedem der beiden jene andere, der Gegner habe ihn gewollt. Selbst wenn die Drohung nicht ernst gemeint war, lädt doch der damit verbundene Erfolg dazu ein, es von neuem damit zu versuchen. Der genaue Punkt aber, bis zu dem der Bluff erfolgreich sein wird, ist schwierig zu bestimmen; wenn der eine zu weit geht, so wagt der andere, der bis dahin nachgegeben hat, sich seinerseits etwas weiter vor; der erste, der nicht mehr weiß, wie er seine Methode ändern soll und sich zudem an die Idee gewöhnt hat, daß den Bruch vorgeblich nicht zu fürchten die beste Manier darstellt, ihm aus dem Wege zu gehen (wie ich es am Abend zuvor mit Albertine gemacht hatte), noch dazu aus Stolz lieber unterliegen als noch einmal nachgeben will, verharrt in seiner drohenden Haltung, bis keiner mehr zurück kann. Diese Art von Bluff kann auch mit Aufrichtigkeit gemischt sein und mit ihr abwechseln, so daß, was gestern noch ein Spiel war, morgen Wirklichkeit ist. Endlich kann es auch vorkommen, daß einer der Gegner tatsächlich zum Kriege entschlossen war, daß Albertine zum Beispiel die Absicht hatte, früher oder später dieses Zusammenleben mit mir zu beenden, oder umgekehrt, daß diese Idee ihr niemals in den Sinn gekommen war und nur meine Einbildungskraft sie erfunden hatte. Das waren die verschiedenen Hypothesen, die ich ins Auge faßte, während sie an diesem Morgen schlief. Was die letztere anbetrifft, so kann ich gleichwohl sagen, daß ich Albertine in der darauffolgenden Zeit immer nur gedroht habe, ich würde sie verlassen, wenn es galt, einer Vorstellung von unangebrachter Freiheit bei ihr zu begegnen, einer Vorstellung, der sie nicht eigentlich Ausdruck verlieh, die mir aber unausgesprochen in gewissen geheimnisvollen Mißfallensregungen, gewissen Worten und Gesten dennoch enthalten schien, für welche diese Idee die einzig mögliche Erklärung war und für die sie mir auch sonst keine lieferte. Noch dazu stellte ich solche Regungen sehr oft fest, ohne auf eine mögliche Trennung anzuspielen, da ich hoffte, sie entstammten nur einer schlechten Laune, die am gleichen Tag noch verschwinden würde. Doch hielt diese fast ohne Unterbrechung während der nächsten Wochen an, in denen Albertine einen Konflikt provozieren zu wollen schien, als gebe es in jenem Augenblick in einer mehr oder weniger entfernten Region Vergnügungen, um die sie sich durch ihre Einschließung bei mir gebracht sah und die so lange, bis sie ein Ende genommen hatten, ihren Einfluß auf sie ausübten, gleich jenen atmosphärischen Veränderungen, die noch in unserer Kaminecke auf unsere Nerven einwirken, selbst wenn sie auf den fernen Balearen ihren Schauplatz haben.

An jenem Morgen, während Albertine schlief und ich zu erraten versuchte, was sie in ihrem Inneren verbarg, erhielt ich einen Brief von meiner Mutter, die ihrer Beunruhigung darüber, daß sie nichts über meine Entschlüsse erführe, durch den folgenden Satz aus Madame de Sévigné Ausdruck gab: ›Ich für meine Person bin überzeugt, daß er nicht die Absicht hat, sich zu verheiraten; aber warum bringt er dann Unruhe über dieses Mädchen, mit dem er sich niemals vermählen wird? Warum setzt er sie der Gefahr aus, daß sie andere Partien mit

Verachtung ausschlägt? Warum den Sinn eines Menschen verwirren, dem man mit solcher Leichtigkeit aus dem Weg gehen könnte?« Dieser Brief meiner Mutter brachte mich auf die Erde zurück. Wozu gehe ich den Geheimnissen einer Seele nach, deute ein Mienenspiel und fühle mich von Andeutungen bedrängt, die ich nicht nachhaltiger zu ergründen wage? fragte ich mich. Ich gab mich Träumereien hin, während in Wirklichkeit die Sache ganz einfach war. Ich bin ein unentschlossener junger Mann, und es handelt sich um eine jener Heiraten, bei denen man eine Zeitlang nicht weiß, ob sie zustande kommen oder nicht. Es war nichts Besonderes an dem Fall Albertine. Dieser Gedanke verschaffte mir eine große aber kurze Entspannung. Sehr bald darauf sagte ich mir: man kann tatsächlich, was immer man unter einem rein gesellschaftlichen Gesichtspunkt betrachtet, auf die banalsten aller ständig wiederkehrenden Begebenheiten zurückführen. Von außen her würde ich es vielleicht auch so ansehen. Aber ich weiß: wahr, zum mindesten ebenfalls wahr ist alles, was ich gedacht, was ich in Albertines Augen gelesen habe, wahr sind die Befürchtungen, die mich foltern, und die Probleme, die mich unaufhörlich im Hinblick auf meine Freundin beschäftigen; die Geschichte von dem zögernden Verlobten und der nicht zustande gekommenen Heirat mag dem gleichwohl entsprechen, so wie ein gewisser theatralischer Bericht eines Lokalreporters mit gesundem Menschenverstand für ein Stück von Ibsen Stoff abgeben kann. Aber neben den Tatsachen, die man berichtet, besteht eben doch noch etwas anderes. Freilich mag dieses andere, wenn man es zu sehen verstünde, bei allen zögernden Verlobten und bei allen Eheschließungen vorhanden sein, die sich in die Länge ziehen, weil vielleicht etwas Geheimnisvolles hinter dem Alltagsgeschehen steckt. Ich konnte darüber hinwegsehen, soweit es um das Dasein anderer ging, aber das meine und Albertines erlebte ich von innen her.

Ebensowenig, wie sie es vordem getan hatte, sagte Albertine

von diesem Abend an zu mir: ›Ich weiß, daß du kein Vertrauen zu mir hast, ich werde versuchen, deinen Argwohn zu zerstreuen.‹ Diese Idee aber, die sie niemals ausdrückte, hätte auch noch für ihre geringfügigsten Handlungen als Erklärung dienen können. Nicht nur war sie darauf bedacht, daß sie niemals einen Augenblick allein und daß ich nie in Unkenntnis darüber war, was sie getan hatte, falls ich ihren eigenen Erklärungen keinen Glauben schenkte, sondern sogar, wenn sie an Andrée telephonierte, oder an die Garage oder den Tattersall oder sonstwohin, behauptete sie, es sei zu langweilig, allein am Apparat zu stehen, wo doch die Telephonistinnen so lange Zeit brauchten, um die Verbindung herzustellen, und richtete sich so ein, daß ich in dem Augenblick bei ihr war, notfalls sogar Françoise, ganz als fürchte sie, ich könne mir vorstellen, sie werde irgendwelche bedenklichen Telephongespräche führen, die einer geheimen Verabredung dienten.
Ach! Alles das beruhigte mich nicht. Aimé hatte mir die Photographie Esthers mit dem Bemerken zurückgeschickt, das sei die Dame nicht. Also gab es noch andere? Wen? Ich schickte die Photographie an Bloch zurück. Gerne hätte ich im Grunde die gesehen, welche Albertine Esther zum Geschenk gemacht hatte. In welcher Weise mochte sie darauf dargestellt sein? Vielleicht im Dekolleté? Wer weiß, ob sie sich nicht zusammen hatten photographieren lassen. Ich wagte jedoch nicht, zu Albertine etwas darüber zu sagen – denn das sähe so aus, als hätte ich die Photographie nicht selbst zu Gesicht bekommen – noch zu Bloch, dem ich kein so großes Interesse an Albertine zu erkennen geben wollte.
Dieses Leben aber, das jeder, der meinen Argwohn und ihre Sklaverei kannte, von außen her als höchst grausam für mich und Albertine hätte ansehen müssen, war für Françoise ein Leben unverdienter Freuden, das die ›Schmeichlerin‹ sich mit Geschick scheinbar aufzwingen ließ, weshalb Françoise sie auch, da sie selbst neidischer war als alle anderen Frauen, mit einem Femininum, das sie gern gebrauchte, als ›Scharlatante‹

zu bezeichnen pflegte. Da Françoise durch die Berührung mit mir ihren Wortschatz um neue Wendungen bereichert hatte, die sie sich jedoch auf ihre Weise zurechtlegte, sagte sie auch von Albertine, sie habe niemals eine Person von solcher ›Perfidität‹ gekannt, die mir förmlich das Geld aus der Tasche ›sog‹, weil sie gut Komödie zu spielen verstünde (was Françoise wiederum, da sie ebensoleicht das Besondere für das Allgemeine wie das Allgemeine für das Besondere setzte und nur sehr ungenaue Vorstellungen über die Unterscheidung der verschiedenen Genres in der dramatischen Kunst besaß, ›Pantomimespielen‹ nannte). Vielleicht war ich an diesem Irrtum über Albertine und mein wahres Leben durch die unklaren Behauptungen, die ich im Gespräch mit Françoise geschickt darüber fallen ließ – teils aus dem Verlangen heraus, sie zu ärgern, teils um, wenn auch nicht geliebt, so doch glücklich zu scheinen – selbst ein wenig schuld. Und doch erriet sie sehr bald meine Eifersucht, die Überwachung, die ich Albertine angedeihen ließ (Dinge, von denen ich so gerne gewollt hätte, daß Françoise sie nicht wüßte), wie der Hellseher, wenn er mit verbundenen Augen einen Gegenstand findet; von jener Intuition geleitet, die sie für alle Dinge besaß, die mir unangenehm sein konnten, und in der sie sich auch nicht durch die Lügen beirren ließ, die ich eigens ausstreute, um ihre Meinung zu verwirren, geleitet aber auch von ihrem Haß gegen Albertine, welcher Françoise dazu trieb – mehr noch, als dazu, ihre Feindinnen für glücklicher und für gewitztere Komödiantinnen zu halten, als sie waren – das zu entdecken, was jener schaden und sie ins Verderben stürzen konnte. Françoise hat bestimmt Albertine niemals Szenen gemacht.[1] Aber ich kannte

1 Ich fragte mich, ob nicht Albertine, wenn sie sich überwacht fühlte, selbst die Trennung vollziehen würde, die ich ihr angedroht hatte, denn in seinem wechselnden Verlauf läßt das Leben unsere Traumgespinste zu Wirklichkeiten werden. Jedesmal, wenn ich eine Tür gehen hörte, zuckte ich in ganz der Weise zusammen wie meine Großmutter in ihrer Agonie, sobald ich geläutet hatte. Ich glaubte nicht, daß Albertine ausgehe, ohne

ihre Kunst, jemandem etwas nahezulegen, ihre Art, in Form einer bedeutungsvollen Inszenierung ihren Willen durchzusetzen, und kann mir noch heute nicht denken, daß sie der Versuchung widerstanden hat, Albertine täglich anzudeuten, welche demütigende Rolle sie im Hause spiele, und sie durch eine geschickt übertriebene Ausmalung der Gefangenschaft, in der sie sich befinde, vollends kopfscheu zu machen. Ich habe einmal Françoise dabei betroffen, wie sie mit einer großen Brille auf der Nase in meinen Papieren wühlte und ein paar Blätter zurücklegte, in denen ich eine Erzählung über Swann und die Unmöglichkeit seines Verzichts auf Odette aufgezeichnet hatte. Hatte sie sie scheinbar aus Unachtsamkeit in Albertines Zimmer herumliegen lassen? Im übrigen erhob sich wahrscheinlich über alle Andeutungen von Françoise, die im Verhältnis dazu nur die perfide einflüsternde Orchestrierung darstellten, in einer höheren, klareren, dringlicheren Tonlage die anschuldigende, verleumderische Stimme der Verdurins, die wütend darüber waren, daß sie sehen mußten, wie Albertine mich unwissentlich – ich sie hingegen wissentlich – von dem ›kleinen Kreis‹ fernhielt.

Was das Geld betraf, das ich für Albertine ausgab, so war es mir fast unmöglich, die Beträge vor Françoise zu verheim-

es mir gesagt zu haben, doch mein Unterbewußtsein nahm es an, so wie das Unterbewußte meiner Großmutter bei meinem Schellen erbebte, auch als sie nicht mehr klar bei Sinnen war. Eines Morgens wurde ich sogar ganz plötzlich von jäher Unruhe befallen, sie sei nicht nur ausgegangen, sondern abgereist: ich hatte eine Tür gehen hören, es schien mir die Tür ihres Schlafzimmers zu sein. Lautlos schlich ich zu ihrem Zimmer, trat ein und blieb auf der Schwelle stehen. Im Halbdunkel bauschten sich die Bettücher in Sichelform, es mußte Albertine sein, die zusammengekauert mit Kopf und Füßen nach der Wand zu schlief. Nur ihr starkes schwarzes Haar schaute über das Bettuch hinaus und zeigte mir, daß sie es war, daß sie die Tür nicht aufgemacht, sich nicht gerührt hatte, und es bewegte mich tief, wie also dieser reglose, doch lebendige Halbkreis, der ein ganzes menschliches Leben barg, das einzige war, was für mich etwas bedeutete; ich fühlte, daß es da vor mir lag – ruhend in meinem Besitz und von mir beherrscht.

lichen, da ich ihr überhaupt keine Ausgaben zu verbergen vermochte. Françoise hatte wenige Fehler, diese Fehler aber hatten bei ihr wahrhaft wunderbare Fähigkeiten gezeitigt, die einzig ihren Zwecken dienten und sofort versagten, wo es nicht mehr um die Bestätigung dieser Fehler ging. Der bemerkenswerteste davon war die Neugier, die sich auf Summen bezog, welche wir für andere ausgaben als sie selbst. Hatte ich eine Rechnung zu bezahlen oder ein Trinkgeld zu geben, so mochte ich mich noch so sehr abseits halten, sie fand einen Teller, den sie zurechtrücken, eine Serviette, die sie fortnehmen mußte, irgend etwas, was ihr gestattete, in meiner Nähe zu sein. Wie wenig Zeit ich ihr auch ließ, da ich sie meist erzürnt fortschickte: diese Frau, die nicht mehr gut sah, kaum zählen konnte, beobachtete dennoch – von der gleichen Neigung getrieben, die einen Schneider, wenn er uns sieht, unwillkürlich den Stoff unseres Anzugs abschätzen und am liebsten auch noch befühlen läßt, oder die einen Maler für einen Farbeffekt besonders empfänglich macht – auf der Stelle, was ich gab, und errechnete sich den genauen Betrag. Wenn ich, damit sie nicht Albertine gegenüber behaupten könnte, daß ich ihren Chauffeur zu bestechen versuchte, mich lieber von vornherein wegen eines Trinkgelds, das ich ihm gab, mit den Worten entschuldigte: ›Ich wollte dem Chauffeur eine Freundlichkeit erweisen, ich habe ihm zehn Francs gegeben‹, so antwortete Françoise, die sich mit ihrem Blick eines halbblinden Adlers ausreichend orientiert hatte, völlig ungerührt: ›Nicht doch, Monsieur hat ihm dreiundvierzig Francs Trinkgeld gegeben. Der Mann hat Monsieur gesagt, er bekäme fünfundvierzig Francs, Monsieur hat ihm darauf hundert Francs gegeben, aber nur zwölf Francs zurückerhalten.‹ Sie hatte Zeit gefunden, die Höhe des Trinkgelds festzustellen oder zu berechnen, die nicht einmal ich selbst hätte angeben können.

Wenn Albertine sich zum Ziel gesetzt hatte, mir meine Ruhe wiederzugeben, so gelang es ihr zum Teil. Meine Vernunft wünschte sich im übrigen gar nichts Besseres als den Beweis dafür, daß ich mich über die schlimmen Absichten Albertines ebenso getäuscht hätte, wie es mir mit ihren lasterhaften Instinkten ergangen war. Zweifellos ließ ich mich bei der Bewertung der Argumente, die meine Vernunft mir lieferte, durch das Verlangen leiten, sie vortrefflich zu finden. Mußte ich mir aber, um gerecht zu sein, um Aussicht zu haben, die Wahrheit zu erkennen – wofern man nicht überhaupt der Meinung ist, sie teile sich nur durch eine Art Telepathie, durch ihre eigene Ausstrahlung mit – nicht sagen, daß, wenn meine Vernunft in ihrem Bemühen um meine Heilung durch meine Wünsche bestimmt wurde, umgekehrt in allem, was Mademoiselle Vinteuil, die Laster Albertines, ihre Absicht, ein anderes Leben zu erlangen, ihren Plan einer Trennung betraf, das heißt in allem, was folgerichtig die Ergänzung ihrer Laster bildete, nur mein Instinkt, in seinem Bestreben, mich krank zu machen, sich von meiner Eifersucht in die Irre führen ließ? Albertines Abschließung, die sie selbst so erfindungsreich zu einer vollkommen hermetischen zu machen verstand, benahm mir vielleicht, indem sie mich vom Leiden befreite, allmählich meinen Argwohn, und ich konnte nun, wenn der Abend mich wieder unruhig stimmte, in der Gegenwart Albertines die Befriedung der ersten Tage wiederfinden. Neben meinem Bett sitzend sprach sie mit mir von einer jener Toiletten oder den sonstigen Sachen, die ich ihr auch weiterhin schenkte, um ihr möglichst das Leben angenehmer und ihre Gefangenschaft schöner zu gestalten, wobei ich manchmal fürchtete, sie könne der Meinung jener Madame de La Rochefoucauld sein, die, als jemand sie fragte, ob sie sich denn nicht in einer so schönen Behausung wie Liancourt recht wohl fühle, antwortete, ein schönes Gefängnis gebe es für sie nicht.

Wenn ich wegen des antiken Silbergeschirrs Monsieur de Charlus befragt hatte, so wendete ich mich, als wir den Plan hatten, eine Jacht zu kaufen – ein Projekt, das von Albertine selbst für undurchführbar gehalten wurde und auch von mir jedesmal dann, wenn ich wieder auf ihre Tugend vertraute und meine nachlassende Eifersucht nicht mehr andere Wünsche in mir unterdrückte, in denen meine Freundin keinen Platz hatte, die aber ebenfalls zu ihrer Befriedigung Geld erforderten – für alle Fälle und ohne daß sie glaubte, wir würden jemals eine besitzen, an Elstir um Rat. Ebenso wie auf dem Gebiet der weiblichen Kleidung war nun aber der Geschmack des Malers raffiniert und heikel auch da, wo es um die Innenausstattung von Vergnügungsjachten ging. Er wollte in ihnen nur englische Möbel und altes Silber sehen. Albertine hatte zunächst nur an ihre Toiletten und an das Mobiliar gedacht. Jetzt interessierte sie sich für Silber, und das hatte sie, schon seitdem wir aus Balbec zurückgekehrt waren, dazu veranlaßt, Werke über die Silberschmiedekunst und die Echtheitszeichen der alten Ziseleure zu studieren. Aber antikes Tafelsilber ist – da es in Frankreich zweimal eingeschmolzen wurde, zuerst nach dem Frieden von Utrecht, als der König selbst, dem seine großen Herren darin folgten, das seine opferte, dann 1789 – außerordentlich selten. Andererseits, wenn auch moderne Silberschmiede diese ganzen Schätze nach den Zeichnungen der Manufaktur vom Pont-aux-choux wieder nachgearbeitet haben, so fand doch Elstir diese antiken Novitäten unwürdig des Heims einer Frau von Geschmack, selbst wenn es sich nur um ein schwimmendes Heim handelte. Ich wußte, daß Albertine die Beschreibung der Wunderwerke gelesen hatte, die Roettiers für Madame Du Barry geschaffen hat. Sie brannte darauf, sie zu sehen, ich, sie ihr zu schenken, wofern es noch etwas davon gab. Sie hatte sogar hübsche Sammlungen angelegt, die sie mit bezauberndem Geschmack in einer Vitrine anordnete und die ich nicht ohne Rührung und Furcht betrachten konnte, denn die Kunst, mit der sie die Gruppierung vornahm, war die aus Geduld, Erfindungsgeist, Sehnsucht, dem Wunsch zu vergessen geborene, wie Gefangene sie üben.

An Toiletten gefiel ihr vornehmlich in diesem Augenblick

alles, was von Fortuny kam. Diese Kleider von Fortuny, von denen ich eines bei Madame de Guermantes gesehen hatte, waren die, deren phönixgleiches Wiedererstehen Elstir vorausgesagt hatte, als er von den prächtigen Gewändern der Zeitgenossinnen Carpaccios und Tizians sprach; denn alles wird wiederkommen, wie unter den Kuppeln der Markuskirche zu lesen steht und wie es auch jene aus dem Marmor- und Jaspisbecken der byzantinischen Kapitelle trinkenden Vögel verkünden, die das Symbol des Todes zugleich und der Auferstehung sind. Sobald die Frauen angefangen hatten, solche Kleider zu tragen, hatte Albertine sich der Versprechungen Elstirs erinnert und den Wunsch geäußert, wir möchten ihr eines davon aussuchen. Diese Kleider aber, soweit sie nicht jene wirklich antiken sind, in denen die Frauen von heute ein wenig zu kostümiert aussehen und die man besser in einer Sammlung aufbewahrt (auch solche übrigens suchte ich für Albertine), hatten doch auch nicht jene Kälte, die für Nachahmungen, für alle Imitationen alter Stile charakteristisch ist. Sie hatten eher Ähnlichkeit mit den Dekorationen von Sert, Bakst und Benoist, die zu jener Zeit in den russischen Balletts die reizvollsten Epochen der Kunstgeschichte mit Hilfe von Meisterwerken wiedererstehen ließen, die vom Geist jener Zeit durchdrungen waren und dennoch original: so zauberten die Roben von Fortuny, getreu den alten nachgeahmt und doch überaus eigenwillig, wie eine solche Dekoration, aber sogar noch mit größerer Beschwörungskraft, da eine Dekoration noch mehr Phantasie voraussetzt, jenes ganz vom Orient überflutete Venedig hervor, in dem sie getragen wurden und dessen Sonne mitsamt den beturbanten Gestalten ringsum und der vielfältig gebrochenen, geheimnisvollen, un auflöslich zu dieser Stadt gehörigen Farbe sie besser als eine Reliquie im Schrein von San Marco heraufbeschworen. Alles aus dieser Zeit war untergegangen, aber alles wurde von neuem erweckt, um – mitsamt dem Glanz der Landschaft und dem wimmelnden Weben, das sich davor abspielte – in dem fragmentarischen Wiederaufleben und Überleben der Gewänderpracht verblichener Dogaressen noch einmal organisch verbunden zu erscheinen. Ich wollte ein- oder zweimal Madame de Guermantes wegen solcher Dinge um ihren Rat bitten. Die Herzogin aber liebte Toiletten nicht, in denen man kostümiert wirkt. Sie selbst sah niemals so gut aus, wie wenn sie schwarzen Samt mit Diamanten trug. Für Kleider, wie Fortuny sie machte, war ihr Rat nicht viel wert. Im übrigen hatte ich Bedenken, durch eine solche Frage bei ihr den Anschein zu erwecken, als besuchte ich sie nur, wenn ich sie zufällig brauchte, während ich seit langem schon jede Woche mehrere Einladungen von ihrer Seite ablehnte. Ich erhielt übrigens solche in großer Fülle nicht nur von ihr. Gewiß, sie und viele andere Frauen waren immer sehr liebenswürdig zu mir gewesen. Aber sicher hatte meine Abschließung diese Liebenswürdigkeit noch verzehnfacht. Es scheint, daß im Gesellschaftsleben – ein schwacher Widerschein dessen, was sich in der Liebe zuträgt – die beste Art, gesucht zu werden, in der Ablehnung liegt. Ein Mann setzt alles als Posten in seine Rechnung ein, was er an rühmlichen Zügen aus sich herausstellen kann, um einer Frau zu gefallen; unaufhörlich wechselt er in seiner Kleidung ab, er wacht über seine Miene; die Betreffende aber hat für ihn nicht eine einzige der Aufmerksamkeiten, die er bei einer anderen erlangt, da er sie sich, wiewohl er sie betrügt und in unordentlicher Kleidung und ohne jedes Bemühen, ihr zu gefallen, vor ihr erscheint, auf immer verbunden hat. Ebenso würde ich einem Mann, der etwa bedauerte, daß man sich in der Gesellschaft nicht stärker um ihn bemüht, nicht raten, noch mehr Besuche zu machen oder sich eine noch schönere Equipage zuzulegen; ich würde ihm vielmehr sagen, er solle keine Einladung annehmen, verborgen in seinem Zimmer leben, niemanden zu sich lassen, denn er dürfte dann sicher sein, daß man vor seiner Tür förmlich ›anstehen‹ werde. Oder vielmehr ich würde es ihm nicht sagen. Denn diese zuverlässige Art, umworben zu werden, führt nur in der Weise zum Erfolg wie die, geliebt zu werden, das heißt wenn man sie selbst keinesfalls zu diesem Zweck erwählt hat, wohl aber zum Beispiel, wenn man tatsächlich immer in seinem Zimmer bleibt, weil man ernstlich krank ist oder zu sein glaubt, oder dort eine Geliebte eingeschlossen hält, die man der Gesellschaft vorzieht (oder wenn diese drei Dinge gleichzeitig zutreffen), für welche letztere dann, ohne daß sie etwas von der Existenz dieser Frau weiß, einfach die Tatsache solcher Zurückgezogenheit ein Grund sein wird, den, der sie übt, mehr als alle zu schätzen und sich an ihn zu heften.

– A propos Zimmer: wir sollten uns bald einmal mit einem Morgenkleid für dich von Fortuny beschäftigen, das du hier im Zimmer tragen könntest, sagte ich zu Albertine. Zweifellos mußten für sie, da sie sich schon so sehr nach ihnen gesehnt hatte, solche Kleider, die sie mit größtem Bedacht mit mir auswählen würde und für die sie seit langem schon einen Platz nicht nur in ihren Schränken, sondern auch in ihrer Einbildungskraft freihielt, in deren Einzelheiten sie sich lange vertiefte, bevor sie sich unter so vielen entschied, weit mehr bedeuten als für eine allzureiche Frau, die mehr Kleider hat, als sie sich wünscht, und sie nicht einmal mehr anschaut. Gleichwohl stellte ich trotz des Lächelns, mit dem Albertine mir dankte und sagte: »Du bist wirklich zu nett«, jedesmal fest, wie müde und sogar traurig sie wirkte.

Mehrmals ließ ich, bis diejenigen fertig waren, die sie sich ausgesucht hatte, leihweise andere kommen, zuweilen auch nur Stoffe, die ich Albertine anzog oder ihr um die Schultern warf; majestätisch – halb Dogaressa, halb Mannequin – stolzierte sie in meinem Zimmer auf und ab. Nur wurde meine Sklaverei in Paris für mich noch drückender beim Anblick dieser Kleider, die Venedig vor mich hinzauberten. Gewiß war Albertine in höherem Maße eine Gefangene als ich selbst, und es war sogar merkwürdig zu sehen, wie das Schicksal, das die Wesen verändert, durch die Mauern ihres Gefängnisses dringen, Albertine in ihrem innersten Wesen verwandeln und aus dem jungen Mädchen von Balbec eine langweilige und gefügige Gefangene hatte machen können; die Mauern des Gefängnisses hatten diesen Einfluß nicht von ihr fernhalten können, vielleicht hatten vielmehr sie gerade ihn hervorgebracht. Sie war nicht mehr die gleiche Albertine, weil sie nicht mehr wie in Balbec unaufhörlich auf ihrem Rad zur Flucht gerüstet schien – unauffindbar wegen der großen Zahl kleiner Badeorte, in denen sie bei Freundinnen übernachtete, und zumal infolge ihrer Lügereien schwer nur zu erreichen – weil sie ferner, gefügig und allein, bei mir eingesperrt, nicht mehr das war, was sie in Balbec, selbst wenn ich sie hatte auffinden können, am Strande immer war, jenes flüchtende, vorsichtige, zum Trug bereite Wesen, dessen Gegenwart weiter reichte, in alle die zahllosen Begegnungen hinein, die sie geschickt vertuschte und um derentwillen man sie liebte, da man unter ihnen litt, ferner auch, weil man unter ihrer Kühle den anderen gegenüber und ihren nichtssagenden Antworten das Rendezvous des vergangenen Tages und das vom nächsten schon spürte, ich für mich darunter aber nur ein aus Überdruß und Verachtung gemischtes Gedenken erriet. Weil der Wind des Meeres nicht mehr ihre Kleider schwellte, weil vor allem ihr selbst die Flügel durch mich beschnitten waren, hatte sie aufgehört eine Nike, eine Siegesgöttin, zu sein; sie war zu einer beschwerlichen Sklavin geworden, von der ich mich am liebsten freigemacht hätte.

Um meinen Gedanken eine andere Richtung zu geben, bat ich Albertine, anstatt eine Partie Karten oder Dame mit ihr zu beginnen, sie möge mir etwas vorspielen. Ich blieb in meinem Bett, sie aber setzte sich am andern Ende des Zimmers vor das Pianola, das zwischen den Bücherregalen stand. Sie wählte entweder ganz neue Stücke oder solche, die sie mir erst ein- oder zweimal vorgespielt hatte.[1] Denn da sie mich

1 (Oft waren es auf meine Bitte Stücke von Vinteuil, denn ich konnte das Anhören seiner Musik ohne Leiden ertragen, seitdem ich mir klar darüber war, daß Albertine es in gar keiner Weise darauf anlegte, Made-

zu kennen begann, wußte sie, daß ich meine Aufmerksamkeit gern nur auf das lenkte, was mir noch dunkel war, worin ich jedoch im Laufe mehrmaligen Vorspielens die fragmentarischen und unterbrochenen Linien der zu Anfang in dichtem Nebel undeutlich schwebenden Architektur dank dem zunehmenden, aber leider auch entstellenden und der Sache selbst fremden Durchdringen mit Hilfe des Verstandes allmählich untereinander zu verbinden in der Lage war. Sie kannte und – so glaube ich – verstand auch die Freude, welche die ersten Male für meinen Geist diese Modellierarbeit aus einem noch gestaltlosen Stoff bedeutete. Während Albertine spielte, konnte ich von ihrem üppigen Haar nur eine schwarze herzförmige Muschel sehen, die an ihrem Ohr entlanglief wie die Haarschleife einer von Velazquez gemalten Infantin. Ebenso wie der gesamte Erstreckungsbereich dieses musizierenden Engels durch die immer wieder sich ändernden Verbindungen zwischen verschiedenen Punkten der Vergangenheit bestimmt wurde, welche die Erinnerung an sie in mir herstellte, und durch die verschiedenen Stützpunkte, die – von ihrem bloßen Anblick bis zu den innersten Empfindungen meines Wesens – mir dazu verhalfen, in das Innerste des ihren zu gelangen, hatte auch die Musik, die sie spielte, einen Umfang, der durch das wechselnde Sichtbarwerden der verschiedenen Themen zustande kam, je nachdem es mir mehr oder weniger leicht gelang, in sie einzudringen und untereinander die Linien einer Konstruktion zu verbinden, die mir zunächst vollkommen in Dunst zu zerfließen schien. Albertine wußte, daß sie mir Vergnügen bereitete, wenn sie meinem Denken einstweilen im Dunkel liegende Dinge und damit die Möglichkeit bot, ihnen nachträglich feste Umrisse abzugewinnen. Sie erriet, daß beim dritten oder vierten Vorspielen mein Verstand alle Teile durchdrungen, infolgedessen die gleiche Distanz zu ihnen

moiselle Vinteuil und ihre Freundin wiederzusehen, hatte sie doch selbst aus allen unseren Plänen für eine sommerliche Erholungsreise das so nahe von Montjouvain gelegene Combray ausgeschieden.)

allen gewonnen hatte und sie nun, da er keine Aktivität mehr an ihnen entfalten konnte, auf einer gleichen Ebene unbeweglich vor sich ausgebreitet sah. Sie ging indessen noch nicht gleich zu einem neuen Stück über, denn ohne sich vielleicht darüber klar zu sein, welcher Prozeß sich in mir vollzog, wußte sie, daß mein Verstand in dem Augenblick, da es ihm gelungen war, das Geheimnis eines Werkes zu entwirren, fast immer auch im Laufe seines zerstörerischen Wirkens zum Ausgleich diese oder jene nützliche Überlegung gleichsam am Wege gefunden hatte. Wenn Albertine dann eines Tages sagte: ›Diese Walze hier werden wir jetzt Françoise geben, damit sie sie gegen eine andere umtauscht‹, war für mich oft zweifellos ein Musikstück weniger in der Welt, dafür jedoch eine Wahrheit mehr.

Ich war mir darüber klargeworden, daß es absurd sein würde, auf Mademoiselle Vinteuil und ihre Freundin eifersüchtig zu sein, da Albertine in keiner Weise sie wiederzusehen suchte und aus allen Plänen für einen Sommeraufenthalt, die wir geschmiedet hatten, aus eigenem Antrieb das so nahe an Montjouvain gelegene Combray ausgeschieden hatte; so bat ich denn Albertine auch häufig und ohne daß ich im geringsten dabei litt, mir gerade von Vinteuil etwas vorzuspielen. Ein einziges Mal war diese Musik ein unmittelbarer Anlaß der Eifersucht für mich. Eines Abends nämlich sprach Albertine, die wußte, daß ich Stücke von Vinteuil bei Madame Verdurin von Morel hatte spielen hören, von diesem letzteren und äußerte lebhaft den Wunsch, bei einer seiner Darbietungen zugegen zu sein und ihn kennenzulernen. Es war gerade zwei Tage, nachdem von dem Brief Léas an Morel, den Monsieur de Charlus unfreiwillig hinterzogen hatte, etwas zu mir gedrungen war. Ich fragte mich, ob nicht Léa vielleicht zu Albertine von ihm gesprochen habe. Die Worte: ›Du Schlimme‹, ›du großes verdorbenes Ding‹ kehrten mit ihrem ganzen Grauen in mein Bewußtsein zurück. Aber gerade weil in dieser Weise die Musik Vinteuils für mich schmerzlich mit

Léa verbunden war – nicht mit Mademoiselle Vinteuil und ihrer Freundin – konnte ich, als der durch Léa verursachte Schmerz sich beruhigt hatte, diese Musik, ohne zu leiden, hören. Ein Übel hatte mich von der möglichen Gefährdung durch andere befreit. In der Musik, die ich bei Madame Verdurin gehört hatte, wurden zunächst von mir nicht bemerkte Melodien – anfänglich dunklen, noch unerkennbaren Larven gleich – zu glanzvollen Architekturen, manche auch zu Freundinnen, die ich nicht erkannt, die mir im besten Falle häßlich erschienen waren und mit denen es mir wie mit zunächst unsympathischen Leuten ging, von denen man nicht glaubt, daß sie so sind, wie sie sich einem zeigen, sobald man sie einmal näher kennt. Zwischen den beiden Phasen fand eine tiefgreifende Wandlung statt. Andererseits entdeckte ich Klangfolgen, die sich mir das erste Mal wohl deutlich dargestellt hatten, ohne daß ich sie zunächst jedoch erkannte, jetzt auch in anderen Werken, so zum Beispiel in der ›Variation religieuse‹ für Orgel eine, die seinerzeit bei den Verdurins in dem Septett unbemerkt an mir vorübergegangen war, obwohl sie darin, einer Heiligen gleich die Stufen der geweihten Stätte niederschwebend, sich unter den vertrauten Hausgeistern des Komponisten fand. Andererseits war dies Thema, das mir zunächst zu wenig melodisch, allzu mechanisch rhythmisiert und dem fröhlichen Geläut von Mittagsglocken verwandt erschien, jetzt für mich dasjenige, das ich am meisten liebte, wobei ich nicht weiß, ob ich mich nun an seine Häßlichkeit gewöhnt oder seine Schönheit entdeckt hatte. Diese Reaktion auf die Enttäuschung, die Meisterwerke einem zunächst bereiten, mag man allerdings einer Abschwächung des ersten Eindrucks oder aber der Bemühung zuschreiben, die nun einmal notwendig ist, um die Wahrheit zu erkennen. Unter zwei Hypothesen, die sich bei allen wichtigen Fragen, den Fragen nach der Wirklichkeit der Kunst, der Wirklichkeit überhaupt, der Ewigkeit der Seele einstellen, muß man seine Wahl treffen. Bei der Musik Vinteuils aber rückte einem diese Wahl jeden Augenblick unter anderen Formen vor die Seele. Diese Musik zum Beispiel schien mir wahrer als alle bekannten Bücher. In gewissen Augenblicken dachte ich, es rühre daher, daß alles, was wir im Leben fühlen, da es ja nicht in Gestalt von Ideen auftritt, durch seine Umsetzung ins Literarische, das heißt vom Intellekt Gestaltete, berichtet, erklärt, analysiert, jedoch nicht wieder zu einem Ganzen zusammengefügt wird, wie es durch die Musik geschieht, in der die Töne die Stimme des Wesens selbst zu sein, jene innerste und äußerste Erstreckung der Empfindungen wiederzugeben scheinen, welche uns einen spezifischen Rauschzustand schenken, in den wir von Zeit zu Zeit wieder aufs neue geraten, den wir aber, wenn wir sagen: ›Welch schönes Wetter! Welch schöner Sonnenschein!‹ keineswegs unserem Nächsten vermitteln, in dem die gleiche Sonne und das gleiche Wetter ganz andere Schwingungen erzeugen. In der Musik Vinteuils gab es Visionen, die man unmöglich ausdrücken kann und beinahe nicht betrachten darf, weil, wenn man im Einschlummern das Schmeicheln ihrer unwirklichen Verzauberung an sich erfährt, in dem Augenblick, in dem die Vernunft schon von uns gewichen ist, die Augen sich verschließen und man, bevor man noch Zeit gefunden hat, das nicht nur Unaussagbare, sondern auch Unsichtbare kennenzulernen, eingeschlafen ist. Wenn ich mich der Hypothese überließ, die Kunst sei etwas Wirkliches, schien es mir, daß die Musik sogar mehr als die bloße frohe Nervenerregung durch schönes Wetter oder eine Opiumnacht wiedergeben kann, nämlich einen wirklicheren, fruchtbareren Rausch, soweit ich es mir jedenfalls ahnend vorzustellen vermochte. Es ist aber unmöglich, daß ein Bildwerk, ein Musikstück, wenn sie uns eine innere Bewegung schenken, die wir als etwas Höheres, Reineres, Wahreres empfinden, nicht einer bestimmten spiritualen Wirklichkeit entsprechen, sonst hätte das Leben jedenfalls keinen Sinn. So kam nichts in so hohem Maße wie ein schönes Thema bei Vinteuil dem so unverkennbar eigenen Vergnügen gleich, das ich ein paarmal in meinem Leben verspürt hatte, zum Beispiel vor den Kirchtürmen von Martinville, oder jenen Bäumen an einer Landstraße bei Balbec, oder noch einfacher zu Anfang dieses Werkes beim Trinken einer Tasse Tee. Ebenso wie diese Tasse Tee führten zahllose Lichteindrücke, helle Klänge, rauschende Farben, die Vinteuil aus der Welt hervorschickte, in der er seine Kompositionen schuf, meiner Einbildungskraft ungemein nachdrücklich, doch zu schnell, als daß sie sie hätte festhalten können, etwas vor, was ich der balsamisch durchdufteten Seide eines Geranienblattes hätte vergleichen mögen. Nur, wenn in der Erinnerung dieser unbestimmte Eindruck vielleicht nicht gerade vertieft, aber doch wenigstens klar festgestellt werden kann dank der Stützung durch gewisse Umstände, aus denen sich erklärt, weshalb ein bestimmter Duft uns Lichteindrücke ins Gedächtnis ruft, hätte man in den vagen, von Vinteuil vermittelten Empfindungen, die nicht aus dem Erinnern, sondern von einem Eindruck herrührten (wie die, die ich von den Kirchtürmen von Martinville gehabt hatte), für den Geranienduft seiner Musik nicht eine materielle Erklärung, sondern die tiefe Entsprechung, das unbekannte, farbenreiche Fest auffinden müssen (von dem seine Werke losgelöste Fragmente, Splitter mit scharlachrot aufleuchtenden Kanten zu sein schienen), das heißt die Art und Weise, auf die er das Universum ›hörte‹ und aus sich herausstellte. »Vielleicht ist gerade diese unbekannte Eigenart einer ganz einzigen Welt, die kein anderer Komponist uns jemals aufgezeigt hat, sagte ich zu Albertine, der echteste Beweis für das Genie, mehr noch als der Inhalt des Werkes.« – »Auch in der Literatur?« wollte Albertine wissen. »Auch in der Literatur.« Und als ich wieder an die Gleichförmigkeit des Vinteuilschen Werkes zurückdachte, erklärte ich Albertine, daß die großen Schriftsteller immer nur ein einziges Werk geschaffen oder vielmehr ein und dieselbe Schönheit, die sie der Welt bringen, gebrochen durch verschiedene Medien, uns vor Augen geführt haben. »Wenn es nicht so spät wäre, mein Kleines, sagte ich zu ihr, würde ich dir das bei allen Schriftstellern nachweisen, die du immer noch liest, während ich schlafe; ich würde dir die gleiche dem Gesamtwerk innewohnende Identität wie bei Vinteuil zeigen. Diesen typischen Themen, die du wie ich herauszuerkennen beginnst, kleine Albertine, die die gleichen in der Sonate, dem Septett, den anderen Werken sind, würde zum Beispiel bei Barbey d'Aurevilly, wenn du willst, eine verborgene Wirklichkeit entsprechen, die sich in einer materiellen Spur verrät, der physiologischen Röte der ›Ensorcelée‹, Aimée de Spens, La Clotte, die Hand im ›Rideau cramoisi‹, die alten Sitten und Bräuche, alten Wörter, verschwundenen, eigenartigen Formen des Handwerks, hinter denen die Vergangenheit steht, die mündliche Geschichtsüberlieferung durch die Hirten der Gegend, die vornehmen Städte des Nordens, die ihren spezifischen Duft von England her erhalten und hübsch sind wie ein schottisches Dorf, die Ursache von wirksamen Verwünschungen, gegen die man nichts vermag, die Vellini, der Hirt, eine gleiche Art von Angst an bestimmten Stellen dieser Werke, ob es sich nun um die Frau handelt, die nach ihrem Gatten sucht, wie in der ›Vieille Maîtresse‹, oder den Gatten in ›L'Ensorcelée‹, der durch die Heide streift, oder die ›Behexte‹ selbst, die aus der Messe kommt. Solchen typischen Themen Vinteuils entspricht auch noch die Geometrie des Steinmetzen, die man in den Romanen Thomas Hardys spürt.«

Die Themen Vinteuils führten meine Gedanken auf das ›kleine Thema‹, und ich erzählte Albertine, daß es gleichsam die Nationalhymne der Liebe Swanns und Odettes gewesen sei, »der Eltern von Gilberte, die du, glaube ich, kennst. Du hast mir erzählt, daß auch sie ein Mädchen von der gewissen Sorte ist. Hat sie nicht versucht, mit dir in intime Beziehung zu treten? Jedenfalls hat sie zu mir von dir gesprochen.« – »Ja, denn da ihre Eltern sie im Wagen vom Unterricht abholen ließen, wenn schlechtes Wetter war, hat sie mich, glaube ich, einmal mitgenommen und mich während der Fahrt geküßt, sagte sie nach kurzem Schweigen und lachte dabei, als teile sie mir vertraulich etwas Amüsantes mit. Sie fragte mich ganz unvermittelt, ob ich Frauen liebe.« (Aber wenn sie sich nur zu erinnern glaubte, daß Gilberte sie mitgenommen hatte, wie konnte sie dann so genau angeben, Gilberte habe ihr diese sonderbare Frage gestellt?) »Ich habe sogar, ich weiß nicht mehr, aus welcher verrückten Idee heraus, wohl um sie ein bißchen an der Nase herumzuführen, ›Ja‹ geantwortet. (Man konnte auf den Gedanken kommen, Albertine fürchte, Gilberte habe mir dergleichen erzählt, und wolle nun nicht, daß ich sie bei einer Lüge ertappte.) Wir haben aber gar nichts gemacht.« (Es war immerhin seltsam, daß die beiden, wenn sie schon solche Geständnisse ausgetauscht und im Wagen einander geküßt hatten, wie Albertine sagte, sonst nichts getan haben sollten.) »Sie hat mich vier- oder fünfmal auf diese Weise mitgenommen, vielleicht auch etwas öfter, das ist aber auch alles.« Ich tat mir großen Zwang an, nicht weiter in sie zu dringen, beherrschte mich aber doch, damit es nicht so aussähe, als legte ich der ganzen Sache allzu großes Gewicht bei, und kehrte zu den Steinmetzen bei Thomas Hardy zurück. »Erinnerst du dich noch gut genug an ›Jude the Obscure‹, oder an ›The Well-Beloved‹ und die Steinblöcke, die der Vater auf der Insel aus den Felsen schlägt und in Booten in das Atelier des Sohnes schafft, wo sie zu Statuen werden, in ›A Pair of Blue Eyes‹ an die parallel gerichteten Gräber, die parallele Linie des Schiffes und die aneinanderstoßenden Eisenbahnwagen, in denen die beiden Liebenden und die Tote sich befinden, den Parallelismus ferner zwischen ›The Well-Beloved‹, wo der Mann drei Frauen, ›A Pair of Blue Eyes‹, wo die Frau drei Männer liebt, und so fort, schließlich überhaupt an alle diese Romane, die man aufeinander passen kann wie die Häuser, die sich eines über dem anderen auf dem felsigen Grund der Insel aufstaffeln? Ich kann hier nicht in ein paar Minuten alle Größten aufzählen, aber in Stendhal würdest du sehen, wie ein gewisses Gefühl der Höhe sich mit dem seelischen Leben verknüpft: der erhöhte Ort, an dem Julien Sorel gefangensitzt, der Turm, in dem hoch oben Fabrice eingeschlossen ist, der Glockenturm, in dem der Abbé Barnès Astrologie treibt und von dem aus Fabrice einen so herrlichen Rundblick hat. Du hast mir gesagt, du habest Bilder von Vermeer gesehen: bist du dir klar darüber, daß sie Bruchstücke einer gleichen Welt sind, daß darin immer, wie genial auch wiedergegeben, der gleiche Tisch, der gleiche Teppich, die gleiche Frau, die gleiche neue und einzigartige Schönheit erscheint, ein Rätsel in jener Epoche, in der nichts ihr gleicht oder sie erklärt, wenn man sich nicht mit einer rein thematischen Verwandtschaft begnügt, sondern den ganz besonderen Eindruck zu begreifen versucht, den die Farbe hervorbringt? Diese neue Schönheit nun ist auch überall in den Werken Dostojewskis dieselbe: ist nicht die Frau bei Dostojewski ebenso einzigartig wie eine Frauengestalt Rembrandts, mit ihrem geheimnisvollen Antlitz, dessen ansprechende Schönheit jäh, als habe sie nur die Komödie der Güte aufgeführt, zu furchtbarer Anmaßung erstarrt (obwohl es im Grunde scheint, daß sie doch gut ist), immer die gleiche, ob es nun Nastasja Filippowna ist, die Liebesbriefe an Aglaja schreibt und ihr gesteht, daß sie sie haßt, oder bei einem ganz entsprechend verlaufenden Besuch – auch jenem, bei dem Anastasja Filippowna die Eltern Wanjas beleidigt – Gruschenka, die bei Jekaterina Iwanowna ebenso freundlich auftritt, wie sie dieser furchtbar erschienen war, dann aber mit einem Male ihre Bosheit durch die Beleidigung gegen Jekaterina Iwanowna verrät (obwohl Gruschenka im Grunde gut ist), Gruschenka, Nastasja, ebenso ursprüngliche, geheimnisvolle Gestalten nicht nur wie die Kurtisanen Carpaccios, sondern auch wie Rembrandts Bathseba? Gib einmal acht darauf, daß er offenbar nichts anderes gekannt hat als das strahlende, doppelgesichtige Antlitz, aus dem plötzlich aller Hochmut weicht, durch den die Frau anders erscheint, als sie ist. (›Du bist nicht so‹, sagt Myschkin zu Nastasja, als er Wanjas Eltern besucht, und Aljoscha könnte es zu Gruschenka sagen, als sie zu Jekaterina Iwanowna gehen.) Wenn er aber ›Bilder‹ schaffen will, fallen sie immer dumm aus und würden von Minkala eine bildhafte Darstellung nur von der Art geben, wie Myschkin den zum Tode Verurteilten sehen möchte, das heißt in dem Augenblick, da ..., oder die Hl. Jungfrau in dem Augenblick, da ... und so weiter. Um aber auf die neue Schönheit zurückzukommen, die Dostojewski der Welt gebracht hat, so liegt sie wie bei Vermeer in der Erschaffung einer bestimmten Seele, einer bestimmten Färbung von Stoffen und Stätten; bei Dostojewski werden nicht nur Wesen, sondern auch Behausungen geschaffen: ist nicht das Mordhaus in den ›Brüdern Karamasow‹ mit seinem Dvornik fast etwas so Wunderbares wie das fabelhafteste von allen, die Dostojewski schildert, das düstere, lange, hohe Haus Rogoshins, in dem er Nastasja Filippowna tötet? Diese neue, schreckliche Schönheit eines Hauses, die neue komplexe Schönheit eines Frauenantlitzes, das ist das Einzigartige, was Dostojewski der Welt gebracht hat, und die Vergleiche, die Literaturkritiker zwischen ihm und Gogol, zwischen ihm und Paul de Kock anstellen, haben gar kein Interesse, weil sie zu dieser geheimen Schönheit nicht in Beziehung stehen. Wenn ich dir im übrigen gesagt habe, daß wir von Roman zu Roman wieder auf die gleiche Szene stoßen, so kehren auch in einem und demselben Roman die gleichen Szenen, die gleichen Personen wieder, wenn der Roman sehr lang geraten ist. Ich könnte es dir leicht an ›Krieg und Frieden‹ erklären, wo eine bestimmte Szene in einem Wagen ...« – »Ich wollte dich bisher nicht unterbrechen, aber wo du doch jetzt von Dostojewski abkommst, fürchte ich, ich könnte es sonst vergessen. Sag, mein guter Kleiner, was hast du neulich damit gemeint, als du von einer gewissermaßen dostojewskihaften Seite bei Madame de Sévigné sprachest? Ich muß gestehen, daß ich das nicht vollkommen begriffen habe. Sie kommen mir doch so ganz verschieden vor.« – »Komm, kleines Mädchen, ich muß dich erst küssen, weil du dich noch so gut an meine Worte erinnerst; du darfst dann wieder zurück an dein Pianola. Ich gebe zu, was ich da gesagt habe, ist im Grunde eher dumm. Aber es gab zwei Gründe, weshalb ich so etwas behauptete. Der erste ist ein ganz besonderer Grund. Manchmal zeigt uns Madame de Sévigné wie Elstir, wie Dostojewski, anstatt uns die Dinge in logischer Reihenfolge vorzuführen, das heißt indem sie mit der Ursache beginnt, zunächst die Wirkung, die Illusion, die unser Auge trifft. So stellt auch Dostojewski seine Personen dar. Ihre Handlungen erscheinen uns ebenso trügerisch wie die Effekte Elstirs, bei dem das Meer so aussieht, als ob es in den Himmel hineinreicht. Wir sind alle erstaunt, hinterher zu erfahren, daß dieser oder jener heimtückische Mensch im Grunde ein ausgezeichneter Charakter ist, oder umgekehrt.« – »Ja, aber nun nenne mir ein Beispiel aus Madame de Sévigné.« – »Ich gestehe, gab ich lachend zurück, daß meine Bemerkung stark an den Haaren herbeigezogen war, aber immerhin könnte ich solche Beispiele finden.«

– Aber hat denn Dostojewski jemals einen Mord begangen? Die Romane, die ich von ihm kenne, könnten alle ›Geschichte eines Verbrechens‹ heißen. Er ist offenbar ganz besessen von dieser Vorstellung, es ist nicht natürlich, daß er immer nur von so etwas spricht. – »Ich glaube nicht, liebe Albertine, allerdings kenne ich sein Leben schlecht. Sicher ist, daß er wie jeder andere auf der Welt die Sünde unter der einen oder anderen Form kennengelernt hat, wahrscheinlich unter einer, die die Gesetze verbieten. In diesem Sinne muß er wohl auch bis zu einem gewissen Grade ein Verbrecher gewesen sein wie seine Helden, die es übrigens niemals ganz sind, vielmehr nur unter Zubilligung mildernder Umstände von uns verurteilt werden können. Vielleicht war es gar nicht nötig, daß er selbst gewissermaßen ein Verbrecher war. Ich bin kein Romancier; möglicherweise fühlen sich schöpferische Geister von bestimmten Lebensformen angezogen, ohne sie deswegen selbst zu praktizieren. Wenn wir zusammen nach Versailles kommen, wie wir uns ja vorgenommen haben, werde ich dir das Porträt eines Mannes zeigen, Choderlos de Laclos, der, ein Ehrenmann wie nur irgendeiner, dazu der beste Gatte von der Welt, das sittenloseste aller Bücher geschrieben hat, und gleich gegenüber das der Madame de Genlis, die moralische Erzählungen schrieb und sich nicht damit begnügte, die Herzogin von Orléans zu betrügen, sondern ihr auch noch die Hölle auf Erden bereitete, indem sie ihr ihre Kinder entfremdete. Ich gebe allerdings zu, daß Dostojewskis Beschäftigung mit dem Mord etwas Ungewöhnliches hat, was ihn mir sehr fremd macht. Ich bin schon einigermaßen entsetzt, wenn ich bei Baudelaire lese:

Si le viol, le poison, le poignard, l'incendie . . .
C'est que notre âme, hélas! n'est pas assez hardie.

Aber da kann ich wenigstens noch glauben, daß Baudelaire nicht ganz aufrichtig war, während Dostojewski . . . Alles das scheint mir von mir selbst so weit wie nur möglich abzuliegen, es sei denn, ich hätte in mir Seiten, von denen ich nichts weiß, denn man gewinnt nur ganz schrittweise Kenntnis von seiner eigenen Natur. Bei Dostojewski stoße ich auf tiefe Abgründe, die sich aber nur an vereinzelten Stellen der menschlichen Seele auftun. Aber er ist ein großer Schöpfer. Zunächst scheint wirklich die Welt, die er schildert, für ihn geschaffen zu sein. Alle diese grotesken Gestalten, die immer wieder bei ihm vorkommen, die Lebedew, Karamasow, Iwolgin, Segrew, diese ganze unglaubliche Schar führt uns eine phantastischere Menschheit vor Augen als die ›Nachtwache‹ von Rembrandt. Vielleicht aber ist sie auch nur auf die gleiche Weise phantastisch, das heißt durch Beleuchtung und Kostüm, jedoch sonst im Grunde ganz alltäglich. Auf alle Fälle ist sie gleichzeitig reich an Wahrheiten, tief und einzigartig und ganz Dostojewskis Eigentum. Diese Gestalten kommen einem fast wie eine nicht mehr bestehende Zunft vor, wie gewisse Personen der antiken Komödie, die unerhörte Aspekte der menschlichen Seele enthüllen! Was mich tödlich langweilt, ist der feierliche Ton der Sprache, in der man von Dostojewski spricht und auch über ihn schreibt. Ist dir aufgefallen, welche Rolle Eigenliebe und Hochmut bei seinen Personen spielen? Man sollte meinen, daß für ihn Liebe und sinnloser Haß, Güte und Verrat, Schüchternheit und Unverschämtheit nur zwei Zustände einer gleichen Natur sind, da ja entweder Eigenliebe oder Hochmut Aglaja, Nastasja, den Hauptmann, den Mitja am Barte zieht, Krassotkin, der Aljoscha mit Haßliebe gegenübersteht, daran hindert, sich so zu zeigen, wie sie in Wirklichkeit sind. Aber es gibt noch viele andere Größen. Ich kenne sehr wenige von seinen Büchern. Aber ist es nicht ein Motiv von monumentaler Einfachheit, das der Kunst der Antike würdig an die Seite tritt, ein unterbrochener und immer wieder fortgesetzter Fries, auf dem Rache und Sühne vorüberziehen, erst das Verbrechen des alten Karamasow, der die arme Irre schwängert, dann die geheimnisvolle, animalische, unerklärliche Regung, in der die Mutter, die, ohne es zu wissen, das Werkzeug der Rache des Schicksals ist, ebenso dunkel ihrem Mutterinstinkt, vielleicht auch einer Mischung aus Groll und physischer Dankbarkeit für ihren Vergewaltiger gehorchend, bei dem alten Karamasow niederkommt? Dies ist die erste Episode, geheimnisvoll und erhaben wie eine Erschaffung der Frau in den Bildwerken von Orvieto. Dann als Entsprechung dazu die zweite Episode, mehr als zwanzig Jahre später, die Ermordung des alten Karamasow, die Schmach über die Familie Karamasow bringt, durch den Sohn der Irren, Smerdjakow, worauf dann bald ein ebenso geheimnisvoll bildhafter und unerklärter Vorgang von ebenso dunkler und natürlicher Schönheit wie die Niederkunft im Garten des alten Karamasow folgt, nämlich der Tod Smerdjakows, der sich nach begangenem Verbrechen erhängt. Was Dostojewski anbelangt, so habe ich mich nicht so sehr von ihm entfernt, wie du glaubst, als ich von Tolstoi sprach, der ihn ja nachgeahmt hat. Bei Dostojewski findet sich noch ganz konzentriert in düsterer Verworrenheit viel von dem, was bei Tolstoi sich entfalten wird. Bei Dostojewski herrscht jenes natürliche Dunkel der Primitiven, das erst die Schüler aufhellen.« – »Weißt du, mein Kleiner, es ist wirklich dumm, daß du so faul bist. Sage selbst, du betrachtest doch die Literatur aus einem viel interessanteren Gesichtspunkt, als man sie uns gelehrt hat; wenn ich an die Aufsätze denke, die wir zum Beispiel über ›Esther‹ schreiben mußten: ›Monsieur‹ ... weißt du noch?«, setzte sie lachend hinzu, weniger um sich über ihre Lehrer und sich selbst lustig zu machen, als um des Vergnügens willen, daß wir beide in unserer Erinnerung, und zwar in unserer gemeinsamen Erinnerung, schon so weit zurückliegende Episoden finden konnten.

Aber während sie zu mir sprach und ich an Vinteuil dachte, trat wieder die andere Hypothese, die materialistische, die des Nichts, vor mich hin. Ich fing von neuem zu zweifeln an, ich sagte mir, daß doch möglicherweise, wenn die Themen Vinteuils mir der Ausdruck gewisser Seelenzustände zu sein schienen ähnlich dem, den ich damals beim Geschmack der in eine Tasse Tee eingetauchten Madeleine fühlte, nichts mir die Gewißheit gab, daß das Unbestimmte solcher Zustände ein Zeichen ihrer Tiefe und nicht vielmehr ein Beweis einzig dafür sei, daß wir sie noch nicht zu analysieren vermocht haben, womit also nichts Wirklicheres an ihnen wäre als an anderen. Dennoch war jenes Glück, jenes Gefühl der Sicherheit im Glück, das ich hatte, als ich die Tasse Tee trank oder in den Champs-Elysées einen Geruch nach altem Holz verspürte, keine Illusion. Auf alle Fälle, sagte der Geist des Zweifels in mir, selbst wenn diese Zustände im Leben tiefer als andere und gerade deshalb unanalysierbar sind, weil sie zu viele Kräfte in Bewegung setzen, über die wir uns noch nicht klargeworden sind, so erinnert der Reiz gewisser Themen Vinteuils an sie, weil auch er unanalysierbar ist; das beweist allerdings nicht, daß er dieselbe Tiefe erreicht. Die Schönheit eines rein musikalischen Themas scheint leicht das Abbild eines nicht verstandesmäßigen Eindrucks, den wir gehabt haben, oder wenigstens mit ihm verwandt zu sein, aber doch einfach nur, weil sie selbst nicht verstandesmäßig ist. Warum aber halten wir dann bestimmte geheimnisvolle Themen, die durch gewisse Quartette und das Konzert Vinteuils geistern, für besonders tief?

Im übrigen waren es nicht nur Stücke von ihm, die Albertine mir zu Gehör brachte. Das Pianola war zeitweise für uns wie eine wissenschaftliche (historische und geographische) Laterna magica, und die Wände dieses Pariser Zimmers, das mit moderneren Erfindungen als das in Combray versehen war, sah ich, je nachdem ob Albertine Rameau oder Borodin spielte, bald mit einer Tapisserie des achtzehnten Jahrhunderts bespannt, auf der Amoretten sich vor einem Hintergrund von Rosen tummelten, bald breitete sich die östliche Steppe darauf aus, in der alle Klänge in der Unendlichkeit der Entfernungen und der weichen Dämpfung durch den Schnee ersticken. Diese flüchtigen Dekorationen waren übrigens die einzigen meines Zimmers, denn wenn ich mir damals, als ich meine Tante Léonie beerbte, vorgenommen hatte, Sammlungen anzulegen wie Swann, mir Bilder und Statuetten zu kaufen, so gab ich jetzt mein ganzes Geld für Pferde, für ein Automobil, für Albertines Toiletten aus. Aber enthielt nicht mein Zimmer ein weit kostbareres Kunstwerk als alle jene anderen? Dies Kunstwerk war Albertine. Ich schaute sie mir an. Es war seltsam für mich zu denken, daß sie es war, sie, mit der auch nur bekannt zu sein ich so lange für unmöglich gehalten hatte, die aber heute – ein gezähmtes Wild, ein Rosenstock, dem ich Stab und Stütze, das Spalier gleichsam, lieferte, an dem sein Leben sich festranken konnte – jetzt täglich bei uns und damit bei sich zu Hause am Pianola, vor meinen Bücherregalen, unmittelbar neben mir saß. Ihre Schultern, die ich immer nur herabhängend und schmollend weggewendet gesehen hatte, wenn sie die Golfschläger heimtrug, lehnten sich jetzt an meine Bibliothek. Ihre schönen Beine, von denen ich mir am ersten Tage bereits mit Recht vorgestellt hatte, daß sie während ihrer ganzen Kindheit die Pedale eines Fahrrads bedient haben mochten, hoben und senkten sich nun abwechselnd mit denen des Pianolas, auf die Albertine – jetzt von einer Eleganz, durch die ich sie mir um so zugehöriger fühlte, als sie ihr durch mich zugekommen war – ihre Schuhe aus Goldstoff setzte. Ihre Finger, denen einst die Lenkstange vertraut gewesen war, ruhten jetzt auf den Tasten wie die einer heiligen Cäcilie; ihr Hals, dessen Rundung, von meinem Bett aus gesehen, voll und kräftig wirkte, schien in dieser Entfernung und unter dem Licht der Lampe rosiger, weniger rosig jedoch als ihr im Profil geneigtes Gesicht, dem meine Blicke, aus den Tiefen meiner selbst aufsteigend, mit Erinnerung beladen und vor Verlangen brennend, einen solchen Glanz, eine solche Intensität des Lebens hinzusetzten, daß es plastisch hervorzutreten und mit der gleichen fast magischen Macht zu kreisen schien wie an jenem Tag in dem Hotel in Balbec, als mein Sehvermögen durch mein allzu großes Verlangen sie zu küssen verwirrt war; ich verfolgte jede seiner Oberflächen über das, was ich sah, hinaus, stellte sie mir verlängert auch noch unter den anderen darübergeschobenen vor, die sie mir verbargen – wie zum Beispiel den Lidern, die halb über den Augen lagen, oder dem Haar, das die Wangen zur Hälfte verdeckte – und malte mir diese übereinandergelagerten Ebenen in ihrer Tiefenschichtung aus; die Augen, die (wie bei einem Opal, der noch in der Matrix ruht und von dem nur zwei Flächen geschliffen sind) strahlender als Licht und härter als Metall geworden waren, lagen inmitten der sie umgebenden blinden Materie wie die mauvefarbene Seide eines unter Glas gebetteten Schmetterlingsflügels; die Haare aber, die, schwarz und gekraust, sich immer wieder zu anderen Gebilden zusammenfügten, wenn sie sich mit der Frage nach mir umwendete, was sie spielen solle, bald zu einem prachtvollen, an der Spitze scharf zulaufenden, am Grunde breiten, schwarzen, dichtbefiederten, dreieckigen Flügel, bald zu einem Lockenmassiv, das mit seinem reichen, vielfältigen Gewoge eine mächtige, formenreiche Kette mit zahllosen Graten, Wasserscheiden und Schluchten bildete, schienen an Vielheit noch zu übertreffen, was die Natur gemeinhin produziert, und statt dessen eher dem Bemühen eines Bildhauers zu entsprechen, der die Schwierigkeiten häuft, um die Geschmeidigkeit, den Schwung, den Schmelz, die Lebendigkeit seiner Ausführung ins rechte Licht zu setzen. Sie unterbrachen durch ihre Überschneidung die bewegte Kurve und das scheinbare Kreisen des glatten rosigen Gesichts mit seinem matten Ton wie von bemaltem Holz und hoben jene dadurch noch deutlicher hervor. Im Gegensatz aber zu einem so stark plastischen Gepräge, infolge der Harmonie andererseits, dank welcher sie mit meiner Freundin verbunden waren – und diese wiederum ihre Haltung ihrer Form und Verwandlung angepaßt hatte – schienen das Pianola, das sie halb verdeckte, wie ein Orgelmanual, das Bücherregal, die ganze Zimmerecke nur mehr der erleuchtete Schrein, eine Krippe für diesen musizierenden Engel, für ein Kunstwerk zu sein, das sich gleich danach in holdseliger Magie aus seiner Nische herausbegeben und seine kostbare, rosige Substanz meinen Küssen darbieten würde. Aber nein, Albertine war durchaus kein Kunstwerk für mich. Ich wußte, was es heißt, eine Frau auf künstlerische Art zu bewundern, hatte ich doch Swann gekannt. Von mir selbst aus war ich, ganz gleich, um welche Frau es sich handelte, unfähig es zu tun, da ich über keine Gabe der äußeren Beobachtung verfügte und niemals wußte, was ich eigentlich sah. Ich staunte, wenn Swann nachträglich einer Frau, die mir unbedeutend erschienen war, die Würde eines Kunstwerks verlieh, indem er sie vor mir, so wie er es galanterweise auch ihr selbst gegenüber getan hatte, mit einem Porträt von Luini verglich oder in ihrer Toilette das Kleid und die Schmuckstücke eines Gemäldes von Giorgione wiederfand. So etwas gab es bei mir nicht. Sogar – um die Wahrheit zu sagen –

als ich Albertine wie einen von einer wundervollen Patina überhauchten musizierenden Engel zu betrachten begann und mich zu ihrem Besitz beglückwünschte, dauerte es nicht lange, bis sie mir wieder gleichgültig wurde. Ich langweilte mich sehr rasch mit ihr, doch hielt auch dieser Zustand nicht allzulange an. Man liebt nur da, wo man einem Unzugänglichen nachspürt, man liebt nur, was man nicht besitzt, und bald wurde ich mir wieder darüber klar, daß ich Albertine eben nicht besaß. In ihren Augen sah ich abwechselnd Hoffnung, Erinnerung, Sehnsucht vorüberziehen, welche Freuden galten, die ich nicht erriet, auf die sie aber in diesem Falle lieber verzichtet hätte, als mir davon zu sprechen, und von denen ich, da ich nur diesen Widerschein in ihrer Iris erfaßte, nicht mehr wahrnahm als der Neugierige, den man nicht in den Zuschauerraum eingelassen hat und der nun, dicht an die Glasscheibe der Zwischentür gedrückt, von dem, was sich auf der Bühne zuträgt, nichts eigentlich klar erkennt. (Ich weiß nicht, ob es für sie zutraf, aber eine merkwürdige Sache, wie bei den Ungläubigsten noch das Bekenntnis eines Glaubens an das Gute, ist jene Beharrlichkeit in der Lüge, die sich bei allen Wesen findet, welche uns betrügen. Man könnte ihnen noch so oft wiederholen, daß ihre Lüge mehr Kummer schafft als ein offenes Geständnis, sie könnten es noch so gut selber wissen, und würden doch gleich darauf wieder von neuem lügen, um im Einklang mit dem zu bleiben, was sie ihrer ersten Aussage gemäß sind oder was, wie sie uns gesagt haben, wir für sie bedeuten. So läßt sich ein Atheist, der am Leben hängt, töten, um die Vorstellung, die man von seiner Tapferkeit hat, durch sein Verhalten nicht zu widerlegen.) Während solcher Stunden sah ich manchmal über ihre Person, in ihren Blicken, auf ihrem schmollenden Mund, in ihrem Lächeln den Widerschein solcher inneren Schauspiele huschen, mit denen innerlich beschäftigt sie an diesen Abenden von mir ganz verschieden und fern war – von mir, dem jene Schau versagt blieb. »Woran denkst du, mein Liebes?« – »Aber an gar nichts.«

Manchmal erzählte sie mir, um dem Vorwurf zu begegnen, daß sie mir nichts zu berichten habe, Dinge, von denen sie genau wußte, daß sie mir ebenso bekannt waren wie allen anderen (so wie Staatsmänner, die einem auch nicht die kleinste Neuigkeit verraten würden, dafür von denen sprechen, die schon am Tage zuvor in der Zeitung gestanden haben). Bald berichtete sie mir ohne irgendwelche genaueren Angaben, ganz so, als mache sie mir vertrauliche Geständnisse, von ihren Radausflügen in Balbec, ein Jahr vor unserer Bekanntschaft. Als ob ich damals richtig geraten hätte, wenn ich aus solchen sehr ausgedehnten Ausflügen schloß, sie müsse ein recht unabhängiges junges Mädchen sein, erschien, als Albertine sich diese Ausflüge wieder in Erinnerung rief, auf ihren Lippen jenes gleiche geheimnisvolle Lächeln, das mich in den ersten Tagen auf der Mole von Balbec bezaubert hatte. Sie sprach auch von Ausflügen, die sie mit Freundinnen auf dem Lande in Holland gemacht hatte, von der Rückkehr dann jeweils nach Amsterdam zu sehr später Stunde, wenn eine dichtgedrängte fröhliche Menge von Leuten, ihr fast alle bekannt, die Straßen und Grachten überflutete, deren zahllose vorbeihuschende Lichter ich in den glänzenden Augen Albertines wie in den flimmernden Fensterscheiben eines schnell dahinfahrenden Wagens zu erkennen glaubte. Wieviel besser würde zu der sogenannten ästhetischen Neugier der Name Indifferenz passen im Vergleich zu jener anderen, schmerzlichen, unermüdlichen, die ich den Stätten entgegenbrachte, an denen Albertine gelebt hatte, allem auch, was sie an diesem oder jenem Abend getan, lächelnden Blicken, die sie verschenkt, Worten, die sie gesagt, Küssen, die sie empfangen haben mochte. Nein, niemals hätte mir die Eifersucht damals auf Saint-Loup, wenn sie länger gedauert hätte, solche unendliche Unruhe eingetragen. Die Liebe zwischen Frauen aber war etwas zu Unbekanntes; die damit verbundenen Freuden, ihre Eigenart vermochte ich mir auf keine Weise mit Sicherheit und Genauigkeit vorzustellen. Wie viele Leute, wie viele

Stätten, selbst solche, die sie nicht unmittelbar angingen, unbestimmte Vergnügungsorte, wo sie jene vielleicht genossen hatte, Stätten, an denen viele Menschen sind, die einen im Vorbeigehen streifen, hatte Albertine – wie eine Person, die alle ihr nachfolgenden, eine ganze Gesellschaft, vor sich an der Kontrolle vorbei ein Theater betreten läßt – von der Schwelle meiner Einbildungskraft oder meiner Erinnerung, wo ich mich nicht um sie kümmerte, in mein Herz entsandt! Jetzt war die Kenntnis, die ich von ihnen hatte, zu innerlich, unmittelbar, krampfhaft, schmerzhaft geworden. Liebe ist Raum und Zeit, dem Herzen fühlbar gemacht.

Und dennoch hätte ich vielleicht, wäre ich selbst vollkommen treu gewesen, nicht unter Formen der Untreue gelitten, die ich mir in diesem Fall unmöglich hätte vorstellen können. Was ich mir aber unter Qualen bei Albertine ausmalte, war mein eigenes unaufhörliches Verlangen, neuen Frauen zu gefallen und mich neuen Abenteuern zuzuwenden, war, daß ich bei ihr jene Blicke voraussetzte, die ich neulich sogar an ihrer Seite unwillkürlich auf die jungen Radfahrerinnen geworfen hatte, die an den Tischen des Bois de Boulogne saßen. So wie es keine Kenntnis gibt außer der, die man aus sich selber hat, gibt es beinahe auch keine andere von der Eifersucht. Beobachtung spielt keine Rolle dabei. Nur aus der Lust, die man selbst verspürt hat, kommt einem Wissen und Schmerz.

Sekundenlang spürte ich, wie in den Augen Albertines, in dem jähen Erröten ihrer Haut ein heißer Strahl heimlich in Regionen vorschoß, die für mich so unzugänglich wie der Himmel waren, in denen aber mir unbekannte Erinnerungen abzurollen schienen. Dann bekam diese Schönheit, die ich beim Zurückdenken an die aufeinanderfolgenden Jahre, in denen ich Albertine am Strand von Balbec oder in Paris zuerst gekannt hatte, seit kurzem wieder insofern an ihr fand, als meine Freundin auf so vielen Ebenen gegenwärtig war und so viele verflossene Tage gleichsam in sich trug, für mich etwas Herzzerreißendes. Dann fühlte ich, wie unter diesem sich rosig färbenden Gesicht einem Abgrund gleich die unausschöpfbaren Tiefen von Abenden verborgen lagen, an denen ich Albertine noch nicht einmal gekannt. Ich konnte freilich Albertine auf meine Knie nehmen, ihren Kopf in meinen Händen halten; ich konnte sie streicheln, meine Finger lange über sie hingleiten lassen, doch als betastete ich einen Stein, der noch den Salzgehalt unvordenklicher Ozeane oder den Strahl eines Sternes in sich birgt, spürte ich, daß ich nur die undurchdringliche Hülle eines Wesens berührte, das sich im Innern ins Unendliche verlor. Wie sehr litt ich unter der Situation, in die uns eine Vergeßlichkeit der Natur gebracht hat, die ja, als sie die mythische Einheit der Körper aufhob und sie in eine Vielheit verwandelte, nicht darauf bedacht gewesen ist, eine gegenseitige Durchdringung der Seelen vorzusehen; ich begriff sehr wohl, daß Albertine nicht einmal für mich (denn wenn sich ihr Körper in der Macht des meinen befand, so entzog sich ihr Denken doch dem Zugriff meines Denkens) die wunderbare Gefangene war, mit der ich meine Behausung zu bereichern geglaubt hatte, indem ich – wie jene Person, die, ohne daß jemand es wußte, die Prinzessin von China in einer Flasche verschlossen hielt – vollkommen ihre Anwesenheit dort selbst meinen Besuchern verheimlichte, die sie ja nicht am Ende des Korridors im nächsten Zimmer vermuten konnten; da sie mich in so dringender, grausamer und auswegloser Weise zu einer Durchforschung der Vergangenheit einlud, glich sie vielmehr einer mächtigen Göttin der Zeit. Und wenn ich für sie Jahre meines Lebens und mein Vermögen verlieren sollte – vorausgesetzt, daß ich behaupten kann, was leider nicht sicher ist, sie habe dabei selber nichts verloren – so hatte ich gleichwohl nichts zu bedauern. Zweifellos wäre die Einsamkeit besser, fruchtbarer, weniger schmerzhaft gewesen. Aber wenn ich an das Leben des Sammlers denke, zu dem Swann mir riet und dessen Unkenntnis Monsieur de Charlus bei mir tadelte, wenn er mit einer Mischung aus Esprit, Anmaßung und Geschmack zu mir sagte: ›Wie häßlich es bei Ihnen ist!‹: welche Statuen, welche langgesuchten und endlich besessenen oder selbst, wenn alles gut geht, mit selbstlosem Wohlgefallen betrachteten Bilder hätten, wie die kleine Wunde, die schnell vernarbt, aber durch die unbewußte Ungeschicklichkeit Albertines oder irgendwelcher Gleichgültigen oder meiner eigenen Gedanken bald wieder aufgerissen wurde, mich aus mir selbst hinaus auf jenen ganz privaten Verbindungsweg zu der großen Straße gewiesen, auf welcher vorüberzieht, was wir erst von dem Tage an kennen, da wir gelitten haben: das Leben der anderen?

Manchmal war so schöner Mondschein, daß ich, eine Stunde nachdem Albertine sich hingelegt hatte, zu ihrem Bett ging, um ihr zu sagen, sie solle durchs Fenster sehen. Ich bin sicher, daß ich deswegen in ihr Zimmer ging und nicht etwa, um mich zu versichern, daß sie wirklich da sei. Welcher Anschein sprach dafür, daß sie sich daraus zu entfernen imstande war oder wünschte? Es hätte dazu eines – unwahrscheinlichen – Zusammenstoßes mit Françoise bedurft. In dem dunklen Zimmer sah ich nichts als die Weiße des Kopfkissens und darauf ein zierliches Diadem aus schwarzem Haar. Doch hörte ich Albertines Atemzüge. Ihr Schlaf war so tief, daß ich erst zögerte, an ihr Bett zu treten, dann aber ließ ich mich auf dem Bettrand nieder; ihr Schlaf floß weiter leise murmelnd dahin. Unmöglich läßt sich wiedergeben, wie fröhlich ihr Erwachen war. Ich küßte, ich schüttelte sie. Sofort hielt sie mit Schlafen inne, brach ohne den leisesten Übergang in heiteres Lachen aus, während sie die Arme um meinen Hals schlang, und sagte zu mir: ›Gerade wollte ich mich schon fragen, ob du denn gar nicht kämest‹, und dann fing sie von neuem zärtlich zu lachen an. Man hätte meinen können, daß im Schlaf dieser reizende Kopf nur mit Heiterkeit, Zärtlichkeit und Lachen angefüllt war. Als ich sie weckte, bewirkte ich nur, wie bei einer Frucht, die man aufbricht, daß der erquickende Saft daraus hervorgequollen kam.

Der Winter ging schnell zu Ende; die schöne Jahreszeit kehrte zurück, und oft, wenn Albertine mir eben erst gute Nacht gesagt hatte und mein Zimmer, meine Vorhänge, die Wand über den Vorhängen noch ganz schwarz waren, vernahm ich von dem Garten der benachbarten Klosterschwestern her, reich und voller Köstlichkeit in der Stille wie ein Kirchenharmonium, die Modulationen eines unbekannten Vogels, der wie in lydischer Tonart die Matutine sang und mitten in der Dunkelheit schon den reichen, strahlenden Klang der Sonne ertönen ließ, die er sah.

Bald wurden die Nächte kürzer, und schon vor den Stunden, die ehedem den Morgen einleiteten, sah ich hinter den Vorhängen meines Fensters die täglich zunehmende Weiße des Tageslichts hervorquellen. Wenn ich mich darein ergab, Albertine auch weiterhin dieses Leben führen zu lassen, in dem sie, wie ich wohl spürte, trotz aller Gegenbeteuerungen den Eindruck hatte, eine Gefangene zu sein, so nur, weil ich jeden Tag sicher war, daß ich am folgenden mich gleichzeitig an die Arbeit machen, mich aus dem Bett erheben, das Haus verlassen und die Abreise nach irgendeiner Besitzung vornehmen könnte, die wir kaufen würden und auf der Albertine in größerer Freiheit, gleichwohl aber ohne Beunruhigung für mich, ein Land- oder Strandleben führen, der Bootfahrt oder der Jagd obliegen könnte, wie es ihr gefiele. Nur war es am folgenden Tage immer so, daß von jener vergangenen Zeit, die ich an Albertine abwechselnd liebte und verabscheute (da, solange sie Gegenwart ist, zwischen ihr und uns – aus Eigennutz, aus Höflichkeit, aus Mitleid – jeder an einem Vorhang aus Lügen webt, den wir für Wirklichkeit halten), rückblickend eine jede der Stunden, aus denen sie sich zusammensetzte, sogar derer, die ich zu kennen geglaubt, mir plötzlich einen Aspekt vor Augen rückte – ohne daß dabei jemand versuchte, ihn mir zu verhüllen – der ganz von dem verschieden war, unter dem sie sich mir früher gezeigt hatte. Hinter diesem oder jenem Blick offenbarte sich mir nun anstatt des guten Gedankens, den ich vordem darin zu sehen geglaubt hatte, ein bis dahin ungeahnter Wunsch, der mir einen neuen Teil des Herzens von Albertine entfremdete, das ich dem meinen so ganz nahe und so ähnlich gewähnt. Als Andrée zum Beispiel aus Balbec im Juli fortgegangen war, hatte mir Albertine niemals gesagt, daß sie vorhabe, ihre Freundin bald darauf wiederzusehen; ich war aber der Meinung, daß sie sie sogar früher wiedergesehen hatte, als sie damals selbst meinte, da sie mir ja wegen meiner großen Traurigkeit in Balbec in jener Nacht des 14. September das große Opfer gebracht hatte, nicht dort zu bleiben, sondern sofort mit mir nach Paris zurückgekehrt war. Als sie am fünfzehnten dort ankam, hatte ich sie aufgefordert, Andrée zu besuchen, und hinterher zu ihr gesagt: ›Hat sie sich gefreut, dich wiederzusehen?‹ Nun aber war Madame Bontemps gekommen und hatte etwas für Albertine gebracht; ich sah sie einen Augenblick und sagte ihr, daß Albertine mit Andrée ausgegangen sei: »Sie haben zusammen eine Ausfahrt aufs Land unternommen.« – »Ja, antwortete mir Madame Bontemps, mit dem ›Land‹ allerdings nimmt es Albertine nicht genau. So wollte sie zum Beispiel vor drei Jahren alle Tage auf die Buttes-Chaumont.« Bei dem Namen ›Buttes-Chaumont‹, wo Albertine behauptete niemals gewesen zu sein, stockte mir der Atem einen Augenblick. Die Wahrheit ist die geschickteste aller Feindinnen. Sie führt ihre Attacken an der Stelle unseres Herzens aus, an der wir sie nicht erwarteten und infolgedessen für eine Verteidigung nicht gerüstet sind. Hatte Albertine damals ihre Tante belogen, als sie ihr sagte, sie gehe alle Tage auf die Buttes-Chaumont, oder später mich, als sie behauptete, sie kenne diese Gegend nicht? »Glücklicherweise, setzte Madame Bontemps hinzu, wird die arme Andrée bald aufs Land fahren, wo es erholsamer ist, auf das wirkliche Land, sie hat es sehr nötig, sie sieht miserabel aus. Sie hat tatsächlich diesen ganzen Sommer nicht die Luft gehabt, die sie eigentlich braucht. Bedenken Sie, daß sie Balbec Ende Juli in dem festen Glauben verlassen hat, sie werde im September dorthin zurückkehren. Dadurch, daß ihr Bruder sich das Knie verletzte, konnte sie aber nicht wieder hin.« Dann erwartete also Albertine, Andrée in Balbec zu treffen, und hatte es mir verhehlt! Allerdings war es um so netter von ihr, daß sie mir vorgeschlagen hatte, mit mir zurückzufahren. Es sei denn, daß ... »Ja, ich erinnere mich, daß Albertine damals davon sprach ... (das stimmte nicht). Wann war denn dieser Unfall? Mir gehen die Dinge im Kopf etwas durcheinander.« – »Nun, in gewissem Sinne erfolgte er gerade im richtigen Augenblick, denn einen Tag später wäre die Miete für die Villa weitergelaufen, und Andrées Großmutter hätte einen Monat unnötig zahlen müssen. Er hat sich am 14. September das Bein gebrochen; sie hatte gerade noch Zeit, am fünfzehnten morgens an Albertine zu telegraphieren, daß sie nicht kommen würde, und Albertine konnte daraufhin das Büro benachrichtigen. Einen Tag später hätte der Kontrakt bis 15. Oktober gegolten.« Wenn also Albertine ihre Meinung geändert und zu mir gesagt hatte: ›Fahren wir doch heute abend ab‹, so hatte sie dabei eine Wohnung vor sich gesehen, die ich nicht kannte, die der Großmutter Andrées, in die sie sich gleich nach unserer Rückkehr begeben konnte, um dort ihre Freundin zu treffen, ihre Freundin, der sie im übrigen, ohne daß ich es ahnte, bald darauf in Balbec wieder zu begegnen geglaubt hatte. Ihre freundlichen Worte, daß sie gern mit mir nach Hause fahren werde, Worte, die so ganz im Gegensatz zu ihrer hartnäckigen Weigerung noch ganz kurz zuvor standen, hatte ich damals einer reuigen Umkehr ihres guten Herzens zugeschrieben. Sie waren aber ganz einfach ein Reflex gewesen, wie er auf eine inzwischen erfolgte Veränderung einer Situation hin zustande kommt, welche wir nicht kennen: darin liegt das ganze Geheimnis der Wandlung im Verhalten von Frauen, welche uns nicht lieben. Sie verweigern uns eigensinnig ein Rendezvous für den folgenden Tag, weil sie müde sind oder weil ihr Großvater verlangt, daß sie bei ihm zum Abendessen erscheinen. ›Dann komm doch hinterher‹, reden wir ihr zu. ›Er erwartet immer,

daß ich bis zu sehr später Stunde bleibe. Außerdem bringt er mich möglicherweise zurück.‹ Sie haben eben ganz einfach bereits ein Rendezvous mit jemandem, der ihnen besser gefällt. Plötzlich ist dieser Jemand aber gar nicht frei. Dann kommen sie und sagen uns, wie sehr sie bedauern, uns Kummer bereitet zu haben. Sie würden eben ihrem Großvater den Laufpaß geben und lieber bei uns bleiben, da ihnen sowieso an nichts anderem gelegen sei. Ich hätte diese Art von Phrasen in den Worten Albertines am Tage meiner Abreise von Balbec wiedererkennen müssen. Gleichwohl durfte ich vielleicht nicht nur sie darin wiedererkennen, sondern um diese Worte richtig zu verstehen, hätte ich mich an zwei spezielle Züge im Charakter Albertines erinnern müssen.
Zwei Charakterzüge Albertines nämlich kamen mir in diesem Augenblick in den Sinn: der eine, um mich zu trösten, der andere, um mich vollends zu verstören. In unserem Gedächtnis hat eben alles Platz. Es ist wie eine Apotheke oder ein chemisches Laboratorium, in dem man durch Zufall ebensogut eine beruhigende Droge wie ein gefährliches Gift in die Hand bekommt. Der erste Zug, der tröstliche, war jene gewisse Gewohnheit, ein und dieselbe Handlung mehreren Personen zugute kommen zu lassen, jene vielfältige Nutzbarmachung aller ihrer Taten, die für Albertine so bezeichnend war. Es lag ganz in ihrem Charakter, daß sie, als sie nach Paris zurückkehrte (die Tatsache, daß Andrée nicht wiederkam, mochte ihr unbequemer erscheinen lassen, in Balbec zu bleiben, wobei das nicht bedeuten mußte, daß sie es etwa ohne Andrée einfach nicht aushalten könnte), bei dieser einen Reise Gelegenheit fand, gleich zwei Personen, die sie aufrichtig liebte, eine Freundlichkeit zu erweisen: mir, indem sie mich in dem Glauben wiegte, es geschehe, um mich nicht allein zu lassen, damit ich nicht so sehr an meinem Kummer litte, aus Ergebenheit also für mich; Andrée, indem sie ihr einredete, sie hätte, da jene nicht nach Balbec kam, keinen Augenblick länger dort verweilen mögen, sie sei nur so lange

geblieben, um sie wiederzusehen, und eile nun im ersten Augenblick wieder zu ihr zurück. Nun folgte die Abreise Albertines mit mir tatsächlich so unmittelbar einerseits auf die Äußerung meines Kummers und meines Verlangens, wieder in Paris zu sein, andererseits auf die Depesche von Andrée, daß ganz natürlicherweise Andrée sowohl wie ich, da weder sie von meinem Kummer noch ich von der Depesche etwas wußte, glauben konnten, die Abreise Albertines sei die Wirkung einzig der einem jeden von uns bekannten Ursache, auf die sie tatsächlich in so wenigen Stunden Abstand und derart unverhofft erfolgt war. In diesem Falle konnte ich noch dazu glauben, daß mich zu begleiten der wahre Zweck Albertines war, die gleichwohl keine Gelegenheit hatte versäumen wollen, sich auch bei Andrée Anspruch auf Dank zu verdienen.

Leider aber erinnerte ich mich fast gleichzeitig an einen anderen Charakterzug Albertines, nämlich die Lebhaftigkeit, mit welcher die unwiderstehliche Versuchung, einem Vergnügen nachzugehen, sie jeweils überkam. Nun fiel mir wieder ein, mit welcher Ungeduld sie, als sie sich zur Abreise entschlossen hatte, zum Zuge geeilt war, wie sie den Direktor beiseite gestoßen hatte, durch dessen Bemühungen, uns zurückzuhalten, wir um ein Haar den Omnibus verpaßt hätten; ich dachte an das nur für mich bestimmte Achselzucken des Einverständnisses, das mich so gerührt hatte, als Monsieur de Cambremer uns in der Kleinbahn fragte, ob wir nicht an einen ›achttägigen‹ Aufschub denken könnten. Ja, was ihr in diesem Augenblick vorschwebte und sie zu so fieberhafter Eile des Aufbruchs antrieb, was sie ungeduldig wiederzusehen trachtete, war ein unbewohntes Appartement, das ich selbst einmal gesehen hatte, das der Großmutter Andrées, ein Luxusappartement, welches der Aufsicht eines alten Kammerdieners unterstand, nach Süden zu gelegen, aber so leer und so schweigend, daß die Sonne das Kanapee und die Sessel der Zimmer, wo Albertine den respektvollen, vielleicht naiven, vielleicht auch eingeweihten Wächter ausruhen zu dürfen bat, mit einer

Art von Schutzhülle zu überziehen schien. Ich sah es jetzt die ganze Zeit vor mir, leer, mit einem Bett oder einer Chaiselongue, einem Zimmermädchen, das von nichts wußte oder eine Mitwisserin war, und Albertine, wie sie jedesmal, wenn sie eilig und ernst aussah, sich dorthin begab, um ihre Freundin zu treffen, die sicher schon vor ihr angekommen war, weil sie freier über sich verfügte. Ich hatte bislang noch niemals an dieses Appartement gedacht, jetzt aber bekam es für mich eine erschreckende Schönheit. Das Unbekannte im Leben anderer Menschen ist wie das in der Natur, dessen Grenzen durch jede wissenschaftliche Entdeckung etwas ferner gerückt, jedoch nicht aufgehoben werden. Ein Eifersüchtiger treibt die Geliebte zur Verzweiflung, indem er sie um tausend belanglose Vergnügungen bringt. Diejenigen aber, die den wahren Bestand ihres Lebens bilden, verbirgt sie dort, wo er sogar in Augenblicken, in denen sein Verstand seiner Meinung nach den größten Scharfsinn offenbart und Dritte ihn am besten unterrichten, sie nicht im entferntesten sucht. Aber immerhin, schließlich würde Andrée doch abreisen. Ich wollte jedoch nicht, daß Albertine mich verachten könne, weil ich mich von ihr und Andrée hatte täuschen lassen. Dieser Tage einmal würde ich es ihr sagen. Ich würde sie dann vielleicht zwingen, offener zu mir zu sprechen, wenn ich ihr bewiese, daß ich über Dinge gleichwohl orientiert sei, die sie mir verbarg. Ich wollte aber jetzt noch nicht davon sprechen, zunächst, weil sie so bald nach dem Besuch ihrer Tante diese Quelle meiner Informationen erraten, sie zugestopft und keine andere, unbekannte mehr gefürchtet haben würde. Ferner auch, weil ich nicht Gefahr laufen wollte, solange ich noch nicht absolut sicher war, daß ich Albertine bis zu jeder von mir gewünschten Dauer würde behalten können, in ihr zu viele Zornesregungen wachzurufen, deren Wirkung darin hätte bestehen können, daß sie mich zu verlassen wünschte. Wenn ich allerdings richtig nachdachte, die Wahrheit suchte, die Zukunft nach ihren Worten ermaß, mit denen sie stets meine Pläne gutgeheißen und zum Ausdruck gebracht hatte, wie sehr sie dieses Dasein liebe und wie wenig ihre Zurückgezogenheit ihr das Gefühl von Entbehrungen gebe, zweifelte ich nicht, daß sie immer bei mir bleiben würde. Es verdroß mich sogar recht sehr, denn ich fühlte, wie das Leben, die Welt, deren Freuden ich noch niemals richtig gekostet hatte, mir im Austausch gegen eine Frau entging, an der ich nichts Neues mehr zu finden vermochte. Ich konnte nicht einmal nach Venedig gehen, denn dort würde ich mich auf meinem Lager allzusehr von der Furcht vor den Anträgen gefoltert fühlen, die der Gondoliere, die Leute im Hotel, die Venezianerinnen ihr hätten machen können. Wenn ich aber umgekehrt meine Schlüsse aus der anderen Hypothese zog, derjenigen, die sich nicht auf die Worte Albertines stützte, sondern auf ihr Schweigen, ihre Blicke, ihr Erröten, ihr Schmollen und sogar ihre Zornanfälle, deren Grundlosigkeit ich ihr leicht hätte nachweisen können, die ich aber weitaus lieber zu ignorieren vorgab, sagte ich mir, daß dies Leben unerträglich für sie war, daß sie sich die ganze Zeit um Dinge betrogen fühlte, die sie eigentlich liebte, und daß sie mich unweigerlich eines Tages dennoch verlassen würde. Ich wünschte mir dabei nur, falls sie es einmal täte, den Augenblick selbst zu bestimmen, einen Augenblick, in dem es mir nicht allzu schmerzlich und der auch in einer Zeit des Jahres gelegen wäre, in der sie sich an keinen der Orte begeben konnte, die in meiner Vorstellung Schauplätze ihrer Ausschweifungen waren, weder nach Amsterdam, noch zu Andrée, noch zu Mademoiselle Vinteuil, die sie allerdings ein paar Monate später gleichwohl sehen würde. Aber bis dahin würde ich mich beruhigt haben und alles mir gleichgültig sein. Auf alle Fälle konnte ich daran erst denken, wenn der kleine Rückfall wieder vorüber war, der auf die Entdeckung der Gründe folgte, weshalb Albertine innerhalb weniger Stunden zuerst nicht und dann doch auf der Stelle hatte fortgehen wollen; man mußte den Symptomen Zeit geben zu verschwinden, Symptomen, die unbedingt allmählich nachlassen würden, wofern ich nichts Neues erführe, die aber jetzt noch zu frisch waren, um nicht eine nunmehr als unvermeidlich erkannte Trennungsoperation, die jedoch noch nicht eilte und die man besser ›nach dem Anfall‹ vornehmen würde, schmerzlicher und schwieriger zu gestalten. Die Wahl des Augenblicks lag ganz bei mir; denn, falls sie fortgehen wollte, bevor ich es beschlossen hatte, würde ich immer noch in dem Augenblick ihrer Erklärung, sie hätte jetzt genug von diesem Leben, daran denken können, ihre Gründe zu bekämpfen, ihr mehr Freiheit zu lassen, ihr irgendein ganz großes Vergnügen in absehbarer Zeit zu versprechen, das sie selber dann würde abwarten wollen, oder sogar, wenn ich mir eine Stützung einzig von ihrem Herzen versprach, ihr meinen Kummer schließlich einzugestehen. Ich war in dieser Hinsicht also vollkommen ruhig, worin ich übrigens nicht sehr folgerichtig mit mir selbst verfuhr. Denn unter einer Voraussetzung, mit der ich mich gerade nicht an die Dinge hielt, die sie sagte und ankündigte, vermutete ich, daß sie mir bei einer Trennung von mir im voraus ihre Gründe angeben und mir Zeit lassen würde, diese zu bekämpfen und sogar hinfällig zu machen. Ich fühlte, daß mein Leben mit Albertine, soweit ich nicht eifersüchtig war, nichts als Langeweile, soweit ich es aber war, nur Leiden bedeutete. Wenn man selbst annahm, es könne auch Glück enthalten, so würde es nicht von Dauer sein. In demselben Geist von Weisheit, der mich in Balbec an jenem Abend inspirierte, an dem wir glücklich gewesen waren – damals, nach dem Besuch der Marquise de Cambremer – wollte ich sie verlassen, weil ich wußte, daß bei einem längeren Hinziehen nichts zu gewinnen war. Nur stellte ich mir auch jetzt noch vor, die Erinnerung, die ich von ihr bewahren würde, werde wie die mit einem Pedal festgehaltene Schwingung der Trennungsminute sein. Daher legte ich Wert darauf, eine angenehme Minute auszuwählen, damit auch eine solche in mir weiterschwänge. Man durfte nicht zu heikel sein, nicht zu lange warten, man mußte weise handeln. Und doch, da ich nun einmal so lange gewartet hatte, wäre es eitel Torheit gewesen, nicht noch ein paar Tage zuzugeben, bis eine einigermaßen annehmbare Minute erschiene, das heißt Gefahr zu laufen, sie in einer ähnlichen Stimmung der Auflehnung scheiden zu sehen, wie ich es früher erlebt hatte, wenn Mama sich von meinem Bett entfernte, ohne mir noch einmal gute Nacht zu sagen, oder wenn sie auf dem Bahnhof sich von mir verabschiedete. Auf alle Fälle überschüttete ich Albertine mit allen erdenklichen Freundlichkeiten. Was die Kleider von Fortuny betraf, so hatten wir uns endlich für ein blau und goldenes, mit rosa Seide abgefüttertes entschieden, das gerade fertig geworden war. Außerdem hatte ich noch dazu die fünf anderen bestellt, auf die sie mit Bedauern verzichtet hatte, weil ihr dieses eine immerhin noch besser gefiel. Dennoch, als der Frühling gekommen war, zwei Monate nachdem ihre Tante die bewußte Äußerung getan hatte, ließ ich mich eines Abends vom Zorn hinreißen. Es war gerade der Abend, an dem Albertine zum ersten Mal das blau und goldene Morgenkleid von Fortuny trug, das die Vorstellung von Venedig in mir heraufbeschwor und mir dadurch um so deutlicher spürbar machte, auf was ich um Albertines willen verzichtete, ohne daß sie mir auch nur Dank dafür wußte. Hatte ich Venedig niemals gesehen, so träumte ich doch unaufhörlich davon seit jenen Osterferien, die ich schon als Kind dort hatte verbringen sollen, und sogar noch früher, seit dem Anblick der Gravüren nach Tizian und der Photographien nach Giotto, die einst in Combray Swann mir zum Geschenk gemacht hatte. Das Kleid von Fortuny, das Albertine an diesem Abend angelegt hatte, kam mir wie ein lockender Schatten jenes unsichtbaren Venedig vor. Morgenländische Ornamente überzogen es überall – wie Venedig, wie jene gleich Sultaninnen hinter durchbrochenen Steinvorhängen verborgenen Paläste, wie die Einbände der Ambrosianischen Bibliothek, wie die Säulen mit den orientalischen Vögeln, die abwechselnd Tod und Leben symbolisieren und hier unzählige Male auf dem

schillernden Gewebe von tiefem Blau wiederkehrten, das unter meinem vorwärtstastenden Blick sich in schmiegsames Gold verwandelte durch eine ähnliche Metamorphose, wie sie vor der vorwärtsgleitenden Gondel flammendes Metall aus der Azurtönung des Canale Grande macht. Die Ärmel aber waren in jenem kirschroten Ton abgefüttert, der so eigentümlich venezianisch wirkt, daß man ihn ›Tiepolorosa‹ nennt.
Im Laufe des Tages hatte Françoise vor mir verlauten lassen, daß Albertine mit nichts zufrieden sei, daß sie vielmehr, ob ich ihr nun sagen ließe, ich werde mit ihr ausfahren, oder aber, ich werde nicht mit ihr ausfahren, das Automobil werde sie abholen kommen, oder komme nicht, ungeduldig mit den Achseln zuckte und kaum höflich Antwort gab; am Abend, als ich merkte, daß sie schlechter Laune war und die erste große Hitze mich ermattet hatte, konnte ich meinen Zorn nicht zügeln und warf ihr Undankbarkeit vor: »Ja, du kannst fragen, wen du willst, rief ich mit lauter Stimme und völlig außer mir, du kannst Françoise fragen, es gibt nur eine Meinung.« Sofort aber fiel mir ein, daß Albertine mir einmal gesagt hatte, wie fürchterlich ich aussähe, wenn ich in Zorn geriete, und wie sie behauptet hatte, die folgenden Verse aus ›Esther‹ paßten dann auf mich:

Bedenkt, mit welchem Schreck und Schauder der Verdruß,
Den Eure Stirn mir zeigt, mein Herz verwirren muß . . .
Ah mir! Welch dreister Stolz, welch trotziges Geblüt
Ertrüg, o Herr, den Blitz, der Eurem Aug entsprüht?

Ich schämte mich meiner Heftigkeit. Und um wiedergutzumachen, was ich getan hatte, ohne daß daraus für mich eine Niederlage entstünde, sondern vielmehr der von mir geschlossene Friede ein bewaffneter und furchtgebietender sei, während es mir gleichzeitig nützlich schien zu zeigen, daß ich einen Bruch nicht fürchtete, damit nicht sie auf den Gedanken käme, ihn in die Tat umzusetzen, sagte ich: »Verzeih mir, liebe kleine Albertine, ich schäme mich meiner Heftigkeit, ich bin verzweifelt darüber. Wenn es nicht mehr möglich ist, daß wir uns verstehen, wenn wir uns verlassen müssen, so darf es so nicht sein, da das unserer allzu unwürdig wäre. Wir werden uns trennen, wenn es sein muß, aber vor allem liegt mir daran, dich sehr demütig und von ganzem Herzen um Verzeihung zu bitten.« Ich dachte mir, um alles wiedergutzumachen und mich gleichzeitig zu versichern, daß es ihre Absicht sei, für die nächste Zeit noch bei mir zu bleiben – wenigstens bis zu dem Zeitpunkt, zu dem Andrée abgereist sein würde, was für drei Wochen später vorgesehen war – werde es gut sein, gleich am folgenden Tage auf irgendein Vergnügen, größer, als sie es zuvor gehabt, aber noch etwas in der Ferne liegend, für sie bedacht zu sein; außerdem würde ich, da ich doch auf alle Fälle den Verdruß, den ich ihr bereitet, wieder auslöschen wollte, vielleicht gut tun, diesen Moment zu benutzen, um ihr zu zeigen, daß ihr Leben mir besser bekannt sei, als sie vermutete. Die schlechte Laune, in die sie dadurch geriete, würde morgen durch viele Freundlichkeiten von meiner Seite wieder behoben sein, die Warnung ihr jedoch heilsam im Bewußtsein bleiben. »Ja, liebe Albertine, verzeih mir, wenn ich heftig gewesen bin. Ich bin jedoch nicht ganz so schuldig, wie du meinst. Es gibt böse Leute, die uns trennen wollen; um dich nicht zu quälen, habe ich bisher nie davon sprechen mögen, aber ich bin jetzt wirklich manchmal über gewisse Redereien, die dich betreffen, völlig verstört.« Um aber die Gelegenheit zu nutzen, wo ich ihr sowieso zeigen wollte, daß ich über ihre Abreise aus Balbec Bescheid wisse, setzte ich auch gleich noch hinzu: »Zum Beispiel wußtest du ja, daß Mademoiselle Vinteuil zu Madame Verdurin an dem Nachmittag kommen sollte, an dem du ins Trocadero gegangen bist.« Sie errötete. »Ja, ich wußte es.« – »Kannst du mir schwören, daß du nicht hingehen wolltest, um die intimen Beziehungen zu ihr wieder aufzunehmen?« – »Aber ganz sicher kann ich dir das schwören. Was heißt übrigens ›wieder aufnehmen‹? Ich habe niemals welche mit ihr gehabt, ich schwöre es dir.« Ich war tief betrübt, daß Albertine mich so belog, da der Augenschein ihres Errötens ja allzu deutlich sprach. Ihre Falschheit ging mir tief zu Herzen. Und dennoch, da in dieser Lüge eine Beteuerung ihrer Unschuld lag, an die ich unbewußt trotz allem zu glauben bereit war, tat sie mir weniger weh als die Aufrichtigkeit, mit der sie mir auf die Frage: »Kannst du mir wenigstens schwören, daß das Vergnügen, Mademoiselle Vinteuil wiederzusehen, keine Rolle bei deinem Wunsch spielte, an jenem Nachmittag die Verdurins zu besuchen?« antwortete: »Nein, das kann ich nicht schwören. Es hätte mir großes Vergnügen gemacht, Mademoiselle Vinteuil wiederzusehen.« Eine Sekunde zuvor war ich böse auf sie gewesen, weil sie mir ihre Beziehungen zu Mademoiselle Vinteuil verhehlte, jetzt aber geriet ich durch ihr Eingeständnis des Vergnügens, das sie gehabt hätte, jene zu sehen, vollends aus der Fassung. Zweifellos hatte Albertine durch die bei meiner Rückkehr von den Verdurins ausgesprochenen Worte: ›Sollte nicht Mademoiselle Vinteuil da sein?‹ alles Leiden in mir wieder entfacht, weil sie mir dadurch bewies, daß sie von dem Kommen der Tochter des Komponisten gewußt. Aber wahrscheinlich hatte ich seither mir die Dinge in folgender Weise zurechtgelegt: ›Sie wußte, daß Mademoiselle Vinteuil kommen würde und empfand keinerlei Vergnügen dabei. Aber da ihr offenbar hinterher klargeworden war, daß die Enthüllung über ihre Bekanntschaft mit einer so übel beleumdeten Person wie Mademoiselle Vinteuil mich in Balbec derart zur Verzweiflung getrieben hatte, daß ich sogar an Selbstmord dachte, hat sie mir nichts davon gesagt.‹ Nun aber sah sie sich genötigt einzugestehen, daß eben diese Begegnung ihr Vergnügen gemacht hätte. Im übrigen hätte ihre geheimnisvolle Art, als sie damals zu den Verdurins hatte gehen wollen, ein ausreichender Beweis für mich sein müssen. Aber ich hatte nicht mehr daran gedacht. Obwohl ich mir jetzt sagte: ›Warum gesteht sie nur die Hälfte ein? Das ist dumm von ihr, mehr noch als nur traurig und schlecht‹, war ich so erschüttert, daß ich nicht den Mut fand, der Sache weiter nachzugehen, zumal ich nicht gut dabei abschnitt, hätte ich doch keine Beweise anzuführen gewußt; um lieber wieder das Heft in der Hand zu haben, beeilte ich mich, auf das Thema ›Andrée‹ zu kommen, das mir erlauben würde, Albertine durch die erdrückende Enthüllung über die Depesche Andrées eine offene Niederlage zu bereiten. »Weißt du, sagte ich zu ihr, jetzt plagt man mich nämlich wieder und liegt mir mit deinen Beziehungen in den Ohren, doch diesmal sind es die zu Andrée.« – »Andrée??« rief sie aus. In tiefem Unmut rötete sich ihr Gesicht. Ihre Augen weiteten sich vor Zorn oder in dem Wunsch, Staunen erkennen zu lassen. »Das ist ja wirklich reizend!! Darf man vielleicht wissen, wer dir solche schönen Dinge erzählt? Könnte ich vielleicht einmal selbst mit diesen Leuten reden? Und vielleicht auch erfahren, worauf sie sich stützen mit ihren Infamien?« – »Meine liebe Albertine, ich weiß es nicht, es handelt sich um anonyme Briefe, aber von Leuten, die du vielleicht ziemlich leicht auffinden würdest (um ihr zu zeigen, daß ich nicht glaubte, sie werde wirklich nach ihnen suchen), denn offenbar kennen sie dich gut. Der letzte, muß ich gestehen (ich zitiere gerade ihn, weil es sich da nur um eine Kleinigkeit handelt und weiter nichts Arges darinsteht), hat mir gleichwohl den Rest gegeben. Ich sage es dir ganz offen. Es hieß dort, du habest damals, als wir Balbec verließen, zuerst bleiben und hinterher doch abreisen wollen, weil du inzwischen einen Brief von Andrée bekommen hättest des Inhalts, sie käme nicht.« – »Ich weiß sehr wohl, daß Andrée mir geschrieben hat, daß sie nicht kommen würde, sie hat mir sogar telegraphiert, ich kann dir die Depesche nicht zeigen, weil ich sie nicht aufgehoben habe, doch das war nicht an jenem Tag. Außerdem, wenn es selbst an jenem Tag gewesen wäre, was sollte es mir schon ausmachen, ob Andrée nach Balbec kam oder nicht?« – ›Was sollte mir das schon ausmachen‹ war ein Beweis für ihren

Zorn und außerdem dafür, daß es ihr eben doch ›etwas ausmachte‹; dennoch war es nicht unbedingt ein Beweis, daß Albertine ausschließlich deshalb mit mir zurückgefahren war, um Andrée zu sehen. Jedesmal, wenn Albertine feststellen mußte, daß einer der wirklichen oder angeblichen Beweggründe für eine ihrer Handlungen von einer Person entdeckt war, der sie andere angegeben hatte, geriet sie in Zorn, selbst wenn die Person diejenige war, um derentwillen sie wirklich die Handlung begangen hatte. Wenn Albertine glaubte, daß die Informationen über alles, was sie tat, mir nicht ohne mein Zutun von anonymer Seite zugingen, sondern daß ich sie selbst begierig anforderte, konnte man es keineswegs aus den Worten schließen, welche sie gleich darauf sagte, da sie danach vielmehr meine Version von den anonymen Briefen anscheinend akzeptierte, sondern aus ihrem gegen mich gerichteten offenbaren Zorn, in dem nun ihre vorausgehende schlechte Laune endlich zur Explosion zu kommen schien, ebenso wie die Spionage, zu der ich mich nach dieser Hypothese ihres Erachtens herbeigelassen hatte, nur das letzte Glied einer Überwachung aller ihrer Handlungen war, an der sie bereits seit langem nicht mehr gezweifelt hatte. Ihr Zorn erstreckte sich sogar auf Andrée, und da sie sich zweifellos sagte, daß ich nun auch keine Ruhe mehr haben würde, wenn sie mit ihr ausging, erklärte sie lieber selbst: »Im übrigen langweilt mich Andrée entsetzlich. Es ist einfach tödlich mit ihr. Morgen kommt sie wieder. Ich will aber nicht mehr mit ihr ausfahren. Du kannst es den Leuten mitteilen, die dir erzählt haben, ich sei ihretwegen nach Paris zurückgekommen. Soll ich dir sagen, daß ich, obwohl ich Andrée doch nun schon so viele Jahre kenne, dir nicht einmal beschreiben könnte, wie ihr Gesicht aussieht, so wenig habe ich sie angeschaut!« In Balbec aber hatte sie im ersten Jahr zu mir gesagt: ›Andrée ist entzükkend!‹ Freilich mußte das nicht bedeuten, daß sie Liebesbeziehungen zu ihr unterhielt, und ich hatte sie damals sogar nie anders als voller Empörung von jeglichen Beziehungen dieser Art sprechen hören. Aber war es nicht möglich, daß sie sich verändert hatte – sogar ohne sich über ihre Wandlung klar zu sein – und vielleicht ihre Spiele mit einer Freundin nicht für das gleiche hielt wie gewisse unmoralische Beziehungen, mit denen sie keine deutliche Vorstellung verband, die sie aber bei anderen schärfstens zu verurteilen pflegte? War es nicht möglich, da ja diese gleiche Wandlung und der gleiche Mangel an Bewußtsein davon auch in ihren Beziehungen zu mir eine Rolle spielte – zu mir, dem sie in so großer Empörung Küsse verweigert hatte, die sie mir späterhin von sich aus jeden Tag geben sollte und, wie ich hoffte, noch sehr lange, ja sogar nach wenigen Minuten schon mir wieder geben würde? »Aber meine Liebe, woher soll ich dir das sagen, ich kenne sie ja gar nicht.« Diese Antwort war so klar, daß sie alle Einwände und Zweifel hätte zerstreuen müssen, die ich in Albertines Augen kristallisiert vor mir sah. Aber nichts dergleichen geschah. Ich schwieg, und gleichwohl betrachtete sie mich auch weiterhin mit der gespannten Aufmerksamkeit, mit der man jemanden ansieht, der noch nicht ausgeredet hat. Ich bat sie von neuem um Verzeihung. Sie antwortete mir, sie habe mir nicht zu verzeihen. Sie war jetzt wieder ganz sanft. Aber es schien mir, als habe sich unter ihren traurigen, gramentstellten Zügen ein Geheimnis geformt. Ich wußte recht wohl, daß sie mich nicht verlassen konnte, ohne es mir vorher zu sagen; im übrigen konnte sie weder wünschen, mich jetzt zu verlassen (acht Tage darauf sollte sie die neuen Kleider von Fortuny anprobieren), noch ohne Verletzung des Anstands weggehen, da meine Mutter am Ende der Woche zurückkehren sollte, und ebenso ihre Tante. Warum aber, da es doch offenbar unmöglich war, daß sie von mir ginge, wiederholte ich ihr gegenüber mehrere Male, wir würden am folgenden Tage zusammen venezianische Glaswaren ansehen gehen, die ich ihr schenken wollte, und wieso war ich so erleichtert zu hören, daß sie es für abgemacht hielt? Als sie mir aber schließlich gute Nacht sagen kam und ich sie küßte, machte sie es nicht wie gewöhnlich, sondern wendete sich ab und – es waren nur ein paar Sekunden seit dem Augenblick verflossen, als ich noch daran dachte, wie süß es für mich war, daß sie mir jetzt alle Abende gab, was sie mir in Balbec verweigert hatte – erwiderte nicht meinen Kuß. Man hätte meinen können, daß sie mit mir böse war und mir kein Zeichen der Zärtlichkeit geben wollte, das ich ihr später als eine Falschheit hätte auslegen können, die diesem Bruch widersprach. Es sah aus, als wolle sie ihre Handlungen vielmehr auf ihn abstimmen, aber doch mit Maßen, sei es, um ihn nicht ausdrücklich anzukündigen, sei es, weil sie, auch wenn sie die physischen Beziehungen zu mir abbrach, gleichwohl meine Freundin bleiben wollte. Ich küßte sie ein zweites Mal und drückte den spiegelnden golddurchwirkten Azur des Canale Grande mitsamt den Vogelpaaren, Symbolen des Todes und der Auferstehung, fest an mein Herz. Aber ein zweites Mal zog sie sich, anstatt meinen Kuß zu erwidern, mit jener Art von instinktivem und unheilverkündendem Starrsinn zurück, wie ihn Tiere haben, wenn sie den Tod nahen fühlen. Dieses Vorgefühl, das sie auszudrücken schien, erfaßte auch mich selbst und erfüllte mich mit so angstvollem Grauen, daß ich, als Albertine an der Tür angekommen war, nicht den Mut fand, sie gehen zu lassen, sie vielmehr noch einmal zurückrief. »Albertine, sagte ich zu ihr, ich bin gar nicht müde. Wenn du selbst noch nicht Lust zum Schlafen hast, solltest du ein wenig bleiben, falls du magst, aber freilich bestehe ich nicht darauf, ich möchte dich nicht ermüden.« Es schien mir, daß, hätte ich sie ausgekleidet und in ihrem weißen Nachthemd haben können, in dem sie mir rosiger, wärmer schien und meine Sinne mehr reizte, die Versöhnung vollkommener gewesen wäre. Aber ich zögerte einen Augenblick, denn der blaue Rand des Kleides gab ihrem Antlitz eine Schönheit und Leuchtkraft, einen himmlischen Schein, ohne den es mir härter vorgekommen wäre. Sie kam langsam zurück und sagte sehr sanft, immer jedoch mit niedergeschlagener, sogar trauriger Miene: »Ich kann bleiben, solange du willst, ich bin gar nicht schläfrig.« Ihre Antwort beruhigte mich, denn solange sie da war, hatte ich das Gefühl, ich könne der Zukunft gebieten, und es schwang auch Freundschaft und Nachgiebigkeit in ihrem Klang, jedoch von einer gewissen Art, der ihre Grenzen durch das Geheimnis gesetzt zu sein schienen, das ich hinter ihrem traurigen Blick und verwandelten Auftreten – verwandelt teils ohne ihr Zutun, teils zweifellos, um es im voraus mit irgend etwas, was ich nicht wußte, in Einklang zu bringen – erriet. Gleichwohl schien mir, daß ich sie nur ganz in Weiß mit nacktem Halse vor mir haben müßte, so wie ich sie in Balbec in ihrem Bett gesehen hatte, um soviel Kühnheit aufzubringen, daß sie mir nachgegeben hätte. »Wenn du schon so nett bist und noch ein wenig hier bleibst, um mich zu trösten, solltest du dein Kleid ausziehen, es ist zu warm, zu steif, ich wage dir nicht nahe zu kommen, um den schönen Stoff nicht zu zerdrücken, und auch diese Schicksalsvögel stehen zwischen uns. Zieh dich aus, mein Liebes.« – »Nein, es wäre unbequem, hier dieses Kleid aufzuhaken. Ich ziehe mich nachher in meinem Zimmer aus.« – »Wirst du dich auch nicht auf meinen Bettrand setzen?« – »Doch, gern.« Aber sie saß etwas von mir entfernt, neben meinen Füßen. Wir unterhielten uns. Plötzlich hörten wir in regelmäßigem Rhythmus einen klagenden Ruf. Es waren die Tauben, die zu gurren begannen. »Das beweist, daß es Tag ist«, sagte Albertine; mit fast gerunzelter Braue, als versäume sie durch ihr Leben bei mir die Freuden der schönen Jahreszeit, setzte sie hinzu: »Es ist Frühling geworden, denn offenbar sind die Tauben da.« Die Ähnlichkeit zwischen ihrem Gurren und dem Hahnenschrei war so tief und so dunkel, wie in dem Septett von Vinteuil die Ähnlichkeit zwischen dem Thema des Adagios, das auf dem gleichen Schlüsselmotiv basiert wie der erste, und dann wieder dem letzten Satz; doch unterscheidet es sich hier so stark durch Tonart und Rhythmus, daß Laien, wenn sie ein Musikwerk von Vinteuil aufschlagen, mit Staunen feststellen, daß alle drei Sätze über den gleichen vier Tönen aufgebaut sind, die man im übrigen mit einem Finger auf dem Klavier anschlagen kann, ohne irgendeine der drei Melodien dadurch wiederzufinden. So war auch dieses von den Tauben aufgeführte melancholische Tonstück eine Art Hahnenschrei in Moll, der nicht zum Himmel aufstieg, sich nicht vertikal erhob, sondern, regelmäßig wiederkehrend wie ein Eselschrei, in weiche Süße gehüllt von einer Taube zur anderen auf einer gleichen horizontalen Linie weiterlief, nie aber sich nach oben wendete, nie seine der Ebene verhaftete Klage in jenen freudigen Appell verwandelte, den so viele Male das Allegro des Eingangssatzes und das Finale ausgestoßen hatten. Ich weiß, daß ich in diesem Augenblick das Wort ›Tod‹ aussprach, als müsse Albertine sterben. Es ist, als ob die Ereignisse ausladender sind als der Augenblick, in welchem sie sich vollziehen, und nicht völlig darin Platz zu finden vermögen. Auf die Zukunft greifen sie ohnehin durch die Erinnerung über, die wir von ihnen behalten, aber sie fordern ihren Platz ebenso in der Zeit, die vorausgegangen ist. Sicher wird man einwenden, daß wir sie dann noch nicht so sehen, wie sie später sind – aber verwandeln sie sich nicht auch durch die Erinnerung?

Als ich sah, daß Albertine mich von sich aus nicht zu küssen gedachte, und begriff, daß alles dies verlorene Zeit sei, daß erst mit einem Kuß die wahren, die beschwichtigenden Minuten beginnen würden, sagte ich zu ihr: »Gute Nacht, es ist zu spät«, um dadurch zu bewirken, daß sie mich dennoch küßte, und wir dann einfach dabei bleiben könnten. Aber nachdem sie mir genau wie an den beiden letzten Abenden geantwortet hatte: »Gute Nacht, versuche gut zu schlafen«, begnügte sie sich mit einem Kuß auf meine Wangen. Diesmal wagte ich sie nicht zurückzurufen. Aber mein Herz pochte so stark, daß ich mich nicht wieder hinzulegen vermochte. Wie ein Vogel, der von der einen Ecke seines Käfigs zur anderen flattert, schwankte ich unaufhörlich zwischen der Beunruhigung, daß Albertine fortgehen könne, und relativer Ruhe hin und her.

Diese Ruhe kam durch die Überlegung zustande, die ich mehrere Male in der Minute von neuem anzustellen begann: ›Sie kann auf keinen Fall gehen, ohne es vorher zu sagen, und sie hat kein Wort gesagt, daß sie weggehen will‹; darauf fand ich mich dann zu einem nahezu befriedeten Zustand zurück. Gleich darauf aber sagte ich mir von neuem: ›Und wenn ich doch morgen feststellen müßte, daß sie fortgegangen ist? (Meine Unruhe selbst muß ja trotz allem durch irgend etwas begründet sein.) Weshalb hat sie mich nicht geküßt?‹ Ich empfand am Herzen einen grauenhaften Schmerz. Dann beschwichtigte er sich wieder ein wenig dadurch, daß ich von neuem mit meinen Überlegungen begann, aber schließlich bekam ich Kopfweh, weil der Gang meines Denkens so endlos und so einförmig war. So gibt es gewisse seelische Zustände – und darunter vor allem solche angstvoller Unruhe – die, da sie uns nur zwei einander ausschließende Möglichkeiten lassen, etwas ebenso grausam Begrenztes haben wie einfaches physisches Leiden. Immer wieder ging ich die Kette der Argumente durch, die meiner Sorge recht gaben, dann auf der anderen Seite wiederum die, die sie unbegründet erscheinen ließen und mich beruhigten; das alles spielte sich auf einem ganz engen Raum ab, so wie ein Kranker unaufhörlich in einer im Innern vollzogenen Bewegung das Organ betastet, das ihm Schmerzen bereitet, und sich dann nur einen Augenblick ganz wenig davon entfernt, um sofort zu ihm zurückzukehren. Plötzlich fühlte ich mich in der tiefen Stille der Nacht betroffen durch ein dem Anschein nach bedeutungsloses Geräusch, das mich gleichwohl entsetzte, es war das Fenster in Albertines Zimmer, das sich jäh öffnete. Als ich nichts mehr hörte, fragte ich mich, weshalb dieses Geräusch mich derart erschrecken konnte. An sich hatte es nichts so Außerordentliches an sich; aber ich legte ihm wahrscheinlich zwei Bedeutungen bei, über die ich in gleicher Weise betroffen war. Zunächst war es eine Übereinkunft unseres gemeinsamen Lebens, daß, da ich mich vor Luftzug fürchtete, niemals des Nachts ein Fenster geöffnet wurde. Man hatte es Albertine auseinandergesetzt, als sie zu uns ins Haus zog, und obwohl überzeugt, daß es von meiner Seite eine – sogar ungesunde – Manie darstelle, hatte sie mir versprochen, dieses Verbot niemals zu überschreiten. Sie war aber in allem, was Dinge betraf, die, wie sie wußte, auf einen Wunsch von mir zurückgingen, so ängstlich, selbst wenn sie sie mißbilligte, daß ich sicher sein konnte, sie hätte eher in störendem Kamingeruch geschlafen als ihr Fenster geöffnet, ebenso wie sie mich, sogar aus noch so triftigen Gründen, des Morgens nie hätte wecken lassen. Es war nur eine der kleinen Konventionen unseres Lebens, aber bedeutete nicht die Verletzung auch nur einer von ihnen, ohne daß vorher davon die Rede gewesen war, daß sie keine Rücksicht mehr zu nehmen für nötig hielt und ebenso bereit war, auch gegen andere zu verstoßen? Dieses Geräusch aber war so heftig, fast als ob sie in einer unerzogenen Regung und rot vor Zorn das Fenster aufgestoßen und dabei zu sich selbst gesagt hätte: ›Ich ersticke in diesem Leben, ich brauche Luft – ganz gleich wie!‹ Ich sagte mir das nicht genau so, aber ich dachte weiter wie an ein Vorzeichen, das mir geheimnisvoller und unheilkündender als ein Käuzchenruf schien, an das Geräusch des Fensters, das Albertine aufgestoßen hatte. In einer Erregung, wie ich sie nicht mehr seit jenem Abend in Combray verspürt hatte, als Swann bei uns zu Abend aß, ging ich die ganze Nacht im Korridor auf und ab in der Hoffnung, ich werde durch das Geräusch meiner Schritte die Aufmerksamkeit Albertines auf mich lenken und erreichen, daß sie mich mitleidig zu sich rief, doch kam aus ihrem Zimmer kein Laut. In Combray hatte ich meine Mutter gebeten zu kommen. Aber bei meiner Mutter fürchtete ich einzig ihren Zorn. Ich wußte, ihre Zärtlichkeit nahm nicht ab, wenn ich ihr die meine zeigte. Das aber gerade ließ mich zögern, Albertine zu rufen. Allmählich fühlte ich, daß es zu spät war. Sie schlief sicher seit langem schon. Ich kehrte auf mein Lager zurück. Am folgenden Tage, sobald ich aufgewacht war, schellte ich – da niemals, was auch geschehen mochte, jemand zu mir kam, bevor ich gerufen hatte – nach Françoise. Im gleichen Augenblick dachte ich: ›Ich werde mit Albertine von der Jacht sprechen, die ich ihr bauen lassen will.‹ Als ich meine Briefe nahm, sagte ich zu Françoise, ohne den Blick zu heben: »Ich habe nachher gleich Mademoiselle Albertine etwas zu sagen; ist sie schon aufgestanden?« – »Ja, sie ist schon lange auf.« Ich fühlte wie unter einem Windstoß tausend Regungen der Unruhe sich in mir erheben, die ich in meiner Brust kaum im Gleichgewicht halten konnte. Der Tumult in mir war so groß, daß mir der Atem versagte wie in einem Sturm. »So? Und wo ist sie jetzt?« – »Sie muß wohl in ihrem Zimmer sein.« – »Schon gut! Ich sehe sie ja nachher.« Ich atmete auf, die Erregung meines Inneren legte sich, Albertine war da, es war mir beinahe gleichgültig, daß es sich so verhielt. War ich nicht töricht gewesen mit meiner Vermutung, es könne anders sein? Ich schlief von neuem, aber trotz meiner Gewißheit, daß sie mich nicht verlassen würde, war mein Schlaf nur leicht, jedoch leicht nur mit Bezug auf sie. Denn die Geräusche, die sich nur auf Arbeiten im Hof bezogen, konnte ich zwar undeutlich im Schlafe hören, aber ich blieb dabei ruhig, während das leiseste Knistern aus ihrem Zimmer oder ihr Kommen und Gehen, ein leiser Druck auf den Klingelknopf, mich zusammenzucken ließ, ganz durch mich hindurchfuhr, so daß ich mit pochendem Herzen dalag, auch wenn ich jene Geräusche im tiefen Schlummer vernahm, ebenso wie meine Großmutter in den letzten Tagen vor ihrem Tode, als sie bereits von starrer Unbeweglichkeit befallen war, die nicht mehr von ihr wich und bei der die Ärzte von einem »Koma« sprachen, sofort, wie man mir erzählt hat, gleich einem Blatt im Winde zu beben begann, wenn das dreifache Klingelzeichen ertönte, durch das ich Françoise zu mir zu beordern pflegte und das selbst in jenen Wochen, in denen ich es so leise ausführte, um die Stille des Sterbezimmers nicht zu stören, niemand – versicherte mir Françoise – infolge der ganz bestimmten, mir selbst unbewuß-

ten Art, mit der ich auf die Schelle drückte, mit dem Klingelzeichen einer anderen Person hätte verwechseln können. War denn auch ich in eine Art von Agonie eingetreten? Nahte sich mir der Tod?
An diesem und am folgenden Tag fuhren wir zusammen aus, da Albertine mit Andrée nichts mehr unternehmen wollte. Ich sprach ihr nicht einmal von der Jacht. Diese Ausfahrten hatten mir meine Ruhe vollkommen zurückgegeben. Aber des Abends hatte sie mich auch weiterhin auf ihre neue Art geküßt, so daß ich wütend war. Ich konnte darin nur ihre Absicht sehen mir darzutun, daß sie mit mir schmollte, was mir mehr als lächerlich schien nach allen Freundlichkeiten, die ich ihr unaufhörlich erwies. Daher hatte ich auch – denn nicht einmal mehr die physische Befriedigung, auf die ich Wert legte, fand ich bei ihr, da sie mir häßlich schien in ihrer schlechten Laune – um so lebhafter das Gefühl, daß ich alle Frauen und all die Reisen entbehren mußte, nach denen mein Verlangen in jenen ersten warmen Tagen wieder wach wurde. Zweifellos dank einer unfixierten Erinnerung an frühere zärtliche Begegnungen mit Frauen unter dem schon dichten Grün schien mir diese Region des Frühlings, in der unsere Heimatgegend auf ihrer Reise durch die Jahreszeiten seit drei Tagen unter einem milden Himmel haltmachte, eine Region, in der alle Straßen zu Picknicks auf dem Lande, Kahnpartien und Vergnügungsfahrten hinzueilen schienen, ebensosehr ein Land der Frauen wie der Bäume zu sein, in dem die von allen Seiten dargebotenen Freuden meinen sich neubelebenden Kräften wieder offenstanden. Meine Ergebung in Trägheit, in Keuschheit und in die Notwendigkeit, Lust nur mit einer Frau zu erleben, die ich gar nicht liebte, resigniert in meinem Zimmer zu bleiben, nicht zu reisen, alles das war möglich in jener unwiderruflich vergangenen Welt, in der wir noch einen Tag zuvor gelebt hatten, in der leeren Winterwelt, nicht aber mehr in dem neuen, grünbelaubten Universum, in dem ich aufgewacht war wie ein junger Adam, der zum ersten Mal

dem Problem der Existenz, des Glücks, gegenübersteht und mit der Fülle früherer negativer Lösungen nicht belastet ist. Die Anwesenheit Albertines bedrückte mich, ich schaute sie mir an, wie hart und mürrisch sie wirkte, und empfand es als ein Unglück, daß es zwischen uns nicht zum Bruch gekommen war. Ich wollte nach Venedig, ich wollte inzwischen in den Louvre gehen und venezianische Bilder anschauen, oder ins Luxembourg, um dort die beiden Elstirs zu sehen, welche, wie mir erzählt worden war, die Prinzessin von Guermantes diesem Museum verkauft hatte; es waren die gleichen, die ich so sehr bei der Herzogin von Guermantes bewundert hatte: ›Freuden des Tanzes‹ und ›Porträt der Familie X . . .‹ Aber ich fürchtete, daß auf dem ersteren gewisse laszive Posen Albertine Verlangen oder Sehnsucht nach volkstümlichen Genüssen einflößen könnten, so daß sie sich etwa sagte, am Ende könne eine Art von Leben, wie sie es niemals geführt hatte, ein Leben mit Feuerwerk und gewöhnlichen Kneipen auch sein Gutes haben. Schon im voraus fürchtete ich, sie werde am 14. Juli von mir verlangen, mit ihr zu einem Volksfest zu gehen, und träumte von einem unmöglichen Ereignis, durch welches dieses Fest am Ende abgesagt würde. Und dann gab es da auch auf den Elstirs in der üppigen Landschaft des Südens Frauenakte, die Albertine an gewisse Vergnügungen erinnern mochten, obwohl Elstir selbst – aber würde sie sein Werk nicht herunterziehen? – darin nur statuarische Schönheit oder besser noch, die Schönheit jener monumentalen Weiße gesehen hatte, wie sie Körper von Frauen haben, die im Grünen sitzen. Ich fand mich also damit ab, auf den Besuch des Louvre zu verzichten, und wollte statt dessen nach Versailles. Albertine, die mit Andrée nicht mehr hatte ausfahren mögen, saß mit einem Morgenrock von Fortuny bekleidet lesend in ihrem Zimmer. Ich fragte sie, ob sie mit mir nach Versailles fahren wolle. Sie hatte den reizenden Zug, daß sie immer zu allem bereit war, vielleicht auf Grund ihrer früheren Gewohnheit, die Hälfte ihrer Zeit bei anderen zu verbringen, so wie sie sich auch in zwei Minuten entschlossen hatte, mit uns nach Paris zu kommen. Sie sagte also zu mir: »Ich kann ja mitkommen, wie ich bin, wenn wir inzwischen nicht aus dem Wagen steigen.« Sie schwankte einen Augenblick zwischen zwei Mänteln von Fortuny, um ihren Morgenrock damit zu verdecken – ganz wie sie gezögert hätte, welchen von zwei Freunden sie mitnehmen sollte – wählte einen wundervollen dunkelblauen und steckte eine Nadel in ihren Hut; darauf fuhren wir nach Versailles. Diese Schnelligkeit gerade, diese absolute Gefügigkeit beruhigten mich noch mehr, als hätte ich, ohne irgendein deutlich umrissenes Motiv zur Unruhe, dennoch nötig, eingelullt zu werden. ›Dabei brauche ich doch nichts zu fürchten, sie tut alles, um was ich sie bitte, trotz dieses Fenstergeräusches neulich in der Nacht. Sobald ich von einer Ausfahrt gesprochen habe, hat sie den blauen Mantel über den Morgenrock geworfen und ist mitgekommen; so etwas würde eine Rebellin nicht tun, eine Person, die nicht mehr gern mit mir zusammen wäre‹, sagte ich mir, während wir uns nach Versailles begaben. Wir hielten uns dort lange auf. Der Himmel bestand ganz und gar aus dem strahlenden, etwas blassen Blau, wie ihn ein Spaziergänger, der sich in einem Felde lagert, manchmal über seinem Haupte sieht, so einheitlich aber und so tief, daß man spürte, wie das Blau, aus dem er gemacht war, ohne jede Beimischung verwendet worden war und dabei in so unerschöpflicher Verschwendung, daß man immer tiefer in seine Substanz hätte eindringen können, ohne auch nur auf ein Atom von etwas anderem zu stoßen als immer auf dieses gleiche Blau. Ich dachte an meine Großmutter, die in der menschlichen Kunst, in der Natur die Größe liebte und die so gern in dieser selben Bläue den Kirchturm von Saint-Hilaire sich aufrecken sah. Plötzlich empfand ich von neuem Sehnsucht nach meiner verlorenen Freiheit, als ich ein Geräusch vernahm, das ich zunächst nicht erkannte und das auch meine Großmutter sehr geliebt haben würde. Es klang wie das Summen einer Wespe. »Schau, sagte Albertine, das ist ein Aeroplan, allerdings sehr, sehr hoch.« Ich blickte um mich, aber wie der im Feld gelagerte Wanderer sah ich nur, von keinem schwarzen Punkt gezeichnet, die intakte Blässe des unvermischten Azurs über mir. Ich hörte gleichwohl das Summen der Flügel, die plötzlich in mein Gesichtsfeld traten. Hoch oben durchschnitten sie, braun, winzig und glänzend, das einheitliche Blau des unveränderlichen Himmels. Ich hatte endlich das Summen mit seiner Ursache in Verbindung gesetzt, mit dem kleinen Insekt, das dort oben schwirrte, zweifellos mindestens in zweitausend Meter Höhe; ich sah förmlich, wie es brummte. Vielleicht war, als die Entfernungen auf der Erde noch nicht lange durch Schnelligkeit verkürzt waren, wie sie es heute sind, das Pfeifen eines auf zwei Kilometer vorüberfahrenden Zuges mit jener Schönheit versehen, die jetzt, für einige Zeit wenigstens noch, uns beim Summen eines Aeroplans in zweitausend Meter Höhe bewegt, wenn wir uns vorstellen, daß die in vertikaler Richtung durchlaufenen Entfernungen die gleichen wie auf dem Boden sind und daß, in einer anderen Richtung, in der auch die Maße uns anders vorkommen, weil bislang der Zugang zu solchen Höhen uns unmöglich schien, ein Aeroplan in zweitausend Meter Höhe uns nicht ferner ist als ein Zug, der in einer Entfernung von zwei Kilometern vorüberfährt, ja sogar eigentlich näher, weil der gleiche Weg in einem reineren Medium nur so zurückgelegt wird – da nichts Trennendes zwischen dem Reisenden und seinem Ausgangspunkt steht – wie auf dem Meer oder in der Ebene bei ruhigem Wetter das Kielwasser eines schon fahrenden Schiffes oder das blasse Wehen des Zephirs die ungeheure Flut des Meeres oder der Weizenfelder mit seinem Streifen durchzieht. Wir kehrten sehr spät nach Hause zurück, in einem Dunkel, in dem hie und da am Wegrand eine rote Militärhose und ein Unterrock uns ein Liebespaar anzeigten. Unser Wagen kehrte durch die Porte Maillot nach Paris zurück. Die Gebäude der Stadt waren jetzt durch die reine, lineare, schwerelose Zeichnung der Bauten von Paris ersetzt, so wie man es bei einer zerstörten Stadt gemacht hätte, deren Bild man gern festhalten möchte. Dicht über dieser hier aber stieg mit solcher Süße die anstoßende blaßblaue Sphäre auf, vor der sich ihre Linien überall abhoben, daß die dürstenden Augen allerorten noch ein wenig von dem köstlichen Farbton aufzutrinken suchten, der ihnen so karg nur zugemessen wurde. Der Mond schien hell. Albertine bewunderte ihn. Ich wagte ihr nicht zu sagen, daß ich ihn allein oder auf der Suche nach einer Unbekannten stärker genossen hätte. Ich zitierte ihr Verse oder Prosastellen über den Mondschein und zeigte ihr, wie er vom silbernen Mond, der er früher gewesen war, bei Chateaubriand, bei dem Victor Hugo von ›Eviradnus‹ und ›La Fête chez Thérèse‹ zu einem blauen wurde, um sich dann bei Baudelaire und Leconte de Lisle in einen gelben, metallischen zu verwandeln; um sie an die bildliche Deutung der Mondsichel am Ende von ›Booz endormi‹ zu erinnern, rezitierte ich ihr das ganze Gedicht.

Ich kann gar nicht sagen, wie sehr, wenn ich daran zurückdenke, ihr Leben von wechselnden, flüchtigen, häufig einander widersprechenden Wünschen zugedeckt war. Zweifellos wirkte die Lüge noch komplizierend, denn da sie sich nicht mehr genau an unsere Gespräche erinnerte, in deren Verlauf sie zum Beispiel sagte: ›Sie war ein hübsches Mädchen, sie spielte sehr gut Golf‹, dann aber auf meine Frage nach dem Namen des jungen Mädchens mit jener beiläufigen, ganz unverbindlichen, überlegenen Miene, die immer Lücken verbergen muß – denn jeder Lügner dieser Kategorie nimmt eine solche Miene jedesmal an, wenn er auf eine Frage nicht eingehen will, und sie steht ihm auch immer zur Verfügung – mir zur Antwort gab: ›Oh! Ich weiß nicht (mit sichtlichem Bedauern, mich nicht informieren zu können), ich habe ihren Namen niemals gewußt, ich sah sie immer beim Golf, aber ahnte nicht, wie sie hieß‹, erklärte sie, wenn ich einen Monat später einmal sagte: ›Du weißt doch, Albertine, diese hübsche Person, von der du gesprochen hast, die so gut Golf spielt‹, etwas unbedacht: ›O ja, natürlich Emilie Daltier, ich weiß nicht, was aus ihr geworden ist.‹ Die Lüge wurde dann wie eine Feldbefestigung von der Verteidigung des Namens abgebaut und statt dessen für die Tarnung der Möglichkeiten, sie wiederzufinden, benutzt. ›O ich weiß nicht, ich habe niemals ihre Adresse gekannt. Ich verkehre hier auch mit niemandem, der sie uns sagen könnte. O nein, Andrée hat sie gar nicht gekannt Sie gehörte nicht zu unserer kleinen Schar, die heute ohnehin in alle Winde zerstreut ist.‹ Manchmal war die Lüge wie ein häßliches Eingeständnis: ›Oh, wenn ich ein Jahreseinkommen von dreihunderttausend Francs hätte . . .‹ Sie biß sich auf die Lippen. ›Und was würdest du dann tun?‹ – ›Ich würde dich bitten, sagte sie, indem sie mich umarmte, daß du mich bei dir bleiben läßt. Wo könnte ich glücklicher sein?‹ Aber sogar wenn ich mit Lügen rechnete, war es unglaublich, wie sich in ihrem Leben die Phasen ablösten und selbst ihre dringlichsten Wünsche sich wieder verflüchtigten. Sie war ganz vernarrt in eine Person, wollte sie aber drei Tage später nicht mehr bei sich empfangen. Sie konnte nicht eine Stunde warten, daß ich ihr Leinwand und Farben kaufte, denn sie wollte wieder mit Malen anfangen. Zwei Tage lang plagte sie sich ungeduldig ab und vergoß beinahe die schnellversiegten Tränen eines Kindes, dem man seine Amme genommen hat. Diese Unbeständigkeit ihrer Gefühle den Wesen, den Dingen, den Beschäftigungen, den Künsten, den Landschaften gegenüber war tatsächlich so universell, daß, wenn sie sich etwas aus Geld gemacht hat, was ich nicht einmal glaube, diese Lust auch nicht länger als alles übrige vorgehalten hätte. Wenn sie sagte: ›Oh, wenn ich ein Jahreseinkommen von dreihunderttausend Francs hätte!‹ so wäre sie, selbst wenn sie einen schlechten, aber doch jedenfalls wenig dauerhaften Gedanken damit ausdrückte, nicht länger dabei stehengeblieben als bei dem Verlangen, nach Les Rochers zu gehen, dessen Bild sie in einer Ausgabe von Madame de Sévigné fand, die meiner Großmutter gehört hatte, oder eine Golfkameradin wiederzutreffen, in ein Flugzeug zu steigen, Weihnachten bei ihrer Tante zu verbringen oder es von neuem mit der Malerei zu versuchen.

– Im Grunde haben wir alle beide keinen Hunger, wir könnten doch bei den Verdurins vorbeifahren, sagte sie, es ist jetzt gerade die rechte Zeit und heute auch ihr Empfangstag. – »Aber wenn du doch böse auf sie bist?« – »Oh! Es wird immer viel gegen sie gesagt, aber im Grunde sind sie eigentlich gar nicht so übel. Madame Verdurin ist immer sehr nett zu mir gewesen. Und dann kann man ja auch nicht ewig mit allen Leuten böse sein. Sie haben Fehler, aber wer hat sie nicht?« – »Du bist ja gar nicht angezogen, du müßtest erst nach Hause gehen, um dich umzukleiden. Dann aber würde es sehr spät.« – »Ja, da hast du recht, wir wollen lieber einfach nach Hause fahren«, antwortete Albertine mit jener wunderbaren Gefügigkeit, die mich immer erstaunte.

Wir hielten bei einer großen Konditorei, die noch etwas außerhalb der Stadt gelegen und zu jenem Zeitpunkt sehr in Mode war. Eine Dame wollte gerade aufbrechen und bat die Konditorsfrau um ihre Sachen. Als die Dame gegangen war, blickte Albertine mehrmals zu der Konditorsfrau hin, als wolle sie deren Aufmerksamkeit auf sich ziehen, während jene Tassen, Teller und kleines Gebäck wegräumte, denn es war schon spät. Sie trat nur dann zu mir heran, wenn ich etwas bestellen wollte. Als die außergewöhnlich große Frau, zu unserer Bedienung bereit, dicht neben uns stand, ergab es sich, daß Albertine, die an meiner Seite saß, um die Aufmerksamkeit der anderen auf sich zu lenken, in vertikaler Richtung zu ihr den hellen Blick erhob, wobei sie die Iris um so mehr nach oben verlegen mußte, als die Konditorsfrau sehr dicht an unseren Tisch getreten war. Albertine verfügte also nicht über das Hilfsmittel, den Neigungswinkel durch Schrägung des Blickes entsprechend zu verringern. Sie mußte, wenn sie nicht zu sehr den Kopf heben wollte, ihre Blicke zu der übermäßigen Höhe emporsenden, in der sich die Augen der Konditorsfrau befanden. Aus Rücksicht auf mich senkte sie sie gleich wieder, versuchte es aber, als die Konditorsfrau in keiner Weise auf sie achtgab, noch einmal von neuem damit. Daraus folgte eine Serie mehrfacher flehender Aufblicke zu einer unerreichbaren Gottheit. Nun blieb der Frau nur noch der große Nachbartisch zum Aufräumen. Dort konnte der Blick Albertines sie ganz natürlich erreichen. Aber nicht ein einziges Mal ließ die andere den ihren auf meiner Freundin ruhen. Das wunderte mich nicht, denn ich wußte, daß diese Frau, die mir halbwegs bekannt war, Liebhaber hatte, obwohl sie verheiratet war, jedoch ihre Seitensprünge gut zu verheimlichen verstand, was mich angesichts ihrer auffallend geringen Intelligenz außerordentlich verwunderte. Ich betrachtete die Frau, während wir unsere Teemahlzeit beendeten. Ganz in ihre Aufräumarbeit vertieft, war sie beinahe unhöflich gegen Albertine, da sie mit keinem Blick deren Blicke beantwortete, die im übrigen nichts Ungehöriges hatten. Die andere räumte unaufhörlich auf, ohne sich ablenken zu lassen. Wäre das Einordnen der Löffelchen und Obstmesser nicht dieser großen schönen Frau anvertraut, sondern zwecks Einsparung menschlicher Arbeitskraft einer einfachen Maschine überlassen worden, so hätte Albertines Aufmerksamkeit nicht unerwiderter bleiben können; dennoch senkte jene nicht die Augen, zog sich nicht in sich selbst zurück, sondern ließ ihre Blicke, ihre Reize spielen, wiewohl sie einzig ihrer Arbeit hingegeben schien. Wäre die Konditorsfrau nicht eine so ungewöhnlich einfältige Person gewesen (das war nicht nur ihr Ruf, sondern ich wußte es aus Erfahrung), so hätte diese Uninteressiertheit der Gipfel des Raffinements scheinen können. Ich bin mir dabei wohl bewußt, daß auch noch das dümmste Geschöpf, wenn sein Verlangen oder sein Eigennutz im Spiel ist, einzig in solchem Falle inmitten der Belanglosigkeit seines sonstigen stupiden Daseins dem Ineinandergreifen eines noch so komplizierten Räderwerks sich unmittelbar anzupassen vermag; dennoch wäre eine solche Vermutung bei einer so törichten Person, wie es die Konditorsfrau war, doch zu weit hergeholt gewesen. In ihrer Torheit erreichte sie sogar Formen unwahrscheinlicher Unhöflichkeit! Nicht ein einziges Mal schaute sie Albertine an, die sie dabei ganz unbedingt sehen mußte. Es war wenig liebenswürdig gegen meine Freundin, aber im Grunde war ich entzückt, daß Albertine diese kleine Lektion erhielt, das heißt sehen mußte, daß Frauen sie häufig gar nicht beachteten. Wir verließen die Konditorei, stiegen wieder in den Wagen und befanden uns schon auf dem Heimweg, als ich plötzlich mit Bedauern feststellte, daß ich vergessen hatte, die Konditorsfrau auf die Seite zu nehmen und sie für alle Fälle zu bitten, der Dame, die gerade aufbrach, als wir kamen, meinen Namen und meine Adresse zu verheimlichen, welche die Konditorsfrau infolge häufiger Bestellungen, die ich bei ihr gemacht hatte, sicherlich recht gut kannte. Es war wirklich unnötig, daß die Dame auf diesem Wege möglicherweise indirekt Albertines Adresse erfuhr. Aber ich fand es doch zu umständlich, wegen einer solchen Geringfügigkeit noch einmal umzukehren, und meinte auch, es könne der Sache selbst in den Augen der törichten und lügenhaften Konditorsfrau allzuviel Wichtigkeit geben. Ich nahm mir nur vor, etwa in acht Tagen wegen dieses Anliegens wieder bei ihr Tee zu trinken, und dachte auch noch darüber nach, wie langweilig es doch wäre, daß man immer die Hälfte von dem vergißt, was man zu sagen vorhat, so daß man auf die einfachsten Dinge noch einmal zurückkommen muß.

Die schöne Jahreszeit stieg in dieser Nacht sprunghaft an wie ein Thermometer bei Hitze. Von meinem Bett aus hörte ich an diesem früherwachten Frühlingsmorgen, wie die Straßenbahnen die Düfte in einer Luft durchschnitten, der immer mehr Hitze beigemengt wurde, bis sie die Festigkeit und Dichte der Mittagsstunde bekam. Wenn jedoch schließlich, kühler in meinem Zimmer, der balsamgesättigte Hauch den Geruch des Waschbeckens, des Schrankes, des Sofas umhüllte und in sich isolierte, geschah es mir, daß ich schon bei der bloßen Wahrnehmung der deutlichen vertikalen Streifung wohlunterscheidbar einander gegenübergestellter Schichten in einem schillernden Halbdunkel, das den Schlaglichtern auf den Vorhängen und den blauen Atlassesseln einen weicheren Schimmer verlieh, mich nicht nur auf Grund einer bloßen Laune meiner Einbildung, sondern weil es tatsächlich möglich war, in irgendeinem neuen Vorortviertel sah: es war ein Viertel ähnlich dem, in welchem in Balbec Bloch zu wohnen pflegte, und ich sah mich selbst, wie ich den sonnengleißenden Straßen folgte, wobei mir nicht nur die langweiligen Metzgerläden und die weißen behauenen Bausteine vor Augen standen, sondern das ländliche Speisezimmer, in das ich gleich darauf gelangen, und die Düfte, die ich darin beim Kommen antreffen würde, den der Obstschale mit ihren Kirschen und Aprikosen, den des Apfelweins, des Gruyèrekäses, die in der lichtumflossenen Dichte des Schattens hängenbleiben und ihn mit zarten Streifen durchziehen, wie ein Achat sie im Innern trägt, während die Messerbänkchen aus geschliffenem Glas irisierende Regenbogenfarben versprühen oder stellenweise das Wachstuch auf dem Tisch mit funkelnden Pfauenaugen besticken.

Wie einen Wind, der in stetigem Fortschritt zunimmt, vernahm ich mit Freuden unter dem Fenster das Nahen eines Automobils. Ich spürte seinen Benzingeruch. Er mag zartempfindenden Menschen (die immer Materialisten sind und denen er die frische Landluft verdirbt) als ein bedauerliches Übel erscheinen, ebenso gewissen Denkern, die auf ihre Weise ebensolche Materialisten sind, da sie an die Bedeutsamkeit von Fakten glauben und sich einbilden, der Mensch würde glücklicher und zu höherer Poesie imstande sein, wenn seine Augen mehr Farbe zu sehen, seine Nase mehr Düfte zu unterscheiden vermöchten, was im Grunde einer philosophischen Umsetzung der naiven Vorstellung jener Menschen gleichkommt, die da glauben, das Leben wäre schöner, wenn man anstelle eines schwarzen Fracks prachtvolle Gewänder trüge. Für mich aber ließ (ebenso wie ein an sich vielleicht unerfreulicher Geruch nach Naphthalin oder Vetiver mich entzückt hätte, da er mir die reine Bläue des Meeres am Tage meiner Ankunft in Balbec wiedergeschenkt hätte) dieser Benzingeruch – der, zugleich mit dem Rauch aus der Maschine entweichend, so viele Male zu dem blassen Azurblau des Himmels aufgeschwebt war an jenen glühendheißen Tagen, an denen ich von Saint-Jean-de-la-Haise nach Gourville fuhr, so wie er mir auf meinen Fahrten an manchen Sommernachmittagen folgte, während Albertine mit Malen beschäftigt war – jetzt zu beiden Seiten, obwohl ich mich in meinem dunklen Zimmer befand, Kornblumen, Mohnblumen und leuchtend roten Klee erblühen; er beruhigte mich wie ein Landduft, nicht fest umrissen und fixiert wie derjenige, der über dem Weißdorn liegt und, durch dichtere, schwerflüssige Elemente festgehalten, mit einer gewissen Beständigkeit der Hecke vorgelagert ist, sondern als ein Duft, vor dem die Straßen entweichen, der Aspekt des Bodens sich verändert, die Schlösser herbeieilen, der Himmel blasser wird, die Kräfte sich vervielfältigen, ein Duft, der als ein Symbol aufschnellender Kraft das bereits in Balbec verspürte Verlangen neu in mir weckte, in diesen Käfig aus Glas und Stahl zu steigen, diesmal aber nicht, um auf irgendwelchen Familiensitzen mit einer Frau, die ich schon zu gut kannte, Besuche zu machen, sondern an neuen Stätten einer unbekannten Frau in Liebe zu nahen, ein Duft, den in jedem Augenblick der Hupenruf von Automobilen begleitete, die vorüberfuhren, und dem ich Worte unterlegte wie einem militärischen Signal: ›Pariser, steh auf, steh auf, nimm dein Mahl auf dem Lande ein und mache eine Bootfahrt auf dem Fluß, im Schatten unter den Bäumen, mit einem schönen Mädchen, steh auf, steh auf!‹ Diese Träumereien aber waren mir so angenehm, daß ich mich zu dem ›strengen Gesetz‹ beglückwünschte, auf Grund dessen, solange ich nicht gerufen hatte, kein ›scheuer Sterblicher‹, ob es nun Françoise oder Albertine war, auf den Gedanken kommen würde, mich ›in den Tiefen dieses Palastes‹ zu stören, wo

... der Allmacht tödlich Grauen
Dem Untertan verbeut, mein Angesicht zu schauen.

Plötzlich aber verwandelte sich die Dekoration; es handelte sich nicht mehr um die Erinnerung an alte Eindrücke, sondern an ein altes Verlangen, das eben durch das blaue und goldene Kleid von Fortuny frisch in mir geweckt worden war und nun vor mir einen anderen Frühling ausbreitete, einen Frühling, der keineswegs mehr grünbelaubt, sondern im Gegenteil plötzlich aller Bäume und Blüten entkleidet wurde durch bloßes Aussprechen des Namens ›Venedig‹, einen auf Flaschen gezogenen, auf seine Essenz zurückgeführten Frühling, der das Längerwerden, die Erwärmung, die schrittweise Entfaltung seiner Tage nur in der zunehmenden vegetativen Kraft nicht mehr einer unreinen Erde, sondern eines unberührten blauen Wassers verrät, das frühlingshaft ist, ohne Blütenblätter zu treiben, und dem Maienmonat nur durch von diesem geschaffene Reflexe antworten könnte und auf den es sich mit der strahlenden, starren Nacktheit seines düsteren Saphirtones genau abstimmt. Daher vermögen auch – ebensowenig wie die Jahreszeiten seinen blütenlosen Meeresarmen – die neuzeitlichen Jahre dem gotischen Stadtkern eine Änderung zu bringen; ich wußte es, ich konnte es mir nicht vorstellen, oder aber, wenn ich es mir vorstellte, so wünschte ich mit dem gleichen Verlangen, das einst, als ich ein Kind war, noch im leidenschaftlichen Eifer des Aufbruchs die Kraft zu reisen in mir zerstört hatte, mich meinen eigenen Vorstellungen von Venedig gegenüberzusehen, genau zu betrachten, wie dieses in Arme zerteilte Meer mit seinen – denen des Flusses Okeanos ähnlichen – Windungen eine aufs höchste entwickelte städtische Zivilisation umschlang, die sich aber, hinter ihrem azurblauen Gürtel isoliert, völlig abseits entwickelt und abseits auch ihre Schulen der Malerei und Architektur gezeitigt hatte – ein fabelhafter Garten mit Früchten und Vögeln aus farbigen Edelsteinen, erblüht inmitten des Meeres, das ihn kühl umwogt und mit seiner Flut den Schaft der Säulen bespült, auf den mächtigen Steinschnitt der Kapitelle aber wie einen dunklen Azurblick, der im Schatten wacht, das Licht in Tupfen aufsetzt und unaufhörlich darüber hinrieseln läßt.

Ja, ich mußte aufbrechen, der Augenblick war da. Seitdem Albertine nicht mehr auf mich böse zu sein schien, kam mir ihr Besitz nicht mehr wie etwas vor, wofür man bereit ist, alle anderen Dinge herzugeben (vielleicht weil man es nur getan hätte, um sich von einem Kummer, einer Angst zu befreien, die jetzt beschwichtigt ist). Es ist uns gelungen, den papierbespannten Reifen zu durchbrechen, durch den wir einen Augenblick gefürchtet hatten, niemals hindurchzukommen. Wir haben das Unwetter aufgehellt, die Heiterkeit des Lächelns wieder heraufgeführt. Das quälende Geheimnis eines Hasses ohne uns bekannten Grund und vielleicht ohne Ende hat sich in Nichts aufgelöst. Von diesem Augenblick an stehen wir wieder dem Problem gegenüber, das für kurze Zeit ausgeschaltet schien, dem Problem eines Glücks, das wir für unmöglich halten. Jetzt, da das Leben mit Albertine wieder möglich geworden war, fühlte ich, daß mir daraus nur Unglück erwachsen könnte, da sie mich nicht liebte: besser war es, sich in der milden Süße ihrer Einwilligung von ihr zu trennen, die ich dann weiter in meine Erinnerung mitnehmen würde. Ja, es war der richtige Moment; ich mußte mich genau nach dem Datum erkundigen, an dem Andrée Paris verlassen sollte, energisch auf Madame Bontemps einwirken, damit ich gewiß wäre, daß in diesem Augenblick Albertine weder nach Holland noch nach Montjouvain[1] gehen konnte, und wenn dann

1 Wenn wir unsere Gefühle besser zu analysieren verständen, würden wir manchmal merken, daß Frauen uns oft nur gefallen, weil auf der anderen Seite Männer vorhanden sind, denen wir sie erst streitig machen müssen; wir leiden dabei tödlich darunter, daß wir dazu genötigt sind; fällt dieser

dieser Trennung nichts Unzuträgliches mehr anhaftete, einen schönen Tag wählen wie den heutigen – es würde jetzt viele solche geben – an dem Albertine mir gleichgültig sein und ich selbst von tausend Wünschen mich verlockt fühlen würde; ich müßte sie fortgehen lassen, ohne sie vorher zu sehen, dann aufstehen, mich schnell vorbereiten, ein Wort für sie zurücklassen und die Gelegenheit nutzen, wo es mir, da sie zu dem betreffenden Zeitpunkt an keinen Ort gehen könnte, der für mich aufregend war, auf der Reise gelingen würde, mir keine schlimmen Dinge vorzustellen, die sie unternehmen könnte – die mir im Augenblick übrigens noch dazu völlig gleichgültig waren – und, ohne ihr wiederbegegnet zu sein, nach Venedig reisen.

Ich schellte nach Françoise, um sie zu bitten, mir einen Reiseführer und ein Kursbuch zu kaufen, wie ich es als ganz junger Mensch schon getan hatte, als ich eine Reise nach Venedig hatte vorbereiten wollen, die damals die Erfüllung eines ebenso heftigen Wunsches gewesen wäre, wie ich ihn im Augenblick verspürte; ich vergaß, daß ich mir einen anderen Wunsch seither ohne jedes Vergnügen erfüllt hatte, nämlich den, nach Balbec zu gehen, und daß Venedig, da es gleichfalls ein sichtbares Phänomen darstellte, wahrscheinlich ebensowenig wie Balbec einen unaussagbaren Traum würde verwirklichen kön-

Widerstand aber fort, so verliert sich der Zauber der Frau. Einem Beispiel schmerzlicher Vorbeugung begegnen wir in Gestalt gewisser Männer, die eine Vorliebe für Frauen zeigen, welche zur Zeit des gegenseitigen Bekanntwerdens bereits Fehltritte hinter sich hatten, den besagten Männern daraufhin ständig gefährdet erscheinen und, solange die Liebe anhält, von ihnen immer wieder von neuem erobert werden müssen; ein Beispiel nachträglicher Anwendung jedoch, das alles andere als tragisch ist, finden wir in dem Mann, der ein Nachlassen in seiner Neigung zu einer Frau verspürt, daraufhin spontan die Regeln sich nutzbar macht, die er durch Erfahrung gewonnen hat, und, um mit Sicherheit die Frau dennoch weiterzulieben, sie in ein gefährliches Milieu versetzt, in welchem er sie täglich erneut beschützen muß. (Er stellt das Gegenteil der Männer dar, die verlangen, daß eine Frau den Schauspielerinnenberuf aufgibt, obwohl sie sie gerade deshalb liebten, weil sie beim Theater war.)

nen, jenes Verlangen nach den Zeiten der Gotik, die nur durch ein frühlinghaftes Meer ihre Gegenwärtigkeit erhielten, ein Meer, das meinen Geist unaufhörlich mit verzauberten, schmeichelnden, ungreifbaren, geheimnisvollen Bildern umspielte. Françoise, die mein Schellen gehört hatte, trat ein: »Es war mir sehr arg, erklärte sie mir, daß Monsieur heute so spät erst geschellt hat. Ich wußte gar nicht, was ich machen soll. Früh um acht Uhr hat Mademoiselle Albertine von mir ihre Koffer verlangt; ich habe mich nicht getraut, sie nicht herauszugeben, hatte aber Angst, Monsieur würde schelten, wenn ich Monsieur schon weckte. Ich habe noch und noch auf sie eingeredet und ihr gesagt, sie soll doch eine Stunde warten, weil ich immer dachte, Monsieur schellt vielleicht doch gerade noch; aber sie hat durchaus nicht gewollt, sie hat mir diesen Brief für Monsieur gegeben, und um neun Uhr ist sie fort.« Da aber – so wenig weiß man, was in einem selber vorgeht, war ich doch von meiner Gleichgültigkeit gegen Albertine überzeugt gewesen – stockte mir der Atem, ich mußte mein Herz mit beiden Händen festhalten, die sich mit dem gleichen Schweiß feuchteten, den ich nur einmal bei der Enthüllung verspürt hatte, die Albertine mir damals in der Kleinbahn über die Freundin von Mademoiselle Vinteuil gemacht hatte, und konnte nichts anderes sagen als: »Schon gut, Françoise, ich danke Ihnen schön, Sie haben ganz recht getan, daß Sie mich nicht weckten; lassen Sie mich nur einen Augenblick ruhen, ich schelle später noch einmal.«

Zeittafel

1871 10. Juli Geburt Marcel Prousts in Paris-Auteuil, Rue La Fontaine 96 im Hause des Großonkels Louis Weil. Seine Mutter Jeanne Proust hatte sich während der Kommune in das großbürgerliche Quartier zurückgezogen. Jeanne geb. Weil stammte aus wohlhabender jüdischer Familie, ihr Vater Nathée war Börsenmakler. Am 3. September 1870 heiratete sie den um fünfzehn Jahre älteren Professor der Medizin Dr. Andrien Proust, dessen Familie zum französischen Provinzbürgertum zählte und in Illiers (Eure-et-Loire) seit Generationen ansässig war.

1873 24. Mai Geburt Robert Prousts. Der Bruder studierte später, dem Vorbild des Vaters folgend, Medizin und wurde Chirurg. Umzug der Familie in den Boulevard Malesherbes 9.

gegen 1881 erster Asthmaanfall Marcels auf dem Heimweg vom Bois de Boulogne. Gegen 1897 erneutes Aufflackern der Krankheit, deren Pathogenese Prousts künftige Lebensweise bestimmte.

1882 2. Oktober bis zum Baccalaureat im Juni 1889 Besuch des Lycée Condorcet. Dort Philosophieunterricht 1888 bis 1889 von Alphonse Darlu. Marcel Proust war Mitbegründer kurzlebiger Schülerzeitschriften, u. a. Revue de Seconde, Revue Verte und Revue Lilas. Am Lycée befreundete er sich mit Robert de Flers, Lucien und Léon Daudet, Söhnen des Schriftstellers Alphonse Daudet, und mit Jacques Bizet, der ihn mit seiner Mutter, Madame Straus, der Witwe Georges Bizets, bekanntmachte. Proust debütierte in ihrem Salon und lernte dort Charles Haas, einen bekannten Pariser Snob, kennen. Er erweiterte seine gesellschaftlichen Beziehungen und frequentierte den Salon Mme Arman de Caillavets, die ihn Anatole France vorstellte.

1889 Beginn eines Freiwilligenjahrs im 76. Infanterieregiment der Garnison Orléans. Liaison mit Robert de Billy.

1890 Tod der Großmutter mütterlicherseits. Immatrikulation an der Faculté de droit und der École libre des Sciences Politiques. An der Sorbonne belegte Proust die Vorlesungen Henri Bergsons, der im Jahr zuvor ›Les données immédiates de la conscience‹ veröffentlicht hatte.

1891 Aufenthalt im September in Cabourg, einem der mondänen Seebäder der Normandie.

1892 März: Proust veröffentlichte in der neu gegründeten Zeitschrift Le Banquet bis März 1893 einige Artikel, die später revidiert und unter anderen Titeln in ›Les Plaisiers et les Jours‹ erschienen. August: Aufenthalt im normannischen Seebad Trouville.

1893 ab Juli erschienen in der Revue Blanche Texte, die Proust ebenfalls in ›Les Plaisiers et les Jours‹ übernahm. Im Salon von Madeleine Lemaire begann seine Bekanntschaft mit Robert de Montesquiou, der als Vorbild ästhetizistischer Lebens-Kunst in Huysmans Roman ›A rebours‹ (1884) unter dem Namen Des Esseintes bereits in die Literatur eingegangen war. Proust kannte nun das literarische Tout-Paris, u. a. Paul Bourget und Anna de Noailles.

1894 Beginn der langjährigen Freundschaft mit dem Sänger und Komponisten Reynaldo Hahn. Sommer in Trouville.

1895 März: Licencié ès Lettres. Juni: Proust erhielt an der Bibliothek Mazarine eine Stelle, von der er sich jedoch ab Dezember beurlauben ließ und die er bis zur endültigen Kündigung am 1. März 1900 nicht wieder antrat. Im Juli wurde er bei Madeleine Lemaire Claude Monet vorgestellt. Im September reiste er mit Reynaldo Hahn in die Bretagne.

1896 12. Juni erschien ›Les Plaisirs et les Jours‹ (Tage der Freuden) bei Calmann-Lévy mit einem Vorwort von Anatole France sowie Aquarellen von Madeleine Lemaire und musikalischen Skizzen von Reynaldo Hahn. Das Werk vereinigte Titel, die Proust für die Revue Hebdomadaire, Revue Blanche, Le Banquet und den Gaulois geschrieben hatte. Anfang August begann er mit der Niederschrift von ›Jean Santeuil‹. Der Text blieb fragmentarisch und wurde posthum (1952) veröffentlicht.

1897 Februar: Duell mit Jean Lorrain wegen einer Proust beleidigenden Rezension von ›Les Plaisirs et les Jours‹.

1898 13. Januar erschien in L'Aurore die Parteinahme Emile Zolas zum Dreyfus-Prozeß. Alfred Dreyfus war 1894 wegen Landesverrats militärgerichtlich verurteilt worden. Zolas Artikel ›J'accuse‹ entlarvte die Affäre als Justizverbrechen und verschärfte bewußt die Fronten innerhalb des Bürgertums, das sich, wie Proust, der dem ersten Zola-Prozeß vom 7.–23. Februar beiwohnte, für eine Revision einsetzte oder nationalistischen und antisemitischen Parolen anschloß, deren Organ die von Prousts Jugendfreund Léon Daudet mitgegründete ›Action Française‹ wurde.

1899 Nach der Lektüre von Robert de La Sizerannes ›Ruskin et la Réligion de la beauté‹ (1897) Beschäftigung mit den englischen Präraffaeliten. 13. Februar erschien im Figaro ›Pèlerinages ruskiniens‹ und in der Aprilnummer des Mercure de France ›Ruskin à Notre-Dame d'Amiens‹, das spätere Vorwort zu ›La Bible d'Amiens‹. Mit Hilfe von Marie Nordlinger hatte Proust die Übersetzung von Ruskins Werk begonnen. Mai: zusammen mit der Mutter in Venedig, Carpaccio-Rezeption. In Padua besichtigte Proust Giottos Fresken ›Die Tugenden und die Laster‹, von denen eine Reproduktion in seinem Arbeitszimmer hing.

1902 Reise durch Holland und Belgien, Beschäftigung mit mittelalterlicher Baukunst.

1903 Verschiedene ›Salons‹ unter Pseudonym Horatio. 26. November Tod des Vaters.

1904 Publikation von ›La Bible d'Amiens‹ im Mercure de France, übersetzt sowie mit einem Vorwort und Anmerkungen von Marcel Proust. Am 16. August erschien im Figaro ›La Mort des cathédrales, une conséquence du projet Briand‹, wo Proust die Rettung mittelalterlicher Baukunst forderte, da sie vorbildlich Kunst und Lebenspraxis ritualisierte. Aristide Briand setzte unter dem Kabinett Combe (1902–1905) die laizistischen Reformen während der Dritten Republik fort (1880 Jesuitenverbot, 1882 Verstaatlichung der Volksschulen) und vollzog 1905 die Trennung von Kirche und Staat.

1905 La Renaissance Latine veröffentlichte vom 15. März bis 15. April Ausschnitte aus Prousts neuer Ruskin-Übersetzung ›Sésame et les lys‹, am 15. Juni ›Sur la lecture‹, späteres Vorwort der Übersetzung, das modifiziert unter dem Titel ›Journées de lecture‹ in ›Pastiches et Mélanges‹ einging. Am 26. September Tod der Mutter, der in Proust eine seelische Krise auslöste. Kuraufenthalt in Boulogne-Billancourt von Dezember bis Januar 1906.

1906 ›Sésame et les lys‹ erschien im Mai. Am 27. 12. zog Proust in den Boulevard Haussmann 102. Proust begann ausschließlich literarisch zu arbeiten und hatte die ›Ära der Übersetzungen, die Mama begünstigte, für immer abgeschlossen‹. Er richtete sich sein Arbeitszimmer ein, das hermetisch anmutete: weder Lärm und Staub der Straße noch das Tageslicht durften in den mit Korkplatten tapezierten und mit dreifachen Vorhängen abgedichteten Raum eindringen.

1907 bis 1913 Sommeraufenthalte in Trouville und Cabourg.

Alfred Agostinelli war sein Chauffeur. Bei den Fahrten durch die Normandie hielt Proust die Fenster fest geschlossen. 19. 11. im Figaro ›Impressions de route en automobile‹.

1908 Lemoine-Skandal im Januar. Die Schwindelaffäre Lemoine, der behauptete, das Geheimnis der Diamantproduktion entdeckt zu haben, lieferte Proust den Stoff für die ›Pastiches‹, die parodierend Schreibweisen der literarischen Idole des zeitgenössischen Bürgertums, wie Balzac, Michelet u. a. nachvollzogen.

1909 kündete Proust dem Leiter des Mercure eine Studie an, die Sainte-Beuves Methode, Literatur einzig aus Lebenszusammenhängen des Autors zu begreifen, kritisierte. Alfred Valette lehnte die Publikation ab.

1910 Der Figaro verweigerte ebenfalls die Veröffentlichung. Juni: Besuch des Ballet-Russe.

1911 Debussy-Rezeption.

1912 21. März erschienen im Figaro unter dem von Proust nicht autorisierten Titel ›Épines blanches, Épines roses‹ Auszüge aus einem neuen Werk: ›A la recherche du temps perdu‹. Im Sommer Ablehnung des ersten Teils ›Du Côté de chez Swann‹ (In Swanns Welt) durch drei Verlage: Fasquelle, die Nouvelle Revue Française (unter Schlumberger, Copeau, Gide) und Oldenbourg.

1913 erklärte sich Bernard Gresset bereit, das Buch auf Kosten des Autors zu verlegen. ›Temps‹ kündete am 12. November das Erscheinen des Romans an.

1914 günstige Rezension in der Januar-Nummer der NRF. 30. Mai: Flugzeugabsturz Agostinellis, der sich von Proust bereits im November 1913 getrennt hatte. Odilon Albaret wurde Prousts Chauffeur, seine Frau Céleste blieb bis zu Proust Lebensende dessen Haushälterin.

1914 bis 1918 keine weiteren Publikationen. Proust schloß sich 1916 der NRF an.

1918 November: ›A l'ombre des Jeunes Filles en fleurs‹ (Im Schatten junger Mädchenblüte) erschienen.

1919 März: ›Pastiches et Mélanges‹ (Pastiches). Da seine Tante Weil ihren Besitz im Boulevard Haussmann verkaufte, zog Proust zunächst in die rue Laurent-Pichat und im Oktober in die rue Hamelin 44. Am 10. Dezember wurde ihm der Prix Goncourt mit 6 : 4 Stimmen zuerkannt.

1920 August: ›Du Côté de Guermantes‹ I (Die Welt der Guermantes)

1921 Januar: ›A propos du style de Flaubert‹ erschien in der

NRF. April: ›Du Côté de Guermantes‹ II sowie ›Sodome et Gomorrhe‹ I (Sodom und Gomorrha). Während des Besuchs einer Ausstellung holländischer Meister im Musée du Jeu de Paume im Mai erlitt Proust einen Schwächeanfall. Juni: ›A propos du style de Baudelaire‹ in der NRF erschienen.

1922 ›Sodome et Gomorrhe‹ II. Im Oktober erkrankte Proust an einer Bronchitis, gegen deren Behandlung er sich wehrte. Er starb am 18. November.

posthum veröffentlichte Werke:

1923 ›La Prisonnière‹ (Die Gefangene)

1925 ›La Fugitive‹ erschien unter einem von Proust nirgends erwähnten Titel ›Albertine disparue‹ (Die Entflohene)

1927 ›Le Temps retrouvé‹ (Die wiedergefundene Zeit)

1952 Bernard de Fallois veröffentlichte das von ihm rekonstruierte Manuskript von ›Jean Santeuil‹

1954 Fallois veröffentlichte ›Contre Sainte-Beuve‹ (Gegen Sainte-Beuve)

1970 Philip Kolb gab den Band I der gesamten Korrespondenz heraus

1976 Band II der Korrespondenz erschien.

(zusammengestellt von *Bettina Rommel*)

Marcel Proust
im Suhrkamp Verlag und
im Insel Verlag

Auf der Suche nach der verlorenen Zeit. Aus dem Französischen von Eva Rechel-Mertens.

- Dünndruckausgabe in drei Bänden. Seidenleinen und Leder
- Werkausgabe in dreizehn Bänden. Nur komplett lieferbar. Leinenkaschiert
  1 und 2: In Swanns Welt.
  3 und 4: Im Schatten junger Mädchenblüte.
  5 und 6: Die Welt der Guermantes.
  7 und 8: Sodom und Gomorra.
  9 und 10: Die Gefangene.
  11: Die Entflohene.
  12 und 13: Die wiedergefundene Zeit.
- Geschenkausgabe in zehn Bänden mit Dekorüberzug im Schmuckschuber.
- In den suhrkamp taschenbüchern: Zehn Bände in Kassette
  Erster Teil: In Swanns Welt. st 644
  Zweiter Teil: Im Schatten junger Mädchenblüte. Zwei Bde. st 702
  Dritter Teil: Die Welt der Guermantes. Zwei Bde. st 754
  Vierter Teil: Sodom und Gomorra. Zwei Bde. st 822
  Fünfter Teil: Die Gefangene. st 886
  Sechster Teil: Die Entflohene. st 918
  Siebter Teil: Die wiedergefundene Zeit. st 988

Einzelausgaben:

- Briefe zum Leben. Herausgegeben und aus dem Französischen von Uwe Daube. Zwei Bde. st 464
- Briefe zum Werk. Aus dem Französischen von Wolfgang A. Peters. Ausgewählt und herausgegeben von Walter Boehlich. Leinen und st 404
- Briefwechsel mit der Mutter. BS 239
- Eine Liebe von Swann. Deutsch von Eva Rechel-Mertens. BS 267
- Der Gleichgültige. Erzählung in zwei Sprachen. Übersetzt von Elisabeth Borchers mit einem Nachwort von Philipp Kolb. BS 601 und st 1004
- Jean Santeuil. Roman. Aus dem Französischen von Eva Rechel-Mertens. Zwei Bde. Leinen und st 1084
- Tage der Freuden. BS 164
- Tage des Lesens. Drei Essays. Aus dem Französischen von Helmut Scheffel. BS 400

38/1/4.86

Marcel Proust
im Suhrkamp Verlag und
im Insel Verlag

Materialien:

- Bibesco, Princesse
  Begegnung mit Marcel Proust. Aus dem Französischen von Eva Rechel-Mertens. BS 318
- Lesen und Schreiben. Herausgegeben von Edgar Mass und Volker Roloff. Leder und broschiert
- Maurois, André
  Auf den Spuren von Marcel Proust. BS 286
- Painter, George D.
  Marcel Proust. Eine Biographie. Teil I. Aus dem Englischen von Christian Enzensberger. Mit acht Abbildungen. Teil II. Aus dem Englischen von Ilse Wodtke. Mit 13 Abbildungen. Zwei Bde. st 561
- Poulet, Georges
  Marcel Proust. Zeit und Raum. Aus dem Französischen von Helmut Scheffel. BS 170
- Proustiana. Mitteilungsblatt der Marcel Proust Gesellschaft. I. II/III.
- Roloff, Volker
  Werk und Lektüre. Zur Literaturästhetik von Marcel Proust. Leder und broschiert

38/2/4.86

Rainer Maria Rilke im Insel Verlag

Sämtliche Werke

Herausgegeben vom Rilke-Archiv. In Verbindung mit Ruth Sieber-Rilke besorgt durch Ernst Zinn. Ausgabe in 6 Bänden. Band I: Erste Gedichte. Die frühen Gedichte. Die weiße Fürstin. Die Weise von Liebe und Tod des Cornets Christoph Rilke. Das Stunden-Buch. Das Buch der Bilder. Neue Gedichte. Der Neuen Gedichte anderer Teil. Requiem. Das Marien-Leben. Duineser Elegien. Die Sonette an Orpheus. Band II: Verstreute und nachgelassene Gedichte aus den Jahren 1906-1926. Gedichte in französischer Sprache. Band III: Leben und Lieder (1894). Christus-Visionen (1896). Dir zur Feier (1898). Frühwerke in ursprünglicher Gestalt. Jugendgedichte aus dem Nachlaß (bis 1905). Band IV: Frühe Erzählungen und Dramen (1893-1902). Band V: Worpswede. Rodin. Besprechungen, Aufsätze und Betrachtungen (1893-1905). Band VI: Malte Laurids Brigge, Kleine Schriften (1906-1926), ›Gedichte in Prosa‹ und Verwandtes. Leinen und Leder

– Geschenkausgabe in 6 Bänden. Einleitung Beda Allemann. Dekorüberzug im Schmuckschuber.

Einzelausgaben

– Am Leben hin. Frühe Erzählungen. it 863
– Die Aufzeichnungen des Malte Laurids Brigge. it 630
– Auguste Rodin. Mit 96 Abbildungen. it 766
– Aus dem Nachlaß des Grafen C. W. Ein Gedichtkreis. Gebunden
– Ausgesetzt auf den Bergen des Herzens. Gedichte aus den Jahren 1906-1926. it 98
– Der ausgewählten Gedichte erster Teil. IB 400
– Der ausgewählten Gedichte anderer Teil. IB 480
– Briefe an eine junge Frau. IB 409
– Briefe an einen jungen Dichter. IB 406
– Briefe an Axel Juncker. Herausgegeben von Renate Scharffenberg. Leinen
– Briefe an Gräfin Sizzo 1921-1926. Herausgegeben von Ingeborg Schnack. Leinen und it 868
– Die Briefe an Karl und Elisabeth von der Heydt 1905-1922. Herausgegeben von Ingeborg Schnack und Renate Scharffenberg. Leinen
– Briefe an Sidonie Nádherný von Borutin. Herausgegeben von Bernhard Blume. Leinen
– Briefe an Nanny Wunderly-Volkart 1919-1926. Im Auftrag der Schweizerischen Landesbibliothek unter Mitarbeit von Nikolaus Bigler, besorgt durch Rätus Luck. 2 Bde. Leinen

100/1/11.86

- Briefe in einem Band. Herausgegeben vom Rilke-Archiv. In Verbindung mit Ruth Sieber-Rilke besorgt durch Karl Altheim. 2. Auflage mit revidiertem Register. Vollständige Neuausgabe der früher zweibändigen Ausgabe. Leinen
- Briefe über Cézanne. Herausgegeben von Clara Rilke und mit einem Nachwort von H. W. Petzet. Bibliophile Ausgabe mit 16 farbigen Bildtafeln in limitierter Auflage. Im Schmuckschuber. Leinen und it 672
- Briefwechsel in Gedichten mit Erika Mitterer. Gebunden
- Briefwechsel mit Lou Andreas-Salomé. Herausgegeben von Ernst Pfeiffer. Leinen
- Briefwechsel mit Anita Forrer 1920-1926. Herausgegeben und erläutert von Magda Kerényi. Leinen
- Briefwechsel mit Hugo von Hofmannsthal. Herausgegeben und erläutert von Rudolf Hirsch und Ingeborg Schnack. Mit Faksimiles der Handschriften und einem Namensregister. Leinen
- Briefwechsel mit Inga Junghanns. Herausgegeben von Wolfgang Herwig. Mit einem Nachwort des Herausgebers, ausführlichen Anmerkungen, Personenregister. Leinen
- Briefwechsel mit Katharina Kippenberg. Leinen
- Briefwechsel mit Helene von Nostitz. Herausgegeben von Oswalt von Nostitz. Leinen
- Briefwechsel mit Marie von Thurn und Taxis. 2 Bde. Leinen
- Briefwechsel mit Marina Zwetajewa und Boris Pasternak. Herausgegeben von Jewgenij Pasternak, Jelena Pasternak und Konstantin M. Asadowskij. Aus dem Russischen von Heddy Pross-Weerth. Leinen
- Das Buch der Bilder. it 26
- Die Dame mit dem Einhorn. Herausgegeben und mit einem Nachwort von Egon Olessak. Mit zwölf farbigen Abbildungen. IB 1001
- Die drei Liebenden. Die Liebe der Magdalena. Portugiesische Briefe – Die Briefe der Marianna Alcoforado – Die vierundzwanzig Sonette der Louïze Labé. it 355
- Duineser Elegien. Gebunden
- Duineser Elegien. Sonette an Orpheus. it 80
- Frühe Gedichte. it 878
- Gedichte. Aus den Jahren 1902 bis 1917. Mit Illustrationen von Max Slevogt. it 701
- Die Gedichte in einem Band. Leinen
- Geschichten vom lieben Gott. Gebunden und it 43
- Die Letzten. Im Gespräch. Der Liebende. it 935
- Neue Gedichte und Der neuen Gedichte anderer Teil. it 49
- Das Marien-Leben. IB 43
- Rilke und Rußland. Briefe, Erinnerungen, Gedichte. Herausgege-

100/2/11.86

ben von Konstantin Asadowski. Aus dem Russischen von Ulrike Hirschberg. Leinen

- Sämtliche Gedichte in französischer Sprache. Herausgegeben im Auftrag des Rilke-Archivs von Ernst Zinn und Karin Wais. Leinen
- Schweizer Vortragsreise 1919. Herausgegeben von Rätus Luck. Leinen
- Die Sonette der Louïze Labé. Lyoneserin 1555. Aus dem Französischen übertragen von Rainer Maria Rilke. IB 222
- Das Stunden-Buch. Gedichte. Halbleinen und it 2
- Das Tagebuch Goethes und Rilkes Sieben Gedichte. Erläutert von Siegfried Unseld. IB 1000
- Tagebücher aus der Frühzeit. Leinen
- Das Testament. Faksimile der Handschrift. Leinen
- Über den jungen Dichter und andere kleine Schriften aus den Jahren 1906 bis 1926 in zeitlicher Folge. it 340
- Übertragungen. Herausgegeben von Ernst Zinn und Karin Wais. Leinen
- Die Weise von Liebe und Tod des Cornets Christoph Rilke. IB 1
- Wladimir, der Wolkenmaler und andere Erzählungen, Skizzen und Betrachtungen aus den Jahren 1893–1904. Ausgewählt und zusammengestellt von Volker Michels. it 68
- Zwei Prager Geschichten. Herausgegeben von Josef Mühlberger. Mit Illustrationen von Emil Orlik. it 235

Zu Rilke

Chronik von Rilkes Leben und Werk. Von Ingeborg Schnack. 2 Bde. Leinen

Norbert Fuerst: Rilke in seiner Zeit. Kartoniert

Katalog der Rilke-Sammlung Richard von Mises. Bearbeitet und herausgegeben von Paul Obermüller und Herbert Steiner unter Mitarbeit von Ernst Zinn.

Regina Richter: Rilkes Landschaft. In Bildern von Regina Richter zu Gedichten von Rainer Maria Rilke. it 588

Rilkes Leben und Werk im Bild. Von Ingeborg Schnack. Mit einem biographischen Essay von J. R. von Salis. Leinen und it 35.

Anthony Stephens: Nacht, Mensch und Engel. Rainer Maria Rilkes Gedichte an die Nacht. Leinen

Marie von Thurn und Taxis: Erinnerungen an Rainer Maria Rilke. IB 888

100/3/11.86

suhrkamp taschenbücher
Eine Auswahl

2/1/8.86

2/2/8.86

2/3/8.86

2/4/8.86

2/5/8.86

2/6/8.86

2/7/8.86